Die Wachsmalerin

Das Buch

Der Sommer im Jahr 1794 ist der heißeste, an den Marie Grosholtz sich erinnern kann – und zugleich der blutigste. Täglich
lassen Dutzende ihr Leben auf der Guillotine. Auch Marie wird
verhaftet. Die Anklage lautet Verschwörung gegen die Republik. Im Angesicht des Todes zieht noch einmal ihr Leben vor
ihren Augen vorbei: die Kindheit in einer Scharfrichterfamilie
in Straßburg, die Lehr- und Arbeitsjahre als Wachsbildnerin
in Paris, die Liebe zu dem Maler Jacques-Louis David, ihre Zeit
am französischen Hof, ihr Kampf um Respekt und Selbstver-
wirklichung und schließlich der berufliche Erfolg. Mit Kunstfertigkeit und Willenskraft hat Marie das Ausstellungskabinett
zu einem touristischen Höhepunkt von Paris ausgebaut. Als
König Louis XVI. enthauptet wird, muss Marie seine Totenmaske abnehmen. Sie gehorcht, doch auch sie steht schon auf
der Verhaftungsliste Robespierres. In letzter Minute gelingt
ihr die Flucht aus dem Gefängnis. Marie bricht nach England
auf, wo sie eine der erfolgreichsten Unternehmerinnen ihrer
Zeit wird.

Die Autorin

Sabine Weiß, geboren 1968, studierte in Hamburg German-
istik und Geschichte. Seit 1995 arbeitet sie als freie Journa-
listin mit den Schwerpunkten Kultur und Medien. Sie lebt mit
ihrem Mann und ihrem Sohn in der Nordheide und hat ihren
zweiten Roman beendet, der die Lebensgeschichte von Marie
Tussaud weitererzählt.

Sabine Weiß

Die WACHS-MALERIN

Das Leben der Madame Tussaud

Historischer Roman

List Taschenbuch

Besuchen Sie uns im Internet:
www.list-taschenbuch.de

Ungekürzte Ausgabe im List Taschenbuch
List ist ein Verlag der Ullstein Buchverlage GmbH, Berlin
1. Auflage November 2008
© Ullstein Buchverlage GmbH, Berlin 2007/Marion von Schröder Verlag
Umschlaggestaltung und Konzeption:
RME, Roland Eschlbeck und Kornelia Rumberg
(unter Verwendung einer Vorlage von ZERO Werbeagentur/Alexandra Dohse)
Titelabbildung: © Corbis
Satz: Pinkuin Satz und Datentechnik, Berlin
Gesetzt aus der Aldus PostScript
Papier: Munkenprint von Arctic Paper Munkedals AB, Schweden
Druck und Bindearbeiten: CPI – Clausen & Bosse, Leck
Printed in Germany
ISBN 978-3-548-60845-7

Für Frank

PROLOG

*D*ie Männer, die sie in den Tod führen sollten, kamen mit einem Lächeln. Marie und ihre Mutter Anna waren gerade dabei, feuchte Tücher über die Wachsfiguren zu legen, um sie vor der Sommerglut zu schützen, als es am Eingang laut klopfte. »Öffnet die Tür!«, forderte eine tiefe Männerstimme. Marie zuckte zusammen, ihre Mutter bekreuzigte sich und warf Marie einen entschuldigenden Blick zu. Es war gefährlich, zu seinem christlichen Glauben zu stehen.

Obwohl die Sonne gerade erst die Höhe der Dächer erreicht hatte, begann sich die Hitze im Wachsfigurenkabinett bereits zu stauen. Angst zeichnete sich auf dem Gesicht ihrer Mutter ab. Ein gewöhnlicher Besucher konnte es so früh am Morgen nicht sein. Anna war dünnhäutig geworden. Die letzten Jahre hatten ihr zugesetzt. Die Angst um Curtius, der in diesen gefährlichen Tagen im Auftrag von Robespierre im Rheinland unterwegs war, machte ihr zu schaffen. Und Anna sorgte sich um Marie. Ihre Nähe zum französischen Hof hatte sie genauso in Gefahr gebracht wie die geheimen Aufträge im Namen des Konvents. Dabei hatte Marie kaum über diese Aufträge gesprochen – je weniger ihre Mutter davon wusste, desto besser. Anna hatte nur zu gerne weggesehen, wenn ihre Tochter wieder einmal die Tasche mit ihrem Werkzeug packte. Doch so ganz konnte sie ihre Augen nicht vor dem verschließen, was in ihrem Haus vor sich ging. Der Hunger, die viele Arbeit und die Angst waren allgegenwärtig. Die Nahrungsmittel waren teuer, und die neuen Banknoten, die verhassten Assignaten, so wenig wert, dass Marie damit schon einmal ein Loch in der Wand gestopft hatte. Anna musste manchmal stundenlang für einen Laib Brot anstehen oder versuchen, Kleidung und Schmuck gegen Lebensmittel einzutauschen.

Ihre Mutter wirkte blass, die Haare hingen strähnig unter ihrer Haube hervor. Heute sah man Anna ihre fünfzig Jahre wahrlich an. Auch Marie hatte schon bessere Tage gesehen, das wusste sie, obwohl sie nur selten einen Blick in den Spiegel warf. Wäre ich eine meiner Wachsfiguren, ich würde mich restaurieren oder einschmelzen, dachte sie und musste lächeln. Es kostete sie viel Kraft, den Anschein der Gleichmütigkeit aufrechtzuerhalten. Man sagte ihr nach, sie sei kaltblütig, dabei hatte sie lediglich lernen müssen, ihre Gefühle zu kontrollieren, sich keine Blöße zu geben, um sich und ihre Familie nicht in Gefahr zu bringen.

Heute galt es mehr denn je, sich unauffällig zu verhalten. Das Revolutionstribunal diente allein einem Zweck: die Feinde des Volkes zu bestrafen. Für alle Delikte gab es nur noch eine einzige Strafe: den Tod. Das Rasiermesser der Nation, die heilige Guillotine, wie das Volk sie nannte, arbeitete im Akkord. Zu Hunderten waren die Köpfe in den letzten Wochen vom Richtblock gerollt. Die täglichen Hinrichtungen verwandelten Paris in ein Leichenhaus. Das Blut lief von den Plätzen nicht mehr ab, die Hunde mussten verscheucht werden, damit sie es nicht aufleckten. In der Nähe der Friedhöfe lag ein süßlicher Verwesungsgeruch in der Luft. Die Massengräber waren überfüllt und mancherorts ragten die Gebeine der Toten hervor, weil sie nur notdürftig verscharrt worden waren. Dennoch wehrten sich die Bürger nicht – das Blutbad schien sie abgestumpft zu haben. Einige versuchten sogar noch immer, ihren Gewinn aus dem Terror zu ziehen. Denunziationen waren an der Tagesordnung. Der Vorwurf, ein Feind der Republik zu sein, reichte aus, um eine Verhaftung zu erwirken. Beweise waren nicht mehr nötig. Schnell war ein missliebiger Nachbar, ein geschäftlicher Konkurrent oder ein ungeliebter Ehemann aus dem Weg geschafft. Der Nächste war zum Feind geworden.

Marie trat ans Fenster. Der Boulevard du Temple, bis vor kurzem eines der Vergnügungsviertel der Handwerker und der reichen Müßiggänger, der Halbseidenen und der Adeligen, war wie ausgestorben. Früher schien die Allee ein einziger großer

Jahrmarkt zu sein. Im Schatten der Bäume konnte man schlendern, Leute beobachten, Musik hören, sich in einem Café zu einer Partie Billard oder zum Kartenspiel treffen, beim Schach oder Domino zusehen oder auf die abendlichen Feuerwerke warten. An Ständen gab es kalten Braten zu kaufen, geröstete Walnüsse oder Lakritzwasser. Jongleure und Akrobaten waren zu bestaunen, Tiere in Käfigen, gezähmte Bären.

Auch Marie und ihre Familie hatten von der Beliebtheit des Boulevards profitiert. Curtius' Wachsfigurenkabinett zog ebenso viele Besucher an wie der Zirkus ihres Nachbarn Philip Astley, der noch vor einiger Zeit damit geworben hatte, dass er am königlichen Hofe aufgetreten war. Das zählte heute nichts mehr, ja, so eine Werbung wäre inzwischen sogar gefährlich.

Marie schloss den Eingang auf. Die Sonne schien auf den feucht gewischten Fußboden, der Straßenstaub senkte sich in die flachen Pfützen. Vor der Tür des Kabinetts standen zwei Nachbarn, Jean, der Perückenmacher, und Marcel, der Tischler. Beide lächelten sie schief an. Marie atmete auf. Von diesen Bekannten drohte ihnen sicher keine Gefahr. »Kommt herein, Bürger, möchtet ihr einen Schluck Wasser?«, begrüßte Marie die beiden und strich sich mit dem Handrücken den Schweiß von der Stirn. »Gibt es Nachrichten von meinem Onkel?« Jean, ein korpulenter Mann um die vierzig, zwängte seinen Finger in den engen Halsausschnitt, um sich Luft zu machen.

»Nein, leider nicht, Bürgerin Grosholtz. Ein Wasser, ja, das wäre –«, der Ellbogen seines Begleiters, der ihm in die Seite fuhr, machte seiner Rede ein abruptes Ende.

»Kein Wasser, kein langes Geplauder«, ließ sich der hagere Tischler vernehmen. »Machen wir es kurz. Wir sind hier, um euch beide unter Arrest zu nehmen«, sagte er.

»Arrest? Das muss ein Versehen sein …«

»Das sagen sie alle«, fuhr Jean dazwischen und zupfte an den zu kurzen Ärmeln, als ob er sie so verlängern könnte. »Und dann ziehen sie doch hinter dem Rücken des Volkes die Fäden und machen gemeinsame Sache mit den Königstreuen!«

Marie schoss es heiß und kalt über den Rücken. Wer hatte

sie angezeigt? Hatte die Hinrichtung der Schwester des Königs vor einigen Wochen in Erinnerung gebracht, dass sie Madame Élisabeth in der Kunst der Wachsarbeit unterrichtet hatte? Auch wenn es schon Jahre her war, heute wurden Menschen wegen geringerer Vergehen zum Tode verurteilt. Marie durfte sich ihre Angst nicht anmerken lassen. »Meine Mutter und ich sind treue Dienerinnen dieses Staates, patriotische Bürgerinnen. Ich war schon oft im Auftrag des Konvents unterwegs. Philippe Curtius gehört zu den ehrenvollen Bezwingern der Bastille und führt gerade einen Regierungsauftrag im Ausland aus. Es muss sich also um ein Versehen handeln.« Jean lachte höhnisch, Marcel blickte zu Boden und nestelte verlegen an den Knöpfen seiner Uniform.

»Nicht so hochnäsig, junge Frau. Was hier steht, ist nie ein Versehen«, sagte er und hielt ihr ein Papier vor die Nase. Es war ein Haftbefehl. »Packt eure Sachen«, forderte er sie auf.

»Wie lautet die Anklage?«, fragte Marie mit zusammengeschnürter Kehle.

»Das werdet ihr noch früh genug erfahren! Nun packt eure Sachen!«

In Marie verhärtete sich etwas. Das war also aus ihrem Volk geworden, aus einer Nation, an die sie einmal geglaubt hatte! Als sich vor fünf Jahren das Volk bewaffnete und mit der Erstürmung der Bastille in Frankreich ein neues Zeitalter anbrach, hatte Marie mit den ausgelassenen Menschen auf den Ruinen der königlichen Festung getanzt. Die Jahre, in denen die Menschen- und Bürgerrechte ausgerufen wurden, in denen es eine neue Verfassung gab, die allen Bürgern Freiheit und Gleichheit garantierte, versetzten auch sie in Begeisterung. Doch spätestens seit den Septembermassakern 1792 und der Ermordung des Königs Ludwig XVI. und der Königin Marie Antoinette ein Jahr später, war Marie klar, dass diese Revolution nicht mehr ihre Revolution war. Die Jakobinerdiktatur des letzten Jahres betrachtete sie schließlich nur noch mit Abscheu.

Anna starrte auf den Fußboden und bewegte lautlos die Lippen. Marie wusste, dass ihre Mutter jetzt ein Stoßgebet an ihren verbotenen Gott schickte. Hoffentlich bemerkten die Schergen es nicht. Marie ergriff die Hand ihrer Mutter. Dann fühlte sie einen Stoß in den Rücken.

»Wie oft soll ich es dir denn noch sagen, Bürgerin Grosholtz! Oder willst du nichts auf deinen letzten Weg mitnehmen?«

Ihr letzter Weg. Marie kam es vor, als zwinge sie die Last ihres Körpers zu Boden. Manchmal fühlte sie sich so alt. Dabei war sie erst zweiunddreißig Jahre alt. Wie viel war in dieser Zeit passiert! Und manches kam ihr vor, als sei es gerade erst geschehen. Sie spürte noch das Prickeln, das durch ihren Bauch getanzt war, als sie nach langer Lehrzeit endlich das erste Gesicht in Wachs festhalten durfte. Sie sah noch den erstaunten Gesichtsausdruck des Wachshändlers vor sich, der sie übers Ohr hauen wollte und dann der charmanten jungen Wachsbildnerin die Ware doch beinahe zum Einkaufspreis überließ. Und sie spürte noch immer die zarte Berührung von Louis' Fingern auf ihrer Wange. Sie zitterte. Diese Erinnerung lag tief begraben auf dem Grund ihres Herzens – und nun war sie wieder da. Der Schmerz tobte in ihr mit aller Macht. Diese Gefühle hatte sie für immer aus ihrem Herzen verbannen wollen. Damals hatte sie sich den Tod gewünscht. Und nun, da es so weit war, wollte sie um keinen Preis sterben! Marie wusste jedoch, dass jeder Protest zwecklos war. Es würde keine Verhandlung geben, und wenn man erst einmal im Gefängnis saß, führte der Weg nur noch auf das Schafott. Bevor Curtius von ihrem Arrest hören und Hilfe schicken könnte, würden ihre Köpfe schon rollen. Hatte sie für dieses schmachvolle Ende diesen langen Weg beschritten, der an einem finsteren Ort seinen Anfang genommen und sie dennoch bis an den Hof des Königs geführt hatte?

KAPITEL 1

*M*arie, bring deinem Großvater sein Mittagsmahl ins Rappele.« Ohne zu zögern zog sich das Mädchen warme Kleidung über und trat an die Seite seiner Großmutter. Marie war zart für ihre fünf Jahre, und sie biss die Zähne zusammen, als ihr die braunen Zöpfe schmerzhaft festgesteckt wurden. »Trödle nicht wieder!«, ermahnte die alte Dame sie. Marie nahm die schwere Stofftasche, der ein würziger Duft nach Fleisch, Gemüse und Kräutern entströmte. Sie spürte, wie sich ihr Magen zusammenzog. Seit ihr gestern eines der Gläser heruntergefallen war, hatte sie nur Brotkanten zu essen bekommen.

Marie trat vor die Tür und sog die kühle Luft tief ein. Der Schnee hatte die Stadt eingehüllt. Dumpf und hohl klangen das Klappern der Pferdehufe und die Rufe der fliegenden Händler. Marie mochte das Gedränge auf den Straßen nicht, seit sie als Kleinkind einmal beinahe in einer Menschenmenge verloren gegangen war. Die großen Leiber hatten sie fast erdrückt, dann, als sie schon erschöpft auf den Boden gesunken war, hatte ihr Vater sie gefunden, hochgehoben und aus der Menge getragen. Die Erinnerung machte sie traurig. Kurz danach war er fortgegangen und nicht zurückgekehrt. Seitdem lebten sie bei den Großeltern, die Maries Mutter Anna die Schuld am Verschwinden ihres Sohnes gaben. Kreuz und quer ging Marie durch das Gassengewirr Straßburgs zum Fluss hinunter.

Schon bald schlug ihr aus dem Gerberviertel ein stechender Geruch entgegen. Sie machte sich nichts daraus, schließlich kannte sie den Gestank vom Hundshof in der Nähe ihres Hauses, wo unter einer alten Linde die Knechte ihres Großvaters tollwütige Tiere erschlugen. Ihr Großvater, Johann Jacob Grosholtz, war der Scharfrichter und Abdecker von Straßburg.

Die Ill schimmerte hellgrau am Wegesrand, bald würde Marie mit ihren Eiskufen Kreise auf dem Fluss ziehen können. Gegenüber den vier Stadttürmen an den gedeckten Holzbrücken konnte sie jetzt das Raschpelhüs erkennen, wie das neue Zuchthaus genannt wurde. Das dunkle Gemäuer erschien ihr unheimlich, es erinnerte sie an etwas, an das sie lieber nicht denken wollte. Ein Soldat öffnete die Tür. »Was für einen armen Sünder haben wir denn hier?«, brummte er. Marie zuckte eingeschüchtert zusammen. Dann hörte sie das vertraute tiefe Lachen ihres Großvaters.

»Sie sollen meine Enkelin doch nicht so erschrecken«, mahnte Johann Jacob Grosholtz freundlich und hob das zierliche Mädchen hoch. Sie legte den Arm um ihren Großvater, sein grauer Bart kitzelte ihre Wange. »Was hast du Schönes für mich, Mariechen?« Er nahm die Tasche und schnupperte daran. »Ah, Baeckeoffe«, strahlte er. »Leistest du mir Gesellschaft?« Marie schüttelte den Kopf. »Nein? Wie schade!« Er setzte sie auf den Boden. »Sag deiner Großmutter, dass ich nachher noch Besuch erwarte.« Er zwinkerte ihr zu. Marie zwinkerte zurück, sie wusste, was das hieß. Jemand suchte Rat, wollte, dass ihr Großvater einen eiternden Zahn zog, Kopfschmerzen vertrieb oder eine Schulter wieder einrenkte. Manchmal kamen die Hilfesuchenden nicht wegen seiner medizinischen Kenntnisse, sondern wegen der Heilmittel, die nur er kraft seines Amtes beschaffen konnte. Das Blut eines Hingerichteten sollte beispielsweise bei Fallsucht helfen, und wenn man mit dem Finger oder der Hand eines armen Sünders das Vieh striegelte, würde es wundersam fett. Wenn diese Besucher dann weg waren, schimpfte er auf den Aberglauben, dem anscheinend nicht beizukommen war. Wie seine Vorfahren hatte er an der Universität von Straßburg Medizin studiert. Doch statt eine eigene Praxis zu eröffnen, war er in die Fußstapfen seines Vaters getreten und Scharfrichter geworden. Von den Honoratioren der Stadt wurde es nicht gern gesehen, dass die, die das Leben nahmen, es auf der anderen Seite auch erhielten. Man sagte, der Scharfrichter habe mehr Leute vor der Tür als ein Medicus. Und das, wo es in dieser Stadt von Ärzten, Hebammen, Chirurgen, Wundärzten und Apothekern nur so wimmelte. Deshalb war es besser, in der Öffentlichkeit darüber zu schweigen, dass Johann Jacob Grosholtz als Medicus tätig war. Und wer seinen Rat suchte, der fand ihn auch, ohne dass groß darüber gesprochen wurde.

Auf dem Heimweg überlegte Marie, was hinter den dicken Mauern des Raschpelhüs wohl geschah. Ihre Mutter hatte ihr erzählt, dass die Gefangenen dort die roten Wurzeln, mit denen das Tuch für die Soldatenhosen gefärbt wurde, zu feinem Staub mahlen mussten. Doch Marie wusste, dass das, was darin passierte, auch der Grund dafür war, warum sie kaum Besuch erhielten, warum sie bei Taufen, Hochzeiten oder Beerdigungen immer unter sich waren, warum sie in der Kirche ganz hinten sitzen mussten, warum jedes Glas, aus dem ihr Großvater im Gasthof getrunken hatte, zerbrochen wurde und warum sie keine Freunde fand. Die Menschen mieden den privaten Kontakt zum Clan der Grosholtz' um jeden Preis, ganz als fürchteten sie, durch den bloßen Kontakt beschmutzt zu werden. Ihre Großmutter geriet jedes Mal in Rage, wenn jemand die Straßenseite wechselte, um ihr aus dem Weg zu gehen, oder gar vor ihr ausspuckte. »Der hat wohl Dreck am Stecken und fürchtet selbst den Pranger!« oder »Auch diese Dirn wird irgendwann auf dem Richtplatz enden, glaub es mir!«, wetterte sie dann und vergaß nie zu betonen, dass ihr Vater der angesehene Scharfrichter von Regensburg war.

»Henkersbalg, Henkersbalg!« Der Schneeball traf Marie mit Wucht am Kopf. Ein weiterer folgte, dann noch einer. Hinter einem schneebedeckten Busch entdeckte sie mehrere Jungen und Mädchen. Sie grinsten und griffen in den Schnee, um weitere Kugeln daraus zu formen. Marie wollte wegrennen, musste aber an ihren Großvater denken: »Es gibt nichts, weswegen du dich schämen müsstest, Marie«, hatte er ihr oft erklärt. »Die Bürde unseres Berufsstandes wurde uns direkt von Gott übertragen, und unsere Familie trägt sie seit Jahrhunderten mit Würde.«

Würdevoll sah es nicht gerade aus, wie sie versuchte, den eisigen Bällen auszuweichen. Bald hagelten von allen Seiten Schneebälle auf sie ein. Sie strauchelte, landete in einer knietiefen Wehe. Die Kälte kroch ihr sofort in die Haut, als sei sie in eisiges Wasser gefallen. Sie versuchte aufzustehen, rutschte aber mit den Füßen am Boden ab. Ein harter Schlag traf sie im Gesicht, sie schmeckte Blut auf ihren Lippen und hob den Arm, um sich zu schützen. Vergebens, sie konnte die Flut der Bälle nicht abhalten. Dann hörte sie, wie die Stimmen, die noch immer ihrem Singsang folgten, näher kamen. »Henkersbalg, Henkersbalg!« Sie bekam einen Stoß, versuchte aufzustehen. Wurde wieder gestoßen.

»Henkersbalg, Henkersbalg!«

Schnee bedeckte sie. Ihre Wut dehnte sich aus, wie Ringwellen auf einer Wasseroberfläche. Heiß strömte ihr Atem gegen die eisige Höhle, die sich über ihrem Kopf gebildet hatte. Sie versuchte sich zu befreien, die Kälte kroch in ihre Knochen. Der Schnee umschloss sie, als sei sie an den Grund eines Sees gesunken. Heiße Tränen liefen ihr die eisigen Wangen hinunter. Noch einmal nahm sie ihre Kraft zusammen, um sich vom Boden abzustoßen. Sie rang krampfhaft nach Luft, sog dabei eisige Brocken ein, die in ihrem Mund zu kühlem Nass wurden. Ihre Hände und Füße kribbelten. Sie schrie so laut sie konnte. Dann dröhnte nur noch die Stille in ihren Ohren. Sie war so müde, da wäre es gut, einen Augenblick zu schlafen. Marie spürte, wie der Schlaf von ihr Besitz ergriff, sie sich langsam von ihm wegtragen ließ. Warme Hände strichen über ihr Gesicht. Sie fühlte, wie die Eiskristalle auf ihren Wangen schmolzen.

Der Bart ihres Großvaters war das Erste, was sie sah, als sie die Augen aufschlug. Ein Gerber hatte die Kinder fortgejagt, Marie aus dem Schneeberg ausgegraben und zu ihrer Familie getragen.

»Die Kleine ist wieder wach, ich habe doch gesagt, es waren nur die Kälte und die Erschöpfung«, sagte er zu Maries Mutter, die außer Atem mit einem großen Bündel Holz in den Raum gestolpert kam. Er stand auf, um Anna das Bündel abzunehmen, hielt jedoch inne, als seine Frau den Raum betrat. Die Abneigung zwischen den beiden Frauen war mit Händen zu greifen.

Zunächst war Elisabetha Grosholtz froh gewesen, als ihr Sohn Johann die achtzehnjährige Anna mit nach Hause brachte – auch wenn sie nur eine Dienstmagd war. Doch seit ihr Sohn im Streit das Haus verlassen hatte, wurden Anna und Marie von seiner Mutter nur noch geduldet. Die beiden sollten ihr Wohnrecht abarbeiten. Anna schloss Marie in die Arme, die Ringe unter ihren Augen waren noch tiefer als sonst.

»Das war das letzte Mal, Mariechen. So etwas wie heute wird nie mehr passieren. Schon bald wird alles anders«, flüsterte sie.

»Hast du schon alles erledigt, Anna?«, fuhr die Großmutter dazwischen. »Die Tiere müssen noch versorgt werden. Jetzt, wo deine unnütze Tochter geruht, es sich bequem zu machen.« Die Vorwürfe über die unbotmäßige Schwiegertochter oder die nutzlosen Esser hatten sie schon oft gehört. Diesmal lächelte Anna ruhig, legte ihrer Tochter die Puppe aus Stoffresten in den Arm und strich die Bettdecke glatt. Für einen Moment spürte Marie sichere Geborgenheit. Als Anna sich auf den Weg in den Stall machte, war ihre Tochter schon wieder eingeschlafen.

»Du wirst dich und das Kind mit deinem Eigensinn noch ins Unglück stürzen. Denk bloß nicht, dass wir euch mit offenen Armen wieder aufnehmen, wenn ihr aus diesem Sündenpfuhl Paris zurückgekrochen kommt«, hörte Marie ihre Großmutter schreien. Anna entgegnete etwas, das Marie aber nicht verstand, sie hörte die beiden streitenden Frauen nur gedämpft. Wer würde wohin gehen und wen damit ins Unglück stürzen? Sie überlegte, ob sie zu ihrer Mutter gehen sollte, aber sie würde nur in die Schusslinie geraten und den Streit noch schlimmer machen.

Sie ging in die Kammer ihres Großvaters. Sie liebte diesen Raum mit seinen Geheimnissen. An der Decke hingen Kräuterbüschel, die einen kräftigen Geruch verströmten. An den Wänden standen Folianten neben Schalen aus blau dekorierter Fayence. Daneben Krüge, Glaskolben und ein Blasebalg, dazwischen lag ein Totenschädel, an der Wand hingen getrocknete Eidechsen und ein prächtiges Schwert, in das etwas graviert war, und Marie wusste auch, was: »Ihr Heren steuren dem Unheil / Ich exequire ihr Urteil«, und auf der anderen Seite: »Wan ich das Schwert tue aufheben / wuensche ich dem Suender das ewig Leben«. Ihr Großvater hatte es ihr erzählt, denn sie selbst konnte nicht lesen – noch nicht. Immer, wenn er die Zeit fand, setzte er sich mit Marie an den Tisch und erklärte ihr, was es mit den Buchstaben und Zahlen auf sich hatte. Oft las er ihr mit seiner tiefen Stimme aus den Abenteuern des *Robinson Crusoe* vor, eines jungen Mannes, den es, von einer törichten Abenteuerlust getrieben, auf eine einsame Insel verschlagen hatte. Der Rauch seiner Pfeife wurde dabei zu fantastischen Bildern in der Luft, in denen Marie manchmal ein Schiff, manchmal eine Insel, aber manchmal auch einen Kannibalen zu entdecken glaubte. Sie wurde ganz in die Welt dieses Buches gezogen. Marie litt mit, wenn Robinson sein Gut und sein Leben aufs Spiel setzte; zugleich fühlte sie sich aber auch angezogen von seiner unbändigen Lust, Abenteuer zu erleben.

Zahlen hatten es ihr ebenso angetan, weil sich eine zur anderen fügte, ganz ohne Wenn und Aber. Auf Großvaters Schreibtisch lag ein dickes in Leder gebundenes Buch. Sie stieg auf den Stuhl und schlug das Buch auf. Schon auf der ersten Seite war die Zeichnung eines unbekleideten Mannes zu sehen. Mit dem Finger zog sie die feinen Linien nach. Es folgten Bilder der einzelnen Körperteile und sogar eines, auf dem man sehen konnte, was sich unter der Haut verbarg – das hatte zumindest ihr Großvater erklärt. Marie blätterte weiter und betrachtete die Zeichnung eines Mannes, dessen Körper an verschiedenen Stellen Male aufwies, aus denen Blut floss.

Es erinnerte sie an die Bilder in der Sakristei von St. Pierre-le-Vieux am Stadtrand von Straßburg, wo sie getauft worden war und wo sie mit ihrer Mutter die Messe besuchte. Dann knarrten die Dielen hinter ihr. Ihr Großvater trat heran und sah ihr über die Schulter.

»Was bedeutet das?«, fragte sie und zeigte auf die Wundmale.

»Es sind Verletzungen des menschlichen Körpers, die häufig auftreten. Daraus kann ich ersehen, wie ich den Menschen heilen kann – wenn es in meiner Macht steht.« Er hob sie hoch, setzte sich auf den Stuhl und sie auf seinen Schoß. Marie strich nachdenklich über die silbernen Knöpfe an seinem Wams.

»Steht es denn nicht immer in deiner Macht?« Er lächelte.

»Ich wünschte, es wäre so. Aber oft genug ist der Organismus so stark betroffen, dass die Lebenskräfte entweichen.«

»Warum ist das so? Was ist der Organismus?«, fragte Marie. Ihr Großvater lachte.

»Du willst wirklich wissen, was sich hinter den Dingen verbirgt, nicht?« Ein Schatten zog über sein Gesicht. »Ich wünschte, dein Vater hätte etwas mehr von dieser Neugier gezeigt. Leider wird dir dieser Wissensdurst nichts nützen. Vielleicht ist es sogar besser, wenn ihr nach Paris geht«, sagte er leise. Diesen Namen hörte Marie heute nun schon zum zweiten Mal.

»Ist das der Sündenpfuhl?«, fragte sie. Wieder lächelte der Großvater.

»Hast du etwa gelauscht?«, fragte er und runzelte die Stirn. Sie sagte ihm, dass sie vom Streit der beiden Frauen aufgewacht war. »Ihr werdet uns verlassen, Kind«, sagte Maries Großvater und fügte nachdenklich hinzu: »Paris ist eine Stadt aus Lärm, Rauch und Schmutz, wo die Frauen nicht mehr an die Ehre und die Männer nicht mehr an die Tugend glauben. Das hat mal ein Philosoph geschrieben. Wollen wir hoffen, dass du in Paris sowohl Ehre als auch Tugend erleben wirst.«

Er stand auf, ging zu dem Holzkoffer, in dem er seine Arzneien verwahrte, und kramte aus der untersten Schublade etwas hervor. Als er sich wieder zu ihr gesetzt hatte, gab er Marie ein Stück Strick und ließ seine Hand auf ihren Fingern ruhen.

»Trage es immer bei dir, dann wird alles gut werden«, sagte er.

Marie wusste, was es war. Sie hatte schon oft genug erlebt, wie fremde Menschen ihren Großvater darum gebeten hatten, denn ein Stück Galgenstrick sollte Glück bringen, hieß es. Plötzlich war Marie zum Weinen zumute. Die Fragen überschlugen sich in ihrem Kopf, doch als sie den Mund öffnete, drehte der Großvater sich um: »Geh jetzt. Ich habe noch zu tun. Und du wirst von deiner Mutter gesucht.« Sie verbarg den Stick unter ihrem Nachtkleid. Als sie an der Tür stehen blieb und über die Schulter zu ihm sah, strich er noch immer die Linien der verwundeten Körper auf dem Papier nach.

Marie machte einen Augenblick Pause. Sie schob ihre Finger unter die Achseln und freute sich, als ihre Fingerspitzen anfingen, wieder zu kribbeln. Bald würde sie weiterschaufeln können. Ihre Mutter Anna ließ die Forke mit Wucht immer wieder in den Mist fahren. Dabei redete sie die ganze Zeit. Anna malte ihrer Tochter aus, wie ihr neues Leben in Paris aussehen würde. Sie würden in einem Palais wohnen, Marie könnte eine Schule besuchen und mit den Kindern der hohen Herren und feinen Damen spielen, die in ihrem Haushalt ein und aus gingen. Dann rammte sie die Forke in den Boden, wischte sich die Hände an der Schürze ab und kramte aus der Tasche einen Brief, den sie in ein Tuch gewickelt hatte.

»Doktor Curtius bittet mich, seinen Haushalt zu führen. Er ist ein angesehener Mann. Auf Einladung des Prinzen von Conti hat er sich in Paris niedergelassen. Das ist der Schwager vom König«, sagte Anna stolz. Das imponierte Marie erst einmal gar nicht.

»Maman, werden wir hierher zurückkehren? Wann werde ich Großvater wiedersehen?« Die Fragen brannten in ihrem Mund, sie konnten gar nicht schnell genug den Weg hinausfinden. Doch schon bald antwortete Anna nur noch einsilbig, und schließlich stemmte sie die Hände in die Hüften und beendete das Gespräch: »Es ist auf jeden Fall besser als hier. Und das wird doch wohl genügen, oder?«

Schon zwei Tage später brachen sie nach Paris auf. Der Abschied war schnell vonstattengegangen. Nach einigen wenigen Worten gaben ihre Schwiegereltern Anna einen in Tuch eingeschlagenen Gugelhupf, Birewecka, ein Brot aus getrockneten Früchten und Nüssen, und eine Flasche Wein mit auf den Weg. Anna packte den Reiseproviant in den Korb, in dem sich bereits ihre wenigen Besitztümer befanden. Der Großvater hockte sich neben Marie und überreichte ihr ein gut verschnürtes Päckchen.

»Nimm *Robinson* mit. Lies immer darin und denk daran, was ich dich gelehrt habe«, sagte er. Ihrer Mutter steckte er etwas Geld und ein Paket mit Elsässer Schnupftabak zu. Dann schloss er beide in die Arme und ging, als seine Frau die Diele betrat, wortlos in sein Laboratorium zurück. Die Großmutter brachte Mutter und Tochter noch bis zur Tür, ganz als ob sie sicher sein wollte, dass sie auch wirklich gingen.

KAPITEL 2

PARIS

An die erste Kutschfahrt ihres Lebens erinnerte Marie sich später kaum noch. Sie, die als erwachsene Frau Jahrzehnte in einer Kutsche verbringen sollte. Die Wege müssen schlammig gewesen sein, die Kutsche eng und zugig und die Gasthäuser schmutzig und verlaust. Erst für die Ankunft in Paris hatte sie wieder Bilder im Kopf. Ein Häusermeer bis zum Horizont, eingehüllt in Rauchschwaden, die aus zahllosen Schornsteinen quollen. Die Ledervorhänge der Kutsche flatterten im eisigen Wind und versperrten oft den Blick auf das Getümmel auf den Straßen. Menschen eilten aneinander vorbei. Abgezehrt aussehende Frauen klammerten sich an das Fenster der Kutsche und boten Waren feil. Vor einer Tür schnitten zwei Metzger einem Ochsen die Kehle durch, das Blut platschte dampfend auf das Pflaster. Peitschen knallten, das Geschrei zweier Kutscher, die einander von ihren Böcken aus anbrüllten, mischte sich in die Rufe der Lastenträger und fahrenden Händler. Marie verstand nur wenig, denn auch wenn man in der Straßburger Gesellschaft Französisch parlierte, hatte sie doch bei ihren Großeltern meist Deutsch gesprochen. Wie ein Strudel wirbelten Menschen, Geräusche, Gerüche um Marie, als sie mit wackligen Knien und kalten Gliedern aus der Kutsche stieg.

Anna zeigte auf dem Weg durch die Straßen immer wieder einen Zettel vor, auf dem »Hôtel d'Aligre, Rue Saint-Honoré« stand, bis endlich ein Passant wortkarg auf ein großes Gebäude wies, das direkt vor ihnen aufragte. Ein Durchgang führte in den Innenhof. Hier drängten sich windschiefe Werkstätten und Buden zu einer belebten Passage. Marie und ihre Mutter fanden einen Aufgang und landeten schließlich im ersten Stockwerk. Die Säle waren durch Holzwände geteilt, kein Mensch war zu sehen, kein Geräusch außer ihren Schritten zu hören. Marie jagten diese unbelebten Räume, die von vergangener Pracht kündeten, Schauer über den Rücken.

»Ist das wirklich der Palast? Ich hatte ihn mir ganz anders vorgestellt«, flüsterte Marie. Ihre Mutter zog sie weiter. Sie gingen auf ein Licht zu, das durch einen Türspalt auf das Parkett fiel. Anna drückte die Tür etwas weiter auf. Jetzt konnte Marie sehen, dass ein Mann an einem Tisch in der Mitte des Raumes saß. Hinter ihm ragten Hände hervor: den kleinen Finger geziert abgespreizt, Daumen und Zeigefinger aneinandergedrückt oder den Zeigefinger in die Luft gerichtet. Es schien, als nehme der Mann den lautlosen Dialog der Hände, die auf einen verzweigten Pfahl gesteckt waren, gar nicht wahr. Gedankenverloren blickte er in eine Holzkiste. Neben ihm lagen Bücher, Kessel und ein Holzkoffer, Kräuter hingen von der Decke herab. Gemälde und fleckige Spiegel lehnten an den Wänden. Marie wollte ihre Mutter etwas fragen, aber Anna legte einen Finger über den Mund und zwinkerte ihr zu. Ihre Ankunft sollte eine Überraschung sein. Das also war Doktor Curtius.

Jetzt hob er die Kiste leicht an, und sie hörten ein Kullern. Er nahm mit spitzen Fingern eine kastaniengroße durchsichtige Kugel hoch und hielt sie in das fahle Licht, das durch die hohen Fenster fiel. Die Kugel sah wie ein Auge aus! Marie schrie auf. Doktor Curtius schreckte hoch. Mit großen Schritten kam er auf sie zu. Er nahm ihre Mutter in den Arm und drückte sie so überschwänglich, dass ihre Füße den Boden nicht mehr berührten.

»Anna! Da seid ihr ja schon! Ich hatte erst in den nächsten Tagen mit euch gerechnet. Sonst hätte ich euch selbstverständlich abgeholt«, sagte er. Dann beugte er sich zu Marie.

»Ah, da bist du ja, Mariechen. Groß geworden bist du«, begrüßte er sie.

Marie starrte auf das Gebilde, das er noch immer in der Hand hielt.

»Das ist ein Glasauge. Ich benötige es für meine Arbeit«, erklärte er.

»Schau mal, wie schön sich das Licht darin bricht.« Marie nahm das Glasauge in die Hand, kniff ein Auge zu und hielt es vor das andere. Dann musterte sie Curtius. Er war etwa dreißig, die schulterlangen dunklen Haare waren mit einem grünen Band im Nacken gebunden, um den Kopf und um die Hände hatte er Tücher geschlungen. Er hatte leicht vorstehende Augen, eine gerade, fleischige Nase und einen fein geschwungenen Mund. Die Pelzverbrämung seines Wamses wies kahle Stellen auf. Er roch gut, nach Tabak und Lavendelwasser.

»Ich erinnere mich nicht an Sie. Sind Sie Doktor Curtius?«, wollte sie wissen.

»Der bin ich«, sagte er und verbeugte sich elegant.

Marie sah sich neugierig um. Der Raum war groß und sah heruntergekommen aus. Ein Ofen stand an der Wand, und obgleich das Rohr zum Fenster hinausführte, hatte der Rauch die Fresken geschwärzt. Mitten im Zimmer lag auf einem Kanapee eine blonde schlafende Frau.

»Und wer ist diese Frau?«, fragte sie. »Darf ich sie auch begrüßen?«

Sie sah den Doktor fragend an.

»Keine Angst, du wirst sie nicht aufwecken«, antwortete er. Er nahm Marie an die Hand und ging auf die Frau zu. Gemeinsam betrachteten sie die Schlafende.

»Sie sieht aus wie ein Engel«, flüsterte Marie.

»Oh, ich bin sicher, viele halten sie auch dafür, vor allem Männer«, sagte Curtius schmunzelnd. »Du kannst sie anfassen. Aber Vorsicht!« Marie zögerte. Curtius nahm ihre Hand und führte sie an das Gesicht der Frau. Es war glatt und kühl. Marie sah ihn mit großen Augen an. Auch ihre Mutter war nun neugierig näher getreten.

»Sie ist mir gut gelungen, nicht wahr? Ich habe sie hergestellt, aus Wachs. Es ist das Porträt von Jeanne Bécu, der Mätresse des Grafen Dubarry. Sie wirkt arglos wie ein Geschöpf des Himmels. Aber sie hat einen brennenden Ehrgeiz, der sie zum Strahlen bringt, so wie eine Kerze in einem Spiegelsaal ein ganzes Feuerwerk entfachen kann. Sie wird es noch zu etwas bringen, das spürt man. Und die Besucher der kommenden Ausstellung werden sie lieben, ich weiß es!«

Marie konnte es kaum fassen, dass die Frau nicht lebte, nicht atmete. Immer wieder ließ sie ihre Finger zart über die Wachsfigur gleiten. Da erhob sich der Doktor und nahm ihre Mutter bei der Hand.

»Aber was vertrödeln wir hier unsere Zeit. Ihr müsst hungrig sein. Später habt ihr noch Gelegenheit genug, euch meine Arbeiten anzusehen.«

Marie folgte ihrer Mutter und dem Doktor nur ungern. Sie konnte den Blick nicht von der wunderschönen Frau abwenden. Sie wäre lieber hier geblieben, hätte sich still zu der Schlafenden gesetzt und herausgefunden, was für Geheimnisse sich noch in diesem Raum verbargen. Denn das Zimmer erinnerte sie an das Laboratorium in Straßburg, vor allem aber an ihren Großvater. Wie sie ihn schon jetzt vermisste!

Einige Zeit später saßen die drei in einer karg eingerichteten Küche. Marie war nun satt und glücklich. Die Wärme des Essens und des Kamins hatten ihre Wangen zum Glühen gebracht. Der Doktor hingegen war erbost. Anna hatte ihm gerade von ihren Erlebnissen in Straßburg berichtet. »Diese unglückseligen, ungezogenen Kinder. Was hätte Marie alles passieren können, wenn der Gerber ihr nicht geholfen hätte! Es ist gut, dass ihr hergekommen seid. Hier weiß niemand, aus was für einer Familie ihr stammt. Hier ist deine Tochter ein Mädchen wie alle anderen. Und kein Henkersbalg mehr.«

»Aber was werden wir deinen Besuchern sagen? Werden sie sich nicht fragen, wer wir sind?«, fragte Anna unsicher.

»Das habe ich mir auch schon überlegt. Wir sagen einfach, dass du meine Schwester bist, die mir den Haushalt führt. Ich kann Hilfe gut gebrauchen, denn es gibt bald viel zu tun. Ich habe einige Kunden, die auf meine Wachsarbeiten warten ...«

Marie hatte sich schon die ganze Zeit gewundert, wieso ein Arzt mit einer großen Puppe aus Wachs spielt. Jetzt hielt sie es nicht mehr aus.

»Wieso haben Sie keine Patienten, Doktor Curtius? Sind Sie denn gar kein richtiger Arzt?«, fragte sie.

»Marie, so etwas fragt man nicht!«, rügte ihre Mutter sie.

»Lass sie nur. Marie, nenn mich nicht mehr Doktor Curtius, ich bin ab jetzt dein Onkel.« Er räusperte sich. »Ich habe meine Ausbildung in Bern abgeschlossen und dort als Doktor gearbeitet. Als Arzt hat man immer Wachs zur Hand, man braucht es beispielsweise zum Füllen von zerfressenen Zähnen. Mich hat dieses Material fasziniert. Ich habe angefangen, Miniaturen herzustellen, die bald sehr beliebt waren und gerne verschenkt wurden. Schnell konnte ich auch den Prinzen von Conti für meine Kunst begeistern. Als mein Gönner und Freund hat er mir geraten, nach Paris zu ziehen und mich ganz auf die Wachsarbeit zu konzentrieren. Er hat mir auch ein Atelier in diesem Palast verschafft, denn hier werden bald die Kunstfreunde ein und aus gehen.«

»Ich finde ihn unheimlich, diesen Palast«, gestand Marie.

Curtius nickte, nahm eine Prise Schnupftabak aus einer Dose und schnäuzte sich. »Er hat auch eine düstere Geschichte. Dieser Palast des Grafen von Schomberg war von König Heinrich IV. für seine Geliebte Gabrielle d'Estrées gekauft worden. Während seines langen, ausschweifenden Lebens war Heinrich IV. nur einer Dame treu – ihr. Der König behandelte sie wie eine Königin, sie war aber auch, erzählt man sich, eine Frau mit Herz und Verstand. Sie verstand es, mit Botschaftern zu verhandeln, begleitete Heinrich aber genauso – sogar während sie sein Kind im Leib trug – auf das Schlachtfeld, damit er ihre Gesellschaft nicht missen musste«, erzählte Curtius. Marie hielt die Augen auf das flackernde Feuer gerichtet und lauschte der warmen Stimme.

»Im April 1599, Gabrielle d'Estrées war im fünften Monat schwanger, brach sie nach einer Abendeinladung zusammen«, fuhr Curtius fort. »Sie war todkrank. Das Kind musste Stück für Stück aus ihr herausgeschnitten werden. Am Ostersamstag, einen Tag bevor sie zur Königin gekrönt worden wäre, starb sie in ihrem eigenen Blut. Die Ärzte schnitten den Leichnam später auf und untersuchten ihn, um die Ursache ihres Todes herauszufinden«, erzählte er ruhig. »Nach der Sectio hieß es, sie sei an einer verdorbenen Zitrone gestorben.« Curtius schenkte sich ungerührt Rotwein ein. »Wenn du mich fragst, ich für meinen Teil vermute, dass sie vergiftet wurde, weil der Vatikan und das Haus der Medici verhindern wollten, dass sie die neue Königin wird.« Marie schwirrte der Kopf – von wem sprach er? Sie hatte noch viel zu lernen. »Heinrich hörte von ihrem Tod und brach unverzüglich auf. Zum Zeichen seiner Trauer kleidete er sich ganz in Schwarz, obwohl Monarchen zu dieser Zeit nur Weiß oder Purpur trugen. Als er ankam, erkannte er seine Geliebte kaum wieder. Gabrielle d'Estrées hatte im Tod so stark grimassiert, dass das wohlgeformte Gesicht und der ebenmäßige Körper völlig entstellt waren. Niemand vermochte der Toten zu einem würdevollen Aussehen zu verhelfen.« In den Schatten des Feuers vermeinte Marie die Ereignisse vor sich zu sehen. »Man legte ihren Leichnam in den Sarg, vernagelte ihn und schob ihn unter das Bett. Heinrich ordnete an, eine Wachsfigur heranzuschaffen, die seiner Geliebten nachgebildet worden war, und ließ sie aufbahren. Die Trauergäste zogen also, ohne es zu wissen, an einem Abbild vorbei, statt an der Leiche der schönen Gabrielle. Auch nach der Beisetzung mochte sich Heinrich nicht von diesem Wachsporträt trennen. Er ließ es in eine Kammer in seinen Privatgemächern im Louvre bringen und täglich neu einkleiden. Jeden Tag besuchte er die Puppe und hielt mit ihr Zwiesprache, selbst nachdem er auf Drängen des Papstes Maria von Medici geheiratet und sich einige Zeit später eine neue Mätresse zugelegt hatte.«

In jener Nacht träumte Marie zum ersten Mal, dass die Wachsfiguren zu ihr sprachen. Und selbst als Marie später erfuhr, dass sich der Tod von Gabrielle d'Estrées gar nicht im Hôtel d'Aligre zugetragen hatte, ließ sie das tragische Schicksal des edlen Königs und seiner Mätresse nicht mehr los.

Als in den folgenden Wochen nach und nach auch die anderen Ateliers zum Leben erwachten, ließ die Beklemmung, die Marie in den Fluchten des Hôtel d'Aligre spürte, nach. Staffeleien wurden in die Zimmer getragen, Kisten mit Farben, Leinwände und Bildhauerwerkzeug.

Nun sättigte täglich der Geruch von Farben und Lösungsmitteln die Luft, das Klackern der Meißel hallte von den hohen Decken wider. Für Marie tat sich eine neue Welt auf. Sie konnte sich an den fremdartigen Gestalten kaum sattsehen. Neben ihnen wohnte ein hochmütiger Maler, der seine adeligen Besucher mit Bücklingen hofierte – und dennoch abends in ihrer Küche stand, um wortkarg von Anna einen Teller Suppe zu erbitten. Gegenüber wohnte ein abgerissen gekleideter Bildhauer, der Büsten schuf, die eine strahlende Ähnlichkeit mit seinen Auftraggebern hatten. Und dazu Curtius, aus dessen Atelier man beinahe rund um die Uhr leises Werkeln hören konnte. Wenn Marie ihm seine Mahlzeiten oder eine Schale Milchkaffee brachte, war er stets dabei, etwas in einem Topf zu erwärmen, Wachs mit einem Griffel zu bearbeiten oder über einem Buch zu brüten. Ab und an verschwand er für einige Stunden, um, wie er sagte, etwas in die Wege zu leiten. Wenn er zurückkehrte, trug er oft ein Bild oder ein Buch unter seinem Arm. Dann sah Marie, wie Anna ihm missbilligend nachblickte. Anna und er redeten kaum miteinander. Nur manchmal, wenn Marie schon im Bett lag, hörte sie die beiden leise miteinander sprechen, manchmal auch streiten. Als sie einmal einen besonders heftigen Wortwechsel hörte, hielt es Marie nicht mehr an ihrem Platz.

»Seit Wochen sitzen wir in der Kälte, weil wir keinen Sou für Holz haben – und du trägst das Geld zum Buchhändler und nimmst Gemälde in Kommission. Nun willst du auch noch den Rest für ein Puppenkleid und feinen Likör für fremde Leute ausgeben?« Marie hörte Annas Stimme brechen. »Wenn ich gewusst hätte, dass du verrückt geworden bist, hätte ich meine Tochter nicht in diese Stadt gebracht.« Marie wollte ihrer Mutter zu Hilfe kommen. Sie trat in die Küche und sah die beiden am Tisch sitzen. Curtius hatte die Arme um Anna gelegt. Sie bemerkten Marie nicht, denn der Schein des Feuers reichte nicht bis zur Tür. »Diese Investition wird sich auszahlen. Meine Werke machen schon jetzt von sich reden. Man wird sich bei der Ausstellung nur so drängen, um sie zu sehen. Warte ab, meine Liebe, ich bin das Gegenteil von verrückt.« Curtius strich ihr zärtlich durchs Haar. Marie staunte, als sie sah, dass der Doktor und ihre Mutter sich leidenschaftlich küssten.

Sie schlich in ihr Zimmer zurück und holte das Buch ihres Großvaters hervor. Seit sie bei Onkel Curtius wohnten, ging Marie auf die nahe gelegene Schule der Filles-de-Sainte-Agnès. Zunächst hatten ihr die Besuche dort keine Freude gemacht: ein dunkles, muffig riechendes Gemäuer; Bettler, die morgens vor den Klostertoren warteten, um eine Kelle Suppe und einen Kanten Brot zu erbetteln; Nonnen, die schnell den Rohrstock zur Hand hatten; und andere Mädchen, die Marie auslachten, weil sie einen fremdartigen Akzent hatte. Und dann ihr Name: zu Grossolse verunstalteten sie ihn, weil sie ihn anders nicht aussprechen konnten. Der Unterricht war eine Enttäuschung. Meistens wurde genäht und gestickt. Aber immerhin lernte sie auch Lesen, Schreiben und Rechnen. So war sie schneller als ihre Mutter in der Lage, das Nötigste auf Französisch zu sagen. Sie wollte aber auch in dem Buch ihres Großvaters lesen können. Denn so wie Robinson auf seiner einsamen Insel Trost in der Lektüre der Bibel fand, boten seine gedruckten Abenteuer Marie eine Heimat in der Fremde. Buchstabe für Buchstabe zusammenfügend, schaffte sie zwar täglich nur wenige Zeilen, bis ihr die Augen zufielen, dennoch reichte es aus, um farbenprächtige Bilder von großen Schiffen, dem tosenden Meer und wilden Seemännern vor ihrem inneren Auge zum Leben zu erwecken.

Das Knarren der Dielen ließ sie zusammenzucken. Es war Curtius. Er stutzte. »Hast du dich bei meinen Büchern bedient?« Er nahm das Buch aus ihrer Hand, las den Titel und zog dann die Augenbrauen hoch. »Von wem hast du es?«, fragte er ernst.

»Mein Großvater schenkte es mir zum Abschied. Wir haben darin gemeinsam gelesen«, sagte sie. Curtius' Züge entspannten sich.

»Da kannte wohl jemand seinen Rousseau«, sagte er. »Wie ungewöhnlich. Ein Henker, der die verbotenen Traktate des Freidenkers liest.« Als Marie ihn fragend ansah, erklärte Curtius ihr, dass der große Denker Jean-Jacques Rousseau, mit dem er übrigens über den Prinzen von Conti bekannt sei, in seinem Buch *Emile oder Über die Erziehung* empfiehlt, dass man Kindern nur ein Werk als Lektüre erlauben solle, nämlich eben diesen *Robinson Crusoe* des englischen Schriftstellers Daniel Defoe. Rousseaus Buch sei von der Obrigkeit geächtet und vor dem Justizpalast verbrannt worden, dennoch verbreite sich sein Gedankengut unaufhaltsam. Curtius setzte sich zu ihr auf das Bett und schlug das Buch auf. Plötzlich erhob er seine wohltönende Stimme: »… und mich hieß man daher Robinson Kreutznaer, aber durch das gewöhnliche Verderben der Wörter in England nennt man uns jetzt und nennen wir uns selber und schreiben uns Crusoe, und so haben mich auch meine Kameraden immer gerufen.« Er ließ seinen Blick noch einen Augenblick nachdenklich über die Seiten schweifen. »Siehst du, bei mir ist es ähnlich. Auch meine Familie hieß einst Kreutz, nannte sich aber Curtius, da es für die Franzosen einfacher auszusprechen ist. Meine Abenteuer haben mich von Stockach am Bodensee über das schweizerische Bern und deine Heimat Straßburg hierher geführt. Meine Insel ist Paris, nur ist sie ganz und gar nicht einsam.« Er klappte das Buch zu, strich beinahe zärtlich über den Einband und gab es ihr zurück. Marie hätte ihn gerne gefragt, ob er ihr noch etwas vorlesen würde, doch Curtius schien mit seinen Gedanken schon wieder woanders zu sein.

Am nächsten Morgen waren, zum ersten Mal seit sie bei Curtius wohnten, die Räume des Ateliers von wohliger Wärme erfüllt. Die Kamine, die so lang waren, dass Marie sich leicht hätte hineinlegen können, leuchteten von brennenden Scheiten. Lange vor Sonnenaufgang waren Anna und Marie aufgestanden. Ihre Mutter wirbelte durch die Räume, stellte Kerzen auf, nahm Lieferanten die Last ab. Ihre Wangen waren vor Aufregung und Arbeit rosig, aus ihren hochgesteckten Haaren hatten sich einige Strähnen gelöst. Marie betrachtete sie, während sie den Boden des Ateliers fegte. Ihre Mutter strahlte beinahe, sie sah so glücklich aus wie lange nicht mehr. Genau genommen konnte sie sich kaum erinnern, ihre Mutter jemals so zufrieden gesehen zu haben. Vielleicht damals, als ihr Vater noch bei ihnen war? Es war Marie, als fühlte sie ein Loch in ihrem Herzen. Sie hatte nur wenige Erinnerungen an ihn. Sie hätte gerne mehr über ihre Familie gesprochen, aber immer, wenn sie das Thema ansprach, versteifte sich ihre Mutter und presste ihre Lippen aufeinander.

Marie kehrte den Staub zu einem Häufchen zusammen. In ihrer Nähe reihte Curtius auf einem Streifen roten Samtes seine Miniaturen auf, nur mit den Fingerspitzen berührte er die fragilen Wachsgebilde, unter denen Marie einen schlanken Frauenkopf, ein ausdrucksvolles Männergesicht und das Bildnis eines Kleinkindes erkennen konnte. Der Doktor trug eine gepuderte Perücke und feine, glänzende Kleidung. Am liebsten wäre sie zu ihm gegangen und hätte ihm zugesehen. Doch Curtius hatte sie bei ihren letzten Versuchen, ihn bei seiner Arbeit zu beobachten oder ihm gar zu helfen, ungeduldig zur Seite geschoben. Heute war er so vertieft und zugleich so angespannt, dass sie ihm lieber nur aus der Ferne zusah. Marie warf den Kehricht aus dem Fenster. Danach begann sie, die Spiegel zu wienern, wie es ihre Mutter ihr aufgetragen hatte. Je mehr die blinden Stellen schwanden, umso besser konnte Marie ihr Gesicht erkennen. Die braunen Augen blickten ernst, die Brauen hatte sie konzentriert zusammengezogen. Die feinen braunen Haare waren unter einer Haube zusammengesteckt. Hübsch fand sie sich nicht. Zumindest nicht so hübsch wie viele Mädchen, die herausgeputzt an der Seite ihrer Eltern auf der Rue Saint-Honoré flanierten. Sie war zu klein, ihre Nase schien ihr zu groß, ihre Haut nicht blass genug.

»Marie, komm, du kannst mir zur Hand gehen«, riss Curtius' Stimme sie aus ihren Gedanken.

Er hatte seine Miniaturen und Büsten aufgereiht, nur die Schlafende Schöne lag noch unberührt auf ihrem Kanapee.

»Zieh dich an, wir müssen etwas abholen.« Marie strahlte: Sie durfte helfen, vielleicht würden sie gar einen Prinzen besuchen! Sie warf sich ein Cape über und folgte ihm.

Sie gingen Richtung Rue Bailleul. In der Passage schafften die Händler ihre Waren in ihre Buden. Frühe Flaneure ließen sich durch die Geschäftigkeit, die um sie herum herrschte, nicht stören. Obgleich der Laden mit den Delikatessen noch geschlossen war, hing der Duft von geräuchertem Schinken und exotischem Obst in der Luft. Curtius hatte jedoch keinen Blick für die Passanten, auch nicht für den alten Mann, der ihm aus einer Kruke auf seinem Rücken Milchkaffee anbot, bereit, dem letzten Käufer den noch halb gefüllten Becher aus der Hand zu reißen, um ihn, erneut gefüllt, an seinen neuen Kunden weiterzureichen. Marie eilte dem Doktor hinterher. Kleine Jungen mit Brettern sprachen sie an. Sie verdienten ihr Geld damit, dass sie ihr Brett über besonders große Pfützen legten, sodass die Passanten trocken darübersteigen konnten. Im Schmutz der Straßen hockten Frauen, Männer und Kinder mit ausgemergelten Gesichtern und streckten ihnen mit flehendem Blick die Hände entgegen. Marie, die stehen geblieben war, sah sich nach dem Doktor um. Kurz überkam sie Panik. Dann erkannte sie seinen wippenden Gang in der Menge. Er war beinahe einen Häuserblock entfernt. Marie raffte den Saum ihres Rockes, der schon jetzt mit Schlamm bespritzt war, und lief ihm schnell hinterher.

Vor einem Haus, an dessen Tor eine prächtige Equipage wartete, blieben sie stehen. Als sie eintreten wollten, kam ihnen eine Dame entgegen, die anmutig die Nase reckte. Unter ihren blonden Haaren ließen dunkle Wimpern die Augen leuchten, das schmale Gesicht war von zwei kleinen Schönheitsflecken verziert. Marie war es, als sei sie ihr schon einmal begegnet, sie konnte sich aber nicht erinnern, wo. Ein Diener mühte sich ab, ihre zwei quirligen Möpse im Zaum zu halten und zugleich seiner Herrin den Verschlag zu öffnen. Ein Mädchen, blond und blass, vielleicht zwei Jahre älter als Marie, aber noch zarter, trug den beiden ein fest verschnürtes Paket hinterher. Sie reckte den Kopf, um über ihrer Last den Weg zu erkennen. Jetzt fiel dem Diener einer der Hunde herunter, das Mädchen stieß gegen ihn, das Paket segelte beinahe zu Boden. Sogleich hieb die Dame mit ihrem Fächer auf Kopf und Rücken der beiden. »Ihr Tölpel«, schimpfte sie wenig damenhaft. »Ungeschicktes Pack, ungeschicktes!«

Hastig bückte sich der Diener, um den Mops wieder aufzuheben, während sich der andere in seiner Hand wand. Als er die beiden Hunde zu der Frau setzen wollte, verzog diese angewidert das sorgfältig geschminkte Gesicht und führte, den kleinen Finger weit abgespreizt, ein Riechfläschchen an die Nase. Sie nahm den sauberen Mops entgegen, während der Diener, über dessen ebenso angewiderten Gesichtsausdruck Marie lächeln musste, den zweiten Hund auf den Kutschbock setzte. Dann nahm er dem Mädchen das Paket ab und verstaute es. Die Kleine ging mit hängenden Schultern in das Geschäft zurück. Jetzt trat Curtius an das Fenster der Kutsche und deutete eine Verbeugung an.

»Gnädige Frau sehen heute wieder bezaubernd aus. Werde ich die Freude haben, Sie als Gast der Ausstellung im Palais Schomberg begrüßen zu dürfen? Ihr Porträt ist fertiggestellt und bereit, abgeholt zu werden.«

Marie hörte einen leisen, leicht lispelnden Singsang aus der Kutsche, Curtius lächelte charmant. Die Dame reichte ihm graziös eine behandschuhte Hand aus dem Fenster, auf die er einen Kuss andeutete.

»Zu schade, dabei hat auch der Prinz von Conti seinen Besuch angekündigt, um die neuesten Wachsminiaturen aus meiner Hand in Augenschein zu nehmen«, sagte ihr Onkel. Die Hand verweilte in Curtius' Fingern. Die Frau antwortete, doch wieder konnte Marie nicht verstehen, was gesprochen wurde. Dann schlug eine Hand an die Holzvertäfelung, woraufhin sich die Kutsche in Bewegung setzte.

Marie sah ihr staunend nach. »Wer war die Dame? Etwa eine berühmte Gräfin?«, fragte sie.

»Nein, das noch nicht. Genau genommen ist sie noch vor gar nicht langer Zeit im Modesalon von Monsieur Labille tätig gewesen. Aber vielleicht kann sie noch eine Gräfin werden, das weiß man ja nie so genau.« Er sah sie prüfend an. »Hast du sie denn nicht erkannt? Neulich noch ließest du dich von ihrem Abbild täuschen. Ich dachte, mir wäre ihr Porträt so wohl gelungen.« Da dämmerte es Marie. Sie hatte die Schlafende Schöne leibhaftig gesehen!

Erst jetzt bemerkte sie, dass sie aus dem Geschäft beobachtet wurden. Neugierig wurden sie von jungen Frauen gemustert, deren Gesichter am Fenster aufgereiht waren wie Perlen an einer Kette. Curtius und Marie traten ein. Die Finger der jungen Frauen bewegten sich flink über ihren Näharbeiten, während sie sich unterhielten und ihre Augen zwischen den Passanten hin und her wandern ließen. Aus dem Hinterzimmer trat eine Dame zu ihnen, warf einen kurzen Blick auf die tuschelnden Näherinnen, zischte »Genug jetzt!« und wandte sich, zufrieden, dass die Frauen verstummt waren, Curtius zu. Ihr Onkel und die Dame tauschten einige Höflichkeiten aus und unterhielten sich dann über die frühere Modistin, die sich schon jetzt wie eine zukünftige Gräfin Dubarry aufspielte.

Marie sah sich um. Der Raum wurde durch das fahle Tageslicht nur wenig erhellt. Ihr Blick blieb an den kostbaren Stoffen hängen, an Quasten und Flitterkram, an Schleiern, Federn, Blumen aus Seide und Damenhüten, die an den Wänden hingen. Sie bewunderte, wie sicher sich die Finger der Frauen bewegten, ohne dass sie einen Blick auf ihre Näharbeit verschwendeten. Das kleine blonde Mädchen hatte sich auf einen Stuhl in einem Winkel gesetzt, die Augen hielt es konzentriert auf Finger, Faden und Stoff gerichtet. Plötzlich wurde es von der Frau gerufen, Laure solle ihr helfen, ein Kleid aus dem Hinterzimmer zu holen. Als sie zurückkehrten, nickte Curtius anerkennend; Marie hielt den Atem an. Das Kleid war ein Traum aus Samt, Seide und Spitze. Marie strich mit der Hand über den feinen Saum. Wie schön musste es sein, dieses prächtige Kleid zu tragen. Man würde sich darin wie eine Prinzessin fühlen!

»Die Robe ist wunderbar«, fand auch Curtius. »Sie ist ihren Preis wert. Und sie entspricht genau einem ihrer Kleider?«

»Das Kleid ist dem nachempfunden, das Jeanne zuletzt anfertigen ließ. Dafür verbürge ich mich«, sagte die Frau.

»Dann wird es seinen Zweck erfüllen«, sagte Curtius, als er die Börse zückte. Die Frau zögerte.

»Darf ich fragen, wofür Sie das Kleid benötigen?«, fragte sie schließlich.

»Ich hatte das Vergnügen, Madame Bécu zu porträtieren. Ihr Wachsporträt wird ein wichtiges Exponat in der nächsten Ausstellung der Akademie Saint-Luc sein«, erklärte Curtius stolz.

»Jeanne? Wieso denn gerade Jeanne? Sie sieht bildschön aus, aber sonst?!«

»Was sonst? Ist das nicht Grund genug? Das Interesse an ihrer Person ist schon jetzt beträchtlich.« Die Dame lachte los und hielt sich dann verschämt eine Hand vor den Mund. Auch die Näherinnen kicherten.

»Das kann ich mir denken. Die Männer rennen ihr hinterher wie Köter einer läufigen Hündin.« Als sie Curtius' ernsten Blick bemerkte, entschuldigte sie sich. »Ich meine nur, Jeanne hat einen gewissen Ruf.«

Curtius reckte das Kinn und räusperte sich. »Der nicht Ihre Sorge sein dürfte.« Er klimperte mit dem Geld in seinem Beutel. Die Frau schlug die Augen nieder.

»Natürlich nicht«, sagte sie.

Sie machte Laure ein Zeichen und hüllte mit ihr zusammen das Kleid ein, als das Unglück geschah. Laure wollte Marie den Saum reichen, stolperte dabei, der Samt glitt auf den Boden, Laure trat darauf, der Spitzensaum zerriss. Das Mädchen duckte sich schon, bevor die ersten Schläge seinen Kopf trafen. »Du nichtsnutziges Ding!«, schimpfte die Dame, während sie auf Laure einschlug. Eine Näherin mit roten Pausbacken sprang auf und wollte dem Mädchen zu Hilfe kommen, setzte sich jedoch wieder, als sie der strenge Blick der Dame traf. Marie fühlte sich an die schmerzhaften Rügen ihrer Großmutter erinnert, Wut brandete in ihr auf, und noch bevor sie wusste, was sie tat, sagte sie: »Ich war es, ich bin auf den Saum getreten, es tut mir leid.« Die Frau ließ von Laure ab, das Mädchen warf Marie einen überraschten Blick zu. Curtius sah Marie mit aufgerissenen Augen an, seine Finger bildeten eine Faust und öffneten sich dann krampfhaft wieder.

»Hätte ich gewusst, wie ungeschickt du bist, ich hätte dich bei deiner Mutter gelassen, damit du weiter Staub kehren kannst«, sagte er aufgebracht. Langsam, den ramponierten Saum wie eine Kostbarkeit erhoben, folgte sie ihm auf dem Weg zurück ins Kabinett.

Curtius schob Marie schweigend in die Küche und schloss die Tür hinter ihr. Wenig später kam Anna herein, in der Hand trug sie das Kleid. Sie legte es vorsichtig auf den Tisch und kniete sich neben Marie auf den Fußboden.

»Ach Mariechen, ich dachte, du wüsstest, was dieser Tag deinem Onkel bedeutet, wie wichtig er ist – auch für uns«, sagte sie leise. »Du bist doch sonst nicht so tollpatschig. Wie ist das nur passiert?« Marie biss sich auf die Lippen, schüttelte trotzig den Kopf.

»Na gut. Wir müssen das Kleid wieder herrichten, so gut es geht. Denn wenn die Besucher in der Wachsfigur mit diesem schönen Kleid die feine Dame wiedererkennen, die Doktor Curtius porträtiert hat, dann werden sie vielleicht auch ein so gelungenes Abbild bei ihm in Auftrag geben.« Anna zog ihren Nähkorb unter der Bank hervor. Marie stand auf und legte das Kleid zurecht.

»Ich möchte helfen. Das Kleid soll wieder so schön werden, wie es vorher war«, sagte sie. Anna nickte. Gemeinsam nähten sie den Saum wieder an. Als sie zufrieden waren, nahm Anna das Kleid und schickte sich an, die Küche zu verlassen.

»Am besten bleibst du heute hier. Ich möchte nicht, dass der Doktor sich aufregt, wenn er dich sieht. Du kannst dir ja die Wäsche vornehmen, die geflickt werden muss, dann wird dir die Zeit nicht so lang«, sagte sie zu ihrer Tochter.

Marie holte die Wäsche und legte sie neben sich auf die Bank. Stück für Stück nahm sie sich die Kleidung vor. Gelegentlich kamen ihre Mutter oder die für die Ausstellung engagierten Dienstboten in die Küche, um etwas zu holen. Dann drangen lebhafte Gesprächsfetzen oder Gelächter in den Raum. Niemand nahm sich jedoch die Zeit, Marie zu berichten, was in den Sälen vor sich ging. Sie fühlte sich ausgeschlossen. Die Geräusche ließen ihre Fantasie Kreise ziehen. Sie malte sich aus, welche hohen Herrschaften durch die Räume flanierten und wie Curtius mitten unter ihnen stand und mit ihnen plauderte – als Gleicher unter Gleichen, geachtet und geehrt. Dieser Glanz würde wohl nie auf sie fallen. Der Doktor würde sie vermutlich nie wieder mitnehmen. Marie legte das letzte Hemd zusammen. Im Palast war es ruhig geworden. Sie fühlte sich müde und einsam. Wenn ihr Vater nur da wäre! Dann wären sie glücklich, wie früher. Marie hörte ihre Mutter lachen. Groll stieg in ihr auf. Sie faltete das Hemd, legte es auf den Haufen und rollte sich auf der Bank zusammen. Sollten die anderen doch feiern, sie wollte gar nicht mehr dabei sein.

Lautes Gelächter weckte Marie. In der Küche drängten sich die Menschen. Marie erkannte einige Künstler und ein paar Dienstmädchen wieder, die sich Stühle an den Tisch zogen. Verschlafen setzte sie sich auf und musterte die strahlenden Gesichter. Curtius saß bei ihr auf der Bank. Anna schürte das Feuer, um schnell eine Mahlzeit zuzubereiten. Rotwein, Nüsse und getrocknete Früchte machten die Runde. Alle redeten durcheinander, lachten. Ein Maler rühmte sich, sämtliche Bilder verkauft zu haben, ein anderer berichtete über die zähen Verhandlungen mit einem Uhrmacher, der keinen Sou springen lassen, dessen Frau aber unbedingt eine Büste erstehen wollte. Es hatte Paare gegeben, die taten, als würden sie alle Ausstellungsstücke erwerben, dann aber doch nur schauten; einzelne Herren, die es auf delikate Szenen abgesehen hatten; Neureiche, denen die Börse locker saß. Auch Curtius hatte ein gutes Geschäft gemacht. Er berichtete noch von seinen Geschäften, als die anderen bereits gegangen waren und nur noch sie drei um den Tisch saßen. Er legte die Perücke ab, die Reste des Puders hinterließen weiße Spuren auf der Tischplatte. Sein Hemd war gelockert, der Saum hing über der Hose. Anna strahlte ihn an, vor ihr lag eine gefüllte Geldkatze. Weitere Einnahmen sollten folgen, denn viele Besucher waren von der Schlafenden Schönen in ihrem prachtvollen Kleid so angetan gewesen, dass auch sie ein Porträt in Wachs bestellt hatten. »Früher war es den Königen vorbehalten gewesen, sich in Lebensgröße abbilden zu lassen. Antoine Benoist war der Wachsbildner des Sonnenkönigs, ein Meister seines Fachs. Ludwig XIV. selbst hatte ihm die Erlaubnis erteilt, die königliche Familie darzustellen und die Figuren in einem Kabinett zu zeigen. Die Menschen drängten sich, um den Cercle Royale zu sehen – und nun wollen es viele den königlichen Hoheiten gleichtun. Noch interessieren sich die meisten für Miniaturen und Büsten, doch wer weiß schon, wohin sich diese neue Kunst entwickeln wird. Mir soll's recht sein.« Bald war seine Zunge schwer vom Wein, doch seine Erzählungen waren so anschaulich und so amüsant, dass selbst Maries dunkle Gedanken wie fortgeblasen waren. Marie wäre am liebsten auf der Bank zu ihm gerutscht, sie wagte es jedoch nicht. Dennoch schien es ihr fast, als wären sie eine Familie.

Immer öfter kamen nun Besucher in Curtius' Kabinett, um ihre Gesichtszüge verewigen zu lassen. Zu gern hätte Marie beobachtet, wie aus diesen formlosen Stücken Wachs, die Curtius in sein Atelier schaffte, kunstvolle Miniaturen oder Büsten wurden. Sollte sie ihn fragen, ob er ihr seine Kunst beibringen würde? Nein, sicher würde er sie nicht an die filigranen Wachsgebilde lassen. Schließlich hielt er sie noch immer für die Ungeschicklichkeit in Person. Manchmal, wenn der Doktor unterwegs war, schlich sie in sein Atelier. Wenn er jedoch zurückkehrte, genügte ein Blick und eine Bemerkung über ihre »zwei linken Hände«, um sie zu vertreiben.

Als der Sommer in die Stadt einzog, entdeckte sie eine Möglichkeit, ihren Wissensdurst zu stillen. Zunächst tat es ihr leid, als sich der Maler von nebenan verabschiedete. Erst gestern hatte er seine Utensilien und die Bilder abgeholt. Nun war sein Atelier vollends leer. Neugierig trat Marie in den Raum. Es roch noch immer stark nach Farbe. Es wäre gut, einmal zu lüften, dachte sie. Auf dem Weg zum Fenster entdeckte sie einen Riss in der Tapetenwand. Sie konnte durch den Spalt in Curtius' Kabinett sehen.

Schon bald wurde dies ihr Lieblingsort. Nun konnte sie ihm zusehen, wie er seine Kunst ausübte. Denn eine Kunst war es für sie, wie er aus Wachs Gebilde herstellte, die lebensecht aussahen – seien es nun Blumen, Obst oder gar Menschen. Curtius ging dabei nicht immer gleich vor, stellte sie fest. Wenn er beispielsweise Wachsblumen herstellte, färbte er manchmal flüssiges Wachs, zog Papier hindurch, tauchte es in Wasser und stach dann aus dem Papier Blütenblätter aus, die er mit Hilfe von Kugelhölzern rundete und mit Draht zusammenfügte. Manchmal formte er aber auch Blumen aus Papier, die er in flüssiges Wachs tauchte. Das Ergebnis war dasselbe: Blüten, die so echt wirkten, als seien sie gerade gepflückt worden. Wie gern hätte sie selbst einmal versucht, so eine glänzend zarte Wachsblume herzustellen.

Als der Doktor eines Tages Besorgungen machte, schlich Marie in das Kabinett. Sie wollte das Gesehene einmal selbst ausprobieren. Sie wusste, zunächst musste sie eine Blume aus Papier formen, danach das Wachs erhitzen. Doch aus der Nähe betrachtet, schüchterten die vielen Materialien und Werkzeuge auf dem Tisch sie ein. Marie betrachtete ein wächsernes Blumenbouquet. Beinahe glaubte sie, den Duft der Nelken und der Rosen riechen zu können. Es würde ihr nie gelingen, etwas so Zartes und Lebensechtes herzustellen. Schließlich hatte ihre Großmutter immer wieder betont, wie ungeschickt sie sei. Wenn sie es aber nicht versuchte, würde sie nie herausfinden, wie es war, dachte sie. Und was sollte schon geschehen? Im schlimmsten Fall würde der Doktor sie und ihre Mutter nach Straßburg zurückschicken – dann wäre sie wieder bei ihrem Großvater, auch recht. Entschlossen trat sie an den Tisch. Sie legte zwei Kissen auf den Stuhl, damit sie die Tischplatte besser erreichen konnte, kniete sich darauf und suchte ein kleines abgerissenes Stück Papier heraus. Sie formte Blütenblätter, faltete die Blume aber immer wieder auseinander und begann von neuem, bis sie endlich zufrieden war. Marie erhitzte einen Rest Wachs, der sich noch im Topf befand. Im Raum breitete sich ein schwerer Geruch aus. Sie befestigte einen Draht an der Papierblüte und tauchte sie vorsichtig in die heiße Flüssigkeit. Jetzt sah das Gebilde entfernt wie eine Blume aus, etwas zerknittert und mit Lecknasen vom Wachs, aber immerhin. Für sie war es die schönste Blume, die sie je gesehen hatte. Immer wieder ließ sie die Blume vor ihren Augen tanzen, indem sie den Stiel aus Draht zwischen den Fingern drehte. Sie musste sie jemandem zeigen.

In der Küche hörte sie ihre Mutter arbeiten. Marie nahm die Blume und lief zu ihr. Anna hatte das Messbuch auf einem Stuhl abgelegt und schälte Rüben, die erste schwamm schon in einem mit Wasser gefüllten Tontopf. Anna warf ihr keinen Blick zu, als sie Marie hereinkommen hörte. Das kleine Mädchen stellte sich vor sie, stolz hielt es ihr die Blume hin. Seine Mutter sah noch immer nicht auf. »Warum hast du noch nicht mit den Rüben angefangen, Kind? Hast du etwa getrödelt oder dich im Palais herumgetrieben?«, fragte Anna und griff wieder in den großen Korb voller Steckrüben.

»Ich habe ein Geschenk für Sie, Maman«, sagte Marie, noch immer strahlend. Erst jetzt sah Anna auf. Entgeistert schaute sie erst auf die Blume, dann auf ihre Tochter.

»Bist du etwa allein in das Kabinett vom Doktor gegangen? Du solltest doch nicht an seine Sachen gehen! Was hast du angestellt!«, schimpfte Anna und warf die nächste Rübe mit so viel Schwung ins Wasser, dass einige Tropfen in Maries Gesicht spritzten. »Glaubst du, es gibt hier nicht genug zu tun für dich? Gib her, ich bringe es zurück. Und du wirst diese Rüben schälen, und zwar ganz allein!« Marie brannten die Tränen in den Augen. In diesem Moment hörte sie Schritte hinter ihrem Rücken. Sie wollte die Blume verstecken, doch zu spät.

»Zeige mir mal diese Blume, Marie, hast du sie etwa von meinem Tisch genommen?«, sagte nun der Doktor, der mit einigen Büchern unter dem Arm hereinkam. Als Marie den Kopf schüttelte, nahm er ihr die Wachsblume ab. »Nein, ich sehe schon, diese Sorte gibt es in meiner Sammlung bislang noch nicht.« Curtius sah sie streng an. Die Blume hielt er spitz zwischen zwei Fingern. »Du wirst deine Strafarbeit erledigen, so wie deine Mutter es wünscht. Und danach wirst du dich in meinem Atelier sehen lassen. Ich werde mir bis dahin überlegen, welche Strafe *ich* mir für dich einfallen lasse.« Die Tür fiel hinter ihm ins Schloss.

Marie und ihre Mutter blieben in der Küche zurück. Mit Curtius' letztem Satz war es Marie, als sei ihr Herz auf dem Steinfußboden der Küche zerschellt.

Anna drückte ihr das Messer und eine halb geschälte Rübe in die Hand. »Du kannst froh sein, dass der Doktor so ein gutmütiger Mensch ist. Jemand anders hätte uns längst weggeschickt, zurück nach Straßburg ...«, sagte Anna.

Straßburg, das kam Marie jetzt wie eine verlorene Heimat vor. Immer genug zu essen und ein bullernder Ofen in der Stube. Ihr Großvater, der sich Zeit für sie nahm. Und ihre Mutter, die stets ein offenes Ohr für sie hatte und sich schützend vor Marie stellte, wenn jemand ihr Böses wollte. Das alles schien jetzt vorbei. Maries Enttäuschung und ihr Kummer wandelten sich in Wut.

»In Straßburg wären wir jetzt besser dran«, rief sie. »Sie sind schuld, dass wir wegmussten! Sie haben Papa dazu gebracht fortzugehen!« Anna schlug ihr mit der flachen Hand quer übers Gesicht, sodass Maries Haube vom Kopf rutschte. Dann drehte sie Marie den Rücken zu. Eine Zeitlang war es so still, dass man das verspritzte Wasser vom Tisch auf den Boden tropfen hörte. Marie liefen die Tränen hinunter. Anna ließ sich auf den Stuhl fallen, als ob alle Kraft sie verlassen hatte.

»Dein Vater hat uns sitzenlassen. Dich und mich. Hat sich gedrückt. Ich konnte gar nichts tun. Ich war sogar froh, dass er weg ist. Es war nicht auszuhalten mit ihm. Der Krieg hatte ihm bereits die Sinne verwirrt.« Marie sah, wie ihre Mutter schwer atmete, ihre Schultern hoben und senkten sich ruckartig. Anna richtete sich auf. Es hatte etwas Endgültiges, wie sie ihre Hände an der Schürze abwischte. »Ich will nichts mehr davon hören. Straßburg ist vorbei und vergessen. Wir werden hierbleiben, so lange der Doktor uns will.« Sie hockte sich neben Marie und strich ihr über die rotglühende Wange. Dann setzte sie Marie die Haube wieder auf und zog die Schleife unter dem Kinn so fest zu, dass sie in die Haut kniff. »Du wirst morgen in der Kirche für das Wohl deines Vaters beten, so wie ich es täglich tue. Du wirst mir im Haushalt helfen. Und du wirst Doktor Curtius nicht mehr belästigen.«

Maries Herz, ihre Finger und ihre Knie flatterten, als sie vor Curtius' Zimmer stand. Sie klopfte, wartete endlose Sekunden auf seine Antwort und trat dann ein. Der Doktor saß an seinem Tisch, eine Lampe warf tiefe Schatten auf sein Gesicht, hinter ihm ragten die Umrisse der Wachshände drohend auf. Eine Zeitlang sagte er gar nichts, sondern sah sie nur prüfend an. Marie versuchte, seinen Blick ruhig zu erwidern.

»Nun, was hast du zu deiner Verteidigung vorzubringen?«, brach er das Schweigen und sah sie streng an.

»Ich wollte auch einmal so etwas Schönes machen. Ich habe Ihnen dabei zugesehen. Ich wollte keinen Schaden anrichten. Das müssen Sie mir glauben!«, platzte es aus Marie heraus.

»So, muss ich?« Seine Augenbrauen stießen aneinander und sorgten für tiefe Falten auf der Stirn. »Dann wollen wir uns das gute Stück noch mal ansehen.« Er drehte die Blume zwischen den Fingern. »Sie sieht aus, als habe ein Kavalier sie in seiner Tasche getragen, um sie seiner Liebsten zu überreichen – doch die Dame versetzte ihn, und er vergaß die Blume über seinem Kummer. Sie ist hübsch beobachtet. Es scheint, als ob du nicht so ungeschickt bist, wie ich dachte. Das hat mir auch schon deine kleine Freundin berichtet.« Hübsch beobachtet! Nicht so ungeschickt! Marie war es, als fliege ihr Herz wie ein gut getroffener Federball in die Luft. Aber wer war die »kleine Freundin«? »Daher habe ich eine Entscheidung getroffen«, sagte Curtius feierlich. »Du darfst mir über die Schulter schauen. Solltest du dich als würdig erweisen, werde ich dich in meiner Kunst unterrichten.«

KAPITEL 3

*S*chon in der Antike, in Griechenland und im alten Rom, gab es den Beruf des Wachsbildners. Er stellte Masken, Porträtbüsten, Früchte, Blumenkränze und Wachsfiguren für Brettspiele her. Stell dir vor, die Wachsstatuen des römischen Tribuns Caesar sollen sogar eine Vorrichtung besessen haben, mit der man sie nach allen Seiten wenden konnte, damit jeder Untertan das Gefühl hatte, Caesar sehe ihn an. Etwas Ähnliches schwebt mir auch vor«, sagte Curtius und lief mit schnellen Schritten in seinem Atelier umher. Marie saß am Tisch und konzentrierte sich auf die Herstellung einer Wachsblume. Der Doktor nahm ihren Unterricht sehr ernst. Ob sie sich als würdig erwiesen hatte oder ob er einfach Hilfe brauchte, wusste Marie nicht so genau. Es war ihr auch egal, nur das Ergebnis zählte, und Doktor Curtius unterrichtete sie schon seit beinahe einem Jahr. Er erklärte ihr die Werkzeuge zum Wachsbossieren und Wachsgießen, die Hölzer, Schalen und Formen. Während er sich auf die Büsten und Miniaturen konzentrierte, sollte Marie lernen, Blumen herzustellen. Wenn sie es eines Tages darin zur Meisterschaft gebracht haben würde, wie er es ausdrückte, stünde die Herstellung von Früchten und Feldfrüchten mittels Gipsformen auf dem Plan, und dann – irgendwann – werde er entscheiden, ob sie sich an die Abbildung des Menschen wagen dürfe.

Dabei schwirrte Marie schon jetzt der Kopf, weil es so viele verschiedene Möglichkeiten gab, mit Wachs zu arbeiten. So hatte Curtius einen Drechsler beauftragt, aus Apfel- und Birnbaumholz Stiele, Blätter oder Tulpenblüten zu formen. Vor einigen Stunden hatte Marie diese Hölzer in Wasser gelegt, damit sie einweichten und sich danach besser verarbeiten ließen. »Wachs ist nicht nur ein Material, um das Jesuskind oder irgendeinen Heiligen in der Kirche darzustellen«, fuhr er fort. »Es ist nicht nur eine Möglichkeit, Kerzen daraus zu formen oder künstliche Zähne. Wachs ist mehr!« Marie nahm gelbes Wachs, schnitt es unter den wachsamen Augen des Doktors klein und gab es in einen Topf, der über einem kleinen Feuer hing. Sofort breitete sich ein Duft nach Honig im Atelier aus. »Du musst jetzt Acht geben, damit das Wachs keinen Schaum schlägt oder Blasen bekommt und auch nicht allzu heiß wird«, wies Curtius sie an. Er schritt zu einem Regal und holte einen verkorkten Tonkrug hervor. »Hierin befindet sich Terpentin. Solltest du mit weißem Wachs arbeiten, benötigst du das gute cypriotische oder venedische Terpentin. Da wir gelbes Wachs ausgewählt haben, reicht das gemeine Terpentin. Hier ist der Tonkrug.« Marie stellte den Krug auf den Tisch und zog einen Stuhl heran, auf den sie sich kniete, um besser in den Topf sehen zu können. »Wenn das Wachs zergangen ist, fügst du das Terpentin hinzu.« Marie betrachtete die flüssige Masse im Topf. Sie entkorkte den Krug. Ein scharfer Geruch stieg ihr in die Nase. »Nun schnell, denn das Terpentin ist flüchtig. Schnell, aber ohne Hast.« Marie war nicht sicher, was der Doktor mit flüchtig meinte, gab aber sofort einen Schuss in die Wachsmasse. »Du musst das rechte Maß finden. Noch einen Schuss. Dann verschließe den Krug unverzüglich wieder.« Nun sollte sie die Farbe für ihre Tulpe auswählen. Sie entschied sich für ein leuchtendes Blau. Wie es jetzt weiterging, wusste sie bereits aus einer früheren Lektion, zumindest in der Theorie. Sie fügte die Farbe dem Wachs hinzu und rührte es vorsichtig um, sodass es keine Blasen schlug. Dann nahm sie die eingeweichten Holzformen aus dem Wasser und tunkte sie sacht bis an den obersten Rand der Tulpenform ins Wachs. »Nun wieder hinaus«, forderte Curtius. Marie hielt die hölzernen Formen über den Topf, damit das überflüssige Wachs abtropfte, und tauchte sie sofort in eine Schale mit kaltem Wasser. Danach zog sie die Formen vorsichtig vom Holz, damit sie die Blumen nicht zerdrücken oder gar zerbrechen würde. Doch jetzt stellte sie fest, dass sich an der Form Löcher und Blasen gebildet hatten. Enttäuscht sah Marie den Doktor an.

»Habe ich nicht alles richtig gemacht?«

Curtius betrachtete sie prüfend und verschränkte die Arme vor der Brust. »Dann wäre es wohl nicht zu diesem Resultat gekommen«, sagte er. »Du hättest es besser wissen müssen. Das Wachs ist zu heiß gewesen und die Form war nicht richtig eingeweicht. Ziehe das Wachs vorsichtig ab, und schmelze es wieder ein. Danach wirst du es noch einmal versuchen, so lange, bis es dir gelingt.«

Während Marie mit den Fingernägeln das Wachs abkratzte, zog sich Curtius seine Weste über und knöpfte sie zu. Sein Blick wanderte gedankenverloren zur Tür.

»Denn siehst du, Marie, die Kunst der Wachsarbeit vereinigt in sich das Beste aus Malerei und Bildhauerei. Mit der Zugabe von Farben der Malerei vermag sie im Kleinen darzustellen, was die Bildhauerei im Großen abbildet, ganz egal, was Diderot behauptet!« Marie wusste, was jetzt kommen würde. Sosehr der Doktor auch sonst von den Leistungen Diderots schwärmte, so sehr war er über dessen Urteil über den Effekt von Kolorit auf Statuen verärgert. Diderot hatte gesagt, dass selbst das schönste und wahrste Kolorit, das die Malerei kennt, einen schlechten Effekt auf einer Statue habe. Curtius war ganz anderer Meinung, für ihn gab die Farbe einer Statue erst die gewünschte Wirkung.

Curtius trat zu seiner Schülerin und beobachtete, wie sie sorgfältig die Hölzchen wieder in das Wasser legte. »Ich sehe, du hast noch zu tun. Ich werde das Ergebnis später betrachten. Wenn es erfreulicher ist, habe ich möglicherweise demnächst eine neue Aufgabe für dich«, sagte er geheimnisvoll. Nachdem er Perücke und Jacke übergeworfen hatte, ging er ohne ein weiteres Wort hinaus.

Marie blieb allein im Atelier zurück. Das machte ihr nichts aus. Sie mochte die Arbeit, den Duft des Wachses und die glatten, harten Bossierstifte aus Holz oder Knochen, mit denen sie das Wachs formen konnte. Dennoch genoss sie es, wenn Curtius da war und mit ihr über Kunst, Literatur und Wissenschaft sprach, als wäre sie eine Erwachsene. Sie wusste, dass sie in den letzten Monaten große Fortschritte gemacht hatte.

Auch die Wachsblumen waren ihr nach wenigen weiteren Versuchen gelungen. Alles, was mit Wachs zu tun hatte, ging ihr leicht von der Hand. Wann würde er ihr endlich erlauben, auch andere Dinge herzustellen? Es herrschte eine derartige Nachfrage nach Büsten und Miniaturen, dass Curtius mit der Herstellung gar nicht hinterherkam. Oft schloss er sich sogar nachts ein, um an neuen Bestellungen zu arbeiten. Das Resultat bekam sie allerdings nie zu Gesicht. Vermutlich verbarg er die Miniaturen in seinem Sekretär. Und was für eine neue Aufgabe hatte er wohl für sie? Vielleicht hing es mit seinem neuen Kabinett auf dem Jahrmarkt Saint-Germain auf dem linken Seineufer zusammen. Der Doktor hatte Marie bislang noch nie mitgenommen, doch sie wusste, dass er dort seine Wachsbouquets und -miniaturen verkaufte sowie Gemälde, die er anderen Künstlern abkaufte. Die Mischung, die er in seinem Kabinett präsentierte, das vergaß er nie zu betonen, war einzigartig.

Marie legte ein besonders gelungenes Blumenbouquet in eine mit Stroh ausgelegte Holzkiste und streute zum Schutz Stroh auf die bunten Blüten. Danach verschloss sie die Kiste und stapelte sie auf die anderen. Sie sah aus dem Fenster und gähnte, jetzt erst ging die Sonne auf.

»Ah, sehr gut, du hast deine Arbeit bereits beendet.« Curtius war in das Atelier getreten und wies einen Helfer an, die Kisten in die Mietkutsche zu bringen. Schon in den letzten Tagen hatte die Sonne ihre wärmende Kraft bewiesen und Lust auf die Freuden des Sommers gemacht. An diesem Frühlingswochenende würden vermutlich besonders viele Menschen auf den Jahrmärkten flanieren. Deshalb hatte sich der Doktor kurzerhand entschlossen, fast alle Wachsgebilde in seinen Laden auf dem Jahrmarkt Saint-Germain zu bringen.

»Darf ich Sie begleiten, Onkel Curtius? Vielleicht könnte ich Ihnen beim Auspacken helfen«, sagte Marie. Curtius überlegte einen Moment, dann nickte er.

»Nun gut, es kann sicher nicht schaden. Du kannst auspacken, abstauben, beobachten – aber du wirst schweigen«, wies er sie an und verließ die Räumlichkeiten.

Marie strahlte, sie lief in die Küche und zerrte dabei ungeduldig an ihrer Schürze. Als sie ihre Mutter krumm auf einem Hocker sitzen und Hemden stopfen sah, packte sie das schlechte Gewissen. Dass Marie ständig mehr Zeit im Atelier verbrachte und kaum noch im Haushalt helfen konnte, hatte Anna bislang mit missbilligendem Schweigen geduldet.

»Ich soll den Doktor nach Saint-Germain begleiten«, sagte Marie. Anna ließ die Hände sinken und streckte ihren Rücken.

»Ich weiß nicht, was das soll. Der Doktor setzt dir nur Flausen in den Kopf. Du solltest lieber mir helfen. Wenn du keinen Haushalt führen kannst, wirst du auch keinen Mann finden.« Das kam Marie doch reichlich weit hergeholt vor, schließlich war sie erst neun Jahre alt. Außerdem fand sie den Haushalt nicht halb so interessant wie die Arbeit des Doktors. Curtius wartete bereits ungeduldig in der Kutsche. Gedankenverloren strich er über seine Samthose, dann rückte er die Perücke zurecht. Die Seine lag vor ihnen, während er aus dem Fenster sah. Er sprach kein Wort. Der Fluss glitzerte, kleine und große Boote schaukelten auf den Wellen. Die ausgebreiteten Laken der Wäscherinnen leuchteten im Licht der aufsteigenden Sonne. Auf dem Pont-Neuf war beinahe kein Durchkommen, so dicht war das Gedränge. Sie staunte immer wieder über die Größe und Vielgestaltigkeit der Stadt und ihrer Bewohner. Paris musste riesig sein, viel größer als ihre Heimatstadt Straßburg. Sie würde Curtius bei Gelegenheit danach fragen, aber im Moment blickte er so angespannt aus dem Fenster, dass sie es nicht wagte, ihn anzusprechen.

Auf der anderen Flussseite angekommen, fuhren sie durch lange Häuserschluchten. Schließlich rollten sie ratternd auf einen Platz, der mit mehreren Reihen einstöckiger Häuser bebaut war. Marmorne Geländer auf den Dächern vermittelten einen palastartigen Eindruck, vor den Fensterscheiben hingen Lampen.

»Alles sieht so neu aus«, staunte Marie.

»Vor einigen Jahren hat es hier gebrannt. Die alten Holz-
buden fielen fast vollständig den Flammen zum Opfer. Man
entschloss sich danach für eine sicherere und angemessenere
Bebauung, schließlich haben sogar die königlichen Herrschaften Heinrich II. und Heinrich IV. häufig diesen Markt besucht«,
sagte Curtius. »Leider hat man diesmal auf die Überdachung
verzichtet. So wird den Flaneuren bei schlechtem Wetter der
Besuch verleidet. Aber was lamentiere ich – er ist noch immer
die erste Adresse unter den Jahrmärkten.«

Sie hatten vor einem Laden gehalten und begannen, die Kisten auszuladen. Ein Junge stürzte auf Curtius zu. Der Doktor
holte aus seiner Tasche einen Stapel kleiner Zettel und gab sie
dem Jungen, damit er sie unter den Jahrmarktsbesuchern ver-
teilte. »Nur heute: Der weitgereiste Doktor Philippe Matthias
Curtius gibt sich die Ehre, die berühmte Madame Dubarry und
den sterbenden Sokrates in seinem Kabinett der Kuriositäten
zu präsentieren«, las Marie auf einem der Zettel.

Sie half zunächst, die Kisten auszuladen, und sah sich dann
in dem Laden um. In die Mitte des Raumes hatte der Doktor
die Schlafende Schöne gestellt. Ein kleines Schild am Fuß des
Kanapees verriet, dass es sich um Madame Dubarry handelte.
Marie wunderte sich über diesen neuen Namen. Eine weitere
Frage, die ihr der Doktor sicher würde beantworten können.
In der Nähe stand eine neue Wachsfigur in Lebensgröße. Es
war ein alter Mann in wallenden Gewändern, der einen Becher
in der Hand hielt. Curtius hatte ihr bereits von dieser neuen
Figur erzählt und ihr von den philosophischen Erkenntnissen
des Griechen Sokrates vorgeschwärmt, der wegen angeblicher
Einführung neuer Götter und Verführung der Jugend verurteilt worden war, den Schierlingsbecher zu leeren. Sokrates wirkte, als würde er Marie um Hilfe anflehen. Sie ließ den
Blick schnell weiterwandern. An den Wänden hingen Spiegel,
die das Licht reflektierten und den vollgestellten Raum größer
aussehen ließen, als er tatsächlich war. Dazwischen hingen Gemälde, darunter auch eine Landschaft, in der sich halbnackte
Frauen tummelten. Marie blinzelte verschämt und sah sich

das nächste Bild an. Nein, um ein Gemälde handelte es sich eigentlich nicht, es war eher eine Mischung aus Linien und Kästchen, die sich über eine weite Fläche ausdehnten. Ein Band zerschnitt sie in zwei etwa gleich große Hälften.

»So würde diese Stadt aussehen, wenn wir sie wie die Vögel betrachten könnten. Das ist eine Karte von Paris«, sagte Curtius, der gerade eine Kiste in die Ecke geschleppt hatte. Er trat an sie heran und betrachtete das Bild. »Von hier«, mit einem Finger suchte er einen Punkt, tippte darauf und ließ ihn dann hinunter über das Band, das sich quer über die Karte schlängelte, wandern, »über die Seine bis hierher sind wir gerade mit der Kutsche gefahren.« Die beiden Punkte befanden sich im Zentrum der Karte, um sie herum lagen noch sehr viele Striche und Kästchen, Straßen und Häuser. So groß hatte Marie sich Paris nicht vorgestellt.

»Beeile dich, bald werden die ersten Kunden kommen«, rief ihr Curtius, tief über eine Kiste gebeugt, zu. Marie holte die Wachsarbeiten aus den Kisten und drapierte sie, wie Curtius es ihr gezeigt hatte, auf einem mit rotem Samt bedeckten Tischchen.

Noch bevor der letzte Wachsblumenstrauß ausgepackt war, betraten zwei gut gekleidete Herren mit sorgsam gepuderten Perücken das Geschäft. Curtius eilte auf sie zu. »Willkommen im Kuriositätenkabinett, Ihr hohen Herren, ich bin Doktor Curtius«, begrüßte er sie salbungsvoll und kontrollierte unauffällig den Sitz seiner Perücke. Nach einem kurzen Höflichkeitsgeplänkel traten die beiden Männer an die Figur der Madame Dubarry heran. Neugierig beugten sie sich über die Figur, als ob sie horchen wollten, ob sie wirklich atmete.

»Das ist sie tatsächlich, wie sie leibt und lebt«, sagte der eine zu dem anderen. »Wir können es beurteilen, wir hatten näheren …«, er lachte leise, »Kontakt zu der Dame, bevor sie den Grafen Dubarry heiratete und offizielle Mätresse des Königs wurde.« Curtius lächelte den beiden süffisant zu.

»Die Herren können sich gerne von der Vollständigkeit und Lebensechtheit der Figur überzeugen. Auch das Kleid ist originalgetreu, denn Madame, die neben dem Prinzen von Conti zu meinen Gönnern gehört, hat es mir persönlich zur Verfügung gestellt.« Marie wunderte sich, schließlich hatte sie dieses Kleid, ein neues aus dem Modesalon, in dem die kleine Laure arbeitete, doch mit Curtius abgeholt. Noch mehr wunderte sie sich allerdings, als einer der Herren auf die Figur zutrat und seine Hand über ihre Brust wandern ließ.

»Wirklich«, er schnalzte, »auch an diesen Stellen lässt Ihre Kunst nichts zu wünschen übrig.«

Marie vertiefte sich schnell in die Wachsbouquets. Wie konnte er es wagen! Und ihr Onkel bedankte sich auch noch galant für das Kompliment. Danach bat er die beiden Herren an einen Tisch und zog eine große Schublade heraus, die ebenfalls mit Samt ausgeschlagen war. Darauf lagen Wachsminiaturen, die Marie jedoch nicht erkennen konnte. Als er ihren Blick einfing, wies Curtius sie an, vor die Tür zu treten.

In der Gasse zwischen den Läden drängten sich die Menschen. Die Damen hatten sich bei ihren Herren eingehängt und trugen zierliche Taftschirme zum Schutz der blassen Haut. An einer Ecke hatten sich Kinder versammelt und sahen lachend Marionetten zu, die sich auf einer kleinen Bühne stritten und stürmisch wieder zu versöhnen schienen. In der Luft hing der Duft von heißem Gebäck und gebratenem Fleisch. Marie hielt es kaum auf ihrem Platz. Ihr Onkel hatte sie hinausgeschickt, also konnte sie sich doch wohl auch ein wenig umschauen.

Wenig später hatte sie einen kleinen Affen entdeckt, der eine Drehleier spielte und auf der Mandoline von seinem Herrn begleitet wurde. Das Äffchen wiegte sich, zur Freude des Publikums, das einen Halbkreis um das seltsame Paar gebildet hatte, im Rhythmus. Ein kleiner Junge lief mit einem Hut in der Hand herum und sammelte von den Zuschauern Geld ein. Marie begann im Takt der Musik zu wippen. Das Vergnügen war jedoch kurz. Als eine Familie an ihr vorbei in Curtius' Kabinett ging, trat auch Marie wieder ein. In der Tür kamen ihr die Herren entgegen. Einer der beiden trug ein kleines Paket unter dem Arm. Der Doktor hatte die Familie bereits begrüßt und kassierte von dem Vater ein kleines Eintrittsgeld. Marie beobachtete, wie er sie durch das Kabinett führte. Im Gegensatz zu den beiden Herren interessierten sie sich für alles und wussten über die ausgestellten Gegenstände und Figuren so gut wie nichts. Die Hände auf dem Rücken verschränkt, hob Curtius zu ausführlichen Erklärungen an, denen Marie genauso aufmerksam lauschte wie die Besucher. Besonders lange blieben auch sie vor der Figur der Dubarry stehen. Sie betrachteten ihr Kleid, ihre Frisur und ihre Gesichtszüge. Curtius erklärte, dass er die Dame kennengelernt hatte, als sie vor einigen Jahren noch eine Modistin war. Der Graf Dubarry sei durch ihre engelsgleiche Schönheit auf sie aufmerksam geworden und habe das Mädchen aus dem Volke geehelicht. Heute sage man, dass die Gräfin Dubarry eine bedeutende Stellung am Hofe des Königs einnehme. Nebenbei erwähnte er, dass er noch immer persönlichen Kontakt zu der Dame habe, was die Familie staunen ließ.

Weitere Besucher betraten das Kabinett, das sich schnell füllte. Einige schlenderten plaudernd umher, aber die meisten lauschten den Erzählungen des Doktors. Er konnte sich jedoch nicht um alle kümmern, ein Paar stand unschlüssig an der Tür und wollte wieder gehen. Sollte Marie sie ansprechen und umherführen? Die Aufregung ließ ihr die Knie zittern. Curtius hatte ihr geboten zu schweigen. Das Paar ging hinaus, Curtius warf einen kurzen Blick zur Tür, dann auf Marie. Sie ärgerte sich. Vielleicht hätte sie es versuchen müssen. Ein älterer Mann betrat nun das Kabinett und sah sich suchend um. Marie musterte ihn, seine gepuderte Perücke, den gepflegten Bart, die Samthose, die Wappen auf den Schuhen, die tadellose Haltung. Sie zögerte einen Moment, gab sich dann einen Ruck. Sie trat an ihn heran.

»Willkommen.« Sie flüsterte beinahe, räusperte sich dann, »bei den Kuriositäten des Doktor Curtius. Darf ich Eure Herrschaft herumführen?« Der Mann sah sie erstaunt an, strich sich mit den Fingern durch den Bart und lächelte.

»Nun, junge Dame, dieses Angebot würde ich mir um nichts

in der Welt entgehen lassen.« Sie standen schweigend beieinander. Marie wusste nicht, wie sie anfangen sollte. Nach einer Weile meinte der Alte: »Wollen wir beginnen?« Marie schoss die Röte ins Gesicht.

»Ah ja, entschuldigen Sie, natürlich. Wenn Sie mir bitte folgen würden.« Sie führte ihn zur Figur des sterbenden Sokrates und plapperte nach, was Curtius erzählt hatte. Der Mann hörte zu, fragte manchmal nach und folgte ihr gemessenen Schrittes durch das Kabinett, während Curtius noch immer mit seiner Gruppe beschäftigt war. Als Marie ihm alles gezeigt hatte, sah sich der Mann noch einmal im Atelier um, bedankte sich und ging hinaus.

Einige Stunden später, als sich das Kabinett geleert hatte, sprach Curtius sie an. »Habe ich dich nicht angewiesen, du sollst schweigen?«, fragte er mit gerunzelter Stirn.

»Ich wollte nicht, dass wieder jemand geht, obwohl er sich doch gern alles angesehen hätte«, brachte Marie zu ihrer Entschuldigung vor.

»Dann gib mir bitte das Geld, du hast doch sicher bei ihm den Eintritt kassiert.« Marie zögerte, sie hatte es vergessen, und außerdem hatte auch der Doktor nicht immer Eintritt verlangt.

»Ich habe gesehen, dass Sie bei den hohen Herren ebenfalls nicht kassiert haben.« Curtius verschränkte die Arme.

»Und was bringt dich auf den Gedanken, er sei ein hoher Herr gewesen?«

»Die gepuderte Perücke, der Samtanzug, die Wappen auf den Schuhen, seine herrschaftliche Haltung.«

Der Doktor spitzte die Lippen. »Die Perücke war an einigen Stellen bereits blank, der Samtanzug durchgescheuert, die Schuhe geflickt. Und die Haltung war die eines Seiltänzers. Du solltest dir die Kunden genauer ansehen, bevor du solche voreiligen Entscheidungen fällst.« Marie wollte am liebsten im Boden versinken. Warum war ihr das nicht aufgefallen? Wie konnte sie es wiedergutmachen? Sie würde das Geld für ihn verdienen, dafür sogar Botengänge übernehmen. Da trat erneut der ältere Herr in das Kabinett. Curtius sah ihn fragend an. Marie rang mit sich, ob sie ihn wegen des Eintrittsgeldes ansprechen sollte.

»Wollen wir uns noch auf einen Schluck zusammensetzen?«, fragte der Mann. »Deine kleine Helferin kann ja mitkommen, auf ein Zuckerwasser.« Marie wunderte sich über den vertraulichen Ton. Curtius reagierte jedoch nicht empört. Er lehnte sich an einen der Tische und wies auf Marie.

»Darf ich vorstellen, meine Nichte Marie Grosholtz. Und dieser feine Herr«, er sah Marie lächelnd an, »ist Monsieur Baptiste Aumars, seines Zeichens Seiltänzer und Schauspieler, bekannt auf allen Jahrmärkten dieser Stadt.« Der Herr machte leichtfüßig einen eleganten Hüpfer. Marie musste kichern. »Es war also richtig, ihm kein Eintrittsgeld abzuknöpfen. Es hätte aber auch anders sein können!« Curtius erhob sich und strich sich Falten aus der Hose. »Geht ihr schon vor, ich werde nur schnell das Kabinett richten.«

Der Alte blinzelte sie an. »Nun komm, Kleine, raus aus diesem stickigen Laden.« Zögernd sah Marie sich nach Curtius um, der jedoch schon wieder mit dem Zählen der Einnahmen beschäftigt war. Als er nicht reagierte, folgte sie Monsieur Aumars.

Noch immer waren Passanten in den Gängen unterwegs, doch eingekehrt wurde meist nur noch in die Trinkstuben. Der Himmel über dem Jahrmarkt Saint-Germain hatte sich bereits in Rot-Orange-Tönen verfärbt. Die Luft roch nach Staub und Straßenküchen. Händler schlossen ihre Läden ab und gingen mit einem freundlichen Gruß an Monsieur Aumars und Marie vorbei. Erst jetzt merkte Marie, wie schlecht die Luft im Kabinett tatsächlich gewesen war. Sie gähnte, ein langer Tag lag hinter ihr. Ihre Beine waren bleischwer. An einem gut gefüllten Eckladen hielten sie an, wenig später trat Curtius zu ihnen. Von dem Gespräch der beiden Herren in der Trinkstube bekam Marie nicht viel mit, sie war einfach zu müde, da half selbst das Zuckerwasser nichts. Soweit sie sich erinnerte, ging es um das gute Geschäft, um die Enge der Läden, um die Neugier der Kunden auf Klatsch und Tratsch und um den Boulevard du Temple, auf dem Aumars' Dienstherr, der Seiltänzer Nicolet, sein neues Theater eröffnet hatte.

Als sie sich von Monsieur Aumars verabschiedeten, der sich noch einmal für Maries freundliche Führung durch das Kabinett bedankte, war es schon dunkel. Sie nahmen diesmal keine Kutsche, sondern gingen, vielleicht um Geld zu sparen, zu Fuß. Auf den Straßen sahen sie Betrunkene, Straßenkehrer und leicht bekleidete Damen, die Curtius unverfroren ansprachen. In dunklen Ecken hörte Marie Menschen seufzen. Ihr war unheimlich zumute. Sie griff nach Curtius' Hand. Er zögerte, ließ sie dann aber gewähren. Die Füße taten ihr weh, sie konnte kaum noch gehen. Nach einiger Zeit nahm Curtius sie huckepack, und an seinen Hals gekuschelt schlief sie ein.

KAPITEL 4

*M*einen Sie wirklich, verehrter Onkel, wir werden einen Blick auf den Dauphin und die Dauphine werfen können?« Marie trippelte aufgeregt vor Doktor Curtius und ihrer Mutter her, die sich durch die Menge schlängelten. Es war ihr drittes Jahr in Paris und sie war, wie anscheinend jeder Bewohner dieser Stadt, auf den Beinen, um sich heute, am 30. Mai 1770, das Feuerwerk zu Ehren der Heirat des Thronfolgers Louis-Auguste mit der österreichischen Erzherzogin Maria Antonia anzusehen. Ihre Mutter hatte sich bei ihrem Onkel eingehängt, und sie sahen in ihrem Sonntagsstaat genauso respektabel aus wie die anderen Paare, die sich auf den Weg zu den Festlichkeiten machten. Für die meisten war es das erste Mal, dass sie die königlichen Herrschaften zu Gesicht bekamen, denn seit einigen Jahren ließ sich der König kaum noch in Paris sehen, sondern versammelte den Hof im Schloss von Versailles. Marie hatte einen besonderen Grund, sich auf den Anblick des Kronprinzenpaares zu freuen, hatte sie doch die letzten Wochen damit verbracht, ihre Gesichter in Wachs nachzubilden. Zur königlichen Hochzeit, meinte ihr Onkel, solle jeder Kunde ein Wachsabbild des fürstlichen Paares aus dem Hause Curtius erwerben können. Curtius zeigte Marie, wie man anhand von gemalten Porträts eine Gussform herstellte, mit der in großer Zahl Bildnisreliefs in Wachs gegossen werden konnten. Marie kam die Aufgabe zu, diese Doppelbildnisse zu kolorieren. Bald wusste sie genau, wie rot die Wangen der Dauphine, die man nun Marie Antoinette nannte, leuchteten und welchen Farbton die Perücke des Thronerben hatte. Sie fand, die Dauphine hatte einen perfekten Teint, so weiß wie das zarteste Porzellan. Curtius erklärte ihr, dass die starke Unterlippe auf das Habsburger Blut ihrer Vorfahren hindeute, ihre Stirn jedoch etwas zu flach sei, um wahrhaft schön zu sein. Der Dauphin hingegen hatte einen kurzen dicken Hals, den starken, edlen Schwung der bourbonischen Nase und ein fleischiges Kinn. Marie sah nun ihr Gesicht mit anderen Gefühlen: wenn die Nase des Dauphins auf seine bourbonisch-königlichen Vorfahren hindeutet, vielleicht war auch ihre Nase, die ihr bislang immer zu groß erschienen war, auch edel …

Auf dem Weg machten sie Halt, um Laure abzuholen. Kurz nachdem Marie die kleine Näherin geschützt hatte, indem sie die Schuld für das zerrissene Kleid auf sich nahm, hatte Curtius Laures Mutter Nanette, die Näherin mit den roten Pausbacken, eingestellt. Anna konnte Unterstützung gebrauchen, und die finanzielle Lage des Haushaltes war so gut, dass sie sich eine Dienstbotin leisten konnten. Nanette und ihre Tochter Laure gingen nun täglich bei ihnen ein und aus. Ihre flinken Finger waren dem Doktor eine große Hilfe, wenn es darum ging, Kostüme für die Wachsfiguren herzustellen oder neu herauszuputzen. Mit dem blonden Mädchen, das aufblühte, seit es nicht mehr den ganzen Tag im Dunkel der Nähstube verbringen musste, hatte Marie sich angefreundet. Sie hatte Laure die gespenstischen Wachshände und Glasaugen gezeigt, sie spielten im Hôtel d'Aligre Verstecken und erkundeten die hintersten Winkel des Palastes. Aufreizend langsam schlenderte Laure aus dem Wohnhaus. Marie nahm ihre Freundin bei der Hand und zog sie vorwärts.

»Bist du denn gar nicht gespannt auf den Dauphin und Madame de la Dauphine und das schöne Feuerwerk? Dreißigtausend Raketen sollen am Schluss abgebrannt werden«, sagte Marie. »Ich bin so neugierig. Mein Onkel hat mir schon so viel erzählt. In sechzig neuen Sänften und Kutschen wurde die Hochzeitsgesellschaft von Straßburg, wo die Prinzessin ihrem zukünftigen Gemahl übergeben wurde, nach Paris gebracht! Und ein ganzer Tross von Tapezierern ist von Stadt zu Stadt vorausgeeilt, um die Orte zu dekorieren, an denen die Prinzessin übernachten sollte«, plapperte Marie. Laure schwieg noch immer. »Was ist los? Hat deine Mutter dir so zugesetzt? Nun sag schon!«

»Das ist es nicht«, antwortete Laure. »Ich weiß nur nicht, was ich hier soll. Warum soll ich mir einen fetten Königssohn ansehen, wo doch im ganzen Reich die Leute hungern«, brach es aus ihr heraus.

»Wo hast du das denn her? Hat dir das eines der Dämchen aus dem Modesalon zugeflüstert?«

»Mein Vater hat's erzählt.« Nun war Maries Neugier geweckt. Von Laures Vater, der als Hausierer viel unterwegs war, hatte sie nur selten gehört. Laure bemerkte ihren neugierigen Blick. »Vor ein paar Tagen ist er nach Hause gekommen. Er weiß, was außerhalb von Paris los ist, schließlich ist er weit genug gereist. An der Küste und im Limousin sind schon Tausende verhungert! Und das Pariser Volk läuft zum Seidensticker, um dort die fürstlichen Gewänder zu bestaunen.« Marie kam diese Geschichte unglaubwürdig vor. Sie hatte nichts davon gehört, und schließlich berichtete ihr Curtius täglich von den Neuigkeiten, die er aus den Zeitungen im Lesekabinett erfahren hatte.

Jetzt drängten sie sich durch die festlich geschmückte Rue Royale zur Place Louis XV. Dort hinten mussten irgendwo der Tuileriengarten und die Seine liegen, doch in der dichten Menge war Marie schon froh, wenn sie Curtius und Anna im Auge behalten konnte.

»Mein Vater meint, der Hof müsste eigentlich die Taille, die königliche Steuer, um die Kosten des Festes verringern. Schließlich hat dieser ganze Prunk zwanzig Millionen Livres verschlungen. Und die Armen müssen auch noch um Almosen betteln. Dabei ist es eigentlich Brauch, dass der König ihnen Brot, Wein und Wurst spendiert.« Marie ließ Laures Hand los. Davon wusste sie nichts. Wenn es wirklich stimmte, dass diese Hochzeit so viel Geld kostete – eine Summe, die sie sich kaum vorstellen konnte –, dann sollten auch die Ärmsten etwas davon haben. Aber vielleicht wusste Laures Vater nicht genau Bescheid. Schließlich hatte sie schon mal gehört, wie Nanette über seine Unzuverlässigkeit schimpfte.

Sie sah sich um. Jedermann schien auf der Straße zu sein. Der Platz war voller sich unablässig bewegenden Menschen, deren Gespräche sich wie ein ganzer Bienenstock anhörten, der gerade von den Pranken eines Bären erschüttert wird. Als die Menge sich teilte, konnte sie einen kurzen Blick auf prächtige Kutschen werfen, die am Rande des Platzes aufgereiht standen. Aus einem Fenster beugte sich eine elegant gekleidete Frau, die Haare nach dem Vorbild der Gräfin Dubarry in eng anliegenden Locken um den Kopf frisiert, die geziert ein Flakon an die Nase führte. Neben ihnen hatten sich Handwerker auf den Boden gesetzt und verkürzten sich die Zeit mit einem Würfelspiel. Plötzlich ging ein Raunen und Rufen durch die Menge. Die Würfelspieler standen auf. Frauen hoben ihre Kinder hoch. Curtius legte Marie und Laure die Hände auf die Schultern und sagte ihnen, dass gleich die Kutsche mit Marie Antoinette auf den Platz fahren würde. Die Stimmen verstummten, nur noch einzelne »Es lebe der König!«-Rufe und das Klatschen der Hände waren zu hören. Marie reckte sich, konnte jedoch nichts erkennen. Dann hob der Doktor sie kurz hoch. Sie sah jetzt, dass sich bis an den Rand des Platzes die Menschen drängten. Auf der Seine leuchteten die lampiongeschmückten

Schiffe. Die ersten Raketen wurden unter den »Ahs« und »Ohs« des Publikums in den Himmel geschossen. Die fürstlichen Initialen sollten verschlungen über Paris erscheinen, doch Marie konnte sie noch nicht erkennen. Dann stieg aus einer Ecke dichter Rauch auf, Marie hörte ein Murmeln der Enttäuschung. Es zischte, Menschen kreischten. Nun versuchte auch der Doktor über die Köpfe zu spähen. Schmerzensschreie waren zu hören, ein Baby brüllte. Eine Männerstimme übertönte alles: »Die Raketen gehen auf uns los! Lauft um euer Leben!« Panik breitete sich aus. Marie bekam einen Stoß, fiel zu Boden. Das Knallen und Zischen ging weiter. Der Rauch hatte nun auch sie eingehüllt. Eine Hand packte sie. Anna riss ihre Tochter hoch. Die Menschen zwängten sie ein. Marie roch Schweiß, Alkoholdunst, Angst. Weg, nur weg von dem teuflischen Feuerwerk, das offensichtlich den Weg zum Himmel nicht gefunden hatte! Marie sah sich um, Laure war dicht hinter ihr. Dann wurden sie zur Seite gestoßen, fielen beinahe hin. Zwei Illuminationsbäume waren umgestürzt, zwei Kutschen ebenso. Ein feiner Herr kroch unbeholfen aus einem Fenster und versuchte sich auf die Kutsche wie ein Ertrinkender auf vorbeischwimmendes Treibgut zu retten. Marie sah weitere Kutschen auf sich zukommen. Aus dem Inneren waren herrische Befehle zu hören. Die Kutscher knallten die Peitschen, trieben die Pferde an. Wo wollten die denn hin, hier war doch gar kein Platz mehr! Marie sah, wie eine Frau zu Boden fiel, unter die Hufe geriet und danach von den Rädern zermalmt wurde. Die Menschen schrien, doch die Kutscher hielten nicht an. Anna zog sie vorwärts, sie hielt Marie an der einen Hand und den Doktor an der anderen. Sie steckten nun mitten in der Rue Royal fest. Die Lampions strahlten wie zum Hohn über der verzweifelten Menge. Im bunten Schein der Lampen sahen die Gesichter gespenstisch aus. Marie drehte hektisch den Kopf. Wo steckte Laure? Marie zog am Arm ihrer Mutter, rief ihr zu, dass sie nach Laure suchen müssten, doch das Kreischen der Männer, Frauen und Kinder übertönte ihre Stimme. Sie hatte Laures Hand losgelassen, hatte nicht auf ihre Freundin aufgepasst. Sie wollte nach Laure suchen, doch Anna umklammerte Maries Hand so fest, dass sie ihre Finger kaum mehr spürte. Noch immer drängten Kutschen rücksichtslos durch die Menge. Marie sah, wie ein Kutscher kurzerhand auf die Menschen einpeitschte. Als die Kutsche vorbei war, gab sie den Blick auf eine Häuserwand frei. Ein Mann lehnte daran und hielt eine Hand umklammert, die nur noch eine klumpige Masse aus Blut und Sehnen war. Neben ihm stand eine Frau, der Blut aus Mund, Nase und Ohren trat. Am liebsten wollte Marie die Augen vor diesem Grauen verschließen, doch dann würden sie nie lebend aus dieser Menge herauskommen! Mit zusammengebissenen Zähnen kämpfte sie gegen die Übelkeit an.

In der kleinen Seitenstraße hallte das Stöhnen der Verletzten. Überall kauerten Menschen auf dem Boden, rappelten sich auf oder versorgten ihre Wunden. Anna wischte Maries Gesicht mit einem feuchten Taschentuch ab. Ihrer Mutter fielen die Haare vor die Augen, die Haube hatte sie im Gedränge verloren. Curtius klopfte sich den Staub vom Anzug und rückte die Perücke zurecht. Ein Mann packte ihn am Arm. Sein Gesicht war blutverschmiert, ihm war wohl ein Zahn herausgeschlagen worden.

»Herr, habt Ihr meinen Sohn gesehen? Etwa so groß, seine Haare sind rot und stehen immer in alle Richtungen, auf der Nase hat er Sommersprossen? Seid Ihr ihm begegnet?«, fragte er, wobei aus seinem Mund eine Mischung aus Blut und Spucke spritzte. Curtius zuckte zurück. Er riss sich los.

»Nein, nein, sucht woanders«, sagte er rau. Curtius machte keine Anstalten, den Verletzten zu helfen. Dabei war er doch ein Doktor, wunderte sich Marie. Rufe schallten durch die Gasse. »Wo bist du, François?«, »Hat jemand Jeanne Rivaudon gesehen?« »Man hat mir meine Tabaksdose gestohlen, wer hat meine Tabaksdose gefunden?«

»Wir müssen Laure suchen, bitte Maman«, sagte Marie aufgeregt. Anna umfasste ihr Gesicht mit den Händen.

»Wir können froh sein, dass wir aus dem Gewimmel heil herausgekommen sind. Jetzt gehen wir schnell nach Hause, bevor uns doch noch etwas zustößt. Sicher ist Laure schon bei ihrer Mutter«, versuchte Anna ihre Tochter zu beruhigen. Aber Marie fand in dieser Nacht keinen Schlaf, unruhig wälzte sie sich zwischen den Laken, schreckte immer wieder hoch.

Laure kam nicht. Auch Nanette erschien nicht zum Dienst. Marie machte sich Sorgen, doch Anna und Curtius beharrten darauf, dass es bestimmt eine einleuchtende Erklärung für ihr Ausbleiben gab. Marie solle Geduld haben. Aber Geduld war das Letzte, was Marie hatte. Am liebsten wäre sie gleich zur Wohnung von Laure und ihrer Familie gelaufen, stattdessen schickte Anna sie zum Bäcker. Schon als Marie in den Laden trat, hörte sie die Frauen, die nach Brot anstanden, aufgeregt reden. »Es sollen fünfhundert, tausend oder gar tausendzweihundert Opfer sein! Man sammelte so viele Tote ein, dass man elf Kutschen mit ihnen füllen konnte«, hörte Marie eine junge Frau flüstern. »Und nun liegen die Leichen auf dem Friedhof de la Madeleine, mit einer Nummer auf der Brust, und warten darauf, dass sie jemand abholt. Der Friedhof hallt vom Klagen und Weinen der Angehörigen wider. Aber einige sollen angeblich auch dorthin gehen, weil sie mal einen Toten sehen wollen.« Marie merkte, wie ihr das Blut aus dem Gesicht wich. Sie konnte doch nicht hier in der Schlange stehen, während Laure vielleicht krank oder gar tot war. Sie drängte sich an den Frauen vorbei und eilte zur Wohnung ihrer Freundin. Als sie um die Ecke bog, lief sie Nanette in die Arme.

»Kind, was tust du denn hier?« Ihr rundes Gesicht sah eingefallen aus, sie hatte dunkle Schatten unter den Augen. Außer Atem fragte Marie nach Laure. Nanette beugte sich zu ihr herab, fasste sie an den Schultern und sah sie fest an. »Meine Kleine hatte Glück. Sie hat Verletzungen an Armen und Beinen. Wird aber durchkommen. Und jetzt geh, geh das Brot holen, wie deine Mutter es dir aufgetragen hat.«

Laure lag reglos in einem Bett am Feuer, ihr blasses Gesicht unterschied sich kaum von der Farbe des Schaffelles, in das sie gehüllt war. Marie wusste nicht, was sie tun sollte. Was würde ihre Mutter wohl in so einer Situation machen? Sie goss Wasser in einen Tonbecher, wartete darauf, dass sich der Sand abgesetzt hatte, tunkte ein Tuch hinein und benetzte die Lippen der Freundin damit. Laures Augenlider flatterten. Sie schlug die Augen auf und erkannte Marie. Der Hauch eines Lächelns huschte über ihre Lippen. Sie wirkte so schwach, so zerbrechlich. Jetzt fiel Marie wieder ein, dass Anna ihr Suppe für Laure mitgegeben hatte. Sie flößte Laure Löffel für Löffel etwas davon ein.

»Dieses Unglück ist ein schlechtes Omen, sagt man. Das glaube ich aber nicht, wo doch die Dauphine so liebreizend ist«, versuchte Marie die drückende Stille zu durchbrechen. Laures Gesicht war geschwollen und grün und blau angelaufen, an den Armen und Beinen trug sie Verbände, durch die das Blut sickerte. Mit leiser Stimme berichtete sie Marie, was geschehen war.

»Wollte noch nach deiner Hand greifen ... wurde geschubst, auf den Boden ... Menschen trampelten über mich rüber ... weiß dann nichts mehr ...« Marie strich ihr über die Stirn. Aber Laure war schon wieder eingeschlafen. Sie blieb noch einige Zeit am Bett der Freundin sitzen und hielt ihre Hand.

Bereits nach einigen Tagen ging es Laure besser. Marie besuchte die Freundin und berichtete ihr, dass auf den Straßen und in den Geschäften nur noch über das Unglück gesprochen wurde, überall zirkulierten Listen, in denen die Zahl und die Namen der Toten genannt und die Schuldigen angeprangert wurden, und an den Ecken standen Männer, die ungehindert Spottlieder auf den Bürgermeister und die Polizei sangen.

»Jetzt erst haben sie ein Untersuchungsverfahren eröffnet!«, schimpfte Laures Vater, ein kleiner blonder Mann mit spitzer Nase und eng zusammenstehenden Augen. Marie wollte sich ihm vorstellen, wie sie es gelernt hatte, aber er beachtete sie gar nicht, sondern redete einfach weiter. »Was dabei rauskommt, ist doch klar. Nichts! Das war doch reine Schlamperei! Der Platz war nicht ordentlich geräumt worden für die Feierlichkeiten. Durch die Bauarbeiten war er viel kleiner als üblich. Überall Baugerüste! Nicht mal die Gräben in den Passagen wurden zugeschüttet. Sogar die Drehbrücke, über die man in den Tuileriengarten gelangt, hat man geschlossen. Man hat uns einfach hopsgehen lassen. Absichtlich!« Er zog wie zum Beweis ein Flugblatt aus der Tasche und schwenkte es erregt in der Luft. »Es gab zu wenig Gardesoldaten. Und die haben dann noch den Schwanz eingezogen und die Kutschen durchgelassen. Lieber den Leuten von Stand nichts verweigern. Ist ja nur der Pöbel, der draufgeht.« Das konnte Marie kaum glauben. Curtius hatte ihr eine ganz andere Version der Ereignisse erzählt.

»Hast du gehört«, sagte sie zu Laure, »dass Seine Durchlaucht der Thronfolger aus Mitleid mit den Unglücklichen, die während der Panik umgekommen sind, dem Polizeileutnant die sechstausend Livres geschickt hat, die er jeden Monat für seine Lustbarkeiten erhält, um ihnen zu helfen?«, gab Marie weiter, was Doktor Curtius ihr heute Morgen berichtet hatte.

»Seine Durchlaucht, was bist du denn für eine«, stieß Laures Vater hervor. »Das ist ja wohl das Mindeste, was der Fettsack tun kann. Was meinst du, was davon bei uns ankommt? Nichts! Das steckt sich doch alles der Polizeileutnant in die Tasche! Und wir sitzen hier, haben ein krankes Kind zu Hause, das wir durchfüttern müssen. Der sollte mal richtig was springen lassen, der König. Stattdessen schiebt er es seiner Mätresse, der Gräfin Dubarry, in den Hintern!« Marie wurde rot. Das war sicher nicht das, was der Doktor unter einer guten Erziehung verstand, dachte sie. Sie nahm sich vor, Laure möglichst nur dann zu besuchen, wenn deren Vater unterwegs war.

KAPITEL 5

$\mathcal{S}$ie gingen den kurzen Weg zum Cour de Louvre zu Fuß. Curtius trug die wuchtige Ledertasche mit seinen Utensilien in der linken Hand. Zu seiner Rechten trippelte Marie mit schnellen Schritten und machte manchmal einen mädchenhaften Hüpfer, den ihr das schöne Wetter eingab und für den Curtius sie streng ansah. Marie war jetzt knapp elf Jahre alt und durfte ihren Onkel immer öfter bei seinen Aufträgen begleiten. Nun wollten sie ein Bildnisrelief, das Michel-Jean Sedaine bei ihnen bestellt hatte, abgeben. Marie war neugierig auf diesen Mann, der seine Laufbahn als Steinmetz begonnen hatte und nun ein gefeierter Dichter war. Er bewohnte eine Suite im Louvre direkt neben den Räumlichkeiten der Akademie für Architektur, seit er als Sekretär dieser Vereinigung berufen wurde.

Marie wunderte sich über den Zustand des Schlosses, das unfertig wirkte. Doktor Curtius hatte ihr erzählt, dass die Bauarbeiten an dem Schloss eingestellt worden waren, als der königliche Hofstaat es verlassen hatte, um in Versailles zu leben. Heute wurde der Louvre dem Anschein nach nur noch von den verschiedenen königlichen Akademien genutzt.

Ein Zusammenstoß riss sie aus ihren Gedanken. Ein junger Mann kam um die Ecke geschossen, rannte sie rücksichtslos über den Haufen und schlug dabei Curtius die Tasche aus der Hand. Marie sah nur einen dunklen Anzug, ein rotes, fleckiges Gesicht und wütend brennende Augen. Was für ein ungehobelter Kerl! Anstatt sich zu entschuldigen, brummelte er etwas und verschwand in einem Eingang des Cour de Louvre.

Marie rappelte sich hoch und strich den Staub aus ihrem Kleid.

»Dieser Flegel!«, schimpfte ihr Onkel und ärgerte sich, das Gesicht des Mannes nicht gesehen zu haben. So war es unmöglich, ihn für diese Frechheit zur Rechenschaft zu ziehen. Das Bildnisrelief lag zerbrochen auf dem Boden. Marie hob es auf, fügte die Stücke aneinander und sah ihren Onkel an. »Wir werden einen neuen Abguss anfertigen müssen. Nur wegen dieses Rüpels!«

»Wir müssen Sieur Sedaine von unserem Unglück berichten und ihn um Aufschub bitten.« Sie gingen einige Schritte weiter und standen bald vor dem Eingang, in dem der junge Mann verschwunden war. »Hier sind wir also«, sagte Curtius. »Nun denn, vielleicht kann uns Sedaine sagen, wem wir den Verlust unserer Arbeit zu verdanken haben.« Sie meldeten sich an und wurden von einem Diener in den Salon geführt. Sie sollten sich einen Augenblick gedulden, der Herr werde gleich kommen, beschied der Livrierte. An der Wand hingen Bilder, auf denen ein würdevoller älterer Herr, eine junge Dame und ein junger Mann abgebildet waren. Marie trat neugierig näher. Der Pinsel war mit Kraft geführt worden, der Ausdruck schien genau getroffen.

»Entschuldigen Sie, Sieur Curtius, ich wollte Sie nicht warten lassen …«, mit Schwung betrat der Mann, den Marie gerade auf dem Gemälde betrachtet hatte, den Raum. Eine knochige Nase und ein Grübchen im Kinn ließen das Gesicht markant, aber freundlich erscheinen. Marie konnte sich kaum vorstellen, dass dieser gepflegt und gebildet wirkende Herr früher als Steinmetz gearbeitet hatte. Michel-Jean Sedaine war, das hatte ihr Curtius erzählt, aus familiären Gründen gezwungen gewesen, sich als Handwerker zu verdingen, bevor ihm sein Brotherr eine Möglichkeit bot, die harte Arbeit aufzugeben und seine eigentliche Bestimmung als Dichter zu finden.

»Da gibt es nichts zu entschuldigen, guter Sedaine. Tatsächlich muss ich mich sogar entschuldigen. Wir wurden vor Ihrer Tür von einem jungen Rüpel überrannt. Die Wachsarbeit hat diesen Sturz leider nicht überstanden.«

»Viel wichtiger ist jedoch, dass Sie und Ihre reizende Begleitung diese stürmische Begegnung überstanden haben.« Er lächelte Marie an.

»Meine Nichte, Marie Grosholtz«, stellte Curtius sie vor.

»Willkommen, Mademoiselle. Alors. Dieser junge Rüpel,

wie Sie ihn zu Recht nennen, ist mein Neffe. Er wurde gerade ein weiteres Mal von der Königlichen Akademie für Malerei abgelehnt. Er stürzte herein, schluchzend, und verschwand in seinem Zimmer. Ich wollte ihn zur Rede stellen, doch Louis weigerte sich, die Tür zu öffnen. Selbstverständlich wird er sich bei Ihnen entschuldigen, dafür werde ich sorgen.« Sedaine sah sich um. »Was bin ich für ein Gastgeber! Darf ich Ihnen etwas zu trinken anbieten?« Mit einem Wink rief er seinen Diener heran.

»Sehr freundlich, lieber Sedaine, aber ich spüre, wir kommen ungelegen. Was halten Sie davon, wenn wir das auf später verschieben? In zwei Tagen, sagen wir, könnte ich das neue Bildnis fertig gestellt haben«, antwortete Curtius.

»Lassen Sie mich wenigstens eine Limonade für die junge Dame bestellen. Bei dieser Hitze können Sie mir dieses Angebot doch nicht verweigern«, lächelte Sedaine. Gleich darauf trat sein Diener mit einem Krug Limonade ein und füllte Marie ein Glas, für ihren Onkel und Sedaine brachte er Weißwein. Marie betrachtete wieder die Gemälde. »Ich sehe, Sie interessieren sich für Kunst, Mademoiselle. Und was denken Sie, verdient es dieser junge Maler, dass man ihm den großen Preis der Akademie verweigert?« Marie schüttelte den Kopf. Sie besann sich darauf, was Curtius ihr über Konversation und höfliches Gebaren beigebracht hatte.

»Ich fürchte, solch ein Urteil steht mir nicht zu, Monsieur. Der Maler scheint ein Auge für das innere Wesen der Menschen zu haben. Mir erscheint das Porträt sehr gut getroffen, aber was die künstlerische Ausführung anbelangt, kann ich mir kein Urteil anmaßen.«

»Gut gesprochen, junge Dame.« Sedaine hob sein Glas und prostete Marie zu.

Es war Sonntag, und Michel-Jean Sedaine hatte wie immer eine illustre Gesellschaft zum Essen gebeten. Vielleicht, so hatte Doktor Curtius auf dem Weg gesagt, war dies auch eine Gelegenheit, engere Bande zu knüpfen – schließlich wurden in Sedaines Salon einflussreiche Künstler wie Denis Diderot, der Maler Joseph-Marie Vien oder der Bildhauer Jean-Antoine Houdon geladen.

»Nun, ist mein Mündel bei Ihnen vorstellig geworden, um sich zu entschuldigen?«, fragte ihr Gastgeber, als sie den Raum betraten. Im Salon herrschte rege Geschäftigkeit. Diener in Livree deckten den Tisch, rückten Musikinstrumente zurecht, entzündeten Kerzen. Als Curtius die Frage verneinte, war Sedaine entrüstet. »So? Noch immer nicht? Wo steckt dieser ungezogene Jüngling? Suzanne, hast du unseren Maler gesehen?«

»Nein, Vater, ich dachte, Louis sei gar nicht im Haus. Die Tür zu seinem Zimmer ist seit Tagen verschlossen.«

»Eigenartig. Nun, wir werden sehen. Mir nach.« Sedaine verließ das Zimmer, seine Tochter folgte ihm. Marie wollte warten, doch Curtius zog sie hinter sich her. Vor einer Tür blieben sie stehen. Mit seinem Stock klopfte Sedaine an das Holz. »Louis? Bist du dort drin? Komm sofort heraus, wenn du in dem Zimmer steckst!« Er hämmerte erneut gegen die Tür. Aus dem Zimmer war ein Schluchzen zu hören. Marie war peinlich berührt. Sie wollte nicht Zeugin dieser Szene sein. Ihr Onkel allerdings schien diese Skrupel nicht zu haben. Interessiert beobachtete er, was geschah. Sedaine wirkte jetzt besorgt, auch seine Tochter lief nervös auf dem Gang hin und her. Weitere Aufforderungen, die Tür zu öffnen, riefen ein ersticktes Wimmern hervor, und sie vernahmen ein schwaches »Lasst mich«, ein »Ungerechtigkeit« und ein »Des Hungers sterben«. Auf die nächsten Worte seines Onkels schien der junge Mann nicht mehr reagieren zu können oder zu wollen. Sedaine rief seinen Diener heran und bat ihn, Doyen zu holen, ein Mitglied der Jury der Akademie, der seinem Mündel gegenüber Wohlwollen gezeigt hatte. Sedaine klopfte erneut. Doch weder Schmeicheln noch gut Zureden, noch Drohen half. Die Tür blieb verschlossen. Eine halbe Stunde später stand Gabriel-François Doyen vor der Tür, er musste die Arbeit an einem Gemälde unterbrochen haben, denn er hatte noch Farbflecke an den Fingern. Er begrüßte die Umstehenden, klopfte und sprach Louis durch die geschlossene Tür an.

»Wenn man ein solches Bild gemalt hat, muss man sich glücklicher schätzen als jene, die vor Euch gewonnen haben«, begann er. Marie erfuhr nun die Hintergründe des Kummers: Fünf Maler hatten es bis in die Schlussprüfung geschafft und zu dem gestellten Thema *Diana und Apoll durchbohren Niobes Kinder mit ihren Pfeilen* ein Gemälde geschaffen. Die Jury beschloss, ausnahmsweise zwei große Preise zu gewähren, und Jacques-Louis David war sich seines Erfolges sicher gewesen. Doch die Jury hatte zwei andere Maler erkoren. »Sicher, Jomberts Bild ist erstrangig, doch Lemonniers Gemälde, das sage ich Euch im Vertrauen, ist Eurem keinesfalls überlegen – im Gegenteil«, lobte Doyen den jungen Maler. Endlich wurde die Tür geöffnet. Marie konnte im Halbdunkel einen schlanken jungen Mann erkennen, dessen Leinenhemd an seinem sehnigen Oberkörper klebte. Der Kerzenschein ließ seine Locken kastanienfarben schimmern. Auf seinem blassen Gesicht leuchteten rote Flecken.

Marie war wider Willen ganz gefangen von dem Drama, das sich hier abspielte. Was für eine Leidenschaft musste in diesem jungen Mann brennen, der sterben will, weil seine Kunst nicht anerkannt wird? Ein warmes Gefühl der Sympathie brandete in ihr auf.

Sedaine und Doyen betraten das Zimmer, Marie und ihr Onkel blieben mit dem Diener und Suzanne Sedaine auf dem Gang zurück. Als die Tür geschlossen wurde, zog Marie Curtius am Ärmel. »Lassen Sie uns gehen«, flüsterte sie. »Mir scheint, wir kommen auch heute nicht gelegen.« Das Bildnis hatten sie wieder nicht abgeben können.

»Lass mich ein, Junge. Und hole deinen Lehrmeister heran. Bestelle ihm, der Maler Jacques-Louis David wartet auf ihn.« Marie hatte ihn gleich erkannt. Er sah in keiner Weise mehr derangiert aus, war makellos gekleidet, seine Perücke saß perfekt. Für einen Moment hatte sie überlegt, ob sie sich verstecken könnte – so wie sie aussah. Seit dem frühen Morgen arbeitete sie in Curtius' Atelier. Wie immer, wenn kein Besuch zu erwarten war, trug sie kurze Kniehosen, ein Leibchen, eine wollene Jacke und eine abgewetzte, samtweiche Lederschürze. Um den Kopf band sie bei der Arbeit, genau wie Curtius, ein Tuch, damit kein Haar eines der mühsam gefertigten Wachsbilder verdarb. Oft konnte sie sich das Lachen nicht verkneifen, wenn sie mit Curtius gemeinsam arbeitete. Mit ihren Tüchern um den Kopf sahen sie wie turbangeschmückte Orientalen aus. Aber jetzt wäre ihr ein weiblicherer Aufzug lieber gewesen.

»Sofort, Monsieur«, murmelte sie und senkte züchtig den Blick. Gerade als sie das Atelier verlassen wollte, um ihren Lehrmeister zu suchen, kam er ihr entgegen.

»Ah, Monsieur, habt Ihr doch den Weg zu uns gefunden«, begrüßte er David. Er wies auf Marie. »Meine Nichte Marie Grosholtz habt Ihr ja bereits kennengelernt.«

»Nichte?« Der Maler sah sich fragend um, bis sein Blick an Marie hängenblieb. »Ich hatte sie für einen Knaben gehalten, für Euren Lehrjungen.« Er musterte sie, und Marie fragte sich, ob wohl alle Maler ihren Blick so schamlos über fremde Körper schweifen ließen. Dann fiel ihr ein, dass ihm sicher oft junge, hübsche Frauen und Männer Modell standen. Marie schoss die Röte in die Wangen.

»Sie scheint noch recht jung zu sein. Verzeiht, Mademoiselle.« Mit einer vollendeten Bewegung verneigte er sich vor ihr. War er ihr eben noch unverschämt erschienen, so hatte der junge Mann sie jetzt wieder ganz für sich eingenommen. Sie wusste, dass sie wenig weiblich aussah, ein Umstand, der ihr auch manchen Vorteil einbrachte. Etwa wenn sie in Hose und Jacke für ihren Onkel Besorgungen erledigte oder sich auf den Jahrmärkten allein unter die Menschen mischte. Auf der anderen Seite wünschte sie sich aber, nicht mehr als Kind behandelt zu werden – und wenn dazu ein Busen gehörte, dann bitte! Doch so ungeduldig Marie sich auch im Spiegel betrachtete, die Entwicklung ihres Körpers konnte sie nicht beschleunigen.

Curtius und der Maler hatten sich unterdessen an einen Tisch gesetzt, ihr Onkel hatte mit Wasser verdünnten Wein eingeschenkt, sie unterhielten sich angeregt. Da man Marie nicht hinzugebeten hatte, blieb sie an der Werkbank stehen und arbeitete weiter an einer Wachsminiatur. So konnte sie dem Gespräch folgen und zugleich Jacques-Louis David unauffällig mustern. Im Vergleich mit ihm wirkte ihr Onkel geradezu stämmig. David war groß und wohlproportioniert. Seine Perücke war sorgfältig gepudert, die Kleidung geschmackvoll und gepflegt. Seine Stirn war hoch, die Augen – waren sie grün oder braun? – glänzten. Von fieberhafter Verzweiflung war nichts mehr zu spüren.

»… Ich war in meiner Jugend einige Wochen an der Saint-Luc, kurz bevor ich als sein Schüler an der Königlichen Akademie aufgenommen wurde«, sagte der Maler eben.

Sein Sprachfluss war schnell und von lebhaften Handbewegungen begleitet. Marie erwartete fast, dass er den Wein verschütten würde, so ungestüm wankte das Glas hin und her, wenn er seine Worte mit Gesten begleitete. Was er sagte, war mit vielen begeisterten Ausrufen durchsetzt. Seine Begegnung mit dem kürzlich verstorbenen legendären Maler Boucher, mit dem er weitläufig verwandt sei und dessen Kunst er bewunderte! Seine Arbeit im Atelier von Joseph-Marie Vien, der zwar streng sei, dessen Methoden aber als revolutionär galten, denn schließlich durften die Schüler dreimal die Woche nach echten Modellen malen. Sein bislang erfolgloses Ringen um den Rom-Preis, bei dem es ihm die Lehrer schwer machten! Darüber waren Marie und Curtius ja nun im Bilde – was der Maler nicht zu wissen schien. Curtius nickte höflich, pflichtete ihm bei und schien tatsächlich die meisten der hohen Herren, von denen David sprach, zu kennen.

Nach einer Weile sprang der Maler so urplötzlich, wie er im Atelier gestanden hatte, auch wieder auf. »Ich danke Ihnen für die freundliche Gesellschaft, aber ich habe noch zu arbeiten«, sagte er brüsk. »Man sagte mir, Sie haben etwas für Monsieur Sedaine?« Curtius nickte gemächlich.

»Sicher, sicher. Marie, würdest du bitte das Bildnis holen?«
Marie nahm ein Kistchen aus der Werkbank und hielt es
ihrem Onkel hin. Doch David kam ihm zuvor, griff danach,
die Schachtel geriet zwischen ihren Händen ins Trudeln. Beide
wollten sie auffangen und stießen mit den Köpfen gegeneinan-
der. Dabei löste sich das Tuch von Maries Kopf. In weichen
Wellen fielen ihr die braunen Haare über die Schultern und
den Rücken. David hob ihr Tuch vom Boden auf und reichte
es ihr, seine Hände waren feingliedrig und warm, ohne verschwitzt zu sein. In der anderen Hand hielt er das Kistchen,
das er mit einem schnellen Griff gerettet hatte. Er sah sie erstaunt an und beobachtete, wie Marie die Haarpracht geschickt
wieder unter dem Tuch verschwinden ließ. Dem Wachsbildnis
war nichts geschehen.

»Es ist wirklich eine sehr gute Arbeit, Monsieur. Die Ähnlichkeit mit meinem Onkel ist unverkennbar. Und ich sehe«, er
betrachtete die Wachsarbeit, an der Marie arbeitete, »auch Eure
Nichte hat Talent. Es würde sicher von Nutzen sein, wenn Ihr
Eurer Nichte einige Zeichenstunden erlauben würdet. Zeichnen schult das Auge und lenkt unseren Blick auf die wesentlichen Dinge«, sagte er ernst. »Auf der anderen Seite ist ihr
Auge durch die Wachskunst bereits sehr gut ausgebildet. Da
sollte es ihr nicht schwerfallen, einen Eindruck mittels eines
Zeichenstifts zu Papier zu bringen. Falls Euch meine beschei-
dene Meinung etwas bedeutet, Monsieur.« Marie irritierte es,
dass er von ihr sprach, als ob sie nicht anwesend war. Curtius
sah ihn erstaunt an, dann hoben sich seine Mundwinkel zu
einem Lächeln.

»Wie wäre es, wenn Ihr meiner Nichte die eine oder andere
Lektion erteilen würdet, sozusagen als Wiedergutmachung für
den kleinen Unfall neulich.« Marie wünschte, sich verhört zu
haben. Wie peinlich! So ein Vorschlag kann doch nicht dem
guten Ton entsprechen, dachte Marie. Auch Jacques-Louis David sah erstaunt aus.

»Onkel, nein, das können wir nicht erwarten«, warf Marie
schnell ein. David nestelte an dem Kistchen herum. Curtius

blieb ungerührt und erwartungsvoll stehen. Dann sah David auf.

»Nun gut, warum nicht? Die eine oder andere Stunde werde ich sicher erübrigen können. Ich fühle mich Ihnen gegenüber tatsächlich in der Pflicht. Auch wenn natürlich meine akademische Ausbildung und der Unterricht bei meinem Meister zuerst kommen.« Er sah Marie in die Augen, nickte dann Curtius zu. Nach einer knappen Verbeugung war er verschwunden.

»Hat er sich nun eigentlich entschuldigt oder nicht?«, fragte sie.

»Nicht direkt«, antwortete Curtius. »Aber ich vermute, für einen ehrgeizigen, selbstbewussten, vielbeschäftigten jungen Mann wie ihn war allein der Besuch Entschuldigung genug.«

Zu dem versprochenen Unterricht kam es jedoch erst einmal nicht. Der Maler ließ sich nicht sehen, und Curtius beschäftigten andere Pläne. Er wollte lebensgroße Wachsfiguren öffentlich ausstellen, nicht mehr nur Büsten und Miniaturen. Die Figur der Gräfin Dubarry war noch immer sehr begehrt, auch Sokrates kam nach wie vor gut an. Allmählich verloren beide Figuren jedoch den Reiz des Neuen. Weitere Figuren mussten her, um das Kabinett im Gespräch zu halten. Für eine derartige Ausstellung war der Raum im Hôtel d'Aligre jedoch zu klein. Über seinen Freund, den Seiltänzer Baptiste Aumars, hatte er ein Haus auf dem Boulevard du Temple gefunden.

Seit Marie wusste, dass ihr Onkel sich für ein Haus auf dem Boulevard du Temple interessierte, hatte sie sich von Baptiste Aumars immer wieder von dem Vergnügungsviertel erzählen lassen. Der Seiltänzer freute sich über die Neugier des aufmerksamen Mädchens. Keine hundert Jahre sei es her, seit der Boulevard du Temple am Rand der Stadt geschaffen wurde, hatte er ihr berichtet. Die neuen Boulevards, von denen einige den Jahrmärkten in der Stadt inzwischen den Rang abliefen, zogen sich als ausgedehnter Wall um einen Teil von Paris herum. Dieser Boulevard war schnell zu einem beliebten Ausflugsziel der Pariser geworden. Vier Reihen hoher Bäume schufen für die zahlreichen Kutschen und Karossen einen Fahrdamm, auf zwei seitlichen Alleen flanierten die Schaulustigen. Sie beobachteten die Jongleure oder lauschten Orchestermusik aus den Cafés – Vergnügungen, die sich selbst die Ärmsten leisten konnten. Es gab Pastetenbäcker, Marionettenspieler, Tanzlokale, wilde Tiere, das Kabinett des Comus, eines gelehrten Physikers und Mathematikers, und vieles mehr. Und bald würde es auf dem Boulevard du Temple auch das Wachsfigurenkabinett des Monsieur Curtius geben.

Wachsgebilde, Gemälde und Küchengerätschaften waren verpackt. Auch ihre eigenen Habseligkeiten hatte Marie in einer Kiste verstaut. Wieder ein Abschied! Wehmütig war Marie jedoch nicht zumute, schließlich war die Reise diesmal nicht weit. Eine kurze Kutschfahrt brachte sie und ihre Mutter zum Boulevard du Temple Nummer 20. Das Haus an der ungepflasterten Allee wirkte groß und einladend. Gemälde und Spiegel lehnten an den Wänden, Kisten stapelten sich in den Räumen, die nichts von der Pracht des Palastes in der Rue Saint-Honoré hatten, aber groß und funktionell waren.

In den nächsten Wochen herrschte in ihrem Haus rege Betriebsamkeit. Teure Tapeten wurden angebracht, die Spiegel so aufgestellt, dass die Räume größer wirkten, und Gemälde aufgehängt. Dann endlich kamen die Wachsfiguren und die anderen Exponate. Als Erstes wurde die Figur der Gräfin Dubarry wieder auf ihr Kanapee drapiert. Ein Ausrufer wurde engagiert, der die Attraktionen des Kabinetts bekannt machen sollte. Dazu sollte auch bald eine ägyptische Mumie gehören, das hatte Curtius Marie verraten.

Diese Mumie war dafür verantwortlich, dass Marie ihren Onkel zum ersten Mal wütend erlebte. »Diese Pfeifen an den Schlagbäumen der Stadt haben doch tatsächlich meine Mumie verschwinden lassen!«, schimpfte er am nächsten Tag in einem Tonfall, wie Marie ihn nicht von ihm kannte. Sie saßen am Tisch, Anna schenkte Rotwein ein. Vor einigen Monaten hatte er bei einem Händler eine Mumie bestellt, die eine neue Attraktion seines Kabinetts werden sollte. Nun hatte er die Nachricht erhalten, dass sie endlich in Paris eintreffen würde. Als er sie bei den Schreibern an den Stadttoren abholen wollte, war sie jedoch verschwunden.

»Es stellte sich heraus, dass diese Schwachköpfe die Kiste geöffnet hatten. Sie fanden einen schwärzlichen Körper und kamen zu dem Schluss, dass er einem Menschen gehört haben muss, den man in einem Ofen geröstet hat. Die antiken Bandagen waren aus ihrer Sicht die Reste eines angesengten Hemdes! Das habe ich in ihrem Protokoll lesen können.« Er schüttelte fassungslos den Kopf. »Danach wurde die Mumie ins Leichenschauhaus gebracht. Und wenn ich sie dort nicht bald auslösen kann, landet die ägyptische Prinzessin nach zweitausendjährigem Schlaf in den Pyramiden noch in einem katholischen Grab«, brummte er. »Im Leichenschauhaus weigerte man sich jedoch, die Mumie herauszugeben. Mir bleibt nur, mich an den Polizeileutnant zu wenden.«

Am nächsten Morgen war Marie allein im Atelier. Anna war auf dem Markt oder in der Kirche, und Curtius hatte sich aufgemacht, um beim Polizeileutnant die Herausgabe seiner Mumie zu erbitten. Marie wollte die Zeit nutzen. Da ihr Onkel den Zeichenunterricht wohl vergessen hatte, wollte sie sich selbst das Zeichnen beibringen. Der Maler Jacques-Louis David hatte doch betont, wie sehr es ihr bei ihrer Arbeit nützen würde. So schwer konnte es ja nicht sein. Im Kabinett fand sie, was sie suchte – Papier und Zeichenkohle. Aber was sollte sie malen? Es würde noch etwas dauern, bis die ersten Besucher kamen. Vielleicht könnte sie erst einmal mit Kleopatra anfangen. Sie zog sich einen Stuhl heran, betrachtete ihr Modell und überlegte, wo sie den Anfang machen konnte. Als sie die ersten Striche zu Papier gebracht hatte, war sie unzufrieden. Keinerlei Ähnlichkeit war zu erkennen. So ging es also nicht. Noch einmal nahm sie den Stift auf und versuchte erneut, die Gesichtszüge der ägyptischen Königin zu treffen. Diesmal zerknüllte sie wenig später das Papier und warf es wütend zu Boden. Das war gar nicht so einfach!

Sie wollte gerade einen neuen Versuch starten, als ihr Onkel das Kabinett betrat. Ihm folgten zwei Männer, die eine Kiste schleppten.

»Wie haben Sie so schnell –«, begann sie, doch er gebot ihr zu schweigen. Erst als die Männer ihren Obolus erhalten und das Kabinett verlassen hatten, berichtete er von seinen Verhandlungen – bei denen natürlich Geld im Spiel war, viel Geld. Gemeinsam öffneten sie die Kiste und holten vorsichtig die Mumie heraus. Marie war von ihrer Fremdartigkeit überwältigt.

»Sie wird einen Ehrenplatz erhalten«, strahlte Curtius. »Und ihre Irrfahrt gibt doch eine gute Geschichte ab, mit der wir unsere Präsentation würzen können, nicht wahr?« Als sie mit Annas Hilfe die Kiste ins Atelier brachten, entdeckte er den Stuhl im Kabinett, auf dem ihre verunglückte Zeichnung lag.

»Was ist das denn für ein Gekritzel?«, fragte er. »Ich sehe schon, du bist nicht ausgelastet. Du wirst bald genügend zu tun haben, auch ohne Zeichnen«, sagte Curtius. »Ich werde deinen Unterricht ausweiten.«

»Bist du sicher, dass das eine gute Idee ist?«, fragte Anna. »Marie bekommt eine völlig falsche Vorstellung von ihrer Zukunft. Sie kann Modistin werden oder Näherin, aber in einem Geschäft wie diesem hat sie doch nichts zu suchen.«

»Warum nicht?«, widersprach Curtius. »Marie hat bisher alles sehr gut gemacht. Und was die Zukunft bringt, werden wir sehen.« Marie strahlte.

In den nächsten Wochen begann ein Unterricht, der so vielfältig war wie das Wissen des Doktors: Astronomie, Botanik, Naturgeschichte, Geschichte und Physiognomik. Curtius gab ihr regelmäßig Lektüre auf, die sie dann gemeinsam erörterten. Ihre Rechenlektionen wurden durch die Arbeit an der Kasse ergänzt. In freier Rede wurde sie durch Gespräche über Kunst, Geschichte und gesellschaftliche Gepflogenheiten geschult. Die meiste Zeit unterrichtete Curtius sie jedoch in der Wachskunst.

Sie hatte gelernt, reines Wachs von Wachs zu unterscheiden, das mit Fett, Erbsen- oder Kartoffelmehl gestreckt worden war, wusste, aus welchen Ländern das beste Bienenwachs kam und mit welchen Substanzen man es einfärben konnte. Auch das Herstellen von Gipsformen und den Umgang mit den Bossierhölzern und das Wachslöten hatte sie inzwischen perfektioniert. Bildnisreliefs, erhabene Motive, Blumen und Obst und Gemüse en trompe-l'œil, wie sie gerade große Mode waren, konnte sie inzwischen beinahe blind herstellen. Ihre Früchte aus Wachs täuschten das Auge so gut, dass man sie kaum von echtem Obst unterscheiden konnte. Nur vom Zeichenunterricht war keine Rede mehr. Und an die Fertigung von Wachsporträts in Form von Büsten oder Figuren hatte Curtius sie auch noch nicht gelassen. Dazu, sagte er, brauchte es Zeit, und Zeit war knapp. Curtius war ständig zwischen dem Laden auf dem Jahrmarkt Saint-Germain und dem Kabinett auf dem Boulevard du Temple unterwegs. Immer wieder betonte er, dass Geld in die Kasse kommen müsse, denn die Mieten waren sehr hoch, gerade auf dem Boulevard.

Dennoch wurde das Kabinett beinahe monatlich erweitert. Zu der Schönen Schlafenden mit den Zügen der Gräfin Dubarry und dem dramatischen Sokrates mit dem Schierlingsbecher hatten sich weitere Figuren, wie Kleopatra mit der Natter, gesellt. Was machten die Wachsfiguren, wenn alle Besucher gegangen waren und sie selbst schon im Bett lag, fragte sich Marie manchmal. Hielt Kleopatra ein Schwätzchen mit Sokrates über die Vorzüge und Nachteile des Gifttods? Erhob sich die Gräfin von ihrem Kanapee und präsentierte ihr neuestes Kleid?

Marie genoss die Stille im Atelier. Durch die offenen Fenster hörte sie die Vögel zwitschern. Es war ein wunderbarer Frühlingstag im Jahre 1774. Sie legte ihre Utensilien zurecht, fixierte den Wachskopf und wischte sich die Hände an einem sauberen Tuch ab. Vor ihr lag eine Arbeit, die Geschick und Präzision erforderte. Das Einsetzen der Glasaugen war eine diffizile Angelegenheit, denn sie durften nicht zu weit hervorstehen, aber auch nicht schielen. Nach den Augen wurde eine Figur beurteilt, das wusste sie inzwischen. Ebenso schwierig war es, die Haare mit Hilfe einer heißen Nadel in das Wachs einzupflanzen, ohne dass sie wie Borsten abstanden oder unnatürliche Wirbel bildeten. Überhaupt machte ihr dieser neue Abschnitt ihrer Ausbildung zu schaffen, denn die Ansprüche waren hoch. Schließlich wollte Curtius eine naturgetreue Darstellung erreichen. Dazu war nicht nur eine perfekte Gipsmaske nötig, sondern auch genaue Beobachtungsgabe, ein gutes Gedächtnis und das Wissen, wie man mit dem Stellzirkel Maß nahm. »Der Modellierer muss die Fähigkeit und das Talent haben, die Essenz der Persönlichkeit des Dargestellten auf die Wachsfigur zu übertragen«, betonte ihr Lehrmeister stets. Bislang war ihr das noch nicht gelungen. Immer wieder hatte Marie missglückte Wachsköpfe einschmelzen müssen. Sie hatte schon manches Mal geglaubt, sie würde es nie schaffen. Aber dann stand ihr Curtius zur Seite, der sie tröstete und sie zu einem weiteren Anlauf ermutigte.

Plötzlich stürmte ihr Onkel mit großen Schritten in den Laden. »Marie, hol sofort die Gussform für das Doppelporträt des Kronprinzenpaares aus dem Schrank«, rief er ihr im Vorbeigehen zu. Sie suchte im großen Schrank in der Ecke nach der gewünschten Form und sah aus dem Augenwinkel, wie Curtius die Figur der Gräfin Dubarry nach hinten schaffte. Als Marie ihm mit der Gussform nachging, war er gerade dabei, die Figur neu einzukleiden. Statt der prächtigen, tief ausgeschnittenen Robe trug sie nun ein hochgeschlossenes Kleid. »Die Gräfin Dubarry spielt keine Rolle mehr«, sagte er und band der Figur eine Kette um, an der ein Kreuz hing. Das schwarze Gewand und das Kreuz gaben der Gräfin etwas überirdisch Entrücktes. »Darf ich vorstellen: die Schöne Schlafende ist zurückgekehrt«, sagte Curtius nun feierlich. Marie staunte über die Skrupellosigkeit, mit der er eine der beliebtesten Figuren einfach so umwidmete. Sie wusste aber auch, was sein Verhalten bedeutete: Ludwig XV. war gestorben. Monsieur le

Dauphin würde demnächst als Ludwig XVI. den Thron besteigen, Marie Antoinette wäre nun die Königin und die Dubarry entmachtet. »Der König ist tot, es lebe der König« hieß das Gebot der Stunde. Vielleicht würden sich jetzt die Zustände wieder etwas beruhigen, denn seit sich herumgesprochen hatte, dass Ludwig XV. ernstlich erkrankt war, hatte es täglich Verhaftungen gegeben. Und das nur, weil sich die Menschen öffentlich über die Krankheit des Königs unterhalten hatten. »Schlimmer als jetzt kann es nicht mehr werden«, hatte neulich ein Besucher gesagt. »Die Kurtisane hat schon viel zu lange das Zepter geschwungen. Am Hof herrschen doch nur noch Schmutz und Lüsternheit. Die Menschen hungern, und sie treibt ihre Verschwendungssucht auf die Spitze. Sie wird das Königreich noch ruinieren, wenn ihren Ausschweifungen kein Ende gemacht wird!« Andere nahmen die Erkrankung ihres Herrschers mit Gleichmut hin. Marie hatte dazu geschwiegen und sich ihre eigenen Gedanken gemacht. Sie glaubte, dass alles besser werden würde, wenn der neue König das Regiment übernahm. Und für Curtius' Geschäft war es sicher auch gut. Jeder wollte bestimmt ein Bildnis des neuen Königs und seiner Königin haben.

Marie legte die Gussform für das Doppelporträt vor sich auf den Tisch. Sie dachte an den schönen Tag im letzten Jahr, an dem sie Marie Antoinette und Louis-Auguste mit eigenen Augen gesehen hatte. Für den ersten Besuch des Thronfolgerpaares in der Stadt hatte sich ganz Paris in ein Festtagskleid geworfen. Niemand schien sich noch an das Unglück vor drei Jahren zu erinnern. Die Pariser waren ganz versessen darauf, das junge Paar endlich leibhaftig zu sehen. Sogar der Himmel hatte sich herausgeputzt: kein Wölkchen trübte das Blau, die Sonne strahlte über den eigens erbauten Triumphbögen und Fahnenwäldern. Marie hatte sich gemeinsam mit ihrem Onkel zu den Tuilerien aufgemacht, um das junge Paar zu sehen. Während der Dauphin auf Marie einen eher plumpen Eindruck machte, schien Marie Antoinette die Grazie in Person zu sein. Sie hatte ein feingeschnittenes, ovales Gesicht, sehr lebendige blaue Augen und üppiges, vom Aschblonden ins Rötliche schimmerndes Haar.

Jetzt überlegte Marie, wie sie das Doppelporträt dem neuen Anlass entsprechend ausschmücken könnte. Curtius würde ihr dabei kaum helfen. Er hatte nur kurz die Figur der Dubarry neu drapiert, Marie einige wenige Anweisungen gegeben und den Wachssalon danach wieder verlassen. Er arbeitete mit Hochdruck an seiner Aufnahme als Meister in die Künstlerakademie Saint-Luc.

Während sie den Entwurf für das aktuelle Doppelporträt zu Papier brachte, dachte sie über dieses neue Projekt ihres Onkels nach. Die Aufnahme in die Akademie war für Curtius unabdingbar, wenn er Lehrlinge ausbilden, Helfer anstellen, weitreichenden Handel treiben und als Künstler anerkannt werden wollte. Die Akademie ging auf die mittelalterliche Gilde der Maler und Bildhauer zurück, in der neben den Malern auch Kunsthandwerker wie Vergolder und Rahmenmacher vertreten waren. Sie bildete Künstler aus, erkannte die Meisterschaft an, veröffentlichte jedes Jahr ein Buch mit den Namen aller Mitglieder und veranstaltete regelmäßig Ausstellungen. Außerdem galt eine Mitgliedschaft in Saint-Luc als Sprungbrett für die Aufnahme in die wesentlich angesehenere Königliche Akademie. Die Hürden waren jedoch hoch, neben der Präsentation eines Meisterstücks setzte die Akademie Saint-Luc eine jahrelange künstlerische Meisterschaft in dem Beruf voraus. Curtius ging inzwischen im Sitz der Akademie Saint-Luc ein und aus. Sein Freundeskreis hatte sich um Künstler und Philosophen erweitert. Auch der berühmte Philosoph Jean-Jacques Rousseau war bei Curtius im Kabinett zu Gast gewesen. Er hatte Marie keines Blickes gewürdigt, obgleich sie sich gern mit ihm unterhalten hätte. Sein skandalumwittertes Erziehungsbuch *Emile* hatte sie verschlungen und danach lange mit Curtius darüber gesprochen. Marie war erstaunt, wie wenig das Werk und der Autor zusammenpassten. Rousseau sah klein und unscheinbar aus in seinem grauen Anzug, den Kopf mit einer dreilockigen Perücke bedeckt. Seine lebhaften

Augen wanderten unstet umher, und seine Redeweise glich einem Bach, den ungeschickte Hände stauen wollten – mal stockte der Fluss, mal sprudelte er uferlos dahin. Sein wichtigstes Thema war der Philosoph Voltaire, von dem er glaubte, dass dieser seine Ideen gestohlen hatte. Wenn er davon anfing, hatte Marie das Gefühl, alle Schimpfwörter der französischen Sprache in einem Satz zu hören. Der Philosoph gewährte prinzipiell keine Porträtsitzungen, doch Curtius hatte er erlaubt, ein Abbild zu entwerfen. Dieses Wachsporträt von Rousseau war ihrem Onkel so gut gelungen, dass es eine der Hauptattraktionen des Kabinetts bildete.

Andere Künstler kannte Marie nur vom Sehen, beispielsweise die junge Élisabeth Louise Vigée, die oft mit ihrer Freundin oder ihrer Mutter über den Boulevard schlenderte. Ihr Vater, ein anerkannter Porträtmaler, war Mitglied der Akademie Saint-Luc gewesen, und es hieß, die Tochter habe sein Talent geerbt. Schon als Zwölfjährige habe sie nach seinem Tod mit ihrer Malerei einen Teil des Familieneinkommens verdient. Das beeindruckte Marie.

Sie legte letzte Hand an das neue Doppelporträt, das sie entworfen hatte, während ihre Gedanken um ihren Onkel und seine Pläne kreisten. Nun umringten die Lilien Frankreichs und der Doppeladler Österreichs das Herrscherpaar zum Zeichen der geadelten Allianz.

»Kommt und seht euch das königliche Paar an! Für einen kleinen Obulus dürft ihr es sogar mit nach Hause nehmen!«, ließ sich der Ausrufer, den Curtius vor dem Kabinett postiert hatte, lauthals vernehmen. Vor dem Kabinett standen die Menschen Schlange. Anna saß an der Kasse, Marie verkaufte das Doppelporträt des neuen Herrscherpaares, Curtius führte die Besucher durch die Ausstellung. Auch um die ägyptische Mumie hatte sich eine Gruppe fein gekleideter Herren und Damen versammelt. Mit einem Ohr hörte Marie den Gesprächen zu, es schien, als ob die meisten Menschen, ob adelig oder nicht, hofften, dass nun wieder ein goldenes Zeitalter für Frankreich anbrechen würde. Plötzlich wurde Marie aus ihrer Arbeit gerissen. »Kleine, wo ist denn dein Onkel?« Eine große Hand mit schmutzigen abgebrochenen Fingernägeln hatte sich auf ihre Finger gelegt. Marie zog ihre Hand zurück, ihr Blick wanderte die abgenutzten Ärmel der Joppe entlang zu einem Gesicht, aus dem sie ein Mund mit breiten, fleischigen Lippen schief angrinste. Der Mann mit dem Froschmaul wirkte wie ein Fremdkörper in der herausgeputzten Gesellschaft.

»Ich denke, Monsieur, Sie haben sich in der Adresse geirrt«, sagte Marie. Schnell hatte die Hand grob ihr Kinn umfasst. Marie spürte die schwielige Haut an ihrem Hals. Ein Herr, der hinter dem Froschmaul in der Schlange stand, sah sie bestürzt an, ließ den Blick dann aber weiterschweifen. Dabei hätte Marie Hilfe gebrauchen können. Die Augen des Mannes waren so flach und glatt wie polierter Stein. Noch nie war sie so kalt und gefühllos angeschaut worden.

»Nicht so herablassend, Kleine«, zischte er. »Bring mich zum Doktor, aber schnell.«

Marie wollte nicht riskieren, dass dieser Mann noch handgreiflicher wurde. Hier würde ihr niemand zu Hilfe kommen. Sie nickte, er ließ von ihr ab. Marie rief Anna herbei, entschuldigte sich bei der Kundschaft und kam hinter dem Tresen hervor. Zügig schlängelte sie sich durch die Besucher, machte dann Curtius ein Zeichen, der seinen Vortrag unterbrach und sich mit zusammengezogenen Augenbrauen näherte. Als er den Mann erblickte, der hinter Marie aufragte, schob er sie zu seinen Zuhörern. »Meine Nichte wird für einen Moment meinen Platz einnehmen. Wenn Sie mich bitte entschuldigen würden«, sagte er freundlich. Er packte den Mann am Arm und zog ihn in das Atelier. Marie hörte noch, wie der Doktor ihn fragte, was zum Teufel er hier wolle. Dann machte sie artig einen Knicks und begann, die Lebensgeschichte der ägyptischen Prinzessin zu erzählen – und natürlich auch die Irrfahrt der Mumie durch Paris, die ihre Zuhörer immer wieder begeisterte.

Marie tunkte mit einem Stück Brot den Bratensaft vom Teller. Jetzt, wo sie etwas im Magen hatte und ihre Füße sich langsam nicht mehr wie Mehlsäcke anfühlten, ging es ihr besser. Seit dem Morgengrauen war sie auf den Beinen gewesen, nun war es beinahe Mitternacht. Nachdem die letzten Besucher das Kabinett verlassen hatten, hatte Curtius seinen Umhang ergriffen und war verschwunden.

»Wer war dieser Mann und was wollte er von dem Doktor?«, fragte Marie jetzt ihre Mutter. Anna hatte ihren Teller bereits weggeschoben. Eine Weile war nur das Klicken der Geldmünzen zu hören, die Anna aus einer Holzkiste auf den Tisch zählte. Erst als Marie die Frage wiederholte, antwortete ihre Mutter.

»Was geht's dich an? Du solltest dich nicht in die Angelegenheiten deines Onkels mischen. Es ist besser so, glaub's mir«, sagte Anna mürrisch. Immer musste ihre Mutter ihr sagen, was sie zu tun oder zu lassen hatte, immer hatte sie etwas an ihrem Verhalten auszusetzen, langsam langte es Marie.

»Tatsächlich? Immerhin hat der Kerl meinen Hals gepackt und nicht deinen.« Anna lehnte sich zurück. Sie mied Maries Blick. Mit Daumen und Zeigefinger stapelte sie einige Münzen, hob sie dann einige Fingerbreit hoch und ließ sie auf den Tisch klackern.

»Du wolltest ja unbedingt deinem Onkel helfen«, sagte sie achselzuckend. Ja, und Marie war sicher, dass er über ihre Hilfe sehr froh war. Schließlich eröffnete er ihr bereitwillig alle Geheimnisse seiner Kunst.

»Er braucht mich im Kabinett. Ich soll sogar Zeichnen lernen, damit ich ihn bei der Herstellung der Wachsfiguren noch besser unterstützen kann«, sagte Marie stolz. Anna stand auf und stellte die Teller zusammen.

»Ah ja, und wovon? Da hat er dir wohl was versprochen, was er nicht halten kann. Die Mieten fressen jeden Gewinn auf, da bleibt kein Geld für diesen Unterricht, der eh zu nichts nütze ist.« Das war eine Lüge! Marie war sicher, er würde sein Versprechen halten.

»Du bist doch nur neidisch, weil er mehr Zeit mit mir verbringt als mit dir«, rief sie. Jetzt war heraus, was Marie seit einiger Zeit insgeheim dachte. Sie hatte schon länger das Gefühl, dass ihre Mutter nicht nur dagegen war, dass sie mehr lernte, als einem Mädchen angeblich zustand, sondern dass sie Marie auch um die Zeit beneidete, die sie mit Curtius verbrachte – und das war viel mehr Zeit, als er sich für Anna nahm. Worüber sollte er mit Anna auch reden? Etwa über die Brotpreise, die mal wieder in die Höhe geschossen waren? Oder über die alte Dame aus dem Haus gegenüber, die so nach Unrat stank, dass unter ihrer Seidenkleidung ganze Schwärme Fliegen hervorzukriechen schienen? Marie interessierte sich schließlich für das, was er tat. Sie las die Bücher, die er ihr empfahl, hörte ihm zu, wenn er seine Ansichten über die neuesten Gemälde verkündete.

Noch bevor Maries leicht dahingesagte Bemerkung verklungen war, folgte auch schon die Antwort – eine Ohrfeige. Maries Wange brannte von dem Schlag. Es war die erste Ohrfeige, die sie seit langer Zeit von ihrer Mutter bekommen hatte, und sie ärgerte sich maßlos darüber. Sie war doch kein kleines Mädchen mehr, sondern eine wichtige Helferin ihres Onkels. Hatte sie nicht etwas mehr Respekt verdient? Sie starrte ihre Mutter an.

»Verschwinde, ich will dich nicht mehr sehen«, sagte Anna kalt. Marie sprang auf, der Stuhl stürzte hinter ihr um.

»Das kannst du haben!«, gab sie zurück. Sie rannte aus dem Raum, das Herz schlug ihr bis zum Hals.

Als sie vor den Wachssalon trat, wusste sie nicht, wohin. Es war schon dunkel, um diese Zeit hatte ein Mädchen wie sie nichts mehr auf dem Boulevard zu suchen. Aus den Schankstuben hörte sie Gelächter, der Wind trug Musik zu ihr herüber. Sie setzte sich im Schatten auf die Stufen des Kabinetts, zog die Beine an und schlang die Arme um die Knie.

Das Erste, was Marie am nächsten Morgen von ihrem Onkel sah, war ein Stapel Kleider, den er offenbar achtlos am Eingang der Werkstatt abgeworfen hatte. Sie bückte sich, um sie aufzuheben, und erschrak – statt in griffigen Samt hatte sie in klammen, klebrigen Stoff gefasst! Als sie die Hand zurückzog, waren ihre Finger rot – Blut! Unwillkürlich stolperte Marie einen Schritt zurück. Sie atmete tief ein. Sie hob die Kleidung mit spitzen Fingern hoch und schob die Tür zum Atelier auf. Ein lautes Schnarchen erfüllte den Raum. Es roch nach Schnaps. Marie war erleichtert. Tot schien er zumindest nicht zu sein.

Es war ein ungewöhnlicher Anblick. Curtius, der sonst immer auf sein gepflegtes Äußeres achtete, der an keinem Spiegel vorübergehen konnte, ohne die Perücke zurechtzurücken, lag im fleckigen Hemd auf dem Boden. Marie beugte sich über ihn, ein scharfer Alkoholdunst schlug ihr entgegen. Eine Verletzung war jedoch nicht zu sehen. Sie sah hoch. Sein Sekretär, den er sonst immer sorgsam verschlossen hielt, stand offen. Marie konnte nicht anders, sie musste hinschauen. Ihr Blick wanderte über die Modelle und Zeichnungen, die auf der Arbeitsfläche verstreut lagen. Rot- und Brauntöne in allen Facetten ließen die Formen verschwimmen. Woran arbeitete er? Ein lautes Grunzen ließ sie innehalten. Sie sollte hier nicht herumschnüffeln. Es würde schon einen Grund geben, warum er diese Modelle vor ihr verbarg. Andererseits, war sie gestern nicht unmittelbar in diese Arbeit hineingezogen worden? Sie stand still, lauschte und trat an den Schreibtisch. Dort lag das Wachsmodell einer Hand, die eine Feder hielt – die Haut war jedoch nicht zu sehen, sodass Sehnen und Adern hervortraten; das Modell eines Kopfes, dem die Schädeldecke fehlte und in dem man das Gehirn sehen konnte. Sie zuckte zurück. Der Anblick erinnerte sie an das Studierzimmer ihres Großvaters. Maries Blick kehrte zu den Modellen aus Wachs zurück. Sie entdeckte das Abbild eines weiblichen Geschlechtsteils, nahm es hoch und schaute es sich genau an. Sie war zwischen Faszination und Ekel hin- und hergerissen. Dann entdeckte sie unter einigen Tüchern Miniaturen, auf denen nackte Menschen ineinander verschlungen abgebildet waren. Waren dies die Modelle, die Curtius unter dem Ladentisch verkaufte? Verdiente er mit anatomischen Modellen und erotischen Miniaturen einen Teil seines Geldes? Hatte der mysteriöse frosch-mäulige Mann, der Curtius gestern im Kabinett aufgesucht hatte, damit zu tun?

Als ihr Lehrmeister endlich aufwachte, warf die untergehende Sonne ihren Schein schon auf die Dächer und vor den Türen der Tanzlokale entzündeten die Angestellten die Lampions. Curtius war sorgfältig gekleidet und parfümiert wie immer, lediglich eine etwas dickere Puderschicht ließ die lange Nacht erahnen. Dass ihr Onkel ausging, war für Marie nichts Neues. Doktor Curtius war ein regelmäßiger Gast in den Kaffeehäusern und Restaurants am Palais Royal, im Café Manoury am Seinequai beim Louvre und im Café Procope, auf dem linken Seineufer, wo sich die Philosophen bei starkem Kaffee oder cremig süßer Schokolade die Köpfe heiß redeten. Diese Besuche waren genauso Teil seiner Arbeit wie das Gießen einer neuen Wachsfigur, betonte er immer wieder. Wo sollte er schließlich sonst erfahren, was diskutiert wurde, wer gerade von sich reden machte oder welche Mode sich ankündigte?

Er redete kurz mit Anna und verließ nach einem Gruß das Atelier. Marie und ihre Mutter hatten heute nur das Notwendigste gesprochen und waren sich, so weit es ging, aus dem Weg gegangen. Sie hatte ihrer Mutter nicht erzählt, was sie im Atelier entdeckt hatte. Wozu auch? Sie musste sich erst einmal selbst eine Meinung darüber bilden.

Einige Tage später waren Marie und Laure auf dem Weg zum Markt, um neue Kleider für das Kabinett zu besorgen. Viele der prominenten Besucher, deren Konterfei in Wachs gegossen wurde, stifteten zwar ihre Kleidung, aber nach einiger Zeit mussten auch diese Figuren neu eingekleidet oder umgezogen werden.

»Wohin wollen wir denn gehen?«, fragte Laure, als sie das Haus verließen. Laure hatte Marie an einem ihrer wenigen freien Tage besucht. Seit ihr Vater von seiner letzten Reise nicht zurückgekehrt war, arbeitete sie wieder als Näherin im Modesalon, in dem Marie sie kennengelernt hatte. »In die Rue Saint-Honoré wohl nicht. Zu teuer«, riet Laure. Auch die Spitzenhändler in der Rue Saint-Denis, die Seidenhändler in der Rue des Bourdonnais und die Schneider in der Gemeinde rund um die Kirche Saint-Eustache würden sie links liegen lassen, weil sie zu hohe Preise verlangten. »Also die Märkte Saint-Germain oder Saint-Ovide? Oder wollen wir zum Friedhof des Innocents, an die Quais de L'Ecole oder la Mégisserie oder zu den Hallen?«

Marie schüttelte den Kopf. »Alles nicht das Richtige. Ich will mich doch nicht verhaften lassen, das lohnt nicht«, meinte sie. Wenn man dort Kleinverkäufern oder Straßenhändlern Kleidung aus zweiter Hand abkaufte, musste man aufpassen, denn manche Höker versilberten gestohlene Ware. Die Polizeispitzel warteten nur darauf, Händler und Kunden in Gewahrsam zu nehmen. »Nein, ich dachte an den Markt vom Heiligen Geist, der findet doch heute auf dem Grève-Platz statt«, sagte sie. Auf dem Platz vor dem Hôtel de Ville, dem Rathaus, breiteten einmal im Monat die Hökerinnen ihr Angebot aus. Da auf dem Platz sonst die Hinrichtungen stattfanden und hier legendäre Verbrecher wie der Räuberhauptmann Cartouche, Ravaillac, der Mörder Heinrichs IV., und der Königsattentäter Damiens unter Qualen ihre letzten Stunden zugebracht hatten, fielen Marie nun wieder die anstößigen Zeichnungen und Wachsgebilde ein, die sie bei ihrem Onkel gefunden hatte. Oft waren ihr diese Bilder noch durch den Kopf gegeistert, gerade in den Minuten vor dem Einschlafen. Zaghaft erzählte sie Laure davon. Sie wollte nicht zu viel verraten, ihren Onkel nicht im falschen Licht erscheinen lassen. Diese Befürchtung war umsonst. Laure schien der Fund belanglos.

»Wenn dein Onkel das schon länger machen würde, hättest du doch den unangenehmen Typen, der ihn sprechen wollte, bereits vorher mal gesehen. Außerdem würde Curtius es dir doch sagen, er erzählt dir sonst ja auch alles über seine Arbeit, oder? Also was soll's! Vergiss es einfach.« Sie liefen weiter, Laure summte vor sich hin.

»Habt ihr mal wieder von deinem Vater gehört?«, wollte Marie wissen.

»Nein, der ist verschwunden. Einfach weg. Soll ja vorkommen. Wo steckt eigentlich dein Vater? Oder ist es etwa der Doktor?«

»Natürlich nicht«, stritt Marie diese Vermutung ab. Insgeheim wunderte sie sich jedoch darüber, wie vertraut ihre Mutter und ihr Onkel miteinander waren. Neulich hatte sie sogar zufällig gesehen, wie Anna morgens aus seinem Schlafzimmer huschte. Sie schienen weniger Hausherr und Dienstbotin als vielmehr ein Liebespaar, ein Ehepaar zu sein. Was soll ich nur antworten, fragte sich Marie. Mein Vater hat uns sitzenlassen? Nein, das brachte sie nicht übers Herz.

»Mein Vater ist … Er ist gestorben, im Krieg«, sagte sie schnell.

»Wann das denn?«, wollte Laure wissen. Marie dachte angestrengt nach. Da hatte sie sich schön in etwas hineinmanövriert!

»Hab ich vergessen«, murmelte sie, zu Boden blickend. Nicht sehr glaubwürdig, dass man den Tod des eigenen Vaters vergisst, schalt sie sich innerlich. Laure sah sie von der Seite an.

»Tut mir leid. Ich wollte dich nicht traurig machen.« Sie legte den Arm um Marie.

»Habe ich dir eigentlich schon erzählt, dass ich nun auch bei den Näherinnen in der ersten Reihe sitzen darf?«, versuchte sie Marie aufzuheitern. »Endlich kann ich das Treiben auf der Straße beobachten und mit den Kunden plaudern. Wer weiß, vielleicht wechsle ich ja auch bald in ein angeseheneres Geschäft«, malte sie sich aus. Laure wollte natürlich in der Rue Saint-Honoré bleiben, die das Zentrum des Geschäfts mit Luxuswaren bildete. Dort in der Nähe fand sich an der Ecke zum Quai de Gesvres auch das »Au Grand Mogol«, das Geschäft der berühmten Mademoiselle Bertin, der Lieblingsschneiderin der Königin. So wie sie wollte Laure eines Tages werden.

»Stell dir vor, ich gehe bei der Königin ein und aus, präsentiere ihr zum Frühstück die neuesten Modelle und schicke später eine Puppe mit den schicksten Kleidern durch die halbe Welt, bis zur Zarin von Russland! Und überall trägt man meine

Kreationen.« Besonders der Reichtum der Kunden faszinierte sie. »Manche Leute haben es so dicke, wenn die ihre Kleidung in Mehl tauschen würden, könnten sich fünfzig Arme jeden Tag ein Kilo Brot leisten.«

»Aber was sollen die Reichen dann tragen, die können doch nicht nackt herumlaufen«, neckte Marie ihre Freundin, woraufhin beide bei der Vorstellung lachen mussten, dass dicke Männer mit fein säuberlich gepuderten Perücken und blankem Hintern durch die Pariser Prachtstraßen stolzierten.

»Sie können sich ja in Laken hüllen – oder ihre reichen Freunde anpumpen. Die meisten von denen leben doch sowieso auf Pump. Schulden zu bezahlen ist doch unter deren Würde. Und mit einem kleinen Kredit sind sie schnell wieder à la mode«, meinte Laure schließlich.

»Hast du schon das neuste Lied gehört, das man auf den Straßen singt?« Seit Laure in dem Modesalon arbeitete, war sie bestens über Klatsch und Tratsch informiert. Als Marie den Kopf schüttelte, summte sie einige Takte. »Es handelt davon, warum die Dauphine noch keinen Thronfolger zur Welt gebracht hat. Was sagst du denn dazu, ist sich die Dame zu fein, die Beine breit zu machen, oder kriegt er ihn nicht hoch?«, fragte Laure und grinste Marie frech an.

»Mein Onkel sagt –«, begann Marie.

»Was dein Onkel sagt, interessiert mich nicht die Bohne. Was du meinst, will ich wissen«, schnitt Laure ihr das Wort ab.

Das hatte sie noch niemand gefragt. Marie dachte einen Moment nach.

»Auf mich machten die beiden bei der *Joyeuse Entrée* eigentlich einen recht glücklichen Eindruck.« Laure nahm sie bei der Hand.

»Glücklich! Wenn ich mal verliebt bin, wirst du sehen, was glücklich ist.«

»Du bist doch noch viel zu jung, genau wie ich.«

»Na und? Sag bloß, in euer Kabinett kommen keine Männer mit schönem Bein und Blick? Ich merke doch, wie mich die Kunden in der Nähstube manchmal anglotzen.«

Marie war froh, dass sie nun die Stände erreicht hatten. Hier waren die Kleider nicht à la mode, aber mit etwas Geschick und modischen Accessoires konnten sie so aufgemöbelt werden, dass die Figuren in ihnen zeitgemäß und stilvoll wirkten. Jetzt würde sich schnell ein anderes Gesprächsthema ergeben.

»Hier, was hältst du davon, das sollte dir doch gefallen«, rief Laure und hielt sich grinsend ein überdimensionales Mieder über die Brust, in dem Marie versinken würde.

»Nun, ich könnte wohl hineinpassen, wenn ich es nur kräftig genug schnüre«, entgegnete Marie lachend und kniete sich beinahe in eine Kiste mit Brusttüchern, Servietten und Taschentüchern. »Auch ein delikates Modell«, meinte sie und hielt ein beinahe tischtuchgroßes Brusttuch hoch.

»Warte ab, ich habe hier was ganz Besonderes«, sagte Laure und verschwand hinter einem Laken, das als Sichtschutz aufgehängt worden war. Mit einem zierlichen Häubchen und einem Kleid angetan, das schon vor fünfzig Jahren altmodisch gewesen war, schlug sie mit großer Geste das Laken beiseite und stolzierte auf den Platz.

»Darf ich bitten?«, fragte Marie, setzte sich einen Hut auf, schlang ein Tuch um den Hals und bat sie zum Tanz. Sie drehten sich im Kreis, bis ihnen schwindelte.

»Wollt ihr nur rumalbern, oder lasst ihr auch noch Geld hier?!«, brummte sie eine alte Frau an, deren Gesicht von einer großen Warze entstellt war. Marie kaufte ihr das Tuch ab und zog Laure, die inzwischen Kleid und Haube wieder abgelegt hatte, hinter sich her.

»Wäre ich abergläubisch wie du, hätte ich Angst, dass die alte Hexe uns jetzt verflucht«, lachte sie. Laure blieb abrupt stehen.

»Damit macht man keinen Spaß«, meinte sie und sah Marie streng an. Dann zuckte es jedoch um ihre Mundwinkel. »Aber bei der Warze ...« Sie legte kichernd den Arm um Marie.

Sie zogen weiter über den Markt, probierten hier ein Kleid an und setzten dort einen besonders schönen Hut auf. Wenig später hatte Marie gefunden, wonach sie suchte – und noch mehr. Neben der Ausstattung für die Wachsfiguren hatte sie auch etwas für sich entdeckt. Ein dunkelgrüner Rock, ein hellgrünes Mieder und eine erdfarbene Bluse hatten es ihr angetan. Marie wuchs so schnell aus ihren Kleidern heraus, dass Anna mit dem Ändern gar nicht nachkam. Also hatte sie ihre Mutter überredet, einige Sous beim Essen abzuknapsen und ihr für ein neues Kleid mitzugeben. Schließlich musste sie im Kabinett manierlich aussehen. Und die Mode änderte sich ständig. Seit einiger Zeit gab es Kleidung in allen Farben des Regenbogens zu kaufen. Regelmäßig propagierten die Modeschöpferinnen neue Farbtöne. Wagemutige trugen gestreifte Kleidung oder sogar exotische Muster wie das eines Zebras. Als Marie ihre Wahl anprobierte und hinter dem Laken hervortrat, sagte Laure nur: »Wie heißt er denn?«

»Was meinst du?«, fragte Marie verwundert, spürte aber, wie ihre Wangen rot anliefen.

»Na, du bist doch sonst nicht so auf neue Kleider versessen. Also steckt ein Kerl dahinter. Ist doch klar.«

Marie drehte sich vor ihrer Freundin im Kreis. »Gefällt es dir denn?«

»Steht dir sehr gut. Könntest ruhig mutiger sein, was deine Kleider angeht. Hast schließlich eine gute Figur. Etwas mager, aber gut. Das Kleid ist zumindest ein Anfang.« Marie fragte sich, ob Laure es ehrlich meinte, aber dann freute sie sich einfach über dieses Kompliment. Sie zog die neuen Kleider wieder aus, zahlte, und sie zogen weiter.

Ihre Freundin hatte sie sofort durchschaut. Lange Zeit hatte sie sich darauf konzentriert, die Besucher unauffällig zu beobachten. Curtius hatte ihr beigebracht, worauf sie achten musste, um herauszufinden, ob die Besucher Adelige, Reiche, einfache Leute oder Aufschneider waren, damit sie wusste, wie sie sie anzusprechen hatte. Seit ihrer Begegnung mit dem jungen Maler David sah sie die Männer mit anderen Augen. Früher waren ihr alle Männer zu alt oder zu jung vorgekommen, aber nun dachte sie daran, dass sie eines Tages selbst einen Ehemann haben würde. Wenn sie sich ihren Mann vorstellte, musste sie unwillkürlich an Jacques-Louis David denken. Attraktiv, gefühlvoll und leidenschaftlich – so sollte ihr Zukünftiger auch sein.

Als sie gerade in einer Kiste mit Straußenfedern stöberten, hakte Laure nach. »Nun sag schon, wer ist es? Lass dir doch nicht alles aus der Nase ziehen!« Marie war sich selbst nicht über ihre Gefühle im Klaren, die von so einer kurzen, flüchtigen Begegnung ausgelöst worden waren. Jetzt war ein Themenwechsel angesagt. Sie zog mehrere Federn hervor, steckte sie sich ins Haar und drehte neckisch den Kopf. Schnell ging das Spiel der Verwandlung weiter, und Laures Frage war vergessen, fürs Erste jedenfalls.

Am Abend waren sie müde vom Lachen und Stöbern, und als die Hökerinnen längst vom Grève-Platz verschwunden waren, saßen sie bei Anna in der Stube, der sie stolz ihre neuesten Errungenschaften vorführten. Marie hatte für sich noch einen nachtblauen, weich fließenden Umhang entdeckt. Sie konnte nicht ahnen, dass sie in einem solchen Umhang später manche Nacht in Richtung Hinrichtungsplatz gehen würde – doch dann würde Blut statt Lumpen den Boden bedecken.

Der Herbst kam, der Winter und damit ihr dreizehnter Geburtstag, der unbemerkt vorüberging. Curtius nahm seine Bemühungen wieder auf, von der Akademie Saint-Luc akzeptiert zu werden; dort drehte sich jedoch alles um die Ausstellung im Hôtel Jabach und die Aufnahme der neuen Akademiemitglieder, unter denen auch die neunzehnjährige Élisabeth Louise Vigée war. Deren Atelier war kurz zuvor geschlossen worden, weil sie ohne Genehmigung gearbeitet und unterrichtet hatte. Als Akademiemitglied dürfte sie solche Probleme nicht mehr haben, vermutete Marie. Anna war mehr denn je damit beschäftigt, den Haushalt am Laufen zu halten. Nach den schlechten Ernten brachten Frühjahr und Sommer Lebensmittelknappheit, hohe Kornpreise und eine zügellose Wut auf die Händler, die beschuldigt wurden, Getreide zu horten, um die Preise noch weiter in die Höhe zu treiben. In einigen Gebieten des Königreiches kam es zu Aufständen, zur Einrichtung von Schnellgerichten und zu exemplarischen Hinrichtungen. In Paris wurde die Abtei Saint-Victor überfallen. Die Plünderer hatten zugeschlagen, als die Wachen zur Weihe ihrer Regimentsfahnen in der Kathedrale Notre-Dame weilten.

An Marie ging die Hungerrevolte beinahe spurlos vorüber, lediglich ihr Teller war sparsamer gefüllt. Doch davon lenkte die viele Arbeit ab. Sie pendelte zwischen den Wachsfigurenkabinetten auf dem Jahrmarkt und dem Boulevard, zwischen Werkstatt und Kasse hin und her. Alle wesentlichen Arbeitstechniken waren ihr inzwischen vertraut. Sie hatte gelernt, Wachsmasken vom lebenden Modell zu nehmen, konnte aber auch auf der Basis von Zeichnungen Lehmköpfe herstellen, die dann mit einer dicken Gipsschicht eingefasst wurden. Diese Gipsschicht wurde nach dem Trocknen mit einem Meißel vorsichtig in einzelne Stücke zerteilt und später wieder zusammengesetzt, damit man mit ihrer Hilfe einen Wachskopf gießen konnte. Auch im Umgang mit den Besuchern hatte sie ihre Scheu beinahe vollständig abgelegt. Manchmal schien es ihr, als berste sie vor Kraft, als könne sie noch ganz anderes leisten. Eine unbändige Energie breitete sich in ihrem Körper aus, ließ ihre Wangen erglühen und die Augen strahlen. Wie würde es für sie weitergehen? Würde sie den Rest ihres Lebens so verbringen, als Curtius' Nichte und brave Helferin? Diese Aussicht ließ sie manchmal unwillkürlich die Hände zu Fäusten ballen und schnellen Schrittes umherlaufen wie ein Tier im Käfig. Sie war an den Orten, wo immer etwas los war, wo parliert und geflirtet, diskutiert und philosophiert wurde. Aber sie war kein Teil dieser Gesellschaft, sondern nur ein Zaungast. Ihr wahres Leben spielte sich in dem Kabinett ihres Onkels ab. Die Enge dieser Räume schien sie zunehmend zu erdrücken. Es wäre schön, wenn sie eine Aufgabe außerhalb des Ateliers hätte. Wenn sie beispielsweise einmal die Woche zu einem großen Maler gehen könnte, um Unterricht zu nehmen. Sie würde sicher schnell Fortschritte machen. Und vielleicht wäre sie dann bald so berühmt wie die junge Vigée, und ihrer

Mutter würde es leidtun. Niemandem gegenüber erwähnte Marie diese Unruhe. Schließlich sollte Marie froh sein über die Chancen, die sie hatte – das ließ Anna sie immer wieder spüren. Und dennoch …

KAPITEL 6

*D*ie Menschen schoben sich die breite Treppe hinauf. Der Geruch von schwerem Parfum, Rauch und Schweiß nahm Marie beinahe den Atem. Staub schwirrte unter der Decke der hohen Räume. Stufe für Stufe folgte sie Doktor Curtius, der sich im Rhythmus der Menge treiben ließ. Seit der Gemäldesalon im Louvre eröffnet worden war, sprach man in der ganzen Stadt über die Ausstellung. Marie hatte die Schau der Königlichen Akademie für Malerei und Bildhauerei, die alle zwei Jahre stattfand, noch nie besucht.

Wenn sie gewusst hätte, wie viele Menschen sich in den Räumen drängen würden, um die Gemälde und Büsten zu sehen, hätte sie Curtius nicht gebeten, sie mitzunehmen. Nun aber war sie so neugierig auf die Kunstwerke, dass sie ihre Angst vor Menschenmassen beinahe vergaß. Die meisten Ausstellungsbesucher waren herausgeputzt. Marie hatte ein sorgsam ausgebessertes Kleid angezogen, trug dazu ein schneeweißes gestärktes Brusttuch. Trotzdem fühlte sie sich unsicher. War sie zu schlicht gekleidet? Sie beruhigte sich erst, als sie in der Menge sogar Männer und Frauen in Arbeitskleidung oder in ausgebeulten langen Hosen sah. Als Curtius vor dem Eingang einen befreundeten Maler traf und mit ihm plauderte, bat Marie, allein weitergehen zu dürfen. Gemeinsam mit parfümierten Adeligen, deren Dienstboten und einfachen Arbeitern ließ sich Marie in einen Raum schieben. Staunend blieb sie stehen: die Wände des hohen Saales waren über und über mit Bildern bedeckt. Einige waren bestimmt achtzehn Fuß hoch,

andere nur so groß wie ein Daumen. Auf Augenhöhe hingen
Porträts, Miniaturen und Genreszenen, darüber türmten sich
Landschaftsbilder, und um die großen Historiengemälde unter
der Decke betrachten zu können, musste man den Kopf in den
Nacken legen. In Grüppchen standen die Menschen zusammen,
diskutierten über die Bilder oder tratschten über die anderen
Besucher. Sie schienen es ebenso zu genießen, sich umzusehen,
wie selbst gesehen zu werden. Besonders umringt waren die
Porträts der Menschen von Stand, wie das Gemälde des Malers
Drouais, auf dem der Graf und die Gräfin von Artois abgebildet waren. Der Graf war im großen Ornat, eingehüllt in
schönste Spitzen und Tuche, zu sehen. Dennoch schienen die
Besucher unzufrieden. »Keine Grazie, keine Bewegung. Die
Füße sind zu lang, das Gesicht mehlweiß«, schnarrte ein Mann,
der sich abwechselnd auf seinen Stock stützte und ihn dann
wieder drohend in Richtung des Bildes hob. Marie betrachtete
das Gemälde. Dann wanderte ihr Blick wieder zu dem Mann
zurück, der die Kritik geäußert hatte. Er wirkte seltsam steif.
Marie fragte sich, woher dieser Eindruck kam. Der Kritiker
war übertrieben stark geschminkt und gepudert, seine Züge
schienen makellos, dabei war er kein junger Mann mehr. Er
hatte wohl Angst, dass der Puder abblätterte, also bewegte er
kaum das Gesicht. Wie lächerlich er wirkt, dachte Marie, und
wie traurig.

Marie ließ sich weiter durch den Raum treiben. »Die Komposition ist ruhig und ausgewogen«, hörte sie einen Herrn
dozieren, der mit dem ausgestreckten Arm auf ein Gemälde
in den oberen Regionen wies, »und gleichsam ist das Gemälde erstaunlich lebensnah – so wie man diesen Ort tatsächlich kennt. In der grünen Jacke hat sich übrigens der Maler
Nicolas-Bernard Lépicié selbst verewigt, an seiner Seite steht
sein Auftraggeber, der frühere Oberste Rechnungsprüfer und
Hofbaumeister, Abt Terray.« Die Frau an seiner Seite zog interessiert die Augenbrauen hoch. Marie folgte ihrem Blick und
betrachtete ebenfalls das große Gemälde, auf dem die Zollstation abgebildet war. Tatsächlich erkannte sie die Gebäude

wieder, doch so ruhig und wohlgeordnet hatte sie diesen Ort nie erlebt. Weil jedermann an den Schlagbäumen durchsucht wurde, kam es des Öfteren zu Streit und sogar zu Handgreiflichkeiten. Manchmal brachten Viehherden den Grenzverkehr stundenlang zum Erliegen, weil sie von den Zollbeamten umständlich gezählt wurden. Händler und Fabrikanten mussten besonders viel Geduld mitbringen, denn ihre Waren wurden in aller Ruhe von den Beamten ausgepackt, geprüft und taxiert. Von der Unruhe, die diese Zollstation umgab, war auf dem Bild nichts zu spüren. Auch der Maler und der Abt waren ihr unbekannt. Wie erstaunlich mächtig der Wunsch der Menschen war, sich in einem Kunstwerk selbst zu verewigen, fand Marie. Noch erstaunlicher war jedoch das Bedürfnis der Besucher, die Abbildungen der Berühmten genau in Augenschein zu nehmen. Vielleicht sollte man dieses Bedürfnis für das Kabinett verstärkt nutzen. Was wäre, wenn man neben antiken Helden noch mehr Berühmtheiten der eigenen Zeit präsentierte? Da entdeckte sie Curtius. Er kam ihr entgegen, in ein Gespräch mit einem Mann vertieft, den sie nach einem kurzen Moment erkannte: Michel-Jean Sedaine, den Dichter und Sekretär der Architektur-Akademie. Ihnen folgten Sedaines Tochter Suzanne und der Maler Jacques-Louis David. Maries Herz schlug schneller. Wieder fiel ihr auf, wie gut sich seine stattliche Erscheinung mit seinen ausdrucksstarken Gesichtszügen verband, sodass er männlich und sensibel zugleich wirkte. Gerne hätte sie ihn gefragt, ob er sich noch an sein Versprechen erinnerte, ihr Zeichenunterricht zu geben.

Die vier begrüßten Marie flüchtig und nahmen ihre Gespräche wieder auf. Curtius berichtete von der Arbeit an seinem Aufnahmestück für die Akademie Saint-Luc, Suzanne Sedaine und David waren flüsternd in einen hitzigen Wortwechsel vertieft. Marie stand unbeachtet daneben, sie kam sich vor wie eine überzählige Wachsfigur, die erst ausrangiert und dann eingeschmolzen wurde. Sie sah sich erneut um.

»… die Farbe des Fleisches sieht aus wie zerkocht, und Psyche selbst wirkt wie ein Trampel – keine Spur von Anmut«, ereiferte sich ein alter Mann über das Gemälde *Amor, der Psyche tröstet* von Legrenée dem Älteren, bevor er seinen Zeigestock unter die Perücke schob und sich am Kopf kratzte. Mittelmäßig, plump, trübe – diese Worte hörte Marie immer wieder, als sie weiterging. Dabei war sie von den meisten Bildern begeistert, die Ausführung schien kunstvoll, die Farben waren geschmackvoll ausgewählt. Besonders angetan hatte es ihr ein mittelgroßes Gemälde, auf dem eine Familienszene abgebildet war. In einer schlichten Küche saß ein Elternpaar vor dem Kamin mit ihren Kindern, das jüngste streckte die Ärmchen nach dem Vater aus, der den Jungen lächelnd aufnahm. Die Mutter hielt die Hand des größten Jungen und beobachtete, ebenfalls ein Lächeln auf dem Gesicht, ihren Kleinsten, der Mittlere spielte zufrieden mit einer Trommel. Auf einen Stuhl gestützt, sah der Großvater seiner Familie zu. Die warmen Brauntöne, die roten Bäckchen der Kinder und der Mutter und die zufriedene Freundlichkeit der Männer ließen Marie ganz in das Bild eintauchen.

»Rührend, nicht wahr?«, riss eine sanfte Frauenstimme sie aus ihrer Betrachtung. War sie gemeint? Marie sah sich nicht um. Sie tat so, als ob sie weiterhin das Gemälde bewunderte – schließlich wollte sie nicht so wirken, als ob sie lauschte. »So kunstvoll ausgeführt, wie man es aus der holländischen und flämischen Malerei des 17. Jahrhunderts kennt, aber mit einem Ausdruck, der der heutigen Zeit entspricht.« Die Frau hatte durchaus recht, auch Marie fühlte sich an Jean-Jacques Rousseau erinnert, der die Vaterliebe stets in den höchsten Tönen gepriesen hatte. Die Unbekannte trat einen Schritt näher und stand nun nur noch eine Handbreit von ihr entfernt. War sie etwa doch gemeint? Marie drehte sich um – Sedaines Tochter stand schräg hinter ihr, daneben, mit einem muffeligen Gesichtsausdruck, der Maler Jacques-Louis David.

»Sie scheinen sich gut auszukennen. Ist dies Ihr erster Besuch im diesjährigen Salon?«, fragte Marie die junge Frau.

»Ja. Ich hatte allerdings das Vergnügen, mich bereits mit Monsieur Diderot und Monsieur Vien über die Ausstellung zu unterhalten, Letzterer stellt in diesem Salon ebenfalls einige Gemälde vor.« Marie glaubte sich an eines der Gemälde von Joseph-Marie Vien zu erinnern, auf dem Venus, die von Diomedes verwundet wird, abgebildet war. »Monsieur Vien wurde kürzlich zum Direktor der Französischen Schule in Rom berufen. In wenigen Monaten wird er gemeinsam mit einigen Schülern Paris verlassen, darunter wird auch Monsieur David sein – Sie kennen sich doch, oder?«

»Wir wurden einander vor einigen Jahren vorgestellt«, sagte Marie und fügte hinzu: »Der Monsieur hatte mir damals einige Unterrichtsstunden als Ausgleich für ein Missgeschick versprochen.« Himmel, was war in sie gefahren! Suzanne Sedaine sah David erstaunt an.

»Tatsächlich?«

»Ach ja, ich erinnere mich, die junge Curtius. Nun, meine Zeit hat es wohl nicht erlaubt …«, druckste der Maler herum. Marie hatte Schwierigkeiten, ihn zu verstehen, denn er sprach undeutlich. War sein Gesicht auch schon so angeschwollen gewesen, als sie ihn das letzte Mal gesehen hatte? Die Stimmung zwischen ihnen war schlagartig abgekühlt.

»Es war damals sehr freundlich von Ihnen, mir das Angebot zu machen. Wie unpassend von mir, Sie daran zu erinnern. Verzeihen Sie«, sagte Marie und ärgerte sich im selben Moment, dass sie sich so kleinmachte. Schließlich hatte er ihr sein Wort gegeben!

Das anhaltende Schweigen machte Marie nervös. Einige Schritte vor sich sah sie ein Bild, und sie trat heran, um es genauer zu betrachten. Suzanne Sedaine schien ebenfalls dankbar für ein neues Gesprächsthema.

»Ah, wieder ein Gemälde von Étienne Aubry, dessen *Väterliche Liebe* Sie vorhin so bewundert haben. Auch er ist übrigens ein Schüler von Vien.«

»Wissen Sie, was es mit diesem Bild auf sich hat?«, fragte Marie ihre Begleiter. Suzanne Sedaine sah David mit einem auffordernden Blick an.

»Das Gemälde zeigt den Beginn einer Liebesgeschichte«,

sagte er knapp und warf Suzanne von der Seite einen kurzen Blick zu. »Aber erzählt doch selbst, Ihr wisst es genauso gut wie ich«, forderte er sie auf. Marie erschien der Maler äußerst unhöflich. Suzanne Sedaine kniff die Lippen zusammen.

»Nun denn. Eine junge Adelige versteckt sich aus Kummer bei Hirten – und wird doch erkannt. Wahrer Adel lässt sich eben auch unter einem Hirtenkostüm nicht verbergen, das ist es wohl, was Aubry uns sagen will. Auch wenn unser Maler hier«, sie sah David abschätzig an, »sich zu schade ist, uns davon zu berichten.« Marie hatte inzwischen das Gefühl, Zeugin einer Auseinandersetzung zu sein, mit der sie nichts zu tun hatte. Einige eisige Minuten später löste sich ihre kleine Gruppe auf, und Marie zog mit ihrem Onkel weiter.

»David wird in wenigen Wochen nach Rom aufbrechen und dort sicher interessante Erfahrungen machen«, sagte Curtius. Und da soll er besser auch bleiben, fügte Marie in Gedanken hinzu. Einen Maler von seinem Schlag würde man sicher nicht vermissen – sie zumindest nicht. Marie glaubte, leises Bedauern in Curtius' Stimme zu hören. »Das würde mir auch gefallen«, hörte sie ihn murmeln. Er straffte sich. »Aber erst einmal muss ich mich meiner akademischen Laufbahn widmen.«

Doch die Bemühungen ihres Onkels um die Aufnahme an der Akademie Saint-Luc waren nicht erfolgreich. Eines Nachmittags, als Marie gerade dabei war, echte Zähne in einen Wachskopf einzusetzen, kam Curtius in das Atelier gelaufen. Ihr Onkel wirkte nervös, fahrig. Die Perücke war leicht verrutscht, auf seinen Ärmeln war Puder verstreut.

»Marie, folge mir für einen Moment, du kannst etwas für mich tun«, sagte Curtius und winkte sie zu sich, als er zu seinem Schreibtisch ging. Marie lief ihm neugierig nach. Ihr Onkel packte hastig Papiere zusammen. »Ich habe für heute Nachmittag einen Termin bei Élisabeth Vigée. Sie hat mir die Zusage gegeben, dass ich einige ihrer Gemälde in Kommission nehmen darf. Ich habe das Gefühl, dass ihre Bilder bald sehr gefragt sein werden. Dann sind sie eine Zierde für meinen

Salon, und ich kann, wenn ich sie verkaufe, eine Menge Geld damit verdienen. Dringende Geschäfte rufen mich jedoch in die Akademie Saint-Luc zurück. Geh du zu ihr und nimm die Bilder in meinem Auftrag in Empfang.« Marie wischte sich unschlüssig die Hände an ihrer Lederschürze ab. »Nun geh schon, mach dich auf den Weg«, brummte er ungeduldig.

»Sofort Onkel. Wo finde ich Mademoiselle Vigée? Und wie soll ich die Bilder transportieren?«

»Im Hôtel de Lubert in der Rue de Cléry. Nimm Nanette mit. Nein, warte.« Er legte die Papiere zusammen und verstaute sie sorgsam in seiner Tasche. »Nanette bleibt hier. Und lass dir von deiner Mutter Geld für einen Lastenträger geben.«

Irgendetwas schien den Doktor zu beunruhigen. Er ließ es sich sonst nicht entgehen, seine Künstlerkollegen zu besuchen – vor allem nicht jene, die gerade von sich reden machten wie Élisabeth Vigée. Als Curtius an ihr vorbeigehen wollte, zupfte sie ihn an der Jacke.

»Wollen Sie wirklich so gehen?«, fragte sie und wies auf sein Spiegelbild. »Darf ich?« Mit geübten Fingern rückte sie seine Perücke zurecht und klopfte ihm den Puder vom Ärmel. Ihr Onkel ließ es über sich ergehen, dann schnaubte er unwirsch und rannte hinaus.

Von einer Dienerin wurde Marie in ein geräumiges Zimmer unter dem Dach geführt und gebeten, sich still auf den Stuhl neben der Tür zu setzen. Marie sah sich in dem Raum um, in dem sich die Spätsommerhitze staute. Es roch nach trockenen Dachbalken und einem zarten Veilchenparfum. In der Mitte des Dachzimmers saßen mehrere junge Mädchen, sie hatten Zeichenblätter vor sich. Eine Frau, höchstens zwanzig Jahre alt, stand hinter einem Mädchen, blickte ihm über die Schulter und gab ihm leise Anweisungen. Sie wirkte grazil und bewegte sich mit Anmut. Die Haare trug sie locker zusammengesteckt, ihre Kleidung war geschmackvoll, über die Schultern hatte sie ein Tuch drapiert. Es war Élisabeth Vigée.

Während Marie wartete, dachte sie darüber nach, was sie

über die Vigée wusste. Seit dem Tod ihres Vaters, eines Porträtmalers aus der Akademie Saint-Luc, sorgte sie für sich und ihre Mutter, die eine berühmte Friseurin gewesen war. Im letzten Jahr war Élisabeth Vigée selbst Mitglied der Akademie Saint-Luc geworden, die, im Gegensatz zur Königlichen Akademie, auch weibliche Studenten ausbildete. Nur dieses Forum ermöglichte es Frauen, sich als Malerinnen einen Namen zu machen. Schon vor einiger Zeit waren die Herren des Hofes auf die schöne junge Malerin aufmerksam geworden. Bald würde ihr Name jedem, der etwas auf sich hielt, ein Begriff sein. Marie imponierte der Erfolg dieser jungen Frau; er bestärkte sie darin, ihren Weg weiterzugehen, sich nicht in ihrem Wunsch, zu lernen und zu arbeiten, aufhalten zu lassen – ganz egal, was ihre Mutter Anna meinte.

Eine sanfte, klare Stimme riss sie aus ihren Gedanken.

»Eure Anlagen sind sehr gut«, sagte Élisabeth Vigée, die nun zu ihren Schülerinnen sprach. »Ihr solltet jedoch einiges Grundsätzliches über die Porträtmalerei wissen.« Marie horchte auf, schließlich beschäftigte auch sie sich mit Porträts. »Zunächst einmal solltet ihr eine halbe Stunde vor Beginn der Sitzung bereit sein. Ihr solltet keine Besucher mehr empfangen, und auch das Modell sollte sich niemanden zur Gesellschaft mitbringen – zu schnell gibt jeder seine Meinung ab und verdirbt alles.« Sie stand auf und bat ein Mädchen, sich auf einen Stuhl an der Wand zu setzen, und wies die anderen an, ihr zu folgen. Kleidung und Papier raschelten, als die Mädchen ihr nachgingen. Das ausgewählte Mädchen rutschte verlegen auf dem Stuhl hin und her, die Hände im Schoß gefaltet. »Ihr solltet euch so weit wie möglich von eurem Modell entfernen, denn der Gesamteindruck zählt. Unser Modell ist etwas unsicher«, sie machte eine Pause, weil die Mädchen kicherten, »aber dennoch ist der erste Eindruck wichtig. Wie hält sich das Modell? Hat es Gewohnheiten, die charakteristisch sind? Es ist schließlich auch möglich, jemanden auf der Straße zu erkennen, ohne sein Gesicht zu sehen«, fuhr sie fort. »Etwas Plauderei am Anfang ist hilfreich. Das Modell sollte sich wohl fühlen. Den Damen darf man schmeicheln, ihre Kleidung oder ihre Frisur loben.« Sie löste sich aus der Gruppe der Mädchen und ging um das Modell herum. Dabei zupfte sie sein Kleid zurecht. »Das Modell sollte stets höher gesetzt werden, als man selbst sitzt. Die Haltung sollte jedoch nicht nur angenehm für das Modell sein, sondern auch seinem Alter und seinem Wesen entsprechen. Habt ihr euch alles gemerkt? Nächstes Mal werden wir einige dieser Grundsätze in die Praxis umsetzen. Und nun geht.« Die Mädchen packten flüsternd ihre Sachen und stoben an Marie vorbei. Sie waren nur wenige Jahre jünger als Marie, aber trotzdem fühlte sie sich meilenweit von ihnen entfernt. Sie arbeitete, erledigte Aufträge für ihren Onkel, übernahm Verantwortung. Die Kunst war für sie nicht nur ein Zeitvertreib.

»Der Unterricht ist vorbei, heute gibt es keine Stunde mehr, auch Ihr könnt gehen«, sagte Élisabeth Vigée jetzt zu Marie.

»Doktor Curtius schickt mich, ich soll einige Gemälde für seinen Wachssalon in Empfang nehmen.«

»Für seinen Wachssalon? Glauben Sie wirklich, eine Malerin wie ich stellt ihre Gemälde in einem Wachssalon aus?«, antwortete Élisabeth Vigée.

Diesen Dünkel hatte Marie nicht erwartet. Sie ärgerte sich darüber, biss aber die Zähne zusammen. »Andere Künstler sind sich nicht zu fein dafür, ihre Gemälde und Skulpturen Doktor Curtius anzuvertrauen«, gab sie schließlich zurück.

»Andere Künstler hatten auch nicht die Ehre, jüngst hohe Herren wie den Marquis de Choiseul oder den Grafen Dubarry zu porträtieren«, sagte die Vigée. »Warum kommt er außerdem nicht selbst? Warum schickt er ein kleines Mädchen?«

»Mademoiselle, ich bin seine Nichte Marie Grosholtz und werde von ihm ausgebildet. Der Doktor ist an der Akademie Saint-Luc, er bereitet seine Aufnahme vor.« Élisabeth Vigée hob eine Leinwand auf die Staffelei.

»An der Akademie Saint-Luc? Der gute Mann wird sich beeilen müssen, denn um die Akademie steht es nicht zum Besten, hört man.«

»Was meinen Sie damit?«

»Fragt Euren Onkel, nicht mich. Sagt ihm, ich habe keine Bilder für ihn. Heute nicht und auch in der nächsten Zeit nicht. Und nun lasst mich allein, Ihr seht doch, dass ich zu tun habe.« Marie wollte sich nicht abwimmeln lassen. Vielleicht hatte Curtius' Unruhe mit der Akademie zu tun.

»Sagt doch, was meint Ihr damit?«, bat Marie. Sie bekam keine Antwort. Wie sollte sie ihrem Onkel erklären, dass sie mit leeren Händen zurückkehrte? Vielleicht würde er glauben, sie hätte einen Fehler gemacht.

»Was ist denn noch, Mädchen?«, fragte Élisabeth Vigée nun scharf. Dann sah sie Marie an, die ihre Schultern hängen ließ. Die Stimme der Malerin wurde weicher. »Wenn er sich wundert, warum Ihr keine Bilder mitbringt – er soll sich bei mir melden. Und ansonsten – die Zukunft der Akademie ist in großer Gefahr, aber das weiß Euer Onkel sicher genauso gut wie ich.«

Es war bereits spät am Abend, als Marie ihren Onkel wiedersah. »Was meinte sie damit, die Akademie Saint-Luc ist in Gefahr?«

Curtius ging, die Hände hinter dem Rücken verschränkt, unruhig im Atelier hin und her. »Wo sind die Bilder?«, fragte er im Gegenzug.

Marie berichtete ihm, was Élisabeth Vigée gesagt hatte. Curtius brummte mürrisch »Was ist denn nun mit der Akademie?«, setzte Marie nach. Anna, die auf einem Stuhl in der Ecke saß und Weißkohl in dünne Scheiben hobelte, um Sauerkraut zu machen, sah auf und blickte Marie warnend an. Sie fürchtete offenbar um Curtius' Laune, mit der es schon jetzt nicht zum Besten stand. Der Doktor antwortete nicht. Mit verschränkten Armen stellte Marie sich vor ihn. So leicht würde sie sich nicht geschlagen geben. Wenn er ihr auf diese Frage keine Antwort geben wollte, dann vielleicht auf eine andere.

»Warum nehmen Sie mich nicht mit in die Akademie Saint-Luc? Auch andere Künstler lassen ihre Töchter dort unterrichten«, sagte sie. Sie war zwar nicht seine Tochter, aber dennoch. Curtius' zusammengepresster Mund sah aus, als sei er mit einem Meißel geformt. »Weil – ich – noch – immer – kein – Mitglied – dieser – Akademie – bin. Und es, wenn alles schiefläuft, auch nicht mehr werde!« Mit einem Ruck drehte er sich um und verschwand in das hintere Zimmer.

»Was meint er damit, dass er es vielleicht nicht mehr wird?«, fragte Marie.

»Die Akademie Saint-Luc wird von der Königlichen Akademie unter Druck gesetzt. Sie soll geschlossen werden. Keine weitere Akademie, keine Konkurrenz, denken sich die hohen Herren.« Anna legte den Arm um Marie. »Keine Sorge. Er wird schon eine Lösung finden. Das tut er immer.«

Einige Monate später war noch keine Lösung gefunden, die Situation hatte sich sogar verschlechtert. Élisabeth Vigée hatte den Kunsthändler Lebrun geheiratet, der über ausgezeichnete Verbindungen zum Hof verfügte, und war daher auf Curtius' Dienste nicht mehr angewiesen. Curtius war darüber besonders erbost, weil er nun, wo Élisabeth Vigée-Lebrun bekannt war, endlich höhere Preise für ihre Gemälde erzielt hätte. Die Akademie Saint-Luc war aufgelöst – allerdings hatte Curtius noch im letzten Moment einen Antrag auf Aufnahme stellen können. Doch je mehr Zeit ins Land ging, ohne dass er Nachricht erhielt, umso mehr befürchtete er, dass die Mitgliedschaft ihm doch noch verweigert werden würde und seine Arbeit am Aufnahmestück umsonst gewesen wäre. Am schlimmsten aber war, dass der Prinz von Conti gestorben war – damit hatte die Pariser Kunstwelt einen verständigen und leidenschaftlichen Paten verloren und Curtius seinen wichtigsten adeligen Mäzen.

Mit ihren Finanzen stand es wieder einmal nicht zum Besten. Zwar waren Wachsbüsten und -figuren von Curtius nach wie vor beliebt, weil sie schmeichelten und man damit Eindruck machen konnte, viele seiner Kunden ließen sich jedoch lange bitten, bis sie ihre Rechnung bezahlten. Wie bei den Modeschöpfern ließen die hohen Herren und Damen am liebsten anschreiben. Protzen, aber auf Pump, war ein weit verbreiteter Zeitvertreib in Paris, das hatte Marie lernen müssen. Ihre Kunden waren stets nach der neuesten Mode gekleidet, trugen erlesene Stoffe und feinste Accessoires, aber in den Geldbörsen herrschte Ebbe, und die Rechnungen wurden benutzt, um den Kamin zu feuern. Wie also das Geld eintreiben, ohne sich unbeliebt zu machen? Wie die Kunden zur Zahlung bewegen, ohne sie zu vergrätzen? Denn nach wie vor war Curtius auf das Wohlwollen der Adeligen angewiesen. Es war ein Balanceakt, so risikoreich, wie ihn Nicolets Seiltänzertruppe täglich auf dem Boulevard vollführte.

Marie arbeitete mehr denn je für Curtius. Sie war vierzehn geworden, und er vertraute ihr auch wichtige Aufgaben an. Sie nahm die Besucher in Empfang und führte sie durch das Kabinett, wenn ihr Onkel mal wieder abwesend oder unpässlich war. Er überließ ihr die Ausführung anspruchsvoller Aufträge, und sie begann, sich für die Ausstellung verantwortlich zu fühlen. Sie mussten mehr Geld an der Kasse einnehmen, das war Marie längst klar. Langsam war in ihr eine Idee herangereift, die sie heute ihrem Onkel vortragen wollte. Um ihn in eine aufgeschlossene Stimmung zu versetzen, hatte sie ihre Mutter um einige Sous gebeten und sich auf den Weg zum nächsten Pastetenbäcker gemacht.

Wie jeden Sonntag hatten viele Familien, die keinen eigenen Herd hatten, ihr Fleisch zum Pastetenbäcker gebracht. Für zwei Sous wurde das Fleisch geschmort, einige Stunden später konnte der Braten fix und fertig abgeholt werde. In dem Ofen brutzelten an diesem Abend an die zwanzig verschiedene Braten, und der Duft, der auf die Gasse zog, ließ einem schon viele Straßenecken weiter das Wasser im Mund zusammenlaufen. Mit einem knusprigen Kapaun ging sie zurück in das Atelier auf dem Boulevard. Marie holte das Geschirr, während Anna den Vogel tranchierte.

Wie eine rosa Nelke aufblüht, kehrte das Leben in Curtius' Wangen zurück. Einige Zeit später schob er den Teller voll abgenagter Knochen von sich und ließ genüsslich einen Schluck Rotwein im Mund kreisen. Marie brach sich noch einen Kanten Weißbrot ab und tunkte das Fett auf. Anna kehrte aus der Küche zurück, in der Hand einen selbstgemachten Mirabellenkuchen.

»Onkel, wie war es, als Ihr den Prinzen von Conti in seinem Salon besucht habt? Was habt Ihr dort erlebt?«, fragte Marie Curtius. Sie sah ihn neugierig an. Sie hatte von Conti zwar einmal im Atelier gesehen, hatte ihren Onkel jedoch nie in dessen Salon begleitet.

»Es war ein wunderbarer Salon! Der Prinz hatte nur die auserlesensten Gäste. Ich habe manche Berühmtheit dort erlebt, aber auch manche Skurrilität«, sagte er und steckte sich den ersten Bissen in den Mund. »Wenn ich mich beispielsweise an diesen Jungen erinnere – wie hieß er noch? Wolfgang Amadeus Mozart. Noch ein kleines Kind, aber schon ein Genie am Klavier. Ich sah ihn bei Conti, kurz nachdem ich seiner Einladung nach Paris gefolgt war«, erinnerte er sich. »Ich habe ein Porträt von dem Jungen angefertigt, denn eine Zeitlang sprach man von nichts anderem. Inzwischen habe ich es eingeschmolzen, seine Zeit scheint vorbei, aber die Gussform habe ich aufbewahrt, vorsichtshalber – man weiß ja nie.« Nur die Spitze des Kuchens, ein saftiges Stück, lag noch auf seinem Teller. Er legte seine Gabel einen Moment ab, lehnte sich zurück und strich sich langsam über sein Kinn. »Oder ein anderes Mal, als Beaumarchais einen seiner berühmten Auftritte hatte! Es war ein großer Empfang, die Straße vor dem Temple-Schloss schien von den vergoldeten Karossen der Gäste selbst zu leuchten. Beaumarchais, in Galarock mit Spitzenjabot, mit großer Perücke und Hut, saß auf einem erhöhten Fauteuil. Vor ihm stand ein Tisch mit Kerzenleuchtern, auf dem Pergamentrollen ausgebreitet waren. Ein Dichter, ganz in seinem Element. Er las aus seinem Drama *Eugénie*, und die Gäste waren hingerissen – selbst mir, als Mann der Wissenschaft, hat es gefallen. Viel mehr noch hat mir allerdings später seine Geschäftstüchtigkeit imponiert«, sagte er nachdenklich. »Er bat noch weitere hohe Herren, wie den Herzog von Orléans oder den Herzog von Noailles, schriftlich, sein Stück vorlesen zu dürfen, bevor es auf der Bühne aufgeführt würde. Bald war ganz Paris neugierig auf das, was die Herrschaften in ihren Salons bereits gehört hatten – ein großartiger Schachzug von Beaumarchais.« Curtius aß das letzte Stück mit genießerisch geschlossenen Augen. »Wie auch immer, ich war bei seiner ersten Lesung dabei, darum hat mich später manch einer beneidet.«

Jetzt hatte ihr Gespräch den Punkt erreicht, auf den Marie hingearbeitet hatte.

»Das kann ich verstehen. Mir kommt es manchmal so vor, als ob sich alle Menschen gerne im Glanz der Reichen und Berühmten sonnen würden. Man könnte diesen Neid und diese Neugier doch stärker für den Wachssalon nutzen«, sagte sie leichthin. »Wie wäre es, einen Wachssalon zu schaffen, in dem sich die Besucher – die vermutlich nie in einen der begehrten Salons gebeten wurden – unter die Berühmtheiten mischen könnten, ganz so als wären sie Gäste? Unsere Kunden würden sich fühlen, als wären sie selbst berühmt – und sei es auch nur für einige Stunden. Man müsste lediglich alle Menschen, die etwas zu sagen hatten oder über die geredet wurde, in Wachs verewigen und sie so anordnen, dass man zwischen ihnen flanieren könnte«, schlug sie vor. Curtius' Augen begannen zu leuchten.

»Die Besucher würden sich fühlen, als ob sie in ihrer Bedeutung den Berühmtheiten in nichts nachstehen. Eine großartige Idee«, sagte er aufgekratzt. Als Marie an diesem Abend ins Bett ging, war sie so zufrieden wie lange nicht mehr. Es war ihr Einfall, und er würde verwirklicht werden. Jetzt musste es doch bergauf gehen.

Curtius' Wachssalon war ein voller Erfolg. Die Leute drängten sich, um die Menschen zu sehen, über die man auf der Straße sprach und die als liebste Gäste in den Salons galten. Auch wenn Curtius nun wieder mit stolzgeschwellter Brust über den

Boulevard schritt, er schien sich bewusst zu sein, wem er das zu verdanken hatte – obgleich er es nicht öffentlich aussprach. Aber er dankte es Marie auf andere Art. Mehr und mehr band er sie in jene Aspekte seines Geschäfts ein, von denen er sie früher ferngehalten hatte. Sie durfte ihn zu den Wachshändlern begleiten, er stellte sie wohlwollend seinen Gönnern vor, und wenn er Gäste hatte, band er sie in die Gespräche ein. Er verriet ihr die geheime Rezeptur der Tönungsmittel, die für die natürliche Hautfarbe seiner Figuren sorgte. Ja, er lüftete sogar das Geheimnis der anatomischen Modelle. Als Marie ihn eines Tages an seinem sonst stets verschlossenen Sekretär antraf, wies er sie nicht ab, sondern winkte sie heran. Vor ihm lag ein Kopf aus Wachs, dem man scheinbar die Haut abgezogen hatte. Rot glänzten die Muskelstränge, gelbe Tupfer aus Fett saßen auf den Wangen, und die freigelegten Augäpfel wirkten, als würden sie gleich wegrollen. Marie schluckte.

»Keine Angst, er ist nicht echt. Aber deine Reaktion zeigt mir wieder einmal, wie gut er gelungen ist«, lachte er.

»Warum tun Sie das, Onkel Curtius?«, fragte sie, zögernd näher tretend. »Warum modellieren Sie … so etwas?«

»Warum? Weil gut dafür bezahlt wird! Ein stadtbekannter Graf und Naturkundler wartet bereits sehnsüchtig darauf, er will diesen Kopf in seinem Privatkabinett ausstellen.« Er runzelte die Stirn. »Was ist denn deiner Meinung nach dagegen einzuwenden? So sähen wir alle aus, wenn man uns der Haut beraubte. Die Wissenschaft entkleidet uns lediglich aller schön geschminkter Hüllen und zeigt uns, wie wir sind – in unserer natürlichen Schönheit.« Marie nickte langsam.

»Ich glaube, Sie haben recht. Wenn ich mich daran erinnere, wie sehr mich als Kind die anatomischen Zeichnungen im Laboratorium meines Großvaters fasziniert haben«, sagte sie. Aber wenn ihr Onkel mit diesen Stücken Handel trieb, dann verkaufte er, wie man hinter vorgehaltener Hand erzählte, auch die Miniaturen von Paaren in den eindeutigen Posen geschlechtlicher Leidenschaft. Dafür hatte sie weniger Verständnis. Sie träumte von einem angesehenen Salon, und ihr Onkel bediente insgeheim die niedersten Gelüste. Sie gab vor, Kopfschmerzen bekommen zu haben, und verließ den Raum. Erst als sie einige Zeit auf den Stufen des Ateliers gesessen und in die sternenklare Nacht hinausgesehen hatte, verschwand das Bild des gehäuteten Wachskopfs vor ihrem inneren Auge.

Der Mann mit dem froschmaulähnlichen Grinsen kam wieder in den Salon. Ihr Onkel unterhielt sich angeregt mit ihm, und Marie erkannte, dass es noch mehr in seinem Leben gab, von dem sie keine Ahnung hatte. Sie kehrte den beiden Männern den Rücken zu und legte letzte Hand an eine Büste. Wenig später rief Curtius sie zu sich.

»Wir werden einen kleinen Ausflug machen. Zieh nicht dein bestes Kleid an, es könnte Schaden nehmen«, sagte er, während er die Tasche mit seinen Utensilien packte. Marie schlüpfte in ein altes Kleid und warf sich ein Cape über. Dann folgte sie ihrem Onkel in eine Kutsche. Auf ihre Frage, wohin sie fuhren, antwortete Curtius einsilbig. Er wirkte angespannt und nervös. Als sie vor einem großen Haus am Stadtrand hielten, war die Sonne bereits untergegangen, sodass sie nur wenig von der Umgebung erkennen konnte.

»Wollen Sie mir nicht verraten, was mich erwartet?«

»Selbst wenn ich es dir verraten würde, du wärest dennoch nicht darauf vorbereitet. Obwohl – wenn ich es recht bedenke, vielleicht doch«, antwortete er, ein Lächeln huschte über sein Gesicht. Trotzdem schwieg er, als sie durch ein Tor in einen Hinterhof traten. Curtius klopfte an eine Holztür, und Marie und ihr Onkel wurden von dem unangenehmen Besucher von vorhin begrüßt. »Da sind Sie ja endlich. Wir hätten schon fast ohne Sie angefangen«, sagte er und spuckte vor die Tür. Marie sah jetzt, dass der Froschmäulige nicht so alt war, wie sie geglaubt hatte. Vielleicht um die dreißig. Sein ungepflegtes Äußeres ließ ihn jedoch älter erscheinen. Als sie an ihm vorbeiging, spürte sie, wie sein Atem kurz ihr Gesicht streifte und sie zum Schaudern brachte.

Curtius legte seinen Mantel ab und wies sie an, ihr Cape

gleichfalls abzulegen. Der Mann reichte ihnen Lederschürzen, die nicht nur schmierig aussahen, sondern sich auch so anfühlten. Marie band sie mit spitzen Fingern um.

»So eine hübsche Larve. Sind Sie sicher, dass sie damit fertig wird, die Kleine?«, fragte der Mann höhnisch ihren Onkel.

»Was geht es Sie an!«, fuhr Marie dazwischen. Curtius warf ihr einen tadelnden Blick zu. Sie durfte sich nicht vergessen, musste stets die Form waren, das hatte Curtius ihr doch oft genug eingeschärft.

»Was denn, was denn? Das Lärvchen weiß noch gar nicht, was sie erwartet?! Na, das wird ein Spaß!«, meinte der Mann und lachte laut.

Er führte sie in einen Raum, in dessen Zentrum ein großer Tisch stand, auf dem etwas von einem weißen Laken bedeckt wurde. Allmählich wurde Marie mulmig zumute. Lag dort unter dem Laken ein Körper? Bevor sie sich weiter umsehen konnte, betrat ein attraktiver, kräftiger Mann den Raum. Mit einer vollendeten Verbeugung begrüßte er ihren Onkel, dann sah er Marie neugierig an.

»Meine Nichte, Marie Grosholtz. Ich bilde sie in meiner Kunst aus. Nun sollen ihr auch die letzten Geheimnisse der Wachskunst eröffnet werden«, stellte Curtius sie vor. Der Mann begrüßte Marie mit einem charmanten Lächeln.

»Grosholtz?« Er runzelte die Stirn. »Sind Sie verwandt mit den Grosholtz' aus dem Elsässischen, die lange den Monsieur de Straßburg gestellt haben?«, fragte er. Marie freute sich, an ihren Großvater erinnert zu werden, andererseits wäre sie froh gewesen, den Makel ihrer Henkersherkunft ein für alle Mal los zu sein. Allmählich schwante Marie, wen sie vor sich hatte.

»Johann Jacob Grosholtz ist mein Großvater. Ist er Euch bekannt, Monsieur?«

»Bekannt wäre zu viel gesagt. Aber natürlich sind einem seine Kollegen ein Begriff.«

Er war Charles-Henri Sanson, seines Zeichens Monsieur de Paris. Sie stand dem Henker von Paris gegenüber.

Ein Helfer zog das Laken vom Tisch, und die Leiche einer Frau lag vor ihnen. So kam ihr Onkel also zu seinen anatomischen Modellen – durch seine Freundschaft mit dem Henker. Marie wurde übel. Die Luft war von den vielen Kerzen verbraucht.

»Ist Euch nicht gut? Möchtet Ihr einen Schluck Wasser?«, fragte Sanson zuvorkommend und stützte sie vorsichtig. Beinahe wäre sie zurückgezuckt. Dabei wusste sie doch am besten, wie albern es war, sich vor der Berührung eines Henkers zu fürchten. Doch sie hatte ihre Gefühle nicht im Zaum.

»Nein!«, entfuhr es ihr. »Nein, danke sehr. Danke vielmals, ich möchte nichts. Es ist nur so stickig hier.« Auf einen Wink des Henkers öffnete sein Helfer Dutruy, der Mann mit dem Froschgrinsen, ein Fenster.

»Nun gut, dann lassen Sie uns mit der Sectio beginnen. Stellen Sie sich hierher, dann haben Sie die beste Sicht«, wies Sanson Marie an. »Ich werde nun die Leiche öffnen. Doktor Curtius, sind Sie bereit?« Ihr Onkel nickte.

Marie zwang sich, tief und ruhig ein- und auszuatmen. Niemand sollte merken, wie aufgewühlt sie war. Sie konzentrierte sich auf das Gesicht der Frau. Wie alt mochte sie sein? Zwanzig? Sie war hübsch gewesen. Im warmen Licht der Kerzen wirkte sie fast lebendig. Ihr Blick wanderte den Körper hinunter. Man sah keine Anzeichen für einen gewaltsamen Tod, keine Verletzungen. Der Bauch der Toten war leicht gewölbt. Sie hatte ein Kind erwartet. War das der Grund für ihren Tod?

Als Sanson das Messer ansetzt und das Blut vom Tisch in bereitgestellte Schüsseln floss, *schießen Bilder durch Maries Kopf. Ein Mann mit nacktem Oberkörper auf einem Richtblock, die Augen verzweifelt gen Himmel gerichtet. Um ihn herum geifernde Menschen. Ein Henker tritt an den Mann heran. Er trägt ein Schwert in der Hand. Sie erkennt ihn.* Ihr wird schwindelig. Sanson hat inzwischen den Unterleib der Toten geöffnet. Er scheint so vertieft in seine Arbeit wie jeder andere gewissenhafte Handwerker. Überall ist Blut. Sie hat einen Geschmack im Mund, als ob sie auf Blei beißen würde. Ihr Onkel wendet ihr den Rücken zu, er macht etwas, winkt ihr – soll sie herantreten? Wieder schieben sich Bilder vor ihr inneres Auge. *Der Henker hebt das Schwert. Holt aus. Blut spritzt aus der Schulterpartie. Er hat den Hals verfehlt! Der Mann schreit auf. Hohngelächter macht sich breit. Der Pöbel feuert den Henker an. Er wirkt unsicher. Er holt wieder aus, schwankend diesmal.* Ein grauer Schleier umhüllt sie gnädig, Marie sinkt zu Boden. Schwärze umfängt sie.

»Da ist sie wieder!«, ruft eine Stimme, als sie die Augen aufschlägt. Sie ist ohnmächtig geworden. Jemand hat sie auf eine Liege gebettet und versorgt. »Na, für eine Henkerstochter bist du ja reichlich zartfühlend!« Sie blickt in die blanken Augen von Dutruy. Seine Hand mit den blutigen Fingernägeln liegt auf ihrem Bauch. Sie schreckt hoch.

»Lassen Sie das, mich ekelt vor Ihnen«, schreit sie. Er zuckt zurück.

»Verzeihen Sie meiner Nichte, sie ist nicht bei sich«, sagt Curtius beruhigend zu Dutruy. Dann zischt er Marie an. »Du bist doch sonst nicht so eine Zimperliese!« Marie will sich aber nicht entschuldigen. Sie will nur weg hier, weg von diesen Menschen, weg von ihrem Onkel, der sie hierher gebracht hat. Die meisten Kerzen in dem Raum sind gelöscht. Der Leichnam ist verschwunden, ebenso das Blut. Curtius nimmt sie in den Arm und führt sie zu einer Kutsche. Während der Fahrt starren beide schweigend aus dem Fenster.

Mit keinem Wort erwähnten sie den Vorfall am nächsten Tag. Aber Marie wusste, dass sie mit ihrem Onkel früher oder später darüber sprechen musste. Die Bilder des geöffneten Körpers verfolgten sie bis in den Schlaf. Mehrmals schreckte sie nachts aus Albträumen hoch. Und dann waren da noch diese anderen Bilder, die während der Sectio in ihr aufgestiegen sind. Auch tagsüber schießen die Eindrücke immer wieder durch ihr Gedächtnis. In einem Besucher des Wachssalons meinte sie den Mann auf dem Richtblock zu erkennen. Auf der Straße schienen sich lächelnde Gesichter in den geifernden Pöbel zu verwandeln. Und der Henker? Er kam ihr bekannt vor. Eine Schale glitt ihr aus der Hand, das geschmolzene Wachs spritzte an ihrem Kleid hoch – für eine Sekunde kam es ihr wie Blut vor. Das Wachs vom Fußboden und aus ihrem Kleid zu entfernen würde Stunden dauern.

Ihr Onkel hatte sich schon seit den frühen Morgenstunden in seinem Kabinett eingeschlossen. Ihre Mutter hatte ihm lediglich eine Schale Kaffee vor die Tür gestellt. Vermutlich arbeitete er an seinem neuesten anatomischen Modell: junge Schwangere, deren Bauchdecke sich anheben ließ, sodass man den ungeborenen Fötus betrachten konnte. Übelkeit stieg in ihr auf. Hoffentlich würde sie dieses Modell nie zu Gesicht bekommen.

Als sich Anna aufmachte, um die Messe in Saint-Roch zu besuchen, fragte Marie, ob sie sich ihr anschließen könne. Es tat ihr gut, aus dem Wachssalon herauszukommen, etwas anderes zu sehen. Die Kirche wirkte geräumig und hell. Marie wunderte sich, dass die silbernen Leuchter mit ebenso silbernen Ketten gesichert waren – selbst hier musste man sich vor Räubern schützen. An einem Pfeiler hing eine Liste, die die Preise für die Benutzung der Kirchenstühle festschrieb. Je heiliger die Tage, umso höher die Taxe.

Saint-Roch war kein Gotteshaus für das einfache Volk. Hier lagen auch der Dichter Pierre Corneille und Marie-Anne de Bourbon, eine Tochter Ludwigs XIV. begraben. War dies der Grund, warum ihre Mutter diese Kirche aufsuchte? War auch sie bereits angesteckt von dem Fieber, sich mit den Reichen und Adeligen gemeinzumachen? Maries Blick blieb an einem kleinen Pfeiler links vom Hauptaltar hängen, an einem Abbild des sterbenden Jesus. Der Körper wirkte seltsam unbewegt, lediglich Kopf und Arme schienen sich im Todeskampf zu verkrampfen. Müsste nicht der ganze Körper ein Abbild des Leids sein? Es war kein Wunder, dass sich die besten Künstler auch immer am Menschen schulen, wie Curtius nie zu betonen vergaß. Auch am toten Menschen, hätte er hinzufügen müssen, dachte Marie. Eine Gänsehaut überzog ihren Körper. Es war kalt in der Kirche, kalt in ihrem Herzen.

Als sie die Kirche verließen, legte Anna den Arm um Marie. »Dir ist nicht wohl, das sehe ich doch. Willst du mir nicht sagen, was dich bedrückt?« Marie atmete tief ein, presste die Lippen aufeinander, aber dann schossen ihr die Tränen in die Augen. »Nicht doch, nicht doch, Kind.« Anna schloss sie in die Arme. Sie ließen die Passanten an sich vorbeiziehen, die sich schimpfend einen Weg um das menschliche Hindernis herum bahnten. Dann setzten sich Anna und Marie auf die Stufen vor dem Kirchentor. Schluchzend erzählte Marie von ihrem gestrigen Erlebnis. »Das ist ja wohl die Höhe!«, schimpfte Anna so laut los, dass sich ein Flaneur erschrocken umdrehte. »Wie kann er nur. Und du! Ich habe dir ja gleich gesagt, dass es zu nichts gut ist, wenn du sein Lehrling wirst. Jetzt siehst du, was ich meine! Wie sollen wir aus dir bloß noch ein ehrbares Mädchen machen, das einen anständigen Mann findet?!«

»Hast du davon gewusst?«, fragte Marie. Ihre Mutter stand auf.

»Habe ich dir nie erzählt, wie ich den Doktor kennengelernt habe?«, fragte Anna und schlug vor, zu Fuß nach Hause zu gehen, statt auf eine Kutsche zu warten. Marie dachte immer, der Doktor hatte sich einfach eine fähige Haushälterin gesucht und sie in der jung verwitweten Anna Grosholtz gefunden – er konnte ja nicht wissen, dass ihr Mann nicht gestorben, sondern einfach davongelaufen war. »Damals war er noch kein Doktor. Er studierte und nahm auch an Leichenöffnungen teil, die dein Großvater organisierte. Das gehörte zur medizinischen Ausbildung. Die beiden haben hinterher manches Mal noch bei einem Schoppen Wein bei uns zusammengesessen. So lernte ich ihn kennen, den Doktor.« Marie war erstaunt. Sie hatte nicht gewusst, dass die Leichname von Hingerichteten für die Forschung genutzt wurden. Sie hatte sich überhaupt wenig Gedanken über den Beruf ihres Großvaters gemacht.

»Während der Henker Sanson die Leiche aufschnitt«, Marie schluckte, »schossen mir Bilder durch den Kopf. Schreckliche Bilder. Sie lassen mich nicht los. Sie fallen einfach über mich her. Ich weiß nicht, woher sie kommen. Vielleicht werde ich verrückt.« Sie erzählte Anna stockend von den grausamen Bildern, die in ihrem Innersten tobten.

»Keine Angst, du wirst nicht verrückt. Ich hatte gehofft, Mariechen, du hättest es längst vergessen. Ich hoffte, du warst noch zu klein, um zu verstehen, was geschah. Ich wollte es vor dir geheim halten. Aber ich habe mich wohl geirrt.« Eine strenge Falte zeichnete sich zwischen Annas Augenbrauen ab. »Dein Vater sollte in die Fußstapfen deines Großvaters treten. Eines Tages sollte er für ihn die Hinrichtung übernehmen. Doch schon damals trank er mehr, als ihm guttat. Du hast ja gesehen, was geschah.« Sie sah Marie von der Seite an. »Wir standen in der Menge und sollten zusehen. Ich hatte dich auf den Schultern. Du warst noch sehr klein. Ich weiß nicht mehr, wie oft er mit dem Richtschwert zuschlagen musste, bis der Kopf herunterfiel. Als es endlich vorbei war, war der Pöbel so aufgebracht, dass eine Schlägerei begann. Wir wurden gestoßen, du fielst auf den Boden. Hätte dein Vater uns nicht geholfen, du wärst verloren gewesen. Dazu war sein Kopf noch klar genug. Er brachte dich zu mir zurück, dann verschwand er, für immer. Er hat sich wohl sehr geschämt.«

Ihr Vater war ein Henker gewesen, und nicht nur das, ein Versager, ein Schlächter. Sie hatte mit ansehen müssen, wie er scheiterte, wie er einen Menschen zu Tode quälte – weil er betrunken war. Marie verstand jetzt, warum sie eine panische Angst vor Menschenmassen hatte, warum ihr der gestrige Abend so einen Schock versetzt hatte. Sie hatte es vergessen, verdrängt, und die Sectio hatte ihre Erinnerung an diese grausame Hinrichtung und die unrühmliche Rolle ihres Vaters wieder hochgespült. »Ich wünschte, ich hätte mich nicht wieder erinnert«, flüsterte sie.

»Und ich wünschte, der Doktor hätte dich gar nicht erst mit dorthin genommen.«

KAPITEL 7

*M*arie saß an der Kasse des Wachssalons und sah auf den Boulevard du Temple hinaus. Es war ein kalter Apriltag im Jahr 1777, kein Frühlingshauch lag in der Luft. Dennoch herrschte auf dem Boulevard bereits Betrieb. Marie betrachtete die Kutschen, die am Straßenrand standen. Wer was auf sich hielt, ließ das Geschirr der Pferde mit Kupfer, Silber oder Gold beschlagen und den Livreen der Diener sein Wappen einprägen. Inzwischen kannte Marie die Wappen der Prinzen und Prinzessinnen, der Grafen und Gräfinnen, der Herzoge und Herzoginnen auswendig. Die Kutsche, die nun in der Nähe des Wachssalons hielt, unterschied sich durch nichts von den Mietkutschen, die sonst in Paris unterwegs waren. Deshalb schenkte Marie dem Mann, der ihr entstieg und dann den Boulevard entlangschlenderte, zunächst auch keine Beachtung. Der einfache graue Rock war nicht ungewöhnlich, aber Marie bemerkte, dass die Menschen in seiner Nähe ihre Aufmerksamkeit auf ihn richteten und begannen, über ihn zu tuscheln. Sie sah sich seine Züge genau an, die vorspringende Unterlippe, die Adlernase und vor allem den auffallend langen, gepuderten Zopf. Er sah aus wie Joseph II., Kaiser des Heiligen Römischen Reiches und Bruder der Königin Marie Antoinette, der sich im Moment in der Stadt aufhalten sollte. Marie hatte Porträts des Herrschers gesehen, war sich aber nicht ganz sicher. Sie rief Curtius herbei. Ihr Verhältnis war seit ihrem Besuch im Haus des Henkers abgekühlt, doch bei der Arbeit konnte sie noch nicht auf seine Unterstützung verzichten. Curtius erkannte mit einem Blick, wen er vor sich hatte. Marie wunderte sich. Was machte Joseph hier? Ganz ohne Leibgarde und Gesellschaft schritt er wie ein normaler Flaneur über den Boulevard. Und kam auf den Wachssalon zu. »Was machen wir nur, wenn er hierherkommt?«, fragte Marie nervös.

»Wir verhalten uns ganz normal. Seine Majestät ist inkognito als Graf von Falkenstein in Paris. Er will nicht als Kaiser erkannt werden, also behandeln wir ihn auch nicht wie einen Kaiser.«

Dennoch musste Marie sich beherrschen, nicht zu knicksen, als der Monarch auf sie zutrat. Auf einen strengen Blick ihres Onkels hin nahm sie dem Kaiser das Eintrittsgeld ab. Wie anderen Besuchern bot Curtius ihm an, einige Erklärungen zu den ausgestellten Figuren zu geben. Der vermeintliche Graf von Falkenstein willigte ein und ließ sich durch das Kabinett führen. Curtius war dabei bewundernswert würdevoll und ruhig, beinahe kaltblütig, staunte Marie. Auch hier beobachteten die anderen Besucher den Kaiser mehr oder weniger unauffällig und flüsterten hinter seinem Rücken. Obwohl sich die Zeit näherte, in der sie schlossen, machten die Besucher keine Anstalten, das Kabinett zu verlassen. Als er die Runde beinahe beendet hatte, zog ein würziger Duft von Sauerkraut durch den Wachssalon. Anna hatte das Essen bereitet. Der Kaiser schnupperte mit geschlossenen Augen, dann sagte er »Mmh, Sauerkraut! Das riecht ja köstlich!« Marie glaubte nicht richtig zu hören, als ihr Onkel Joseph fragte, ob er an ihrem bescheidenen Mahl teilnehmen wolle. Und noch ungläubiger hörte sie, dass der Kaiser und Königinnen-Bruder tatsächlich einwilligte.

Bei Tisch waren ihr Onkel und Joseph II. in ein angeregtes Gespräch über Wachskunst, die Philosophen, die Zustände in den Pariser Krankenhäusern und den Physiognomiker Lavater vertieft – auf Deutsch, versteht sich, denn seine Muttersprache hatte Curtius nicht verlernt. Marie bekam kaum einen Bissen hinunter. Sie und ihre Mutter lauschten diesem ungleichen Paar. Die Bücher des Schweizers Lavater, die *Physiognomischen Fragmente zur Beförderung der Menschenkenntnis und Menschenliebe*, die ihr Onkel vor Kurzem gelesen hatte, wollte sie auch schon lange studiert haben – gleich morgen soll es so weit sein, nahm sich Marie vor. Als der Kaiser noch zwei wächserne Venus-Figuren kaufte, wusste Marie genau, diesen Abend würde sie nie vergessen.

»Wie kannst du nur so von deinem Onkel reden, wenn man bedenkt, was er dir angetan hat!« Laure war entrüstet, als Marie ihrer Freundin einige Tage später begeistert von der Begegnung mit Joseph II. und dem würdevollen Verhalten ihres Onkels dabei berichtete. Marie war selbst hin und her gerissen.

»Ach, so schlecht ist er ja nicht. Und er hat es nur gut gemeint, als er mich zu der Sectio mitnahm.«

»Gut gemeint, weil er dich mit dem Henker und seinen Helfern zusammenbrachte? So gut gemeint, dass er dich in eine Ohnmacht trieb? Und dass er dich dann auch noch eine Zimperliese nannte! Das kannst du nicht ernst meinen.«

»Letztlich ist es nützlich für uns Wachskünstler, wenn wir über anatomische Kenntnisse verfügen«, entgegnete Marie. Laure sah sie entsetzt an. Marie nahm sie beschwichtigend bei der Hand. »Keine Angst. Natürlich will ich diese Erfahrung nicht wiederholen. Aber wenn man beispielsweise weiß, wie die Muskelstränge verlaufen, kann man beim Modellieren Akzente setzen. Deshalb habe ich nach der Sectio ein wenig in Curtius' Büchern über Anatomie geblättert.«

Tatsächlich hatte sie sich innerlich wieder etwas mit ihrem Onkel versöhnt. Dieser Teil seines Lebens hatte nichts mit ihr zu tun und würde nie etwas mit ihr zu tun haben. Das würde sie zu verhindern wissen. Anna war nach der Leichenöffnung in sie gedrungen, weil sie Marie überreden wollte, den Unterricht und ihre Tätigkeit bei Curtius aufzugeben. Aber Marie liebte ihre Arbeit im Wachssalon genauso wie das befriedigende Gefühl, eine gut gelungene Wachsfigur nach langer, mühevoller Arbeit endlich fertig zu stellen. Und sie genoss die Anerkennung durch die Besucher. Sie hatte das Gefühl, dass ihre Finger, ihre Augen, ihre Sinne für diese Arbeit wie geschaffen waren. Seit sie Wachsporträts herstellte, schien es ihr, als ob sie innerlich angekommen war. Der Umgang ihres Onkels mit Kaiser Joseph II. hatte sie milder gestimmt. So wollte sie auch eines Tages sein: gebildet, geachtet und beinahe gleichgestellt mit den Großen dieser Welt.

Arm in Arm schritten Marie und Laure den Boulevard hinunter. Endlich war der Frühling eingekehrt. Die Sonnenstrahlen hatten die Menschen aus den Häusern gelockt, der Boulevard füllte sich immer mehr. Die Freundinnen mischten sich gern unter die Passanten. Jetzt blieben sie vor dem Theater von Nicolet stehen, vor dem sich eine Menschenmenge versammelt hatte. Seit die Truppe aus Akrobaten, Tänzern, Schauspielern und Musikern vor dem König aufgetreten war, nannte sie sich Grands-Danseurs du Roi.

»Wie ich das alles vermissen werde«, sagte Laure geistesabwesend.

»Wie meinst du das?«

»Was?« Laure sah sie an, als wäre sie aus einem Traum erwacht.

»Du sagtest gerade, dass du das alles vermissen wirst.« Laure zögerte einen Moment.

»Da musst du dich verhört haben. Ich sagte: das möchte ich nicht missen.« Marie runzelte die Stirn. Sie war sicher, richtig gehört zu haben.

»Und, was redet man so im Modesalon?«

»Desrues, Desrues, Desrues – man spricht von nichts anderem«, sagte Laure schließlich. »Er sitzt im Gefängnis und betet den ganzen Tag, so heißt es zumindest. Die anderen Näherinnen sind schon ganz verzweifelt, wenn sie an seinen Tod denken – so ein frommer Mann soll den Flammen übergeben werden! Dabei ist das nur schlechte Schauspielerei, wenn du mich fragst. Desrues trägt die Maske des reuigen Sünders. Der hat so kaltes Blut, kälter geht's nicht«, plapperte Laure drauflos.

Antoine-François Desrues hatte seine Laufbahn als Helfer eines Kolonialwarenhändlers in Paris begonnen. Getrieben von Willenskraft und Energie, konnte er das Geschäft bald kaufen und heiratete die Tochter eines wohlhabenden Kutschenbauers. Das reichte ihm jedoch nicht. Er wollte reich werden, und zwar schnell. Er erfand einen Titel und kaufte ein Schloss für 130 000 Livres von einem gewissen Monsieur de Saint Faust de La Motte – hatte aber weder das Geld noch die Absicht, das Schloss zu bezahlen. Als Madame de La Motte für ihren Mann den Schuldschein einlösen wollte, bot ihr Desrues eine Tasse Schokolade an, die er zuvor mit Opium und Gift versetzt hatte. Die Frau überlebte diesen Trunk nicht. Ihre Leiche verscharrte er im Keller, wo er bereits eine Grube ausgehoben hatte. Als einige Tage später der Sohn auftauchte, um seine verschwundene Mutter zu suchen, sagte Desrues, er habe ihr das Geld gegeben, danach sei sie nach Versailles aufgebrochen. Der Sohn wollte ihr hinterherreisen, da bot Desrues an, ihn mitzunehmen, und schenkte ihm, für den Weg, eine heiße, wiederum vergiftete Schokolade ein. Noch in der gemieteten Kutsche starb der Sohn. Desrues machte viel Aufhebens darum, einen Doktor zu finden, und behauptete, der junge Mann sei ein Fremder, mit dem er lediglich die Kutsche habe teilen wollen. Tränenüberströmt versicherte er dem Arzt und der Polizei, dass der Mann gesagt habe, er sei sehr krank. Die Männer glaubten ihm. Die Polizei ließ ihn gehen, damit er für den Toten ein Gebet sprechen könne. Glücklicherweise war Monsieur de La Motte misstrauischer. Er ließ eine Durchsuchung des Hauses von Desrues veranlassen und fand die Leiche seiner Frau. Seitdem saß der Doppelmörder im Gefängnis, und beinahe täglich wurden neue Details seiner Verbrechen bekannt.

»Jetzt, wo der Henker bald vor seiner Tür steht, tut er so, als würde er Reue empfinden. Aber denk dir nur, wenn der Monsieur auch so gutgläubig gewesen wäre wie die Polizei, dann würden Desrues und seine Frau lustig weiterleben und mit ihrem neuen Schloss angeben«, meinte Laure. »Und sie scheint ja noch einmal davonzukommen.«

»Seine Frau? Wieso?«

»Na, sie ist schwanger. Sie wird jetzt erst mal in die Salpêtrière gebracht. Aber das wird auch kein Spaziergang, da kannst du sicher sein.« Das Hôpital de la Salpêtrière war das größte Pariser Krankenhaus, wo auch ein Gefängnis für Dirnen und gefallene Mädchen untergebracht war. Sie zogen weiter, doch langsam verebbte das Gespräch, und Marie wunderte sich über die Schweigsamkeit ihrer Freundin.

Wenige Tage später beobachtete Marie, wie Curtius seine Werkzeugtasche packte. Würde er sie mitnehmen? Seit ihrem Erlebnis bei Sanson hatte er sie lediglich im Salon arbeiten lassen und selbst die Porträtaufträge übernommen, die nicht im Atelier ausgeführt werden konnten. Ihr Onkel war der Meinung gewesen, dass es dem Salon gut zu Gesicht stünde, wenn er ein Porträt Josephs II. präsentieren könnte. Nach ihrer Erinnerung und nach Drucken hatte Marie aus Lehm eine Büste entworfen. Als sie zufrieden war, hatte sie sie Curtius gezeigt. Dieser hatte noch minimale Änderungen vorgenommen und ihr dann erlaubt, auf dieser Grundlage ein Wachsporträt herzustellen. Erst gestern war das Porträt zum ersten Mal im Salon präsentiert worden – und sogleich auf das begeisterte Interesse der Besucher gestoßen. Stolz hatte Curtius der staunenden Menge berichtet, dass der Kaiser geruht hatte, bei ihnen zu speisen und einige seiner Werke zu erwerben. Ebenso stolz war Marie gewesen, als ihre Arbeit bewundert und lauthals gepriesen wurde.

»Darf ich fragen, wohin Sie gehen?«, fragte sie schüchtern ihren Onkel.

»Du darfst«, sagte er leutselig. »Aber ich glaube nicht, dass dich das anspricht.«

»Wenn Sie wieder den ach so feinen Monsieur Sanson besuchen, haben Sie recht, dann interessiert es mich nicht.«

»Ich glaube, du hast einige Vorurteile Monsieur de Paris gegenüber. Das sei dir verziehen. Aber nein, es gibt noch andere Orte, die dich nicht besonders reizen dürften«, sagte Curtius und packte seelenruhig weiter seine Tasche.

»Nun machen Sie es doch nicht so spannend!«

»Ich begebe mich in das Châtelet«, verriet er endlich.

Sie war enttäuscht. »Ins Gefängnis? Sie wollen doch nicht etwa einen Verbrecher porträtieren? Und ich dachte immer, Ihr Salon soll ein Ort sein, wo man sich unter die Erhabenen und Ehrbaren mischen kann.«

Er warf ihr plötzlich einen ernsten Blick zu. Seine gute Laune war so schnell verschwunden, wie die Luft aus einer aufgeblasenen Kalbsblase entweicht.

»Erhaben und ehrbar – das ist ja gut und schön, wenn man die Mieten zahlen kann und weiß, woher das Essen kommt, mit dem man die Seinen versorgt«, sagte er und zog die Brauen zusammen. »Aber nur um den Reichen und Schönen zu gefallen, will ich nicht darben müssen – und meine Geschäfte, die will ich auch nicht verlieren.« Er schloss seine Tasche und setzte eine Perücke auf. »Die Leute wollen die Geschichte des Giftmischers hören. Sie wollen sich über sein gottloses Tun ereifern. Sie wollen sich bei dem Gedanken an die Leichen gruseln. Sie wollen sich bei dem Gefühl, noch einmal davongekommen zu sein, besonders lebendig fühlen. Ich will ihnen geben, was sie haben wollen. Und wenn ich davon auch noch etwas habe – umso besser!« Er würde also ein Porträt des Giftmörders Desrues anfertigen, vermutlich in dessen Zelle. »Du solltest dich nicht für etwas Besseres halten, nur weil du über so ein großes Talent und eine schnelle Auffassungsgabe verfügst. Immerhin habe ich dich aufgenommen, durchgefüttert und ausgebildet. Verstehe mich nicht falsch, ich bereue es nicht. Aber dennoch …«

Marie wusste nicht, was sie zuerst tun sollte: sich über seinen Vorwurf ärgern, sich wegen ihres Verhaltens schämen oder sich einfach über sein Kompliment freuen. Sie entschied sich für Letzteres und nahm sich vor, in Zukunft weniger hochmütig zu sein. Am liebsten hätte sie ihn umarmt. Aber dafür hatte sie zu viel Scheu vor ihm. So standen sie beide, einige Sekunden lang, mit hängenden Schultern voreinander. Dann erst verließ er mit einem kleinen Nicken den Raum. Und er sollte recht behalten: Antoine-Françoise Desrues sorgte noch lange nach seiner Hinrichtung für Schlangen vor dem Wachssalon.

Als Marie sich einige Wochen später in ihren Alkoven kuschelte, hörte sie es unter ihrem Kopf rascheln. Schlaftrunken griff sie unter das Kissen und zog einen zerknitterten Brief hervor. Mit einem Schlag war sie hellwach. Sie setzte sich auf, entzündete die Kerze und faltete den Brief auseinander. Das Papier war zur Hälfte mit einer ungelenken Schrift und Tintenklecksen bedeckt.

Liebste Freundin,
wenn Du diesen Brief liest, bin ich schon nicht mehr in Paris. Ich schreibe Dir, damit Du Dich nicht sorgst. Ich kann Dir nicht sagen, wohin ich gehe – noch nicht. Glaub mir aber, dass ich es richtig mache. Ich muss jetzt aufhören, Mutter kommt. Bitte sag ihr nicht, dass ich Dir geschrieben habe.
Bald mehr,
Laure

Warum hatte Laure ihr nicht gesagt, dass sie Paris verlassen würde? Marie grübelte und wartete auf den Schlaf. Sie erinnerte sich daran, wie sie sich bei dem Unglück während des königlichen Feuerwerks um ihre Freundin gesorgt hatte – wie viele Jahre war das schon her! Immer wieder ging sie in Gedanken ihre letzten Gespräche durch, in der Hoffnung, dass ihr eine Bemerkung einfiel, die ihr verriet, wo die Freundin steckte. Würde sie Laure je wiedersehen?

Marie achtete am nächsten Tag genau auf Nanettes Verhalten, doch die Magd ging wie immer leise singend ihren Arbeiten in Curtius' Haushalt nach. Vielleicht war Laure gar nicht verschwunden, vielleicht hatte sie ihr nur einen Streich gespielt, hoffte Marie. Sollte sie Nanette einfach nach ihrer Tochter fragen? Aber nein, das durfte sie nicht tun – Laure hatte sie doch gebeten, Stillschweigen zu bewahren. Sie vertiefte sich weiter in die *Physiognomischen Fragmente zur Beförderung der Menschenkenntnis und Menschenliebe* von Johann Caspar Lavater, über die Curtius mit Joseph II. gesprochen hatte. Darin berichtete der Schweizer Gelehrte über die Fertigkeit, durch das Äußerliche eines Menschen sein Inneres zu erkennen. Marie glaubte auch, dass der Charakter sich in den Gesichtszügen ausdrückte, in den merkwürdigen Bögen, Senken und Wülsten, die Schönheit oder Hässlichkeit eines Antlitzes ausmachten. Deshalb liebte sie es so, ein Gesicht genau in Wachs nachzubilden – und nicht wie Bildhauer und Maler mit der Kraft der Fantasie zu verändern. Das erschien ihr als Verrat an der Wahrheit. So naturgetreu wie möglich zu sein, das war ihr Ziel. Aber ob es stimmte, dass Schönheit und Hässlichkeit im genauen Verhältnis zu der moralischen Beschaffenheit des Menschen standen? Marie las noch einmal den Satz von Lavater, der ihr besonders zu denken gab: »Je moralisch besser; desto schöner. Je moralisch schlimmer; desto hässlicher.« Sie versuchte, sich Beispiele vor Augen zu führen. Desrues war ein schöner Mann gewesen – und dennoch ein Scheusal. Er hatte einige Frauen noch aus dem Gefängnis heraus so betört, dass sie, nachdem er verbrannt worden war, seine Asche wegen seiner angeblichen Heiligkeit wie eine Reliquie verehrten. Und mancher Krüppel, der sich aus Not auf dem Boulevard zur Schau stellte und so einige Sous erbettelte, erschien ihr heiliger als ein Abbé, der den Frauen nachstellte oder Spielsalons besuchte.

»Marie, erschrick nicht.« Laure hatte hinter ihr den Raum betreten. Sie war blass und hatte Ringe unter den Augen.

Nach dem ersten Schreck war Marie erleichtert, ihre Freundin zu sehen, aber schließlich wurde sie wütend.

»Einen feinen Scherz hast du dir mit mir erlaubt! Was denkst du dir!«, fuhr sie Laure an.

»Psst! Meine Mutter ist in der Nähe. Komm in den Hof.«

Als sie durch die Tür in den Hinterhof trat, leuchteten die Sterne am Himmel wie Strasssteine in einem Diadem. Laure hatte an der Mauer gelehnt und zog Marie zu sich heran. »Wie findest du mein neues Kleid?«, fragte sie und wiegte sich strahlend in einem rosa Kleid hin und her. Marie riss sich los.

»Schrecklich!«, fauchte sie, obwohl sie noch gar nicht hingesehen hatte. »Seid ihr denn alle verrückt geworden? Anna rennt dauernd in die Kirche, Curtius ins Gefängnis oder zum

Henker, und du jagst mir einen höllischen Schrecken ein und tust dann so, als sei nichts gewesen! Bin ich denn die einzige Vernünftige hier?!«

Laure umarmte die widerstrebende Freundin. »Das bist du. Viel zu vernünftig sogar, für meinen Geschmack zumindest. Entschuldige. Ich werde dir alles erklären. Wie findest du denn nun mein Kleid?« Wieder wiegte sie sich hin und her, lüpfte den Rocksaum und präsentierte passende zartrosa Schuhe.

»Erst die Erklärung«, forderte Marie, nun schon etwas besänftigt.

»Ich habe mein Herz verloren.« Marie machte den Mund auf, doch Laure legte ihr den Finger auf die Lippen. »Nein, meine Mutter weiß nichts davon. Ja, ich weiß, das ist weder schicklich noch sittsam. Aber was soll ich machen?«

Marie setzte sich zu ihr auf eine kleine Holzbank, die an der Mauer lehnte. Die Kühle der Steine kroch ihr den Rücken hinauf. Flüsternd erzählte Laure, dass bereits seit geraumer Zeit ein Kunde aus dem Modesalon um sie warb. Der junge Graf hatte sie schon einige Male im Geschäft angesprochen, doch die strengen Blicke ihrer Herrin hatten ihren Gesprächen schnell ein Ende bereitet. Eines Tages hatte er vor dem Modesalon auf sie gewartet und sie gefragt, ob er sie einige Schritte begleiten dürfe. Zunächst hatte sie abgelehnt, versicherte Laure, aber dann, nachdem er immer wieder aufgetaucht war, hatte sie ihm die Erlaubnis erteilt. Marie lächelte, so gewählt drückte sich ihre Freundin sonst nie aus.

»Du hast doch keine Dummheiten gemacht?«, fragte sie.

»Was denkst du denn, er ist ein feiner Herr!« Laure war ehrlich entrüstet.

Marie war sich da nicht so sicher, schließlich wusste sie, dass viele Kolleginnen von Laure den Ruf hatten, leichte Mädchen zu sein. Die Freundin war keine standesgemäße Wahl für einen Adeligen. Und selbst wenn er bereit wäre, für ein Mädchen aus einfachen Verhältnissen den Zorn der Familie zu riskieren, wäre es nicht angemessener gewesen, erst mit Nanette zu sprechen, bevor er um die Tochter warb? Sie wollte Laure nicht die Freude verderben, aber sie konnte dieses Geständnis auch nicht einfach so hinnehmen.

»Und wohin will er mit dir verschwinden?«, fragte sie.

»Verschwinden?! Das hört sich ja nach Heimlichtuerei und etwas Verbotenem an!« Laure wurde jetzt wütend. »Wir wollen nicht verschwinden. Er wollte mich seinen Eltern vorstellen. Es ist etwas dazwischengekommen, wenn du's genau wissen willst. Zum Trost hat er mir dieses Kleid geschenkt. Und überhaupt – ich brauch dir auch gar nichts zu erzählen, wenn du nur schlecht von ihm denkst. Freust du dich denn gar kein bisschen für mich?« Laure drehte sich auf dem Absatz um und rannte aufgebracht davon.

»Das Kleid ist wunderschön«, rief Marie ihr hinterher.

Eine Woche später hatte Laure sich noch immer nicht wieder blicken lassen, und Marie machte sich langsam Sorgen. Möglicherweise war sie nun wirklich auf und davon – diesmal aber, ohne ihr Bescheid zu sagen. Vielleicht hatte Marie es sich mit ihrer Freundin durch ihr rüdes Verhalten verscherzt. Da kam es ihr gerade recht, dass Curtius sie mit einem Auftrag bedachte, der sie ins Stadtzentrum von Paris führte. So konnte sie nach Laure sehen, sowohl in dem Modesalon in der Rue Saint-Honoré als auch zu Hause im Vorort Saint-Antoine. Curtius hatte Marie beauftragt, ein Wachsporträt des legendären Königs Heinrich IV. herzustellen. Der König war zwar schon über einhundertfünfzig Jahre tot, wurde aber noch immer sehr verehrt. An seinem Denkmal auf dem Pont-Neuf erinnerten sich die Pariser wie auch die ausländischen Besucher seiner Güte und Volkstümlichkeit. Marie sollte die Denkmäler aufsuchen, sich einen Eindruck verschaffen und auf dieser Basis einen Entwurf erstellen. Auf dem Weg zum Pont-Neuf würde ein Schlenker über die Rue Saint-Honoré gar nicht auffallen.

Es war bereits nachmittags, als sie den belebten Wachssalon endlich verlassen konnte. Die Hitze lag brütend über der Stadt. Die Sänftenträger waren schweißüberströmt, die Limonadenverkäufer schienen das Geschäft ihres Lebens zu machen.

Ohne einen Fächer gehen die Pariser gar nicht aus dem Haus, dachte Marie, als sie es von allen Seiten wedeln sah. Am Modesalon angekommen, lugte sie durch das Fenster. Dort maß Laure einem Abbé Spitze ab. Marie betrat das Geschäft. Die Luft war geschwängert von Parfum und zum Schneiden dick. Einen Augenblick später war Laure frei.

»Ich habe es nicht so gemeint«, begann Marie, wurde aber unterbrochen.

»Schon gut, nicht jetzt«, flüsterte Laure, »ich kann hier nicht sprechen. Wir sehen uns später.« Wieder vertiefte sie sich in ihre Arbeit.

Marie verließ den Laden und blieb zögernd an der nächsten Ecke stehen. Laure hatte nicht mehr lange Dienst, vermutlich wollte sie, dass sie auf sie wartete. Ihr sollte es recht sein, konnte sie doch in der Zwischenzeit ihren Auftrag erledigen. Sie machte sich auf den Weg zum Pont-Neuf, der nur einige Straßenecken entfernt lag. Auf der Brücke drängte sich das Volk. Sie schlug einen Bogen um die Rekrutenwerber, die lautstark junge Männer ansprachen, um sie für die Armee zu gewinnen, und auch so manchem jungen Mädchen eine unziemliche Bemerkung hinterhergrölten. Als sie das Denkmal Heinrichs IV. erreicht hatte, holte sie ihr Reißbrett hervor. Es war eine Reiterstatue, also nicht unbedingt geeignet, wenn man ein Porträt entwerfen wollte. Dennoch schien Marie das Gesicht des Herrschers sehr gut getroffen. Als sie mit ihrer Skizze einigermaßen zufrieden war, steuerte sie auf die Orangenhökerinnen zu, die gegenüber der Statue stets ihre Ware feilboten. Sie erstand eine Frucht und ließ sich in der Menge weitertreiben. Am Rand der Brücke machte sie eine Pause. Unter ihr warf der Fluss wabernde Lichtreflexe an die Mauern. Sie ließ sich die saftige Orange schmecken, dabei lauschte sie den Liedern der Moritatensänger. Deren liebstes Thema war noch immer der Giftmischer Desrues. Marie wischte sich die Finger mit einem Taschentuch ab und ging in die Rue Saint-Honoré. Sie wartete auf der gegenüberliegenden Straßenseite des Geschäfts und behielt die Tür im Auge. Dann trat Laure auf den Weg. Marie rief ihren Namen, winkte und steuerte auf sie zu.

»Da bist du ja endlich. Bist du mir noch böse?«

»Ich, ich …« Laure wirkte irritiert. »Schon vergessen.«

»Ich habe es nicht so gemeint. Das Kleid ist sehr schön und der Mann sicher sehr nett.«

»Ja, schon gut.« Laure warf einen Blick über Maries Schulter. »Wir müssen mal in Ruhe darüber reden.« Irgendwie wirkte Laure fahrig. Sie sah ihr auch kaum in die Augen, immer wanderte ihr Blick die Straße hinunter.

»Passt es dir jetzt nicht? Ich dachte, ich soll auf dich warten. Oder triffst du jetzt jemanden?«, fragte Marie. Dann biss sie sich auf die Zunge. Natürlich, so eine dumme Frage. Marie hatte nur nicht erwartet, dass sich Laure auf offener Straße, beinahe vor ihrer Arbeitsstätte mit ihrem Verehrer treffen würde. Sie drehte sich um und folgte Laures Blick. Dort, an eine Hauswand gelehnt, stand ein hochgewachsener Mann mit gepflegter Perücke, sah sie an und blickte dann zu Boden. Marie wandte sich Laure zu. Die sah ihr stolz, beinahe provozierend in die Augen. Marie war sauer. Erst sollte sie hier auf Laure warten, dann doch nicht – so wollte sie sich nicht herumschubsen lassen!

»Sag doch, dass ich störe. Das macht mir nichts.« Sie drehte sich weg und ging entschlossen die Straße hinunter. Aber es machte ihr sehr wohl etwas aus. Sie hatte das Gefühl, ihre Freundin zu verlieren. Alle zu verlieren. Zu ihrem Onkel, ihrem großen Vorbild, konnte sie nicht mehr vorbehaltlos aufblicken. Das Verhältnis zu ihrer Mutter war besser geworden, aber weiterhin kühl. Und jetzt ihre Freundin. Ihr kam es vor, als ob sie allein war, einsam in dieser lebendigen Stadt.

Jemand klopfte an ihr Fenster. Marie schrak aus dem Schlaf. Sie meinte, ein Schluchzen zu hören. Auf Zehenspitzen schlich sie in den Hinterhof. Auf dem Boden kauerte eine Frau. Es war Laure. Marie legte ihr die Hände auf die Schulter und versuchte sie zu beruhigen. Vergessen war die unangenehme Begegnung, die sich vor einigen Wochen vor dem Modesalon zugetragen hatte. Vergessen waren ihre letzten Treffen, die seltsam unterkühlt und belanglos verlaufen waren. Nun lag Laure in ihren Armen. Ein Weinkrampf schüttelte ihren schlanken Körper.

»Was soll ich nur tun? Ich weiß nicht, zu wem ich gehen soll. Du musst mir einen Rat geben. Beistehen. Helfen.« Marie wiegte sie hin und her wie ein Kind.

»Nun erst mal der Reihe nach«, sagte sie ruhig. »Es wird schon nicht so schlimm sein. Was ist denn los?«

»Vorhin lag ein Brief vor meiner Tür. Er hat mich verlassen. Ist abgereist. Nach Amerika. In den Krieg.« Laures Zähne schlugen aufeinander, obwohl es nicht kalt war. Marie hatte gehört, dass sich junge Adelige aufmachten, um den amerikanischen Kampf für die Freiheit zu unterstützen. Auch der Marquis de La Fayette hatte bei Curtius davon berichtet, dass er ein Schiff ausrüsten wolle. »Ich soll ihn vergessen. Aber wie soll ich aufhören an ihn zu denken – so!«, stöhnte Laure. Sie presste die Hände auf den Leib. Marie hatte in den Büchern ihres Onkels schon genug über die Fortpflanzung gelesen. Ihre schlimmsten Befürchtungen waren wahr geworden.

»Du bist guter Hoffnung«, stellte sie fest.

»Guter Hoffnung, guter Hoffnung«, äffte Laure sie nach. »Sehe ich aus, als wäre ich guter Hoffnung?! Einen Braten in der Röhre, das habe ich. Hereingelegt hat der feine Herr mich. Rumgekriegt mit seinen Versprechungen und seinen schönen Worten.« Sie heulte auf. Schüttelte wie wild den Kopf. »Nein. Es ist ein Versehen. Er wird zurückkehren. Er liebt mich, das hat er doch gesagt.« Das glaubte Marie zwar nicht mehr, aber es half ihrer Freundin auch nicht, wenn sie es aussprechen würde. Sie strich Laure über das Haar. Dann sprang die Freundin auf.

»Ich werde ihm hinterherfahren. Ihm folgen. Wenn er mich sieht, wird ihm bewusst werden, dass er einen Fehler gemacht hat.« Marie zog sie wieder auf die Bank.

»Du wirst mit deiner Mutter sprechen müssen. Du wirst es ihr sowieso nicht verheimlichen können.«

Laure sah sie mit tränennassem Gesicht an. Sie wusste, dass Marie die Wahrheit sprach.

»Begleitest du mich? Bitte, allein wage ich es nicht. Sie braucht mich doch. Das Geld, das ich verdiene. Oder besser, verdient habe.«

Marie nickte ernst. Ihre Freundin brauchte Hilfe. Ging alles schief, würde sie, wie so viele andere vor ihr, ihr Ansehen verlieren, ihre Arbeit und bald auch ihren Stolz. Das durfte sie nicht zulassen.

Am nächsten Morgen sprach Marie mit ihrer Mutter und bat Anna, es Nanette schonend beizubringen. Zunächst wollte Anna nichts davon wissen, doch nachdem Marie ihr anschaulich ausgemalt hatte, wie sehr die Sünderin ihren Fehltritt bereute und auf Annas Barmherzigkeit hoffte, erklärte sie sich dazu bereit. Anna nahm ihre Magd beiseite, und als die beiden einige Zeit später das Atelier betraten, leuchteten Nanettes gerötete Augen fiebrig in dem bleichen Gesicht. Zornig sah sie Marie an. Sie setzte mehrmals an, wollte etwas sagen. »Du hast davon gewusst, stimmt's? Ihr gluckt doch immer zusammen. Du hast gewusst, dass sie sich mit dem Kerl trifft.« Beide Frauen sahen Marie durchdringend an. Marie schwieg. Was könnte sie sagen, um ihre Freundin in Schutz zu nehmen?

»Hast du wirklich nichts davon gewusst?«, fragte Anna, als sie sich am Abend zu Marie auf das Bett setzte. Marie war entrüstet.

»Was denkst du denn von mir?!«, schnaubte sie. Ihre Mutter legte ihr beschwichtigend die Hand auf die Schulter.

»Ich will dich nur beschützen. Ich will, dass du dich für eine Familie entscheidest, wann du es möchtest – und nicht, weil du dazu gezwungen wirst.« Was waren denn das für Töne von ihrer Mutter? Noch nie hatte Anna so viel Verständnis für sie gezeigt. »Du bist kein kleines Mädchen mehr. Als ich so alt war wie du jetzt, war ich schon beinahe verheiratet.« Marie kam die Vorstellung seltsam vor, sie war doch erst fünfzehn.

»Ich will noch keinen Mann. Mir geht es gut so«, sagte sie bestimmt.

»Ach weißt du, die Männer … Manchmal ist man ihnen ausgeliefert, als Frau.«

»Was meinst du damit?«

»Ich meine, na ja, wer hört nicht gerne ihr Schmeicheln und ihre Versprechungen. Aber letztlich fällt es auf die Frau zurück, wenn sie, wenn sie … Du weißt schon, was ich meine.« Ihrer Mutter war es spürbar unangenehm, darüber zu sprechen. »Du weißt doch, welche Folgen dieser Fehltritt für Laure hat? Sie ist ein gefallenes Mädchen.«

Ja, Marie wusste, was das bedeutete. Oft genug hatte sie erlebt wie junge ledige Frauen, die auf dem Boulevard du Temple ihrer Arbeit nachgingen, schwanger wurden, dadurch in Ungnade fielen und aus Familie und Beruf verstoßen wurden. Oft war dies nur der erste Schritt, der sie ganz auf die Straße führte, in den Kreis der Frauen, die sich aushalten ließen, denn auch die gingen auf dem Boulevard ihrem Geschäft nach – und waren durch ihre exquisite Kleidung und ihr vollendetes Auftreten oft kaum von den adeligen Damen zu unterscheiden. Trauriger war aber noch das Schicksal der Straßendirnen, die sich für ein paar Sous den Männern hingeben mussten. Marie wurde kalt, auch unter der warmen Bettdecke. Sie zog die Knie an und schlang die Arme um sie.

»Was wird mit Laure geschehen?«, fragte sie.

»Sie wird eine Zeitlang fortgehen«, sagte Anna. »Und wenn sie wiederkommt, ist es, als ob nichts geschehen wäre.«

Marie stand vor einem unauffälligen Haus im Vorort Saint-Antoine, nur wenige Straßen vom Wohnort ihrer Freundin entfernt. Wochenlang hatte sie Anna und Nanette gelöchert, um zu erfahren, wohin sie Laure gebracht hatten. Doch die Frauen hatten ihr nur ausweichende Antworten gegeben. Auch Laures Geschwister wussten anscheinend nichts. Marie hatte sich bei ihnen erkundigt, aber sie murmelten nur irgendwas von »Verwandte besuchen im Süden«. Verwandte im Süden hatte Laure jedoch nie erwähnt. Sie war auch nicht Hunderte Kilometer entfernt, das wusste Marie jetzt. Sie hatte die Grenzschranken der Stadt nicht überschritten. Heute Morgen hatte Anna die ewige Fragerei nicht mehr aushalten können und ihr endlich verraten, wo sich Laure befand: bei einer Hebamme, die für sie sorgen würde, bis das Kind geboren war. Marie dürfe sie aber auf keinen Fall besuchen, weil sie sonst bei dem übel beleumundeten Haus gesehen werden und selbst in Verruf geraten könnte. Trotz dieser Warnung hatte Marie sich bei Einbruch der Dunkelheit ihr Cape übergeworfen und sich auf den Weg gemacht. Sie musste ihre Freundin einfach sehen. Sie würde die Hebamme vermutlich bestechen müssen, um eingelassen zu werden. Geld hatte sie keines, aber sie hatte sich etwas anderes überlegt. Als sie wenig später in ein dunkles Hinterzimmer geführt wurde, hatte sie ihre Bezahlung geleistet – in Form einer Wachsminiatur.

»Aber nur kurz. Und kein Sterbenswörtchen darüber, wenn du wieder draußen bist. Wie besprochen«, sagte die Hebamme, während sie Marie durch die Tür schob.

»Sicher, keine Sorge. Ich bin Euch sehr dankbar, dass Ihr mir diesen Gefallen tut«, sagte Marie. »Ihr seid eine gute Seele.« Schmeichelei, das wusste sie, war ein süßer Lohn. Die Hebamme lächelte gütig. Dann ließ sie Marie allein.

Es gab kein Fenster in diesem Zimmer und nur einen kleinen Ofen. Vier Vorhänge teilten den Raum. Hinter dem mittleren war Laure, das wusste Marie. Sie schlug den Vorhang zurück und sah ihre Freundin auf einer schmalen Pritsche liegen. Marie hätte sie beinahe nicht wiedererkannt, so aufgeschwemmt sah sie aus. Laure dämmerte, die Augen halb geschlossen, vor sich hin. Eine grobe Decke hatte sie bis zum Kinn gezogen. Darunter wölbte sich ihr Kugelbauch. Marie setzte sich zu ihr, nahm ihre Hand. Laure sah sie an.

»Bringst du mir Nachricht von meinem Claude?« Ihre Stimme war ein Hauch. »Aber nein. Er ist ja gestorben. Im fernen Amerika. So weit weg. Ohne mich.« Marie wusste nicht, wovon Laure sprach. Wie sollte sie, eingesperrt in diese

Zelle, von Claude Nachricht erhalten haben? Laures Augen glänzten. Marie legte ihr die Hand auf die Stirn – sie redete im Fieberwahn. »Ich will ihm folgen. Zu ihm gehen. In den Tod.« Ein Lächeln huschte über Laures Gesicht. Marie sah sich hilfesuchend um. Warum ließ man sie hier liegen, obwohl sie offensichtlich krank war? Sie selbst und auch das Kind waren in Gefahr.

»Du wirst nicht sterben. Noch lange nicht. Du musst an dein Kind denken. Es braucht dich – und zwar lebendig.« Laure lächelte wieder.

»Mein Kind. Sein Kind. Was soll nur aus ihm werden? Wir werden ihm folgen.« Marie drückte ihre Hand.

»Es wird sich schon eine Lösung finden lassen, du musst nur daran glauben! Erst mal musst du wieder gesund werden«, redete sie Laure ins Gewissen. Doch sie wusste nicht, ob die Worte bei der Kranken ankamen. Sie konnte es auch nicht mehr herausfinden, denn ein Finger tippte auf ihre Schulter – die Hebamme. »Sie hat Fieber! Ihr geht es schlecht! Sie müssen ihr helfen!«, forderte Marie. Die Augen der Alten blitzten kalt auf.

»Ich muss gar nichts, mein Täubchen«, sagte sie schneidend. »Um mir Befehle zu geben, dafür hast du mit dem feinen Stückchen Wachs nicht genug gezahlt. Abgesehen davon, ich würde mich auch nicht kaufen lassen. Wenn nicht einmal die einfache Polizei uns Hebammen etwas anhaben kann, geschweige denn unser Haus durchsuchen darf, dann lasse ich mir doch erst recht nichts von so einem jungen Ding sagen. Ein junges Ding, das selbst irgendwann bittend und bettelnd vor meiner Tür stehen könnte.« Sie lächelte falsch und zog Marie aus dem Raum. »Deiner Freundin geht es gut. Gut genug auf jeden Fall. Die ist zäh.« Als Marie protestierte, lachte sie nur und setzte sie vor die Tür. Jetzt musste Anna helfen!

»Hörst du denn gar nicht mehr auf mich?! Wie soll das enden?« Anna war ernstlich böse. »Wie soll ich dir vertrauen, wenn du mich so hintergehst?« Als Marie leise in das Haus Boulevard du Temple Nummer 20 geschlichen kam, hatte Anna sie erwartet. Kaum hatte Marie die Türschwelle überschritten, war schon eine Schimpftirade über sie hereingebrochen. Jetzt versuchte Marie, die Gardinenpredigt zu unterbrechen.

»Laure geht es schlecht. Sie stirbt! Ihr alle lasst sie einfach sterben. Nur weil ihr die Schande nicht wollt. Dabei ist Schande besser als der Tod!«, schrie sie. Anna gab ihr eine Ohrfeige.

»Jetzt ist aber gut! Ich lasse sie überhaupt nicht sterben! Bin ich etwa ihre Mutter?!«

Marie war nun erst recht wütend – sie zu schlagen wie ein kleines Mädchen. »Nein, aber du könntest es Nanette befehlen.«

»Befehlen?! Ich kann ihr befehlen, Wasser zu holen. Ich kann ihr befehlen, für Brot anzustehen. Aber was sie mit ihrer Tochter macht, ist ihre Sache.«

»Dann rede ihr ins Gewissen! Laure geht es wirklich sehr, sehr schlecht.« Marie begann zu weinen, als sie wieder das Bild ihrer fiebernden Freundin vor Augen hatte. Anna zögerte einen Moment, dann legte sie ihrer Tochter einen Finger unter das Kinn und hob es hoch.

»Also, was hast du gesehen?«

Marie erzählte ihr von dem Besuch bei der Hebamme und den Fieberfantasien. Anna versprach, am nächsten Tag mit Nanette zu sprechen. Dann schickte sie ihre Tochter ins Bett.

»Denk nun aber nur nicht, dass du recht hattest, das zu tun, was du getan hast. Ich muss dich dafür bestrafen. Du wirst bis auf weiteres dieses Haus nicht verlassen. Und ich werde mit deinem Onkel darüber sprechen«, gab sie ihr mit auf den Weg. Würde er ebenso entsetzt über ihren Ausflug sein und sie gar dafür zur Rechenschaft ziehen? Womöglich mit einem Ausfall des Unterrichts?

Curtius war gerade dabei, Gemälde zu begutachten, die er eventuell in Kommission nehmen wollte, als er Marie zu sich rief. Als sie eintrat, sah er nicht auf, sondern hielt den Blick durch die Lupe auf ein Bild gerichtet. »Du hast dich also deiner Mutter widersetzt?«, fragte er scharf. Marie stand ein paar Schritte von dem Tisch entfernt, an dem er arbeitete. Sie straffte ihren Rücken. Wenn es noch eine Strafpredigt setzte, würde sie auch diese aushalten.

»Es musste sein. Ich musste doch wissen, wie es Laure geht.«

»Du hast deine Freundin über deine Mutter gestellt? Ist deine Mutter dir nicht mehr wert als dieses in Ungnade gefallene Mädchen?«

»Meine Mutter ist mir sehr viel wert. Sie ist meine einzige leibliche Verwandte, aber Laure ist meine einzige Freundin.«

Curtius runzelte die Stirn. »Freundschaft ist ein hohes Gut, ein sehr hohes sogar. Ich selbst kann mich glücklich schätzen, einige auserwählte Persönlichkeiten meine Freunde nennen zu dürfen. Würde ich trotzdem meinen Ruf und meine Reputation für sie in Gefahr bringen?« Er rieb mit seinen Fingernägeln über seine Samthose, als ob er sie polieren wollte. »Auch du hast inzwischen einiges zu verlieren. Und es könnte noch mehr werden. Nur ein Jahr noch, dann hast du alles gelernt, was ich dir beibringen kann. Ein Jahr noch, dann könntest du mehr als mein Lehrling sein. Ich habe Pläne, viele Pläne. Ich kann dich dafür gebrauchen, jemanden, auf den ich mich verlassen kann und der Talent hat. Es gibt genug für uns beide zu tun. Aber du müsstest einen Preis dafür zahlen. Einen hohen Preis.« Marie rutschte auf ihrem Stuhl hin und her.

»Was für einen Preis meinen Sie, Onkel?«

»So gern deine Mutter es auch möchte, wir könnten noch keinen Ehemann für dich suchen. Du müsstest zunächst der Ehe entsagen und dich ganz dem Geschäft widmen. Aber«, er trat an sie heran und sah ihr fest in die Augen, »du müsstest zudem makellos sein. Nicht der kleinste Schatten der Unziemlichkeit dürfte auf dich fallen. Deine Freundin, so lieb sie dir auch ist, wäre keine passende Gesellschaft mehr für dich.«

Er nahm die Lupe wieder auf und zog ein neues Bild heran. »Entscheidest du dich für das Atelier, so möchte ich nicht erleben, dass du dich mir widersetzt, wie du dich deiner Mutter widersetzt hast. Entscheidest du dich dagegen, werden wir baldmöglichst eine angemessene Verbindung für dich in die Wege leiten. Denk in Ruhe darüber nach.«

Marie stand auf und zog sich zurück. Sie kam jedoch gar nicht in die Verlegenheit, ihre Entscheidung offenlegen zu müssen – dass sie sich für das Atelier und nicht für die Ehe entscheiden würde, war ihr klar gewesen, noch bevor Curtius zu Ende gesprochen hatte –, denn am nächsten Tag berichtete Anna, dass Laure Paris verlassen hatte. Ob mit oder ohne Kind, das wusste sie nicht. Fest stand aber, dass Laure nun tatsächlich Verwandte im Süden besuchte. Und Marie fragte sich, ob sie ihre Freundin jetzt für immer verloren hatte.

Ihre Finger zitterten, ob vor Aufregung oder weil es tatsächlich so kalt war. Es war ein frischer Märznachmittag, an dem der Wind wie feine Nadeln in die Haut stach und einen hellrosa Schimmer auf Maries Wangen zauberte. Aufgeregt war sie jedoch auch, und so angespannt, dass ihr Magen nervös zuckte. Curtius, der neben ihr in der Kutsche saß, schien wieder einmal die Ruhe selbst. Seit er kurz vor der Schließung der Akademie Saint-Luc in die Reihen der Auserwählten aufgenommen worden war, wirkte er sogar noch selbstsicherer, noch in sich ruhender. Sein neuer Rang hatte ihm bereits einen wichtigen Dienst erwiesen. Er hatte ihm eine Tür geöffnet, durch die buchstäblich ganz Paris zu treten wünschte: die Tür des Hôtel de la Villette, wo seit einigen Tagen François-Marie Arouet, besser bekannt als Voltaire, residierte. Er hatte seinen Alterssitz verlassen, um in Paris die Aufführung seiner Tragödie *Irène* zu überwachen – und jedermann drängte sich, diese lebende Legende zu sehen. Kein Wunder, dass Curtius sich seit geraumer Zeit um eine Porträtsitzung bemühte. Dieser berühmte Greis, der als Dichter und Philosoph, aber auch als Streiter für Gerechtigkeit über alle Standesgrenzen hinweg verehrt wurde, durfte in seinem Wachssalon nicht fehlen. Ein Freund hatte sich für ihren Onkel eingesetzt, und dass Curtius zur ehrwürdigen Akademie Saint-Luc gehörte, hatte den Aus-

schlag gegeben. Curtius durfte nun Voltaire porträtieren, und
Marie sollte ihm dabei zur Hand gehen. Sie war sehr stolz auf
ihren Onkel. Dieses Privileg bewies wieder einmal, dass er
als ernsthafter Künstler bei den ganz Großen anerkannt war.
Für sie selbst war es eine besondere Ehre, schließlich hatte sie
schon viel von Voltaire gehört und gelesen.

Ein warmer, erstickender Duft nach Schokolade und Schweiß
schlug ihnen entgegen, als ein Kammerdiener sie in das Vor-
zimmer führte, in dem Madame Denis, die Nichte des Dichters,
die Besucher in Empfang nahm. Nachdem sie vorgestellt wurden, mussten sie mit einer ganzen Reihe Männer und Frauen,
die viel zu sehr mit sich beschäftigt schienen, um andere wahr-
zunehmen, warten. Marie erkannte einige Prinzen, Grafen
und andere Herren der hohen Pariser Gesellschaft, aber auch
schöne Damen warteten auf den Dichter. Dann endlich kam
die Reihe an Curtius und Marie.

Sie wurden in ein kleines, fast gänzlich abgedunkeltes
Zimmer geführt, in dem ein ungeheures Gedränge herrschte.
Monsieur de Voltaire wirkte wie ein Gast aus einer anderen
Zeit, er trug eine wallende Perücke, einen locker übergeworfe-
nen Morgenrock, der von einem Spitzenjabot gekrönt wurde,
die spindeldürren Beine des Greises waren von gestreiften Sei-
denstrümpfen umhüllt, die knochigen Füße zierten Spangen-
schuhe. Altmodisch, aber angenehm eigenwillig, fand Marie.
Der Kammerdiener war schon wieder verschwunden, und da
er sie noch nicht vorgestellt hatte, blieben sie zunächst an der
Tür stehen. Die Luft war zum Schneiden dick. Es roch nach
Parfum und auch hier nach Schokolade, die in regelmäßigen
Abständen von Madame Denis serviert wurde. Marie sah sich
das Treiben an, dabei legte sich ihre Aufregung langsam. All
die Menschen, die sich in der Nähe dieses wahrhaft großen
Mannes selbst ein bisschen größer, ein bisschen wichtiger
fühlten. Immer wieder wurde ihr Blick von Monsieur de Voltaire angezogen. Der über Achtzigjährige versprühte seinen
berühmten Esprit und sprach mit einem schnellen, nervösen
Zungenschlag. Sein Mund wurde von zwei Spottfurchen ein-

gefasst, die Nase war spitz, die Augen in den eingefallenen Höhlen wirkten feurig. Seine Rede war gewandt und gefällig, sein Thema war *Irène, Irène* und nochmals *Irène* – ein Drama von unerhörter Neuheit und Kühnheit, in dem es um Reue ging und um die Gewissensbisse einer Frau, die den Mörder ihres Mannes liebt. Er wirkte unermüdlich, auch seine Freunde und Verwandten schienen keine besondere Rücksicht auf seine Gesundheit zu nehmen. Obwohl Curtius' Audienz, wie Marie es insgeheim nannte, beinahe nicht zustande gekommen wäre, weil es hieß, Voltaire sei ernsthaft erkrankt. »Mag wohl sein, dass ich einmal ersticke«, scherzte er, wenn er von einem Hustenanfall geschüttelt wurde, »aber höchstens unter einem Berg von Rosen.«

Nach einer knappen Stunde wurden sie endlich vorgestellt, aber auch danach nahm kaum jemand Notiz von ihnen. Marie sah sich nach ihrem Onkel um. Doch statt die Utensilien vorzubereiten, stand ihr Onkel bleich und kurzatmig in einer Ecke. Er gab Marie ein Zeichen und schob ihr den Koffer zu. Marie sollte Voltaires Maske abnehmen?! Wie sollte sie es wagen, an diesen großen alten Mann der Aufklärung heranzutreten, geschweige denn, ihn anzufassen! Es nicht zu wagen hieße allerdings, eine wohl einmalige Gelegenheit verstreichen zu lassen. Nein, sie musste es tun – und sie würde es schaffen. Sie zwang sich zur Ruhe und massierte ihre Finger, die noch immer klamm waren. Dann legte sie ihre Utensilien zurecht und trat beherzt auf ihn zu. Sie stellte sich ihm vor und bat um die Erlaubnis, mit der Arbeit beginnen zu dürfen. Von Voltaire ließ sich lediglich die Klage vernehmen, man stelle ihn meistens »als Affen dar, hässlich wie der Teufel und Fratzen schneidend wie die Sünde«, verbunden mit dem Wunsch, ihm diesmal mehr Gerechtigkeit widerfahren zu lassen. Dann war er auch schon wieder in ein Gespräch vertieft. Marie wertete dies als Zustimmung und begann mit der Arbeit.

Zunächst strich sie Öl auf die zerknitterten, koboldartigen Züge und den zahnlosen Mund. Damit es nicht zwicken würde, wenn sie später die Maske abnahm, massierte sie Pomade auf den Haaransatz – er war zwar beinahe kahl, aber sicher ist sicher, dachte Marie. Damit er atmen konnte, steckte sie vorsichtig Strohhalme in seine Nasenlöcher und trug dann eine feine Schicht Gips auf die Haut auf. Sie bat Voltaire, einen Moment stillzuhalten, bis die Maske ausgehärtet sei, aber der agile Greis tat so, als gäbe es sie gar nicht, und fuhr mit seiner geistvollen Unterhaltung fort. Marie war besorgt, dass das Ergebnis den hohen Ansprüchen nicht genügen würde, aber sie konnte ihm doch nicht den Mund verbieten. Nach einigen Minuten löste sie die Gipsmaske ab und trug sie vorsichtig wie ein rohes Ei zu Curtius' Tasche. Er hatte sich inzwischen hingesetzt und half ihr nun, die Sachen zusammenzupacken. Mit einem kurzen Gruß und einem Dank an Madame Denis verließen sie wenig später das Hôtel de la Villette. Marie musste ihren Onkel auf dem Weg hinaus stützen.

»Diese Luft hat mir zu schaffen gemacht«, schnaufte er, als sie in die Kutsche stiegen. Marie sah ihn besorgt an. »Keines Blickes hat er uns gewürdigt! Keinen Moment stillgehalten! Keinen Respekt vor der Arbeit eines anderen Akademiemitglieds!«, schimpfte er, voll des Stolzes auf seinen neuen Status. Marie sah an den Ledervorhängen vorbei auf die Seine, auf der kleine und mittelgroße Eisschollen schwammen. Sie hatte den großen Voltaire gesehen, hatte ihn reden gehört und sogar angefasst!

Im Atelier angekommen, ging sie sogleich an die Arbeit. Curtius hielt sich fern, fast als grollte er noch immer, dass Voltaire sie wie »Jahrmarktsgaukler« behandelt hatte. Marie wollte das Porträt so schnell wie möglich fertig stellen. Zunächst kam der Schritt, der die größte Kunstfertigkeit erforderte, wenn das Modell lebensecht aussehen sollte. Die Arbeit war nicht einfach. Der Abdruck wirkte beinahe verschwommen, weil Monsieur de Voltaire so viel geredet hatte. Nun kam es ihr zugute, dass sie ihn genau beobachtet hatte. Nach einigen kleinen Verbesserungen hatte sie nichts mehr an dem Abdruck auszusetzen. In die Form goss sie jetzt heißes Wachs – gebleichtes Bienenwachs und japanisches Wachs im Verhältnis drei zu eins, wie sie es von Curtius gelernt hatte. Als es erkaltet war und sich festsetzte, schüttete sie das überflüssige Material ab. Erst wenn die Wachsschicht dick genug war, durfte sie die Maske entfernen – ein besonders heikler Moment, der viel Fingerspitzengefühl erforderte, denn schnell war die filigrane Wachsmaske eingerissen. In den nächsten Tagen stellte sie den Kopf fertig. Während sie das Haar einpflanzte, überlegte sie, wie sie Monsieur de Voltaire im Wachssalon präsentieren wollte: an einem Tisch voll mit Büchern und Papieren. Zufrieden, ein Philosoph zu sein, so wollte sie ihn den Besuchern zeigen. Detailgenau bis zum Letzten drapierte Marie die fertig gestellte Figur im Atelier. Als sie schließlich vor ihrem Werk stand, war sie stolz. Und das, obwohl ihre Arbeitsbedingungen bei der Porträtsitzung wahrlich nicht optimal gewesen waren.

Paris, im Juni 1778

Liebe Laure,
ich bin froh, dass Deine Mutter mir endlich verraten hat, wo Du steckst. Bist Du wohlauf? Sind Deine Verwandten nett? Sicher genießt Du das Leben auf dem Land, und das Kleine macht Dir viel Freude.
Bei uns dreht sich alles um einen alten Mann: um Monsieur de Voltaire. Ich durfte ihn porträtieren! Es war nicht ganz einfach, aber das erzähle ich Dir, wenn wir uns das nächste Mal treffen. Einige Wochen danach ist er gestorben. Mein Wachsporträt kommt deshalb besser an denn je. Jeder will von ihm Abschied nehmen – auch wenn es nur vor seinem Abbild aus Wachs ist. Mein Onkel hat ein kleines Relief entworfen, das Voltaire auf dem Sterbelager zeigt. Er hat es *Der sterbende Sokrates* getauft und in einer Landschaft aus Haar in einer flachen Vitrine ausgestellt. Man kann das Relief aber natürlich auch kaufen – wir kommen mit dem Gießen schon gar nicht mehr hinterher, so reißenden Absatz findet das Souvenir. Als Onkel Curtius gehört hatte, dass Voltaire gestorben war, ist er sofort zum Hôtel de

Villette geeilt, um den Sessel zu kaufen, auf dem Voltaire uns Modell saß, aber er war schon fortgeschafft. Also hat mein Onkel kurzerhand von einem Schreiner den Sessel mit dem grünen Samtpolster und der drehbaren Schreibplatte nachbauen lassen. Er ist so geschäftstüchtig, dass ich mich manchmal frage, ob das Hemd, das Heinrich IV. trug, als das Attentat auf ihn verübt wurde, und das wir im Salon neben seinem Wachsporträt ausstellen, echt ist – oder ob ein Huhn sein Blut hergeben musste, um es so dramatisch einzufärben. Aber schließlich besitzt mein Onkel ein Zertifikat, das seine Echtheit belegt …

Bitte schreib mir, wie es Dir geht!

Immer die Deine,

Marie

Paris, im Juli 1778

Liebe Laure,

noch immer habe ich nichts von Dir gehört. Kommen meine Briefe nicht an? Oder bist Du mir gram, weil ich Dich bei der Hebamme nicht früher besucht habe? Du musst mir glauben, hätte ich gewusst, wie es Dir geht, ich hätte alles mir Mögliche getan, um Dich aus Deiner misslichen Lage zu befreien.

Was kann ich Dir berichten? Ein weiterer Todesfall hält unser Geschäft am Laufen. Jean-Jacques Rousseau ist gestorben. Curtius hat zufällig vom Ableben des Philosophen erfahren und sich sogleich eine Kutsche gemietet, um nach Ermenonville zu fahren. Ich habe ihn begleitet, denn er meinte, ich solle lernen, eine Totenmaske abzunehmen. Ich höre beinahe, wie Du jetzt aufschreist und auf meinen Onkel schimpfst, aber nicht doch – er hat recht. Das gehört zum Handwerk. Allerdings war es tatsächlich etwas gruselig, schließlich war er der erste Tote, den ich seit langem gesehen habe.

Als wir ankamen, war es schon Nachmittag. Im Schatten der Bäume lag der Pavillon, in dem Rousseau zuletzt gewohnt hatte. Am Morgen seines Todes hatte er einen Spaziergang durch den Park unternommen, erzählte uns seine Witwe Thérèse Lavasseur. Kurz darauf sank er leblos vom Stuhl. Wusstest Du, dass die beiden Kinder hatten, die Madame Lavasseur ins Findelhaus bringen musste? Er hat es von ihr verlangt! Und das war der Mann, der in seinem berühmten Roman *Emile* über die Liebe zu Kindern geschrieben und damit vielen ein Vorbild gegeben hat, wie sie ihre Kinder erziehen sollen. Jetzt könnte die arme Frau die Liebe und Unterstützung ihrer Kinder gut gebrauchen. Ich muss sagen, dass meine Bewunderung für den Philosophen bei dieser Eröffnung seiner Witwe doch sehr gelitten hat.

Rousseau lag im ersten Stock. Er war hager, mittelgroß, sein Gesicht mager und runzelig, die Stirn hoch und tief zerfurcht. Er wirkte so leer, so ohne Seele. Tot eben. Wenn ich mich daran erinnere, wie er alle Schimpfwörter der französischen Sprache herausschleuderte, als er bei Curtius seinen Zorn über seine Widersacher herausschimpfte!

Curtius hat sehr flink gearbeitet. Ich musste ihm nur das mit Bleiglätte vermischte Leinöl geben, darauf wurde dann der angerührte helle Gips aufgetragen. Die Maske und wir sind heil und wohlbehalten in Paris angekommen. Neulich hat Curtius diese Kostbarkeit dem Bildhauer Jean-Antoine Houdon geliehen, einem Bekannten, der selbst an einem Rousseau-Porträt arbeitet. Unser Wachsporträt konnte trotzdem schon kurze Zeit später im Wachssalon bewundert werden. Übrigens hatte der Leichnam eine verdächtige Wunde an der Schläfe. Inzwischen machen in Paris Gerüchte die Runde, dass Rousseau Selbstmord verübt hat oder ermordet wurde. Die Leiche soll sogar geöffnet werden, damit man Klarheit über die Todesursache erlangt. Wie so oft heizen diese Gerüchte unser Geschäft nur noch mehr an: Jeder spricht über Rousseau, jeder will die Wachsbüste sehen und auch die Totenmaske. Ich wünschte, Du könntest sie Dir bald selbst anschauen!

Ich glaube, mein Onkel hatte recht, als er sagte, dass er mir

nicht mehr viel beibringen kann. Ich weiß, dass ich ihm inzwischen in vielem ebenbürtig bin, aber dennoch behandelt er mich meist wie einen Lehrling. Solche Sorgen hast Du sicher nicht. Welche Sorgen hast Du?
Marie

Paris, im März 1779
Laure!
Eigentlich wollte ich Dir nicht mehr schreiben, weil ich Dich mit meinen Briefen nicht länger belästigen will. Denn so muss es sein, da Du mir einfach nicht antwortest. Aber das muss ich Dir erzählen. Eine ehemalige Kollegin von Dir hat es bis in das Geschäft von Mademoiselle Bertin geschafft. Ein schöner Aufstieg, oder? Als Anfang des Monats der König und die Königin mit ihrem Tross an Bertins Salon »Au Grand Mogol« vorbeikamen – sie waren auf dem Weg zur Kathedrale Notre-Dame, um dort den Gottesdienst für die Geburt ihrer Tochter zu feiern –, mussten sich alle vor der Mode-Ministerin verbeugen. So angesehen ist die gute Bertin inzwischen bei Hof! Ein bisschen von diesem Ruhm hättest Du auch abbekommen können, wenn Du an der Stelle Deiner früheren Kollegen gewesen wärst. Das Talent hättest Du gehabt. Wenn Du nur nicht … Aber nein, ich werde ungerecht. Gehe Du Deinen Weg, ich werde meinen gehen.
Marie

KAPITEL 8

*M*arie sah noch einmal in den Spiegel. Ihr dunkles langes Haar trug sie hochgesteckt und gepudert, einige Blüten hatte sie mit einer Schleife kunstvoll in die Frisur geflochten. Wie gut, dass sie gelernt hatte, die Wachsfiguren zu frisieren – so konnte sie auch ihren eigenen Haarschopf verschönern, ohne immer gleich einen Friseur rufen zu müssen. Das Geschäft lief zwar gut wie nie – selbst für berühmte ausländische Gäste zählte ein Besuch von Curtius' Wachssalon inzwischen zum Besichtigungsprogramm –, dennoch schmälerten die hohen Steuern und Abgaben den Gewinn, und das Leben in Paris wurde täglich teurer. Sie strich über ihren Körper. Marie hatte ein grünes Gewand ausgebessert und der derzeitigen Mode angepasst, sodass es wie neu aussah. Um die Schultern hatte sie ein besticktes Tuch gelegt, das ihre schmale Taille geschmackvoll betonte. Sie zupfte das Blumenbouquet zurecht, das das Tuch zusammenhielt. Sie war nun beinahe neunzehn Jahre alt, und obgleich der Umgang mit hochgestellten Persönlichkeiten zu ihrem täglichen Geschäft gehörte, war sie noch immer nervös, wenn sie zu einem Empfang eingeladen wurde.

Gleich war es so weit, ihr Onkel und sie würden sich zu Michel-Jean Sedaine aufmachen. Ihr Onkel traf den Dichter und Sekretär der Architekturakademie seit längerem regelmäßig. Marie war nur sehr selten dabei, aber dennoch hatte Sedaine sie beide in seine Wohnung im Louvre gebeten. Warum war auch sie eingeladen? Vielleicht war diese Einladung ganz einfach eine erste öffentliche Anerkennung ihrer Arbeit als Wachskünstlerin. Sie zwirbelte eine Strähne ihres Haares, sodass die Locke ihren Hals umschmeichelte, dann ging sie zu der bereits wartenden Kutsche.

»Ich freue mich sehr, dass Sie alle meiner bescheidenen Einladung gefolgt sind«, begrüßte Sedaine die Gäste in seinem

Salon. Er war, wie der Rest der Architekturakademie, vor einigen Jahren in schönere, großzügige Räume im Louvre umgezogen. Man sah seiner Wohnung an, dass es ihm inzwischen noch besser ging, hatte er doch von Zarin Katharina II. von Russland eine große Summe für zwei Stücke erhalten. Diener in Livree reichten den Gästen Getränke, der Raum war üppig beleuchtet und geschmackvoll geschmückt. In einer Ecke standen Musikinstrumente, an den Wänden hingen die Gemälde, die Marie vor einigen Jahren so bewundert hatte, unter anderem das Porträt des Hausherrn. Sie musste an den Maler denken, den ungestümen David, dessen Verzweiflung sie in Sedaines Wohnung erlebt hatte. Er war nach Rom gegangen, aber das musste bereits fünf Jahre her sein. Damals war sie ein Mädchen gewesen, jetzt war sie eine junge Frau.

Sedaine räusperte sich, und die Gespräche verstummten langsam. »Es gibt einen besonderen Anlass für diese Feier. Wie Sie alle wissen, wurde ich vor einigen Jahren Vater eines Sohnes, eines bereits halbwüchsigen Sohnes«, einige Gäste bekundeten lächelnd ihre Zustimmung »eines Patensohnes, der mir Freude macht und den wir«, hier blickte er seine Tochter Suzanne an, »aber allzu lange entbehren mussten.« Sedaines Wangen waren vor Freude gerötet. »An der Académie de France in Rom wurde er bereits als neuer Michaelangelo gefeiert. Dennoch ist er zu uns zurückgekehrt, mit Bildern im Gepäck, die die Geschichte der französischen Malerei revolutionieren werden.«

Unter den Gästen ließ sich ein »Hört, hört« vernehmen.

»Doch nun wollen wir erst einmal seine Rückkehr nach Paris feiern. Louis, komm her, erhebe dein Glas!« Eine Gasse bildete sich, durch die ein Mann auf Sedaine zuging. Es war Jacques-Louis David, der junge Maler, der sie vor einigen Jahren so frech über den Haufen gerannt hatte. Er musste jetzt etwa dreißig Jahre alt sein, war hochgewachsen, schlank, erstklassig gekleidet, trug aber ein verkrampftes, eher gezwungen wirkendes Lächeln zur Schau. Als er Sedaine erreicht hatte, legte dieser seinen Arm um ihn. David hob sein Glas, prostete freundlich nickend in die Menge, bedankte sich für die Gastfreundschaft und bot den Besuchern an, ihnen später mehr von seinen Erfahrungen in Italien zu berichten. Marie konnte nicht jedes seiner Worte verstehen. Er sprach leise, und wie damals war seine Wange geschwollen, sodass man das Gefühl hatte, er nuschelte.

Beim Essen versuchte Marie, die plumpen Annäherungsversuche des Herrn zu ihrer Rechten abzuweisen, und beobachtete dabei Louis David, während Curtius zu ihrer Linken in ein Gespräch vertieft war. Er wirkt gar nicht wie ein neuer Michelangelo. Er ist nicht glücklich, nicht über diesen Empfang und vielleicht auch sonst nicht, schoss es Marie durch den Kopf. Der junge Maler saß an der Seite von Sedaine, der ihm väterlich die Hand auf den Arm legte. Er berichtete von seinem Leben als Stipendiat an der Académie de France in Rom, von dem immer gleichen Tagesablauf, der morgens um fünf Uhr begann und spätabends nach der Arbeit im Atelier und der Besichtigung von Kirchen, Plätzen und Palästen endete.

»Vor meiner Abreise dachte ich, das Altertum würde mich nicht locken. Ich dachte, es ermangle des Schwungs und rühre einen nicht – wie sehr habe ich mich geirrt!«, sagte David gerade und untermauerte seine Worte mit einem ungläubigen Kopfschütteln. »Nur wenig später fühlte ich mich, als sei ich blind gewesen. Ich verstand, dass ich meinen Stil nicht verbessern konnte, der auf falschen Prinzipien aufgebaut war. Ich verstand, dass ich mit allem brechen musste, was ich vorher als wahr und schön angesehen hatte!«

In diesen leidenschaftlich gesprochenen Worten erkannte Marie den jungen Mann wieder, der versucht hatte, sich zu Tode zu hungern, weil er als Künstler zurückgewiesen worden war. Und wieder spürte sie eine eigenartige Nähe zu dieser für die Kunst brennenden Seele. Sie konnte ihm jedoch nicht weiter lauschen, weil sie nun vollends von ihrem Nachbarn in Beschlag genommen wurde. Glücklicherweise mischte ihr Onkel sich nun ein. Ihr Sitznachbar entpuppte sich als ein Autor der Zeitung *Journal de Paris* und fachsimpelte mit Curtius bald über die verschiedenen Attraktionen der Stadt, die regelmäßig in dem Blatt vorgestellt wurden. Marie saß eingeklemmt zwischen den beiden Männern, konnte den anderen Gesprächen nicht mehr folgen und war schließlich froh, als die Tafel aufgehoben wurde.

Als sie sich später bei dem Gastgeber verabschieden wollten, winkte Sedaine Louis David heran. »Sehen Sie sich dieses Gesicht gut an, Monsieur Curtius, Sie – oder Ihre reizende Nichte – werden es bald in Wachs gießen müssen, oder besser dürfen, nicht wahr Louis?« Der Angesprochene zog gequält die Mundwinkel nach oben. Curtius sagte, er freue sich darauf, wenn diese Aufgabe an ihn herangetragen werde. Marie lächelte unverbindlich. Bei den nächsten Sätzen ihres Onkels gefror ihr Lächeln jedoch zusehends.

»Wenn denn Monsieur Louis David diesmal seinen Worten Taten folgen lässt. Hatte er doch meiner Nichte vor einigen Jahren Unterricht versprochen, zu dem es nie gekommen ist.« Sedaine lachte schallend.

»Auf die Versprechen junger Männer darf man eben nicht immer zählen!«, sagte er. David sah Marie ernst an.

»Nun, ich werde die nächsten Wochen mein neues Atelier im Hôtel de Ville ohnehin kaum verlassen. Sollten Mademoiselle ein Versprechen, das bereits vor einigen Jahren gegeben wurde, heute noch annehmen wollen, stehe ich dort gerne zu ihrer Verfügung.« Er verbeugte sich leicht, Marie knickste zur Antwort. Die beiden älteren Männer klopften sich beim Abschied auf die Schulter, so als sei eine Vereinbarung getroffen worden. Als sie draußen in die Kutsche stiegen, platzte es aus ihr heraus.

»Warum haben Sie das gesagt, Onkel? Es war beschämend, ihn an diese dahingesagte und längst verjährte Bemerkung zu erinnern.« Ihr Onkel lachte, leichter Weindunst schlug ihr entgegen.

»Sedaine hat ein großes Talent, seinen Schützlingen den Weg zu ebnen. Dieser Abend war eine grandiose Werbung für sein Patenkind. Jeder wird sich bald drängen, die Bilder dieses Malers zu sehen. Wir sollen ebenfalls unseren Teil dazu tun, indem wir diesen ›neuen Michelangelo‹ dem Volk präsentieren. Dazu haben wir uns heute, stillschweigend zwar, aber dennoch bereit erklärt. Also können auch wir eine Gegenleistung dafür erwarten«, sagte er und strich sich zufrieden über den Bauch, während die Kutsche die Rue Saint-Honoré entlangholperte.

Erst einige Wochen später sollte Marie tatsächlich Louis Davids Atelier betreten. So lange hatte es gedauert, bis sie und Nanette, die sie als Anstandsdame begleiten sollte, Zeit dafür fanden. Der Raum im Hôtel de Ville war groß und karg eingerichtet. Marie fragte sich, wie er ausgerechnet zu einem Atelier im Sitz der Stadtverwaltung gekommen war, vielleicht hatten seine guten Beziehungen zur Architekturakademie dabei eine Rolle gespielt. Die Möbel wirkten alt, die einsetzende Kälte wurde von einem breiten Kamin nur unzureichend vertrieben. An den Wänden lehnten Leinwände, die Marie zum Teil um ein Vielfaches überragten. Sie konnte die Motive jedoch nicht erkennen, da die Leinwände mit der Vorderseite zur Wand standen oder durch Stoffe verhüllt waren. Louis David schien über ihren Besuch nicht gerade erfreut. Er wirkte übernächtigt und hatte tiefe Ringe unter den Augen. Seine Begrüßung war kühl, als er sie an einen großen Holztisch bat, dessen zerkratzte Oberfläche verriet, dass an ihm schon oft gearbeitet worden war. Er wolle erst einmal sehen, über welches Grundwissen sie verfüge, kündigte er an, und befragte sie eingehend. Marie fühlte sich, als wäre sie auf einen Schlag zu den gestrengen Nonnen in die Schule der Filles-de-Sainte-Agnès zurückversetzt worden. Eigentlich hatte sie gehofft, dass der Unterricht auch etwas Spaß machen würde. Jetzt packte Louis David auch noch eine antik scheinende Vase aus und wies sie an, sie abzuzeichnen, damit er sehe, was sie bereits könne. Marie zitterte die Hand. Allmählich begann sie sich über seinen Ton zu ärgern. Das hatte sie gewiss nicht nötig. Sie war eine gestandene Frau, die ihr Handwerk beherrschte – und kein unwissender Lehrling mehr! Warum war sie nur hierhergekommen? Geschickt warf sie die Umrisse der Vase auf das Papier. Als sie jedoch zögerte, bevor sie die Schatten anlegte, griff er ihr ungeduldig in die Hand und führte sie über das Papier. Marie sprang auf und riss sich los.

»Nun ist es aber genug! Wenn Ihr jemanden braucht, an dem Ihr Eure schlechte Laune auslassen könnt, dann sucht Euch einen anderen!«, fuhr sie ihn an. »Ihr mögt Euch für ein Genie halten, für das der Unterricht unter seiner Würde liegt, aber das ist ein Irrtum! Ein Genie kann nur sein, wer auch Größe besitzt. Und die habt Ihr gewiss nicht!« Sie stürzte hinaus. Aus den Augenwinkeln sah sie, wie Nanette erstaunt aufgesprungen war und dabei ihre Stickarbeit fallen ließ. Marie hatte jedoch keine Lust, auf Nanette zu warten. Die Dienstmagd würde sie auf der Straße sicher einholen. Ihre Wut trieb sie vorwärts. Als sie die Treppe erreicht hatte, fühlte sie eine Hand in ihrer Armbeuge.

»Wartet! Verzeiht«, sagte Louis David. Er stand nur eine Handbreit von ihr entfernt. Er riecht gut, schoss es Marie durch den Kopf, obwohl ihr Ärger noch nicht verflogen war. David ließ sie los und trat einen Schritt zurück. »Mein Verhalten war in keiner Weise angemessen. Ich muss mich dafür entschuldigen. Bitte kommt zurück, ich bin Euch eine Erklärung schuldig.« Marie zögerte noch einen Moment, dann folgte sie ihm. An der Tür trafen sie Nanette, die ihnen gerade hinterhereilen wollte. David führte Marie wieder an den Tisch und bat sie, sich zu setzen.

»Ich habe mich gehen lassen. Das ist unverzeihlich«, sagte er und zog ihr einen Stuhl heran. Dann setzte auch er sich und sah Marie in die Augen. Zum ersten Mal hatte sie das Gefühl, dass er sie wirklich wahrnahm. »Ihr seht reizend aus, wenn Ihr Euch erregt«, sagte er. Sein Mund formte ein so charmantes Lächeln, dass sie seine geschwollene Wange vollkommen übersah. »So müsste man Euch malen – mit den hitzig geröteten Wangen und den feurig brennenden Augen!« Marie fühlte sich hin und her gerissen. Sollte sie dieses Kompliment annehmen oder wütend aufspringen? »Nein, springt nicht wieder auf«, sagte David, als ob er ihre Gedanken gelesen hätte. »Ich will

Euch nicht besänftigen. Ihr habt allen Grund, erbost zu sein. Ich möchte versuchen, Euch zu erklären, was mich bewegt.« Er wurde ernst.

Leise berichtete er von seiner Hoffnung, mit seinem Gemälde des Heiligen Rochus, das in Rom enthusiastisch gefeiert worden war, als Vollmitglied in die Königliche Akademie für Malerei und Bildhauerei aufgenommen zu werden. Er hatte es mit nach Paris gebracht, statt es nach Marseille zu schicken, wo es zur Erinnerung an die große Pest von 1720 die Kapelle des dortigen Hospitals schmücken sollte. Doch als er hier ankam, hieß es, das Bild sei gut und schön – aber nicht gut genug. Der gestrenge Hofmaler und Direktor der Akademie entschied, dass David sich erst um die Aufnahme bewerben könne, wenn er ein Bild in Paris gemalt hätte. »Und das nur, um meinen Ruf weiter zu verzögern. Reine Schikane!«, schimpfte David. Man könne ihn also erst nach einer erneuten öffentlichen Ausstellung im Gemäldesalon im nächsten Jahr aufnehmen. Er habe schon so viele Jahre seiner Ausbildung vergeudet und nun, da er seinen Stil gefunden habe, legten sie ihm auch noch Steine in den Weg. Dabei sei er schon zweiunddreißig Jahre alt! In einem Alter, wo andere eine Familie gründen, sei er noch immer Schüler seines Meisters und auf die großzügige Hilfe von Freunden angewiesen. Er presste seine Hand auf den Magen und verzog kurz das Gesicht. Er reichte ihr zum Aufstehen den Arm. »Seht selbst – ist dieses Bild nicht eines Akademiemitglieds würdig?« Vor einer der überdimensionalen Leinwände blieben sie stehen. Mit Schwung enthüllte er das Gemälde. Drei wuchtige Figuren sahen sie von der Leinwand her an. Oben links die Mutter Gottes, durch ein hartes Licht erhellt. In der Mitte des Bildes der Heilige Rochus mit einem flehenden Gesichtsausdruck betend. Zu Füßen der beiden Figuren ein Pestkranker, dahingestreckt von der Seuche, das Gesicht im Leid verzogen. Hinter ihm zahlreiche Tote und Kranke.

»Es ist erstaunlich«, flüsterte sie. Ihre Wut war schon fast vergessen, weggeblasen von der plötzlichen Bewunderung für diesen Künstler. »Fast meint man, man könnte sich bei dem

Kranken im Vordergrund anstecken – so lebensecht wirkt er.«

»Ich habe Ihnen gesagt, was mich bewegt, Mademoiselle. Das ist keine Entschuldigung für mein Verhalten. Aber vielleicht kann es dazu beitragen, dass Sie mir verzeihen. Für heute ist es zwar bereits zu spät für eine Fortsetzung des Unterrichts, aber vielleicht könnten Sie mir am morgigen Tag noch einmal die Ehre erweisen?« Sie zögerte. Gleich morgen? Was würde Nanette dazu sagen?

»Ich werde sehen, was sich machen lässt«, sagte Marie, während sie bereits fieberhaft überlegte, wie sie die Magd dazu bringen konnte, sie morgen noch einmal zu begleiten.

Das Laub wirbelte rot-gelbe Blätterkränze um Maries und Nanettes Füße, während sie dem Boulevard du Temple in Richtung Seine folgten. Golden lag das Sonnenlicht auf der Stadt – es ist ein Herbstnachmittag, wie ihn ein Dichter nicht schöner besingen könnte, dachte Marie beschwingt. Sie freute sich auf ihre Zeichenstunde bei Louis David, die in den letzten Wochen regelmäßig stattgefunden hatte. In letzter Zeit hatte er ihr immer öfter von seiner Reise nach Italien berichtet und wie sehr ihn die Atmosphäre in Rom erschüttert habe – ihn, der bis dahin nur das grau-weiße Licht von Paris gekannt hatte. Selbstzweifel und Melancholie hatten ihn damals immer wieder überfallen. Ein Mittel gegen diese Gemütsschwankungen, die sich bei ihm in ernsten Krankheiten ausdrückten, sei die Begegnung mit den großen Künstlern der Antike gewesen. Mehrere dicke Bände hatte er mit Zeichnungen und Skizzen gefüllt. Wenn er sie Marie zeigte, verlor sie sich in der Betrachtung der römischen Säulen, Menschen und Landschaften. Das Betrachten der Skizzenbücher war für sie ein Vergnügen, weil sie nicht nur etwas lernte, sondern auch einen Einblick in das Innerste ihres Lehrers erhielt. Dennoch war es bei diesem Wetter beinahe eine Sünde, den Tag im Atelier zu vergeuden.

»Vielleicht sollten wir Monsieur David aus seinem Atelier locken, nur für ein paar Stunden, was meinst du?«, fragte sie kurz entschlossen Nanette. »Etwas frische Luft dürfte ihm guttun. Ich glaube manchmal, er verlässt sein Atelier überhaupt nicht mehr. Tag für Tag nur Farben, Pinsel und Leinwände – fast kann er einem leidtun.«

Nanette schnaufte. Ihr Mitleid mit Monsieur David hielt sich anscheinend in Grenzen. »Ist doch seine Sache, wie er seine Tage rumbringt«, brummte sie nun.

»Sicher, sicher«, sagte Marie schnell. Wann war Nanette eigentlich so miesepetrig geworden? Als Laure aus Paris fortgegangen war? Es musste hart sein, die Tochter nicht in der Nähe zu haben, aber es war doch auch wichtig, dass sie wohlbehalten auf dem Land leben konnte.

Marie gefiel die Idee immer besser, heute mal den Unterricht ausfallen zu lassen. Nanette könnte auf einer Bank in der Sonne sitzen und sticken, während Marie und Louis David einige Schritte gingen. Wäre das nicht ein herrlicher Ausbruch aus dem festgefügten Tagesablauf? Marie war unwiderstehlich, wenn sie etwas wirklich wollte. Mit Charme und Schmeichelei hatte sie Nanette lange bevor sie ihr Ziel erreicht hatten, überredet. Und auch Louis David ließ sich, zu ihrem Erstaunen, nicht lange bitten. Er hatte es aber auch nötig, steingrau sah er aus, als sie in die Herbstsonne traten.

Ihr Ziel war der Garten des Palais Royal. Kardinal Richelieu hatte das weitläufige Gebäude in unmittelbarer Nähe des Louvre für sich errichtet und nach seinem Tod der Königsfamilie vermacht. Die bewohnte den Palast zeitweilig, öffnete zur Freude der Pariser aber den prächtigen Garten für die Öffentlichkeit. Er war mit seinen Springbrunnen, den Rasenflächen und den alten Ulmen und Kastanien eine Oase der Ruhe in der lärmenden Stadt. An der linken Seite des Gartens befand sich eine breite, lange Allee von wunderbaren Bäumen. Hier spazierte die gute Gesellschaft in großer Toilette, während die einfachen Leute sich eher an den Rändern des Gartens aufhielten. In der Mitte tummelte man sich unter dem *Arbre de Cracovie*, einem besonders großen Kastanienbaum, las Zeitung und diskutierte die Nachrichten des Tages.

Marie hatte einige Kastanienblätter aufgehoben und zwirbelte die Stängel zwischen den Fingern, sodass die bunt gefärbten Blätter sich zu einem Farbenreigen vermischten. Nachdem sie die ersten Minuten schweigend nebeneinander hergegangen waren, ergriff Marie einfach das Wort. Sie fragte David, welches Gemälde ihn gerade so forderte, dass er den Pinsel kaum aus der Hand legen, geschweige denn das Atelier verlassen mochte. Es stellte sich heraus, dass seine Gedanken um das Porträt des Grafen Stanislas Potocki kreisten, eines polnischen Adeligen, den er in Italien kennengelernt hatte und an dem er seit geraumer Zeit arbeitete. Marie war erstaunt.

»Ich dachte, Ihr seid auf dem besten Weg, ein gefeierter Historienmaler zu werden? Wie kommt es nun, dass Ihr Euch mit Porträts beschäftigt, deren Ansehen doch unter dem der Historiengemälde liegt?«, fragte sie und fügte hinzu: »Mir hat diese Rangliste übrigens nie eingeleuchtet. Ein gut gemaltes Stillleben kann meiner Ansicht nach mehr Kraft haben als so manches Historiengemälde.«

»Porträts sind meist gut bezahlte Auftragsarbeiten. Durch sie hoffe ich, zukünftig der Willkür der Akademie nicht vollends ausgeliefert zu sein.« Der Willkür der Akademie? Aber ja, Curtius hatte schon einmal erwähnt, dass auch die Akademien nicht frei von Seilschaften und Klüngeleien waren.

»Ich liebe es, Menschen zu porträtieren«, lenkte sie ab. »Die Vielfältigkeit des menschlichen Antlitzes fasziniert mich immer wieder aufs Neue. Außerdem gefällt mir der Gedanke, dass ich den Menschen eine Freude machen kann, wenn sie beispielsweise Rousseau oder Voltaire, die ich bewundere, in Wachs abgebildet lebensecht erleben können. Vielleicht regen die Wachsfiguren die Besucher sogar dazu an, sich mit ihren Werken zu beschäftigen.« David hielt inne und sah sie mit leuchtenden Augen an.

»Recht habt Ihr! Auch ich bin der Meinung, dass man sein Talent nutzen sollte, um seinen Mitbürgern ein Beispiel der erstrebenswerten Eigenschaften zu geben. Kunstwerke müssen nicht nur die Augen mit ihrer Schönheit bestechen. Sie sollten auch die Seele berühren«, sagte er. Sie lächelte ihn an.

»Ihr versucht das mit Eurem Pinsel, ich mit Wachs. Dass ich überhaupt die Gelegenheit dazu habe, verdanke ich nur meinem Onkel. Ich bin ihm sehr dankbar, dass er seine Kunst so freigiebig mit mir teilt.« Sie gingen einige Schritte schweigend nebeneinander her. »Wie seid Ihr eigentlich zur Malerei gekommen?«, fragte sie nach einer Weile.

David zögerte einen Moment, ganz als ob sie ihn gebeten hatte, ein Geheimnis zu verraten. Dann erzählte er, dass seine Mutter aus einer Familie von Architekten stamme und sie vorgesehen hatte, dass auch er dieses Handwerk ergreife. Ihn habe jedoch seit je die Malerei erfüllt. »Nachdem ich drei Monate den Unterricht an der Akademie Saint-Luc besuchen durfte, spürte ich, dass ich zu etwas Höherem berufen bin, als ein Baumeister zu sein. Ich wollte Maler werden – oder gar nichts«, sagte er. Als David sie lächeln sah, lachte er mit.

»Ja, ich war schon damals so selbstbewusst. Schließlich konnte ich auch meine Familie überzeugen. Mein Onkel stellte mich François Boucher vor, dem berühmten Maler, einem entfernten Cousin. Ich erinnere mich noch sehr gut an den Besuch in seinem Atelier. Er malte gerade eine *Venus*, sein Augenlicht war aber leider nicht mehr das beste. Deshalb wollte er mich nicht als Schüler annehmen. Boucher empfahl mir, zu Vien zu gehen.« David taute nun langsam auf. Die Erinnerung an diesen Besuch zauberte ein Lächeln auf sein Gesicht. »Vien sei ein guter Maler und ein guter Lehrer. Vielleicht etwas unterkühlt, aber ich dürfe ihn, Boucher, von Zeit zu Zeit besuchen und ihm meine Arbeiten bringen, dann würde er Viens Kälte korrigieren und mir seine Wärme beibringen.«

»Wie kam es eigentlich, dass Ihr in die Obhut Eures Onkel kamt?«, fragte sie. Das Lächeln auf seinem Gesicht schwand. Er starrte auf den Weg vor ihnen, als suche er etwas. Dann erzählte er mit fester Stimme, dass sein Vater bei einem Duell ums Leben gekommen sei, als er gerade neun Jahre alt war. Wie gut Marie seine Gefühle nachvollziehen konnte. Sie erzählte, dass ihr Vater Offizier in Diensten der österreichischen Armee unter General Wurmser gewesen und im Krieg gefallen sei. Diese Lüge ging ihr nicht leicht über die Lippen. Es schmerzte sie, dass sie nicht die Wahrheit über ihre Familie erzählen konnte, aber sie wollte David nicht verschrecken. Sie hatte schließlich oft genug erlebt, wie die Menschen reagierten, wenn sie hörten, dass Marie aus einer Scharfrichterfamilie stammte. Vielleicht wäre David ihr ja auch irgendwann so vertraut, dass sie ihm die Wahrheit erzählen konnte. Und das Ergebnis war schließlich dasselbe: sie war ohne Vater aufgewachsen.

»So bin ich in die Obhut meines Onkels Curtius gekommen. Wir haben beide unsere Väter früh verloren und verdanken unseren Onkeln sehr viel«, versuchte sie ihn zu trösten. Sie gingen noch eine Weile still nebeneinander her, bevor sie zu Nanette zurückkehrten. Zum Abschied ergriff er ihre Hand. Er musste nichts sagen, sie wusste auch so, dass es für sie beide ein schöner Tag gewesen war.

Das leise Spiel einer Geige war im Treppenhaus zu hören, als Marie mit einem eisigen Regenschwall in die Halle geweht wurde. Sie wunderte sich, denn noch nie in den vergangenen Monaten, in denen sie Louis, wie sie ihn insgeheim nannte, in seiner Künstlerwerkstatt besucht hatte, war in den Räumen Musik zu hören gewesen. Nanette sah sie fragend an. Sie schritten die Treppe hinauf und näherten sich dem Atelier. Die Melodie, eine wehmütig klingende Weise, wurde stetig lauter – sie schien aus Davids Atelier zu kommen. Nachdem Marie geklopft und dann die angelehnte Tür vorsichtig aufgestoßen hatte, sah sie Louis, wie er versunken auf einer Geige spielte. Er ist ganz Künstler, ganz Leidenschaft und Gefühl, dachte Marie und bekam Herzklopfen. Hinter ihm ragte ein Porträt auf. Es zeigte einen Mann, der mit einem triumphierenden Gesichtsausdruck auf einem Schimmel saß – ein Traum in blauen, weißen und goldenen Farbtönen. Sie betrachtete das wohl drei Meter hohe Bild, dann brach die Musik ab. David hatte sie bemerkt.

»Verzeiht, ich wollte Euch nicht stören, Ihr habt so schön

gespielt«, entschuldigte sich Marie. Er erhob sich und legte die Geige beiseite. Marie wandte sich wieder dem Gemälde zu. Das Pferd wirkte lebensecht, es schien unruhig zu tänzeln. Der Reiter muss wohl seine Mühe gehabt haben, es zu zähmen – er hatte seine Jacke abgelegt und trug nur noch an einer Hand einen Handschuh. Jetzt aber hatte er das Pferd sicher im Griff, seine Miene war ruhig und selbstbewusst. Er hielt es mit einer Hand am Zügel und hatte die andere lässig zum Gruß erhoben. Die blaue Schärpe, die er um den Körper trug, und der blau-goldene Sattel wiesen ihn als hohen Adeligen aus. Ein Hund lief im Vordergrund des Gemäldes umher und schien Pferd und Reiter anzukläffen. Der Abgebildete vermittelte das Gefühl, etwas Großes bezwungen zu haben, ob nun dieses prächtige Pferd oder eine wichtige Aufgabe.

»Euch ist es gelungen, das Beste eines Porträts mit dem Besten eines Historiengemäldes zu verbinden. Was bedrückt Euch noch?«, fragte Marie, als sie Davids düstere Miene sah.

»Es wird noch viele Monate dauern, bis ich es präsentieren kann. Vielleicht wird es der nächste August werden, wenn die Akademie mitspielt«, sagte er.

Als David mit seinen Unterweisungen begann und sich Marie ihren Zeichnungen widmete, überlegte sie, wie sie ihm helfen könnte. Sie wollte ihn endlich glücklich sehen, gestand sie sich ein.

»Könntet Ihr dieses Bild nicht in Eurem Atelier ausstellen?«

Davids Gesicht leuchtete auf. Er sprang auf, nahm ihr Gesicht in die Hände und küsste sie auf die Stirn. Marie blieb beinahe das Herz stehen. David schrak zurück, anscheinend selbst überrascht über sein überschwängliches Verhalten. Nanette sah hoch, bekam aber nur noch mit, wie sich die beiden mit großen Augen gegenüberstanden. Betreten setzten sich Marie und David wieder auf ihre Stühle.

»Verzeiht!«, flüsterte er. »Ihr bringt die merkwürdigsten Gefühle in mir zum Ausbruch. Aber Ihr habt mich auf eine sehr gute Idee gebracht. Mein Bild wird hier nicht versauern müssen.«

Nanette sah Marie streng an und fragte wegen des plötzlichen Geflüsters, ob alles in Ordnung sei. Marie beruhigte sie. Danach setzten Marie und David den Unterricht fort und sprachen nur noch das Nötigste.

Ob Nanette nun erzählt hatte, dass Marie und ihr Lehrer verschwörerisch geflüstert hatten oder ob Curtius tatsächlich so viel zu tun hatte – Marie wurde von ihm in den nächsten Wochen so eingespannt, dass keine Zeit für den Zeichenunterricht blieb. Marie fühlte sich eingesperrt. Sie vermisste den Unterricht. Noch mehr vermisste sie allerdings Louis David, seine leidenschaftlichen Augen und seine anrührende Ernsthaftigkeit. Sie hatte sich verliebt, das musste sie sich eingestehen. Gedankenverloren richtete sie die Perücke einer Wachsfigur. Sie frischte gerade die Figur des Finanzministers Jacques Necker auf. Marie war dabei gewesen, als ihr Onkel 1778 den Diplomaten und Finanzexperten modelliert hatte. Nun hatte Necker einen Schritt gewagt, der ihn zum berühmtesten Mann Frankreichs machte: Necker hatte seinen für den König bestimmten Rechenschaftsbericht über die Staatsfinanzen veröffentlicht. Das hatte es noch nie gegeben. Curtius entschied, dass das Porträt von Necker aufgearbeitet werden müsse, weil man überall über ihn und die Misere des Staatshaushalts sprach. Also hatte sich Marie aufgemacht, um den Generaldirektor der Finanzen in Augenschein zu nehmen, damit sie die Figur neu ausstaffieren konnte.

»Bist du schon fertig mit Necker?«, fragte ihr Onkel, der gerade das Zimmer betrat. »Es wird Zeit, dass wir die Figur wieder ausstellen. Auf der Straße spricht man von nichts anderem. Besonders die exorbitant hohen Ausgaben für den Hof, die man zwar immer geahnt hat, jetzt aber schwarz auf weiß geschrieben sieht, sorgen für Aufregung. Inzwischen sind hunderttausend Exemplare seines Berichts unter das Volk gebracht worden – das wird nur noch von der Bibel übertroffen«, erzählte Curtius, wie immer bestens im Bilde. »Ich war gerade im Atelier von Jacques-Louis David. Sogar dort, im Angesicht der Kunst, spricht man von nichts anderem.« Maries Herz schlug schneller.

»Tatsächlich? Warum waren Sie in seinem Atelier?«, fragte sie unschuldig.

»David wollte nicht bis zum Salon warten und zeigt vorab das Porträt des Grafen Potocki hoch zu Ross. Eine wunderbare Arbeit. Sogar Diderot ist voll des Lobes!« Marie konnte nun ein Lächeln kaum unterdrücken.

»Wie schön für David«, sagte sie ruhig.

»Ja, Sedaine hatte recht. Der junge Mann wird schon bald sehr gefragt sein. Ich werde sein Porträt demnächst in Angriff nehmen müssen.« Curtius nahm Marie die fertig gestellte Figur ab und verließ den Raum. Ein Strahlen machte sich auf ihrem Gesicht breit; beinahe glaubte sie, ihre Mundwinkel würden vor lauter Freude die Ohrläppchen berühren.

»Übrigens«, ließ sich Curtius aus dem Flur noch einmal vernehmen, »wird David deinen Unterricht leider nicht fortsetzen können. Er hat einfach keine Zeit mehr dafür.« Einen Moment lang hoffte sie, sich verhört zu haben. Alle Freude war auf einen Schlag von ihr gewichen.

Wieso hatte er keine Zeit mehr für ihren Unterricht? War er so beschäftigt damit, das Gemälde auszustellen? Oder war sie ihm lästig geworden? Marie grübelte vor sich hin, während sie die Rue Saint-Honoré entlangging, um für ihren Onkel eine Besorgung zu erledigen. Für ihre Umgebung hatte sie kaum einen Blick. Umso erstaunter war sie, als sie feststellte, dass sie zu weit gelaufen war und bereits das Palais Royal erreicht hatte. Das Wetter lud zwar nicht gerade zu einem Spaziergang ein, dennoch lenkte sie ihre Schritte in den Garten. Durch die kahlen Äste der Bäume fiel ein feiner Sprühregen, auf den Bänken sammelte sich das Wasser in kleinen Pfützen. Marie ließ sich durch die Allee treiben und lehnte sich schließlich an den Stamm einer großen Kastanie. Hier war sie vor einigen Monaten mit Louis David spazieren gegangen, wie schön war dieser Tag gewesen. Ihr wurde das Herz schwer. Es waren keine weiteren Spaziergänger unterwegs. Nur ein Mann lief langsam zwischen den Bäumen entlang. Marie kam die Silhouette bekannt vor. War das nicht Louis David? Sie stieß sich vom Baum ab, sie wollte verschwinden. Wie wirkte es, wenn sie ihre Zeit hier vertrödelte? Einen guten Grund für ihre Anwesenheit im menschenleeren Garten des Palais Royal konnte es wahrlich nicht geben. Doch da kam er schon auf sie zu. Marie wischte sich mit der Hand durch das feuchte Gesicht. Wie sah sie nur aus.

»Störe ich Euch?«, fragte Louis David, als er an sie herantrat. Er war ebenso durchnässt wie sie, der Regen glitzerte auf seinem Gesicht und in seinen Haaren. Was wollte er von ihr? Erst sagte er ihren Unterricht so unpersönlich und kurzfristig ab, weil er angeblich zu viel zu tun hatte, und jetzt spazierte er hier im Regen herum! Maries Temperament begann Funken zu schlagen.

»Sehe ich etwa aus, als würden Sie mich bei irgendetwas stören? Wohl kaum, oder?«, blaffte sie ihn an. David sah ihr betroffen in die Augen.

»Habe ich etwas getan, um mir Ihren Unmut zuzuziehen? Sie waren es doch, die so plötzlich keine Stunden mehr bei mir wollte – und mir das auch noch von Ihrem Onkel mitteilen ließen.« Das war jetzt einfach zu viel. Wie konnte er es wagen, ihr dieses Ansinnen zu unterstellen. Und selbst wenn, sie hätte die Stirn gehabt, es ihm persönlich zu sagen. Im Gegensatz zu ihm! Sie blitzte ihn an.

»Sie waren es doch, der den Unterricht absagte – und das meinem Onkel gegenüber. Es tut mir leid, dass ich Ihnen so lange Ihre kostbare Zeit gestohlen habe!« Er stutzte.

»So hat uns der gute Onkel einen Streich gespielt, wie?«, meinte David. »Dann fühlten Sie sich gar nicht belästigt, ich bin Ihnen gar nicht zu nahe getreten?« Er hielt inne. »Oder doch? Ihr Onkel ist Ihnen nur zuvorgekommen?« Marie legte ihm die Hand auf den Arm.

»Nein, nein, Sie haben mich nicht belästigt. Im Gegenteil«, sie wurde rot. Er sah ihr fest in die Augen, sein Gesichtsausdruck nahm einen warmen Zug an. »Ich bin beruhigt, das zu hören. Sie inspirieren mich. Die Gespräche mit Ihnen machen mir Mut. Seit ich Sie kenne, fühle ich mich so gut wie lange nicht mehr.« Er zog fürsorglich ihr Cape vor der Brust zusammen. »Aber was sehe ich! Sie zittern ja schon! Sie sollten schleunigst nach Hause gehen.« Erst jetzt merkte Marie, dass ihr die feuchte Kälte in die Knochen gekrochen war. Überhaupt, man würde sie bereits vermissen. Sie sollte sich wirklich auf den Heimweg machen. »Wann kann ich Sie wiedersehen?«, fragte er zum Abschied und nahm ihre Hand zwischen seine warmen Finger.

»Ich hoffe, bald«, antwortete sie. Aber sie würde gut darüber nachdenken müssen, denn ein Wiedersehen schien nicht im Sinne ihres Onkels zu sein.

Marie fand einen Weg. Sie zeigte Louis sogar einen Trick, wie er unbemerkt durch ein Fenster in den Wachssalon einsteigen konnte. Aber meistens ging sie zu ihm. In den nächsten Monaten schaffte sie es immer wieder, für einige Stunden aus dem Kabinett zu verschwinden, ohne dass ihre Familie misstrauisch wurde. Manchmal gab sie vor, Besorgungen machen zu müssen, manchmal schützte sie eine Erkrankung vor und stahl sich dann aus ihrem Zimmer. Der heimliche Unterricht war bald nur noch ein Vorwand. Louis David öffnete sich immer mehr, sprach von seinen Ängsten, als Künstler nicht anerkannt zu werden, und von dem Druck, den er spürte, wenn er jetzt an *Belisar* arbeitete, dem Gemälde, das für seine Aufnahme in die Akademie sorgen sollte. Er erzählte von seiner Kindheit, dem Verlust des Vaters und dem schwierigen Verhältnis zu seiner Mutter. Schließlich lüftete er auch das Geheimnis um seine geschwollene Wange. Er war vor einigen Jahren beim Fechten von einem Degen getroffen worden, die Wunde wurde schlecht versorgt und heilte nie richtig. Seitdem plagten ihn die Schwellungen in seinem Gesicht, Sprachprobleme und die Sorge, für immer entstellt zu sein. Marie war glücklich, wenn sie mit ihm zusammen war. Aber diese Begegnungen wühlten sie auch sehr auf. Jedes Mal, wenn sie nach Hause zurückkehrte, hatte sie das Gefühl, dass ihre Haut brannte, so sehr sehnte sie sich danach, dass er sie berührte. Er jedoch vermied jede Berührung peinlich. Sie wusste natürlich, dass ihre Sehnsucht unvernünftig war. Immer wieder wanderten ihre Gedanken zu Laure, die nur einen Moment schwach geworden war und vielleicht ihr ganzes Leben lang darunter leiden musste. Wie es ihrer Freundin nur ging? Jetzt hätte sie ihr wahrlich viel zu erzählen gehabt. Sie war erwachsen geworden, zur Frau geworden, war verliebt.

»Adieu, ich muss los!«, rief Marie und winkte ihrer Mutter zu, die an der Kasse des Kabinetts stand. Beschwingt lief sie die Stufen hinab auf den Boulevard. Sie drehte sich nicht noch einmal um, da Anna ihr sicher verwundert hinterherblicken würde, weil Marie sich so schick gemacht hatte. Dabei hatte sie gesagt, dass sie ins Theater wollte. Dagegen hatte Anna nichts einzuwenden, wusste sie doch, dass ihr alter Freund Aumars dort arbeitete und ein Auge auf Marie haben würde. Als Marie vor den Buden, in denen die Eintrittskarten verkauft wurden, ankam, war das Gedränge bereits groß. Sie begrüßte Aumars, und noch bevor die anderen Besucher eingelassen wurden, schleuste er sie durch den Eingang. Jetzt musste sie nur noch den Treffpunkt finden, den sie mit Louis vereinbart hatte.

Sie hatten bei einem ihrer letzten Gespräche festgestellt, dass sie beide die Begeisterung für das Theater teilten. Für das Risiko eines gemeinsamen Theaterbesuchs kam aber nur das Seiltanz-Theater von Monsieur Nicolet in Frage, da Marie es mit Erlaubnis ihres Onkels und ihrer Mutter allein besuchen durfte.

Marie sah sich im Theatersaal um, der von Talglichtern erhellt wurde. Der Raum war klein, und dennoch drängten sich hier an guten Tagen an die vierhundert Zuschauer. Gleich würde das Publikum eingelassen werden. Tatsächlich erfüllte nun das Summen vieler Stimmen und das Trampeln zahlreicher Füße den Gang zum Saal. Marie erkannte Louis David.

»Dieses Theater mag ja *en vogue* sein«, sagte er und wies auf die Logen, die bereits von vornehmen und weniger vornehmen, aber reichen Damen und Herren samt ihren Dienern besetzt waren, »angenehmer wäre jedoch die Comédie-Française gewesen. Wie gut, dass ich mich noch regelmäßig im Fechten übe, sonst hätte ich in diesem Gedränge wohl kaum eine Chance gehabt, mich zu Ihnen durchzukämpfen.«

»Und das wäre zu schade gewesen«, meinte Marie übermütig.

»Ja, tatsächlich«, er musterte sie wohlwollend, »denn dann hätte ich Ihren reizenden Anblick verpasst.« Marie verbarg ihr glückliches Lächeln hinter ihrem Fächer.

Die Garden schoben noch immer Besucher in das Theater, sodass die Männer und Frauen bald dicht gedrängt im Parkett standen. Auch Marie und David wurden immer näher aneinandergeschoben. Umsichtig versuchte er, Marie von Rüpeln, die sich an ihr vorbeidrängeln wollten, abzuschirmen. Immer wieder entschuldigte er sich, wenn er geschubst wurde und ihren Körper berührte. Bald ließ es sich aber nicht mehr verhindern. Als sich der Vorhang hob und das Orchester die ersten Töne spielte, stand er schräg hinter ihr, sie lehnte beinahe an ihm. Marie hatte das Gefühl, dass ihr die Hitze in dem Theater, aber auch in ihrem Körper zu Kopf stieg. Louis schien es nicht anders zu gehen. Sie spürte, wie er zart seine Finger auf ihre Hüfte legte. Er sah sie fragend an, sie blickte zu ihm auf und lächelte, dann legte sie sanft ihre Hand auf die seine. Von dem Stück bekam sie vor Aufregung nicht viel mehr mit, als dass es auf einer einsamen Insel spielte und das Publikum mächtig rührte. Nicht wenige machten ihren Gefühlen durch Zwischenrufe, lautes Gelächter und Tränen Luft. Marie und Louis standen still beieinander. Noch nie war Marie so glücklich gewesen, noch nie hatte sie sich so wohlgefühlt. Auch als sie am Ende des Stückes hinausgeschoben wurden, ließen ihre Hände nicht voneinander. Erst am Ausgang trennten sie sich für einen Augenblick. Marie verabschiedete sich von Monsieur Aumars und dankte ihm für den schönen Abend – er konnte ja gar nicht ahnen, wie schön er gewesen war. Sie lief durch das Spalier von Lakaien, die mit Fackeln oder Leuchtern auf ihre Herren warteten, und passte auf, dass sie sich nicht versengte – bei so einer Gelegenheit hatte schon manche Dame mit brennendem Kleid dagestanden. Vor der Tür des Theaters fanden sie wieder zusammen. Der Boulevard mit seiner neuen Straßenbeleuchtung lag vor ihnen wie eine Insel aus Licht. Seite an Seite schlendernd, brachte David sie in die Nähe des Wachssalons. Es war eine Innigkeit zwischen ihnen, die bedeutender war als alle Worte.

Am nächsten Morgen schalt sich Marie für ihren Leichtsinn. Man hätte sie sehen können, sie hatte ihren Ruf in Gefahr gebracht. Und was würde ihr Onkel sagen, wenn er hörte, dass sie sich heimlich mit Jacques-Louis David traf? Sie würden in Zukunft vorsichtiger sein müssen. Aber was für eine Zukunft könnte es für sie geben? Könnte sie Madame Louis David werden? Wäre sie eine angemessene Partie für einen angehenden Maler der Königlichen Akademie? Marie wusste, diese Verbindung war unmöglich. Sie hatte ihrem Onkel versprochen, sich ganz dem Geschäft zu widmen. Würde sie sich also entscheiden müssen zwischen dem Beruf, den sie liebte, und dem Mann, der ihr Herz erfüllte? Marie kam nicht dazu, diese Frage weiterzuverfolgen. Als sie in der Küche ihren morgendlichen Kaffee trank, gesellte sich Curtius zu ihr und wedelte aufgeregt mit einem bedruckten Papier in der Luft herum.

»Ich war gestern im Palais Royal. Ich musste mir ein eigenes Bild von der Lage verschaffen«, sagte er und schenkte sich ebenfalls eine Tasse ein.

»Von welcher Lage?« Er legte das Papier vor ihr auf den Tisch und strich es glatt. Sie konnte jetzt erkennen, das es die baulichen und sonstigen Veränderungen des Palais Royal betraf. »Ah ja, die Pläne des Herzogs von Chartres, ich habe davon gehört. Was haben wir damit zu tun?« Seit die Pläne des Herzogs bekannt geworden waren, das Palais Royal zu einem arkadengeschmückten Treffpunkt mit Kaffeehäusern, Theatern, Läden und Örtlichkeiten für zweifelhafte Belustigungen umzugestalten, war die Gesellschaft gespalten. Der Adel sprach abfällig davon, dass der Palast zu einem Kramladen verkommen sollte, und schmähte den Herzog als vergnügungssüchtig und chronisch pleite. Viele einfache Pariser begrüßten die geplante Umgestaltung. Andere hingegen fürchteten, dass der Garten seine ruhige, gepflegte Atmosphäre verlieren würde. Pamphlete, Lieder und Plakate machten gegen das Vorhaben Stimmung. Der Herzog selbst wurde ausgebuht, wenn er im Garten spazieren ging, erzählte man sich. Marie hatte schon daran gedacht, ob sie ihn porträtieren sollte, um diese hitzigen Diskussionen über das umstrittene Bauvorhaben auch für den Wachssalon zu nutzen. »Und nun wollten Sie den Herzog um eine Porträtsitzung bitten?«, fragte sie Curtius.

»Nein, natürlich nicht. Obwohl es eine gute Idee ist«, er stürzte seinen Kaffee hinunter. »Ich hatte anderes im Sinn. Das ist doch eine einmalige Chance, das Kabinett in eine würdige Gegend zu verlegen. Das Palais Royal wird auf einen Schlag zum wichtigsten Zentrum des Amüsements in Paris werden. Wir sollten dabei sein«, sagte er euphorisch.

»Was wird mit Ihren Geschäften auf dem Jahrmarkt und auf dem Boulevard du Temple geschehen?«, wollte Marie wissen, die plötzlich Angst um ihre Aufgaben hatte.

»Zunächst werde ich alle behalten. Ich habe einen großartigen Plan. Der Wachssalon im Palais Royal soll ein prächtiger Salon werden, der eines Palastes würdig ist. Eine Art Schaufenster für die Reichen und Berühmten. Hier auf dem Boulevard du Temple will ich ebenfalls Berühmtheiten präsentieren, aber auch berüchtigte Verbrecher. Davon können die Menschen nie genug bekommen. Mir schwebt eine Art ›Höhle der großen Räuber‹ vor. Und auf dem Jahrmarkt zeige ich vor allem Kuriositäten.« Dass der Wachssalon, anders als etwa Zeitungen, nicht der Zensur unterworfen war, gab ihm Freiheiten, die ihr Onkel in Zukunft mehr nutzen wollte. Welche Rolle Marie in seinem großartigen Plan spielen sollte, erwähnte er nicht.

»Aber wird es nicht sehr teuer sein, Räume im neuen Palais

Royal zu mieten? Und wann soll es fertig werden?«, wollte sie wissen.

»Eben das will ich heute herausfinden. Halte du solange hier die Stellung«, wies Curtius sie an und machte sich auf den Weg.

Abends im Bett grübelte sie erneut über ihre Zukunft mit Louis. Sie musste ihn sprechen. Sofort! Kurz entschlossen schwang sie die Füße aus dem Bett, zog sich die Schuhe an, warf sich ein Cape über und ergriff ihre Werkzeugtasche. Auf Zehenspitzen schlich sie aus dem Haus. Einmal hatte sie das Gefühl, verfolgt zu werden. Sie hatte Angst, denn es war gefährlich, nachts allein unterwegs zu sein. Sie schlug Haken, wich auf Nebenstraßen aus und versteckte sich einmal in einem Türeingang.

Als Louis die Tür öffnete, wirkte er, als habe er sie bereits erwartet. »Wie schön, dass du da bist. Ich habe dich herbeigesehnt«, begrüßte er sie, nahm sie bei der Hand und zog sie in sein Atelier. Er führte sie an einen Platz, von dem aus sie sein neues Gemälde am besten betrachten konnte. Sie lehnte den Kopf an seine Schulter und nahm das Bild ruhig in Augenschein.

»Wie findest du es?«, fragte er nach einiger Zeit, bemüht, seine Ungeduld zu zähmen. »Denkst du, es wird den hohen Ansprüchen genügen? Oder habe ich wieder ein Jahr verschenkt?« Marie drehte sich zu ihm und legte zart die Hand auf seine Wange.

»Diesmal wird es dir gelingen. Kein Weg führt daran vorbei. Mit diesem Werk wird dir niemand deine künstlerische Meisterschaft mehr aberkennen können.« Erleichtert umarmte er sie. »Die Gesichter sind so lebensecht, so wahrhaftig. Der Aufbau ist klar und stark. Die Farben sind schön, ohne die Sinne bestechen zu wollen. Das Bild rührt an, es hat Seele. Du hast es geschafft«, flüsterte sie in sein Ohr und atmete den Duft seiner Haut ein. »Und damit du siehst, wie ernst ich es meine: ich möchte dich jetzt porträtieren, damit wir das neue Akademiemitglied Jacques-Louis David im Wachssalon neben den Großen dieser Welt präsentieren können«, sagte sie, machte sich los und holte ihre Tasche hervor. Er winkte ab.

»Ich weiß nicht, ob das eine so gute Idee ist. Sieh mich doch an«, flüsterte er. Sie trat an ihn heran und strich ihm zärtlich über die geschwollene Wange.

»Keine Angst«, gab sie leise zurück. Marie rückte ihm einen Stuhl heran. Er setzte sich unsicher, und in ihr übernahm die Künstlerin das Ruder. Sie hatte genug Routine, um jedem noch so nervösen Modell die Unsicherheit zu nehmen. Federleicht strichen ihre Finger über sein Gesicht, um das Öl einzumassieren. Jede ihrer Bewegungen war ein Liebesdienst. Während der Gips trocknete, hielt sie seine Hand. Nachdem sie die Maske abgenommen und sicher verstaut hatte, reinigte sie vorsichtig sein Gesicht.

»Du brauchst dich nicht dafür zu schämen, wie du bist. Es ist kein Makel, es ist ein Markenzeichen. Deiner Leistung als Künstler tut es keinen Abbruch, wenn deine Gesichtshälften ungleich sind.« Ein Lächeln zog über seine Wangen und kam auch in seinen Augen an. »Außerdem: wenn ich dich so liebe, wie du bist, werden dich auch bald andere so lieben.« Plötzlich kroch ihr die Angst vor der Zukunft unter die Haut wie Eiseskälte. Sie versuchte, die Sorgen zu verscheuchen, doch sie waren hartnäckig. »Wie wird es weitergehen, auch mit uns?«, flüsterte sie.

Er legte seinen Finger unter ihr Kinn und verschloss ihren Mund mit einem Kuss. Die Gefühle schossen durch ihren Körper, prickelten von den Lippen den Hals hinunter und die Kopfhaut hinauf, zogen als Gänsehaut über Rücken und Arme und erreichten sogar die Fußspitzen. Eine noch nie gekannte Wärme breitete sich in ihrem Körper aus. Sie versuchte, den Moment zu genießen, alles Denken auszuschalten. Seine weichen Lippen, seine zarten Bewegungen, sein guter Duft, sein starker Körper. So viele Eindrücke überfielen sie, warfen sie jedoch nicht aus der Bahn, sondern gaben ihr Sicherheit. Seine Stärke gab ihr Halt. Gemeinsam könnten sie alle Widerstände überwinden. Sie wollte mehr von dieser Wärme, die durch ihren Körper strömte. Die Gefühle übermannten sie. Ihre Hände begannen, seinen Körper zu erkunden. Auch seine Hände streichelten sie, umfassten erst ihre schlanke Taille, glitten hinauf zu ihren Brüsten. Wonneschauer rasten über ihre Haut. Sie wollte nicht mehr von ihm lassen. Sie sanken zu Boden, gaben sich einander hin, wurden eins.

Später, als er sie nach Hause brachte, hielten sie sich fest umarmt. Die Stadt schien noch zu schlafen, lediglich ein paar vereinzelte Lampen strahlten wie Sterne an einem Himmel voller Unwetterwolken. In der Nähe des Boulevards nahmen sie Abschied, damit sie nicht zusammen gesehen wurden. Marie wünschte ihm Glück für die anstehende Entscheidung der Akademie.

»Was soll mir schon geschehen, wenn ich dich in meinem Herzen trage?«, flüsterte Louis und küsste sie noch einmal innig.

Den ganzen Tag fühlte sich Marie, als ginge sie auf Wolken. Ihr Sorgen waren verflogen. Es würde alles gut werden, da war sie sicher. Ihr Onkel würde staunen, wenn er von Maries zukünftigem Mann hörte, einem Mitglied der Königlichen Akademie – denn das würde Louis jetzt wohl schon sein. Jeden Augenblick rechnete Marie damit, dass er vorbeikam oder ihr eine Nachricht zukommen ließ.

»Marie, Marie, komm schnell!« Annas Stimme überschlug sich. War Louis eingetroffen? Sie strich sich durch das Haar, dann lief sie nach vorne. Doch von David war nichts zu sehen, stattdessen stand neben Curtius ein Diener in königlicher Livree. Anna nahm Marie beiseite. »Die Schwester des Königs wird uns gleich beehren. Ihr sollet sie gemeinsam in Empfang nehmen«, meinte Anna.

Madame Élisabeth in unserem Wachssalon, was für eine Ehre, freute sich Marie. An einem normalen Tag hätte die Nervosität Maries Knie zittern lassen, aber heute konnte sie sogar königlicher Besuch nicht in Aufregung versetzen.

Die Prinzessin kam mit ihrer Entourage schon die Treppe hinauf. Sie war eine unscheinbare, rundliche junge Frau, wohl drei Jahre jünger als Marie, mit der typisch bourbonischen Nase und sanften Augen. Marie machte einen Knicks, wie sie es beim Tanz- und Benimmunterricht von Baptiste Aumars gelernt hatte. Aus dem Augenwinkel sah sie, wie Anna ihre Bewegung nachahmte und Curtius sich elegant verbeugte.

»Es ist mir eine Ehre, Eure Hoheit in meinem Kabinett begrüßen zu dürfen. Darf ich Euch vorstellen, meine Nichte Marie, die wie ich in der Wachskunst bewandert ist«, sagte ihr Onkel, woraufhin Marie erneut knickste. Madame Élisabeth nickte freundlich. Sie wirkt, als ob sie es nicht mag, wenn Aufhebens um sie gemacht wird, dachte Marie. Ihr Onkel bat die Prinzessin und ihr Gefolge in das Kabinett und führte sie gemeinsam mit Marie herum. Madame Élisabeth schien sich sehr für die Wachskunst zu begeistern und fragte häufig nach den technischen Erfordernissen bei der Arbeit mit Wachs. Curtius gab ihr gern Auskunft, und auch Marie fügte Erklärungen hinzu, was Madame Élisabeth offenkundig guthieß, denn sie nickte beifällig. Curtius hielt sich immer mehr zurück und überließ bald Marie das Reden. Sie bewältigte diese Aufgabe glänzend. Wie stolz war sie auf Curtius gewesen, als er Joseph II. durch das Kabinett geführt hatte – und nun sprach sie selbst mit einem Mitglied der Königsfamilie! Was für ein Tag, dachte Marie, als sie am Abend müde ins Bett fiel: königlicher Besuch im Wachssalon, und Louis ist endlich in die Akademie aufgenommen worden. Das hoffte sie zumindest, denn er hatte sich noch nicht gemeldet. Sicher war ihm etwas Wichtiges dazwischengekommen.

Doch Louis David meldete sich auch am nächsten Tag nicht. Langsam wurde Marie nervös. Was war geschehen? War er wieder abgewiesen worden und versuchte erneut, sich umzubringen? War er krank und lag hilflos in seinem Atelier? Sie musste nach ihm sehen. Curtius machte ihr jedoch einen Strich durch die Rechnung. Sonst besuchte er immer die Cafés der Stadt, um Neuigkeiten aufzuschnappen oder Kontakte zu knüpfen. Aber heute blieb er den ganzen Tag im Atelier und setzte sich nach Ladenschluss noch mit Freunden vor das Haus, um Wein zu trinken und zu reden. Sie konnte nicht fort, und Louis zu schreiben, wäre zu auffällig gewesen. Erst jetzt dämmerte ihr langsam, was sie getan hatten. Wie leichtsinnig war sie gewesen! Was, wenn ihre Zusammenkunft Folgen hatte? Würde Louis zu ihr stehen? Sie hatten nie darüber gesprochen, sie hatten nur ihre Gefühle sprechen lassen – und die waren ein schlechter Ratgeber. Würde es ihr gehen wie Laure, würde sie alles verlieren? Ihr Gesicht glühte. Sie lehnte ihre heiße Stirn an die Zimmerwand, die Kühle beruhigte sie etwas. Nein, sie durfte sich jetzt nicht verrückt machen. Sicher gab es eine ganz einfache Erklärung für sein Ausbleiben. Sie sollte sich an die Arbeit machen, das würde ihr guttun. Sie nahm das Gipsporträt von Louis David heraus. Bis in die Nacht hinein stand sie im Atelier, schmolz Wachs und goss die Maske. Je länger sie im Kerzenlicht arbeitete, umgeben vom lieb gewordenen Duft des warmen Wachses, desto ruhiger wurde sie. Alles würde gut werden.

»Du kannst dir Zeit lassen mit der Figur. Wir können sie heute Nachmittag gemeinsam fertig stellen.« Curtius stand, ausgehfertig, in der Tür. Marie saß, eine heiße Nadel zwischen Zeigefinger und Daumen, vor dem Wachskopf des Herzogs von Chartres und pflanzte ihm Wimpern ein. Ihr Onkel hatte sich doch um eine Porträtsitzung beim Herzog bemüht, und sie war ihm gewährt worden. Jetzt durfte Marie die Wachsfigur gestalten. Die Porträtbüste von David hatte sie schon fertig gestellt.

»Sind Sie heute Vormittag unterwegs?«, fragte sie ihren Onkel.

»Ich mache mich auf zum Louvre. Die Gemäldeausstellung hat gerade wieder begonnen. Ich muss doch in Augenschein nehmen, was die Kollegen so geleistet haben.«

Marie hielt es kaum noch auf dem Stuhl. Was für eine Gelegenheit herauszufinden, was mit Louis los war. »Darf ich Sie begleiten? Wenn die Arbeit an der Figur nicht so drängt, kann ich ja später weitermachen.« Curtius spitzte nachdenklich die Lippen. Dann gab er sich einen Ruck.

»Nun gut, ziehe dich um, aber spute dich, wir wollen da sein, bevor der Ansturm zu groß ist.«

Obgleich Marie sich beeilt hatte, war das Gedränge im Louvre schon gewaltig. Marie, die sich sonst an einem so illustren Besucherreigen kaum sattsehen konnte, hatte diesmal keinen Blick für die Damen mit ihren ausladenden Reifröcken, den geziert erhobenen Lorgnons, den Fächern und duftenden Blumensträußen, die kleinen Abbés mit den lüsternen Blicken und die stolzen Herren, deren fein behandschuhte Hände auf den Degengriffen lagen. Es machte ihr heute keine Freude zu raten, ob es sich bei einer gutaussehenden, prunkvoll gekleideten Frau um eine Dame oder um eine Dirne handelte. Sie hielt nur Ausschau nach Louis.

Da entdeckte sie, dass Davids Gemälde in einiger Entfernung aufgehängt waren. Er hatte es also geschafft, er war in die Akademie aufgenommen worden.

»Da ist er, der Künstler! Lasst ihn hochleben!« Mehrere Männer hoben Louis auf die Schultern und trugen ihn wie in einem Triumphzug durch den Saal. Die Männer schwärmten besonders von dem Adel der Komposition und der Stärke des Ausdrucks seiner Bilder. Als sie ihn absetzten, war Louis tränenüberströmt. Marie wollte gerade auf ihn zustürzen, da warf er sich schon in die Arme von Michel-Jean Sedaine, der mit seiner Tochter diese Szene gerührt verfolgt hatte. Curtius ging auf David und Sedaine zu.

»Habe ich es Ihnen nicht gesagt? Sein Triumph ist nicht mehr fern«, freute sich der Dichter, als ihr Onkel Louis David gratulierte. Marie stand Louis gegenüber, nur eine Armlänge war er von ihr entfernt. Sie versuchte, seinen Blick aufzufangen, doch er sah sie nicht an. Als David ihr endlich in die Augen blickte, schüttelte er kaum merklich den Kopf. Marie verstand nicht. Sollte sie so tun, als ob nichts zwischen ihnen wäre? Sie war enttäuscht. Zu gerne hätte sie ihm ein Zeichen ihrer Liebe gegeben. Stattdessen zwang sie sich, unverbindlich zu lächeln, und nickte ihm zu.

Zu Hause angekommen, war ihre Enttäuschung in Ärger umgeschlagen. Was bildete er sich ein, sie so zu behandeln? Sie mit einem Kopfschütteln abzuwimmeln! Mit einer gehörigen Portion Wut im Bauch machte sie sich an die Arbeit an der Figur des Herzogs von Chartres. Als sie fertig war, sah sie sich das Gesicht an. Was hatte sie getan? Das sah ja grauenvoll aus! Wie Fliegenbeine stakten die Wimpern in alle Richtungen. Sie musste dieses Missgeschick schnell richten, bevor Curtius es sah. Die Tür ging auf, Nanette brachte ihr einen Brief, den ein Bote gerade abgegeben hatte. Ungeduldig riss sie ihn auf. Sie erkannte Louis' Schrift, hastig hingeworfen.

Liebe Marie,
verzeih mein Verhalten, aber Du verstehst sicher, dass ich Vorsicht walten lassen muss. Der Graf d'Angiviller, wie Du sicher weißt, ist er Direktor der königlichen Bauten, hat mir die größten Hoffnungen gemacht. Das Publikum, sogar die Großen, strömen herbei, um meine Bilder im Salon zu sehen und den Urheber kennenzulernen. So vieles ist jetzt in Bewegung geraten. Endlich werde ich für meine Mühen entschädigt. Ich muss Schluss machen. Gleich habe ich ein wichtiges Gespräch.
Louis

Sie setzte sich, drückte den Brief an die Brust. Sie war beruhigt, dann ärgerte sie sich über sich selbst. Wie unaufmerksam von ihr. Natürlich hatten es auch andere auf das frisch gekürte Akademiemitglied abgesehen. Vermutlich war nun sehr viel zu organisieren. Auch an den Umzug musste gedacht werden, schließlich stand ihm jetzt ein Atelier im Louvre zu. Wie konnte sie nur an ihm zweifeln. Dann setzte sie sich wieder an den Tisch und erhitzte die Nadel. Vorsichtig und ruhig setzte sie die Wimpern ein. Diesmal perfekt.

Einhunderteins Kanonenschüsse hatten es verkündet: Frankreichs Kronprinz war geboren worden. Ganz Paris war aus dem Häuschen. Schon bei der Geburt der Tochter des Königspaares vor knapp drei Jahren hatte der Hof für Jubelstimmung gesorgt. Der König und die Königin ließen großzügig Almosen verteilen. Hundert junge Paare wurden auf ihre Kosten vom Erzbischof getraut und mit einer Mitgift ausgestattet. Vor dem Hôtel de Ville war ein Feuerwerk entzündet worden, in den Armenvierteln sprudelte Wein aus den Brunnen, Brot und Fleisch wurden verschenkt.

Jetzt, wo der ersehnte Sohn geboren war, begann erneut, großartiger noch, der Reigen der Feste. Der Krieg mit England, die Finanzmisere – das alles schien vergessen. Für Marie und ihren Onkel bedeutete die glückliche Niederkunft vor allem eines: Arbeit. Neue Medaillons waren über Nacht entworfen und in großer Zahl hergestellt worden. Eigentlich müsste man den Besuchern des Wachssalons aber noch mehr bieten, hatte Marie überlegt und war auf eine Idee gekommen, die Curtius sofort begeistert aufgenommen hatte: ein Säugling musste her, lebensecht nachgebildet. Doch woher bekam man ein Modell? Ihr fiel wieder die Hebamme ein, bei der sie Laure besucht hatte. Eine schmierige Frau und skrupellos, aber dennoch würde Marie bei ihr bestimmt einen frisch entbundenen Säugling finden, den sie porträtieren konnte. So führte sie ihr Weg erneut in den Vorort Saint-Antoine.

In den engen, schmutzigen Straßen ließ sich das Elend beinahe mit Händen greifen. Abgehärmte Kinder zogen an ihrem Rock und bettelten um ein Stück Brot oder etwas Geld; Frauen durchwühlten gemeinsam mit Hunden den Müll, der allerorts im Rinnstein lag. Dabei war das Viertel nur einen kurzen Fußweg von den Villen der Reichen entfernt. So viel Pracht und so viel Elend so nah beieinander, schauderte Marie. Sie fühlte sich hilflos, hatte sie doch nur das Geld in der

Tasche, das Curtius ihr gegeben hatte, um die Hebamme zu bezahlen.

Das Haus der Geburtshelferin erkannte Marie sofort wieder. Erst nach längerem Klopfen ging die Tür auf. Die Hebamme verscheuchte erst die bettelnden Kinder, bevor sie Marie begrüßte. Über Maries Ansinnen wunderte sie sich nicht, ja sie war sogar sehr gern bereit, ihr gegen ein angemessenes Entgelt für einen Moment ein Kind zu überlassen. Marie erstaunte dieser Mangel an Skrupeln nicht. Sie hatte nichts anderes erwartet. Sie nahm das weinende Bündel Mensch in Empfang und spürte erneut die Erleichterung, die sie vor einigen Wochen durchwogt hatte, als sie feststellte, dass ihre Begegnung mit Louis ohne Folgen geblieben war. Später, wenn ihre Liebe zu Louis öffentlich gemacht werden konnte, blieb noch viel Zeit für Kinder. Das Baby schrie jetzt herzerweichend. Marie versuchte, den kleinen Jungen so gut es ging zu beruhigen. Dennoch war es fast unmöglich, dem bebenden Wesen eine Maske abzunehmen. Das ist ja noch schwieriger als damals bei dem plaudernden Voltaire, dachte Marie und rief die Hebamme zu Hilfe. Die nahm ihr das Kind ab, steckte ihm den kleinen Finger in den Mund und ließ es daran saugen. Prompt war der Junge wieder ruhig.

»Da kommt ja bald reichlich Arbeit auf mich zu«, sagte die Hebamme, plötzlich redselig. Marie machte sich wieder an die Arbeit. »Der Polizeichef Lenoir hat zur Feier des Tages alle Freudenmädchen aus dem Gefängnis Saint-Martin frei gelassen. Die haben erst mal eine Abordnung zum Magistrat entsandt, um sich zu bedanken und an den öffentlichen Lustbarkeiten teilzunehmen. Die Marktfrauen und Fischweiber, die sich bei der Ankunft der Huren auf dem Tanzplatz befanden, haben rebelliert. Sie wollten mit den Dirnen nichts zu tun haben und pochten auf die guten Sitten. Gute Sitten, dass ich nicht lache! Letztlich landen sie doch alle bei mir, ob Marktweib oder Dirne.« Marie war fertig und packte schnell ihre Sachen zusammen, dieses Gespräch wollte sie unbedingt beenden. »Deine Freundin ist ihren Balg ja recht schnell wieder losgeworden«, sagte die Hebamme, während sie Marie zur Tür führte.

»Wie meint Ihr das?«, fragte Marie.

»Na ja, ich hab sie ein paar Mal gesehen. Ohne Kind. Sie sah so schlecht aus, die kriegt kaum sich über die Runden, geschweige denn ein Kind.«

»Sie haben sie gesehen? Das muss eine Verwechslung sein, sie lebt auf dem Land.«

»Auf dem Land?! Dass ich nicht lache. Die streicht hier durch die Straßen. Hat mich neulich beschimpft. Dass ich ihr das Kind weggenommen hätte und so. Dabei weiß ich doch nicht, was sie mit ihrem Balg gemacht hat.«

Laure war hier in Paris? Marie hatte es jetzt eilig. Mit der Mietkutsche fuhr sie zum Boulevard. Sie musste herausfinden, ob es stimmte, was die Hebamme sagte. Wenn es wahr war, musste sie Laure finden – aber zuerst musste sie die Gipsmaske zu Curtius bringen, schließlich brauchte das Kabinett seinen Kronprinzen.

Nanette wusste nicht, dass ihre Tochter angeblich wieder in Paris war. Sie schien ehrlich erstaunt, als Marie ihr von der Begegnung der Hebamme erzählte. Also würde Marie sich auf die Suche nach ihrer Freundin machen müssen. Doch zuvor musste sie die Figur des Säuglings in Wachs gießen. Curtius hatte es nicht im Kabinett gehalten, er musste dabei sein, wenn etwas auf den Straßen geschah.

Erst am nächsten Tag fand Marie die Zeit, nach Laure zu suchen. Sie zog ihr ältestes Kleid an, damit sie auf den Straßen des Vororts nicht so auffiel, und ihre schäbigsten Schuhe, die auf dem kotbesudelten Pflaster ruhig leiden konnten. Stundenlang ließ sie sich durch die Gassen treiben, sprach Menschen an, beschrieb Laure, ohne Erfolg. Enttäuscht kehrte sie nach Hause zurück. Nanette fragte, ob sie Laure gefunden hatte, und schien erleichtert, als Marie verneinte. Auch Marie war tief in ihrem Herzen beruhigt. Ihr gefiel die Vorstellung wesentlich besser, dass Laure es sich auf dem Land gut gehen ließ, anstatt verzweifelt in einem Elendsviertel dahinzuvegetieren. Wahrscheinlich lag eine Verwechslung vor. Dennoch würde sie noch einen weiteren Tag nach Laure suchen. Nur zur Sicherheit.

Und sie entdeckte Laure tatsächlich. Beinahe hätte sie sie nicht wiedererkannt. Laure stand in der Nähe eines Brunnens, um den herum Kinder spielten. Immer wieder trat sie an eines der Kinder heran und versuchte es anzufassen. Die Kinder rannten kreischend davon, als sei dies ein Spiel, das sie schon länger spielten. Laure sah verhärmt aus, die Wangen waren eingefallen, die blonden Haare strähnig, ihr Blick flackerte unruhig. Mit dem unbeschwerten jungen Mädchen, das ihre Freundin gewesen war, schien die Frau nicht viel gemein zu haben.

»Entschuldigen Sie, ich habe mich verlaufen. Können Sie mir vielleicht weiterhelfen?«, versuchte Marie ein Gespräch zu beginnen. Die Frau reagierte nicht. Marie nahm ihre Hand.

»Laure, du bist doch Laure, oder? Erkennst du mich denn nicht? Ich bin es, Marie!«

»Marie, Marie? Ich kannte mal eine Marie, aber das ist lange her.« Sie beugte die Schultern wie ein Lastenträger nach einem langen Tagewerk und wollte sich wieder wegdrehen.

»Ja, es ist lange her.« Marie wollte ihr in die Augen sehen, aber Laures Blick schien unruhig den Boden abzusuchen.

»Keine Zeit. Ich muss mein Kind suchen. Mein Baby.« Laure versuchte sich ihrer Hand zu entwinden.

»Wo ist dein Kind? Ist es dir weggelaufen?«, drang Marie in sie.

»Nicht mehr da. Es ist nicht mehr da. Bettchen war leer. Keine Zeit mehr. Muss suchen.«

»Hast du dein Kind auf dem Land gelassen, als du nach Paris gekommen bist? Willst du zurück aufs Land? Brauchst du Geld für die Reise?«

»Mein Baby. Mein Junge. Muss ihn suchen. Das Findelhaus wusste es nicht. Wusste nicht, wo er ist. Lasst mich los«, antwortete die Frau matt. Ein schrecklicher Verdacht keimte in Marie auf.

173

»Laure, musstest du deinen Sohn ins Findelhaus geben? Hat man ihn dir weggenommen?«

»Findelhaus. Muss ihn suchen. Lasst mich los. Lasst mich los!« Ihr Schrei wurde von den Wänden zurückgeworfen. Die Kinder hielten in ihrem Spiel inne und sahen die beiden Frauen mit großen Augen und runden Mündern an. Marie riss ihre Hand zurück, als ob sie sich verbrannt hatte. Laure rannte davon.

»Wie konntest du es zulassen, dass deine Tochter ihr Kind ins Findelhaus gibt?« Wütend hatte Marie Nanette zur Rede gestellt. Die Magd saß am Tisch und weinte, die Tränen liefen ihr die Wangen hinunter.

»Was hätten wir denn tun sollen? Es war kein Geld mehr da. Mein Mann war weg. Und von dem feinen Vater war keine Hilfe zu erwarten.«

»Wir hätten euch sicher geholfen, Curtius, Anna, ich.«

»Es stehen genug Dienstboten auf der Straße. Wer braucht denn eine Magd, die ihren Dienstherrn auch noch anpumpt«, schluchzte Nanette.

Unbeholfen legte Marie Nanette die Hand auf die Schulter. »Schon gut, schon gut. Ich mache uns eine heiße Schokolade, das wird uns guttun«, sagte sie. Marie begann, in der Küche zu hantieren. »Aber wie ist sie aufs Land gekommen? Ich dachte, sie und das Kind sind auf dem Land?«, fragte sie.

»Sie war nicht recht bei Sinnen, als wir sie nach ihrer Niederkunft abholten. Deshalb haben wir sie erst mal nach Hause gebracht. Aber es wurde und wurde nicht besser. Immerfort hat sie nach dem Kind gefragt. Der Junge war doch schon lange weg«, sagte Nanette. »Sie war dann wirklich bei Verwandten auf dem Land. Hat dort gearbeitet. Aber so ganz ist sie wohl nicht mehr zu sich gekommen. Wir wussten nicht, was wir machen sollten. Irgendwann ist sie weggelaufen.« Nanette weinte wieder. »Sie tat mir so leid. Sie ist doch meine Tochter, mein kleines Mädchen.« Marie reichte Nanette eine Tasse dampfender Schokolade.

»Wir müssen ihr helfen. Du musst wiedergutmachen, was damals geschehen ist. Es ist noch nicht zu spät«, sagte Marie und nippte an ihrer Schokolade. Nanette nickte und wischte sich mit dem Zipfel ihrer Schürze über die Augen. »Wir werden mit meinem Onkel reden. Bestimmt wird er Laure als Näherin anstellen. Und wenn sie wieder Arbeit hat, wird es ihr bald besser gehen«, meinte Marie hoffnungsvoll.

Wenig später machten sie sich gemeinsam auf die Suche. Sie gingen kreuz und quer durch die Straßen des Vororts Saint-Antoine. Sie suchten sogar das Findelhaus auf, doch die Frauen dort konnten keine Auskunft geben. Jedes Jahr würden in den Pariser Findelhäusern fünf- bis sechstausend Kinder abgegeben, da könnten sie sich beim besten Willen nicht an jedes einzelne erinnern. Sicher, ab und zu tauchten Mütter auf, die ihren Entschluss bereuten. Sie aber nahmen die Kinder ohne Nachforschungen und auch ohne Formalitäten auf. Und eine Frau, auf die Laures Beschreibung passte, war ihnen in letzter Zeit nicht aufgefallen.

Nach zehn Tagen gaben sie auf. Laure war und blieb verschwunden. Vielleicht wollte sie ja auch nicht gefunden werden, dachte Marie. Und wer in Paris nicht gefunden werden wollte, der wurde es auch nicht.

Es war Anfang Februar, und ein kalter, unwirtlicher Wind peitschte durch die Stadt. Im Wachsfigurenkabinett war es menschenleer. Kein Wunder, dass sich bei diesem Wetter niemand auf die Straße traute. Marie schlang ihr Wolltuch enger um die Schultern und staubte weiter die Wachsfiguren ab. Bei Louis Davids Büste machte sie besonders lange Halt. Vorsichtig wedelte sie mit dem Staubtuch über sein Gesicht. Eigentlich war das Interesse an dem Maler in der Öffentlichkeit bereits abgeklungen, aber das Porträt einzuschmelzen brachte sie nicht übers Herz. Und solange ihr Onkel nicht drängte, blieb die Büste stehen. Eigentlich müsste Louis doch schon wieder in Paris angekommen sein. Sie hatte nur sehr wenige, sehr kurze Briefe von ihm aus Flandern bekommen, wohin er bald nach der Aufnahme in die Akademie aufgebrochen war. Vermutlich hatte er keine Zeit gehabt, ausführlich an sie zu schreiben.

Manchmal bedauerte sie, dass sie niemanden hatte, den sie fragen konnte, wie man sich in Liebesdingen verhielt. Ihre Mutter war selbst unerfahren, ihr Onkel mit anderen Dingen beschäftigt. Ich werde einfach heute Nachmittag auf dem Weg zum Wachshändler mal in seinem Atelier vorbeigehen, entschloss sich Marie. Egal, ob sich das gehört oder nicht.

Als sie bei seinem Atelier ankam, stand die Tür weit offen. Sie blieb im Eingang stehen. »Hallo? Ist jemand da?«, rief sie hinein. Niemand antwortete, also trat sie ein. Der Raum war leer. Leinwände, Farben, Pinsel und sogar die wenigen Einrichtungsgegenstände waren verschwunden.

»Was haben Sie denn hier zu suchen?«, brummte es plötzlich hinter ihr. Marie erschrak. Im Eingang stand ein bulliger Mann in einfacher Kleidung. Es war wohl der Türwächter, der sie an der Pforte verpasst hatte.

»Ich suche den Maler Louis David«, sagte Marie.

»Der ist nicht mehr hier. Hat neulich seine letzten Sachen abholen lassen«, gab der Mann zurück.

Marie sah ihn fragend an.

»Der hat ein neues Atelier, im Louvre«, sagte der Mann. »Und jetzt raus. Ich muss abschließen.«

Marie hatte gehofft, dass Louis' erster Gang in Paris ihr gelten würde. Anderes war wohl wichtiger. Sie war traurig, enttäuscht, aber auch aufgebracht. Was bildete er sich eigentlich ein, sie so warten zu lassen? Sie würde ihn zur Rede stellen, und zwar sofort!

Sie war völlig durchnässt, als sie beim Louvre ankam. Nicht mal die Trödler, die sich sonst unter der Kolonnade tummelten, waren heute zu sehen. Vielleicht sollte auch sie lieber umkehren und sich in ihr warmes Bett kuscheln? Doch die Aussicht, Louis zu sehen, trieb sie vorwärts. Sie fragte sich in den riesigen Sälen nach dem Atelier von Jacques-Louis David durch.

Als sie um die Ecke eines dunklen Ganges bog, hinter der sich der Zugang zu seinem Atelier verbergen sollte, kam er ihr entgegen. Statt Wut spürte sie nun einfach nur noch die Freude, ihn wiederzusehen. Marie blieb beinahe das Herz stehen, ihre Knie wurden weich.

»Marie! Was machst du denn hier?«, fragte er erstaunt. Louis hatte an diesem Ort offenbar nicht mit ihr gerechnet. Er fing sich jedoch schnell wieder. »Wie siehst du aus? Du zitterst ja. Komm erst einmal herein!«

Er führte sie in sein Atelier, einen großen schönen Raum, in dem die schäbigen Möbel völlig deplatziert wirkten. Er holte ein Tuch und wollte es ihr reichen, aber dann trat er auf sie zu und tupfte ihr vorsichtig Haar und Gesicht ab. Marie spürte die Berührungen seiner warmen Finger, Tränen schossen ihr in die Augen. Wie hatte er ihr gefehlt! Als er sah, dass sie weinte, ließ er das Tuch fallen, nahm ihr Gesicht in seine Hände und bedeckte es mit Küssen. »Ich habe dich so vermisst!«, hauchte er ihr ins Ohr. Marie war erleichtert. Vergessen waren die Ängste, die ihren Magen in einen Klumpen verwandelt hatten. Ein Glücksgefühl durchströmte sie. Sie wollte ihn spüren. Ihre Hände legten sich auf seinen Körper. Ihre Lippen fanden sich. Doch wenig später machte Louis sich los und versuchte, sich für sein Verhalten zu entschuldigen. Sein Umzug in den Louvre, seine ersten Schüler, der Erwartungsdruck. »Ich habe nicht so viel Zeit, wie ich gerne hätte. Ich muss meine akademische Laufbahn weiterverfolgen. Erst wenn mein nächstes Bild angenommen wird, kann ich als vollwertiges Mitglied aufgenommen werden. Ich bin manchen Mitgliedern schon jetzt ein Dorn im Auge. Deshalb darf ich in meinen Bemühungen nicht nachlassen«, sagte er. Marie wollte ihn ja auch nicht drängen. Ihr war es genug, dass sie beide wussten, wie sie zueinander standen. Aber wusste sie es wirklich?

»Louis David, dieses Schlitzohr. Hat gerade eine außerordentlich gute Partie gemacht. Hübsch ist sie nicht, diese Charlotte Pécoul, eine Knubbelnase hat sie. Dafür aber eine reiche Mitgift. Und einen Vater, der als Unternehmer im Bauwesen über ausgezeichnete Kontakte verfügt. Am 16. Mai soll die Kleine ihren Bräutigam ehelichen.« Curtius sprach mit dem anzüglichen Ton, den er manchmal anschlug, wenn er gewisse Herren durch das Kabinett führte. Jetzt stand er mit zwei exquisit gekleideten Männern vor der Büste von Louis David. »Dabei hatte Michel-Jean Sedaine so darauf gehofft, dass David sich für seine Tochter Suzanne entscheiden würde. Aber letztlich hat Sedaine das Wohl seines Ziehsohns vorangestellt. Wer kann schon gegen viel Geld und gute gesellschaftliche Aussichten anstinken?«, fügte ihr Onkel noch hinzu.

Es dauerte etwas, bis der Inhalt seiner Worte bei Marie ankam.

Es war, als ob eine dickflüssige Masse durch ein Sieb gepresst wird; Tröpfchen für Tröpfchen schlugen seine Worte in ihr Herz und ihr Hirn ein. Louis. Gute Partie. Reiche Mitgift. Hochzeit. Marie erkannte die Wahrheit. Plötzlich passte alles zusammen. Sein Verhalten während der letzten Monate. Er hatte sich kaum gemeldet, zuletzt gar nicht mehr. Sie war diejenige gewesen, die seine Nähe gesucht hatte. Er hatte sie hingehalten, bis jetzt. War unverbindlich geblieben. Hatte hinter ihrem Rücken seine Zukunft geplant, ohne sie. War sie nicht gut genug für ihn? War sie ihm gleichgültig? Hatte sie sich so in ihm getäuscht? Sie hatte doch tief in ihrem Herzen gespürt, dass er sie ebenso liebt wie sie ihn. Marie verstand die Welt nicht mehr.

Marie isst nicht mehr. Manchmal wacht sie auf und hofft, alles sei nur ein Traum gewesen. Ihre Gedanken kreisen um Louis. Immer wieder fragt sie sich, ob sie seinen Betrug hätte vorhersehen können. Sie fühlt sich zu schwach für Rache, will sich ihm gegenüber keine Blöße geben, will nichts mehr mit ihm zu tun haben. Anna und ihr Onkel ahnen anscheinend, was Marie bewegt, und werfen sich vielsagende Blicke zu. Aber sie sprechen Marie nicht darauf an. Nur nicht daran rühren, es nur nicht noch schlimmer machen. Manchmal zwingt Curtius sie, aufzustehen und im Kabinett ihren Dienst zu tun. Sie fühlt sich dann wie einer der Automaten, die die Schweizer Brüder Droz im Café d'Armand auf dem Jahrmarkt Saint-Germain ausstellen. Für einen Livre, vier Sous kann man sehen, wie ein Automat, der aussieht wie ein Zeichner, verschiedene Bilder anfertigt: ein Porträt von Ludwig XV., ein Bildnis von König Georg von England und seiner Gemahlin und das Bild eines von Schmetterlingen gezogenen Wagens. Immer und immer wieder zeichnet der Automat dieselben Bilder, ohne etwas zu fühlen. Auch Marie fühlt nichts. Nur eines weiß sie: Sie wird nie wieder lieben, nie wieder zum Zeichenstift greifen.

Anna dringt nicht zu ihr durch. Ihre Versuche, sie durch den Glauben aus ihrer Lethargie zu befreien, scheitern schnell. Curtius versucht es mit dem Appell an Maries Vernunft. Wenn demnächst das neue Kabinett im Palais Royal aufgemacht wird, braucht er sie, damit sie einen der Läden führt. Sein Plan: Er präsentiert im Palais Royal den noblen Wachssalon, und sie darf auf dem Boulevard du Temple eine Mischung aus Berühmten und Berüchtigten zeigen. Marie reagiert gar nicht auf diesen Vorschlag. Glaubt er wirklich, dass sie das reizt? Hat er vergessen, wie es sie anekelte, mit den Kriminellen, dem Henker und seinen Helfern zu tun zu haben?

Irgendwann weiß Curtius sich nicht mehr zu helfen und bringt Marie zu dem deutschen Arzt Franz Anton Mesmer. Zu Hunderten kommen die Patienten zu ihm; er heilt Damen und Herren vom Hof und von der Straße. Deshalb hatte Curtius ihn schon im vorletzten Jahr porträtiert. Marie hatte den Mann mit den stechenden Augen nur kurz gesehen. Er hatte damals erklärt, Krankheit sei nur die Abweichung von der vollkommenen Harmonie, in der sich alle unsere Organe befinden. Die Heilung bestehe darin, die zerrüttete Harmonie wiederherzustellen. Er habe dabei die Kraft, sein Fluidum, das gesund machende Lebensfeuer, beispielsweise durch Handauflegen auf Kranke zu übertragen.

Curtius führt Marie in ein Zimmer, an dessen Wänden eine Menge Spiegel hängen, die das Geschehen auf gespenstische Weise vervielfältigen. Sie wird an einen hölzernen Kasten gesetzt, den bereits mehrere Menschen umringen. In diesem Behälter sei die magnetische Kraft, klärt ein Mann sie auf. Das Oberteil des Kastens ist von vielen Löchern durchbohrt, aus welchen eiserne Stangen ragen, die die geheime Kraft auf die Kranken leiten. Marie muss, wie alle anderen, eine Stange umfassen, die mit Hilfe eines Gelenks gerade auf den leidenden Teil – in ihrem Falle das Herz – gerichtet wird. Ein um den Leib geschlungenes Seil verbindet die Kranken miteinander, um die magnetische Kraft durch die Vereinigung zu stärken, wie man ihr sagt. Die Lampen flackern unruhig in den Spiegeln, als ein Orchester eintritt. Während der nächsten Stunden führt es Symphonien auf, begleitet von einer Harmonika, die Mesmer selbst spielt. Um sie herum schreiten die Priester des Magnetismus, die die Kranken mit starken Blicken ansehen oder die magnetischen Pole des Körpers berühren, also die Herzgrube, die Gegend der kurzen Rippen und den Unterleib. Maries Leidensgenossen stoßen durchdringende Schreie aus, bekommen Krämpfe, brechen in Tränen aus oder in Lachanfälle. Nur Marie bleibt stumm. Sie lässt diese Tortur, die sie gesund machen soll, über sich ergehen. Ihr ist, als ob alle Gefühle verstummt sind. Ihre Harmonie ist gestört, für immer, wie ihr scheint. Als sie am Abend in Curtius' Haus zurückkehrt, kriecht sie in ihr Bett. Am liebsten würde sie nie mehr aufstehen, nie mehr.

Wochen vergehen. Erst ein Brief rettet Marie aus ihrer Starre. Ihr Onkel liest ihn Marie an ihrem Bett vor. Madame Élisabeth, die Schwester des Königs, bittet Marie an den Hof, damit sie sie in der Wachskunst unterrichte. Eine Ehre, die man nicht ablehnen kann. Schon eine Woche später sitzt Marie in einer Kutsche nach Versailles. Zuvor geht sie noch einmal in das Kabinett. Mit einem Schlag fegt sie die Büste Louis Davids vom Sockel. Sie atmet auf. Ihr Traum geht weiter. Hoffentlich ist es diesmal kein Albtraum.

KAPITEL 9

*I*hre Kammer war winzig. Ein Bett, ein Schrank, ein kleiner Tisch drängten sich in diesem Raum. Es gab nur ein schmales Fenster, das auf einen Lichtschacht führte. Die Sommersonne kam hier unten nicht mehr an. Der Mann in seiner prächtigen Uniform, der sie in ihr Gemach führte, hatte noch betont, wie froh sie über diese bevorzugte Behandlung sein könne. Normalerweise müssten Besucher ihres Standes, bei diesen Worten hatte er seine Nase noch ein wenig höher gehoben, eine derartige Kammer mit anderen Gästen teilen. Marie vermutete, dass ihr mehr Raum zugestanden wurde, weil sie ihre Arbeitsmaterialien im Gepäck hatte.

Marie legte die Kleider ab und die Perücke, die eigens für ihren Aufenthalt in Versailles angefertigt worden waren. Sie selbst hatte keine Lust gehabt, sich mit diesem Putz zu beschäftigen, aber ihr Onkel hatte darauf bestanden, dass sie ihm in Versailles keine Schande machen dürfe. Sie legte sich auf die Seite und zog die Beine an. Der Diener hatte angekündigt, dass man ihre Dienste heute nicht benötigen würde.

Die Decke war klamm, das Matratzenlager roch muffig. Wenn sie nicht gewusst hätte, dass sie mit der Königsfamilie unter einem Dach wohnte, sie hätte nicht geglaubt, dass es so eine karge Kammer im prachtvollen Schloss des Sonnenkönigs gibt.

Auch am nächsten Tag hatte Madame Élisabeth noch keine Zeit für sie. Marie beschloss, sich ein wenig umzusehen. Zunächst kehrte sie dorthin zurück, wo sie gestern mit der Kutsche angekommen war. Am Gittertor drängten sich Händler und Besucher. Viele einfache Leute aus der Stadt, die das öffentliche Mahl des Königs an der großen Tafel, das Grand Couvert, beobachten oder eine Bitte vorbringen wollten, mieteten hier Degen und Hut, die im Schloss vorgeschrieben waren. Um die

Ecke verkaufte ein Höker Speisen aus zweiter Hand. Was von den Tafeln des Königs und seines Gefolges übrig blieb, wurde zu gutem Geld gemacht – denn alles, was vom Tisch der Prinzen stammte, galt selbst bei Wohlhabenden als lecker und bekömmlich.

Marie lief durch die ausgeklügelt angelegten Parkanlagen mit ihren Springbrunnen und Bassins, den Statuen, Blumenbeeten und kleinen Wäldchen. Sie ging die Treppe der hundert Stufen hinunter und durch die Orangerie. Immer wieder kamen ihr Menschen entgegen. Hofdamen mit Pagen, die ihnen die Schleppen der Kleider oder Sonnenschirme hinterhertrugen, aber auch Männer, die wie Bettler aussahen. Sie wunderte sich, wie ungehindert man im Schloss und seinen Gärten umherstreifen konnte. Fast schien es, als könnte sich selbst der Ärmste in seinen Lumpen hier frei bewegen, solange er nicht den König oder seine Familie belästigte.

Marie dachte an die Schmähschriften, von denen ihr Onkel berichtet hatte. In einer, die zwar verboten worden war, jedoch reißenden Absatz bei Bücherschmugglern fand, wurde Marie Antoinette als Ehebrecherin und sittenloses Weib geschmäht. Der König wurde als Hahnrei bezeichnet, dem sein Bruder, der Graf von Artois, die Hörner aufsetzte. Ob etwas Wahres daran war? Schließlich hatte die Königin im letzten Jahr nicht nur ihr zweites Kind geboren, sondern auch einen Schicksalsschlag erlitten, als ihre Mutter Maria Theresia verstarb. Marie hörte Reiter heranpreschen und sprang zur Seite. Zu ihrem Erstaunen sah sie Madame Élisabeth vorbeireiten, ein Mann galoppierte neben ihr, gefolgt von einer kleine Eskorte und einer Kutsche mit ihren Hofdamen. Der lebendige Eindruck dieser Reiterin passte so gar nicht zu dem Bild, das man gemeinhin von Madame Élisabeth hatte. Sie galt als ernsthaft und sehr gläubig. Schon im Kindesalter waren sie und ihre Geschwister Waisen geworden. Madame war streng nach den Regeln der Mädchenschule Saint-Cyr erzogen worden.

Marie sah ihnen wehmütig hinterher. Es war eine Ehre, nach Versailles geladen zu werden. Sie war auch froh, dass sie Paris verlassen konnte, wo sie alles nur an Louis erinnerte und sie befürchten musste, dem frisch verheirateten Paar zu begegnen. Dennoch fühlte sie sich hier einsam. Auf den Gängen und in den Gärten, in den Sälen und Suiten von Versailles plauderte man, diskutierte und lästerte. Marie jedoch bekam keinen Zugang zu diesen Zirkeln. Sie war eben keine Adelige.

Liebe Maman, lieber Onkel,
gestern haben wir endlich mit dem Unterricht begonnen. Ich wurde zu Madame Élisabeth bestellt. Madame erklärte, sie wünsche die Wachskunst zu erlernen, weil sie selbst Votivtafeln aus Wachs und andere Gegenstände des religiösen Gebrauchs herstellen möchte. Wir haben den Unterricht sogleich aufgenommen. Madame ist sehr gebildet und kennt sich auch in der Physik gut aus, was ihr bei der Arbeit mit Wachs zugutekommt. Ich war anfangs nervös, vor allem hat mich irritiert, dass ihre Hofdamen die ganze Zeit anwesend waren und plauderten. Die Damen gehen recht vertraulich mit der Princesse Royal um. Vielleicht sind die Hofdamen ja eine Art Ersatz für ihre Schwester Clotilde, zu der Madame Élisabeth eine sehr enge Beziehung hatte, bevor diese an den Prinzen von Piemont verheiratet wurde. Ich habe mich schon gewundert, warum Madame Élisabeth selbst noch nicht verheiratet ist. Neulich habe ich mich mit einem der Schweizer Garden darüber unterhalten. Er wusste, dass es bereits Verhandlungen mit verschiedenen Höfen über eine Ehe gegeben hatte, die jedoch nie zum Abschluss kamen. Möglicherweise will der König aber auch nicht auf die Gesellschaft seiner Schwester verzichten. Oder die Weissagung stimmt, über die man hier hinter vorgehaltener Hand spricht: Eine alte Frau soll der Prinzessin vorhergesagt haben, dass sie nie heiraten wird, nie glücklich sein wird. Dabei herrscht hier unfassbarer Überfluss. Manch einer spottet, dass sich halb Versailles von den Resten der königlichen Mahlzeiten ernährt, die die Höker am Schlosstor verkaufen.
Eure Marie

Als Marie eines Tages Madame Élisabeth und einer ihrer Hofdamen vor den Türen des Schlosses begegnete, besprachen sich die Damen und luden Marie ein, mit ihnen zu gehen. Sie folgte ihnen, genauso wie ein Page, der eine kleine Kiste in den Händen trug. Immer weiter entfernten sie sich vom Schloss. Die Prinzessin schien gut zu Fuß zu sein. Sie zeigte kein Zeichen der Ermüdung, obgleich sie eine weite Strecke zurücklegten. Endlich standen sie vor einer ärmlichen Hütte, an deren Tür der Page klopfte. Ein Junge öffnete. Ohne Scheu traten Madame Élisabeth und ihre Ehrendame ein. Auf einer kümmerlichen Lagerstatt ruhte eine junge Frau. Sie sah leichenblass aus, hatte tiefe Ringe unter den Augen und stöhnte leise. Als sie die Prinzessin sah, erhob sie sich mühsam. Auf dem Boden saß ein halbnacktes Kleinkind und spielte. Marie kam etwas an der Frau bekannt vor. Sie sah sich das Gesicht genau an. War sie nicht eine der Dirnen, die auf dem Boulevard ihr Geld verdienten? Auf einen Wink von Madame Élisabeth öffnete der Diener die Kiste und reichte der Frau eine Votivtafel und etwas Geld. Die Frau küsste zitternd den Rocksaum der Prinzessin.

Auf dem Rückweg unterhielt man sich darüber, dass die Kranke schon seit Wochen in diesem Zustand im Bett liegt und sich wohl nicht mehr erholen wird.

»Mit Verlaub, Eure Hoheit«, sprach Marie die Prinzessin an, »ich glaube nicht, dass sie seit Wochen ununterbrochen krank im Bett liegt. Ich befürchte, diese Frau verdient Eure Güte nicht.« Madame Élisabeth sah sie aus ihren blauen Augen ernst an.

»Wie kommt Ihr auf diese Anschuldigung? Ich hoffe, Ihr habt guten Grund für diese Worte.«

»Ich bin sicher, dass ich sie erst kürzlich in Paris gesehen habe. Da war sie auch so stark geschminkt wie heute. Aber mit fröhlicheren Farben.«

Madame Élisabeth reckte das Kinn nach vorne. Marie fiel ein, dass sie beinahe gleichaltrig waren. Die jüngste Schwester des Königs war in diesem Jahr achtzehn geworden, Marie würde in diesem Winter einundzwanzig werden. In einer anderen Welt könnten sie vielleicht Freundinnen sein.

»Wir werden dieser Anschuldigung nachgehen«, sagte Madame Élisabeth hoheitsvoll und schritt wieder kräftig aus.

Einige Tage später wurde Marie zur Prinzessin gebeten. Während sie auf Madame Élisabeth wartete, ließ sie den Blick über die Seidentapeten, die kostbaren Vorhänge und Gobelins, die Porzellanvasen auf den Intarsientischen und die Gemälde an den Wänden schweifen. Noch immer hatte sie sich nicht an die Pracht des Schlosses gewöhnt.

»Ihr hattet recht mit Eurem Hinweis. Wir danken Euch für Eure Ehrlichkeit«, sagte Madame Élisabeth. Marie knickste.

»Es gibt so viele andere, die die Gunst Eurer Hoheit mehr verdienen.«

Sie begannen mit dem Unterricht. Die Prinzessin konnte schon jetzt sehr gut anatomische Modelle von Körperteilen herstellen, die sie später in Kirchen wie Saint-Geneviève oder Saint-Sulpice zum Opfer brachte.

Nach dem Unterricht packte Marie wie immer ihre Utensilien zusammen und wollte sich zurückziehen. Madame Élisabeth hielt sie auf. »Bleiben Sie. Sie dürfen uns noch etwas Gesellschaft leisten.«

In den nächsten Stunden, während hinter den großen Fenstertüren die Sonne über dem Park von Versailles unterging und ihre Strahlen kleine Regenbögen um die Wasserspiele zauberten, musizierte die Prinzessin mit den Hofdamen. Marie beobachtete sie still, denn keine der Damen richtete das Wort an sie. Trotzdem fühlte Marie sich wohl. Eine heitere Gelassenheit ging von diesen Frauen aus, die sie die Welt außerhalb von Versailles vergessen ließ.

Liebe Maman, lieber Onkel,
seit sich der Wahrheitsgehalt meines Hinweises erwiesen hat, darf ich Madame Élisabeth häufiger begleiten, wenn sie ihre Almosen verteilen lässt. Sie ist sehr freigebig, dabei scheinen die Finanzen auch im königlichen Haushalt ein

Thema zu sein. Neulich besuchte der König seine Schwester. Als ich wie die Hofdamen aufstehen und hinausgehen wollte, hielt er uns auf. Wir wurden Zeugen eines Wortwechsels zwischen Bruder und Schwester, bei dem es wohl um Geld ging. Am Ende stand er abrupt auf und wirkte sehr enttäuscht. Vielleicht wollte er sich Geld von seiner Schwester leihen? Man erzählt sich, dass der König genau über seine Ausgaben Buch führt und sehr sparsam ist. Das Gleiche gilt für die Prinzessin. Die beiden scheinen sich überhaupt ähnlich zu sein.

Wir gehen hier einem sehr regelmäßigen Tagesablauf nach. Die religiösen Pflichten werden streng eingehalten, immer geht es früh zu Bett und selten nimmt Madame an Festen teil. In ihrer Umgebung ist von dem Verfall der Sitten der feinen Gesellschaft, wie sie Herr de Laclos in seinen *Gefährlichen Liebschaften* schildert, nichts zu spüren. Das scheint bei ihren anderen Brüdern, dem Grafen von Provence und dem Grafen von Artois, anders zu sein …

Eure Marie

»Sie soll von Mademoiselle Bertin ein mit Samtblumen besticktes Seidenkleid gekauft haben, zu dem golddurchwirkte Spitze getragen wird. Schade nur, dass sie zu dick für ihr Alter ist«, lästerte eine der Hofdamen der Prinzessin. Sie warf Marie einen abfälligen Blick zu und kicherte. Marie ärgerte sich nicht darüber. Dafür war sie einfach zu aufgeregt. Heute war sie froh, dass ihr Onkel sie für ihren Versailles-Aufenthalt neu eingekleidet hatte. Auch wenn ihr Kleid für einen Galaball, wie er gleich stattfinden würde, natürlich viel zu schlicht war. Aber die Prinzessin hatte verfügt, dass Marie im Gefolge ihrer Hofdamen den Ball betreten dürfe, also würde niemand sie aufhalten – auch wenn die Damen noch so sehr die Nase rümpften.

Als Letzte im Gefolge der Prinzessin schritt Marie in den Ballsaal und musste aufpassen, dass sie vor lauter Staunen nicht über die Schleppe ihres Kleides oder ihre Füße stolperte.

Der Saal war von Tausenden Kerzen erleuchtet und unzählige Diamanten funkelten. Im Mittelpunkt stand die Königin. Marie Antoinette trug ein weiß-silbernes Kleid im Stil der Geliebten Heinrichs IV., Gabrielle d'Estrées. Auf dem Kopf trug sie einen schwarzen Hut mit weißen Federn und Diamanten. Nun sah Marie auch das Paar, zu dessen Ehren dieser Galaball stattfand: den Zarewitsch Paul, Sohn von Katharina II., und seine Gattin. Sie waren inkognito als Graf und Gräfin von Norden nach Paris gereist. Die Gräfin von Norden trug das Kleid, über das die Hofdamen gesprochen hatten, und tatsächlich war sie groß und beleibt. Marie Antoinette tanzte sehr anmutig mit dem Marquis de La Fayette. Der junge Marquis war äußerst beliebt in Versailles, er war einer der Helden des Amerikakrieges, den Frankreich gerade siegreich beendet hatte. Marie hatte ihn bereits nach seiner Rückkehr aus dem amerikanischen Unabhängigkeitskrieg porträtiert. Als ein junger Adeliger ein Gespräch mit Marie begann, war sie zunächst unsicher. Sie kam sich vor, als hätte sie sich unerlaubt auf diesen Ball geschlichen. Als verdiene sie diese Aufmerksamkeit gar nicht. Doch sie merkte bald, dass an diesem Abend ihre Herkunft nicht zählte. Es zählte nur, dass sie hier war, dass sie fröhlich war, dass sie tanzen konnte. Und wie sie tanzte!

Liebe Maman, lieber Onkel,
ich habe nun endlich die ganze Königsfamilie gesehen. Der junge Dauphin ist wirklich ein entzückendes Kind. Die Königin ist sehr charmant. Ich glaube, sie könnte mit ihrem Lächeln selbst ihre größten Feinde in Bewunderer verwandeln. Der König scheint am glücklichsten, wenn er sein Hobby pflegen kann. Jeden Tag begibt er sich für Stunden in seine Schlosserwerkstatt. Angeblich sind einige der Türschlösser in Versailles von ihm hergestellt worden.
Ich konnte auch bereits Masken für den Wachssalon herstellen. Nicht jeder gewährt mir jedoch die Gunst einer Porträtsitzung. Schicken Sie mir einen Boten, dann sende ich Ihnen meine Arbeiten. Vielleicht wäre es eine gute Idee, die

königliche Familie so zu präsentieren, wie sie beim Grand Couvert zu sehen ist. Sie glauben ja gar nicht, wie viele Menschen sich hier tummeln, um zu beobachten, wie der König und die Königin speisen!

Schreiben Sie mir, worüber man so spricht, denn das Thema Politik ist im Hause von Madame Élisabeth tabu. Stattdessen wird über die Einrichtung des Landguts Montreuil gesprochen, das der König seiner Schwester geschenkt hat. Montreuil soll Élisabeths Trianon werden.

Ich hoffe, Sie sind mit Ihren Geschäften zufrieden, lieber Onkel. Ich vermisse Sie und meine liebe Mutter. Aber ich fürchte, Sie müssen mich noch einige Zeit entbehren. Ich kann nicht absehen, wie lange meine Dienste hier noch benötigt werden.

Eure Marie

KAPITEL 10

PARIS, 1789

*S*ie kommen! Sie kommen! Es sind Tausende, und sie wollen zum Kabinett von Sieur Curtius!« Ein kleiner Junge läuft den Boulevard entlang, Staub hinter sich aufwirbelnd. Die Flaneure halten neugierig an und fächern sich mit ihren Gazetten frische Luft zu. Mit zwei Schritten sprintet der Junge die Treppen zum Wachsfigurenkabinett hinauf. Er bleibt atemlos stehen und presst seine Hand in die Seite. Marie stürzt aus dem Kabinett auf den Jungen zu.

»Wer kommt? Willst du uns einen Streich spielen?«, fragt sie ihn und packt ihn bei den Schultern. Stumm schüttelt der Junge den Kopf, die Zähne fest zusammengepresst. Marie bittet ihre Mutter, ihm einen Schluck Wasser zu geben.

»Es sind Tausende, Bauern und Handwerker – und sie kommen hierher!«, stößt er hervor. Marie sieht den Boulevard hinunter. Eine Staubwolke verdunkelt die strahlende Sonne, als ob ein ganzer Trupp Reiter herangeprescht kommt. Spaziergänger verlassen fluchtartig die Allee. Geschäftsleute werfen scheppernd die Läden vor die Fenster und Türen ihrer Geschäfte. Die Menge auf dem Boulevard kommt direkt auf sie zu. Männer und Frauen, in den Händen tragen sie Flinten, Schwerter, Piken, Bratspieße und Stöcker, die sie mit grünen Bändern und Zweigen geschmückt haben. Marie stockt der Atem.

»Was wollen sie?«, fragt sie schließlich den Jungen.

»Necker. Orléans. Sie wollen die Büsten von Necker und Orléans.«

»Das Volk holt seine Helden«, lässt sich hinter ihnen eine Stimme vernehmen. »Der eine wird als Retter gefeiert, der andere als zukünftiger König«, sagt Curtius, der aus dem Atelier getreten ist. »Marie, lauf, schließ die Läden. Sperr danach das Kabinett ab«, weist er sie an und geht ins Atelier zurück. Das lässt Marie sich nicht zweimal sagen. Schon hört sie die Rufe aus der Menge: »Keine Theatervorstellung heute! Keine Vergnügungen! Es ist ein Trauertag!« und »Wenn ihr nicht schließt, brennen wir eure Bude nieder!« Sie dreht sich um, als sie ein zaghaftes Zupfen an ihrem Kleid spürt. Der Junge sieht sie bittend an. »Entschuldige, dich hätte ich beinahe vergessen«, sagt sie, kramt in der Tasche ihres Rockes, findet ein paar Sous und drückt sie ihm in die Hand. Mit einem Satz ist der Junge verschwunden.

Sie macht sich an die Arbeit. Als die Läden geschlossen sind, sieht sie durch einen Spalt auf den Boulevard hinaus. Ihr Onkel steht vor etlichen hundert Menschen und spricht mit einem Mann, offenbar dem Verhandlungsführer, der wie viele andere ein Kastanienblatt an seiner Brust trägt.

»Gebt uns Necker und Orléans heraus. Und wo ihr gerade dabei seid, auch die Figur des Königs«, fordert der Mann.

»Meine Freunde«, entgegnet Curtius ruhig. »Necker wohnt auch in meinem Herzen. Wäre er nur dort, ich würde nicht zögern, meine Brust aufzuschneiden und ihn euch zu geben. So aber sollt ihr sein Ebenbild bekommen.« Curtius geht in das Atelier. Marie staunt darüber, wie gut ihr Onkel selbst in einer brenzligen Situation die Worte zu wählen weiß. Schweigend wartet die Menge darauf, dass er ihnen die beiden Wachsköpfe bringt. Als Curtius mit den Büsten vor den Salon tritt, hält eine Frau in der ersten Reihe schon schwarzen Krepp bereit. Wie für ein Begräbnis werden Necker und Orléans dekoriert. Dann spießt man die Wachsköpfe auf Piken. Der Zug setzt sich wieder in Bewegung, in Richtung Süden. Curtius folgt ihnen nicht. Er schärft Marie ein, die Läden geschlossen zu halten, dann macht er sich auf den Weg, um seine Kollegen zu warnen.

Wenig später beginnt die Sturmglocke zu läuten. Marie und ihre Mutter sehen sich ängstlich an. Was ist geschehen? Marie versucht, ihre Arbeit wieder aufzunehmen, doch Unruhe nistet sich in ihr ein. In Gedanken setzt sie die Nachrichten zusammen, die in den letzten Wochen und Monaten die Runde gemacht haben. Die finanzielle Dauerkrise hatte den Hof geschwächt. Wegen des Defizits im Staatshaushalt wurden seit langer Zeit zum ersten Mal die Generalstände, die Versammlung von Klerus, Adel und Drittem Stand, einberufen. Am 5. Mai 1789 waren die zwölfhundert Deputierten von Frankreich zusammengekommen. Nach langen Diskussionen setzte sich der Dritte Stand durch, er erklärte sich zur Nationalversammlung. Die Forderungen vieler Bauern und Bürger an die neue Verfassung waren radikal: die Abschaffung des Zehnten, der Salzsteuer und sogar der Herrenrechte. Was kommt heute, am 12. Juli 1789?

Erst einige Stunden später kehrte Curtius zurück, völlig aufgewühlt. »Sie gingen Richtung Place Vendôme, immer mehr Menschen schlossen sich ihnen an. Als sie dort ankamen, waren es bestimmt schon fünf-, sechstausend«, erzählte er und stürzte ein Glas Wein hinunter. »Sie riefen nach Reformen. Forderten, dass Necker wieder als Finanzminister eingesetzt werden müsse. Er ist der Einzige, der das Volk von Paris vor

einer Hungersnot bewahren kann, meinen sie.« Der Finanzminister Jacques Necker hatte mit seinem eigenen Vermögen
für die Lieferung von Getreide gebürgt. Auf den Straßen hörte
man das Gerücht, dass die Brotknappheit eher auf die Spekula-
tion der Händler zurückzuführen war als auf die magere Ernte.
»Jetzt heißt es, die Aristokraten hätten dafür gesorgt, dass Necker entlassen wird. Durch ihre Machenschaften soll das Volk
als Geisel genommen und dann in aller Ruhe die Nationalversammlung aufgelöst werden.« Den Herzog von Orléans
lobte man hingegen, weil er an der Spitze von siebenund-
vierzig Adeligen zum Dritten Stand übergetreten war, wusste Curtius. »Plötzlich marschierte eine Abteilung der königlichen Garden auf, um sie auseinanderzutreiben. Das Gerücht
machte die Runde, dass sie zu den vierzigtausend Soldaten
gehören, die auf Veranlassung der Königin wegen der unru-
higen Lage zusammengezogen wurden und auf dem Marsfeld
lagern. Die Menge empfing die Truppe mit Steinwürfen, die
Soldaten mussten sich zurückziehen.« Curtius schenkte sich
den Rest aus der Flasche ein. »Schon traf das Regiment Royal-
Allemand zur Unterstützung ein. Ohne vorherige Warnung
preschten die Reiter in die Menge und teilten Säbelhiebe aus.
Das Volk verteidigte sich mit Flaschen und Stühlen. Doch vergeblich. Dem Mann, der die Büste von Orléans trug, wurde
von einem Bajonett der Bauch aufgeschlitzt, und der, der Necker trug, wurde von einem Dragoner auf dem Place Vendôme
getötet.« Er ließ den letzten Tropfen aus seinem Glas auf seine
Zunge laufen. »Blut ist vergossen worden. Das ist keine nor-
male Unruhe mehr, das ist ein Aufstand«, flüsterte Curtius.

Sie saßen noch eine Weile still beieinander. Bevor Marie
schlafen ging, schlug sie das Inventar-Register auf und strich
die Namen Necker und Orléans durch. Das beruhigte sie. Ver-
lorenes Wachs konnte ersetzt werden, ein Leben nicht.

Die Nachtruhe war kurz. Es war noch stockfinster, als jemand
gegen die Tür schlug. Marie schreckte hoch. In der Ferne waren Waffengeklirre, Schreie und das Läuten der Glocken zu

hören. Kamen sie nun doch, um das Atelier zu plündern? Sie legte sich ein Tuch um die Schultern und ging auf den Flur. Durch die Fensterläden sah sie vereinzelt Menschen, die mit Fackeln vorüberzogen. Curtius kam ihr entgegen. In der Hand hielt er den Wachskopf von Orléans, der etwas ramponiert, aber heil aussah. Ein Mann hatte ihn gerade zurückgebracht. Curtius schickte sie wieder ins Bett, doch Marie fand keine Ruhe mehr. Was war auf den Straßen nur los? Sicher, das Volk war verzweifelt. Der Hunger wütete, der Brotpreis hatte ein Rekordhoch erreicht. Den Großteil eines Lohns musste ein Tagelöhner inzwischen für das Brot ausgeben, das seine Familie über den Tag brachte. Viele arme Familien saßen auf der Straße: sie hätten am Ende der ersten Juliwoche alle Rechnungen begleichen müssen, aber weil das Geld knapp war und die Vermieter hartherzig, flüchteten sie aus ihren Wohnungen. Dazu kamen die vielen Soldaten, die Paris belagerten. Man hatte Angst, dass sie die Menschen einfach niedermetzeln würden, das hatte Marie von Nanette gehört.

Am nächsten Morgen traf sich Curtius mit seinen Kollegen, mit Freunden und Nachbarn. Wer würde sie schützen, wenn die Menge beim nächsten Mal Ernst machte? Auf die königlichen Truppen konnten sie nicht vertrauen, die würden es vielleicht sogar noch verschlimmern. Ein Beschluss wurde gefasst. Eine Abordnung wurde gebildet und zum Rathaus geschickt. Als er zurückkehrte, war seine Brust stolzgeschwellt. Die Bürgerwehr war ins Leben gerufen worden. In jedem Pariser Distrikt würde sich eine Abteilung der Bürgerwehr bilden. Schutz der Nachbarschaft, aber auch die Unterdrückung der öffentlichen Störungen war ihre Aufgabe. Curtius war einer der ersten Freiwilligen und wurde zum Hauptmann einer vierzig Mann starken Einheit gemacht. Während Marie sich auf die Ausstellung konzentrierte, sammelte Curtius Waffen ein und machte sich bereit, die Nachbarschaft zu bewachen.

Marie glaubte ihren Augen nicht zu trauen. Viele Menschen strömte den Boulevard entlang, dem Kabinett entgegen. Wilder Gesang begleitete sie. In der ersten Reihe wippten zwei Piken über der Menge, auf denen anscheinend Köpfe steckten. »Die Köpfe der Verbrecher! Für Curtius' ›Höhle der großen Räuber‹!«

Ihr Onkel hatte vor einigen Stunden das Kabinett verlassen. Es ging das Gerücht, dass die Festung Bastille gestürmt werden sollte. Als Kapitän seiner Einheit der Bürgermiliz musste Curtius zur Stelle sein. Marie überlegte einen Moment, ob sie flüchten sollte. Aber was würde dann mit Anna und den Angestellten geschehen, die sich in den hinteren Räumen des Kabinetts verbargen? Außerdem hatte ihr Onkel ihr das Versprechen abgenommen, den Wachssalon zu schützen. »Der Mob ist außer Kontrolle, er wird töten und brennen, was ihm in den Weg kommt. Überall sind die Läden der Büchsenmacher geplündert worden. Es reicht nicht mehr, sich ruhig zu verhalten. Die Ausstellung und das Haus müssen geschützt werden. Nichts ist sicher im Augenblick. Wenn sie vor dem Atelier stehen, musst du tun, was verlangt wird«, hatte er ihr eingeschärft, während er seine Uniform anlegte. Seit Tagen hörte man immer wieder das Donnern von Schüssen in der Stadt.

Je näher die Menge kam, umso besser konnte Marie die Gesichter erkennen. Sie sah Blut die Piken hinunterlaufen und die Blutflecken auf der Kleidung der Männer, die die Piken trugen. Die zerrissenen Hemden und Hosen. Den wilden Blick der Männer und Frauen in vorderster Reihe. »Zu Curtius! Sollen sie den Verbrechern in der ›Höhle‹ Gesellschaft leisten!«, kreischte eine Frau.

Die »Höhle der großen Räuber« war inzwischen Maries künstlerische Heimat. Hier hatte sie beinahe jede Figur entworfen, ausgeführt, ausgestellt. Zunächst war sie skeptisch gewesen, als Curtius seinen Einfall verkündete, einen Teil des Wachssalons auf dem Boulevard abzutrennen, um dort berühmte Räuber und Verbrecher auszustellen. Aber je schlechter es dem Volk ging, umso mehr wurden die Gesetzlosen zu Helden. Und während Curtius im Palais Royal die Reichen und Schönen umgarnte und ausstellte, kümmerte sich Marie um die Halbgötter des Verbrechens. Sie las die Berichte ihrer Untaten, ließ ihre Fantasie Purzelbäume schlagen und verwirklichte ihre Vorstellung in Wachs. Bald schon nahm sie auf dem Boulevard mit ihrem Verbrecherkabinett mehr ein, als ihr Onkel im edleren Palais Royal.

Die Schritte der herannahenden Menge ließen den Boden unter ihren Füßen erzittern. Marie riss sich von ihrer Erinnerung los. Aschfahl stand sie auf der Veranda vor dem Kabinett. Ihre Hand umklammerte das Geländer. »Hier sind die Köpfe von Launay und Flesselles! Hol Curtius! Er hat Nachschub für seine ›Höhle‹!« Der Mann, der die Köpfe nun in der Hand hielt, lachte meckernd. Was sollte sie tun? Sie würde die Menge nicht vertrösten können. Marie erhob ihre Stimme.

»Curtius ist nicht da! Aber ich vertrete ihn. Bleibt, wo ihr seid, ich hole mein Werkzeug, dann könnt ihr zusehen!«, rief sie. Marie drehte der Menge zitternd den Rücken zu und ging in das Atelier. Dort klammerte Anna sich an ihren Arm, bat sie, nicht wieder hinauszugehen. Marie schüttelte sie ab.

»Siehst du nicht, was los ist? Wenn ich nicht hinausgehe, ist das Kabinett verloren!« Marie warf einige Materialien in einen Lederkoffer und trat wieder vor die Menge.

Sie setzte sich auf die Stufen der Veranda, legte Gips, Öl, ein Tuch und eine Schale mit Wasser bereit. Der Gesang ebbte ab, dann wurde er in den hinteren Reihen wieder aufgenommen und schwoll bald wieder an. Sie spürte, wie die Blicke der Männer und Frauen auf ihr ruhten. »Nun mach schon, wir haben nicht ewig Zeit!«, brüllte ein Mann. Einige lachten. Sie hatte Angst, aber ihre Utensilien wie gewohnt vorzubereiten beruhigte sie. Trotzdem war die erste Berührung mit den abgeschlagenen Köpfen ein Schock. Die Haut hing in Fetzen hinunter. Ein stumpfes Messer hatte diesen Kopf vom Körper getrennt. Sie konnte Adern erkennen, Sehnen. Das Blut schien noch warm zu sein. Maries Magen rebellierte. *Was für eine Ironie – ich stehe da, mit den Köpfen Hingerichteter in den Händen. Scheint, als hätte mich mein Familienerbe eingeholt. Nach so vielen Jahren bin ich doch ein Scharfrichterspross, eine echte Grosholtz.* Sie schauderte, dann atmete sie tief ein. Sie durfte jetzt keine Unsicherheit zeigen. Sie wischte die Blutflecken aus dem ersten Gesicht und strich zart die verzerrten Züge glatt. Es war durch ein Einschussloch völlig entstellt. Marie wusste gar nicht, wo sie den Gips auftragen sollte. Ein Mann rief höhnisch etwas, die anderen lachten. Marie nahm es kaum wahr. Sie ölte die Haut ein und trug notdürftig die Gipsschicht auf. Während die erste Maske trocknete, nahm sie sich den zweiten Kopf vor. Nur keine Zeit verlieren, je eher der Mob weg war, desto besser. Kaum waren die beiden Masken getrocknet und abgenommen, wurden die Köpfe auch schon wieder auf die Piken gespießt. Der Zug zog weiter. »In ein paar Tagen werden wir uns diese neuen Räuber ansehen, mal sehen, ob du Curtius Ehre gemacht hast!«, rief eine Frau ihr im Weggehen zu. Marie blieb zurück, stumm, blass, mit Blut an den Händen. Als der Boulevard wieder leer dalag, zerrte Anna sie ins Haus, wo Marie zu Boden sank.

Erst am nächsten Morgen, als noch niemand ermessen konnte, wie tiefgreifend die gestrigen Ereignisse ihr Leben, das der Pariser Bevölkerung, ja aller Franzosen verändern sollte, erwachte Marie. Ihre Ohnmacht war einem tiefen, traumlosen Schlaf gewichen. Marie setzte sich auf, sie starrte ihre Hände an. Sie waren rein und weiß, jemand musste sie gewaschen haben. Sie spürte, dass sich etwas in ihr verändert hatte. Sie fühlte sich so lebendig wie schon lange nicht mehr. Als ob der Schock ihr die Augen geöffnet hatte. Das Blut raste durch ihre Adern, ihre Haut prickelte vom Haaransatz bis zu den Fußsohlen, die nun den kalten Boden berührten. Sogar ihre Sinne schienen geschärft. Sie meinte, das Wühlen der Ratten im Müll und das Wispern der Flöhe in den löchrigen Perücken der Bettler auf der Straße zu hören.

Im Haus regte sich etwas. Ein Bett knarzte, sie hörte ihren Onkel husten, sich räuspern. Schritte bewegten sich Richtung Hinterhof. Marie warf sich ein Tuch über. Sie fing ihn ab, als er den Abort gerade verließ. Er trug nur sein Unterhemd, Latschen, die Haare offen.

»Ah, du bist schon wach«, strahlte er sie an. »Marie, du hast gestern etwas verpasst, davon werden noch deine Kinder sprechen! Die Masken, die man im *Ancien Régime* tragen musste, können jetzt zerstört werden. Jeder kann sein wahres Gesicht zeigen und beweisen, dass er etwas wert ist. Wir haben unsere Freiheit besiegelt!« Er zog am Waschtisch sein Hemd über den Kopf. Trotz seines Alters von vierzig Jahren war er ein kräftiger, gut gebauter Mann. Der Gedanke schoss durch Maries Kopf, warum es wohl keine Frau in seinem Leben gab.

»Verpasst?! Hat meine Mutter Ihnen denn nicht berichtet, was hier vorgefallen ist?«, fragte Marie entrüstet.

»Sicher, sicher. Du hast dich wacker geschlagen. Aber du hättest sehen sollen, was auf den Straßen los war! Das Volk hat sich erhoben, es hat die Bastille gestürmt! Und ich war als einer der Ersten dabei.« Das schien Marie unglaublich. Die Bastille, das trutzige Stadtgefängnis mit den haushohen Mauern, das von breiten, doppelten Wassergräben umgeben war? Dann erst ging ihr auf, was er gerade gesagt hatte.

»Die Morde – hatten Sie damit zu tun?«, fragte sie.

»Nein, nein. Wir waren schon weg. Ich habe nur davon gehört. Und gesehen, wie man zwei Offiziere und drei Gemeine an einem Laternenpfahl aufknüpfte. Ich hatte meine Männer in den Gasthof ›Das neue Frankreich‹ geführt, wo sie sich nach den Kämpfen stärken sollten.« Curtius wusch sich hastig.

»Aber Sie wissen davon? Wer waren die zwei Toten, die man hierhergebracht hat?«, wollte Marie wissen.

»Das erzähle ich dir später. Ich muss mich heute Morgen wieder bei der Bastille einfinden.« Marie zögerte keinen Moment. Sie wollte mit eigenen Augen sehen, was auf den Straßen los war.

»Darf ich Sie begleiten?«, fragte sie. Curtius sah auf. Das Wasser tropfte aus seinem Gesicht in das Becken, und seine Augen lachten – er sah beinahe jugendlich aus.

»Das kann sicher nicht schaden! Dann aber schnell!«, antwortete er.

Sie gingen geradewegs auf die Bastille zu. Die Straßen lagen wie ausgestorben da. Seit Sonntag, als zum ersten Mal eine Menschenmenge auf das Kabinett zugestürmt war und die Büsten von Necker und Orléans geraubt hatte, waren die Theater geschlossen. Das hatte es in der Geschichte des Boulevards wohl noch nie gegeben. Aber je näher sie der Bastille kamen, umso mehr Menschen waren unterwegs. Marie war erschüttert über das, was sie sah. Eingefallene Gesichter. Bettelnde Kinder. Armut und Elend allenthalben. Die Erkenntnis traf sie wie ein Schlag. War sie blind und taub gewesen für die Not um sich herum? Sie hatte sich anscheinend weggeträumt, in zwei Welten – in die Welt von Versailles, in der alles wie Gold glänzte, und in die Welt der Räuber, in der es mehr Recht und Ehre zu geben schien als am Hof. Und nun waren diese beiden Welten in sich zusammengestürzt, überrollt von der Realität.

»Stimmt es, dass nur sieben Gefangene in der Bastille waren? Man hat so viele schreckliche Geschichten über dieses Monstrum gehört, dass mir das unwahrscheinlich vorkommt«, sagte Marie.

»Und doch war es so. Dabei ist es doch eigentlich ein Grund zur Freude. Denn anscheinend war Ludwig XVI. milder als seine Vorgänger«, meinte Curtius.

»Wer waren denn nun die zwei Unglücklichen?« Sie gingen an einer Straßenecke vorbei, die Marie kaum wiedererkannte. Die Bäume waren gefällt und über die Straße gelegt worden, daneben hatte man das Straßenpflaster aufgerissen, die Steine lagen verstreut herum.

»Launay war der Gouverneur der Bastille, Flesselles der Vorsteher der Kaufmannschaft, also der Inhaber der obersten Polizeigewalt. Sie haben das Volk verraten und bedroht. Das mussten sie mit dem Leben bezahlen«, sagte Curtius. Er trug die blau-rote Kokarde, die nun häufig auf der Straße zu sehen war. Zunächst hatten die Patrioten grüne Blätter, dann grüne Kokarden getragen, als Zeichen der sich erneuernden Revolution, der Hoffnung. Doch dann kam jemand darauf, dass das Grün auch die Farbe des Grafen von Artois war, deshalb nahm man Rot und Blau – die Farben der Stadt Paris. Auch die Mitglieder der Bürgermiliz sollten die Kokarde an Rock und Hut tragen. Marie dachte noch über Curtius' Worte nach. Ihr kam die Begründung für den Mord mager vor. Eine Verhaftung hätte es doch sicher auch getan – warum diese unnötige Grausamkeit?

»Der Aufruhr vom Sonntag hatte die königlichen Truppen nervös gemacht. Sie waren in den Tuilerien über wehr- und waffenlose Männer, Frauen und Kinder hergefallen. Das Volk musste sich bewaffnen. Irgendjemand kam auf die Idee, auch mal in der Bastille nachzusehen«, berichtete Curtius voller Elan. Vor ihnen ragten nun die hohen Mauern des Gefängnisses auf. Rauch kräuselte sich über den Spitzen der Türme, Steine lagen auf dem Weg, die Zugbrücke war heruntergelassen. Überall tummelten sich Menschen. Lachen und Singen hingen über dem Platz, Pulvergeruch lag in der Luft. Der Kontrast zwischen der heiteren Stimmung und dem blutbefleckten Pflaster hätte nicht größer sein können. »Der Graf von Launay muss ganz schön erschrocken gewesen sein, als er plötzlich hunderttausend bewaffnete Männer und Frauen auf die Bastille zustürmen sah«, sagte Curtius, als sie an den durchtrennten Ketten der äußeren Zugbrücke vorbeigingen. Hier und dort wurde er von Männern gegrüßt, die ebenfalls die Kokarde trugen. »Nach einer Schießerei ergibt er sich, aber als man auf die Zugbrücke zustürzt, wird das Feuer wieder eröffnet. Was für ein Schurkenstreich! Dann schlägt die Kanone der Nationalgarde eine Bresche, und binnen einer halben Stunde ist der Platz im Sturm genommen!«

Während sie sich mit anderen Schaulustigen durch das finstere Gemäuer drängten, schwadronierte ihr Onkel über die Erstürmung der Zwingburg Bastille und seine Rolle dabei. Marie schwieg dazu. Sie staunte über die Wandlung, die ihr Onkel durchgemacht hatte. Würde sich der Anbeter des Geburts- und Geldadels etwa zum Mann des Volkes mausern? Seine Ausdrucksweise hatte sich zumindest in der letzten Zeit schon verändert, sie war weniger gestelzt als früher.

Sie stiegen jetzt einen der sechs Türme hinauf, von dem aus man die Festungsanlage gut überblicken konnte. Ihre Gedanken hatten sie wohl abgelenkt, denn Marie rutschte auf einer schmalen, ausgetretenen Treppenstufe aus. Sie schwankte, befürchtete schon, sie würde die ganze Treppe hinunter zum Fuß des Turmes fallen. Da gab ihr ein fester Griff Halt. Sie drehte sich um und sah einen etwa dreißigjährigen eleganten Mann, dessen Kleidung trotz des schmutzigen Gemäuers von keinem Staubkrümel verunziert war. Oben angekommen, bedankte sie sich bei ihm für seine Hilfe.

»Es wäre doch zu schade, wenn sich eine so schöne Patriotin ihren Hals brechen würde«, antwortete er und verneigte sich vor ihr.

»Patriotin?«, lachte Marie. Hatte er das ernst gemeint? Sie hatte bislang doch gar keinen Sinn für die Revolution gehabt.

»Robespierre! Ich ahnte doch, dass man sich auf Ihre helfende Hand verlassen kann«, mischte Curtius sich ein. »Wenn ich vorstellen darf: Maximilien Robespierre, Mitglied der Nationalversammlung, meine Nichte und Mitarbeiterin Marie Grosholtz.«

Marie knickste höflich. Während Robespierre und ihr Onkel über die Nachricht von der Wahl des Astronomen Jean-Sylvain Bailly zum Bürgermeister von Paris diskutierten, konnte Marie Robespierre in Augenschein nehmen. Ihr Onkel hatte schon oft seinen Namen erwähnt. Curtius hatte ein gutes Gespür für Menschen und war sicher, dass dieser Anwalt aus Arras noch eine große Rolle in Paris spielen würde. Maximilien Robespierre war ein kleiner, zarter Mann, der einen etwas zu großen Kopf auf seinen Schultern zu tragen schien. Marie fielen die mandelförmigen Augen mit den gebogenen Augenbrauen auf. Der Mund war groß, die Oberlippe geschwungen. Er hatte eine hohe Stirn und einen zurückweichenden Haaransatz.

Gemeinsam gingen sie weiter. Immer tiefer stiegen sie hinab, bis hinunter in die Kerker. Oft hielten sie an, weil Robespierres Erläuterungen über die unmenschlichen Haftbedingungen zu Ansprachen an die anderen Schaulustigen wurden. Obgleich er gewählt sprach und höfliche Manieren hatte, wirkte er auf Marie kühl, distanziert, beinahe abstoßend. Vielleicht war es seine dünne und hohe Stimme, die schrill von den Kerkerwänden zurückgeworfen wurde. Doch alle hörten ihm gebannt zu. Es war seine starke Energie, die die Zuschauer fesselte. Curtius hatte mal wieder recht, dachte sie, Robespierre ist ein Mann, den man im Auge behalten sollte.

»Wie werden Sie diesen Tag, an dem das Volk seine Stärke bewiesen hat, in Ihrem Kabinett würdigen?«, fragte Robespierre zum Abschied. »Die Massen sollten ein anschauliches, lehrreiches Abbild dieser Ereignisse vorfinden – gerade auch diejenigen, die nicht das Glück hatten, dabei gewesen zu sein.«

»Wie unser Tableau aussehen wird, kann ich Ihnen noch nicht verraten. Aber ich lade Sie herzlich ein, sich demnächst in unserem Kabinett von unserem Ideenreichtum zu überzeugen.«

Auf dem Weg zurück zum Boulevard du Temple überlegte Marie, welche Ideen ihr Onkel wohl gemeint haben könnte. Sie würde sie umsetzen müssen, Curtius hatte durch seinen Einsatz für die Nationalgarde überhaupt keine Zeit mehr für den Wachssalon.

Eine Figur kam ihr am nächsten Tag direkt ins Atelier gestolpert. Marie war gerade dabei, zwei Kopien der Wachsköpfe von Launay und Flesselles herzustellen, die ihr Nachbar, der englische Zirkusdirektor und Reitkünstler Philip Astley, für sein Stück über die Erstürmung der Bastille bestellt hatte, als zwei Männer den Wachssalon betraten, die zwischen sich einen alten Mann gestützt hielten. Marie erfasste beim Anblick des Alten tiefes Mitleid. Sein hageres Gesicht wurde von langen weißen Haaren umrahmt, ein schlohweißer Bart verdeckte seine Züge, an den Händen sah man noch die Wundmale der Ketten. Die wässrigen Augen zuckten unter dichten Brauen nervös hin und her. »Wo bin ich? Wo sind wir?«, fragte der Alte mit leiser, zittriger Stimme immer wieder. Marie zog einen Stuhl heran und ließ ihn Platz nehmen.

»Wundert Euch nicht über ihn«, sagte einer seiner Begleiter. »Dieses arme Wesen musste über dreißig Jahre in der Bastille zubringen. Es ist der Comte de Lorge. Ein Lettre de Cachet, einer dieser verdammten königlichen Haftbriefe, hat ihn in dieses schlimmste aller Gefängnisse gebracht. Niemand weiß mehr, weshalb er verhaftet wurde, keine Unterlagen geben über sein Schicksal Auskunft. Irgendwann hat man ihn wohl einfach vergessen.«

»Lasst mich sein Wachsporträt anfertigen«, sagte Marie und sah die Männer an, »auf dass man das Schicksal dieses Unglücklichen nie vergessen möge.« Der Mann strahlte sie an.

»Darauf hatten wir gehofft. Diesem Opfer einer unmenschlichen Tyrannei steht ein Ehrenplatz im Gedächtnis der Menschheit zu.«

»Was wird mit ihm geschehen?«, fragte sie, nachdem sie eine Gipsmaske mit seinen Zügen in den Händen hielt.

»Ich nehme ihn erst einmal mit zu mir. Er hat hier niemanden mehr. Seine Freunde und seine Familie haben vermutlich die Hoffnung auf seine Freilassung aufgegeben. Oder sie sind inzwischen einfach gestorben«, antwortete der Mann und half dem Comte de Lorge auf. »Sicher hatte er mal ein Haus – aber wo? Er findet sich nicht mehr zurecht. Das Paris, in das er zurückgekehrt ist, ist nicht mehr das Paris, das er vor dreißig Jahren verlassen musste.« Marie sah den drei Männern noch lange nach.

Der Comte de Lorge überlebte seine Befreiung nur um wenige Tage. Vielleicht war die plötzliche Freiheit nach Jahrzehnten der Enge zu viel für ihn gewesen, dachte Marie, als sie die Nachricht von seinem Tod erhielt. Doch sein Abbild legte zusammen mit den Köpfen von Launay und Flesselles und den echten Steinen und Ketten der Bastille noch Jahrzehnte später in ihrem Wachsfigurenkabinett Zeugnis von der Geschichte der Bastille ab.

Marie zog es nun auf die Straße. Jeden Tag nach Geschäftsschluss ging sie ziellos durch die Stadt, ließ die Atmosphäre auf sich einwirken. Lauschte den Menschen, die zusammen-

kamen, um die Nachrichten über die Sitzungen der Nationalversammlung, die in Versailles tagte, zu diskutieren. Abends
schmerzten Marie die Füße, ihr Kopf hallte wider von den Eindrücken des Tages. Vieles inspirierte sie zu Tableaus, zu stim-
mungsvoll gruppierten Wachsfiguren. *Der König, wie er vor
dem Pariser Rathaus unter großem Beifall die Volkskokarde
anlegt. Graf Mirabeau, wie er zum ersten Schlag ausholt, um
die Bastille, die Burg des Despotismus, einzureißen.* Anderes
wurde im Wachssalon anhand der Porträts der Hauptbetei-
ligten dargestellt: *Die legendäre Nachtsitzung der Nationalversammlung, in der sich Adel und Klerus gegenseitig in der
Abschaffung ihrer Privilegien übertrumpfen. Die Erklärung
der Rechte des Menschen und Bürgers, in der die Nationalversammlung die Gleichheit aller Menschen festschreibt.*

Ob Wachstableau oder Porträt, beides kam bei den Besuchern gut an. Pariser, Franzosen aus der Provinz oder Besucher aus den umgebenden Ländern – sie alle wollten die
Akteure dieser beispiellosen gesellschaftlichen Umwälzung
sehen. Das Wachskabinett von Curtius war ihre erste Adresse
in Paris. Viele ließen es sich nicht nehmen, eine Wachsminiatur der Helden der Revolution zu kaufen, um sie zu Hause
vorzuzeigen. So wie es früher Drucke gegeben hatte, die die
Wachsfiguren der königlichen Familie in Curtius' Wachssalon
zeigten, oder Karikaturen, auf denen zu sehen war, wie schnell
die Köpfe der im Wachssalon dargestellten Persönlichkeiten
ausgetauscht wurden, wenn sie nicht mehr im Gespräch waren,
gab es heute Bilder, die zeigten, welche Rolle Curtius' Büsten
bei den Ereignissen der Französischen Revolution gespielt hatten. Marie freute sich über diesen Ruhm, denn er trug dazu bei,
das Ansehen des Wachssalons noch zu steigern.

Eines Abends stand sie vor dem Spiegel. Sie betrachtete ihr
Gesicht wie einen Freund, den man seit Jahren nicht mehr
gesehen hat. Die hohen Wangenknochen, die markante Nase,
das starke Kinn. Wer war sie? Die Tochter eines Scharfrichters,
eines Versagers, gewiss, aber das war Vergangenheit. Nein, sie
war mehr als das. Sie hatte eine Aufgabe. Es geschahen un-

geheure Dinge, und sie, Marie Grosholtz, hatte die Pflicht, darüber Zeugnis abzulegen, Chronistin ihrer Zeit zu sein. Sie durfte nie wieder die Augen vor der Realität verschließen.

Marie lief an Menschen und Kutschen vorbei auf den Haupteingang des Palais Royal an der Rue Saint-Honoré zu. An der Ecke saßen wie immer die Schuhputzer und warben um Kundschaft. Marie hielt kurz auf einen Plausch an, denn die Männer kamen häufig in den Salon, um sich die neuesten Figuren anzusehen. Als Marie im Palais Royal stand, hielt sie einen Augenblick inne, um die Szenerie in sich aufzunehmen. Das langgestreckte Häuserviereck. Der offene, von Arkaden gesäumte Platz. Die Galerien, die von Menschen wimmelten. Links vor ihr lag die Galerie de Montpensier, in der sich das Café Corazza, ein Treffpunkt der Deputierten, der Wachsfigurensalon und das Café de Foy befanden. Gerade zu erstreckte sich die Galerie de Beaujolais, zu ihrer Rechten lag die Galerie de Valois. Marie lief durch den Garten, in dem die verschiedenen Kaffeehäuser und Restaurants ihre Stühle, Tische und geschmückten Zelte aufgestellt hatten, auf den Salon ihres Onkels zu. Auf dem Boden bildeten das Laub der Bäume und die vielen Flugblätter, die täglich hier verteilt wurden, einen schmatzenden Matsch. Ganz zu schweigen von den über dreihundert Zeitungen, die die Stadt überschwemmten und von denen einige, nachdem sie ausgelesen waren, im Dreck landeten. Dieser Schmutz stand im scharfen Kontrast zu dem Prunk vieler Läden. Es gab noch immer die edelsten Geschäfte im Palais Royal. Doch es besaß nicht mehr den Glanz der Anfangszeit, als sich auch die ehrenwertesten Mitglieder des Hofstaates hier blicken ließen. Seit einiger Zeit trieb sich immer mehr Gesindel hier herum. Freudenmädchen buhlten um Kundschaft, Taschendiebe und Betrüger machten im Palais Royal ihre Runde. Besonderen Zulauf hatten die Spielsalons, denn da die Polizei keinen Zutritt zum gräflichen Besitz hatte, konnte man im Schutz des Grafen von Orléans – so hieß der Herzog von Chartres inzwischen – ungestört diesem Laster frönen.

Der Konkurrenzdruck in der Nachbarschaft war groß. Curtius hatte darauf reagiert, indem er neben den neuesten Wachsfiguren den Bauchredner Henri-Louis Charles präsentierte, der täglich von zwölf bis zwei und von fünf bis neun auftrat. Aber im Moment wollten die meisten Besucher die Gesichter und Stätten der Revolution sehen. Besonders begehrt war der Platz vor dem Café de Foy, wo der Journalist Camille Desmoulins am 12. Juni zum Waffengang gerufen und die Massen mobilisiert hatte – die schließlich mit den blutigen Köpfen von Launay und Flesselles bei mir ankamen, dachte Marie schaudernd. So stolz sie auf die Errungenschaften der letzten Monate war, so sehr schämte sie sich für die blutigen Übergriffe.

Marie war in den letzten Jahren nur sehr selten hier gewesen. Noch immer verband sie das Palais Royal mit Jacques-Louis David. Er lebte und arbeitete in der Nähe, sie wusste also nie, wann er ihr über den Weg laufen konnte. Marie hatte seinen Werdegang wider Willen verfolgt. Selbst wenn sie Augen und Ohren fest verschlossen gehalten hätte, die erstaunliche Karriere, die David gemacht hatte, hätte sie dennoch mitbekommen. Er galt inzwischen als bester Historienmaler seiner Zeit. In diesem Jahr hatte eines seiner Bilder für einen regelrechten Aufruhr gesorgt. Davids *Brutus* wurde als umstürzlerisch angesehen, weil man die Verherrlichung der römischen Tugenden als Angriff auf den König verstehen konnte, dem eben diese Kraft fehlte, die Verschwörer in seiner eigenen Familie zu bestrafen. Nachdem die Öffentlichkeit gegen diese Zensur protestiert hatte, wurde Davids Gemälde doch im Salon aufgehängt, musste allerdings durch Studenten in der Uniform der Nationalgarde geschützt werden. Sein Motiv war der römische Konsul Brutus, der seine beiden Söhne als Verschwörer zum Tode verurteilte und als gebrochener Mann in seiner Wohnung saß, als sie ihm zur Bestattung nach Hause gebracht wurden; aufgestört aus seiner Trauer wurde er lediglich durch das Wehklagen seiner Frau und die Ohnmacht seiner ältesten Tochter. Wie bei vielen seiner Bilder stellte er die grimmige Entschlossenheit eines Mannes dem von Zartgefühl gefärbten Schmerz der Frauen gegenüber. Welche eigenen Erlebnisse und Gefühle David zu dieser Gegenüberstellung trieben, diesem Gedanken wollte Marie gar nicht nachgehen – zu sehr schmerzte sie auch heute noch die Erinnerung an seine Liebe.

Eine Hand packte sie. »Marie?« Sie drehte sich um. Eine alte Frau hielt ihren Arm umklammert und sah sie flehend an. Marie riss sich los.

»Erkennst du mich denn nicht?« Die zersprungenen Lippen der Alten zuckten. Marie sah sie durchdringend an. Das Gesicht war eingefallen, der Mund, in dem große Zahnlücken klafften, zu einem Lächeln verzogen. Ja, da war etwas, das sie an eine frühere, lange verschollene Freundin erinnerte. Laure. Unvorstellbar gealtert. Zerstört. Marie vertröstete sie auf später. Wenn sie das Geschäft schließen würde, sollte Laure auf sie warten. Vorher konnte Marie sich ihr nicht stellen. Der Schock saß zu tief.

Die Königin thronte in einem prächtigen Kleid an der großen Tafel. Ihre Haare waren perfekt frisiert, ihr Gesicht geschmackvoll geschminkt. Dennoch wirkte sie nicht glücklich, als sie auf die vor ihr aufgetürmten Speisen blickte. Der König schien weniger zimperlich. Er wirkte im Schein der Kerzen, die sich in den silbernen Leuchtern und den vergoldeten Karaffen spiegelten, satt und zufrieden. Prinzessin Élisabeth schien mit verlegener Miene an den Köstlichkeiten zu knabbern. Madame Royale war schmächtig. Und die zwei Söhne? Wie peinlich! Marie ärgerte sich. Curtius hätte die Figur des Dauphins wirklich aus dem Tableau des *Grand Couvert* entfernen müssen, denn Anfang Juni war der Thronfolger im Alter von nur sieben Jahren gestorben.

»Ist sie nicht wunderschön, die Königin? Vermutlich trägt sie ein Kleid von Mademoiselle Bertin, der Modeministerin, nicht wahr?«, wurde sie abgelenkt. Die Worte kamen von einer Frau, die im Durchgang stand.

»Typisch, Weib! Wie kannst du dich nur dafür interessieren,

wo doch ein Großteil des Geldes, das für das Defizit der Staatskasse verantwortlich ist, in die Taschen von Mademoiselle
Bertin gewandert ist? Außerdem ist sie gar keine echte Ministerin, sie nennt sich nur so«, rügte sie ihr Mann. Er klaubte
eine gebrannte Nuss aus der Hand seiner Frau, steckte sie in
den Mund und zerbiss sie knackend. An seinem Wams trug er
die Kokarde, die inzwischen drei Farben aufwies: zu Rot und
Blau für Paris hatte sich das Weiß der Bourbonen gesellt. Diese
drei Farben tauchten nun überall auf, am Dreispitz der Garde,
an den Schärpen der Damen, an Spazierstöcken und Uhren-
ketten.

Mademoiselle Bertin ist keine Ministerin, aber sie führt sich
auf, als wäre sie eine, dachte Marie und erinnerte sich an eine
ihrer ersten Begegnungen mit der Modeschöpferin. Sie war froh
über die Ablenkung. Sie mochte jetzt nicht an die Frau denken,
die früher einmal ihre Freundin gewesen war und jetzt – ja,
was? Was war Laure heute für sie? Eine Fremde? Marie wusste es nicht. Sie brauchte Ruhe, um ihre Gefühle zu erforschen.
Deshalb hieß sie die Erinnerung, die sich ihr aufdrängte, willkommen. Marie dachte daran, wie sie Mademoiselle Bertins
Geschäft besucht hatte, weil sie die Kopie eines Kleides für eine
Wachsfigur benötigte. Damals war das Schaufenster des »Au
grand Mogol« für das Volk von Paris so etwas wie das Fenster
zum Hof von Versailles. Als Marie eintrat, war Marie-Jeanne
Bertin gerade mit einer Dame beschäftigt, die einen Hut für die
Einführung bei der Königin wollte, es sollte etwas Neues sein.
Bertin musterte sie arrogant von Kopf bis Fuß, dann drehte sie
sich mit einer majestätischen Miene um und sagte zu einer Angestellten: »Zeigen Sie Madame das Ergebnis meiner letzten
Arbeit mit Ihrer Majestät.« Ganz so, als wäre sie selbst eine
Prinzessin – und keine einfache Frau aus der Picardie. Die Kun-
din hatte verstimmt auf diese Anmaßung reagiert, trotzdem
aber einen Hut erworben. Später hatte Marie öfters mit Mademoiselle Bertin zu tun gehabt, weil sie auch Madame Élisabeth,
die Schwester des Königs, einkleidete. Auch bei diesen Begegnungen war zu spüren gewesen, dass sich die Modeschöpferin

für etwas Besseres hielt. Marie hatte die Bertin für ihre Mode bewundert, für ihren Dünkel jedoch verachtet.

»Was meinst du, ist das Kleid nun von Mademoiselle Bertin?«, fragte die Frau noch einmal. Marie wollte gerade an das Paar herantreten, als sie hinter sich eine Stimme vernahm.

»Fragen Sie meine Nichte. Schließlich hat sie am Hof des Königs gelebt«, hörte Marie ihren Onkel sagen, der gerade hinzugekommen war. Marie sah ihn mit gerunzelter Stirn an.

»Tatsächlich? Dann sind Sie ja eine Expertin, was das Leben in Versailles angeht«, freute sich die Frau. Marie drehte sich zu ihr um. »Nun ja«, sagte sie und sah die Frau mit einem gequälten Lächeln an.

Einige Stunden später war ihr Lachen echt, als sie Henri-Louis Charles bei der Arbeit beobachtete. Der Bauchredner hatte sich perfekt auf das Publikum im Wachssalon eingestellt und wusste inzwischen genau, wie er es begeistern konnte. Auch Marie sah ihm gerne zu. Er war ein gutmütiger, freundlicher Mann etwa in ihrem Alter, dem es offenkundig Spaß machte, die Menschen zum Lachen zu bringen.

»Ich bin froh, dass Euch mein Auftritt gefallen hat«, sagte er, nachdem sich die Zuschauer zerstreut hatten. »Zuvor schient Ihr aufgewühlt, beinahe unglücklich.«

»Ich hoffe nicht, dass man mir meine Stimmung wirklich angesehen hat.«

»*Man* hat Ihnen Ihre Stimmung vielleicht nicht angesehen, *ich* aber schon«, antwortete Monsieur Charles lächelnd. Sein Gesicht schimmerte von seinem Auftritt noch rötlich und glänzte leicht.

»Ich habe vorhin eine Jugendfreundin wiedergetroffen und war erschrocken darüber, wie sehr sie sich verändert hat«, gestand Marie.

Sie musste auch an ihren Onkel denken, der sich mal wieder aus dem Staub gemacht hatte. Als Hauptmann der Jäger der Nazareth-Kaserne, so lautete sein Titel, sollte er mit seinen Männern die Stadttore bewachen, um Schmuggel zu verhindern und um Steuern auf Waren einzusammeln, die in die Stadt eingeführt wurden. Diesmal war es auch besser gewesen, dass er verschwunden war. Sie hatte sich schon lange nicht mehr so über ihn geärgert. Nicht nur, dass er die Figur des Dauphins nicht entfernt hatte, was Marie für unverzeihlich hielt. Sie hatte es auch schon immer gehasst, wenn Curtius mit ihrem Aufenthalt in Versailles angab. Aber die Besucher liebten die Vorstellung, Marie Grosholtz könnte eine zweite Élisabeth Vigée-Lebrun gewesen sein, die bei den königlichen Herrschaften ein und aus ging. Doch im Gegensatz zu der berühmten Malerin hatte Marie nur kurze Zeit in Versailles verbracht, denn schon bald hatte sich Prinzessin Élisabeth nur noch damit beschäftigt, wie sie das Landgut Montreuil einrichten würde, und nicht mehr mit der Wachskunst. Marie war schnell überflüssig geworden. Daher hatte sie heute auch nicht, wie Vigée-Lebrun, unter den Folgen der Revolution zu leiden. Einige Schmähschriften bezichtigten Élisabeth Vigée-Lebrun einer unzüchtigen Verbindung zur Königin, ihre im Salon ausgestellten Gemälde wurden heftig angefeindet, man hörte sogar, sie überlege, es einigen Adeligen gleichzutun und außer Landes zu fliehen.

»Möchten Sie darüber sprechen? Darf ich Sie, wenn der Wachssalon schließt, noch in ein Kaffeehaus einladen?« Marie sah erstaunt auf. Sie hatte das Gefühl, dass Henri-Louis Charles noch etwas röter wurde.

»Das ist sehr freundlich von Ihnen«, antwortete sie. Er nestelte verlegen an seinen rotblonden Haaren, die er zu einem Zopf gebunden hatte.

»Ich wollte Ihnen nicht zu nahe treten«, sagte er. Marie lächelte ihm beruhigend zu.

»Das sind Sie nicht. Ich bin heute mit besagter Jugendfreundin verabredet. Aber ein anderes Mal gern.«

Marie zog mit einem Ruck die Tür zu und schloss das Kabinett im Palais Royal ab. Draußen war es längst dunkel. Die Musik aus den Cafés drang nur noch gedämpft zu ihr. Sie strich sich über die Stirn. Die Ruhe tat ihr gut. Es war ein anstrengender Tag gewesen. Mittags hatte es gewittert, sodass das Kabinett mit einem Mal zum Bersten gefüllt war. Sie hatte der Besuchermassen allein kaum Herr werden können.

Marie setzte sich an einen Tisch, neben sich die Schatulle mit den Einnahmen des Tages, und schnitt ein Brot auf. Stundenlang hatte Anna für dieses Brot anstehen müssen. Sie packte einen Käse aus, ein würziger Duft stieg auf. Sie sog wohlig den Geruch ein, jetzt hatte sie sich ihre Brotzeit wahrlich verdient. Es war ja nicht nur der Umgang mit den Besuchern im Atelier. Dazu kamen die Wachsbüsten, die neu angefertigt werden mussten, die Buchhaltung, die Aufsicht über die Helfer. Als jemand gegen die Tür klopfte, schloss sie auf und ließ Laure hinein. »Hast du schon gegessen? Willst du die Brotzeit mit mir teilen?« Marie kam ihr Angebot beinahe kümmerlich vor, wenn sie an die deftigen Gerichte dachte, die ihre Mutter zu kochen verstand. Laure riss ein Stück Brot ab und schob es in den Mund, ein weiteres folgte, dann noch eines. Sie war so hungrig, dass Marie sie ungestört mustern konnte. Das Kerzenlicht machte ihre Züge weicher. Sie sah nicht mehr ganz so verwahrlost und abgerissen aus wie am Vormittag. Als sie gesättigt war und das Glas Wasser hinuntergestürzt hatte, das Marie ihr hingestellt hatte, sah Laure beinahe beschämt auf.

»Das war nötig. Weißt du, Brot ist für unsereins schwer zu kriegen«, sagte sie. »Dabei ist die Ernte gut gewesen. Aber das Mehl wird gehortet, für die Reichen.«

Marie wusste nicht, was sie darauf sagen sollte. Sie wusste nichts mehr von Laure. Wie lebte sie, was tat sie? Was war damals mit ihr geschehen, wohin war sie verschwunden? Laure schien ihre Gedanken zu erraten.

»Ich konnte damals nicht darüber sprechen. Jetzt geht es mir besser. Ich brauche mich nicht mehr zu schämen, sagt Jacques. Es war nicht meine Schuld, dass ich das Baby verloren habe. Meine Familie ist schuld. Und dann dieser Mann, dieser …« Wut stand in ihren Augen. Marie wollte sie besänftigen.

»Deine Familie hat dich sehr vermisst. Nanette besonders. Und wir natürlich auch. Weiß deine Mutter, dass du wieder in Paris bist?«, fragte Marie.

»Ich war die ganze Zeit da. Ich war nie fort. Ich wollte nur nichts mit ihr zu tun haben.«

»Und was ist mit mir? Wolltest du auch mit mir nichts zu tun haben?«

Laure sah sie verlegen an. »Ich … ich … habe schwere Zeiten durchgemacht. Schwere Zeiten. Ohne Jacques hätte ich es nicht geschafft.«

»Du sagst nun schon zum zweiten Mal diesen Namen. Wer ist denn dieser Jacques?«, fragte Marie. Laures Gesicht hellte sich auf, unter dem Schmutz, den Falten und den Narben erkannte Marie nun ihre frühere Freundin wieder.

»Er ist mein Mann. Jacques André Dutruy. Er hat mir geholfen, als es mir dreckig ging. Hat mich aufgepäppelt, mir Mut gemacht. Durch ihn konnte ich sogar wieder als Näherin arbeiten. Nicht in so einem schicken Salon, aber immerhin. Doch jetzt –«, Laure stockte. Marie wusste, was nun kam. Von den Schneidern, Stoffhökern und Schmuckhändlern, von denen sie ihre Ware bezog, hörte sie seit Wochen das Gleiche: die Geschäfte liefen schlecht. Wer für den Adel gearbeitet hatte, hatte einen Teil seiner Kunden verloren, weil diese ins Exil gegangen waren. Die Geschäftsleute hielten ihr Geld zusammen, weil sie abwarten wollten, wie sich die politische Lage entwickelte. Und die Armen hatten weniger Geld als je zuvor. Alle, die Kleidung, Accessoires oder Schmuck verkauften, mussten Leute entlassen oder ihre Läden schließen. Die Einzigen, die noch zurechtkamen, waren die Flickenverkäufer auf dem Pont-Neuf. Marie überlegte gar nicht lange.

»Brauchst du Arbeit? Ich könnte meinen Onkel fragen, ob wir noch Hilfe gebrauchen können.«

»Würdest du das für mich tun? Trotz allem?«, fragte Laure mit großen Augen. Marie wankte keinen Moment in ihrem Entschluss.

»Ich kann dir nichts versprechen, aber ich kann es versuchen. Komm in ein, zwei Tagen im Atelier auf dem Boulevard vorbei, dann kann ich dir mehr sagen.«

Nanette konnte es kaum glauben, als Marie ihr erzählte, dass ihre Tochter in Paris lebte. Sie musste sich setzen, schwankte sichtbar zwischen Freude und Wut. Curtius war hingegen wenig von der Idee angetan, Laure als Näherin anzustellen. Sie habe sich als unzuverlässig, nicht vertrauenswürdig erwiesen. Aber Marie, Anna und Nanette beknieten ihn so lange, bis er endlich ja sagte. Am Abend des zweiten Tages stand Laure plötzlich vor der Tür. Nanette setzte erst zu einer Strafpredigt an, schloss ihre Tochter dann aber erleichtert in die Arme. Marie war froh, dass Laure ihre Verabredung eingehalten hatte. Unzuverlässigkeit konnte man ihr zumindest nicht vorwerfen.

Schon nach kurzer Zeit war es, als wäre Laure nie fortgewesen. Beinahe jedenfalls, denn das Verhältnis zwischen Laure und ihrer Mutter Nanette war eher kühl, und auch zu Marie wahrte sie Distanz. Fragen nach ihrem Leben in den letzten Jahren überhörte sie einfach. Marie wollte Laure nicht mit der Erinnerung quälen und sprach deshalb mit ihr bei der Arbeit lieber über die Ereignisse des Tages. Nur dass es jetzt nicht mehr wie früher um Mode und die feine Gesellschaft ging, sondern um die jüngsten politischen Geschehnisse.

»Der König kommt nach Paris, hast du's schon gehört?«, fragte Laure eines Tages aufgeregt. »Die Abordnung der Fischweiber bringt ihn hierher!« Sie sollte eigentlich eine Uniform der Nationalgarde fertig stellen, die der Ausrufer des Ateliers in Zukunft tragen würde, hatte sie aber vor lauter Aufregung noch gar nicht angerührt.

»Ja, Curtius hat heute Morgen schon so etwas erzählt, als er für eine halbe Stunde ins Atelier kam«, antwortete Marie. »Curtius kann es kaum aushalten! Alle Augen sind auf Versailles gerichtet – er aber soll mit seinen Männern die Abbrucharbeiten an der Bastille beaufsichtigen.«

So schlecht gelaunt hatte Marie ihren Onkel seit langem nicht mehr erlebt. Sein einziger Trost war, dass er genau über die Ereignisse Bescheid wusste. Während er hastig einen heißen Eintopf löffelte, hatte er Marie auf den neuesten Stand gebracht. Über sechstausend Frauen waren losmarschiert, um in Versailles endlich eine Verbesserung ihrer Lebensumstände zu erreichen. Im strömenden Regen hatte der Trupp das Schloss von Versailles erreicht. Sie wurden von Nationalgardisten unter dem Kommando des Marquis de La Fayette begleitet, deshalb wollte Marie sich um eine neue Porträtsitzung bei dem siegreichen Kommandanten bemühen. Wenn Marie ihr Instinkt nicht trügte, würde man sich bald drängen, um La Fayette zu sehen. Schon jetzt machten Berichte über die ersten Erfolge der Fischweiber in Paris die Runde: Der König hatte die jüngsten Dekrete der Nationalversammlung und die Menschenrechtserklärung bestätigt und wollte Maßnahmen zu einer verbesserten Lebensmittelversorgung einleiten. Doch damit nicht genug – der gute König wollte in der Not bei seinem Volk sein, nach Paris kommen. Und jetzt waren sie auf dem Weg zurück nach Paris.

»Kein Wunder, dass hier nichts los ist, alle zieht es auf die Straße – sie wollen die Heldinnen des Tages und die Königsfamilie sehen«, sagte Laure.

»Und du, bist du gar nicht neugierig?«, fragte Marie sie jetzt. Sie legte ihr Werkzeug beiseite. »Ich schon.« Sie grinste. »Wie wär's, wollen wir losgehen? Anna springt sicher für mich ein.«

Wenig später liefen die beiden Frauen auf die Straße, untergehakt, fast wie alte Freundinnen.

Rund um das Rathaus drängten sich die Menschen. Der Platz selbst, ebenso wie die Straßen, auf denen der Zug der Fischweiber sich näherte, war von der Nationalgarde abgesperrt. Marie und Laure suchten sich eine Ecke, von der aus sie das Geschehen gut überblicken konnten. Gesänge machten die Runde, vor allem einer, der von den Marktfrauen stammte:

Der Teufel soll die Großen holen,
Wenn sie keine Ruhe geben wollen,
Sollen sie doch am Gold ersticken,
Das ist ihr einziges Entzücken!
Aufrichtig und von Herzen wünschen das ihnen
Die Markt- und Heringsverkäuferinnen.

Marie hoffte, dass die Marktweiber das nicht ernst meinten, war aber erstaunt, dass sogar Laure inbrünstig in den Gesang einfiel. Sie selbst wandte sich lieber den Geschehnissen auf der Straße zu. Zuerst sah man die Pariser Truppen aufmarschieren, viele Soldaten hatten Brote auf ihre Bajonette gesteckt, was sie aber nicht hinderte, ab und an Salven abzufeuern. Es folgten die Fischweiber, singend und trinkend, manche auch trunken vor Raserei. Einige, oft leicht bekleidete Frauen saßen rittlings auf Kanonen oder im Sattel und hatten Hüte der Leibgarde aufgesetzt, andere trugen Säbel und Gewehre. Immer wieder wurden Lieder mit dem Refrain »Hier kommen der Bäcker, die Bäckersfrau und der Bäckersjunge« gegrölt, wohl, weil man sich von der Anwesenheit der Königsfamilie in Paris erhoffte, dass es bald wieder genug Brot zu vernünftigen Preisen geben würde.

Einen Augenblick lang wollte Marie den Platz fluchtartig verlassen, als Männer mit blutbefleckten Armen die Köpfe von zwei Leibgardisten hochhielten und an ihnen vorbeizogen. Doch Laure lenkte sie ab, indem sie ihr einige als Frauen verkleidete Männer zeigte, die sich unter den Trupp gemischt hatten. Dann konnte man in der Ferne schon die Karosse des Königs sehen, umringt von Dragonern, Soldaten aus Flandern und den Schweizer Garden. Als der Monarch eintraf, hörte man kein »Es lebe der König!«, sondern nur: »Es lebe die Nation und die Freiheit!« Die Königin zeigte dem Volk den Prinzen, auf den jetzt viele ihre Hoffnungen richteten. Trotz der Hochstimmung um sie herum war Marie traurig zumute. So zog also der König von Frankreich in seine Hauptstadt ein – unter Huren und Gaunern, umgeben von treulosen Soldaten und feigen Hofleuten. Es war kein freiwilliger Besuch in Paris, es war eine Art Gefangennahme. Still schlich sie sich davon.

»Ich habe also einem Kameraden, um dessen Geschäftigkeit und Umsicht ich wusste, das Kommando übergeben, und bin zum Rathaus geeilt. Schließlich habe ich bewiesen, wie effektiv ich mit meinen Männern die Menge in Schach halten kann.

Die besorgten Verantwortlichen akzeptierten mein Angebot, auch weil die Menge dieses Mal so viel größer war«, sagte Curtius und schenkte seinem Nebenmann Wein nach.

»Mein lieber Kamerad! Dabei hast du uns dort einen ebenso großen Dienst erwiesen, als wenn du mit uns nach Versailles gekommen wärst«, antwortete der Mann und klopfte Curtius auf die Schulter. Ihr Onkel hatte wieder einmal zu Tisch gebeten. Curtius' Gäste diskutierten nun darüber, was wohl als Nächstes geschehen würde.

»Die Anwesenheit des Königs und der Nationalversammlung in Paris ist notwendig, damit der Wohlstand gesichert bleibt«, sagte gerade Baptiste Aumars, als La Fayette eintrat. »Und die Tuilerien sind nun wahrlich kein schlechter Wohnsitz. Wenn das Pariser Stadtschloss für die früheren Bourbonen gut genug war, wird es das jetzt auch für die Königsfamilie sein«, ergänzte Henri-Louis Charles, der nun häufig von ihrem Onkel eingeladen wurde. Curtius sprang auf, um dem Oberbefehlshaber der Nationalgarde seine Ehre zu erweisen, auch die anderen Anwesenden begrüßten La Fayette stürmisch. Er habe nicht viel Zeit, antwortete der, ob man gleich zur Sache kommen könne?

»Meine Nichte wird Sie exzellent versorgen«, sagte Curtius entschuldigend und wies auf seine Gäste. »Es ist Ihnen doch recht?« Marie stand auf.

»Sicher, sicher. Die Künste der reizenden Mademoiselle sind mir seit langem bekannt«, entgegnete La Fayette und lächelte Marie zu. Der große und kräftig gebaute Mann Anfang dreißig galt mit seinen breiten Schultern als ein Musterbeispiel französischer Ritterlichkeit. Wie stets trat er würdevoll auf, allerdings bemerkte Marie, dass die Ereignisse der letzten Wochen ihre Spuren in seinen ausdrucksstarken Zügen hinterlassen hatten. Sie nahm sich vor, ihn in ihrem neuen Porträt umso strahlender aussehen zu lassen.

Als sie einige Zeit später zurückkehrte, war es um den Esstisch ruhiger geworden, anscheinend hatten sich einige Gäste bereits verabschiedet.

»Ist es wirklich gut, Marie die Verantwortung für den Salon zu überlassen?«, hörte sie eine Stimme sagen, die sie als Aumars' erkannte. Marie blieb vor der Tür stehen.

»Ist dir etwas zu Ohren gekommen? Hat sich jemand beklagt?«, fragte Curtius. Der enge Freund ihres Onkels hatte zwar die achtzig weit überschritten, half aber dennoch bei verschiedenen Theatern auf dem Boulevard aus.

»Nein, das nicht. Aber nicht alle sind so aufgeschlossen wie La Fayette«, antwortete der frühere Tänzer. »Und die Wachshändler? Die Stoffhändler? Deine Angestellten? Werden Sie Marie akzeptieren, wenn du mit der Nationalgarde unterwegs bist?«

»Marie wird sich schon durchsetzen. Sie ist stark. Und sie hat Talent, mehr Talent, als ich vielleicht je hatte«, hörte sie ihren Onkel sagen. »Im Moment werde ich woanders gebraucht. Und wenn ich merke, dass sie es nicht schafft, kann ich ihr immer noch die Verantwortung für die Läden wieder abnehmen ...«

Leise schlich Marie sich in ihr Zimmer. Die letzten Worte ihres Onkels beschäftigten sie noch lange.

Einige Tage später betrat ein Mann ihr Atelier und wünschte Philippe Mathé Curtius – seit die Revolution dem Nationalstolz der Franzosen Auftrieb gegeben hatte, kam die französische Version seines Namens besser bei den Besuchern an – zu sprechen.

»Er ist leider unterwegs. Kann ich ihm etwas ausrichten oder Ihnen vielleicht weiterhelfen?«, fragte Marie. Sie war gerade dabei, dem Wachsporträt von Madame Bailly, der Frau des Bürgermeisters, rosige Wangen zu verleihen. Unauffällig nahm sie den Fremden in Augenschein. Bleich, hohe Wangenknochen, ein starkes Kinn, eine große Nase und geschwungene Lippen, dazu die dunklen Haare auf die Schultern herabfallend, frei und ungepudert – ein gutes Gesicht, das ihr aber zunächst nichts sagte. Der etwa dreißig Jahre alte Mann ging zögernd auf und ab. Er räusperte sich.

»Ich wurde herbestellt, man wollte mein Porträt nehmen«, sagte er nach einer Weile leicht stotternd.

»Oh, dann hat mein Onkel sicher nur vergessen, mir Bescheid zu geben. Ich bin seine Nichte. Ich vertrete ihn hier, solange er im Dienst der Nationalgarde steht. Wenn es Ihnen recht ist, werde ich Sie porträtieren.« Der Mann sah sie prüfend an.

»Nun, nein, ich denke, ich warte noch eine Weile.« Er drehte sich um und schlenderte im Atelier herum. Marie blieb unruhig zurück. Was für ein Zufall, als ob Curtius und Aumars diesen Fall herbeigeredet hatten, dass sich jemand nicht von ihr porträtieren lassen wollte. Was sollte sie nun tun? Sie würde ihn nicht einfach so gehen lassen. Nach einer Weile kehrte er zum Eingang des Ateliers zurück, auf seinen Wangen zeigten sich rote Flecken. Offensichtlich wusste auch er nicht, wie er mit dieser Situation umgehen sollte.

»Ich werde nun gehen. Ich habe anderes zu tun. Bitte richten Sie Ihrem Onkel aus, dass Camille Desmoulins hier war.«

Ein Lächeln ging über Maries Gesicht.

»Ah, Monsieur Desmoulins, verzeihen Sie, dass ich Sie nicht gleich erkannt habe. Waren Sie es nicht, der als Soldat des Vaterlandes im Palais Royal zu den Waffen rief und so diese bewegenden Ereignisse in Gang setzte?«

Er zog erstaunt die Augenbrauen hoch, verneigte sich dann jedoch. »Ich bin es.«

»Ich hatte gar nicht mit Ihnen gerechnet, mein Onkel berichtete, dass Sie Graf Mirabeau in Versailles zur Hand gehen.« Marie legte die Hand vor den Mund. »Aber wie dumm von mir. Jetzt, wo die Nationalversammlung in Paris tagt, sind auch Sie natürlich wieder hier!«

»Mütterchen Mirabeau«, wie er von den Frauen aus dem Volk liebevoll genannt wurde, war einer der populärsten Abgeordneten des Dritten Standes und zählte zu den seltenen, aber regelmäßigen Gästen ihres Onkels. Dieser war besonders neugierig gewesen, was der Graf zu seiner Wachsfigur von Friedrich dem Großen sagte, denn Mirabeau hatte den Monarchen gut gekannt und bekundete gern seine Sympathie für die preußische Monarchie. Der junge Advokat Camille Desmoulins war kürzlich sein Helfer geworden.

»Ich hatte ihm bereits Lebewohl gesagt, bevor die Nationalversammlung nach Paris kam. Wir sind jedoch noch immer gute Freunde«, sagte Desmoulins nun, seine Augen flackerten, als ob er unentschlossen war, ob er gehen oder bleiben sollte.

»Haben Sie Mirabeaus Wachsfigur entdeckt? Möchten Sie sie sehen?«, fragte Marie.

»Ja, sie ist wirklich sehr naturgetreu, sie ist Ihrem Onkel sehr gut gelungen«, sagte Desmoulins.

»Vielen Dank. Verzeihen Sie jedoch, wenn ich das Kompliment nicht an ihn weitergebe, denn ich selbst bin die Urheberin dieser Büste«, erwiderte Marie möglichst beiläufig.

»Tatsächlich?«

»Mein Onkel hat mich in seiner Kunst unterrichtet, seit ich ein kleines Mädchen war. Nicht nur das Porträt des Grafen, sondern auch Büsten wie die von Voltaire oder Robespierre gehören zu meinen Arbeiten. Ich werde meinem Onkel ausrichten, dass Sie hier gewesen sind«, sagte sie und sah ihm noch einmal fest in die Augen. »Ich hoffe sehr, dass Sie, obwohl Sie als erfolgreicher Schriftsteller natürlich viel beschäftigt sind, die Zeit finden werden, noch einmal bei uns vorbeizuschauen.« Ob er wirklich erfolgreich war oder nicht – dieses Kompliment dürfte dem sensiblen jungen Mann gutgetan haben. Sie drehte sich wieder um. »Oder wollen wir uns, wo Sie schon einmal hier sind, doch an Ihr Porträt machen?«, fragte sie.

Camille Desmoulins nickte und lächelte sie erleichtert an.

KAPITEL 11

*F*ertig!« Laure warf die letzte Schaufel Sand in die Schubkarre und stützte sich dann auf den Griff ihres Spatens. Marie pustete eine widerspenstige Haarsträhne aus der Stirn und nahm die Griffe der Schubkarre erneut in die Hand. »Aber wenn du wiederkommst, machen wir Pause, abgemacht?«, rief Laure ihr hinterher.

»Abgemacht!«, rief Marie zurück.

Wenig später saßen sie auf dem Marsfeld und ließen sich ein Stück Brot schmecken.

»Was hat es eigentlich mit den Broschüren auf sich, die überall bei euch rumliegen?«, fragte Laure kauend.

»*Die Dienste des Sieur Curtius*? Darin hat mein Onkel Dokumente veröffentlicht, die beweisen, was für eine wichtige Rolle er bei der Erstürmung der Bastille gespielt hat«, erklärte Marie.

»Aber warum? Er wurde doch im Juni ganz offiziell zum ›Sieger der Bastille‹ ernannt.«

Marie lächelte. Mit stolzgeschwellter Brust war er an diesem Tag in das Atelier gekommen und hatte das offizielle Zertifikat der Nationalversammlung, das Abzeichen sowie das Gewehr und das Schwert mit einer Aufschrift, die ihn als Sieger der Bastille würdigte, vorgezeigt. »Er meint, diejenigen, die nicht dabei waren, betrachten die Eroberer mit Neid. Als bekannt wurde, dass die Eroberer beim Fest der Föderation zum Jahrestag des 14. Juli 1789 einen Ehrenplatz erhalten sollten, gab es doch beinahe einen Aufstand, hast du das nicht mitbekommen? Erst als sie zum Bürgermeister gingen und auf diese Ehre verzichteten, ist wieder Ruhe eingekehrt.«

Den Grund für Curtius' Wunsch, seinen Einsatz für die Revolution so genau wie möglich zu dokumentieren, wollte Marie ihrer Freundin lieber nicht nennen. Ihr Onkel hatte den Eindruck, dass Ausländer – und lebten sie noch so lange in Frankreich – misstrauisch beäugt wurden, deshalb versuchte er

immer wieder, seinen Patriotismus zu beweisen. Ob im Jakobinerclub, als Hauptmann der Jäger der Nazareth-Kaserne oder
in der Nationalversammlung, deren Sitzungen er oft von der
Zuschauerbank aus verfolgte. Und Curtius sorgte sich auch
um Marie. Deshalb sollte sie bei der Gestaltung des Marsfeldes
für das Föderationsfest helfen, besser konnte man seinen Patriotismus im Moment nicht unter Beweis stellen.

In nur drei Wochen musste das Marsfeld, ein großer offener
Exerzierplatz, hergerichtet werden, denn am 14. Juli sollten
sich hier die Mitglieder des Dritten Standes, der Klerus und
die Aristokratie zum gemeinsamen Wohle feierlich verbünden.
Seitdem waren die Bewohner der Stadt von einem patriotischen Fieber befallen. Man schätzte, dass einhundertfünfzig-
tausend Bürger aller Klassen, jeglichen Alters und Geschlechts
zupackten, um die Erdwälle aufzuwerfen, auf denen die Zuschauer Platz finden sollten. Frauen von gehobenem Stand
arbeiteten neben Mönchen, Marktweiber neben Soldaten.
Kokarden zeigten die verschiedenen Gewerbe der Handwerker
an. »Buchdruck, die erste Fahne der Freiheit« stand auf denen
der Drucker, »Zittert, Aristokraten, hier sind die Metzgerbur-
schen« lautete die Aufschrift auf der Kokarde der Metzger.
Sogar der König hatte zum Spaten gegriffen.

Marie packte wieder ihre Schubkarre. Laure hatte jetzt Kies
hineingeschaufelt, der die Oberfläche des Platzes befestigen
sollte. Marie stieß die Karre an und ließ ihren Blick immer
wieder über die Szenerie schweifen. Überall zogen Vertreter der Pariser Sektionen umher, schwenkten Flaggen und
Banner. Sie wurden von Trommlern begleitet, die mit ihren
Rhythmen den Arbeitenden neuen Schwung gaben. Maries
Herz hob sich, dieser Anblick gab ihr neue Kraft. Obgleich
Bier und Wein umsonst ausgeschenkt wurden, sah man keine
Betrunkenen, sondern spürte nur die gelöste, fröhliche An-
strengung aller Beteiligten. Vielleicht hat es niemals vorher
eine so heitere und beseelte Versammlung von Arbeitern
gegeben, dachte Marie.

Es regnete Bindfäden, als sich der Tag des Bastillesturms jährte und sich bei Sonnenaufgang die ersten Teilnehmer ihrer Sektionen auf dem Boulevard du Temple versammelten. Heute musste niemand arbeiten, und so kamen Nationalgardisten, Wahlmänner, Vertreter der Kommune und ein Bataillon Kinder mit dem Schild »Die Hoffnung des Vaterlandes« mit vielen anderen zusammen. Auch Curtius war unter ihnen, die Knöpfe seiner Uniform glänzten im Regen. Um acht Uhr marschierten sie in Achterreihen los, ohne sich von den durchnässten Uniformen und durchweichten Stiefeln stören zu lassen. Marie verließ das Haus etwas später, Anna blieb daheim, obwohl auch der Wachssalon geschlossen war. Marie ging ein paar Schritte den Boulevard du Temple hinunter und holte Monsieur Aumars ab. Sie wunderte sich, als sie sah, dass der alte Herr einen Mann im Schlepptau hatte. Es war der Bauchredner Henri-Louis Charles. »Ich hoffe, du hast nichts dagegen, dass ich Henri-Louis mitgebracht habe«, sagte Aumars.

»Natürlich nicht.« Marie lächelte die beiden an. Henri-Louis, wie auch sie ihn inzwischen nannte, war ein angenehmer Gesellschafter. Sie plauderte oft mit ihm, wenn sie ihn im Palais Royal oder bei ihrem Onkel traf. Er war gebildet und konnte Unerhörtes aus der Welt der Naturwissenschaften berichten, denn einer seiner Verwandten war der bekannte Physiker und Ballonfahrer Jacques Alexandre César Charles, er wusste aber auch genau über das Treiben im Palais Royal Bescheid.

Auch jetzt, auf dem Weg zur Seine, unterhielten sie sich angeregt. Ein unwirklicher Dunst lag in der Luft, weil nach dem Regenguss nun warmer Dampf vom Pflaster aufstieg. Aus den Gassen kam ihnen der Duft nach gegrillten Zwiebeln entgegen, die fliegende Händler feilboten. Jeder schien in Richtung Marsfeld zu drängen. Wer nicht mitgehen konnte oder wollte, hing aus dem Fenster, um das Schauspiel möglichst genau beobachten zu können; an mehreren Stellen hatte man sogar die Dächer abgedeckt, damit mehr Menschen zusehen konnten. Die meisten hatten sich fein gemacht und trugen zur Feier des Tages die Nationalfarben Blau, Rot und

Weiß. Marie stellte fest, dass sich viele Frauen »à la Constitution« gekleidet hatten, um die neue Verfassung, die von der Nationalversammlung erarbeitet worden war, zu ehren. Sie trugen einen zierlichen, helmartigen Hut aus schwarzer Gaze, dessen breites rotes Band am Hinterkopf einen Knoten bildete und bis auf die Schultern reichte. Einige befestigten einen kleinen roten Federbusch rechts im Haar. Marie selbst hatte ein Brusttuch aus Leinen mit blau-weiß-roten Fransen angelegt, die bis zu ihrem Gürtel hinunterhingen. Bei den Vertretern der Nationalgarde schienen das Weiß der Hemdbrust, das Blau des Fracks und das Krapprot der Manschetten besonders stark zu leuchten. »Das Straßenbild gleicht heute ja einer einzigen, sich ständig im Wind bewegenden Fahne«, lachte Marie strahlend. In der Ferne hörten sie die Artilleriesalven und Militärkapellen der Prozessionen. An der Seine drängten sich die Menschen. Marie und ihre Begleiter stellten sich an einer Schlange an, um über eine Brücke aus Booten den Fluss zu überqueren. Henri-Louis reichte ihr galant die Hand, doch die ungewöhnliche Brücke war erstaunlich stabil. Auf der anderen Seite trafen sie wieder auf einen Trupp Soldaten, der von Frauen und Kindern mit Blumen beworfen und mit Konfekt und Kuchen versorgt wurde. Immer neue Ça ira-Gesänge wurden angestimmt, in die Marie, Aumars und Henri-Louis bald einfielen. *Ah! Ça ira, es geht los, trotz der Aristokraten und trotz des Regens*, schallte das Revolutionslied durch die Gassen der Stadt. Als es später hieß *Ah! Ça ira, es geht los, die Aristokraten an die Laterne*, blieb Marie allerdings der Gesang im Halse stecken. Diese Strophe würde sie niemals mitsingen.

Schon über eine Stunde standen die drei auf dem Marsfeld, und noch immer hatte das Ende des von Trommeln und Trompeten begleiteten Zuges nicht den Platz erreicht. In der Nähe der Militärschule hatte man eine überdachte, mit blauem und goldfarbenem Stoff ausgeschmückte Tribüne errichtet, in deren Mitte der von einem Baldachin überragte violette Thron stand. Dahinter war die Loge für die Mitglieder der königlichen Familie. In der Mitte des gewaltigen Marsfeldes befand sich der mit symbolischen Darstellungen geschmückte »Altar des Vaterlandes«, auf den an allen vier Seiten breite Stufen hinaufführten. Ein Spruchband verkündete: »Alle Sterblichen sind gleich und nicht durch die Geburt, sondern allein durch die Tugend unterschieden. In jedem Staat muss das Gesetz universal sein, und die Sterblichen, wer immer sie sein mögen, sind vor ihm gleich.«

Erst gegen ein Uhr erreichte die endlos lange Prozession aus den anderen Vierteln von Paris das Marsfeld. Die Soldaten wurden von dem vielstimmigen Schrei der Menge begrüßt. Die »Sieger der Bastille« marschierten zum Altar des Vaterlandes, Curtius befand sich unter ihnen. Marie suchte die Menge nach ihm ab, konnte ihn jedoch nicht entdecken.

Schließlich wurde die Ankunft der Königsfamilie gemeldet. Es war das erste Mal, dass Marie seit ihrem Aufenthalt in Versailles die Königin und Madame Élisabeth wiedersah, die Bänder in den Farben der Trikolore im Haar trugen.

Um halb vier Uhr nachmittags begann Talleyrand eine Zeremonie aus Messe und Segen. Curtius hatte den Bischof von Autun und Lebemann erst vor einigen Tagen porträtiert, da er von sich reden machte, weil er sich maßgeblich für die Verstaatlichung der Kirchengüter eingesetzt hatte. Sein Auftritt wurde durch das Eingreifen des Himmels gerettet: Als Talleyrand die Hände gen Himmel erhob und den Segen Gottes für die Versammlung erflehte, riss der wolkenverhangene Himmel auf und die Sonne wurde sichtbar. Das Volk schrie vor Begeisterung auf.

Der Held des Tages war jedoch der Marquis de La Fayette, der gegen fünf Uhr nachmittags vom Altar schritt, sein weißes Schlachtross bestieg und durch eine von Nationalgardisten gebildete Gasse zum Pavillon des Königs ritt. Dieser erlaubte ihm, den Eid abzunehmen. Den Kompanien wurde nun der Treueschwur verlesen. Am Ende erscholl ein donnerndes »Ich schwöre«. Eine Salutsalve dröhnte über das Gelände. Das Volk jubelte. Danach leistete der König den Eid, die Macht, die ihm von der Verfassung übertragen wurde, anzuwenden, um die Dekrete der Nationalversammlung durchzusetzen. Marie konnte das Gesicht der Königin sehen, das sich aufgeheitert hatte. Angesteckt von der fröhlichen Stimmung hielt sie ihren Sohn, der wie ein Nationalgardist gekleidet war, in die Höhe. Die Gesichter um Marie herum leuchteten glücklich. Marie umarmte aufgekratzt Baptiste Aumars und dann auch Henri-Louis, dessen Wangen sich unter seinem flaumig wirkenden Backenbart rot färbten. Der alte Mann fiel auf die Knie und dankte Gott, dass er bei diesem Ereignis dabei sein durfte. »Die Zukunft Frankreichs wird sicher und strahlend sein. Blutvergießen, Unterdrückung, Elend und Hunger gehören der Vergangenheit an«, brach es aus ihm heraus. Marie hoffte, dass er recht behielt.

Auf dem Rückweg ließen Aumars, Marie und Henri-Louis hochgestimmt die Eindrücke des Nachmittags Revue passieren, obwohl sie halb tot vor Hunger und Kälte waren. Auf dem Weg kehrten sie in ein Gasthaus ein, um Wein zu trinken und eine Kokardensuppe zu essen, eine Gemüsesuppe, für die auf einem Teller verschiedene Gemüsesorten in einer kunstvollen, an die Farbe der Trikolore erinnernden Rosette angeordnet waren. »Auf die Herrschaft des Volkes« oder »Auf den Bund aller Menschen gegen die Tyrannei« prostete man ihnen immer wieder zu.

Später verabschiedete sich Aumars. »Geht ihr jungen Leute ruhig noch auf den ›Bal de la Bastille‹. Ich bin ein alter Knochen, ich muss ins Bett.« Marie hakte ihn unter und versuchte ihn neckend einige Schritte weiterzuziehen, doch Aumars blieb dabei. Er zog sie zu sich heran. »Amüsier dich, Marie, du bist doch sonst immer so ernst. Genieß diesen Abend. Tanze! Feiere! Lass dich umschwärmen. Du bist eine junge schöne Frau, du hast es verdient«, flüsterte er ihr ins Ohr. Aber so jung und so schön fühlte sich Marie mit ihren beinahe dreißig Jahren gar nicht mehr. Von Männern hatte sie seit ihrem unglücklichen Erlebnis mit Louis David die Finger gelassen. Sicher, es hatte Männer gegeben, die für sie schwärmten. Männer, die ansehnlich und attraktiv waren. Aber nie wieder hatte sich ihr Herz so erwärmt wie damals. Aumars stupste ihr Kinn an. »Marie, nimm es leicht. Du sollst ja nicht gleich heiraten. Nur tanzen, glücklich sein«, sagte er leise. »Und du, junger Mann«, fügte er mit erhobener, strenger Stimme hinzu, »bürgst mir dafür, dass diese hübsche Frau wieder heil zu Hause ankommt!« Henri-Louis nickte feierlich.

Dann gingen sie auf die Ruinen der Bastille zu. Hier hatte der Bürger Palloy, der für den Abriss zuständig war, dreiundachtzig Bäume der Freiheit aufgestellt, einen für jedes Departement Frankreichs. Aus der Mitte ragte ein Mast empor, an dem eine Fahne in den Farben der Trikolore flatterte und der von einer phrygischen Kegelmütze, dem roten Symbol der Sklavenbefreiung, mit dem von allen Seiten lesbaren Schriftzug »Freiheit« gekrönt wurde. Der Ball hatte im Schein von Windlichtern aus farbigem Glas schon begonnen. Marie nahm sich Aumars Rat zu Herzen. Sie tanzte die halbe Nacht hindurch. Mit Henri-Louis, aber auch mit anderen Männern, darunter dem altehrwürdigen Baron von Trenck, mit dem sie sich für eine Porträtsitzung verabredete. Der preußische Abenteurer war groß und schlank, von angenehmen Manieren und trotz seines weißen Haares noch ansprechend. Als selbst die ausdauerndsten Tänzer den Ball verließen, saßen Henri-Louis und Marie noch beisammen. Er hatte zaghaft den Arm um sie gelegt, drückte sie an sich, dann küsste er sie. Marie ließ es geschehen. Für sie war es der glücklichste Abend seit vielen Jahren. Sie fühlte sich endlich wieder wie eine Frau, begehrenswert und frei. Sie konnte ja nicht ahnen, wie kurz die Zeit des Glücks währen sollte.

»Was machst du denn hier«, wunderte sich Marie am nächsten Morgen, als Henri-Louis auf sie zukam. Sie stand unter der Veranda des Hauses auf dem Boulevard und wartete auf ihren Onkel. Henri-Louis wollte Marie umarmen, hielt sich jedoch zurück und küsste lediglich ihre Hand, als er sah, dass Laure aus dem Wachssalon trat.

»Dein Onkel kann nicht kommen. Ich soll euch helfen, die Figuren nach Versailles zu bringen«, sagte Henri-Louis. Marie nickte nur.

Während der etwa dreistündigen Fahrt sprachen sie meist von den gestrigen Feierlichkeiten. Es war so heiß in der Kutsche, dass Laure oft den Kopf herausstreckte, um nach frischer Luft zu schnappen. Henri-Louis sang leise vor sich hin und blickte Marie immer wieder erwartungsfroh an. Sie wusste nicht, wie sie sich Henri-Louis gegenüber verhalten sollte. Seine Aufmerksamkeit war ihr unangenehm, sie hatte das Gefühl, in der Feiertagslaune des gestrigen Tages zu weit gegangen zu sein. Sie war froh, als sie endlich in Versailles ankamen.

Wie anders alles aussah! Der Vorplatz lag wie ausgestorben da. Die Fassade des Schlosses leuchtete gleißend hell in der Sommersonne, vom Pflaster stieg die Hitze auf. Die Fenster waren vernagelt. Marie wies den Kutscher an, am Schloss vorbei direkt zum Petit Trianon zu fahren. Auch die Gartenanlagen mit ihren großen Wasserbecken und Alleen waren menschenleer. Aber vielleicht lag es auch an der Mittagshitze, von der sich die Besucher abhalten ließen. Denn dass viele Pariser die Sommerfrische für einen Ausflug in die Schlossgärten nutzten, war der Grund für Maries Besuch in Versailles. Seit sich dort keine adeligen Herrschaften und livrierten Diener mehr tummelten, wirkte das Gelände leblos und vernachlässigt. Deshalb hatten einige Mitglieder der Nationalversammlung Curtius beauftragt, seine Wachsfiguren der königlichen Familie in den Palastgärten von Versailles aufzubauen. So würde es wenigstens etwas zu sehen geben.

Die Kutsche fuhr am Petit Trianon vor. Weiß leuchtete das Lustschlösschen der Königin im Grün des Gartens. Marie hatte das kleine, helle Gebäude mit den römischen Säulen früher einmal gesehen, als sie Madame Élisabeth zur Königin begleitete. Sie war beeindruckt gewesen von dem geschmackvoll eingerichteten Kleinod, das ursprünglich für Madame Pompadour erbaut worden war. Marie Antoinette hatte es kurz nach der

Hochzeit vom König geschenkt bekommen. Sie hatte es nach ihren eigenen Wünschen gestaltet, ein Vorhaben, das Unsummen verschlungen haben musste, wenn Marie die Andeutungen der Hofdamen richtig verstanden hatte. Das Petit Trianon war Marie Antoinettes ureigenstes Reich gewesen, hatte Madame Élisabeth einmal gesagt. Die Diener trugen Livree in den Farben der Königin – Rot und Silber – zum Zeichen, dass sie hier die Herrscherin war, und sogar der König durfte nicht ohne Einladung eintreten.

Der Kutscher und Henri-Louis luden die Kisten mit den Figuren und Wachsköpfen ab. Ein Diener, dessen Kleidung fleckig und vernachlässigt wirkte, öffnete Marie und Laure die Tür und führte sie in den großen Salon. Man sah ihm an, dass ihm diese Aufgabe nicht passte. Er musterte sie abschätzig und stand misstrauisch in der Ecke, damit sie auch ja nichts anrührten. Marie wurde das Herz schwer. Die Luft war abgestanden und stickig, es roch nach Muff und Mottenpulver. Viele Möbel waren offensichtlich eingelagert oder zur königlichen Familie in die Tuilerien gebracht worden. Marie und Laure packten die Figuren des Königs, der Königin, von Madame Royal und dem Dauphin aus, richteten Frisuren und Kleidung und stellten sie auf. Die Familie sah elend aus, verloren zwischen den wenigen Möbelstücken. Marie war deprimiert. War es richtig, was geschehen war? Waren die Herrscher in Paris wirklich besser aufgehoben als in Versailles? Wenn das Volk eine neue Verfassung hatte, würde sicher alles wieder werden, wie es war – nur besser, hoffte Marie. Inzwischen war es eine einmalige Gelegenheit, sich das Petit Trianon anzuschauen. Sie nahm den Diener beiseite und verhandelte kurz mit ihm. Es war weniger Geld nötig, als sie erwartet hatte, damit er sie einmal durch das Lustschlösschen führte. Marie drückte ihm das Geld in die Hand und ging nach draußen, um Henri-Louis zu holen. Er saß im Schatten eines Baumes im Gras. Als er sie kommen sah, stand er auf, strahlte und kam ihr mit offenen Armen entgegen. Marie blieb stehen. Henri-Louis strich sich unsicher den Schweiß von der Stirn.

»Du bist so kühl zu mir. Und das nach diesem wunderbaren Abend. Ich verstehe es nicht«, sagte er.

»Es tut mir leid«, sagte Marie leise.

»Was tut dir leid? Was geschehen ist?«, fragte er. Er ergriff zaghaft ihre Hand. »Marie, für mich war es etwas ganz Besonderes. Ich dachte, du empfindest auch etwas für mich.« Seine Stimme zitterte leicht. Marie tat sein Kummer leid. Sie hatte das Gefühl, grausam zu sein. »Oder ist es dein Onkel? Gibt er dich nicht frei? Will er dich für den Salon?« Marie schüttelte den Kopf.

»So einfach ist es nicht. Du hast recht, ich empfinde etwas für dich. Aber nicht so …«, versuchte sie zu erklären. »Im Moment auf jeden Fall nicht.«

Er ließ sie los, drehte sich weg und stützte sich am Baum ab. Marie wollte ihn trösten, andererseits wollte sie ihm aber auch keine falschen Hoffnungen machen.

»Henri-Louis, ich –«, fing sie an.

»Schon gut.« Er winkte ab. »Lass uns nicht mehr davon sprechen«, flüsterte er.

Marie ging in das Petit Trianon zurück und ließ sich mit Laure durch die leeren Räume führen. Ihre Schritte hallten auf dem Parkett und auf der weißen Marmortreppe, über der ein stumpf wirkender Kronleuchter hing. Die Zimmer waren geschmückt mit geschnitzten und vergoldeten Holzverkleidungen und glitzernder Seide. Blasse Farben überwogen. Das Theater wirkte gespenstisch mit der leeren Bühne und dem verlassenen Zuschauerraum. Das Boudoir der Königin hatte bewegliche Spiegelwände. »Das ist alles?«, fragte Laure spöttisch, als sie das Gebäude nach zehn Minuten durchschritten hatten. »Na, wenn das Schloss auch nicht mehr bietet, dann kann man es ja wirklich verkaufen, um Geld in die Staatskasse zu spülen, wie es manche Abgeordnete vorschlagen.«

Marie erschrak. Wie konnte man die Schönheit dieses Ortes, die Erhabenheit der Palastanlage von Versailles nicht erkennen? Sicher, der Weiler mit seinem Bauernhof war eine Spielerei, aber das Ensemble dieses Schlosses glich einem Kunstwerk, das von vielen tausend Händen erschaffen worden war. Wie konnte man nur daran denken, es zu verkaufen? Und was würde dann daraus werden? Ein Vergnügungsviertel wie das Palais Royal vielleicht? Marie stieg die Galle hoch, aber vor dem Diener wollte sie sich mit Laure nicht streiten. Als sie zur Kutsche zurückkehrten, war Henri-Louis fort. Marie sollte ihn für lange Zeit nicht mehr wiedersehen.

Es war noch dunkel, als Marie in die Küche schlich, um sich einen Kaffee aufzusetzen. Während sie darauf wartete, dass sich der Duft des Kaffees langsam in der Küche verbreitete, gähnte sie herzhaft. Sie war früh dran, aber wenn sie länger schlief, schaffte sie ihr Tagespensum nicht – und im Moment zählte die Aktualität der Ausstellung mehr denn je. Die Leute wollten möglichst schon am nächsten Tag die Porträts derjenigen im Wachssalon sehen, über die man auf der Straße sprach. Schon die letzten Tage waren arbeitsreich gewesen, und nicht ohne Ärger für Marie. Als sie aus Versailles zurückgekehrt war, musste sie feststellen, dass ihr Onkel den Salon umgestaltet hatte. Ihr kam dies wie eine unerlaubte Einmischung vor. Zunächst hatte er den letzten Stein der Bastille ins Zentrum der Ausstellung gestellt. Damit war Marie ja noch einverstanden gewesen. Dann hatte er neue Figuren um die Tafel gruppiert, an der die königliche Familie gesessen hatte, so etwa den Bürgermeister Jean-Sylvain Bailly mit seiner Frau, La Fayette und einige andere. Er meinte, bis sie die Wachsporträts des Königs, der Königin und ihrer Kinder neu gegossen haben würden, könnte der Tisch anderweitig genutzt werden. Auch das fand Marie in Ordnung. Aber dass er eine Figur der Königin so gestalten wollte, dass die Besucher sie durch einen Türspalt beim Auskleiden beobachten konnten, war zu viel. Curtius war sich sicher, dass die Popularität der Königin, die seit dem Fest zum Jahrestag des Sturms auf die Bastille zugenommen hatte, bald wieder abebben würde. Und dann wäre so ein schlüpfriges Tableau genau das Richtige. Schließlich hatten auch die pornographischen Schriften und Stiche über die angeblichen sexuellen Vorlieben der Königin wieder zugenommen. Marie hatte mit ihm diskutiert, ihm ins Gewissen geredet, mit ihm gezankt. Doch Curtius hatte sich sein Vorhaben nicht ausreden lassen. Und nicht nur das. Er hatte darüber hinaus auch angekündigt, dass er den Wachssalon im Palais Royal aufgeben werde. Der Bauchredner habe bereits gekündigt, das passe ihm gut, erzählte er. Marie überfiel ein schlechtes Gewissen. Wie es wohl Henri-Louis ging? Der Salon auf dem Boulevard laufe dank Marie prächtig, das Palais Royal hingegen sei auf dem absteigenden Ast, befand Curtius. Marie hatte diese Ankündigung sprachlos gemacht. War ihr Streit ein Vorgeschmack darauf, was geschehen würde, wenn sie gemeinsam in einem Salon arbeiten würden? Sie konnte nur froh sein, dass Curtius mit seinen militärischen und politischen Aufgaben mehr als ausgelastet war.

Ein Poltern riss sie aus ihren Gedanken. Sie zuckte zurück, verbrannte sich die Hand am Herd, fluchte laut. Ein erneutes Lärmen war aus dem Verschlag hinter der Küche zu hören. Guter Gott, dachte Marie, werden die Ratten immer größer, oder hält sich jemand in unserer Küche versteckt? Sie ergriff ein großes Messer und schob leise den Riegel des Verschlags zurück. Ein stechender Geruch schlug ihr entgegen. Ein Krug mit Essig musste zu Bruch gegangen sein. Dann riss sie mit einem Ruck die Holztür auf. Die Hände belustigt erhoben, ein Grinsen im Gesicht, sah ihr ein Mann entgegen.

»Marat?! Was tut Ihr denn hier?!« Der Mann kicherte.

»Was glaubt Ihr wohl? Wie sieht es denn aus? Ich warte auf meinen Kaffee.«

Marie fluchte erneut und wedelte mit der verbrannten Hand in der Luft. Hätte Curtius ihr nicht sagen können, dass er seinem Freund, dem Arzt, Schriftsteller und Journalisten Jean-Paul Marat Unterschlupf gewährte? Schließlich kannte Marie Marat schon, seit er vor vielen Jahren das Haus ihres Onkels zum ersten Mal betreten hatte. Sie hatte einige seiner Bücher gelesen und sich mit ihm oft über seine Erkenntnisse über Licht und Farbenlehre unterhalten, die Einfluss auf die optische Gestaltung des Kabinetts hatten. Denn so wie Musikstücke gut oder schlecht gespielt werden können, so konnte die Ausleuchtung einer Wachsfigur eine vorteilhafte oder eine nachteilige Wirkung hervorrufen.

»Habt Ihr euch verbrannt? Deshalb habt Ihr so geflucht. Diese Töne kannte ich ja noch gar nicht aus Eurem Mund.« Ächzend wand er sich aus dem Verschlag. Marat war klein, aber kräftig gebaut. Er hatte krumme Beine, einen kurzen Hals, auf dem ein breites, knochiges Gesicht mit einer Habichtsnase saß. Der stechende Geruch wurde stärker. Marie hielt die Luft an. Marat litt an Kopfschmerzen, die er mit einem in Essig getränkten Turban zu bekämpfen suchte. »Lass mal sehen«, forderte er sie auf. Marie reichte ihm widerwillig die Hand. Er war lange Zeit Arzt bei der Leibwache des Grafen von Artois gewesen, doch er litt an einer Krankheit, die seine Haut entstellte und die Marie zögern ließ. Marat verarztete sie kundig. Danach schenkte sie ihm einen Kaffee ein.

»Was habt Ihr denn schon wieder angestellt, dass Ihr Euch verstecken müsst?«, fragte sie. Marat veröffentlichte verschiedene Zeitungen und Flugschriften, sein Hauptblatt *Volksfreund* konnte jedoch nur unregelmäßig erscheinen, weil er immer wieder untertauchen musste. Zuletzt hatte er sich einige Wochen lang in England versteckt.

»Die Nationalversammlung verfolgt mich wegen angeblicher Beleidigung der Nation«, sagte er und verschränkte die Arme vor der Brust. Marat sah blass aus, sein Teint schien noch welker als sonst. Die Aufregung und das unstete Leben schienen ihm zu schaden.

»Warum werdet Ihr nicht einfach wieder ein Mann der Wissenschaften?«, fragte Marie. »Dann hättet Ihr ein ruhigeres Leben.«

»Ich hatte ein ruhiges Leben«, sagte er, und seine Augen leuchteten lebhaft. »Abgesehen von den wenigen Jahren, die ich der Ausübung der Medizin widmete, habe ich fünfundzwanzig Jahre sehr zurückgezogen gelebt, mit der Lektüre der besten wissenschaftlichen und literarischen Werke, dem Studium der Natur, mit ernsthaften Forschungen und Reflexionen.« Marie setzte sich und machte sich auf einen längeren Vortrag gefasst, denn Marat redete gern und viel. Das hatte er mit Curtius gemein. Er trank einen Schluck Kaffee. »Ich war von dem aufrichtigen Wunsch beseelt, der Menschheit nützlich zu sein, und von meiner alles beherrschenden Leidenschaft: der Ruhmsucht.« Noch konnten sie beide nicht ahnen, welchen zweifelhaften Ruhm Marat eines Tages erlangen und welche Rolle Marie dabei spielen würde. »Ich habe an die zwanzig Entdeckungen in den verschiedenen Zweigen der Physik gemacht.« Er stand auf und ging umher. »Aber die Scharlatane in der Königlichen Akademie der Wissenschaften haben meine Entdeckungen in ganz Europa herabgewürdigt. Dann kündigte sich die Revolution mit der Einberufung der Generalstände an. Ich wollte einen Beitrag dazu leisten, dass die Menschheit ihre Ketten abschütteln konnte.«

»Das ist lobenswert. Aber seid Ihr bei Euren Vorschlägen nicht manchmal zu radikal?«

»Mein Blatt hat von Anfang an viel Anstoß erregt. Die Vaterlandsfeinde werfen mir Gotteslästerung vor, und die schüchternen Bürger erbleichen bei seiner Lektüre. Das Wohl des Vaterlandes ist für mich zum obersten Gesetz geworden, und ich habe es mir zur Pflicht gemacht, Alarm zu schlagen. Die Wahrheit und die Gerechtigkeit sind meine einzigen Gottheiten auf Erden. Die Furcht vermag nichts über meine Seele; ich verschreibe mich dem Vaterland und bin bereit, für mein Land mein Leben zu verlieren.«

»Bei vielem, was Ihr beklagt, habt Ihr recht. Beim Wahlrecht, zum Beispiel«, sagte Marie. Frauen, Männern unter fünfundzwanzig Jahren, Dienstboten und allen, die keine direkte Steuer im Gegenwert von mindestens drei Arbeitstagen, also zwei bis drei Livres jährlich, zahlten, wurde das Wahlrecht verweigert.

»Das ist ein schlagender Beweis für den Einfluss des Reichtums auf die Gesetzgebung! So wird die Volksvertretung in die Hände der Reichen zurückgegeben, und das Los der unterdrückten Armen wird sich niemals durch friedliche Mittel verbessern lassen«, schimpfte Marat so aufgeregt, dass der Kaffee aus seinem Becher auf den Boden schwappte.

»Und warum wurdet Ihr nun der Beleidigung der Nation angeklagt?«, fragte Marie.

»Ich habe in meiner letzten Flugschrift zu den Waffen gerufen. Eine Verschwörung zieht ihre Kreise, der Feind steht schon vor unseren Toren. Der König, der gute König«, er schnaubte, »ist genauso darin verwickelt wie einige Minister. Aber niemand will auf mich hören. Stattdessen verfolgt man mich!«

»Sicher haben die richtigen Leute Eure Warnung gelesen und ergreifen schon längst Maßnahmen«, versuchte Marie ihn zu beruhigen.

»Aber wer denn, wer? Es wäre nötig, dass die Bürger wieder zu den Waffen eilen und zu ihrem Heldenmut zurückfinden. Sonst ist es um uns für immer geschehen!« Marat schnellte auf die Zehenspitzen, als ob er seinen Worten mehr Schlagkraft verleihen wollte. »Sobald unsere Feinde einen Augenblick lang triumphieren, wird unser Blut in Strömen fließen. Die privilegierten Stände werden wiederauferstehen, und der abscheuliche Despotismus wird furchtbarer denn je wieder erscheinen. Ein paar hundert abgeschlagene Köpfe hätten uns Ruhe, Freiheit und Glück gesichert. Doch eine falsch verstandene Menschlichkeit hat dem Volk die Arme gelähmt und es gehindert, Schläge auszuteilen. Das kann Millionen das Leben kosten!«

Marie verstand Marats Sorge. Die Verbesserungen der letzten Monate könnten mit Leichtigkeit zurückgenommen werden. Seine unverhohlenen Aufrufe zum Mord waren ihr jedoch zuwider.

»Aber wer bestimmt, wessen Köpfe fallen müssen? Wer ist der Richtige und wer ist der Falsche? Keine Entscheidung scheint mir in diesem Fall besser als eine falsche Entscheidung, es geht um Menschenleben.« Marie stand auf. Ihre Arbeit wartete.

Marat wandte beinahe trotzig das Gesicht ab. »Unsere Feinde werden nicht so zimperlich sein. Sie werden uns umbringen, unseren Frauen den Bauch aufschlitzen. Ihre blutgierigen Hände werden das Herz aus den Leibern unserer Kinder reißen, um unter uns die Liebe zur Freiheit für alle Zeit auszulöschen. Genau das habe ich in meiner Flugschrift geschrieben«, sagte er stolz.

Dann war es ja kein Wunder, dass er sich verstecken musste. Hoffentlich denken nicht viele so wie er, dachte Marie.

»Und Ihr? Ihr seid weder beim Marsch der Fischweiber dabei gewesen, noch habt Ihr mit den Künstlergattinnen Euren Schmuck geopfert. Einem Frauenclub habt Ihr Euch bislang auch noch nicht angeschlossen.« Marat schien gut Bescheid zu wissen. Wurde tatsächlich bald jeder auf sein patriotisches Verhalten hin beobachtet?

»Meinen Beitrag leiste ich hier, im Wachssalon. Ihr wisst ja sicher, wie viele Menschen die Revolutionsführer von Angesicht zu Angesicht – und sei es in Wachs – sehen möchten«, sagte Marie möglichst diplomatisch und ging hinaus. Solange der geheime Logiergast im Verschlag hauste, wollte sie die Küche meiden.

Eine weitere unangenehme Begegnung stand Marie noch bevor. Sie kolorierte gerade konzentriert eine Büste, als jemand sie ansprach.

»Hast dich gar nicht verändert, kleine Zimperliese«, sagte eine Stimme. Marie trat vor Schreck einen Schritt zurück. Ein Mann stand am Eingang, seiner Kleidung nach zu urteilen ein Arbeiter.

»Wer sind Sie? Wer hat Sie hereingelassen?«, fragte sie mit fester Stimme.

»Ich suche meine Frau.«

»Sie müssen sich verlaufen haben. Dort vorne ist die Ausstellung, da finden Sie sicher Ihre Frau.« Marie machte Anstalten, ihm den Weg zu zeigen.

»Was denn? Kennst du mich nicht mehr?« Marie sah den Mann an. »Letztes Mal, als wir uns gesehen haben, hast du in meinen Armen gelegen«, grinste er.

»Das kann ich mir kaum vorstellen. Wenn Sie nun bitte gehen würden. Ich habe zu tun.«

Der Mann hielt sie am Arm fest. »Ich sagte doch, ich suche meine Frau. Laure.«

Marie entwand sich seinem Griff und musterte ihn genauer. Wen hatte sich ihre Freundin da bloß eingehandelt? Plötzlich kamen ihr der harte Blick und das froschmäulige Grinsen bekannt vor. Es war Dutruy, der Henkershelfer. Marie hatte ihn einige Jahre nicht gesehen, deshalb hatte sie ihn nicht gleich wiedererkannt. Und die Namensgleichheit hatte sie nicht stutzig gemacht, als Laure von ihrem Ehemann erzählte. Zu tief hatte sie die Erinnerung an die Leichenöffnung bei Sanson in ihrem Gedächtnis vergraben.

»Ich bringe Sie zu Laure«, sagte Marie, erleichtert, ihn bald los zu sein.

»Na also, geht doch«, spottete er und ging ihr mit einem scheelen Blick hinterher.

Als Laure später zu Marie kam, wollte sie ihren Mann verteidigen.

»Er hat Geld gebraucht«, sagte sie beinahe trotzig. »Deshalb war er hier.« Marie schwieg. Sie würde Laure nicht verraten, dass sie Dutruy als Helfer des Henkers Sanson kennengelernt hatte, und hoffte, dass auch er es für sich behielt. »Ich weiß, du hast ihn einmal bei Sanson gesehen«, sagte Laure in diesem Moment. »Egal, was du denkst, er ist kein schlechter Brotherr, dieser Sanson.«

»Das glaube ich gern«, sagte Marie.

»Außerdem ist das nicht das Einzige, was Jacques tut. Er arbeitet jetzt auch auf dem Boulevard.«

»So? Ich habe ihn dort noch nie gesehen. Was macht er?«

»Er lockt die Kunden an. Er schneidet lustige Gesichter.«

Ein Henkershelfer und Grimassenschneider – wie passt das zusammen, fragte sich Marie. Kein Wunder, dass Laure es bisher vermieden hatte, Marie ihren Mann vorzustellen.

»Jeder tut, was er tun muss, um sein Brot zu verdienen. Es ist dein Leben, deine Entscheidung. Er ist sicher gut zu dir. Ich kenne ihn ja kaum. Sag Jacques nur, er soll mich beim nächsten Mal nicht so erschrecken.« Am besten, es gibt gar kein nächstes Mal, fügte sie in Gedanken hinzu.

KAPITEL 12

*D*ie Schläge der Hämmer und das Knirschen der Meißel hallten zwischen den Häusern. Die Revolution veränderte das Bild der Stadt täglich ein bisschen mehr. Erst kürzlich waren die Häuser auf den Brücken im Zuge von Begradigungsmaßnahmen abgerissen worden. Die Stadt müsse belüftet werden, hieß es. Jetzt hatte man es auf die Wappen abgesehen, die von den Giebeln der Paläste und Herrenhäuser geschlagen wurden. Seitdem die Nationalversammlung im Juli die Abschaffung sämtlicher Adelstitel beschlossen hatte, nahm die Ehrfurcht vor den Adeligen und ihren hochtrabenden Titeln täglich ab – zumal die Runde machte, welche bürgerlichen Namen sich dahinter verbargen. Marie erinnerte sich an einen Artikel im *Journal de la Mode*, der verriet, dass sich hinter dem Titel des Marquis de Verneil der bürgerliche Name Chassepou – Läusejäger – verbarg und seine Großmutter sogar Croque-fromage – Käsefresser – hieß. Auch wenn der König nun »Bürger Capet« genannt werden durfte, behielten manche Helden der Revolution – etwa Graf Mirabeau oder Marquis de La Fayette – ihre Adelstitel bei. Vermutlich, weil sie auf der richtigen Seite standen, überlegte Marie. Selbst jemand wie Abbé Sieyès, Geistlicher und Mitglied der Nationalversammlung der ersten Stunde, den sie auch porträtiert hatte, mochte nicht vorhersagen, welche Stellung Adel und Klerus innerhalb der Gesellschaft einnehmen würden. »Ebenso gut könnte man fragen, welcher Platz einer bösartigen Krankheit zukomme, die den Leib des Kranken martert und verzehrt«, hatte er gesagt.

Würden bald auch die wappengeschmückten Kutschen und die Diener in Livree ganz aus dem Stadtbild verschwunden sein? Und was würde geschehen, wenn die Adeligen, die nun keine Einkünfte mehr hatten, als Auftraggeber ausfielen? Das würde die Künste genauso hart treffen wie den Wachssalon ihres Onkels. Sie würde mit Curtius besprechen müssen, wie sie diese Verluste ausgleichen sollten.

Heute aber war weder die Zeit noch der Ort dafür. Marie war auf dem Weg zur »Gesellschaft der Freunde der Verfassung«, die man, seit sie im Konvent der Jakobiner tagte, den Jakobinerclub nannte. Unter den Mitgliedern des elitären Clubs, in dem Gebildete und Begüterte den Ton angaben, war auch ihr Onkel. Die Mitglieder hatten es sich zur Aufgabe gemacht, im Voraus die Fragen zu diskutieren, die in der Nationalversammlung zur Entscheidung anstanden, und auf eine Verfassung hinzuarbeiten. Marie wollte schon lange einen Blick in diesen Club werfen, in dem regelmäßig bekannte Redner wie Maximilien Robespierre oder Graf Mirabeau sprachen. Und seit sie an dem Entwurf einer neuen Wachsfigur von Mirabeau, dem »Löwen der Revolution«, arbeitete, den sie als Redner zeigen wollte, war dieser Besuch unausweichlich. Heute war eine besonders günstige Gelegenheit dafür, da eine Abordnung von Frauen der Sitzung als Beobachter beiwohnen würde. Marie könnte sich ohne weiteres unter sie mischen.

»Da bist du ja endlich«, begrüßte sie ihr Onkel, der vor dem Jakobinerkonvent wartete. »Es geht gleich los. Wir treffen uns nach der Sitzung wieder«, sagte er. Es war kurz vor sechs, viele Jakobiner eilten nun in den Club. Sie trugen meist schwarze Tuchröcke, wie sie früher die Deputierten des Dritten Standes auf der Nationalversammlung tragen mussten. Auch Curtius verschwand in der Kirche. Marie ging zu den Frauen, die sie neugierig musterten.

»Schön, dass Sie hier sind. Wir können jede Frau an unserer Seite gebrauchen, wenn wir unseren eigenen Club gründen«, sagte eine hübsche Dame zu Marie. Sie lächelte unverbindlich und schloss sich ihnen an, als sie hineingingen.

Der Weg führte durch einen dunklen Kreuzgang in einen gewölbten Klostersaal, der von Stimmengewirr summte. Marie schätzte, dass sich mehr als tausend Menschen darin befanden. Sie wurde mit den anderen Besuchern hinter eine niedrige Balustrade geführt. An den Wänden waren Kopien der Menschenrechtserklärung und Gipsbüsten vorbildlicher Gestalten des Altertums wie Brutus oder heutiger Helden wie Jean-Jacques Rousseau oder Benjamin Franklin aufgereiht. Unsere Büsten sind besser gelungen, fand Marie, der Benjamin Franklin 1785 vor seiner Rückkehr nach Amerika eine Porträtsitzung gewährt hatte. Ich werde Curtius vorschlagen, dem Club zwei Abgüsse zu spenden, das wird sich sicher gut machen.

Glockengeläut übertönte die Gespräche und rief die Anwesenden zur Ordnung. Der Präsident eröffnete die Sitzung. Curtius hatte ihr schon erzählt, dass zunächst die Tagesordnung und Auszüge aus Briefen oder aus aktuellen Tageszeitungen verlesen wurden. Berichte aus den Komitees und die Vorstellung neuer Mitglieder folgten. Die Zeit verging langsam. Marie rutschte unruhig auf der ungepolsterten Bank hin und her. Als sie das zustimmende Nicken der Frauen neben sich wahrnahm, wandte sie sich wieder dem Redner zu, den sie als Dubois de Crancé, ein Mitglied der Nationalversammlung, erkannte. Er erinnerte an den 20. Juni des vorigen Jahres, als die sechshundert Deputierten der Nationalversammlung den Tagungssaal verschlossen vorfanden und ins nahe gelegene Ballhaus auswichen. Dort schworen sie, niemals auseinanderzugehen und sich überall zu versammeln, bis eine Verfassung in Kraft getreten sei. Durch den Ballhausschwur war das Fundament der französischen Freiheit gelegt worden, sagte er. Nie denke er daran, ohne dass sein Herz laut schlage, ohne dass er glühe vor Patriotismus. »Unserem Beispiel folgend wird die Welt eines Tages frei sein«, rief er aus. Bei den Worten kroch Marie eine Gänsehaut über die Arme, neben sich hörte sie einige Frauen seufzen. Es müssten verschiedene Maßnahmen getroffen werden, um das Andenken an diesen Tag zu erhalten, appellierte Dubois de Crancé an die Anwesenden. So solle beispielsweise der schöne Moment des Schwures durch ein Gemälde von der Hand des größten französischen Meisters für die Nachwelt bewahrt werden. »Um unsere Gedanken auf der Leinwand zu beleben, haben wir den Schöpfer des *Brutus* gewählt.« Dieser Franzose und Patriot, dessen Genie die Revolution vorweggenommen habe, solle auf der Stelle erklären, ob er diese ehrenvolle Aufgabe annehme. Dubois de Crancé warf auffordernd einen Blick in die Menge. Beifall brandete auf. Viele verdrehten ihre Köpfe, als suchten sie jemanden. Marie wurde heißkalt. David? War er hier? Da trat er schon, blass vor Aufregung, vor die Versammlung und auf die Rednertribüne. Einmal, ein einziges Mal, besuchte sie den Jakobinerclub, und ausgerechnet an diesem Tag musste Jacques-Louis David einen Auftritt dort haben. Über acht Jahre hatte sie ihn nicht gesehen, und doch traf sie sein Anblick wieder ins Herz. Er trug einen schwarzen Anzug, um den Hals hatte er locker ein Tuch geschlungen. Maries Hände zitterten. Sie wollte aufstehen, aber ihre Knie gaben nach. So musste sie hören, wie David mit bebender Stimme für das in ihn gesetzte Vertrauen dankte. »Man hat mir den Schlaf für eine Reihe von Nächten geraubt«, fügte er hinzu. Die Frauen neben ihr seufzten wieder. Marie presste die Finger an die Schläfen. Ihr tat der Kopf weh. Sie stand auf und ging durch die Reihen der Frauen, die ihr verwundert nachblickten, zur Tür. Dort blieb sie einen Moment stehen und beobachtete David. Welche Spuren hatten die Jahre auf seinem Gesicht hinterlassen? Sein Erfolg, die Geburt seiner Kinder – Marie fühlte einen Stich. Er gefällt sich in dieser Pose, David der große Redner, vielleicht sogar der Politiker. Absurd eigentlich, wo ihn doch seine dicke Wange noch stärker beim Reden behindert als früher, wunderte sich Marie. Da ergriff Mirabeau das Wort und räumte dem Genie und Talent völlige Freiheit ein, die auch dem Künstler David zugutekommen würde. Marie zwang sich, noch einmal hinzusehen. Schließlich war sie hierhergekommen, um den großen Mirabeau einmal reden zu hören. Dann rannte sie hinaus.

»Wohin bist du denn gestern so schnell verschwunden?«, fragte Curtius am nächsten Morgen. Marie saß am Tisch und brütete darüber, welche Rednerpose sie Graf Mirabeau geben wollte.

»Eine plötzliche Übelkeit hat mir zugesetzt, ich musste den Konvent verlassen«, antwortete Marie vage. Sie wusste, dass ihr Onkel nicht weiter nachfragen würde. Das Befinden anderer interessierte ihn nur, wenn es unmittelbar mit ihm oder seiner Arbeit im Zusammenhang stand. Ein verstimmter Magen gehörte sicher nicht in diese Kategorie.

»Du hast etwas verpasst. Du ahnst ja nicht, wer den Ballhausschwur in einem monumentalen Gemälde festhalten wird!«

»Sie werden es mir sicher gleich verraten, lieber Onkel.« Marie trank einen Schluck Wasser, drehte dann das Trinkglas in der Hand und folgte mit dem Finger der Gravur »Freiheit und Gleichheit«.

»David! Jacques-Louis David. Er verdient es wahrlich, der erste Maler Frankreichs zu sein. Ich hoffe nur, dass sein sonstiges Engagement nicht darunter leiden wird.« Er sah sie erwartungsvoll an. Als sie nicht fragte, was er damit meinte, fuhr er auch ohne Aufforderung fort. »David hat es auf die Abschaffung der Akademie der Künste abgesehen«, sagte er in einem verschwörerischen Ton. Marie erinnerte sich dunkel an einen Zeitungsartikel, der vor einigen Wochen Davids Vorschläge zur Neugestaltung der Akademie verbreitet hatte. Aber wie immer, wenn sie auf seinen Namen stieß, hatte sie nicht weitergelesen. Es war eine Wunde in ihrem Inneren, an der sie nicht rühren mochte. »Günstlingswirtschaft, zu strenge Regularien, die Auswahlkriterien für den Salon – die Akademie ist von innen her verrottet. Es muss etwas Neues her«, ereiferte sich Curtius. Seine Worte brachten etwas in Marie zum Klingen, eine Erinnerung stieg in ihr auf. Davids Enttäuschung, seine Wut über die Schikanen des Akademiedirektors. Ihr brennender Wunsch, ihn anerkannt zu sehen. »David hat sich mit anderen zusammengeschlossen. Sie haben mit der Akademie verhandelt, aber nichts ist geschehen. Vor einigen

Wochen hat er eine freie und allgemeine Gesellschaft der Schönen Künste ins Leben gerufen, die *Commune des Arts*«, wusste ihr Onkel. »Jetzt ist die Akademie wieder am Zug. Und wer weiß, vielleicht werden auch Künstler wie ich eines Tages die Ehre haben, im Kunstsalon auszustellen.«

Curtius hatte nun einen versonnenen Ausdruck im Gesicht. Marie fragte sich, wie das gehen sollte, schließlich hatte ihr Onkel ja schon länger keine Wachsbüste mehr geschaffen. Und eigentlich war es ihr auch recht so, dass sie alleinige Herrscherin über sein Reich war.

»Du kannst Davids Büste schon mal neu gießen. Wenn Mirabeau den Antrag an die Nationalversammlung gestellt hat, dass David den Ballhausschwur malen soll, können wir sie gut gebrauchen.«

Marie stellte vorsichtig ihr Glas ab. Das werde ich ganz sicher nicht tun. Ich werde so tun, als hätte ich es vergessen. Und wenn Sie mich daran erinnern, Onkel, werde ich diesen Auftrag verweigern. Diese Antwort behielt Marie jedoch für sich, ihre Lippen waren fest geschlossen. Und Curtius fragte, wie es seine Gewohnheit war, nicht noch einmal nach.

Anna jedoch war stutzig geworden. Abends trat sie zu Marie ins Zimmer, die sich gerade die Haare bürstete.

»Du liebst ihn noch immer«, stellte sie fest. Marie ließ die Bürste sinken.

»Du wusstest davon?«

»Du bist mein Kind. Niemand kennt dich besser als ich.«

»Warum hast du es damals zugelassen?«

Anna begann Marie die Haare zu flechten.

»Du warst so glücklich. Ich habe dir vertraut. Ihr wärt ein schönes Paar gewesen.« Anna seufzte. »Ich hatte gehofft …«

»Ich auch«, flüsterte Marie. Sie zuckte mit den Schultern. »Ich weiß nicht, was ich jetzt fühle. Es spielt wohl auch keine Rolle mehr.«

Keuchend blieb Marie stehen. Nur knapp war sie einer Auseinandersetzung entronnen, wie sie noch immer an der Tages-

ordnung waren. Frauen hatten einen Bäcker überfallen und
ihn beschuldigt, das gute Brot für die Adeligen beiseitezule-
gen und den einfachen Leuten nur das missratene Brot aus
gestrecktem Mehl zu verkaufen. Die Nationalgarde war ein-
geschritten, und bald schon hatten sich die ersten Passanten
eingemischt. Kurz hatte einer der Gardisten versucht, Marie
wegzuzerren. Sie hatte ihm aber glaubhaft versichern können,
dass sie nur zufällig vorbeigekommen war. Froh, dem Tumult
entkommen zu sein, richtete sie Kleidung und Haar und ging
dann auf das schmucke Stadthaus zu. Sie war etwas nervös,
obwohl sie den Mann, der dort residierte, seit langem kannte.
Es war Honoré-Gabriel Riqueti, Graf Mirabeau, der schon seit
Jahren mit Curtius bekannt war. Curtius war es auch, der ihr
einen Termin für die Porträtsitzung verschafft hatte. Aber wie
immer war er zu sehr in seine politischen Geschäfte eingebun-
den, um sie zu begleiten. »Mirabeau sieht nicht gut aus, wenn
du mich fragst«, hatte er ihr noch mit auf den Weg gegeben.
»Er ist krank, das sagt mir mein medizinischer Sachverstand.
Das Porträt, das wir im Salon haben, ist hoffnungslos veraltet.
Was wäre, wenn Mirabeau stürbe – und wir hätten kein ak-
tuelles Porträt in unserer Sammlung? Das würde den Ruf unseres Hauses schwer schädigen.« Marie staunte darüber, wie
kalt ihr Onkel über den Mann sprach, mit dem er so manche
Flasche Tokaier geleert und der ihm so manchen Auftrag be-
schafft hatte.

Als Marie den Diener in Livree sah, der die Tür öffnete,
konnte sie sich ein Lächeln kaum verkneifen. Der frühere Graf
dachte wohl gar nicht daran, die von ihm eigenhändig abge-
schafften Adelsprivilegien tatsächlich aufzugeben. Sie wurde
in einen prachtvoll ausgestatteten Salon geführt. Marie stellte
ihre Tasche ab und setzte sich auf den ihr zugewiesenen Stuhl.
Wenn Mirabeaus Feinde dies sehen könnten, sie würden ihre
schlimmsten Verdächtigungen bestätigt sehen. Der gefürch-
tetste Redner der Revolution wurde seit einiger Zeit beschuldigt, mit dem Hof gemeinsame Sache zu machen. Ein Pam-
phlet hatte gar behauptet, er ließe sich vom König schmieren,

um die Revolution zu Fall zu bringen. Woher sonst sollte das Geld stammen, das er für Schmuck, schöne Frauen und erlesenes Essen ausgab?

Die Tür ging auf, und sie konnte an dem Diener vorbei einen Blick auf einen mit Schriftstücken übersäten Tisch werfen. Dann hörte sie das helle Lachen einer Frau, wenig später trat der Graf durch die Tür. Er war ein Fleischberg, ein Muskelpaket, das stets seine Anzüge zu sprengen drohte. Er sah tatsächlich blasser, verlebter aus als sonst. Viele Frauen erschraken über sein pockennarbiges Gesicht, die wilde Mähne und die beeindruckend hochgewachsene Statur. Marie machte sich jedoch nichts daraus. Sie wusste, wenn Mirabeau einmal ins Reden kam, fesselte er jeden Menschen mit seinen Worten so sehr, dass man sein hässliches Äußeres vergaß. Heute jedoch schien er wortkarg und in Eile zu sein. Marie bat ihn deshalb gleich, sich auf einen Stuhl zu setzen, und deckte seinen Anzug mit einem Tuch ab. Wie so oft trug er schwarzen Samt, die juwelenbesetzten Knöpfe, die man ihm nachsagte, konnte sie jedoch nirgends entdecken.

Marie plauderte einfach drauflos, während sie die Narbenlandschaft seines Gesichts einölte, die gewellten Haare zurückstrich und die Gipsmaske vorbereitete, und berichtete von ihrem Erlebnis eben auf der Straße. »Es ist doch nicht richtig, dass die Reichen in die luxuriösesten Restaurants gehen, wo sie von silbernen Tellern die feinsten Menüs verspeisen, und die einfachen Leute nicht einmal Brot zu essen haben! Wann wird es endlich einen Ausweg aus der Finanzkrise geben?«, fragte sie. Der Graf machte ihr Hoffnung, dass die Zeiten wieder besser werden würden.

»Die Nationen haben, wie die Kinder, ihr Bauchgrimmen, ihr Zahnen, ihr Quaken; sie bilden sich trotzdem.« Dann jedoch sagte er etwas, das Marie noch lange im Gedächtnis bleiben sollte. »Den Leuten ist mehr versprochen worden, als versprochen werden kann: Ihnen wurden Hoffnungen gemacht, die unmöglich zu verwirklichen sind; ihnen ist erlaubt worden, ein Joch abzuschütteln, das sie sich nicht wieder auferlegen lassen. Selbst wenn es großartige Spar- und Wirtschaftsmaßnahmen geben sollte«, erläuterte er in seinem vollen Bariton, »werden die Ausgaben des neuen Regimes tatsächlich größer sein als die des alten, und im abschließenden Urteil wird das Volk die Revolution allein an dem einen Umstand messen: Wird es mehr oder weniger Geld bekommen? Werden die Leute besser dran sein?« Marie wusste, welche Erwartungen Laure hegte.

»Viele Menschen träumen von einem Staat ohne Steuern, von einem Heer ohne Soldaten, von Kirchen ohne Bischöfe und von Bauernhöfen ohne Pacht. Dabei glaube ich, dass es nicht mehr ist als das – ein Traum«, sagte Marie.

»Man ist gereizt, weil ich immer bei den gemäßigten Parteien bin. Aber ich bin überzeugt, dass es einen enormen Unterschied macht, ob man auf der Landkarte oder in Wirklichkeit auf der Erde reist«, sagte Mirabeau und fügte hinzu:»Das beste Mittel, die Revolution zum Scheitern zu bringen, besteht darin, zu viel zu verlangen.«

Sie hätte gern noch weiter mit ihm geredet, gefragt, was man tun könne, um die Lage des Volkes zu verbessern, doch sie musste das tun, was so mancher nicht vermocht hat – Mirabeau zum Schweigen zu bringen. Als sie die Gipsschicht auftrug, durfte er das Gesicht für einige Zeit nicht bewegen. Und später dann, als der Gips getrocknet war und Marie ihn vorsichtig ablöste, komplimentierte der Graf sie hinaus. Er hatte wohl Wichtigeres im Sinn.

Marie ließ ihren Blick über die Reihen des Nationaltheaters schweifen. Ein einziger Lüster mit etwa fünfzig Kerzen erleuchtete den Saal, der sich langsam füllte. Eine Frau in einem weißen Musselinkleid schritt an ihnen vorbei. Die Korsage mit den violetten Schnürbändern betonte auf das Vorteilhafteste ihre Figur, dazu passend trug sie ein legeres Halstuch und ein helles Band im offenen Haar.

»Wie schön sie sind, die Damen in ihren eleganten Kleidern«, schwärmte Laure. »Noch schöner finde ich allerdings die Frauen mit den königsblauen Tuchröcken und den rot abgesetzten Säumen, das ist so patriotisch!« Marie musste an die voluminösen Seiden- und Spitzenkleider denken, die früher von den Gräfinnen und Prinzessinnen getragen wurden.

»Heute ist alles so schlicht, vor der Revolution, das war eine prachtvolle Mode«, gab sie zurück. Laure sah sie von der Seite an.

»Mir gefällt es jetzt besser, wo nicht jeder mit seinem Geld rumprotzt. Man weiß zwar, dass viele noch immer reich sind, aber sie hauen es einem nicht mehr so um die Ohren«, meinte sie.

»Man kann es auch heute noch übertreiben. Denk nur mal an die Dame neulich, die aus der Bastille gebrochene, gemeißelte und polierte Steine, die kunstvoll in Gold gefasst waren, an einer Kette auf der Brust trug. Bei dem Gewicht muss sie doch einen langen Hals bekommen!« Marie lachte, und auch Laure ließ ihr seltenes Lächeln sehen. Marie war froh, dass Laure mit ins Theater gekommen war. Ihr alter Freund Aumars hatte Marie Karten für *Brutus* geschenkt – als Inspiration für eine Brutus-Figur, die sie auf Wunsch ihres Onkels gestalten sollte. Die Wiederaufführung von Voltaires Freiheitsstück hatte schon seit Tagen für Spannung gesorgt, einige Zeitungen hatten sogar alle Patrioten zum Besuch dieses Stückes aufgefordert. Die Polizei hingegen hatte, um Aufruhr und Gewalt vorzubeugen, verfügt, dass man Gewehre und Stöcke nicht mit in das Theater nehmen dürfe.

Seit Laure sie »wiedergefunden hatte«, wie Marie es insgeheim nannte, waren sie einander noch nicht wieder richtig nahegekommen. Im Atelier blieb oft keine Zeit, außerdem waren sie dort Chefin und Angestellte. Vielleicht würden sie wieder vertrauter werden, wenn sie auch privat mehr Zeit miteinander verbrachten. Vielleicht könnten sie sich über ihren Kummer austauschen und ihn so lindern. Denn wirklich glücklich schien Laure nicht zu sein. Ein donnernder Applaus ließ sie verstummen. Graf Mirabeau war in das Theater eingetreten. Alles rief »Mirabeau auf die Galerie!« und »Das französische Volk verlangt seinen Brutus!«. Wenig später wurde er mit lautem Jauchzen in der Galerie empfangen.

»Da ist Mütterchen Mirabeau«, freute sich auch Laure, ehrfurchtsvoll den Titel verwendend, den ihm die Fischweiber verliehen hatten.

»Jetzt wird er gefeiert, und dennoch hören die Anschuldigungen gegen ihn nicht auf«, sagte Marie.

»Man will ihn unglaubwürdig machen, damit die Revolution einen Helden weniger hat.«

»Dabei beweist doch schon seine ruhige Reaktion auf die Vorwürfe, dass er nichts zu verbergen hat. Neulich hat er gesagt, dass er die schmutzigen Schmähungen sogar als Erträgnisse seiner Ritterschaft betrachtet.«

Der Vorhang, den eine strahlende Sonne zierte, hob sich. Das Spiel begann. Als es auf der Bühne über Brutus hieß: »Du bist es, der allein den Blick hier auf sich lenkt, der unsre Ketten brach und uns die Freiheit schenkt«, wurde begeistert vom Publikum auf Mirabeau gezeigt. Bei dem Satz »Zermalmt den Staat nicht ganz, den ihr nur ändern sollt« gab es in den ersten Logen Applaus. Im Parkett brach ein Tumult aus, dort saßen wohl die revolutionär gesinnten Besucher. Immer wieder reckten sie die geballten Fäuste in Richtung Logen. Nach Brutus' letzten Worten »Rom ist nun frei: das ist genug – den Göttern Dank« nahmen alle Schauspieler ihre Positionen wie in einem Tableau ein. Gewaltiger Applaus brach los.

»Was soll das?«, fragte Laure.

Marie zögerte. Sie hatte es gleich erkannt, weigerte sich aber, es auszusprechen. »Die Figuren stehen so, wie man es von Davids Brutus-Gemälde her kennt«, sagte sie matt. »Es ist eine Huldigung an diesen … Künstler.« David, immer wieder David. Wurde sie ihn denn nie los?

In Feierstimmung erhoben sich die Theaterbesucher und schoben sich den Ausgängen entgegen. Marie und Laure warteten das größte Gedränge ab und gingen dann auf die Straße hinaus, über der ein kühler Nebel hing. Die Windlichter der Laternenträger flackerten matt. Marie drückte einem ein Geldstück in die Hand, damit er ihnen eine Kutsche heranrief. Um diese Uhrzeit wäre es zu gefährlich, den weiten Weg vom Vorort Saint-Germain zum Boulevard du Temple zu gehen. Marie wickelte sich fest in ihr Cape, ihr war kalt – und es war nicht nur das Novemberwetter, das ihr unter die Haut kroch. Sie versuchte die Erinnerung wegzuschieben, aber immer wieder kroch sie in ihr Hirn, in ihr Herz. *David und sie im Theater, eng aneinandergeschmiegt. Seine Hand auf ihrer. Arm in Arm auf dem Heimweg.* War sie seitdem je wieder so glücklich gewesen? Nie wieder hatte jemand ihr Herz auf diese Weise berührt. *Ich habe den Wachssalon, das ist besser als jede Liebesbeziehung,* dachte Marie beinahe trotzig.

»Wird er uns eigentlich mal im Atelier besuchen? Der Revolutionsmaler David, meine ich?«, fragte Laure.

»Nicht, wenn ich es verhindern kann«, flüsterte Marie. Laure hatte ihre Antwort anscheinend gar nicht gehört.

»Dein Onkel sagte nämlich, dass du an einer Büste von ihm arbeitest. Und dass du ihn vor vielen Jahren schon einmal porträtiert hast. Wie war er denn so, als Mann, meine ich?«

Als Mann? War er je mehr als ein Maler, ein vom Ehrgeiz zerfressener Maler gewesen, hätte Marie beinahe höhnisch gefragt. Denn dass seine Heirat kein Akt der Liebe gewesen war, sondern ein Schachzug, um seine Karriere voranzubringen, das glaubte sie fest. O ja, sie hatte Louis als Mann erlebt. *Seine Augen, seine Lippen, seinen Körper. Ihre Körper, vereint.* Marie ging einige Schritte weiter, als ob sie die Gedanken abschütteln könnte. Nein, sie wollte mit Laure nicht darüber sprechen. Dazu war sie ihr noch zu fremd. Vielleicht später, wenn sie ihr wieder mehr vertraute. Aber vielleicht wäre es ja auch gar nicht nötig. Vielleicht würde Jacques-Louis David einfach aus Paris, aus ihrem Leben verschwinden. Als Laure sie eingeholt hatte und erneut nach der Büste fragte, atmete Marie durch.

»Ich arbeite daran«, log sie. »Aber zuerst muss ich die Figur von Mirabeau fertigstellen. Du hast doch gesehen, wie er heute gefeiert worden ist. Das ist viel dringender.« Sie hatte das Wachsporträt des Redners allerdings noch nicht einmal entworfen. Sie würde den Jakobinerclub erneut aufsuchen müssen, um ihn noch einmal reden zu hören. Endlich war die Kutsche da. Laure fragte nicht weiter nach David, sondern malte sich aus, was für ein Gesicht ihr Mann machen würde, wenn er hörte, dass sie den Revolutionshelden Mirabeau im Theater gesehen hatte.

»Steh'n dir sicher gut, die feinen gelben Latschen«, meinte Laure und grinste Marie frech an. Marie wusste nicht, woran es lag, aber langsam heiterte sich Laures Gemüt auf. Was auch immer der Grund dafür war, Marie war froh darüber. Sie lächelte zurück und setzte mit großer Geste den dazugehörigen Turban auf ihren Kopf. Laure und sie standen im Zimmer, das zum Hinterhof hinausging, und motteten Wachsfiguren und ihre Kleidung ein. Seit der Wachssalon im Palais Royal geschlossen war, herrschte in ihrem Haus auf dem Boulevard drangvolle Enge. Dann legte Marie den Turban vorsichtig zu den Seidenpantoffeln in eine Holzkiste. Laure rieb ihre klammen Hände. Obwohl der Kamin brannte, war es kühl im Haus. Es war Dezember, wenn auch kein so harter wie im letzten Jahr. »Wem gehörten denn diese fremdartigen Dinger?«, fragte Laure und zeigte auf die Kiste.

»Das sind die Kostüme der Gesandten von Tippoo Sahib gewesen, des Sultans von Mysore. Die Gesandten haben Ludwig XVI. um Beistand bei der Vertreibung der Engländer gebeten. Ich habe sie porträtieren dürfen, in Versailles«, erklärte Marie. »Die Figuren haben in den vergangenen Jahren vor allem bei den Damen für Entzücken gesorgt. Heute aber interessiert man sich eben mehr für die einheimischen Helden.« Sie packte Seiten aus Modejournalen wie *Le Cabinet des Modes* in eine Kiste. Die brauchte sie nicht mehr, da die Mode jetzt schließlich auf der Straße gemacht wurde. Marie hielt ihre Kleidung ohnehin am liebsten schlicht. Am häufigsten trug sie einen Caraco, ein Schoßjäckchen mit Revers und Ärmelaufschlägen, und dazu einen Rock statt eines ganzteiligen Kleides.

»Zu Recht, meine ich. Ich schau mir auch lieber einen Robespierre an als einen – wie hieß der Sultan doch gleich? Denk nur, was in diesem Jahr alles passiert ist. Da muss man nicht in die Fremde schauen, um Helden zu finden.«

Marie stimmte ihr zu. Es war viel geschehen. Die Nationalversammlung hatte weitreichende Reformen auf den Weg gebracht. Die Abschaffung der Adelstitel hatte die Gleichheit der Menschen in greifbare Nähe gerückt. Die Streichung der Binnenzölle war längst überfällig gewesen und erleichterte den Parisern das Leben enorm. Aber das neu eingeführte Papiergeld verlor täglich an Wert. Die Arbeiter, die in Assignaten entlohnt wurden, schimpften, weil sie für die Scheine immer weniger kaufen konnten, denn noch immer stiegen die Preise. Auch auf dem Land war die Stimmung schlecht. Die Bauern hatten zwar jetzt die Möglichkeit, ihre Lehnsherren zu verlassen, aber nur die wenigsten konnten es sich leisten, sich freizukaufen. Und auch der Umgang mit der Kirche sorgte für Unfrieden. In Annas Gegenwart durfte das Thema schon gar nicht mehr angesprochen werden, weil sie jedes Mal wütend wurde, wenn sie daran dachte, wie die Priester behandelt wurden. Marie fand es richtig, dass die Kirche entmachtet worden war. Zu viel Schindluder war im Namen der Kirche getrieben worden. Sie war auch dafür, dass die Pfarrer, Bischöfe und sonstigen Kirchenleute einen Eid auf die Verfassung leisten sollten. Waren sie nicht alle ein Volk?

»Hast du gehört, dass sich Frauen in patriotischen Clubs zusammenschließen?«, fragte Laure nun.

»Ja, warum nicht? Es gibt ja auch politische Clubs, die Männer und Frauen aufnehmen«, sagte Marie.

»Einige Frauen wollen sogar eine Armee gründen«, erzählte Laure. »Sie wollen die Tuilerien aufsuchen und den König zwingen, den Bürgereid zu wiederholen. Er soll auch endlich das Dekret billigen, dass die Priester den Eid auf die Verfassung leisten müssen. Und wenn ihnen Bailly in die Quere kommt und von Kriegsrecht faselt, ist die Laterne der Lohn für seinen Antipatriotismus«, redete sich Laure in Rage. Gewalt konnte nicht das rechte Mittel für Verhandlungen sein, fand Marie. Wie konnte ihre Freundin so kalt über Menschenleben sprechen?

»Den Bürgermeister wollen die Frauen hängen? Dann sind sie ja auch nicht besser als der marodierende Pöbel«, meinte sie. Laure presste die Lippen aufeinander. »Woher weißt du das alles? Gehst du zu ihren Versammlungen?«

»Und wenn es so wäre?«, entgegnete Laure spitz.

»Nichts wäre dann. Du kannst tun, was du willst«, sagte Marie ruhig.

»Ich habe es von einer Nachbarin gehört. Ich habe keine Zeit dafür. Und mein Jacques, nun ja, er hält nichts davon«, sagte Laure. »Aber du, dir kann niemand sagen, was du zu tun und zu lassen hast. Warum gehst du nicht einfach mal hin? Sogar Marat bewundert den Eifer und den Mut der Heldinnen der Hauptstadt.«

»Na, wenn das so ist ...« Marie würde es sich durch den Kopf gehen lassen. Aber eigentlich reichte es, wenn sich einer aus der Familie tagelang bei politischen Veranstaltungen herumtrieb. Curtius legte inzwischen kaum noch Hand im Wachssalon an. Und sie konnte hier, mit ihrer Ausstellung, die sie als eine Art plastische Zeitung aus Wachs ansah, genauso gut die Geschicke der Revolution begleiten.

Curtius drückte dem Mann, der am Eingang des Saales stand, etwas in die Hand. Der Mann machte Marie ein Zeichen, dass sie ihm folgen sollte. Dann führte er sie auf einen Platz, von dem aus sie die Rednertribüne gut sehen konnte. Seit der König in Paris war, tagte auch die Nationalversammlung hier. Für Marie war es der erste Besuch. Sie setzte sich und schlug ihr Notizbuch auf. Die Nationalversammlung war vollbesetzt, neben ihr saß eine Frau und strickte. Die Mitglieder saßen unten, wo sich an den Wänden sechs mit grünem Stoff verkleidete Sitzreihen wie in einem Amphitheater erhoben. Dem Eingang gegenüber befand sich der erhöhte, mit einem Gitter umgebene Sitz des Präsidenten. Darunter stand ein Tisch für sechs

Sekretäre. Auf dem freien Platz in der Nähe des Präsidenten befand sich ein Katheder für die Redner.

Endlich betrat Graf Mirabeau das Rednerpult. Sein Thema war ein geplantes Gesetz, das die Freizügigkeit bei Personen regeln sollte, die der Emigration verdächtig waren. »Der Mensch ist mit der Erde nicht durch Wurzeln verbunden; daher gehört er nicht zum Boden. Der Mensch ist nicht Feld, Wiese oder Vieh; daher kann er nie ein Besitztum sein. Der Mensch hat das innere Gefühl für diese einfachen Wahrheiten; daher kann man ihm nicht einreden, dass seine Herren das Recht haben, ihn an die Scholle zu binden.« Immer wieder unterbrochen durch Beifall und Rufe, fuhr er fort und beantragte schließlich, die Verlesung einer Gesetzesvorlage abzulehnen, weil er mit den Prinzipien der Verfassung unvereinbar ist. Mehrere Abgeordnete verlangten nun das Wort. Mit einer entschiedenen Geste sagte Mirabeau: »Ich hatte das Wort, ich habe es während der Verlesung des Gesetzentwurfs verlangt und ich beanspruche es.« Er schritt auf der Rednertribüne hin und her wie ein Löwe in einem Raubtierkäfig. Seine Gebärden waren heftig und ruckartig. Marie machte sich Notizen. »Was ich beweisen werde, ist, dass gerade die Barbarei des Gesetzes, das man Ihnen vorschlägt, der höchste Beweis seiner Undurchführbarkeit ist.« Unruhe durchflutete den Saal. Mirabeau holte Atem, schnaubte dann. Er betonte, dass eine gewisse Kontrolle notwendig sei, sie jedoch strikt auf gesetzlichem Wege durchgeführt werden müsse. Zwingende polizeiliche Maßnahmen seien unangemessen, barbarisch, und der Vorschlag des Komitees daher nicht beschlussfähig. »Ich verneine es und erkläre, dass ich meiner Auffassung nach jedes Treueschwurs gegenüber denen entbunden wäre, welche die Niedertracht besäßen, eine diktatorische Inquisition einzurichten.« Beifall und Zwischenrufe unterbrachen wieder seine Ausführungen. Mirabeau ließ sich nicht beirren, sondern begründete die Ablehnung des Gesetzes nachdrücklich. »Einem solchen Gesetz schwöre ich, nie zu gehorchen, wenn es gemacht wäre.« Er ballte die Fäuste. Die Zwischenrufer wurden nun immer lauter, einer schrie sogar, es herrsche eine Art Diktatur des Herrn de Mirabeau in dieser Versammlung. Mirabeaus dröhnende Stimme wischte diesen Einwand einfach fort. »Ich bitte meine Herren Zwischenrufer zu bemerken, dass ich mein ganzes Leben lang den Despotismus bekämpft habe und dass ich ihn mein ganzes Leben lang bekämpfen werde.« Seine Figur war von Stolz geschwellt, er war von großartiger Hässlichkeit. Doch als das Gemurmel auf der linken Seite der Versammlung nicht nachließ, brüllte er: »Ruhe, die dreißig Stimmen!« Einige Zuschauer sogen erschreckt die Luft ein, äußerten Proteste über diese schulmeisterliche Art. Wie unklug von ihm, dachte Marie, wo doch letztlich alle auf der Seite der Freiheit stehen.

Sie rieb sich den Nacken.

Ihr war unbehaglich zumute. Sie fühlte sich schon die ganze Zeit beobachtet. Das war vermutlich kein Wunder, bei all den Menschen, die sie umgaben. Ihr Blick wanderte über die Zuschauerreihen. Plötzlich blickte sie in zwei Augen, die sie unverwandt, beinahe zärtlich betrachteten. Jacques-Louis David saß wie sie im Zuschauerraum, ein großes Skizzenbuch auf dem Schoß. Doch seine Hände glitten nicht über das Papier. Marie sah schnell wieder auf Mirabeau. Aus den Augenwinkeln bemerkte sie, dass sich auch David nun dem Redner zugewandt hatte. Er machte wohl Skizzen für sein großes Gemälde des Ballhausschwures, auf dem der Graf natürlich zu sehen sein musste. Einen Augenblick später stellten sich wieder ihre Nackenhaare auf. Sie sah ihn erneut an. Sein Blick ruhte wieder auf ihr. Er lächelte sie an. Wie in Trance lächelte sie zurück. Dann schalt sie sich. Wie konnte sie nur, nach allem, was er ihr angetan hatte. Sie starrte auf ihre Notizen, mehrere Seiten waren von Schrift bedeckt. Warum sah er sie so durchdringend an? Was bildete er sich ein. Er war ein verheirateter Mann – was sie ja nur zu gut wusste. Was für eine Schamlosigkeit, sie so anzustarren. Sie würde sich nicht die Blöße geben, darauf zu reagieren. Sie würde so tun, als ob sie es gar nicht wahrnahm. Als sie wieder aufsah, wurde die Sitzung gerade geschlossen. Sie hatte genug gesehen und wusste genau, wie sie die neue Wachsfigur des Grafen anlegen musste. Um sie herum erhoben sich alle. Marie mischte sich unter die Menge, ließ sich mit den schwatzenden Frauen und Männern in die Frühlingssonne hinaustreiben. Sie war erleichtert, dass sie auf den Gängen David nicht mehr begegnete.

Ihre Wachsfigur war gerade rechtzeitig fertig geworden – und doch zu spät. Einen Monat nach der Sitzung starb Mirabeau. Die Besucher kamen umso zahlreicher, um die beiden Porträts von ihm zu sehen. Die nationale Trauer ließ den Umsatz steil in die Höhe schnellen. Heute allerdings würde niemand mehr die Figuren zu Gesicht bekommen. Der Wachssalon war geschlossen. Ganz Paris hatte Staatstrauer angelegt. Marie schritt langsam aus. Es waren Tausende Menschen, die sich auf den Straßen eingefunden hatten, um Mirabeau zu ehren. Er würde als Erster in das Panthéon gebracht werden, in das neu geschaffene Denkmal für die großen Männer, für die Unsterblichen Frankreichs. Marie musste daran denken, dass Mirabeau einmal gesagt hatte, dass nur Tugend und Talent bei ihm in Ansehen stehen und nicht der Status, den jemand durch den Zufall seiner Geburt erlangt. »Daran gewöhnt, ich zu sein, nichts zu sein als ich, mich nur auf Grund meiner zu achten, will ich versuchen, jeden Platz zu verdienen, und mich zu trösten, keinen zu bekommen.« Diese Worte hatten Marie damals tief bewegt, denn auch sie dachte oft an den Zufall ihrer Geburt, daran, dass auch sie sich selbst zuallererst achten müsse. Graf von Mirabeau war dies gelungen, er hatte seinen Platz gefunden. Den ersten Platz unter den Franzosen. Ob es auch ihr gelingen würde, ihren Platz zu finden, müsste sich erst noch zeigen.

»Mich wundert, dass hier so viele sind. Bei den Jakobinern haben sie gesagt, Mirabeau gehört zu den Schurken, die der Freiheit am gefährlichsten sind«, sagte eine tiefe Stimme hinter ihr. Es war Dutruy. Marie war mit Laure zur Prozession gegangen, wenig später war Laures Mann zu ihnen gestoßen. Seitdem war die Stimmung gedrückt. Marie konnte ihn einfach nicht leiden. Dazu kam, dass sie kurz nach ihrem Zusammentreffen eine Hand auf ihrer Kehrseite gespürt hatte – und als sie sich umdrehte, grinste er sie frech an. Laure hatte es nicht mitbekommen. Aber von da an hielt Marie ihre Freundin zwischen sich und Dutruy.

Marie hatte von dieser Sitzung des Jakobinerclubs, auf die Dutruy anspielte, auch gehört. Mirabeau wurde beschuldigt, die Jakobiner vernichten zu wollen, die Mitbrüder zu schmähen und die Revolution zu verraten. Und gleich nach seinem Tod überfluteten Pamphlete die Straße, die ihn der Verschwörung bezichtigten.

»Ich glaube eher, dass Mirabeau einer Verschwörung zum Opfer gefallen ist. Vermutlich hat man ihn vergiftet, um ihn aus dem Weg zu schaffen. Warum sollte ein gesunder zweiundvierzigjähriger Mann sonst so plötzlich sterben?«, sagte Marie zu Laure. Die Freundin zuckte mit den Schultern.

»Ah, bah«, winkte Dutruy ab. »Man hat ihn doch aufgeschnitten nach seinem Tod. Da sah er alles andere als vergiftet aus. Vermutlich ist er ganz einfach abgekratzt, als er es mal wieder zwei Opernsängerinnen zugleich besorgte«, höhnte er.

Marie wollte ihre Trauer nicht durch das Geschwätz eines Grimassenschneiders beschmutzen lassen. Bevor sie in dieser unangenehmen Begleitung weiterging, blieb sie lieber für sich. Sie tat so, als würde sie einen Stein aus ihrem Schuh entfernen, und ließ sich zurückfallen. Laure würde Marie morgen sagen, sie hätte sie im Gewühl verloren. Sie dachte über Dutruys Worte nach. Ja, sie hatte auch das Gerücht gehört, dass der Arzt bei der Autopsie des Grafen eine beachtliche Erektion festgestellt hatte. Aber das war für sie nicht mehr als böswillige Nachrede. Als Todesursache wurde schließlich die Entzündung von Leber, Nieren und Magen angegeben. Und was der Graf in seinen letzten Stunden getan hatte, wusste man genau. Denn tatsächlich hatten ihn so ehrenwerte Männer wie Talleyrand an seinem Sterbebett besucht.

Langsam schritt der Leichenzug voran. Die Trommeln übertönten mit ihrem dumpfen Klang das Schluchzen der Frauen und hinterließen ein Vibrieren in Maries Bauch. Sie war von dem Schauspiel, das alles übertraf, was sie je gesehen hatte, ganz gefangen und ließ, wie so viele um sie herum, ihren Tränen freien Lauf. Wie würde es mit der Revolution weitergehen, nun, da sie den wichtigsten ihrer Anführer verloren hatte? Inzwischen waren Fackeln entzündet worden, die einen gespenstischen Schein auf die Männer, Frauen und Kinder warfen. Gegen sechs Uhr war die Prozession aufgebrochen. An der Spitze eine Kompanie der Nationalgarde zu Pferd, gefolgt von den Soldaten der Infanterie, die ihre Gewehre verkehrt herum geschultert trugen und die Trommeln mit schwarzem Flor umhüllt hatten. Eine Bleiurne, die Mirabeaus Herz enthielt, befand sich in der Mitte der Prozession. Hinter den Sargträgern liefen Bataillone von Veteranen und Kindern, Vertreter des Stadtrats von Paris, die gesamte Nationalversammlung und schließlich die Mitglieder des Jakobinerclubs. Marie hatte sich bei der Kirche von Saint-Eustache in der Nähe der Markthalle, wo eine Lobrede auf Mirabeau gehalten wurde, der Prozession angeschlossen. Es war Mitternacht, als sie die Kirche Sainte-Geneviève auf dem linken Seineufer erreichten, wo das Herz Mirabeaus auf einem Katafalk neben das Grab des Philosophen Descartes gestellt wurde. Marie fand den Gegensatz zwischen der früheren Kirche in ihrem strengen Klassizismus, die kaum noch Zeichen ihrer früheren Bestimmung trug, und der willkürlich vollgestopften gotischen Krypta der Könige in Saint-Denis sehr angenehm. Wenig später waren die Feierlichkeiten beendet. Die Menschenmenge löste sich auf. Wie Boote auf dem Fluss in die Unterwelt schwankten, bewegten sich die Fackeln der Menschen auseinander. Es war, dachte Marie, als ob wir Mirabeau in die Welt der Toten begleiten würden.

KAPITEL 13

$\mathcal{E}$s war zwischen neun und zehn Uhr morgens, als die Schläge der Trommeln durch die Straßen dröhnten. Marie ging neugierig zur Tür des Wachssalons, um auf den Boulevard du Temple hinauszusehen. Schon liefen die ersten Männer aus den Häusern und über die Straßen zum Treffpunkt der Distrikte. Jetzt läuteten auch noch die Sturmglocken.

»Es muss etwas geschehen sein, etwas Wichtiges. Sonst würde man die Stadt nicht so in Alarmbereitschaft versetzen«, meinte Curtius, der aus dem Atelier gelaufen kam. Seine Uniformjacke hatte er bereits übergeworfen, im Gehen machte er die Knöpfe zu. »Sie rufen uns zu den Waffen. Ich muss los. Halte einstweilen den Laden geschlossen, bis du von mir hörst. Sicher ist sicher.«

Marie machte sich im Salon wieder an die Arbeit. Sie hatten gerade ein kleines Holzmodell des Schlosses von Saint-Cloud geliefert bekommen, das ein Tischler angefertigt hatte. Das Schloss war in letzter Zeit immer wieder im Gespräch gewesen, weil der König und seine Familie in der Karwoche dorthin reisen wollten. Daran waren sie in letzter Minute unter Tumulten von der Nationalgarde und dem Volk gehindert worden, die befürchteten, dass ihr Herrscher sich ins Ausland absetzen würde. Solche Modelle lockerten den Charakter der Ausstellung auf und sorgten zudem für Neuigkeitswert. Sie rückte es in die Nähe der Figuren der Königsfamilie. »Der König ist geflohen! Mit seiner ganzen Familie!«, drangen Rufe zu Marie ins Haus. Ihr Herz setzte ein paar Schläge aus. Einerseits war sie erschrocken über diese Nachricht. Andererseits war sie erleichtert, denn in den letzten Jahren hatte sich das Volk dem Monarchen gegenüber wahrlich nicht immer angemessen verhalten. Sie zog die Stirn kraus, wie die anderen, obwohl ihr eher nach einem Lächeln zumute war, und trat auf die Straße hinaus. Dort hatten sich bereits einige Grüppchen gebildet. »Er hat sich letzte Nacht davongemacht!

Der König, die Königin, Madame Élisabeth, Madame Royal und der Thronfolger«, sagte eine der Waschfrauen erregt. »Der König ist angeblich durch die Abflusskanäle der Küche entwichen, die in die Seine münden«, erzählte ein Mann. Das konnte sich Marie kaum vorstellen. In der Zeit, die sie am Königshof verbracht hatte, hätte sich die Familie nie zu einer so praktischen, aber unangenehmen Lösung entschlossen. »La Fayette muss Mitschuld an der Flucht haben. Schließlich war er mit ihrer Bewachung betraut«, vermutete ein anderer. »Wird es nun Krieg geben? Wird der König zurückkehren und mit einer Armee aus Emigranten und Fremden schreckliche Rache an uns nehmen?«, fragte eine Frau mit roter Triefnase. »Ich habe gehört, Paris soll von den unterirdischen Gängen und Kanälen aus besetzt werden, und danach will man alle Patrioten umbringen«, sagte ein alter Mann. Da bog Curtius um die Ecke und rannte auf den Salon zu. Marie fing ihn an der Tür ab.

»Ist es wahr?«, flüsterte Marie. »Haben sie es geschafft? Hat die königliche Familie Frankreich verlassen?« Ihr Onkel zog sie ins Haus.

»Hüte deine Zunge!«, schnaufte er. »Ein Satz wie dieser kann dich leicht in den Ruch bringen, eine Royalistin zu sein – und an die Laterne bringen! Gerade wir Ausländer müssen doppelt vorsichtig sein mit dem, was wir sagen.« Er holte tief Luft. »Geflüchtet sind sie! Damit hat Capet sein wahres Gesicht gezeigt. Die Nation ist in größter Gefahr. Die Distrikte versammeln sich, die Nationalgarde greift zu den Waffen.« Anna, die zu ihnen getreten war, faltete die Hände zusammen und schickte ein Stoßgebet gen Himmel. Marie wusste, sie betete dafür, dass dem Beschützer der Kirche, denn das war Ludwig XVI. in ihren Augen, die Flucht gelang. Curtius warf ihr einen strengen Blick zu, sagte aber nichts zu ihr.

»Marie, du musst den Laden geschlossen halten. Vor allem aber musst du die Figuren der Königsfamilie wegschaffen. Am besten schmilzt du sie ein.«

Marie sah ihn ungläubig an. »Einschmelzen, aber warum?«

Curtius lief, so weit dies überhaupt möglich war, noch röter an.

»Ich will jetzt kein Aber hören! Du tust, was ich sage! Ich muss mich darauf verlassen können. Ich befehle es dir!« Er holte sich ein Glas Wasser, trank es in einem Zug aus und rannte wieder hinaus. Marie sah ihre Mutter fragend an.

»Befehlen? Er ist hier doch nicht bei seinen Soldaten«, schimpfte sie. Anna legte ihr die Hand auf den Arm.

»Er hat sich sicher nur im Ton vergriffen. Am besten, du hörst auf ihn und entfernst die Figuren gleich. Meistens hat er einen guten Riecher, was den Salon angeht.« Da musste sie ihrer Mutter recht geben. Vielleicht war es sicherer, die Figuren einzumotten – zumindest, bis die Lage geklärt war. Einschmelzen würde Marie sie aber bestimmt nicht.

Nachdem sie die Figuren sicher verstaut hatte, beschloss sie sich ein Beispiel an ihrem Onkel zu nehmen und dorthin zu gehen, wo man am meisten erfahren konnte – auf die Straße. Auf dem Boulevard traf sie Baptiste Aumars, der ihr die neuesten Gerüchte erzählte und sie auf ihrem Weg begleitete. »Ich will mich auch gerade mal ein bisschen umsehen. Man hort so vieles. Das Volk ist in die Tuilerien eingedrungen und hat die Möbel zerschlagen. Es heißt aber, in Paris herrscht sonst überall Ruhe – dafür sorgt schon die Nationalgarde«, sagte der rüstige alte Mann. Sie gingen zunächst ziellos durch die Stadt. Die Menschen auf den Straßen waren ungewöhnlich still. Fast als wäre Paris ein riesiges Krankenzimmer, in dem alle Bewohner flüsterten, um den Kranken nicht zu stören. Unterwegs trafen sie einige Male auf Patrouillen, die die Ordnung auf der Straße aufrechterhalten sollten. Man forderte die Bürger auf, nicht in Panik zu verfallen.

Als Marie und Aumars bei den Tuilerien ankamen, war der Garten wegen des ungeheuren Andrangs bereits geschlossen worden. Vor den Toren versammelten sich dennoch die Menschen. Ein anonymes Plakat hing am Zaun: »Mitteilung an die Bürger, dass ein fettes Schwein aus den Tuilerien entflohen ist. Wer ihm begegnet, wird gebeten, es in seinen Stall zurückzubringen, er wird dafür eine angemessene Belohnung erhalten.« Marie war erbost. »Frechheit«, schimpfte sie. Aumars sah sie prüfend an.

»Du solltest dein Temperament im Zaum halten. Ich weiß um deine Gefühle für die Königsfamilie. Aber jetzt geht es um die Sicherheit der Nation. Lass dir also nichts anmerken. Hast du nicht gelernt, erst zu beobachten und dann zu sprechen?«, ermahnte er sie. Ja, das war eine Lektion ihrer Kindheit gewesen. Vielleicht war es nun wieder an der Zeit, nach ihr zu handeln. Schon seit längerem wurde Maries Aufenthalt am königlichen Hof bei den Führungen durch den Salon kaum noch erwähnt, außer wenn man eindeutig um die royalistische Gesinnung der Besucher wusste.

Auch beim Jakobinerclub trafen sie auf eine Menschenmenge, die sich vor der Tür versammelt hatte und auf Neuigkeiten wartete. Die Männer und Frauen diskutierten über die jüngsten Ereignisse und Gerüchte. »Ich befürchte einen Bürgerkrieg. Man muss doch damit rechnen, dass der König einen Vertrag mit den ausländischen Mächten geschlossen hat. Der Gedanke lässt mich schaudern«, meinte ein Mann. »Der König und seine Familie sind fort; das ist durchaus kein Unglück, wenn wir Verstand, Energie und Einigkeit haben«, sagte eine Frau erregt, in der Marie Madame Roland erkannte, eine Politikerehefrau, die einen beliebten Salon unterhielt. Ein anderer erzählte, dass keine Kutsche und kein Reiter Paris verlassen dürfe, außer auf offizielle Anordnung. Als ein Mann aus dem Jakobinerclub trat, um frische Luft zu schnappen, wurde er sofort umringt. »Robespierre sagt, dass der König die Nation aushungern will – und die Nationalversammlung steckt mit ihm unter einer Decke!«, erzählte der Mann. Dennoch sei die Stimmung im Jakobinerkonvent feierlich und ruhig. Die Mitglieder hatten gerade am Boden kniend, den Degen in der Hand, den Schwur erneuert, frei zu leben oder zu sterben. »Wir haben nur Angst um unsere Apostel der Freiheit, um Robespierre und Danton. Es heißt, die Königstreuen hätten einen Preis auf ihre Köpfe ausgesetzt.« Als Marie und Aumars auf dem Heimweg waren, wurde die Anweisung bekannt gegeben, aus Sicherheitsgründen alle Häuser und Straßen zu erleuchten.

Zwei Tage nach der Flucht der königlichen Familie war plötzlich großer Lärm auf der Straße zu hören. Marie lief aus dem Wachssalon heraus und sah einen Reiter, der dem Volk mitteilte, der König sei in der Nähe der niederländischen Grenze arretiert worden. Die Menschen auf dem Boulevard jubelten, umarmten sich, einige warfen ihre Hüte vor Freude in die Luft. Marie zog sich ins Halbdunkel des Ateliers zurück. Sie war enttäuscht. Sie hatte schon befürchtet, dass die Flüchtigen es nicht bis zur Grenze schaffen würden. Zu schnell war die Flucht entdeckt worden, zu schnell hatte man Verfolger ausgeschickt. Es hieß, dass Barnave, Latour-Maubourg und Pétion dem König und seinen Begleitern entgegengeschickt wurden, mit einer unbeschränkten Vollmacht über die Truppen und dem Auftrag, die Reise des Königs zu schützen. Das also würden die Männer sein, die man in den nächsten Wochen im Wachssalon zeigen musste. Es war Zeit, sich an die Arbeit zu machen.

»Die Menge, die sich auf den elysäischen Feldern versammelt hatte, um den König zu empfangen, war unermesslich groß. Man empfing ihn mit dem Stillschweigen des Zorns. Auch ihre Häupter hielten die Menschen bedeckt. Es war eine Stimmung wie bei einem Begräbnis«, erzählte Curtius, als sie am Abend des 25. Juni 1791 in kleiner Runde beisammensaßen. Anna hatte Braten, Brot und Salat aufgetischt. Er trank einen Schluck mit Wasser vermischten Weißwein.

»Kein Wunder«, sagte Aumars, »auf einem großen Schild stand ja auch zu lesen: ›Jeder, der dem König applaudiert, wird verprügelt, jeder, der ihn beleidigt, wird gehängt‹.«

Louis-Gabriel Sallé, wie Aumars ein enger Freund ihres Onkels, stimmte ihm zu, auch er hatte dieses Schild gesehen.

»Es ist aber auch nicht erforderlich, vor ihm den Hut zu ziehen. Er wird vor seinen Richter treten müssen«, sagte er. Dem früheren Harlekin Sallé gehörte das Patriotische Theater auf dem Boulevard du Temple, das vor allem von einfachen Leuten wie Fischweibern oder Kohlenhändlern besucht wurde. Sallé, Aumars und Curtius hatten die Ankunft der Königsfamilie miterlebt und tauschten nun ihre Erlebnisse aus. Marie hatte, weil sie ahnte, dass man bald wieder zur Tagesordnung übergehen würde, das Atelier auf den neuesten Stand gebracht. Die Figuren der Königsfamilie blieben in ihren Kisten, La Fayette rückte sie in eine Ecke. Auf prominentem Platz stand nun die Büste von Barnave.

»Im ersten Wagen befanden sich die königliche Familie, Barnave und Pétion«, fuhr Curtius fort. »Es heißt, Barnave eroberte auf dieser Reise die Gunst der Königin. Sie habe Pétion absichtlich in dem anderen Wagen einquartiert.« Marie konnte sich vorstellen, dass Barnave auf dieser Reise die königliche Familie nicht brüskiert hatte. Er war ein junger Mann von bestem Ton, der Anstand mit kaufmännischer Gewandtheit verband. Auf einem ganz anderen Gebiet traf er Marie Antoinettes Interessen, aber das war vermutlich nicht zur Sprache gekommen: wie sie liebte er das Glücksspiel. Man erzählte sich, dass er in einem Spielsalon im Palais Royal Unsummen verloren hatte, an einem Tag sogar dreißigtausend Livres. »Barnave hatte den Kronprinzen auf dem Schoß. Und der hat sich die Zeit damit vertrieben, die Schrift auf dessen Knöpfen zu lesen. ›In Freiheit leben oder sterben‹ stand darauf.« Man lachte, auch Nanette und Laure.

»Was für ein Gesicht die Königin wohl gemacht hat, als der Kleine die Devise der Jakobiner hersagte! Die Vorstellung ist zu komisch«, fand Nanette.

»Neben mir stand ein Bauer, der sich auf Zehenspitzen hob, um den König zu sehen. Dann rief er laut: ›Oh, wie ist er fett, der Halunke! Wir zahlen ja auch genug, um ihn zu mästen. Es lebe die Nation! Es lebe Barnave! Zum Teufel mit allem Übrigen!‹«, erinnerte sich Sallé.

»Der ganze Wagen war mit Nationalgarden bedeckt. Kein Schuss wäre zum König gelangt«, setzte Curtius wieder an.

»Dabei gibt es genug Gründe, das fette Schwein zur Strecke

zu bringen«, fuhr Laure dazwischen. Marie war erschrocken über diese Äußerung der Freundin, zumal sie mit so einem Hass hervorgebracht worden war. Bei den anderen Tischgenossen schien sie jedoch nicht auf Verwunderung zu stoßen.

»Das war einer der Gründe, warum sie es nicht geschafft haben. Der König musste laufend Fresspausen machen«, meinte Sallé mit einem höhnischen Grinsen.

Immer mehr Einzelheiten über die Flucht waren in den vergangenen Stunden ans Licht gekommen. Sicher war vieles davon erfunden, der Kern schien Marie jedoch glaubhaft. Typisch erschien ihr der Mangel an gesundem Menschenverstand, den sie auch häufig in Versailles beobachtet hatte. So waren der König und seine Begleiter in zu auffälligen Wagen viel zu langsam gereist und hatten zu häufig Rast gemacht. Bei einer dieser Pausen hatte ein wachsamer Postmeister den König erkannt. Um sicherzugehen, hatte er angeblich die Gesichtszüge des Königs mit dessen Porträt auf einem Geldschein verglichen. Marie erschien diese ganze Episode so lächerlich wie tragisch.

»Als die königliche Familie in den Tuilerien ankam, war Ludwigs brauner Anzug mit Staub bedeckt, er schien verstört. Er soll gesagt haben, dass er sich getäuscht habe und dass die Begeisterung für die Revolution allgemein sei. Bei der Königin hat das Geschehen Spuren hinterlassen. Man erzählt sich, ihr aschblondes Haar sei weiß geworden«, berichtete Curtius.

»Gut zu wissen«, sagte Marie pragmatisch, »dann werde ich ihr demnächst eine neue Perücke anpassen.«

Curtius sah sie prüfend an. »Ich dachte, die Figuren wären längst verschwunden.«

»Das sind sie auch, Onkel. Ich halte es nur für falsch, sie einzuschmelzen«, antwortete Marie.

»Man liebt mein Kabinett heute auch, weil es so patriotisch ist, das höre ich von meinen Kameraden immer wieder. Und die Capets sind durch ihre Flucht in Ungnade gefallen. Danton fordert die Verbannung für den König, Camille Desmoulins nennt Capet in seiner Zeitung einen Dummkopf und ein Schwein«, sagte Curtius bestimmt.

»Gerade deshalb sollten wir die Figuren behalten. Du wirst sehen, Hass kann ein genauso starker Beweggrund sein, unser Kabinett zu besuchen, wie Liebe. Neugierig macht er allemal. Außerdem sollten wir, bei allem Respekt, lieber Onkel, erst einmal abwarten, wie sich die Ereignisse entwickeln.« Aumars stimmte Marie zu.

»Ich denke, Marie hat recht. Sie hat ihr gutes Händchen in den letzten Jahren doch oft genug bewiesen. Und selbst Robespierre hält eine Republik mit einem Monarchen für die beste dieser beiden Möglichkeiten.« Curtius, vom Wein milde gestimmt und müde, lenkte ein. Für Ablenkung sorgte zudem Anna, die Kaffee auftrug, in dem Keramikgeschirr, auf dem die gefallene Bastille abgebildet war. So lobte jeder den besonderen Patriotismus dieses Haushalts, und ihr Onkel konnte, wieder einmal, über seine Rolle bei der Stürmung der Bastille schwadronieren.

Hörte sie richtig? Das konnte doch nicht wahr sein! Curtius hatte mit einem Besucher das Atelier betreten, und der Stimme nach war es Jacques-Louis David. Und wenn Marie richtig verstanden hatte, suchten sie nach ihr. Schnell zog sie sich hinter eine schützende Tür zurück. Laure, mit der sie gerade das Tableau der Helden, die die Königsfamilie nach Paris zurückgebracht hatten, herrichtete, sah sie fragend an. Marie schüttelte nur energisch den Kopf. Da waren sie auch schon bei ihnen.

»Laure, ich suche Marie. Der Revolutionsmaler David möchte sie sehen. Wo ist sie?« Laure schüttelte nur den Kopf. Curtius bat sie, Marie sofort zu ihnen zu schicken, und ging wieder ins Vorderhaus.

»Was ist los? Warum gehst du nicht hin? Er ist ein attraktiver Mann, trotz seiner dicken Backe«, wunderte sich Laure.

»Ein attraktiver Mann mit einer Frau und vier Kindern«, antwortete Marie nüchtern. »Und ein Ehrgeizling dazu.«

»So kenne ich dich ja gar nicht. Was hast du gegen ihn?« Marie schüttelte den Kopf.

»Jetzt nicht, ich erzähle es dir später«, vertröstete sie Laure. Marie wollte einer Büste ein Glasauge einsetzen, doch ihre Finger zitterten. Was wollte er hier, in ihrem Atelier? Reichte es nicht, dass man laufend in der Zeitung etwas über ihn las, über seine Pläne, die Akademie und den Kunstsalon zu reformieren, und auch über seine neuen Gemälde? Musste er auch noch in den Wachssalon, ihr Zuhause, eindringen? Hier hatte er wahrlich nichts zu suchen. Andererseits – so weit kam es noch, dass sie sich im eigenen Haus verstecken musste. Warum sollte sie sich vor ihm fürchten? Hatte sie denn gar keinen Stolz mehr?! Sie ärgerte sich über sich selbst – und über David.

»Mach du weiter, ich komme gleich wieder«, sagte sie zu Laure. Entschlossen rubbelte sie sich den Staub vom Rock. Laure nickte ihr aufmunternd zu.

Marie blickte in jedes Zimmer. Als sie Curtius endlich fand, war David bereits wieder gegangen. »Oh, wie schade. Jetzt hast du ihn verpasst. Den großen David, wie sie ihn schon überall nennen. Die ersten Skizzen seines ›Ballhausschwures‹ lassen ja Gewaltiges erahnen.« Marie unterbrach ihn.

»Was wollte er?«

Ihr Onkel reckte das Kinn hoch. »Die Nationalversammlung hat beschlossen, Voltaires sterbliche Überreste in das Panthéon zu bringen, weil die ruhmreiche Revolution auch die Frucht seines Werks gewesen ist. David wird gemeinsam mit einigen anderen den Triumphzug Voltaires durch Paris organisieren. Und auch das Kabinett Curtius wird mit einer Büste vertreten sein, das wollte David uns mitteilen«, erklärte ihr Onkel stolz.

»Mit meiner Voltaire-Büste«, präzisierte Marie.

»Nun ja, genau«, stimmte Curtius etwas zerknirscht zu. »Stell dir vor, was für eine Ehre.«

Auch wenn es Marie ärgerte, dass er über ihren Kopf hinweg entschieden hatte, hätte sie doch ihre Zustimmung nicht verweigert. Sie fühlte sich geehrt, einen Beitrag dazu zu leisten, dem Philosophen den Platz zuzuweisen, der ihm in der Ruhmeshalle zustand.

»Ich habe David gesagt, dass wir in wenigen Tagen eine Kopie der Büste bereitstellen können. Schaffst du es bis dahin, die Büste zu gießen und fertig zu stellen?«, fragte er nervös.

»Natürlich«, beruhigte ihn Marie.

»Gut, gut. Übrigens, ich soll dir natürlich einen schönen Gruß bestellen.«

Das hätte er sich schenken können, dachte Marie.

Vor Marie und Laure ging ein Trupp Bürger aus dem Vorort Saint-Antoine, die Banner mit den Porträts der Revolutionshelden Franklin, Rousseau und Mirabeau trugen. Wie viele andere Pariser hatten sich die zwei Frauen zu den Ruinen der Bastille begeben, von wo aus der Sarg von Voltaire zum Panthéon überführt wurde.

»Ich verstehe nicht, warum du so reagierst. Das Ganze ist so lange her, das ist doch schon nicht mehr wahr«, sagte Laure, nachdem ihr Marie von ihren Erlebnissen mit David berichtet hatte. Marie hatte allerdings nicht die ganze Geschichte erzählt. Sie hatte lediglich berichtet, dass sie verliebt gewesen waren und er dann überraschend eine andere geheiratet hatte. »Es gibt genug Männer, die dir schöne Augen machen. Da musst du so einem nicht hinterhertrauern«, sagte Laure bestimmt. Anscheinend war damit das Thema für sie abgeschlossen, denn ihre nächste Frage galt der Prozession. »Warum wurde der Sarg des alten Voltaire überhaupt wieder ausgegraben?«

»Die Abtei, in der Voltaire bestattet worden war, soll verkauft werden. Wer weiß, was dann mit seinem Leichnam geschehen wäre.«

Der Sarg war in einem einfachen Wagen nach Paris gebracht worden, dann eskortierte ihn die Nationalgarde zu den Ruinen der Bastille. Es war ein schönes Symbol, Voltaire heute dort zu feiern, wo die Bastille einst gestanden hatte, fand Marie, denn so triumphierte letztlich die Aufklärung über den Despotismus. »Schließlich war Voltaire dort mal ein ganzes Jahr lang eingekerkert gewesen. Ich finde allerdings den monumentalen Triumphwagen, der den Sarg zum Panthéon bringt, etwas übertrieben«, meinte Marie. Sie hob einen der Blumensträuße auf, die man in Richtung Triumphwagen geworfen hatte, und steckte ihn sich dekorativ in den Gürtel.

»Etwas?!«, sagte Laure. »Der Wagen ist so groß wie ein zweistöckiges Haus. Und dann die in Bronze gegossenen Räder!«

»Marie, David wird gleich hier sein. Halte dein Werkzeug bereit!« Curtius hatte den Kopf in das Atelier gesteckt und sah sie ernst an.

»Was will er hier? Steht wieder eine Prozession an?«, fragte sie. Was für eine Überraschung war das nun wieder – und eine unwillkommene hinzu!

»Na, du sollst ihn porträtieren.«

Marie stemmte die Hände in die Hüften. »Und wenn ich mich weigere?«

Ihr Onkel trat nun ein. Er stellte sich direkt vor ihr auf, verschränkte die Arme vor der Brust. Zornesröte färbte seine Wangen. »Es gibt keinen Grund, der dein Verhalten rechtfertigt. Und wenn es ihn geben sollte, will ich ihn nicht wissen. Du verhältst dich wie ein kleines Mädchen, schlimmer noch. Wie kann ich dir guten Gewissens meinen Salon überlassen, wenn es dir an Tauglichkeit mangelt? Ich habe mich wohl in dir getäuscht«, sagte er. Nun war es an Marie, wütend zu werden.

»Als ob ich den Salon in den letzten Jahren nicht hervorragend geleitet hätte«, gab sie zurück.

»Das waren die guten Jahre der Revolution. Jetzt wird die Nation auf die Probe gestellt. Die Feinde lauern überall. Seit der gescheiterten Flucht der Königsfamilie hat es eine Welle von Vaterlandsflüchtlingen gegeben. Auf den König kann man sich nicht mehr verlassen. Die politischen Clubs sind von Grabenkämpfen zerfressen. Niemand weiß, wie es weitergehen wird.«

Marie wusste das alles. Geschockt hatte sie vom Massaker auf dem Marsfeld gehört, das sich Mitte Juli zugetragen hatte. Dort hatte der Club der Cordeliers eine Petition zur Unterschrift ausgelegt, auf der die Absetzung des Königs gefordert wurde, obgleich die Nationalversammlung beschlossen hatte,

Ludwig XVI. im Amt zu halten. Der Club der Cordeliers, der sich so nannte, seit er aus dem Vorort Saint-Antoine ins ehemalige Franziskanerkloster umgezogen war, gehörte zu den radikalsten Gruppen der Revolution. Tausende waren dem Aufruf des Cordeliers-Clubs, dem so berühmte Revolutionäre wie Jean-Paul Marat, Georges-Jacques Danton und Camille Desmoulins angehörten, gefolgt und hatten die Petition unterschrieben, darunter auch David. Und das, obwohl die Stadtverwaltung am Morgen jede Menschenansammlung verboten hatte. Als es zu Unruhen kam, ließen Jean-Sylvain Bailly, der Bürgermeister, und La Fayette in die Menge feuern. Viele Demonstranten kamen dabei ums Leben. Führende Revolutionäre wurden verhaftet, darunter auch Desmoulins; nach Marat wurde gesucht, die Pressen, auf denen er den *Volksfreund* druckte, zerstört. Das Kriegsrecht wurde verhängt, auf den Straßen regierte die Nationalgarde. Seitdem hatte die Beliebtheit von Bailly, La Fayette und ihren Anhängern rapide abgenommen. Etliche Male hatte Marie Zettel mit Beschimpfungen von ihren Wachsfiguren klauben müssen. Die Stimmung auf der Straße ließ sich am ehesten mit einem dumpfen Brodeln vergleichen. Auch in den politischen Clubs ging es hoch her. Über die Absetzungsfrage hatten sich die Jakobiner so zerstritten, dass sich die meisten ihrer über zweitausend Mitglieder abspalteten. Die gemäßigten Abgeordneten gründeten den Club der Feuillants, benannt nach ihrem Treffpunkt, einem Kloster des Feuillantiner-Ordens. Im Jakobinerclub blieb der derzeitige Präsident Robespierre mit einer Gruppe von etwa hundert Mitgliedern zurück, unter denen auch Curtius war.

Curtius packte sie nun an den Schultern. »David kann mir, kann uns die Chance eröffnen, von der ich nie zu träumen gewagt hätte. Einmal im berühmten Salon im Louvre auszustellen! Und du willst sie mir einfach zunichtemachen?« Marie riss sich los.

»Was habe ich damit zu tun? Warum nimmst du nicht seine Maske? Dann könnten wir uns diese Diskussion sparen.«

Curtius presste die Lippen aufeinander. Dann sagte er:

»Wenn es nur so einfach wäre! Aber er verlangt, von dir porträtiert zu werden.«

David drehte sich lächelnd zu Marie um, als sie den Raum betrat. Er hatte gerade ihre Darstellung von Mirabeau in der Rednerpose betrachtet. Er trug einen eleganten Frack mit kurzer Weste und Bänderschuhen, das Hemd war ein kleines Stück weit offen.

»Bürger, wenn Sie sich bitte setzen wollen«, sagte sie statt einer Begrüßung kühl. Sein Lächeln verschwand. Marie hatte lange darüber nachgedacht, wie sie sich Louis gegenüber verhalten sollte. Sie war sich über ihre Gefühle im Unklaren. Das Mindeste, was sie von ihm erwartete, war, dass er sich dafür entschuldigte, wie er mit ihrer Liebe umgegangen war. Das hatte Louis aber anscheinend nicht vor.

»Dein Onkel hat darauf bestanden, mein Porträt in seinem Wachssalon zu zeigen. Dabei habe ich kaum Zeit zu erübrigen. Du weißt ja sicher, dass ich an dem Gemälde des Ballhausschwures arbeite?« Meine Güte, dachte Marie, reichte es nicht, dass sie ihn porträtieren musste? Musste sie wirklich auch noch mit ihm sprechen? Er wartete gar nicht ab, ob sie etwas erwidern würde. »Ziemlich aufwändig, dieses Gemälde. Schließlich sind über sechshundert Ständevertreter darzustellen. Mirabeau soll bei mir große Energie, Kraft, Heftigkeit ausstrahlen, Sieyès Tiefgründigkeit, Barnave Ruhe.«

David hörte sich selbst sehr gerne reden. Vielleicht war er es von seiner Frau gewöhnt, keine Antwort zu bekommen, schoss es Marie durch den Kopf. Widerwillig machte sie sich an die Arbeit und zögerte einen Moment, bevor sie ihn das erste Mal anfasste. Sie strich sein Haar zurück und ölte sein Gesicht ein. Ihre Finger prickelten. Es war, als ob sich ihre Hände an seine Haut, seine Haare erinnerten. Er roch sogar wie früher. Eine Gänsehaut zog ihren Arm hoch. David hielt die Augen geschlossen. Marie ließ ihren Blick über sein Gesicht wandern. Er hatte einen harten Zug um den Mund und um die Augen bekommen. Sah so ein Mann aus, der ein glückliches Familienleben führte?

»Sehr treffend, dein Mirabeau. Kein Wunder, ich habe dich ja gesehen, als du Skizzen gemacht hast«, meinte er.

»Ich zeichne nicht mehr«, entschlüpfte es Marie.

»Erstaunlich, dass er dir trotzdem so gut gelungen ist.«

»Man kann auch mit Worten festhalten, was man sieht. Man kann es sogar im Gedächtnis behalten.«

»Das Gedächtnis ist so eine Sache. Manchmal spielt es einem Streiche. Man sollte sich von Zeit zu Zeit von seinen Erinnerungen lösen, neu anfangen.« Er beugte sich vor, sah ihr in die Augen.

»Manches kann man einfach nicht vergessen. Das, was man erlebt hat, zeichnet einen aus, prägt einen für das Leben«, sagte Marie. Sie schob ihn zurück, steckte ihm Strohhalme zum Atmen in die Nase, trug die Gipsschicht auf sein Gesicht auf. Seine ungleichen Wangen wölbten sich unter ihren Händen. Trotzdem, sie mochte es sich kaum eingestehen, war er noch immer ein attraktiver Mann.

Stille breitete sich aus. Marie tupfte sich den Schweiß von der Stirn. Es war heiß im Salon. Seit Tagen lag eine unerträgliche Hitze über der Stadt. Das Pflaster war aufgeheizt wie in einem Backofen. Die Stadtverwaltung hatte sogar die Weinhändler beauftragt, ihre unbenutzten Fässer mit Wasser zu füllen und damit das Pflaster zu besprühen. Auch sie hatte ihre liebe Mühe, die Wachsfiguren zu schützen. Für diese unerwünschte Porträtsitzung war die Temperatur jedoch von Vorteil, denn die Gipsmaske trocknete schnell. Sie nahm die Maske ab und reichte ihm ein Tuch, damit er sein Gesicht abreiben konnte. Marie drehte ihm den Rücken zu und gab vor, etwas wegpacken zu müssen.

»Ich kann mich an eine zärtlichere Behandlung durch dich erinnern.« Er schien ehrlich enttäuscht. »Schade, dabei hatte ich mich so sehr auf ein Wiedersehen gefreut.« Wie kann er nur so naiv sein und glauben, sie würde ihn mit offenen Armen empfangen? Glaubte er tatsächlich, alles sei vergessen und zähle nicht mehr?

»Ich glaube nicht, dass es Ihnen zusteht, irgendwelche Erwartungen zu hegen, die meine Person betreffen. Und ich hätte auch keinen Grund, Ihre Erwartungen zu erfüllen, Bürger David«, antwortete Marie. Er sah sie konsterniert an.

»Ich denke nicht, dass Sie überhaupt irgendwelche Erwartungen erfüllen, Bürgerin Grosholtz«, er spie jetzt ihren Namen förmlich aus. »Wenn man sich in diesem Salon einmal genau umsieht«, er machte eine wegwerfende Handbewegung, »so sieht man einen Haufen mäßig gearbeiteter Figuren, die niemandem ein Beispiel geben können, nicht einmal ein schlechtes.« Ihm schien nicht bewusst zu sein, dass diese Aussage seinem Lob zu Beginn des Gesprächs und erst recht dem Grund seines Besuches widersprach. Vielleicht ist es ihm auch egal, Hauptsache, er hat das Gefühl, seine gekränkte Männlichkeit gerächt zu haben, dachte Marie. Doch David setzte noch einmal nach. »Dabei leben wir in einer Zeit, in der ein jeder zum Wohle seines Volkes handeln sollte. Hier sehe ich hingegen nur die Befriedigung kleinbürgerlicher Amüsierlust. Ohne Ihren Onkel, Bürgerin Grosholtz, wäre dieser Laden schon längst geschlossen worden.«

Nachdem David gegangen war, musste sich Marie erst einmal setzen. Dieser Besuch hatte sie aufgewühlt. Tief ließ sie den Atem in ihren Bauch fließen. Ein und aus. Ein, aus. Schritte rissen sie aus diesem Moment der Ruhe. Curtius nahm ihr die Gipsmaske aus den Händen. »Ab jetzt übernehme ich, das habe ich mit David abgemacht.«

»Aber …?«, wunderte sich Marie.

»Was ist?! Erst wolltest du nicht und jetzt doch? Du solltest froh sein, dass du diese Aufgabe los bist.«

Da hatte er recht. Sollte er damit tun, was ihm beliebte. Einige Tage später wurde das Porträt von Jacques-Louis David im Wachssalon ausgestellt. Ein Halbprofil. Die entstellte Seite war ganz einfach nicht abgebildet worden. Die Eitelkeit hatte mal wieder gesiegt.

»Liebe Frau, würden Sie mich durch den Wachssalon führen?« Die Besucherin lächelte schüchtern. Ihre Augen waren klein, ihre Wangen, ihre Nase und ihr Kinn wirkten wie runde Kugeln. Sie geht wohl nicht oft aus, dachte Marie, und nahm sich vor, dass die Dame sich im Wachssalon wohlfühlen, dass sie den Besuch als erhebend empfinden sollte. Besonders interessiert, fast ehrfürchtig, sah sie sich die Figuren von Marie Antoinette und ihrer Familie an. Als sie beinahe am Ende angekommen waren, lachte die Frau nervös. »Mein Mann wollte nicht, dass ich hierherkomme. Aber ich war doch so neugierig. Dabei habe ich sie noch gar nicht gesehen, die Büste von Jacques-Louis David.« Marie war überrascht. Das war Charlotte Pécoul? Die Frau, die Louis ihr vorgezogen hatte? Marie hatte sie sich anders vorgestellt. Größer, schöner, lebendiger. Sie empfand keinen Neid, keinen Groll gegen Madame David. Sie hatte lediglich das unangenehme Gefühl, hinter die Kulissen dieser Ehe zu blicken, in der die Temperamente so unterschiedlich verteilt schienen.

Marie hatte ein paar Tage abgewartet, weil sie hoffte, dass der größte Ansturm auf den diesjährigen Salon im Louvre vorbei sei. Immer wieder fragte ihr Onkel, ob sie sich schon seine Büste des Dauphins im Kunstsalon angesehen hatte, immer wieder musste sie verneinen. Inzwischen hatte sie beinahe den Eindruck gewonnen, dass er schmollte. Dabei war wahrlich genug zu tun. Vor kurzem hatte der König die Verfassung akzeptiert. Die Menschen- und Bürgerrechtserklärung, der Abbau der Privilegien sowie Freiheit und Gleichheit der Chancen vor dem Gesetz und vieles mehr waren darin nun festgeschrieben. Lediglich das Veto mit aufschiebender Wirkung, das dem König zugestanden wurde, und das restriktive Wahlrecht, das so viele einfache Leute von der Wahl ausschloss, wurden kritisiert. Einige Frauen protestierten auch dagegen, dass man ihnen nicht die gleichen Rechte wie den Männern zubilligte. Eine radikale Patriotin namens Olympe de Gouges hatte sogar eine Erklärung der Rechte der Frauen – orientiert an der Erklärung der Menschenrechte, die sich nur auf Männer bezogen – veröffentlicht. Vorangestellt hatte die Bekannte des Herzogs von

Orléans, des Besitzers des Palais Royal, einen Brief an Marie Antoinette, in dem Olympe de Gouges die Königin aufforderte, für die Rechte der Frau einzutreten. Marie war durchaus einverstanden damit, was darin geschrieben stand. Außer ihr und einigen wenigen Frauen schien sich aber niemand dafür zu interessieren. Die Schrift wurde einfach ignoriert. Sogar Curtius, der sonst jede politische Schrift verschlang, hatte sie ungelesen beiseitegelegt.

Nun mehrten sich die Stimmen, die die Revolution für beendet erklärten. Das Volk war in Feierlaune. Ein Heißluftballon über den elysäischen Feldern zeigte mit wehenden Bändern in den Farben der Trikolore die offizielle Annahme der Verfassung durch den König an. In der Kathedrale Notre-Dame wurde ein Tedeum gesungen. Es gab Festilluminationen und Bälle. Feuerwerke erleuchteten den herbstlichen Nachthimmel. Man brachte Trinksprüche auf die Verfassung und die nun erwartete neue Ära aus.

Jetzt, Mitte September, hatte sie endlich die Zeit gefunden, die Ausstellung im Louvre zu besuchen. Doch Marie hatte sich getäuscht – die Räumlichkeiten waren so überlaufen wie noch nie. Vielleicht hing dieser große Ansturm auch mit der neuen Ausrichtung zusammen, denn Jacques-Louis David hatte in seinem persönlichen Kampf gegen die Akademie einen Sieg errungen: der Kunstsalon war für alle geöffnet worden. Über zweihundertfünfzig Künstler nahmen an diesem ersten freien Salon teil, darunter nur etwa sechzig Mitglieder der Akademie. Ein Überfluss an Werken pflasterte die Wände und Räume, es waren mehr als doppelt so viele wie sonst, hatte Curtius berichtet. David wurde für seinen Einsatz als Freiheitskämpfer gefeiert. Aber nicht nur hier hatte David triumphiert. Er war auch in der Kommission, die die Werke für den Salon auswählte, und seine eigenen Bilder dominierten die Ausstellung. Das allein wäre für Marie Grund genug gewesen, den Salon in diesem Jahr nicht zu besuchen. Aber das konnte sie ihrem Onkel nicht antun, zu stolz war er auf seine offizielle Anerkennung.

Es dauerte eine Weile, bis sie die Wachsbüste ihres Onkels entdeckt hatte. Marie war zufrieden zu sehen, dass sie vorteilhaft platziert war. Die Büste wurde neugierig von den Umstehenden beäugt, weil nun, wo das Königtum zu neuer Blüte erwachen würde, dem Thronfolger wieder eine besondere Rolle zukam. Man war sich einig, dass das kolorierte Porträt des Dauphins sehr lebensecht und lebendig wirkte. Ihr Onkel würde sich sicher freuen, wenn Marie ihm von diesem Urteil der Besucher erzählte. Sie ließ sich eine Weile mit den Menschen durch die Überfülle an Gemälden und Plastiken treiben. Eine große Menge stand vor einem Gemälde der Malerin Adélaïde Labille-Guiard, das mit *Der Unbestechliche* betitelt war. Marie kannte die Malerin, eine Konkurrentin von Élisabeth Vigée-Lebrun. Tatsächlich hatte Marie am Versailler Hof mitbekommen, dass Adélaïde Labille-Guiard bei den Tanten des Königs und bei seiner Schwester Madame Élisabeth wohlgelitten war, während Vigée-Lebrun vor allem als Lieblingsmalerin der Königin galt. Und während Élisabeth Vigée-Lebrun Frankreich längst aus Furcht vor der Revolution verlassen hatte, gehörte Labille-Guiard zu ihren Förderinnen. Sie wurde von den konservativen Akademie-Mitgliedern als »Jeanne d'Arc« und als »Henne unter Hähnen« verspottet. Dennoch ließ sie sich nicht entmutigen. Ihr Porträt von Maximilien Robespierre war ein eindrucksvoller Beweis ihrer Kunstfertigkeit. Er wirkte gelassen, fast heiter und hatte – ein seltener Anblick – ein Lächeln auf den Lippen. Wenige Schritte weiter stellte Marie fest, dass auch der frühere Hofmaler Boze Robespierre porträtiert hatte. Marie nahm sich vor, die Robespierre-Büste im Wachssalon aufzufrischen und vorteilhafter zu präsentieren.

Beinahe unmerklich kam sie schließlich bei einer Menschenmenge an, die sich vor drei großen Gemälden versammelt hatte. Es waren Davids Werke, die für diesen Auflauf sorgten. Sie sah sich rasch um, doch der Maler war nirgends zu sehen. Also konnte sie einen Blick riskieren. Im Zentrum hing der *Brutus*, ein von Ludwig XVI. ausgeliehenes Bild. Zur Linken befand sich der *Schwur der Horatier* und unmittelbar darunter die Federzeichnung *Der Eid im Ballhaus*. »Die Figuren atmen Liebe zu Vaterland, Tugend und Freiheit«, rühmte ein Kritiker, als sich Marie an ihm vorbei zu dem Gemälde drängte. Tatsächlich schien die hellbraun gehaltene Zeichnung ein Abbild der revolutionär-patriotischen Eintracht zu sein. Sie zeigte die Deputierten der Generalstände, wie sie, die Gestik der Römer wiederholend, die Arme zum Ballhausschwur emporstreckten. Eine feierliche Stimmung ging von dem Bild aus. Marie musste sich eingestehen, dass die Figuren wahrhaft meisterhaft ausgeführt waren. Wunderschön auch das Allegorische, wie die geblähten Vorhänge – als Zeichen des revolutionären Sturms – und der umgedrehte Schirm – als Symbol für das Umkrempeln der Konventionen des *Ancien Régime*. Kritisieren konnte man lediglich, dass sich David in der Anordnung der Figuren der historischen Wahrheit gegenüber ein paar Freiheiten herausgenommen hatte. Das passte aber zu dem Theaterliebhaber David, der dem Bühneneffekt zuliebe schon mal die Wahrheit opferte, fand Marie. Auch war beispielsweise der abgebildete Abgeordnete Dom Gerle beim Ballhausschwur gar nicht anwesend gewesen. Außerdem waren einige Beteiligte, wie Bailly, der damals den Vorsitz führte und heute Bürgermeister war, inzwischen nicht mehr so angesehen wie damals. Politische Entscheidungen, Volksaufstände und der Kampf um die Monarchie hatten bereits einen Keil in die verschworene Gemeinschaft geschlagen. Doch bei so einem großartigen Entwurf, der ein ebenso großartiges Gemälde zu werden versprach, durfte niemand kleinlich sein, dachte Marie, nicht einmal sie.

Marie ließ sich mit der Menge aus der Nationalversammlung ans Tageslicht schieben. In der letzten Sitzung der Nationalversammlung hatte der König gerade seinen Eid erneuert. Nach dem stickigen Saal war sie froh, wieder frische Luft einzuatmen, in der bereits ein Hauch von Herbst lag.

Sie hielt an einer Straßenecke an, an die man gerade neue Plakate angeschlagen hatte. Ein Mann trug den anderen, die offenbar nicht lesen konnten, den Text vor. Sie trat so nah heran, dass sie sowohl zuhören als auch den Text selber lesen konnte. Die Stadtverwaltung wurde der Sorglosigkeit beschuldigt. »Wir haben kein Brot. Eure Pflicht ist es, über die Nahrungsmittel zu wachen, doch ihr erfüllt sie nicht!« Die Behauptung, die diesjährige Ernte sei schlecht gewesen, sei eine Lüge. »Es gibt Fanatiker, die krähen schon los, dass alles eine Strafe Gottes sei. Aber wir leben nicht mehr im Mittelalter, und man kann uns nicht einreden, Dämonen hätten die Ernte verschlungen, weil die Kirche ihren Zehnt nicht mehr bekommt.« Immer wieder wurde zustimmend gemurmelt. »An unserer Not sind doch nur die Hamsterer schuld. Spekulanten, die in großen Mengen Korn und Mehl kaufen, um den Preis in die Höhe zu treiben! An die Laterne mit ihnen!«, schimpfte ein Mann hinter ihr. Eine Hand strich Maries Rücken hinab. Marie zuckte zusammen. Laures Mann grinste sie breit an.

»Lassen Sie das, Bürger!«, fuhr Marie ihn an. Jacques Dutruy lächelte ihr weiter frech ins Gesicht.

»Aber wieso denn so spröde, Marie. Bei dem Farbkleckser hast du dich doch auch nicht so angestellt.«

Eine Zornesfalte bildete sich auf ihrer Stirn. »Ich weiß nicht, was Sie meinen.« Er legte seine Hand schwer auf ihre Taille.

»Nun tu doch nicht so. Laure hat mir alles erzählt.«

Marie trat einige Schritte zurück. »Dann hat sie wohl gelogen.« Wutentbrannt lief sie davon.

»Meine Frau lügt nicht. Im Gegensatz zu manchen anderen hier. Aber das Lügen wird dir noch vergehen!«, rief er ihr hinterher.

Marie war enttäuscht. Hatte es Sinn, Laure zur Rede zu stellen? Vermutlich nicht. Nun wusste sie also, was sie von ihrer Freundin zu halten hatte. Von meiner früheren Freundin, müsste ich wohl besser sagen, dachte Marie traurig.

KAPITEL 14

Unruhig wälzte Marie sich in ihrem Bett. Die Nachrichten des Tages gingen ihr immer wieder durch den Kopf. Es hieß, Ludwig XVI. habe dem König von Ungarn und Böhmen den Krieg erklärt. Schon seit Monaten war über einen möglichen Krieg debattiert worden. Doch jetzt, wo er bevorstand, packte Marie die Angst. Sie hob den Kopf und lauschte. Waren dort Schritte gewesen? Barfuß lief sie über den kalten Boden auf den Lichtschein zu. An seinem Schreibtisch stand ihr Onkel.

»Die Sitzungen dauern auch immer länger. Aber bei dem, was heute geschehen ist …«, sagte er leise.

»Es ist also wahr?«

Curtius zog einen Stapel Bücher heran und setzte sich. »Der König ist heute vor die Nationalversammlung getreten. Ludwig hat gesagt, er entspreche dem Wunsch, den die Nationalversammlung oft geäußert habe, und den Gefühlen, die ihm von vielen Menschen aus verschiedenen Teilen des Königreiches bezeugt wurden. Alle wollen lieber den Krieg, als länger die Würde des französischen Volkes beschimpft und die nationale Sicherheit bedroht zu sehen, meinte er. Unter Tränen hat er den Krieg erklärt.«

Kälte kroch ihren Körper hoch. Marie zog einen Stuhl heran und setzte sich ebenfalls.

»Robespierre sagt, da der Krieg nun einmal beschlossene Sache ist, muss sich das französische Volk erheben und zu den Waffen eilen. Und das Volk, das ich auf den Straßen gesehen habe, schien außer sich.«

Curtius zog eine kleine Dose aus der Tasche, klappte sie auf und nahm sich eine Prise Schnupftabak. Dann hielt er Marie die Dose hin, die sich daraus bediente. Als leidenschaftliche Kaffeetrinkerin litt Marie besonders darunter, dass Kaffee und Zucker nur noch zu völlig überzogenen Preisen zu haben waren. So hatte sie vor einiger Zeit den Schnupftabak ihres Onkels probiert und war seitdem einer gelegentlichen Prise nicht abgeneigt.

»Bleibt uns denn etwas anderes übrig? Österreich will eine Wiederherstellung der Monarchie. Die Güter der Geistlichen sollen zurückgegeben werden. Das Elsass soll wieder an die deutschen Fürsten gehen, Avignon an den Papst. Vielleicht kommt der Krieg so oder so«, sagte Marie, nachdem sie sich geschnäuzt hatte.

Curtius nickte nachdenklich. »Ja, die Zeiten werden noch schlechter. Und wie ich hier sehe«, er zeigte auf die Seite mit den letzten Eintragungen, »sieht es schon jetzt schlecht aus.«

Marie hatte den Impuls, sich zu verteidigen. Sie konnte ja nichts dafür, dass die Besucher ausblieben. Sie hatte sogar angefangen, Gitarre zu spielen, um den Besuch des Wachssalons noch attraktiver zu gestalten. »Die Leute haben einfach kein Geld übrig«, fing sie an.

»Ich weiß, ich weiß«, wehrte Curtius ab. »Wir müssen sparen. Am besten machen wir alles wieder selbst, ohne Helfer.«

»Können wir nicht einmal Laure und ihre Mutter behalten?«, fragte Marie. Obgleich sie noch nicht verwunden hatte, dass Laure ihr Vertrauen so schändlich missbrauchte, sorgte sie sich um sie.

»Noch können die beiden für uns arbeiten. In ein paar Wochen sehen wir weiter«, beruhigte sie ihr Onkel. »Bis dahin werden wir uns etwas einfallen lassen müssen. Wir brauchen mal wieder einen richtigen Reißer. Ich werde mich mit Sanson in Verbindung setzen. Der hat bestimmt etwas Geeignetes für uns …«

Marie ging zurück in ihr Bett. Müde zog sie sich die Decke über den Kopf. Aber der Gedanke, dass ihr Onkel seine Freundschaft zum Henker Sanson erneuern wollte, ließ sie nicht in den Schlaf finden.

Mit einem Geräusch, als ob ein Messer über Leder fuhr, sauste die Schneide der Hinrichtungsmaschine hinunter und spaltete die Rübe entzwei. Anna ergriff die beiden Rübenhälften und verschwand kopfschüttelnd in der Küche. In Paris herrschte Hunger, da durfte man nichts verkommen lassen.

»Geschäftstüchtig, nicht wahr? Kaum war der Einsatz der Hinrichtungsmaschine beschlossene Sache, da gab es schon die ersten Pläne für das Modell. Hunderte werden im Moment hergestellt. Dies ist eines der ersten Stücke«, sagte Curtius stolz.

»Wirklich verblüffend«, pflichtete Laure ihm bei. Vorsichtig strich sie mit dem Finger über die Schneide des Miniaturmodells. Einen Augenblick später riss sie den blutenden Finger zurück, steckte ihn in den Mund und saugte daran. Curtius lächelte spöttisch.

»Ich finde es einfach nur geschmacklos«, sagte Marie. Die beiden sahen auf.

»Du bist ein Spielverderber. Das wird ein lukratives Geschäft, du wirst sehen. Dieses Modell wird auch hier im Wachssalon gut ankommen«, antwortete Curtius im Brustton der Überzeugung. »Wer weiß, wenn sie etabliert ist, brauchen wir vielleicht ein noch größeres Modell für den Salon.« Er legte seine Finger sinnierend an das Kinn. »Da könnte man sicher etwas machen, ich müsste mal mit Sanson reden.«

»Die Besucher kommen in den Salon, weil sie den König und die Königin, die Philosophen, die Revolutionshelden oder legendäre Freiheitskämpfer wie Brutus oder Wilhelm Tell sehen wollen«, setzte sie an.

»Im Moment, ja. Aber wenn sie sich im Dunst dieser Berühmtheiten gesonnt haben, wollen sie sich in der ›Höhle der großen Räuber‹ gruseln – das weißt du doch genauso gut wie ich«, unterbrach Curtius sie.

»Ist es nicht richtiger, die Besucher zu erbauen? Ihnen etwas zu zeigen, zu dem sie aufsehen können?«, hielt Marie ihm entgegen. Curtius sah sie ernst an.

»Erbauung ist gut und schön. Aber irgendwoher muss auch das Geld kommen.« Diese Diskussion wollte er jetzt nicht schon wieder führen. Er kam auf den Anfang ihres Gespräches zurück. »Die neue Maschine macht jeden vor dem Gesetz gleich. Niemand wird mehr gerädert oder verbrannt. Und weil die Maschine so schnell arbeitet, muss niemand unnötig leiden. Zweckmäßig, für alle gleich und human«, verteidigte Curtius die Neuerung. »Andererseits sind die Hinrichtungen jetzt natürlich nicht mehr so spektakulär wie früher. Wenn ich an die Hinrichtung von Damiens denke! Das waren noch Zeiten. Jetzt geht alles viel zu schnell.«

Die Hinrichtung des Attentäters Damiens hatte Marie als Kind nächtelang in den Träumen verfolgt, denn im Schaufenster eines benachbarten Kupferstechers hatte ein Stich gehangen, der die Tortur zeigte. Der Kupferstecher selbst hatte sich einen Spaß daraus gemacht, das Mädchen mit den Einzelheiten der Hinrichtung zu verschrecken. Stundenlang hatte der Henker Damiens mit Zangen Fleisch aus dem Körper gerissen und kochendes Öl oder brennendes Pech in die Wunden gegossen. Am Ende wurde er geviertelt, bevor seine Überreste endlich auf den Scheiterhaufen geworfen wurden und seine Asche in alle Winde verstreut. Noch lange Zeit hatte Marie das durch unbeschreibliche Qualen verzerrte Gesicht des Mannes vor Augen gehabt, wenn sie nachts aus dem Schlaf schreckte. Dass die Revolution diese brutalen Foltermethoden abgeschafft hatte, musste man ihr zugutehalten, fand Marie.

»Waren Sie auf der Place de Grève, um sich die Hinrichtung anzusehen, Doktor?«, fragte Laure neugierig.

»Ich – und tausend andere. Alle wollten sehen, ob die Maschine des Doktor Guillotin tatsächlich so gut funktioniert, wie behauptet wird«, antwortete Curtius.

»Und, hat der Räuber nur eine kleine Frische am Hals verspürt? Ist sein Haupt von den Schultern herabgetanzt, ohne dass er nur das Geringste gespürt hätte?«, fragte Marie scharf. Mit diesen unglücklichen Formulierungen hatte Doktor Guillotin die Maschine in der Nationalversammlung angepriesen – und dafür nervöses Gelächter geerntet.

»Das Gerät funktionierte reibungslos«, entgegnete Curtius ernst. »Der Delinquent kam in einem Karren am Richtplatz an«, fuhr er an Laure gerichtet fort, »er trug ein rotes Hemd.

Die Haare hatte man ihm im Nacken abgeschnitten, die Hände auf dem Rücken zusammengebunden. Man führte ihn auf das Gestell, auf dem die Maschine stand. Er wurde mit dem Gesicht nach unten auf ein Brett geschnallt. Das Beil sauste herab. Blut spritzte aus dem Hals. Der Mann war nicht mehr. Ein Gehilfe zeigte den abgeschlagenen Kopf der Menge. Das Volk hat geklatscht. Danach lief es schnell auseinander, weil es so kalt war.« Die letzten Worte hörte Marie schon nicht mehr. Sie war auf die Straße geflohen, weil sich ihr der Magen umdrehte.

Marie lief den Boulevard du Temple hinunter. Sie schlang ihren Schal enger um die Schultern. Es war kalt, aber die frische Luft tat ihr gut. Die Hökerinnen saßen auf der Straße über ihren Kohlefeuern. Die Theater auf dem Boulevard sahen noch unbelebt aus. Sie wusste von vielen Nachbarn, die ebenfalls zu kämpfen hatten. Plötzlich kamen ihr Männer und Frauen mit Piken, Gabeln, dreizackigen Hacken oder Sicheln bewaffnet entgegen. Sie erschrak, doch als sie eine der Frauen fragte, ob ein Aufstand bevorstehe, lachte diese nur und sagte, die Bürger des Vororts Saint-Antoine wollten den Gesetzgebern zeigen, wie viele Herzen ihnen entgegenschlügen und wie viele Arme Waffen trügen, um sie zu schützen. Deshalb seien sie jetzt auf dem Weg in die Nationalversammlung. Ob Marie sich ihnen nicht anschließen wolle? Marie verneinte und sagte, sie müsse zurück zur Arbeit. Die Frau reckte grüßend die Faust, rief »Frei leben oder sterben!« und zog weiter. Marie wunderte sich, wie sich das Bild auf der Straße schon wieder verändert hatte. Piken wurden immer häufiger getragen. Fünfzigtausend dieser Spieße waren nach dem Sturm auf die Bastille geschmiedet worden, seither galten sie als Sinnbild kämpferischer Freiheit. In letzter Zeit hatten zudem mehrere Zeitungen beschrieben, wie man sie herstellte und wie man sie im Kampf am besten einsetzte. Die königstreue Presse befürchtete ein Massaker unter den Anhängern des Königs, da sich die Pariser bewaffneten. Der König selbst hatte gefordert, dass Piken außer für Wachleute verboten wurden. Seiner Forderung wurde nachgekommen. Doch anscheinend kam dieses Verbot zu spät. Niemand schien sich darum zu kümmern. Auch die roten Freiheitsmützen leuchteten nun überall auf den Köpfen der Menschen. Anscheinend trugen sie nicht nur Sansculotten, sondern auch solche, die wie Patrioten wirken wollten. Die so genannten Sansculotten fielen immer mehr als neue politische Gruppierung auf. Denn mit der Revolution war auch die bislang geltende Kleiderordnung aufgehoben. Einige Zeit nach der Versammlung der Generalstände 1789, auf der die Geistlichen in seidenen violetten Gewändern auftraten, der Adel Federhüte und Seidenroben mit Spitze und Goldaufschlägen trug und den Deputierten des Dritten Standes ein einfacher schwarzer Tuchanzug vorgeschrieben worden war, hatte die Nationalversammlung die Standestrachten abgeschafft. Stattdessen konnte man den Menschen heute ihre politische Gesinnung ansehen. So, wie die Königstreuen an der althergebrachten Mode des Hofes festhielten und die Jakobiner bei den schwarzen Tuchröcken blieben, gab es jetzt Arbeiter, die mit langen Hosen statt mit Kniehose auftraten. Zum Erscheinungsbild der meist radikal gesinnten Sansculotten gehörte neben der langen Röhrenhose, die vorne mit einem Latz geschlossen wurde, auch die Carmagnole, eine kurze Bauernjacke, Holzpantinen und die auffällige rote Kegelmütze. Sogar im Jakobinerclub durfte die Freiheitsmütze getragen werden, hatte Curtius erzählt. Nur Robespierre und einige andere waren dagegen, weil die Trikolore das einzige Symbol des Patriotismus sei, das die Menschen tragen sollten. Boshafte Zungen flüsterten jedoch hinter vorgehaltener Hand, Robespierre lehne sie ab, weil die Kegelmütze seine gepflegte Frisur zerstören würde.

Als Marie im Wachssalon ankam, waren weder Curtius noch Laure zu sehen. Marie war froh darüber. Sie arbeitete die Büste von Jérôme Pétion de Villeneuve auf, der Bailly als Bürgermeister abgelöst hatte. Eine weitere Büste sollte an diesem Tag im Wachssalon gegossen werden. Curtius hatte sich eine Totenmaske des Gerichteten besorgt. Der Hingerichtete sah ganz und gar nicht so aus, als sei er schmerzlos und schnell gestorben. Marie weigerte sich, dieses Wachsporträt herzustellen. So tat es Curtius selbst, diesen Reißer würde er sich nicht entgehen lassen. Später musste Marie jedoch eingestehen, dass die Masken der Hingerichteten bei den Besuchern besonders beliebt waren, weil man bei der Hinrichtung selbst manchmal vor lauter Schaulustigen und Soldaten nichts sah. Deshalb waren viele erfreut, sich im Wachssalon das Ergebnis noch einmal ganz in Ruhe anschauen zu können. Es erschien Marie absurd, dass ihre Wachsköpfe nun mit den echten Häuptern der Geköpften um die Aufmerksamkeit der Menschen konkurrierten. Würde sie nie von dieser Verbindung zu den Henkern loskommen, immer eine Henkerstochter bleiben?

Eine ältere Frau stand an der Tür des Hauses Rue Saint-Honoré Nummer 366 und sah Marie misstrauisch an. »Mein Name ist Marie Grosholtz. Mein Onkel, Philippe Mathé Curtius schickt mich. Ich soll Maximilien Robespierre für seinen Wachssalon porträtieren. Er erwartet mich.« Ohne ein weiteres Wort schloss sich die Tür vor ihrer Nase. Unschlüssig behielt Marie ihre Tasche in der Hand und blieb stehen. Marie ließ ihren Blick die Wände entlangwandern. Der Eingang befand sich in einem gewölbten Durchgang zwischen einem Juwelier und einer Gaststätte; über dem Eingang hing ein Adler aus Holz. Es war ein großes Haus in guter Lage, das dem wohlhabenden Jakobiner Maurice Duplay, Besitzer eines Schreinerbetriebes und mehrerer Mietshäuser, gehörte. Man sagte, Robespierre sei wie ein Familienmitglied bei den Duplays aufgenommen worden. In ihrem Haus lebte er, arbeitete er und empfing Freunde, unter denen auch der Maler David war. Schon allein aus diesem Grund hatte Marie nur ungern diesen Auftrag angenommen.

Nach einigen Minuten wurde die Tür wieder geöffnet. Die Frau machte eine Handbewegung, und Marie folgt ihr. Im ersten Stock wurde sie an einigen Türen vorbeigeführt, bevor die Dame des Hauses an einer klopfte. Zunächst trat sie allein ein. Wieder wurde Marie eine Tür vor der Nase zugeschlagen.

Dann durfte auch sie eintreten. Eine königliche Audienz ist ja gar nichts dagegen, dachte Marie spöttisch. Sie betrat einen Salon, an den ein kleines Arbeitszimmer grenzte, dessen Tür offen stand. In der Luft lag der Duft von Orangen. Ein Fenster ging auf den Hof hinaus, aus dem man jetzt das Geräusch von Hämmern und Sägen hörte. Kleine Büsten aus rotem Ton waren in dem Salon aufgestellt, an den Wänden hingen Stiche und Aquarelle, die wohl von dem Bewohner selbst stammten. Auf dem Tisch standen Kaffee, Milch, Butter und eine Schale mit Früchten, daneben lagen Orangenschalen. Madame Duplay schien besorgt um Robespierres Wohlergehen, denn als er aus seinem Arbeitszimmer trat, fragte sie ihn, ob er irgendetwas brauche. Marie warf einen Blick in das Arbeitszimmer und war erstaunt, dort eine Büste Robespierres zu sehen. Robespierre hatte sein Haar tadellos gelockt und gepudert, er trug einen eleganten Anzug mit knielangen Hosen sowie farblich passende Seidenstrümpfe. Sieh an, dachte Marie, der Anwalt der kleinen Leute lässt es sich gut gehen. Und er macht sich nicht mit den Sansculotten gemein, die die Kniehosen als Zeichen des alten Regimes ablehnten, sondern bleibt seinem Stil treu.

Robespierre setzte sich in einen Sessel und griff nach einer Orange. Marie packte ihre Utensilien aus, während er ihr von seiner letzten großen Rede vorschwärmte.

»Ich glaube, dass unser öffentliches Wohl und die Souveränität des Volkes nur aus den Ruinen aller Parteien hervorgehen können, und in dem Labyrinth der Intrigen, des Verrats und der Verschwörungen suche ich nach dem Weg, der zu diesem Ziel führt; das ist meine Politik und das ist der einzige Leitfaden, der die Schritte der Freunde der Vernunft und der Freiheit lenken kann.« Marie war irritiert, weil er ihr nie richtig ins Gesicht sah. Und er zwinkerte ständig mit den Augen.

Bevor Marie sein Gesicht einölte, legte er seine stahlgeränderte Brille auf den Tisch, dann lehnte er sich zurück und schloss die Augen. Ein frischer Duft nach Seife stieg zu ihr auf. Marie hatte nun die Gelegenheit, ihn sich anzusehen. Die letzten Jahre hatten ihren Tribut gefordert. Er wirkte abgespannt, sah blass aus. Seine abgekauten Fingernägel standen in scharfem Kontrast zu seiner gepflegten Kleidung und Frisur. Curtius hatte ihr von dem Pensum erzählt, das Robespierre beinahe täglich absolvierte: stundenlange Sitzungen des Konvents, gefolgt von oft ebenso langen Treffen des Jakobinerclubs, dazu seine penibel vorbereiteten Reden. Von Erfolg gekrönt war sein Einsatz derzeit jedoch nicht gerade. Von allen Seiten wurde er angefeindet. Maries Besuch sollte ihn deshalb in erster Linie der Treue und der Unterstützung Curtius' versichern. Als ihre Arbeit beendet war und sie die Gipsmaske sicher verstaut hatte, stiftete Robespierre einen seiner Röcke und eine Hose, um sein Wachsbild einzukleiden. Er warnte sie noch davor, seine Figur neben die La Fayettes zu stellen, den er als »Henker und Mörder des Volkes« ansah. Der Tag des Marsfeldes habe die Revolution um zwanzig Jahre zurückgeworfen. Am besten solle ihr Onkel La Fayettes Figur gleich verschwinden lassen. Marie versprach, es ihr auszurichten.

Doch selbstverständlich weigerte ihr Onkel sich, die Figur des Generals zu entfernen, und tat den Rat als Ausdruck der Rivalität zwischen den beiden Revolutionshelden ab. Weder Curtius noch Marie konnten ahnen, dass er sich nur wenige Monate später gewünscht haben würde, Robespierres Worten mehr Gehör geschenkt zu haben.

Ein Uniformierter kam die Treppen zum Wachssalon hochgesprintet. Er packte Curtius am Arm und flüsterte ihm etwas ins Ohr. Curtius wirkte erregt. Gleich danach kam er zu Marie. »Es geht etwas im Vorort Saint-Antoine vor sich. Die Leute bewaffnen sich.«

»Ich komme mit. Es ist im Moment ohnehin nichts los. Anna kann die halbe Stunde auf den Laden aufpassen«, schlug Marie vor. Ihr Onkel nickte, und gemeinsam liefen sie auf den Boulevard hinaus. Aus allen Gassen und Straßen kamen Menschen und bewegten sich in Richtung Place de la Bastille. Fast alle Männer waren bewaffnet. Neben den üblichen Piken trugen sie Musketen, Knüppel oder Backsteinbrocken. Einige riefen »Nieder mit dem Veto!«, andere sangen Revolutionslieder. Sie sah jemanden mit einer Pike vorbeiziehen, auf die ein Kalbsherz aufgespießt war, darunter ein Plakat mit der Aufschrift »Herz eines Adeligen«. Ein anderer trug einen Miniaturgalgen, an dem eine Puppe hing, die die Königin verkörpern sollte.

»Ich werde der Menge in sicherer Entfernung folgen«, erklärte Curtius. »Geh du zurück zum Wachssalon. Der Laden muss offen bleiben, auch wenn sicher nicht viele Besucher kommen werden. Aber falls Gefahr droht, solltest du dort sein. Anna wird damit allein nicht fertig.« Auch Laure konnte Anna vermutlich nicht zur Seite stehen, sie hatte sich heute noch nicht blicken lassen. Marie wollte umkehren, doch sie hatte ein ungutes Gefühl. Auch wenn sie sich mit ihrem Onkel in den letzten Monaten oft über den Kurs der Revolution und des Geschäftes gestritten hatte, sorgte sie sich dennoch um ihn. Sie drückte ihn an sich, dann wurden sie von der vorbeiziehenden Menge getrennt. Während sie zum Boulevard du Temple zurückging, konnte sie die Rufe und die Strophen des Revolutionsliedes *Ça ira* hören, in dem es hieß *He, es geht los, die Aristokraten an die Laterne*. Sie konnte nur hoffen, dass dieser Aufmarsch nicht wieder damit endete, dass ihr abgeschlagene Köpfe gebracht wurden.

Marie und ihre Mutter brachten einige unruhige Stunden im Kabinett zu. Dabei war es ungewöhnlich ruhig, kaum jemand wollte die Wachsfiguren sehen. Die Junihitze breitete sich schwer in den Räumen aus, Marie bekam davon Kopfweh. Erst spät am Abend kehrte Curtius zurück.

»Wir müssen unseren Ausrufer umkleiden«, sagte er zu Maries Verwunderung. Dieser Helfer, der den Passanten die neusten Attraktionen anpries, war immer passend zum Zeitgeschmack gekleidet, zuletzt in einer Uniform, die jener der Nationalgarde ähnelte. »Er muss aussehen wie ein Sansculotte, samt roter Mütze, langer Hose und Pike. Nur dieser Beweis unserer Solidarität kann unsere Ausstellung in den nächsten Wochen vor Übergriffen schützen.«

»Ist das alles, was Sie uns nach Stunden des Wartens und Sorgens zu sagen haben? Dass wir den Ausrufer umkleiden müssen?!«, fragte Marie erbost. »Verraten Sie uns lieber, was geschehen ist!«

Curtius lockerte sein Hemd, das völlig durchgeschwitzt war. »Die Sektionen und die Vertreter des Cordeliers-Clubs hatten am Jahrestag des Ballhausschwures zu einer Demonstration aufgerufen. An der Place de la Bastille und vor der Salpêtrière versammelten sich zwei Volkshaufen, allesamt bewaffnete Sansculotten. Der Brauer Santerre führte sie in Richtung Tuilerien. Dort wollten sie vor der Nationalversammlung eine Petition verlesen. Nach einigem Hin und Her wurden sie eingelassen«, erzählte Curtius. »Doch das war noch nicht alles. Vor den Tuilerien hatte sich inzwischen eine gewaltige Menschenmenge versammelt. Es waren wohl fünfzehntausend Männer und Frauen, sie waren bis an die Zähne bewaffnet. Ein Trupp brach in das unverteidigte Schloss ein.« Marie sog die Luft ein. Was war mit der Königsfamilie geschehen? Curtius starrte auf den Tisch. »Ich bin ihnen nicht weiter gefolgt. Aber später hat man mir erzählt, dass der König würdevoll reagiert habe – egal, was man von ihm hält. Er hat die rote Jakobinermütze aufgesetzt und auf das Wohl des Volkes getrunken. Stundenlang hat er die Beschimpfungen der Menge über sich ergehen lassen. Nur eine kleine Gruppe Nationalgarden hat ihn vor dem Ärgsten geschützt. Erst am Abend konnte unser Bürgermeister Pétion die Menge zum Abzug bewegen.« Marie lag eine Frage auf der Zunge. Sie wollte gerade den Mund aufmachen, als Curtius kühl sagte: »Nein, ihnen ist nichts geschehen. Weder der Königin noch Madame Élisabeth, noch dem Dauphin. Niemandem.« Marie war erleichtert. Die Ereignisse der letzten Wochen waren schlimm genug: die Kriegsniederlagen, die schlechte Versorgung mit Lebensmitteln, Unruhen und Plünderungen, die Auflösung der königlichen Leibgarde. Vorhin auf der Straße hatte sie Menschen gesehen, die dem Volkshaufen ängstlich und besorgt hinterhersahen. Doch niemand hatte ein Wort gesagt, niemand hatte versucht, sie aufzuhalten. Waren die Ereignisse dieses Tages eine schreckliche Warnung vor dem, was sie in der Zukunft erwarten würde?

Wie jedes Jahr wurde der Tag des Bastillesturms gefeiert. Allerdings konnte der Gegensatz zwischen dieser Zeremonie und der vor zwei Jahren nicht größer sein. Wo 1790 die Freude über die gesellschaftlichen und politischen Veränderungen die Menschen in Euphorie versetzt hatte, herrschte nun angespanntes Misstrauen. Die Ereignisse der letzten Jahre hatten die Menschen entzweit. Während der ersten Volksfeier hatten sich Royalisten und Revolutionäre verbrüdert, jetzt waren sie in viele kleine Interessengruppen gespalten, die einander oft spinnefeind waren.

»Die Nationalversammlung ist handlungsunfähig. Nur noch ein Bruchteil der Abgeordneten nimmt aus Angst vor seinen Gegnern überhaupt an den Debatten teil«, erzählte Curtius, der sich gemeinsam mit Marie, Laure und Anna auf den Weg zum Marsfeld gemacht hatte.

»Die Nationalversammlung tut ja auch nichts. Das Volk ist noch genauso geknechtet wie vor drei Jahren. Der König muss weg, dann wird alles besser«, ereiferte sich Laure.

»Das glaubst du doch selbst nicht!«, widersprach ihr Marie.

»Dass du den König behalten willst, ist doch klar. Du warst schon immer eine Royalistin«, entgegnete Laure spöttisch.

»Das stimmt doch gar nicht. Ich bin stolz darauf, was die Revolution bewirkt hat. Vieles war längst überfällig, wie die Abschaffung der Leibeigenschaft. Freiheit, Gleichheit und Brüderlichkeit, das ist es doch, was wir heute feiern wollen – und zwar gemeinsam mit dem König.«

»Ich bleibe dabei, alle Vaterlandsverräter und Verschwörer müssen am besten in ihrem eigenen Blut ertränkt werden«, sagte Laure stur.

»Es besteht schon die Gefahr, dass uns das Errungene wieder genommen wird«, gab auch Curtius zu bedenken. Seit

Preußen sich unerwartet mit Österreich verbündet und in den Krieg eingegriffen hatte, galt das Vaterland in Gefahr und der Notstand war ausgerufen worden. »Unsere Armeen müssen eine Niederlage nach der anderen einstecken. Die Soldaten sind schlecht ausgerüstet, da ist etwas faul. Trotzdem wollen alle jungen Männer kämpfen. Heute hat sich unser letzter Helfer freiwillig gemeldet, und ich bin bei der Nationalgarde unabkömmlich.«

»Wahrscheinlich ist es gut, dass wir unsere Hausgäste haben. Es sind ehrbare, höfliche und wohlerzogene Männer, die auch mal mit anpacken«, sagte Marie. Um die patriotische Gesinnung ihres Haushaltes zu unterstreichen, hatte ihr Onkel sich bereit erklärt, neun Föderierte, also Nationalgardisten aus allen Teilen der Republik, bei sich einzuquartieren. »Ich bin nur froh, dass die Männer sich abmelden, wenn sie nicht zum Essen da sind. So sparen wir Geld«, meldete sich Anna zu Wort.

»Ich kann mich nicht erinnern, wann wir zum letzten Mal den Eintrittspreis für den Salon senken mussten«, sagte Curtius nachdenklich. »Die Besucherströme sind versiegt. Der Boulevard ist wie leer gefegt. Alles ist teuer, sogar Kerzen«, fügte Marie hinzu.

Laure schwieg jetzt. Ahnte sie, dass auch sie und ihre Mutter bald entlassen werden könnten?

Das Fest selbst war für Marie eine traurige Angelegenheit. Während der Eröffnungszeremonie schien es ihr, als ob die Königin weinte. Später schrie Marie Antoinette auf, als es Gedränge um den König gab, weil sie zu befürchten schien, dass man ein Attentat auf ihn verüben könnte. Marie hielt den Atem an, als der König sich weigerte, den Baum des Feudalismus anzuzünden. An den Ästen des großen Baumes hingen hermelinverbrämte Mäntel, Wappenschilder und Schmuck, die das untergegangene System symbolisierten. Später hieß es, der König habe gesagt, dass der Feudalismus nicht mehr existiere und es also sinnlos sei, den Baum zu verbrennen. Tatsächlich bestand niemand darauf, dass er die Fackel nahm.

Er konnte zu Marie Antoinette zurückkehren und später ohne feindliche Anwürfe in die Tuilerien zurückkehren. Obgleich die Veranstaltung ohne größere Katastrophen vonstattengegangen war – Marie hatte noch das Massaker auf dem Marsfeld vor Augen – und eigentlich vergleichsweise unspektakulär verlief, musste sie noch oft daran denken. Denn es war der letzte öffentliche Auftritt des Königs, der Königin und von Madame Élisabeth, bevor sie das Schafott besteigen mussten.

Langsam schlich sich das Glockengeläut in Maries Schlaf. Sie wälzte sich im Bett umher, zog die Decke über die Ohren. Die Sturmglocke schlug und schlug. Marie riss sich die Bettdecke herunter, die wie ein Alb auf ihrer Brust gelegen hatte. Es war heiß und stickig in ihrem Zimmer. Sie trocknete sich den Schweiß ab. Aus dem Salon drang Gepolter und Stimmengewirr herauf. Die Soldaten wurden zu den Waffen gerufen. Wenn Marie sich beeilte, würde sie herausfinden, was man über den Grund des Läutens wusste. Sie warf sich ein Tuch über und trat in das Atelier. Aber die Feldbetten waren bereits verlassen, ihre Gäste überhastet aufgebrochen. Decken und Nachtmützen lagen auf dem Boden, jemand hatte eine Waschschüssel umgestoßen. Anna wischte die Pfütze auf, ihre Haare waren vom Schlaf zerwühlt.

»Dein Onkel ist auch fort. Was wohl schon wieder los ist?«, fragte sie mit zittriger Stimme. »Er hat schon so etwas geahnt. Erst gestern hat er gesagt, dass Blut in Strömen fließen wird. In der Nationalversammlung und im Jakobinerclub wird viel gemunkelt. Diese Krise ist schlimmer als die vorhergehenden, meint er.« Ihre Mutter legte den Lappen weg. »Ich mache mir solche Sorgen um ihn. Jedes Mal, wenn die Sturmglocken läuten und er ausrücken muss, denke ich, er kommt nicht wieder.« Marie kniete sich neben ihrer Mutter auf den Boden und drückte ihre Hand, die von der Hausarbeit ganz rau war.

»Du weißt doch, Curtius ist findig. Ihm wird schon nichts passieren. Leg dich wieder hin, wir können nichts tun«, sagte sie. Anna stand leise stöhnend auf und ging in ihr Bett zurück.

Marie trat an die Fenster, um sie zu verriegeln. Der Himmel war wie blank geputzt, keine Wolke verdeckte die Sterne. Es würde ein heißer Tag werden. Schon tupfte die Sonne ihre ersten Strahlen auf die Häuser und Baumwipfel. Sie waren blutrot. Hoffentlich ist diese Farbe kein Omen für den bevorstehenden Tag, dachte Marie.

Sie verschloss auch die Tür, als könne sie ihre düstere Vorahnung aussperren. In Paris gärte es. Der Oberbefehlshaber der feindlichen Truppen hatte im Falle eines weiteren Angriffs auf die Tuilerien eine beispiellose und für alle Zeiten denkwürdige Rache angekündigt. Die Stadt Paris solle dem Erdboden gleichgemacht und die Aufrührer ihrer verdienten Strafe ausgeliefert werden. Diese Ankündigung war Anfang August in Paris bekannt geworden und hatte das Volk bis zur Weißglut entflammt. Es war klar, dass es zu einem Ausbruch kommen würde – die Frage war nur, wann und wie. Vielleicht war es jetzt so weit.

Um sich zu beruhigen, ging Marie an ihren Wachsfiguren entlang, die ungerührt ihre Schatten auf den Boden warfen. Die Rangfolge der Figuren war einem steten Wandel unterworfen, der schneller und schneller wurde. Voltaire, Rousseau und Mirabeau befanden sich nun im Hintergrund. La Fayette stand in einer Ecke. Man sah den General als Verräter an und fürchtete seinen Einfluss auf die Armee. Besonders die Figuren von Pétion, dem Bürgermeister, Marat und Robespierre waren bei den auswärtigen Nationalgardisten, die nun häufig den Salon besuchten, beliebt. Gerade arbeitete Marie an der Figur von Antoine-Joseph Santerre, dem Brauer aus dem Vorort Saint-Antoine, der als wichtiger Anführer der Sansculotten von sich reden machte.

»Hallo, ist jemand da?« Eine Frauenstimme drang durch die Tür des Wachssalons. Marie kam die Stimme bekannt vor. Sie öffnete den Riegel und sah vor sich eine Nachbarin, deren Mann auch bei der Nationalgarde diente. Die Frau stürzte Marie völlig aufgelöst in die Arme. »Haben Sie etwas gehört?

Mein Mann ist noch unterwegs. Wer weiß, was ihm geschehen ist! Man hört von Kämpfen!« Marie schob die Frau in Annas Arme, die sie zu einem Stuhl führte. »Der Garten soll mit Leichen übersät sein. Was ist, wenn mein Nicolas darunter ist?!« Die Frau schluchzte wieder. Es hatte einen Aufstand gegeben, Blut war vergossen worden. Marie wollte die Frau am liebsten bei den Schultern packen und sie dazu bringen, alles zu erzählen, was sie wusste.

»Wir haben gar nichts gehört. Was für einen Garten meinen Sie?«

»Na, den Garten der Tuilerien. Zweitausend Soldaten, die Hälfte von ihnen Angehörige der königlichen Schweizer Garde, sollen sich dort verschanzt haben. Die Nationalgarde und die Föderierten kämpfen gegen sie. Bitte, wir müssen nachsehen, ob mein Mann dort ist, ob er noch lebt«, appellierte die Frau an Marie. »Selbst wenn er tot ist, ich brauche Gewissheit. Ich kann mit dieser Unsicherheit nicht leben!« Marie zögerte. Sie sah Anna an, die mit einem panischen Flackern im Blick den Kopf schüttelte. Marie wusste, dass auch Curtius ihr dieses gefährliche Abenteuer untersagen würde. Die Frau drang weiter in sie. »Ihr Onkel ist doch auch im Dienst. Vielleicht liegt er dort in seinem Blut. Wir müssen nachsehen und Hilfe leisten!« Marie straffte sich.

»Ich komme mit«, sagte sie kurz entschlossen. Anna wollte gerade protestieren, doch Marie fiel ihr ins Wort. »Sie hat recht. Vielleicht ist Curtius verletzt, ich muss ihm helfen.«

Die Frauen liefen einen Umweg zum Stadtschloss der Tuilerien, um die belebten Straßen zu meiden. Aber die Geschäfte waren ohnehin geschlossen. Auch die Hitze schien die Menschen in den Häusern zu halten. Einmal kam ihnen ein Trupp entgegen, der Marie in Schrecken versetzte: Männer und Frauen hatten Fetzen von Röcken der Schweizer Garde auf ihre Piken und Bajonette gespießt, ein Mann trug auf seiner Pike den Kopf eines Mannes, es war wohl der eines Offiziers. Was wäre, wenn diese Bestien – denn so kamen sie Marie inzwischen vor, wie blutrünstige Bestien – wieder den

Wachssalon aufsuchten? Diesmal wäre niemand da, der die Gesichter porträtieren könnte. Anna würde sie abweisen müssen. Wer wusste schon, ob die Menge sich so einfach abspeisen ließe. Vielleicht standen das Leben ihrer Mutter und die Existenz des Wachssalons auf dem Spiel! Marie war leichtsinnig gewesen. Sie hätte den Salon nicht verlassen dürfen. Aber nun konnte und wollte sie nicht zurück, sie waren doch schon beinahe da.

Je näher sie den Tuilerien kamen, umso stärker roch die Luft nach Rauch. War das Schloss in Brand gesteckt worden? Als sie endlich das früher so prachtvolle Gebäude erreichten, sahen sie, dass an einigen Ecken das Feuer noch schwelte. Maries Herz schlug in ihrer Brust wie eine Trommel. Lebte die Königsfamilie noch? Was sie sah, ließ mehr Schreckliches erahnen, als sie ertragen konnte. Nie wieder würde sie das Schloss und seinen Garten als Ort der Freude sehen können, in dem die Pariser flanierten oder Schlittschuh liefen.

Die gepflegten Kieswege und die Statuen waren mit geronnenem Blut besudelt. Wohin man auch blickte, überall lagen Tote. Verkrümmt, willkürlich übereinandergeworfen. Abgeschlachtet, niedergesäbelt, gesteinigt. Die meisten Leichen waren nackt. Viele waren verstümmelt. Glieder waren abgehackt worden. Genitalien abgeschnitten und in offene Münder gestopft worden. Marie fiel auf die Knie. Tränen liefen ihr über das Gesicht. Sie sah einen Hund, der an einer Hand nagte. Sie sah Männer und Frauen, die in den Taschen der Leichen wühlten. Marie atmete durch. Mühsam, als zögen die Leichen sie zu Boden, stand sie auf. Sie packte die Nachbarin am Arm.

»Wir sollten uns beeilen, sonst hält man auch uns für Leichenfledderer. Trauern können wir noch zu Hause«, sagte sie.

Ekel stieg in Marie auf, als sie die erste Leiche anfasste und auf den Rücken drehte. Immer wieder befürchtete sie, ein vertrautes Gesicht zu sehen. War ihr Onkel unter diesen Unglücklichen? Oder der Mann der Nachbarin? Manchmal mussten sie Blut und Schmutz von den Gesichtern wischen, um die Züge erkennen zu können. Nach kurzer Zeit war Marie über und über mit Blut bedeckt und zitterte heftig. Mit einem Würgen spie sie ihr mageres Frühstück aus. Wenig später gaben sie auf. Es waren Hunderte Tote, sie würden nicht alle anschauen können – sie würde es auch gar nicht verkraften. Sie sollten gehen. Bis jetzt hatten sie Glück gehabt, aber nun kamen immer mehr Menschen, die von dem Ende der Kämpfe gehört hatten und sich den Schauplatz des Geschehens anschauen wollten. Vielleicht war dies das Ende der Monarchie in Frankreich. Sie erinnerte sich daran, dass Graf Mirabeau einmal gesagt hatte, dass das Königtum der Rettungsanker sei, der Frankreich vor dem Schiffbruch bewahren könne. Würde jetzt ein Leichentuch auf dieses Land fallen?

Marie kämpfte weiter gegen die Übelkeit an. Ihr waren die Schaulustigen zuwider. Sie hatte genug gesehen. Auch die Nachbarin war mit ihrer Kraft am Ende. Marie lief mit ihr auf die Straßen hinaus, verlor die Frau jedoch schon bald aus den Augen. Marie sah sich nicht mehr nach ihr um. Sie hatte genug mit sich selbst zu tun. Konzentriert setzte sie einen Fuß vor den anderen, ganz als ob sie so die grausigen Bilder unter Kontrolle halten könnte. Sie achtete gar nicht darauf, wohin sie ging. Als ein Mann sie anrempelte, schreckte sie auf. Ihre Füße hatten sie in das Palais Royal geführt. Hier waren Leute unterwegs, obwohl die Geschäfte geschlossen waren. Marie ging an einer Gruppe vorüber. Sie hörte, dass sie sich über ein Kind von fünf oder sechs Wochen unterhielten, das mit zwei Köpfen geboren worden war und in der dritten Etage ausgestellt wurde. Wie konnte das Leben der Amüsierwilligen in einem Viertel der Stadt einfach so weitergehen, während um die Ecke ein Massaker stattgefunden hat? Marie verstand die Welt nicht mehr.

Ihr Onkel fand Marie einige Stunden später. Sie saß auf den Eingangsstufen des Wachssalons, die blutigen Hände zu Fäusten geballt. Sie spürte nicht, dass die Passanten sie anstarrten. Curtius setzte sich zu ihr. »Marie, was ist mit dir? Du siehst ja schrecklich aus. Komm mit, Kind, komm ins Haus.« Marie sah ihn an, als wäre sie aus einem Albtraum erwacht. Er sah besorgt aus. Ein Lächeln zuckte über ihre Lippen.

»Da bist du. Du lebst«, sagte sie erleichtert.

»Ich lebe. Auch Nicolas, dem Mann unserer Nachbarin, nach dem ihr gesucht habt, geht es gut. Mein Trupp wurde nicht zu den Tuilerien beordert. Doch davon später mehr. Lass uns lieber hineingehen, die Leute starren dich an.«

Erst jetzt bemerkte Marie, wie die Menschen ihren Schritt beschleunigten, wenn sie am Wachssalon vorbeigingen. Sie sah an sich herab. Das Blut an ihren Händen und auf ihren Kleidern hatte sich dunkelrot verfärbt. Hektisch versuchte sie es abzuwischen, doch es hatte bereits eine feste Kruste gebildet. Drinnen angekommen, half ihr Anna, die besudelten Kleider abzulegen. Sie führte Marie zu einem Badezuber voll lauwarmen Wassers. Marie ahnte, wie viel Mühe es ihre Mutter gekostet haben musste, so viel Wasser heranzuschaffen und zu erwärmen. Sie war dankbar für dieses Geschenk. Mit einem Schwamm half Anna ihr, das Blut und den Dreck abzuwaschen.

»Gestern Nacht hat im Hôtel de Ville eine aufständische Kommune das Kommando über die Nationalgarde übernommen. Ich war mittendrin, habe mich aber im Hintergrund gehalten. Santerre ist seit Mittag kommandierender General der Nationalgarde«, sagte ihr Onkel, der sich hinter einen Paravent gesetzt hatte. »Am Hof ahnte man schon, dass etwas passieren würde. Viele Nationalgardisten wurden in die Tuilerien berufen«, fuhr er fort. Anna brachte Marie ein Glas, es war Limonade. Sie lächelte Anna an. Ihre Mutter musste den letzten Zucker dafür verwendet haben.

»Was ist mit dem König und seiner Familie geschehen? Sind sie ...«, Marie stockte.

»Tot? Nein. Sie sind etwa um acht Uhr in die Nationalversammlung geflohen. Ludwig hat sich unter ihren Schutz begeben.«

»Aber warum kam es dann in den Tuilerien trotzdem zum Kampf? Warum, wenn er doch schon fort war?«

»Tja. Die Schweizer Gardisten wurden gedrängt, sich zu verbrüdern. Einige legten tatsächlich die Waffen nieder. Als die Schweizer sich zurückziehen wollten, wurden sie massakriert. Man spricht von dreihundertsiebzig Toten, ein Viertel davon sind unsere Leute«, erzählte Curtius. Marie schoss das Bild durch den Kopf von Leichen, die man vor den Tuilerien aufgeschichtet und verbrannt hatte. Hatte sie diesen menschlichen Scheiterhaufen gesehen, oder gaukelte ihre Fantasie ihr das Bild vor? Sie wusste es nicht.

»Unsere Leute? Was heißt das, unsere Leute?«, höhnte Marie. »Meine Leute sind das nicht. Ich will damit nichts mehr zu tun haben. Ich habe gesehen, was sie den Schweizer Gardisten angetan haben. Das war eine Schlächterei.«

Sie hörte, wie Curtius den Stuhl zurückschob und aufstand. »Marie, du weißt nicht, was du sagst. Viele haben an diesem Tag nur das getan, was sie als ihre Pflicht ansahen. Schlaf jetzt. Dann sieht die Welt schon anders aus.«

Am nächsten Tag taten alle, als wäre nichts geschehen. Es war nur etwas stiller als sonst in der Stadt. Obwohl der Salon, wie alle Geschäfte, geschlossen blieb, nahm auch Marie wieder ihre Arbeit auf. Die Figur von Santerre ließ sie jedoch links liegen. Die Stille im Haus und die Bewegungen ihrer Hände beruhigten sie. Hier war sie zu Hause, hier fühlte sie sich sicher. Erst als Laure am Nachmittag in das Atelier kam, wurde ihre Ruhe gestört. Laure erschien viel später als üblich zum Dienst. Sie entschuldigte sich jedoch nicht. Sie trug sogar einen stolzen Gesichtsausdruck zur Schau.

»Was ist, willst du die Wachsfigur von Santerre nicht fertig stellen?«, fragte sie mit Blick auf Maries Arbeit. »Schließlich ist er einer der Helden der Stunde! Auch die tapferen Marseiller Föderierten solltest du würdigen, sie haben wahre Wunderwerke verrichtet!« Marie presste die Lippen aufeinander. Sie hoffte, dass Laure verstummen würde, wenn sie nicht antwortete. »Die Pariser alleine hätten die Schweizer nicht besiegen können. Die Pariser Miliz hatte bloß drei

Schuss pro Mann, die Schweizer mehr als fünfzig. Was für ein glorreicher Tag! Das Volk hat den ganzen Pomp der Könige unter seinen Füßen zertreten.« Sie saß da, die Hände auf die Knie gestützt, und sprach mit fester Stimme. Marie erkannte sie kaum wieder. Was für eine Veränderung war mit dieser Frau vorgegangen. Was hatte dem verschüchterten Wesen so viel Selbstbewusstsein eingegeben? »Auch die Frauen haben ihren Teil zu diesem meisterhaften Krieg beigetragen. Théroigne de Méricourt hat mit Reitkleid und Säbel das Volk angefeuert, auch Claire Lacombe und Reine Audu verdienen die Bürgerkrone für ihren heldenhaften Einsatz in diesem Kampf. Ihre Büsten und Figuren sollten an erster Stelle diesen Salon zieren!«, forderte sie. Marie ließ ihre Arbeit jetzt sinken.

»Ich glaube, wir haben unterschiedliche Ansichten darüber, was man unter einer heldenhaften Tat versteht. Unschuldige niederzumetzeln gehört für mich ganz sicher nicht dazu. Egal, ob Frau oder Mann – das bleibt Unrecht.«

»Unschuldige?! Die Schweizer sind Werkzeuge des Verrats, Werkzeuge einer blutrünstigen Sippe. Sie gehören ausgerottet. Da wird mir jeder gute Patriot zustimmen!«

Marie lag eine Antwort auf den Lippen, doch Curtius fuhr dazwischen. »Laure hat recht, Marie. Außerdem, du vernachlässigst deine Pflichten. Wolltest du nicht schon längst in der Nationalversammlung sein?« Er sah sie auffordernd an. Marie war wütend. Warum fiel er ihr in den Rücken? Und was sollte diese Zurechtweisung vor einer Angestellten? Sie ballte die Hände und verließ das Atelier.

Auf den Straßen schien es ein Tag wie jeder andere zu sein. Wenn nicht das Gefühl der Bedrohung wäre. Überall liefen Patrouillen. Marie kam an dem Leichenzug der Freiwilligen aus Marseille vorbei. Es waren meist kräftige Männer mit sonnengegerbten Gesichtern, aus denen die weißen Zähne blitzten. Manche trugen Ohrringe, waren tätowiert. Sie brüllten ein Lied, das mitreißend und blutrünstig klang, ein Lied, das sie mit nach Paris gebracht hatten und das sich in Windeseile in der ganzen Stadt verbreitet hatte.

Vorwärts, Kinder des Vaterlandes,
der Tag des Ruhms ist da.
Gegen uns hat die Tyrannei
ihre blutigen Standarten erhoben.
hört ihr im Gelände
Die wilden Soldaten brüllen?
Sie kommen,
um unsere Söhne und Frauen in unseren Armen zu töten.
Zu den Waffen, Bürger! Stellt eure Bataillone auf;
wir wollen marschieren,
unreines Blut soll unsere Äcker tränken.

Auch Marie ging die aufpeitschende Melodie gleich ins Blut. Doch der Text und das Blitzen in den Augen der Sänger ließen sie nichts Gutes ahnen. Sie stand still und stumm, bis der brüllende Zug vorbei war. Sie grübelte über das Verhalten von Curtius und Laure nach. Laure würde sie vielleicht zurechtweisen können, aber ihren Onkel? Wie könnte sie weiter mit ihm unter einem Dach leben, wenn er Diebe und Mörder verteidigte? Wenig später wurde sie erneut aus ihren Gedanken gerissen. »Der ruhmreiche Tag des 10. August kann für den Triumph der Freiheit entscheidend sein, wenn ihr euren Vorteil zu nutzen versteht«, hallte es durch die Straße. Ein Mann verlas, umringt von einer andächtig lauschenden Menge, einen Maueranschlag. Marat, der Verfasser dieser Flugschrift, werde aus seinem unterirdischen Schlupfwinkel kommen, um dem Volk zu Hilfe zu eilen. »Eine große Anzahl der Tyrannenknechte hat ins Gras gebissen«, fuhr er in einem triumphierenden Ton fort. Die Menschen jubelten bei diesen Worten. Marie hörte jetzt die Worte der Flugschrift genauer. Der König und seine Familie sollten als Geiseln gehalten werden, bis sich die Österreicher und Preußen von den Grenzen zurückgezogen haben. Wenn sie es nicht tun, müsse der Kopf des Königs rollen. »Fordert die Einberufung eines Nationalkonvents, um den König zu verurteilen und die Verfassung zu reformieren; und fordert vor allem, dass seine Mitglieder nicht durch einen Wahlmännerausschuss, sondern von den Urwählerversammlungen bestimmt werden. Jeder Mann ab einundzwanzig Jahren soll wählen dürfen«, hörte sie noch, als sie um die Ecke bog.

Wie Tiere im Käfig sahen sie aus, die von Gaffern hemmungslos angestarrt wurden. Die Gesichter waren, wie in einer Gefängniszelle, von einem Gitter beschattet. Der König, seine Schwester Élisabeth, Marie Antoinette und die Kinder saßen in einer kleinen vergitterten Loge in der Nationalversammlung. Wie mussten sie sich in diesem stickigen Loch fühlen, wo doch schon die Luft im Saal selbst unerträglich abgestanden war. Marie schämte sich, als sie sah, dass der Pöbel das, was von der Königsfamilie übrig geblieben war, ungehindert beschimpfen durfte. Wie weit war es gekommen. Gab es denn keinen Respekt, kein Ehrgefühl mehr. Sie musste wieder an Laure und Curtius denken und war wütend. War sie die Einzige, die an das Königshaus glaubte und die Gewalt verabscheute? Ein Tumult riss sie aus ihren Gedanken. Das Volk forderte in diesem Augenblick die Köpfe der gefangen genommenen Schweizer. Im Saal machte sich Panik breit. Wenig später kamen Pétion und Danton und verkündeten, sie hätten das Volk beruhigt und bürgten für das Leben der Schweizer. Marie stand auf. Hinter ihr zischte man, weil sie den Blick versperrte. Sie drängte sich durch den Gang. Sie hatte genug gehört und gesehen. Curtius hatte sie aufgefordert, die heutige Sitzung zu beobachten. Sie hatte ihre Pflicht getan. Mehr konnte er nicht von ihr verlangen. Auf dem Rückweg war ganz Paris erleuchtet, so wie man es stets in Zeiten der Gefahr zu tun pflegte. Doch Marie kam diese Erleuchtung unwirklich, ja geradezu bedrohlich vor. Nur noch wenige Menschen waren jetzt auf den Straßen zu sehen. Sie liefen, als ob jemand hinter ihnen her wäre.

Curtius schritt im Salon auf und ab. Die Arme hatte er, wie so oft, hinter dem Rücken verschränkt. Er hatte Marie zu einem Gespräch gebeten. Sie schwieg trotzig. Erst einmal war es an ihm, sich für sein Verhalten zu entschuldigen, fand sie.

»Du hast doch von Beaumarchais gehört. Ihn hätte es beinahe erwischt«, fing er an. Marie wusste nicht, was der Dichter und Geschäftemacher mit ihnen zu tun hatte, aber sie hatte tatsächlich gehört, dass das aufgebrachte Volk bei Beaumarchais eine Hausdurchsuchung durchgeführt hatte. Sein Haus lag in der Nähe, nur einen Steinwurf entfernt von der früheren Bastille. Es war ein Protzbau mit zweihundert Fenstern, einem Billardraum, umgeben von einem englischen Garten samt Wasserfall und einem Tempel für Voltaire. Jetzt nannte er sich der erste Dichter in Paris. Das stimmte wohl auch – er war der Erste, wenn man durch das Stadttor von Saint-Antoine hereinkam. Dabei war er längst nicht mehr erfolgreich. Es machte das Gerücht die Runde, er sei in Waffengeschäfte verstrickt und habe in seinen Kellern Gewehre versteckt. »Schlosser haben vom Dachboden bis zum Keller alle Schlösser geöffnet, Maurer haben alle Kellerräume durchsucht, sogar die Steine über der Kloakegrube haben sie hochgehoben und Löcher in die Mauern gebohrt, während andere den Garten umgruben. Er selbst hielt sich bei einem Freund versteckt.« Curtius nahm eine Prise Schnupftabak und bot auch ihr eine an. Marie lehnte ab. »Nach sieben Stunden gab der Anführer den Befehl zum Abzug. Beaumarchais hatte Glück. Nichts fehlte. Darauf hat der Anführer aber auch geachtet. Zum Bedauern der Schufte, die dabei waren, sagte er, dass der Erste, der das kleinste Möbel mitgehen lässt, ohne Verhandlung sofort aufgehängt und dann in Stücke gehauen wird. Daran haben sie sich auch gehalten. Die Hausdurchsucher waren sogar so aufmerksam, ein Protokoll mit hundert Unterschriften dazulassen, aus dem hervorging, dass sie nichts Verdächtiges in seinem Besitz gefunden haben.« Marie hörte aus seinem Tonfall, dass er von der Rechtschaffenheit der Eindringlinge entzückt war.

»Und was willst du mir damit sagen?«, fragte sie nun ungeduldig.

»Die Lage ist ernst, ernster als je zuvor. Das eigene Hab und Gut ist genauso wenig sicher wie ein Menschenleben.« Er setzte sich zu ihr und sah ihr fest in die Augen. »Keiner weiß, wie es weitergehen wird. Die Nationalversammlung hat die Verantwortung von sich gewiesen und das Volk aufgefordert, einen Nationalkonvent zu bilden. Der König ist von seinen Amtsgeschäften suspendiert. Die Verfassung ist hinfällig, weil sie auf den König zugeschnitten ist. Danton ist Justizminister geworden, und man munkelt, dass er die Fäden hinter dem Angriff auf die Tuilerien gezogen hat. Robespierre ist einer der Anführer dieser Bewegung. Viele Gemäßigte werden nun das Land verlassen.« Curtius' Gesicht verdüsterte sich. »Heute Nachmittag hat man den König und seine Familie in das Palais du Temple gebracht. Zwei Stunden lang hat man den Wagen unter den Verwünschungen der Menge durch die Stadt rollen lassen. Man hat sogar extra einen Umweg über die Place Vendôme genommen, damit Ludwig die auf Befehl der Nationalversammlung zerschmetterte und von ihrem Sockel herabgestürzte Statue seines Urgroßvaters Ludwig XIV. betrachten konnte. Alle Statuen von Königen werden umgestürzt und zerstört, selbst die von Philippe dem Schönen, die in Notre-Dame steht. Keinen König mehr, niemals mehr einen König, ruft das Volk von Paris. Ludwig ist nun in einem der Türme des Temples in einem hochgelegenen Zimmer gefangen.«

Eine scharfe Erinnerung an ihre Kinder- und Jugendzeit durchschoss Marie. Sie musste daran denken, wie ihr Onkel damals von den prächtigen Festen berichtete, die sein erster Gönner, der Prinz von Conti, im Palais du Temple veranstaltet hatte. Der Prinz von Conti war schon lange tot, und nun hatte sich sein einstiger Sitz in ein Gefängnis verwandelt. Wie traurig waren die Zeiten. Auch mit ihrem Onkel ging es bergab. Wie sehr hatte sie ihn damals bewundert. Heute war er kaum besser als jeder Soldat. Sogar die Teilnahme am Kunstsalon im Louvre hatte ihm keinen Ruhm beschert.

»Ich weiß, du bist mir gram, weil ich dich vor Laure zurechtgewiesen habe«, gestand er ein.

Bei der Erinnerung daran, brach es aus Marie heraus: »Ich ertrage es nicht, wenn sie so etwas sagt. Ich ertrage auch sie nicht mehr.«

Curtius nickte zustimmend. »Und ich vertraue ihr nicht mehr. Dennoch können wir sie nicht entlassen, nicht jetzt. Mehr noch, du solltest deine Zunge hüten, wenn du mit ihr sprichst. Schnell hat sie dich bei den falschen Leuten angeschwärzt. Das kann uns alle den Kopf kosten.« Er nahm ihre Hände. »Wir müssen uns ruhig verhalten, bis dieser Sturm vorbei ist. Und er wird vorüberziehen, glaube mir. Es wird noch mehr Blut fließen. Heute Nacht wird man die Hinrichtungsmaschine aus dem Hof der Conciergerie holen und auf der Place du Carrousel aufstellen. Das ist kein gutes Zeichen«, schloss Curtius.

Marie war nun etwas besänftigt. Sie fragte sich, woher er über den Umzug der Tötungsmaschine Bescheid wusste. Aber genau genommen wollte sie es lieber nicht wissen.

Eine Menschenmenge hatte sich vor dem Haus Boulevard du Temple Nummer 20 versammelt. Sie bestaunte die Hinrichtungsmaschine, die dort stand. Zusammengestückelt, wie sie war, erinnerte sie nur entfernt an das Gerät des Doktor Guillotin, das die Pariser einfach nur *la machine* nannten. Marie drängte sich in den Schatten der Tür. Obwohl noch immer die Augusthitze über der Stadt lag, war ihr kalt. Curtius schob sich an ihr vorbei, unter dem Arm hatte er die Wachsfigur von La Fayette.

»Sagen Sie mir, dass ich träume. Sagen Sie mir, dass es nicht wahr ist, was ich sehe«, flüsterte Marie eindringlich. Curtius schlug beschämt die Augen nieder. Als er vor dem Salon in die gleißende Sonne hinaustrat, johlten und klatschten die Menschen. In vorderster Reihe stand Laure. Auch ihr Gesicht war vor Freude gerötet.

»Bürger! Ihr habt mir zu Recht vorgeworfen, dass ich den Verräter La Fayette, der zu den Österreichern geflohen ist, nicht schnell genug aus dem Salon befördert habe. Dafür entschuldige ich mich. Und da wir seiner nicht habhaft werden können, werde ich nun dieses Abbild seinem verdienten Lohne zuführen!«, kündigte Curtius mit lauter Stimme an.

Wieder brandete Applaus auf. Marie wandte sich ab. Sie konnte nicht mit ansehen, wie sich ihr Onkel vor dem Pöbel erniedrigte. Marie hörte die Klinge niedersausen. Dann polterte etwas Schweres auf den Boden. Man johlte. Marie sah aus dem Fenster. Laure hatte den abgeschlagenen Wachskopf an den Haaren gepackt und zeigte ihn den Umstehenden, wie es die Henkershelfer nach Hinrichtungen zu tun pflegen.

»Schämen Sie sich nicht?«, fragte sie ihren Onkel erbost, als er wieder den Wachssalon betrat. Marie dachte daran, wie La Fayette über die Jahre oft genug an Curtius' Esstisch gesessen hatte. Bedeutete das Curtius gar nichts?

»Es steht dir nicht zu, über mich zu urteilen. Was ich getan habe, wird den Salon schützen. Es wird mein Leben schützen – und deines. Egal, wie lange wir schon in Frankreich leben, wir sind hier Fremde. Und als Fremde müssen wir einmal mehr beweisen, dass wir bereit sind, Volk und Vaterland zu verteidigen«, sagte er erregt. »Außerdem, wenn du deine Pflicht getan hättest, wäre es vielleicht gar nicht so weit gekommen. Die Figur hätte sofort vernichtet werden müssen. Bei so viel Pflichtvergessenheit müsste ich dir eigentlich den Salon entziehen.« Marie schnappte nach Luft. Er warf einen Blick hinter sich und sah Laure, die nun die Stufen heraufkam. Marie beherrschte sich. »La Fayette ist zum Feind übergelaufen. Und Verräter müssen bestraft werden«, sagte er laut und ließ Marie stehen.

Laure ließ die Wachsreste mit einem angewiderten Gesichtsausdruck in Maries Hände fallen. So viel Arbeit, in so kurzer Zeit zerstört, dachte Marie. Zumindest würden sie die Reste des Wachskopfes wieder einschmelzen können.

Missmutig schritt Marie die Stufen zum Kanzlerpalais am Place Vendôme hinauf. Das Palais war nobel, viel zu nobel für einen so groben Mann wie Danton. Doch seit dem 12. August war dies sein Ministerium, hier hatte er seine Dienstwohnung, hier herrschte er. Während die Nationalversammlung in Untätigkeit erstarrt war und darauf wartete, dem Konvent die Verantwortung zu übergeben, wurde von hier aus die Revolution vorangetrieben. Das wichtigste Mittel schien die Polizeigewalt zu sein. Danton und Robespierre sorgten dafür, dass alle Anhänger der Monarchie verhaftet wurden. Auf Wunsch der Kommune wurde ein militärisches Sondertribunal eingerichtet, dessen Mitglieder von Santerre, dem neuen Befehlshaber der Pariser Nationalgarde, ernannt wurden und gegen dessen Urteile es keinerlei Berufungsmöglichkeit gab. Die ersten Urteile waren bereits gesprochen, die ersten Hinrichtungen vollzogen worden. Dazu kam der Überwachungsausschuss, der auch Verdächtige festnehmen, verhören und ohne Verfahren einsperren konnte. Marie kam es allmählich vor, als lebte sie in einem Staat, den nur noch die Polizei kontrollierte. Schon jetzt waren die Gefängnisse voll, und man behauptete, die Insassen seien durchweg Royalisten und Priester, die sich gegen das Volk verschworen hätten. Curtius hatte sich um eine Porträtsitzung bemüht, um den neuen Justizminister Danton im Wachssalon gebührend würdigen zu können. Marie hatte zunächst damit gerechnet, dass Curtius selbst diesen Auftrag übernehmen würde. Seit ihrem Streit mischte sich ihr Onkel wieder mehr in die Geschäfte ein. Aber schließlich hatte er sie losgeschickt. Vermutlich, dachte sie, ist er inzwischen aus der Übung.

Sie folgte einem Pförtner durch gewaltige Doppeltüren. Der Palast atmete noch immer die Pracht des *Ancien Régime*. Der Schein glitzernder Kristalllüster wurde von Spiegeln und Glasscheiben tausendfach zurückgeworfen. Bronze und Silber reflektierten auf Marmor. Damast, Brokate und Teppiche dämpften alle Geräusche. Marie wurde in die geräumige Bibliothek geführt. Camille Desmoulins, einer der Sekretäre des Justizdepartements, begrüßte sie. Er sah sie auffordernd an und räusperte sich, bis sie verstand und ihm zu seinem neuen Posten gratulierte.

»Durch die Revolution des 10. August ist die Freiheit gesichert worden. Jetzt müssen wir Frankreich glücklich und blühend machen. Dem will ich meine schlaflosen Nächte weihen«, antwortete er, wobei der huldvolle Ton durch sein Stottern gemildert wurde.

Mit einem Tross weiterer Mitarbeiter kam Georges-Jacques Danton nun in den Saal gestürmt. Seine Präsenz schien den Raum ganz allein auszufüllen. Marie hatte den temperamentvollen Anwalt schon häufiger gesehen. Er hat ein Gesicht, mit dem man Kinder erschrecken könnte, fand Marie. Dennoch wusste sie inzwischen, dass stille, blasse Gestalten wie Robespierre mehr zu fürchten waren als dieser Mann, der weithin für einen guten Kerl gehalten wurde. Danton war Anfang dreißig. Er hatte eine mächtige Figur, seine breite Brust umspannte ein scharlachroter Rock. Sein Mund war wulstig, die Nase wirkte zertrümmert, sein Hals stämmig. Die Haare wellten sich widerspenstig. Ein eindrucksvoller Kopf, gemacht für ungestüme Stimmungsumschwünge. Marie würde es schwer haben, dem Wachsgesicht einen Hauch des gewittrigen Mienenspiels zu verleihen. Danton begrüßte sie, indem er ihre Hand mit seinen großen Pranken umfasste.

»Ich dachte mir, dass Curtius seine Nichte schicken würde. Ich habe schon von Ihnen gehört. Hat diese reizende Dame nicht auch dich schon versorgt, Camille? Was hat denn deine Lucille dazu gesagt?«, fragte Danton.

»Sie war mit der Büste sehr einverstanden«, gab Camille zurück.

»Na, dann gab es keinen Grund für Eifersucht, oder?« Er lachte, Camille lächelte verkniffen. »Camilles Büste steht jetzt wohl mehr im Mittelpunkt. Die Köpfe werden bei Ihnen im Salon ja schnell ausgewechselt. Wir wissen, wie es zugeht, wenn jemand in Ungnade fällt«, er machte eine Bewegung mit der Hand über den Hals, »dann heißt es: Kopf ab!« Er lachte.

»Mir tut es, ehrlich gesagt, um jede Figur leid, die zu Bruch geht«, rutschte es Marie heraus. Aber vielleicht war es nicht klug, so etwas in Gegenwart des Justizministers zu sagen. »Natürlich kann auch ich La Fayettes Verhalten nicht gutheißen«, fügte sie hinzu. Danton legte ihr die Hand auf die Schulter.

»Machen Sie sich keine Sorgen, Mademoiselle. Ich weiß Offenheit sehr zu schätzen. Das ist mir sogar lieber als der nachgemachte Jakobinismus von Leuten aus meinem Anhang. Um die Feinde zu besiegen, brauchen wir eben Kühnheit, Offenheit und Einigkeit«, sagte er. Dann forderte er sie auf, endlich anzufangen, weil vor ihm noch eine wichtige Sitzung liege. Beim Hinausgehen gab er ihr noch einen Rat mit auf den Weg: »Bleiben Sie in den nächsten Tagen besser zu Hause. Wir werden Maßnahmen ergreifen, die erforderlich sind, um die Sache des Volkes zu retten. Wenn ein Schiff in Not ist, wirft die Mannschaft alles über Bord, was sie gefährden kann. Ebenso muss alles, was der Nation schaden kann, aus ihrer Mitte entfernt, und alles, was ihr nützen kann, den Behörden zur Verfügung gestellt werden.« Wenn alles gut gehe, würden seine Kommissare ab morgen von Haus zu Haus ziehen und im Namen des Gesetzes alle Wohnungen kontrollieren. Sie suchten flüchtige Aristokraten, eidverweigernde Priester. Marie sah ihn erschrocken an. Eine Hausdurchsuchung, auch das noch. »Echte Patrioten haben nichts zu befürchten, egal welcher Nationalität sie angehören. Das haben wir bewiesen ...« Marie wusste, worauf er anspielte. Erst vor einigen Tagen hatten sie einer Anzahl ausländischer Schriftsteller, die die Grundlagen der Tyrannei untergraben und den Weg zur Freiheit gebahnt hatten, das französische Bürgerrecht verliehen. Unter ihnen waren auch die Deutschen Cloots, Campe, Klopstock und Schiller. Trotzdem beunruhigte sie Dantons Ankündigung.

»Man hat alle Gefangenen getötet, die den Tod verdient haben. Es ging nicht anders. Wenn die Männer sich der Armee anschließen, könnten die Verschwörer aus den Gefängnissen ausbrechen und alle Bürger umbringen!«

Seit einer Stunde ging das nun schon so. Zumindest kam es Marie so vor. Die ganze Zeit palaverte Laure über die Morde, die seit gestern in den Pariser Gefängnissen verübt wurden.

Ob Danton von diesen Plänen gewusst hatte, als sie ihn vor etwa einer Woche porträtiert hatte? Marie konzentrierte sich auf den Lehmkopf, den sie gerade formte, und presste die Lippen aufeinander. »Das Volk ist doch zu dem Blutbad getrieben worden! Schuld sind allein die Preußen, die uns bedrohen. Sie haben durch ihren ungerechten Angriff und die Invasion für diese Standgerichte gesorgt.«

Jetzt hielt es Marie nicht länger aus. »Was für ein ausgemachter Unfug. Wie kannst du nur so einen Unsinn von dir geben? Du bist den Hetzereien Marats aufgesessen!«

»Marat sieht einfach nur klarer als viele andere. Er weiß, was die Pflicht des Volkes ist«, entgegnete Laure.

»Ich will das nicht mehr hören. Was in den Gefängnissen geschieht, ist Mord. Nichts anderes. Curtius hat mir erzählt ...« Laure fiel ihr ins Wort.

»Curtius hat mir erzählt«, äffte sie Maries Tonfall nach. »Seit Jahren geht das schon so! Immer versteckst du dich hinter deinem Onkel, als ob du keine eigene Meinung hast.«

»Ich habe sehr wohl eine eigene Meinung. Wenn du mich ausreden lassen würdest.« Wieder schnitt ihr Laure das Wort ab.

»Ich habe dich schon oft genug ausreden lassen. Jahrelang habe ich mir dein Geschwätz angehört. Aber mich, mich hat keiner gefragt. Laure, wer ist sie schon?! Eine kleine Schneiderin, die man bemitleiden kann. Aber ich will euer Mitleid nicht mehr!« Sie spuckte aus. »Ich bin selbst etwas wert, genauso wie all die anderen, die jetzt endlich auf der Straße das Recht in ihre Hand genommen haben.«

Marie war erstaunt über die Wut, die ihr entgegenschlug. Es war, als ob ihr jemand eine Tür vor der Nase zuschmetterte, durch die sie jeden Tag gegangen war.

»Die Menschen werden aus den Gefängnissen gezerrt und auf offener Straße erschlagen oder mit dem Säbel zerstückelt. Manchen drückt man eine brennende Fackel auf das Gesicht, bevor man sie umbringt, damit sie ihre Mörder nicht erkennen. Das hat doch mit Recht nichts zu tun!«, entgegnete sie.

»Das, nichts anderes als das, haben sie auch verdient! Und wer etwas anderes behauptet, gehört selbst ins Gefängnis. Denn das Volk urteilt über die Verräter. So lange, bis alle Aristokraten und Priester ausgerottet sind!«

Marie legte den Lehmkopf aus den Händen. Der Lehm an ihren Fingern trocknete und bröselte leise auf den Tisch. Ihr Magen schmerzte. Sie sah Laure an, als ob sie eine Fremde musterte. »Ich erkenne dich nicht wieder. Wo ist die Laure hin, mit der ich gelacht habe? Die Laure, mit der ich fröhlich über den Boulevard gelaufen bin?«

Laures Mundwinkel zuckten. »Diese Laure«, sagte sie mit scharfer Stimme, »diese Laure ist schon lange tot. Ein Aristokrat hat sie umgebracht. Vor vielen Jahren. Und ich hoffe, spätestens jetzt wird er der rächenden Axt zum Opfer fallen.«

Marie stand auf.

»Ich wusste nicht, dass du so empfindest. Es ist doch schon so lange her.« Die beiden Frauen sahen sich in die Augen.

»Das ist es eben. Du kennst mich nicht, du hast mich nie gekannt. Du lebst in deiner kleinen Welt mit deinem ach so wichtigen Onkel und deiner treusorgenden Mutter. Du hast nie die Härten des Lebens kennengelernt. Immer bist du nur verhätschelt worden. Du hast nichts. Und du bist nichts. Du hast ja nicht einmal einen Mann.«

Maries Mund war trocken. »So denkst du also über mich«, sagte sie heiser. Laure drehte sich weg und ging auf die Tür zu. Sie drehte sich noch einmal um.

»Ach, von wegen, du willst das nicht hören. Das wird wohl nichts. So wie jetzt wird es weitergehen, Tag für Tag. Wir haben jetzt das Sagen. Und ihr könnt sehen, wo ihr bleibt. Da gibt es für die frühere Wachslehrerin von Madame Élisabeth bestimmt nur einen Ort. Der war bis gestern ziemlich überfüllt, aber ich glaube, da wird gerade ein Platz frei – oder besser, da werden tausend Plätze frei.«

Sie lächelte falsch, bevor sie ging. Marie sackten die Beine weg. Was für ein schrecklicher Morgen. Sie konnte nicht ahnen, dass der Nachmittag noch schlimmer werden würde.

Heulender Gesang und anfeuernde Rufe dringen in den Wachssalon. Marie rennt zum Eingang. Anna will sie aufhalten, aber Marie schüttelt sie ab. Eine Menge steht vor dem Wachssalon. Curtius ist mal wieder außer Haus. Sie muss vor die Tür treten, um ihre Leben und den Salon zu schützen. Ein Kopf schwebt auf einer Pike über der Menge. Blonde Locken wippen im Takt des Gesangs. Das Gesicht ist schmerzverzerrt und blutverkrustet. Erst langsam sickert die Erkenntnis in Maries Bewusstsein. Sie kennt diese Frau. Sie hat mit ihr gesprochen. Marie-Thérèse de Savoie-Carignan, Prinzessin von Lamballe, eine Freundin von Marie Antoinette.

Marie geht die Luft aus. Ihr schwindelt. Sie muss sich setzen. Wie vor drei Jahren ruft die Meute nach einem Platz für diese Verbrecherin in Curtius' Kabinett. Maries Hände flattern wie das Herz eines gefangenen Vogels. Sie kann sie nicht unter Kontrolle bringen. Jemand wirft ihr den Kopf zu. Beinahe wäre er ihr aus den Fingern geglitten. Hämisches Lachen.

»Keine Angst. Die beißt nicht mehr. Dafür haben wir schon gesorgt«, krächzt eine Frau, die sich vermutlich in den letzten Stunden schon heiser geschrien hat. »Ehrfurcht brauchst du vor der Königsschlampe auch nicht zu haben. Die Zeiten sind vorbei«, setzt ein anderer nach. »Nun los, Kleine. Du willst doch Curtius keine Schande machen. Wir haben mit dem Vögelchen noch viel vor.«

Hatte sie zu lange gezögert? Anna bringt ihr das Werkzeug, eine Schale Wasser und einen Lappen. Marie hält das Haupt der Prinzessin auf ihrem Schoß. Ihr Körper übernimmt da, wo ihre Nerven nicht mehr mitspielen. Sie wäscht den Kopf. Vorsichtig versucht sie die entstellten Züge glatt zu streichen. Noch im Tod ist die Prinzessin schön. Wie leicht konnte die unglückliche Frau in Tränen ausbrechen, als Marie sie in Versailles erlebte. Jetzt ist Marie zum Weinen zumute. Sie drängt die Tränen zurück, die sich hinter ihren Augenlidern in Kristalle zu verwandeln scheinen. Marie verrichtet ihre Arbeit. Kaum ist sie fertig, reißt man ihr den Kopf aus der Hand.

»Und nun weiter zum König und zur Königin. Damit sie sehen, wie sich das Volk an Tyrannen rächt!«

Marie bleibt vor dem Wachssalon sitzen. Alle Kraft hat sie verlassen. Sie sieht noch lange den wippenden Kopf über den jubelnden und singenden Menschen schweben, die sich Richtung Temple-Gefängnis bewegen. Später hört Marie, dass die Königin und Madame Élisabeth in Ohnmacht gefallen waren, sodass sie den Anblick ihrer Freundin nicht ertragen mussten. Dem nackten Körper der Prinzessin hatte man hingegen keine Erniedrigung erspart. Viele Stunden war er vor dem Frauengefängnis La Force zur Schau gestellt worden. Männer hatten das Blut abgewaschen, damit die Zuschauer sich an dem reinweißen Leib der Prinzessin ergötzen konnten.

Curtius war alarmiert, als Marie ihm von den Vorgängen berichtete. Schlimmer noch als den abgeschlagenen Kopf der Prinzessin fand er die Auseinandersetzung mit Laure.

»Wie konntest du es so weit kommen lassen? Du weißt doch, wie gefährlich sie ist«, schimpfte er.

»Ich habe es einfach nicht mehr ertragen. Ich konnte doch nicht ahnen, dass sie so explodiert. Dass sie so viel Hass in sich trägt …«

Curtius strich sich mit den Fingern über die müden Augen. »Marie, Marie, du machst mir Sorgen. Wie soll es nur weitergehen? Laure wird ihren Mund nicht halten. Bald werden sich alle daran erinnern, dass du für die Schwester des Königs gearbeitet hast. Du bist verdächtig, und wir auch.« Marie zuckte hilflos mit den Schultern. Curtius hatte recht. Mehr gab es dazu nicht zu sagen. »Und dann die zitternden Hände, deine Unsicherheit. Das ist verräterisch. Du bist zu einem Risiko geworden. Hoffentlich hat die Meute keinen Verdacht geschöpft. Sie werden die Maske sehen wollen. Überlasse die Arbeit am besten mir. Du bist dem nicht gewachsen. Ich werde mich ohnehin wieder mehr um den Salon kümmern. Jetzt, wo die Nationalgarde zur Volksmiliz geworden ist, braucht man einen alten Mann wie mich nicht mehr.«

»Nein, nein«, sie räusperte sich. »Ich möchte dieses Wachs-porträt übernehmen. Ich schaffe es«, versicherte sie.

Curtius sah sie prüfend an. Dann nickte er. »Gut.«

Doch nach einigen Tagen nahm er ihr die Arbeit ab. Es dauerte ihm zu lange. Denn Marie war ganz in Gedanken versunken, war nicht mehr ansprechbar. Curtius hingegen brach in hektische Betriebsamkeit aus, um erneut seine revolutionäre Gesinnung unter Beweis zu stellen. Und dazu gehörte möglichst schnell auch die Totenmaske der Prinzessin von Lamballe. Je mehr Zeit verging, desto nervöser wurde er. Er hatte Angst, der Pöbel könnte ungeduldig werden. Ungeduld führte zu Gerede, Gerede zu Verdächtigungen und diese auf das Schafott. Außerdem war Maries Büste der Prinzessin von Lamballe einfach nicht blutig genug. Marie wollte der Prinzessin gerecht werden, sie so zeigen, wie sie die Lamballe erlebt hatte. Ihre Wachsfigur der Prinzessin wirkte wunderschön und friedlich, ganz als sei sie in einen tiefen Schlaf gesunken und nicht tot. So sollte sie in Erinnerung behalten werden, fand Marie. Ihr Onkel hingegen fügte lieber noch eine Extraportion Blut hinzu, sodass es am Hals seiner Wachsprinzessin herabzutropfen schien. Den Besuchern gefiel es bestens.

Das kleine Dachzimmer war dunkel und muffig. In der Mitte des Raumes stand eine Kiste, in der Marie, ihr Onkel und sein Kollege und Freund Sallé die wenigen Habseligkeiten von Baptiste Aumars verstauten. Noch war die Kiste fast leer. Das Morden in den Gefängnissen war noch tagelang weitergegangen, bis etwa die Hälfte aller in Paris inhaftierten Gefangenen tot war. Unter ihnen war auch ihr guter Freund Aumars. Marie war untröstlich. Sie zog den Vorhang an einem Verschlag beiseite. Dahinter lagen einige wenige Anzüge, vielfach geflickt, und abgetragene Samtschuhe. Marie nahm die Schuhe so vorsichtig in die Hand, als ob sie ein zartes Wachsgebilde anfassen würde. Diese Schuhe hatte ihr Freund Aumars immer gerne getragen. Er war so stolz auf die aufgestickten Wappen gewesen, weil sie ein Beweis dafür waren, dass er mit adeligen Herren zu tun hatte.

»Hier ist ja nichts, nur das Nötigste hat er besessen. Hätte ich gewusst, wie schlecht es ihm geht, hätte ich ihm unter die Arme gegriffen«, sagte Sallé.

»Nie und nimmer hätte er zugegeben, wie es um ihn steht«, sagte Marie leise. Sie wusste um den Stolz des alten Mannes, schließlich hatte er ihr vor vielen Jahren beigebracht, wie man Haltung zeigte.

»Dabei hätte man es sich denken können. Nicolet spart und spart. Ich kann mich gar nicht erinnern, wann er das letzte Mal Aumars beschäftigt hat«, sagte Curtius und warf die Anzüge in die Kiste. Dann setzte er sich hin. Sallé, der mit Ende fünfzig auch nicht mehr der Jüngste war, ließ sich ebenfalls zu Boden sinken, Marie lehnte sich an die Wand. Eine Weile lang tauschten sie Erinnerungen an den Freund und an die große Zeit des Boulevards aus.

»Und jetzt? Seitdem jeder ein Theater aufmachen darf, wird der Kuchen immer kleiner. Für uns bleiben nur noch Brosamen übrig«, sagte Sallé niedergeschlagen. Curtius nickte nur. Marie dachte, dass er selbst seinem Freund gegenüber nicht zugeben würde, dass es bei ihnen durch das grausige Porträt der Prinzessin von Lamballe gerade gut lief.

»Wie ist er eigentlich ins Gefängnis geraten? Er hat doch niemandem etwas zuleide getan«, fragte sie.

»Ich habe gehört, dass ihn jemand angeschwärzt hat. Weil er einmal dem König vorgetanzt hat, soll er ein Royalist gewesen sein«, antwortete Curtius.

»Und ist er deshalb eine Gefahr für die Nation? Ein Greis?«, fragte Marie gereizt. Es sah auch nicht so aus, als würde irgendjemand für diese Septembermassaker zur Rechenschaft gezogen werden. Die Männer schwiegen.

Wenig später brachen sie auf, Sallé klemmte sich die halbleere Kiste unter den Arm. »Wohin damit?«, fragte er beim Hinausgehen.

»Ins Armenhaus, wohin sonst? Die Sachen taugen doch

nichts mehr«, antwortete Curtius. Marie griff kurzerhand in die Kiste hinein und holte sich Aumars' Schuhe heraus. Sie würde sie aufarbeiten und im Wachssalon einsetzen. So hatte sie einen Teil ihres Freundes und die Erinnerung an ihn immer vor Augen.

Einige Wochen später packte ihr Onkel seine Sachen. Er hatte eine längere Reise vor, verriet aber nicht, wohin. Auch wenn Marie froh war, wieder allein im Wachssalon walten zu können, beunruhigten sie seine Pläne dennoch. Sie half ihm und setzte sich dann auf das Bett. Curtius setzte sich zu ihr. »Ich weiß, Marie, du bist hartnäckig. Aber selbst wenn du mich noch hundert Mal fragst, kann ich es dir nicht sagen. Ich darf es nicht.«

»Das ist so mysteriös. Als ob Sie auf eine geheime Mission aufbrechen«, lachte sie. Als sie den ernsten Blick ihres Onkels sah, stutzte Marie. »Es ist eine Geheimmission? Wohin?«

»Nach Mainz«, brummte er.

»Nach Mainz«, überlegte Marie laut. Mainz, eine der stärksten Festungen des Heiligen Römischen Reiches Deutscher Nation, war im Oktober ohne Schwertstreich in französische Hand gefallen.

»Sie sollen also vermutlich als Übersetzer fungieren. Ist es so?« Er nickte langsam. »Ist in Mainz nicht General Custine im Einsatz? Der siegreiche Amerika-Kämpfer mit dem furchteinflößenden Schnauzbart?« Curtius seufzte.

»Die Lagerhäuser müssen inspiziert werden. Dabei braucht man Hilfe«, sagte er. »Außerdem habe ich Familie dort. Da will ich mich mal wieder sehen lassen.« Marie ließ nicht locker. Übersetzer gab es sicher in Mainz reichlich. Es musste einen weiteren Grund für diese Mission geben. Zweifelte man an Custines Verlässlichkeit? Sollte Curtius ihn im Auftrag des Jakobinerclubs beobachten?

»Und wer schickt Sie? Der Jakobinerclub? Robespierre?«

Curtius stand auf. »Frag nicht weiter. Je weniger du weißt, desto besser. Man weiß nie genau, was so eine Mission nach sich zieht. Ich gebe das Geschäft für die nächste Zeit ganz in deine Hände. Du allein bist dafür verantwortlich. Also handle danach.«

Die kleine Gruppe war in fröhlicher Stimmung, beinahe als würde sie auf einen Jahrmarkt gehen. Die Frauen hatten Proviant dabei, die Kinder liefen aufgeregt vor ihnen her. Es war November, und Marie wagte sich zum ersten Mal seit längerer Zeit wieder aus dem Salon heraus. Sie hatte die Stadt gemieden, hatte die Menschen gemieden, so gut sie konnte. Das war leicht, weil Curtius bis vor kurzem den Wachssalon geleitet hatte, und Marie hatte sich im Atelier verkrochen. Marie war mit vielem nicht einverstanden gewesen, was er getan hatte, vor allem seine Wachsfigur der Lamballe verabscheute sie, aber ihr hatte auch die Kraft gefehlt, sich gegen ihn aufzulehnen. Dass die Figur bei den Besuchern so gut ankam, entmutigte sie noch mehr.

»Habt Ihr etwas von ihm gehört?« Marie wurde aus ihren Gedanken gerissen. Sie blinzelte in die Wintersonne.

»Entschuldigung, von wem?«, fragte sie schnell.

»Na, von Eurem Onkel natürlich. Der den Mainzern den Segen der Revolution näherbringt. Einen Jakobinerclub sollen sie ja schon gegründet haben. Das ist doch ein guter erster Schritt«, sagte ihre Nachbarin. Die Frau ging neben ihr. Seit Wochen schon hatte sie Marie in den Ohren gelegen, dass sie einmal mit zum Temple gehen sollte, um einen Blick auf den früheren König und seine Königin zu werfen. Marie hatte sich stets eine Ausrede einfallen lassen, doch zuletzt hatte sie es nicht mehr gewagt, die Einladung abzulehnen. Für die Nachbarin und viele andere Pariser war der Temple inzwischen zu einem beliebten Ausflugsziel geworden. Jeder wollte den gefangenen König mit eigenen Augen sehen. Ganz so, als ob man sich davon überzeugen wollte, dass nun tatsächlich das Volk die Macht in Händen hielt.

Ludwig Capet, vormals König der Franzosen – so hieß er nun. Der neu gewählte Konvent hatte in seiner ersten Sitzung das Königtum in Frankreich abgeschafft. Frankreich war eine Republik. Was das für den König bedeuten würde, wurde noch diskutiert. Marie hatte gehört, dass sich erst kürzlich Saint-Just, der jüngste Konventsabgeordnete, erdreistet hatte, den Kopf des Königs zu fordern.

Marie wunderte sich, woher die Frau von der Mission ihres Onkels wusste. »Ich weiß auch nicht mehr als Ihr«, antwortete sie unverbindlich.

Bald konnten sie die zwei uralten runden Festungstürme des Palais du Temple sehen. Mit ihren spitzen Dächern wirkten sie gegen den Bau aus schweren Quadern, den wuchtigen Türen und den schmalen Fenstern beinahe filigran. Die Frauen stiegen die schmale Treppe eines Wohnhauses in der Nähe des Temple hinauf. Oben wurden sie von einer Frau begrüßt, die ihnen Geld abnahm und sie dafür aus einem Fenster sehen ließ, von dem aus man in die Höfe des Temple blicken konnte. Marie sah zahlreiche Wachen vor ihren Wächterhäuschen stehen.

»Dreizehn Leute sind nur dazu da, Ludwig den Letzten zu versorgen. Und einen Diener hat er auch«, eiferte sich die Frau. »Drei Suppen, vier Vorspeisen, zwei Braten und vieles mehr gibt es jeden Mittag. Dazu noch Früchte, Kompotte, Weine und Champagner. Und unsereins hat nichts zu beißen. Wahrscheinlich leben die noch wie die Made im Speck, wenn es hier gar kein Brot mehr gibt.«

Ihre Nachbarin packte wie auf ein Stichwort den Proviant aus. Sie nahmen eine karge Mahlzeit ein und blickten immer wieder neugierig in den Park des Temple. Schnell entbrannte eine Diskussion über die katastrophale Versorgungslage.

»Das muss doch auch für deine Mutter nicht einfach sein. Wo ihr sogar Deserteure beherbergt«, sagte jetzt die Nachbarin.

»Das stimmt. Einige haben aber schon eine eigene Unterkunft gefunden. Andere sind sich nicht zu schade, mal selbst für Brot anzustehen«, antwortete Marie. Ihr Onkel hatte im Juli im Jakobinerclub angeboten, Tiroler Soldaten aufzunehmen, die aus der österreichischen Armee desertiert waren.

Schließlich hatten sie noch die Feldbetten, in denen vor einiger Zeit die auswärtigen Nationalgardisten übernachtet hatten. Die Deserteure waren eine Belastung für ihren Haushalt, zumal die Einnahmen immer geringer wurden. Doch das durfte Marie öffentlich nicht zugeben. Solche Aufgaben nahm man als guter Patriot, ohne zu murren, auf sich.

»Das ist der gute Einfluss eurer revolutionären Gesinnung«, lobte prompt die Frau und klopfte Marie vertraulich auf die Schulter. »Mittags kommen sie immer heraus, da haben sie Ausgang. Kann nicht mehr lange dauern.«

Tatsächlich öffnete sich bald die Tür, und der König und seine Schwester traten in den Hof. Maries Herz schlug schneller, als sie Madame Élisabeth erblickte. Sie spürte, wie ihre Finger zu flattern begannen. Sie ergriff ein Stück Brot und krallte ihre Nägel hinein, um ihre Nervosität zu verbergen. Élisabeth Capet sah grau im Gesicht aus, grau und schlicht war auch ihr Kleid. »Die österreichische Hure lässt sich mal wieder nicht sehen. Wahrscheinlich vergnügt sie sich mit den Wachen. Die konnte doch früher schon nicht genug kriegen«, sagte die Nachbarin und lachte meckernd. Marie sah sie angewidert an, schlug dann aber schnell die Augen nieder. Sie war froh, als die Königsfamilie in den Turm zurückkehrte. Das Spektakel war vorüber, sie konnten wieder gehen. Endlich. Nun hatte sie ihre Pflicht als ergebene Republikanerin getan und das Königs-Tier in seinem Käfig bestaunt. Beim nächsten Mal, wenn die Nachbarin an ihre Tür klopfte und sie mit zum Palais du Temple nehmen wollte, könnte Marie ablehnen. Es gab nichts Neues zu sehen, also konnte sie sich weitere Besuche sparen. Außerdem betete sie dafür, dass es kein nächstes Mal geben, dass der König schon bald frei sein würde.

KAPITEL 15

*M*arie tupfte Curtius den Schweiß von der Stirn. Ihr Onkel lag bleich in den Kissen, sein Gesicht mit den sonst so runden Wangen war eingefallen. Seine Hände und Lippen waren blau. Die eine Kerze, die den Raum nur mühsam erhellte, ließ seine Nase scharf hervortreten. Marie hätte ihrem Onkel gern mehr Licht gebracht, aber Kerzen waren knapp und teuer. Die wenigen, die sie hatten, mussten für die angemessene Beleuchtung des Wachssalons aufgespart werden. Marie zog die Decke bis zu seinem Kinn hoch. Dass er schwitzte, konnte nicht an der Raumtemperatur liegen, denn das Feuer war klein und draußen tobte die Januarkälte. Curtius atmete leise keuchend.

»Nun erzähl schon, was ist passiert? Oder muss ich es erst aus dem *Journal de Paris* erfahren?«, forderte er sie mit heiserer Stimme auf. Marie schluckte.

Jedes Mal wieder erschrak sie über den Zustand ihres Onkels, für den es keine vernünftige Erklärung gab. Er war gesund zu der Mission ins Rheinland aufgebrochen und als kranker Mann zurückgekehrt. Er litt an Schwindel, Kopfschmerzen, Atemnot und Erbrechen. Bevor er abgereist war, hatte sie ihm gegrollt, nun empfand sie nur noch Mitleid für ihn. Curtius selbst sagte, er wüsste nicht, was über ihn gekommen sei. Die ersten Tage hatten sie und ihre Mutter ihm Hausmittel verabreicht, als sich aber sein Zustand nicht besserte, hatte ihr Onkel gebeten, seinen Freund Jean-Paul Marat zu rufen. Der frühere Arzt hatte ihn untersucht, mit dem Kopf geschüttelt, etwas von Vergiftungssymptomen gemurmelt und Ratschläge zur Behandlung erteilt. Marie hatte diese Diagnose für eine der üblichen Verschwörungstheorien von Marat gehalten. Ihr Onkel hatte doch keine Feinde und war allgemein beliebt. Oder war in Mainz etwas vorgefallen? Wollte ihn jemand zum Schweigen bringen? Als Marie Marat zur Tür brachte, hatte er ihr auch gleich noch etwas gegen ihre Magenschmerzen empfohlen. Er hatte bemerkt, wie sie die Hand immer wieder in die Magengrube presste. Ihr selbst war diese Bewegung nicht bewusst gewesen, vermutlich, weil der beißende Schmerz sie nun beinahe täglich quälte. Dennoch hatte sie seinen Rat befolgt. Ihrem Magen ging es inzwischen besser. Der Zustand ihres Onkels blieb weiterhin kritisch. Deshalb war sie auch seiner dringenden Bitte gefolgt, an seiner statt zu den Konventssitzungen der letzten Tage zu gehen, auch wenn es ihr schwergefallen war. Es waren anstrengende Tage gewesen. Ihr Rücken schmerzte, ihre Augen brannten. Curtius ergriff ihre Hand, sie war heiß und feucht.

»Es war gut, dass du hingegangen bist. Einer von uns musste dabei sein.« Marie zögerte, Curtius drückte ihre Hand fester. Die Berührung tat ihr gut, sie drängte die Kälte, die sie gefangen hielt, etwas zurück.

Am 11. Dezember 1792 hatte vor dem Konvent der Prozess gegen den König begonnen. Marie hatte das Gefühl, dass die Stimmung in der Stadt unentschieden war. Die Anklageschrift gegen den König war gedruckt und verbreitet worden, aber auch das Plädoyer des Verteidigers de Sèze hatte seine Leser gefunden. Vor allem aber hatten die beiden Auftritte Ludwigs, bei denen er zeitweise zu Tränen gerührt schien, die Menschen bewegt. In einigen Gebieten gab es sogar Anzeichen für Volkserhebungen zugunsten des Königs. Marie hatte den Prozess verfolgt, war aber nicht selbst zu den Verhandlungen gegangen. Zu sehr waren ihre Gefühle durch das Schicksal der Königsfamilie aufgewühlt. Doch als die Tage der Abstimmung kamen, konnte sie Curtius' Bitte nicht mehr abschlagen.

Curtius riss sie aus ihren Gedanken. »Ich weiß, dass du müde bist. Vierundzwanzig Stunden sind eine lange Zeit.« Sie setzte sich hin und ließ den Kopf sinken.

»Beinahe jeder der Abgeordneten hat seine Entscheidung begründet. Manche kürzer, manche länger. So einfach verurteilt man ja auch einen König nicht zum Tode.« Curtius setzte sich ruckartig auf.

»Was? Ist das wahr? Sie haben es wirklich gewagt?« Ein

Hustenanfall schüttelte seinen geschwächten Körper. Marie drückte ihn wieder in die Kissen.

»Ich wusste, dass Sie diese Nachricht zu sehr aufregen würde«, sagte sie leise. »Wie mich. Einer der wenigen, die auch erschüttert wirkten, war Ihr Freund Charles-Henri Sanson, den ich unter den Zuschauern entdeckt habe«, sagte sie. »Ja, er mag ein Henker sein, den manche für gefühllos halten, aber ich weiß, dass sein Herz für die Monarchie schlägt.« Ihr Onkel sah sie nervös blinzelnd an. Hatten die Menschen denn vergessen, dass dieser König die Folter abgeschafft, die Leibeigenschaft beseitigt, das Los der Sträflinge erleichtert hatte? Dass er die Freiheit Amerikas gewährleistet und als Erster das Budget der Nation offengelegt hatte?

»Nacheinander pilgerten die Abgeordneten zum Rednerpult. Robespierre stimmte natürlich für die Todesstrafe«, fuhr sie fort. »Als letzter Kandidat der Pariser Liste hat Philippe Égalité für die Hinrichtung seines Vetters gestimmt.« Sie dachte daran, dass Madame Élisabeth den früheren Philippe von Orléans, den Besitzer des Palais Royal, das man heute Palais-l'Égalité oder Garten der Revolution nannte, schon damals als eine Schande für die Familie bezeichnet hatte. »Malesherbes war fassungslos. Er hatte mit einem Votum zugunsten des Königs gerechnet. Der alte Mann musste während der ganzen Abstimmung stehen, da den Verteidigern keine Sitzerlaubnis erteilt wurde«, sagte Marie. Sie hatte Malesherbes, einen der Verteidiger Ludwigs XVI., in Versailles gesehen und wegen seiner schmuddeligen, schlichten Kleidung zunächst eher für einen Apotheker als für einen königlichen Minister gehalten. Dass dieser Mann mit seinen einundsiebzig Jahren nun wieder an die Seite seines Königs trat, um ihn zu unterstützen, bewunderte und respektierte sie.

»Und was ist mit unserem alten Freund und Kollegen David? Wie hat er sich entschieden?«, wollte Curtius gähnend wissen. Jacques-Louis David war im September in den Konvent gewählt worden und saß nun stets in der Nähe von Robespierre, Desmoulins und Saint-Just.

»Auch er hat für die Todesstrafe votiert.« Marie hatte gedacht, dass nichts, was David tat, sie noch berühren könnte. Dennoch hatte sie ein stechender Schmerz durchzuckt, als sie sein Votum hörte. Wie konnte er, der so stark von der Förderung durch den König profitiert hatte, seinem Mäzen so unnachgiebig begegnen? Sie verstand es einfach nicht. Aber sie verstand David ja ohnehin nicht mehr. »Die noch verbliebenen Anhänger des Königs wollen nun einen Strafaufschub erwirken«, schloss sie.

»Wir werden uns überlegen müssen, wie wir diese Ereignisse im Salon abbilden«, sagte Curtius. Seine Stimme war nur noch ein Hauch, die Augen waren ihm bereits zugefallen. »Irgendetwas müssen wir tun …«

Er schnarchte jetzt leise. Marie zog sich zurück. Nach so einem Tag war es das Beste, einfach die Decke über den Kopf zu ziehen.

Es war noch dunkel, als Marie ihre Sachen zusammenpackte. Über dem Boulevard du Temple schien ein Nebelschleier zu liegen. In der Stadt war es totenstill. Aus dem Nebenzimmer hörte sie Anna beten. Curtius war, obgleich es ihm nur wenig besser ging, mit der Nationalgarde ausgerückt. Mit einem Seufzen schloss Marie ihre Tasche. Aus Richtung des Palais du Temple dröhnten jetzt die Trommeln. Einen Augenblick noch, dann war es Zeit zu gehen. Sie lehnte an der Tür und lauschte in die Dämmerung hinaus. Als die Trommeln leiser wurden, warf sie ihr Cape über, griff ihre Tasche und glitt auf den Boulevard. Sofort schlug ihr der klamme Nebel entgegen. Die Straßen waren jetzt, wie vom Konvent befohlen, beleuchtet. Marie lief durch Gassen und kleine Straßen in Richtung Zentrum. Es war wichtig, dass sie von möglichst wenigen Menschen gesehen würde. Ihr Auftrag war geheim, das hatten ihre Auftraggeber eindringlich beteuert. Dabei kannte sie diese nicht einmal. Sie wusste nur, dass ihr Onkel Anweisungen vom Konvent erhalten hatte, die sie betrafen. Da Curtius in der Nationalgarde seine Pflicht tat, solle sich seine Nichte Marie

Grosholtz auf dem Madeleine-Friedhof einfinden, um dort die Totenmaske des Königs abzunehmen.

Zwei Tage hatten die Abgeordneten über einen Strafaufschub diskutiert, dann war er abgelehnt worden. Heute sollte der König von Frankreich hingerichtet werden. Curtius sagte ihr, die Verantwortlichen auf dem Friedhof wüssten Bescheid und würden ihr den Kopf für einige Minuten überlassen. Sie dürfe mit niemandem über diesen Auftrag sprechen und auch die Totenmaske bis auf weiteres auf keinen Fall ausstellen. Man wollte um jeden Preis weitere Feindseligkeiten bei den anderen Königshäusern vermeiden. Und je früher die Franzosen Ludwig XVI. vergessen hätten, desto besser. Marie hatte nicht ablehnen können. Zu viele Wege schienen inzwischen in das Gefängnis oder auf das Schafott zu führen. Also nahm sie notgedrungen den Auftrag an und bemühte sich um Diskretion. Aber ihre Sorge war umsonst. Die Geschäfte waren verrammelt, die Wege lagen wie ausgestorben da. Marie wusste, wo sich die Bewohner von Paris versammelt hatten. Auf der Place de la Révolution. Hier war das Blutgericht errichtet worden, hier würde Ludwig von dem Henker Sanson zu Tode gebracht werden.

Auch auf dem Friedhof herrschte eine beinahe gespenstische Ruhe. Der Wächter am Eingang hatte ihr kurz zugenickt, Marie hatte sich in dem Schatten der Mauern verborgen. Sie trat auf der Stelle, um sich warm zu halten. Es war kurz nach zehn Uhr, als sie glaubte, leises Trommeln zu hören. Wenige Minuten später kehrte Stille ein, dann schienen die Jubelrufe vieler Menschen zwischen den Mauern widerzuhallen. Marie schlug ein Kreuz vor der Brust und schickte ein Gebet für den König in den Himmel. Schnell sah sie sich um, ob jemand sie beobachtet hatte, doch die Wächter unterhielten sich aufgeregt und kehrten ihr dabei den Rücken zu. Der Mord war geschehen, in aller Öffentlichkeit, und das Volk jubelte.

Dann rumpelte ein Karren über das Straßenpflaster. Marie legte in einer Nische den Gips und ihre sonstigen Utensilien bereit. Ein Wächter brachte ihr den Kopf und schirmte sie mit seinem breiten Rücken gegen neugierige Blicke ab. Der Kopf war noch warm, das Blut noch nicht geronnen. Die Züge des Königs waren schlaff, als sei er in einen tiefen Schlaf gesunken. Marie fühlte sich erstaunlich ruhig. Die Situation kam ihr unwirklich vor. Es war, als hätte sich innerhalb des letzten halben Jahres um ihr Herz eine Schutzwand gebildet, die sie bislang nicht bemerkt hatte und die nun zum ersten Mal erprobt wurde. Sie rieb sich die klammen Finger. Ihre Arbeit ging schnell voran, jeder Handgriff saß. Nach wenigen Minuten verpackte sie vorsichtig die Totenmaske Ludwigs XVI. in ihrer Tasche. Aus den Augenwinkeln sah sie, wie die Wächter den Leichnam in einen Holzsarg warfen, der sonst Hungerleidern vorbehalten war, ihn mit ungelöschtem Kalk bestreuten, damit er möglichst bald zu Erde wurde, und in einer Grube versenkten. Noch bevor die Menschen den Schauplatz der Hinrichtung verlassen hatten, war auch sie wieder auf dem Heimweg.

Als sie am nächsten Morgen aufstand, saß ihr Onkel bereits am Tisch und formte einen Lehmkopf. Sie wunderte sich über diesen Eifer, war Curtius doch gestern völlig erschöpft von seinem Dienst gekommen und sofort ins Bett gefallen. Sie hatten sich nicht einmal über die Ereignisse des Tages ausgetauscht.

»Was ist so wichtig, dass Sie jetzt schon arbeiten? Wollten Sie sich nicht schonen und die Krankheit richtig auskurieren?«

»Hast du es denn nicht gehört? Der Abgeordnete Michel Lepeletier ist am Vorabend der Hinrichtung erstochen worden, weil er für den Tod des Königs gestimmt hatte. Im Kaffeehaus Février im Palais-l'Egalité. Von einem gewissen Pâris, einem ehemaligen Angehörigen der königlichen Leibwache.« Zwischen den Sätzen holte Curtius hörbar Luft, die Kraft schien ihm auszugehen. Umso unvernünftiger war diese Arbeit, fand Marie. Vielleicht würde er sich von ihr ja später helfen lassen. Jetzt, wo Curtius es sagte, erkannte sie die Züge des beschlagenen Juristen und radikalen Jakobiners Michel Lepeletier de Saint-Fargeau wieder, seine hervorstehenden Augen und die riesige, buckliger Hakennase. Marie hatte von dem Mord gehört, doch zu viel anderes war ihr in den letzten Stunden im Kopf herumgegangen.

»Eigentlich wollte dieser Pâris Philippe Egalité töten, weil er für den Tod votiert hatte. Als er ihn nicht fand, musste Lepeletier dran glauben«, erklärte Curtius. »Sein Leichnam wird nun zur Schau gestellt. David organisiert eine Totenfeier, er will ihn sogar malen. Man fordert für ihn schon die Ehre des Panthéons. Das können wir uns doch nicht entgehen lassen.«

Marie hatte beinahe erwartet, dass die Revolution ihren Märtyrer bekommen würde. Zu lange schon hatten sich Revolutionäre wie Marat oder Robespierre immer wieder in ihren Reden überboten, wenn es darum ging, sich als Märtyrer der Revolution anzubieten – und jetzt hatte es den Abgeordneten Lepeletier de Saint-Fargeau getroffen.

»Wir brauchen dringend einen neuen Publikumsmagneten. Und das, was du getan hast, wird dem Salon nichts nützen«, er hielt inne, weil Anna eintrat, die ihm eine Schale Suppe hinstellte.

»Hier, das wird dich kräftigen. Wenn du dir schon das Arbeiten nicht ausreden lässt.«

Marie stieg der Duft der Suppe in die Nase und fragte sich mit knurrendem Magen, ob ihre Mutter wohl auch für sie einen Teller übrig hatte.

»Kann Marie dir nicht helfen?«, fragte Anna.

Curtius schüttelte den Kopf. »Marie muss sich um den Wachssalon kümmern, dazu bin ich noch nicht in der Lage. Auf dem Boulevard ist viel Betrieb. Es sind so viele Fremde in der Stadt, die die Hinrichtung des Königs sehen wollten.«

»Es kommt mir wie eine verkehrte Welt vor, dass wir den König nicht zeigen dürfen, wohl aber einen Mann ehren sollen, der für seinen Tod gestimmt hat«, sagte Marie traurig.

Curtius rührte seine Suppe um und antwortete langsam: »Aber so ist es nun einmal. Wir können es nicht ändern. Die Menschen sind einverstanden mit dem, was passiert ist. Und die anderen halten still.«

»Der König wollte vor seinem Tod noch einige Worte an das Volk richten. Da machte ihm ein Trommelwirbel einen Strich durch die Rechnung. Danach«, Anna stockte, »war eine Stimmung wie bei einem Fest. Mit Jubel, Gesang, Tanz. Der Kopf wurde vom Henker hergezeigt. Und manch einer hat glücklich ein Päckchen des Königshaares mitgenommen, das die Henkershelfer verteilten, oder sein Taschentuch in das Blut getaucht.«

Marie erinnerte sich, dass ihr Großvater ihr damals von einem ähnlich abergläubischen Verhalten der Menschen erzählt hatte. »Woher weißt du das alles?«, fragte sie. »Warst du nicht die ganze Zeit hier?«

»Nanette hat's mir erzählt. Lang und breit. Sie konnte gar nicht genug davon kriegen.«

Ihr Onkel formte den Lehmkopf weiter. Das Tableau, das er schuf, kam einem düsteren Gemälde gleich. Er hatte den Moment abgebildet, als der Attentäter im Kerzendämmer des Kaffeehauses den Todesstoß ausführt und Lepeletier eine klaffende Wunde in der Brust zufügt. Sein Werk traf auf eine allgemeine Stimmung in der Stadt, denn schon der Mord und die Totenfeier auf der Place Vendôme – erneut eine bombastische Inszenierung von Jacques-Louis David – hatten tagelang die Gemüter bewegt.

Eine kräftige Hand packte sie an der Schulter und schüttelte sie. Marie schrak hoch und schnappte nach Luft. Das Herz trommelte in ihrer Brust. »Was … was ist?«, fragte sie verwirrt. Ihre Mutter stand vor ihr. Es war so kalt im Haus, dass Marie ihren Atem sehen konnte. »Madame de Philipsthal steht vor der Tür. Sie will mit deinem Onkel sprechen. Aber ihm geht es nicht gut. Ich weiß nicht, was ich tun soll«, flüsterte sie. Marie stand auf und hüllte sich in einen Umhang. Fröstelnd strich sie sich über die Arme und begleitete ihre Mutter zum Eingang des Wachssalons. Dort stand eine junge Frau und knetete eine kleine Tasche zwischen ihren Händen.

»Wo ist Monsieur Curtius? Ich muss mit ihm sprechen! Es ist wirklich sehr dringend.«

Marie wollte gerade antworten, als sie ein Schlurfen hinter sich hörte. Ihr Onkel stand im Nachthemd an der Tür.

»Was ist denn hier los? Madame de Philipsthal, was tun Sie hier? Mitten in der Nacht?« Er schwankte leicht und hielt sich am Türrahmen fest. Marie und Anna stürzten auf ihn zu.

»Bist du verrückt, aufzustehen? Du brauchst doch deine Ruhe!«, schimpfte Anna mit ihm.

»Bring mich zurück zum Bett. Madame de Philipsthal soll mir dort berichten, was so eilig ist, dass es keinen Aufschub duldet.«

Anna sah die Frau böse an, nahm dann aber Curtius' Arm und brachte ihn in sein Bett. Marie wartete mit der Dame, unbehaglich schweigend standen sie nebeneinander. Marie kannte das Ehepaar Philipsthal vom Sehen. Paul de Philipsthal betrieb im nahe gelegenen Hôtel de Chartres eine Laterna magica, eine Zauberlaterne mit optischen Effekten. Marie wusste, dass man ihn misstrauisch beäugte, weil er seinen Wohlstand zur Schau stellte, indem er sich einen Wagen hielt und stilvoll lebte. Nach einer Weile folgten sie Anna und ihrem Onkel. Ihr Onkel lag eingemummelt in seinem Bett, an die Seite hatte Anna einen Stuhl für Madame de Philipsthal gestellt.

»Ich bin verzweifelt. Ich weiß mir einfach nicht mehr zu helfen. Mein Mann ist verhaftet worden. Dabei ist er unschuldig! Und ich weiß, Ihr habt sehr gute Beziehungen zu Robespierre, vielleicht könnt Ihr ein gutes Wort für ihn einlegen.« Curtius sah eingefallen aus, seine Hände lagen zitternd auf der Bettdecke. Es schien Madame de Philipsthal jetzt doch etwas unangenehm zu sein, dass sie mitten in der Nacht auf dieser Unterredung bestanden hatte. »Ich sehe, Ihr seid krank. Vielleicht hätte ich nicht kommen sollen«, sagte sie.

»Sprecht. Was ist passiert?«, forderte Curtius sie leise auf.

»Bei einer der letzten Vorstellungen warf der Vorführer aus Versehen das Bild des Königs an die Wand. Er bemerkte seinen Fehler und versuchte, es so schnell wie möglich zu entfernen, indem er es nach oben herauszog. Mehrere Patrioten unter den Zuschauern beschuldigten ihn lautstark, dass er damit habe zeigen wollen, dass der unschuldige König in den Himmel aufgestiegen sei. Es kam zum Tumult, mein Mann wurde verhaftet und ins Gefängnis geworfen. Ich habe versucht, ihn freizubekommen, vergeblich. Dabei war es doch nur eine Unachtsamkeit, mein Mann konnte gar nichts dafür. Ihr kennt ihn doch, ich bitte Euch inständig, für ihn zu sprechen!« Curtius kniff die Augen zusammen und presste seine Finger an die Schläfen.

»Man kann in dieser Zeit gar nicht vorsichtig genug sein«, überbrückte Marie die Stille.

Curtius schlug die Augen wieder auf. »Es wird Geld nötig sein, um Ihrem Mann zu helfen«, sagte er und warf Marie einen schnellen Blick zu. Sie wussten beide, dass es Zweifel an Robespierres Unbestechlichkeit gab.

Madame de Philipsthal schien über diese Antwort geradezu erleichtert.

»Bitte fragen Sie Ihren Freund Robespierre, ob er vermitteln kann, und tragen Sie ihm dieses Geld als ein Geschenk an.« Sie zog eine schwere Geldbörse aus der Tasche und legte sie auf den Tisch, dann stand sie auf. »Ich will nun nicht länger stören. Möge es Ihnen bald besser gehen. Hoffentlich haben Sie Erfolg. Wir stünden auf ewig in Ihrer Schuld.«

Wenige Tage später war Monsieur de Philipsthal wieder frei. Curtius hatte bei einer passenden Gelegenheit Philipsthals Fall angesprochen. Er hatte gesagt, dass Philipsthal seiner Meinung nach ein ernsthafter Patriot war und es eine Schande sei, ihn wegen eines leichtsinnigen Fehlers eines Angestellten einzusperren.

Robespierre glaubte Curtius und schrieb eine Anweisung, den Gefangenen zu entlassen. Das Geld wechselte dabei auch seinen Besitzer. Curtius hatte die Geldbörse, erzählte er Marie später, bei Robespierre auf einen Tisch gelegt. Er ging, ohne sie wieder aufzunehmen. Sie wurde ihm nicht zurückgegeben. Aber vielleicht, meinte Curtius, hatte sie auch ein Bediensteter ohne das Wissen seines Dienstherrn eingesteckt.

Marie lief. Sie lief vorbei an den zerlumpten Kindern, Frauen und Greisen, die bettelnd die Hand aufhielten. Vorbei an Menschen, die, Lumpenbündeln gleich, in Hauseingängen lagen und schliefen. Vorbei an den streunenden Hunden, denen man an den hervorstechenden Rippen ansehen konnte, dass niemand mehr einen Bissen entbehren konnte. Die letzten Monate hatten das Gesicht der Stadt verändert. Die Revolution hatte dem Volk kein goldenes Zeitalter gebracht, vieles war schlimmer geworden, als es unter Ludwig XVI. je gewesen war. Der Konvent hatte mit einer drastischen Finanzkrise zu kämpfen, mit dem negativen Kriegsverlauf, mit Aufständen im Südwesten und mit Fronten im eigenen Lager. Im Februar und März war dem Volk die Geduld ausgegangen. Um den Krieg zu finanzieren, druckte die Regierung einfach Geldscheine, die bald nichts mehr wert waren. Händler weigerten sich zunehmend, ihre kostbaren Waren für dieses Papiergeld abzugeben. Die Preise stiegen weiter. Für ein Stück Seife, das vor drei Jahren zwölf Sous gekostet hatte, musste man nun beinahe dreißig Sous berappen. Noch schlimmer hatten sich die Preise für Zucker, Brennholz oder Kerzen entwickelt. Der Ruf nach einer gerechteren Verteilung des Reichtums und der Einführung von Höchstpreisen wurde lauter. Eine Abordnung der achtundvierzig Sektionen von Paris verlangte im Konvent Strafen für Getreidespekulanten und die Festsetzung eines Höchstpreises für Getreide, eines sogenannten Maximums. Noch lehnten selbst Revolutionäre wie Jean-Paul Marat diese Forderung ab und verteidigten die Freizügigkeit des Getreidehandels. Im Februar hatten die Wäscherinnen vom Konvent eine Festsetzung des Preises für Seife verlangt. Als der Konvent auch dieser Forderung nicht nachkam, fielen wütende Menschen in Hunderte Krämerläden ein. Kerzen, Zucker, Seide, Schokolade, Kaffee, Käse, Öl – für alles wurden den Krämern gerechte Preise aufgezwungen, vieles wurde einfach geplündert. Bäcker wurden gezwungen, den ganzen Tag über Brot zu backen. Die Nationalgarde musste einschreiten, um blutige Ausschreitungen und weitere Plünderungen zu verhindern. Die Wut der Radikalen schwelte jedoch weiter, die Anspannung auf der Straße blieb bestehen. Der Abgeordnete Pierre Vergniaud hatte wenig später prophezeit: »So steht zu befürchten, Bürger, dass die Revolution wie Saturn ihre Kinder verschlingen und letztlich nur die Tyrannis mit allen ihren Übeln hervorbringen wird!«

Eine weitere Gruppe von Revolutionären gewann an Macht: die Enragés, Redner und Politiker, die für ihren revolutionären Eifer berüchtigt waren. Zu ihnen gehörte auch Jacques Roux, der im Generalrat der Kommune gesagt hatte, dass der Ladensturm vom 25. Februar noch schöner gewesen wäre, wenn es ein paar abgeschnittene Köpfe gegeben hätte.

Aber das war es nicht, was Marie an diesem Abend Anfang April so antrieb, dass der Straßenschmutz an ihrem Kleid hochspritzte und sie sogar am Hals und im Gesicht traf. Ihre Eile hing mit den jüngsten Kriegsnachrichten zusammen. Die Hinrichtung des Königs hatte die ausländischen Mächte noch stärker gegen Frankreich aufgebracht. Der Krieg verlief katastrophal. Am 18. März wurde General Dumouriez von den Österreichern bei Neerwinden geschlagen, er musste sich aus Belgien zurückziehen. Damit hatte die militärische Lage eine neue Wendung erfahren, die ganz Paris elektrisierte.

»Onkel«, keuchte Marie, als sie endlich das Atelier erreicht hatte, »wir müssen sofort die Figur von General Dumouriez wegschaffen. Er hat dem Konvent den Gehorsam verweigert und ist nicht, wie befohlen, nach Paris zurückgekehrt, um seine Niederlage zu erklären. Paris tobt. An allen Ecken stehen Menschen und diskutieren. Man schimpft, dass der Verräter nun seine Maske abgelegt hat. Der Konvent nannte Dumouriez einen Verräter am Vaterland«, berichtete Marie. »Es heißt, Dumouriez plant, auf Paris zu marschieren, um die Verfassung von 1791 mit einem König wieder einzuführen. Für den Thron sieht er angeblich den Herzog von Chartres vor, bis der Sohn Ludwigs XVI. alt genug zum Regieren ist.«

Wenn sie von den Niederlagen der Revolutionsarmee hörte, war Marie hin und her gerissen. Einerseits hoffte sie auf ein

Ende der Revolutionsregierung. Andererseits sorgte sie sich um den Wachssalon und ihre Familie. Ich bin schon wie Curtius, schoss es ihr durch den Kopf, immer kommt der Wachssalon zuerst.

»Das glaube ich nicht«, sagte Curtius jetzt. »Sicher, General Dumouriez war immer schon recht eigensinnig, trotzdem kommt es mir unwahrscheinlich vor. Danton hat ihn doch vor kurzem noch gegen alle Anwürfe verteidigt. Kann sich Danton denn so irren?«

»Im Jakobinerclub sind sie sehr aufgebracht. Marat –«

»Marat konnte Dumouriez noch nie leiden. Das heißt nichts«, sagte er. Sie sah ihn beschwörend an.

»Robespierre hat vor den Jakobinern gefordert, aus den Sektionen mitleidlos alle diejenigen zu verjagen, die durch eine gemäßigte Haltung aufgefallen sind. Man müsse nicht nur die Adeligen und die Pfaffenknechte entwaffnen, sondern auch alle verdächtigen Bürger, alle Intriganten und all jene, die Beweise für ihre Staatsfeindlichkeit geliefert haben«, erzählte Marie.

»Robespierre ist nervös, weil dem Konvent die Macht aus den Händen gleitet. Ich sage, wir warten ab, was geschieht«, antwortete Curtius entschlossen. »Vielleicht stellt sich alles als ein Gerücht heraus, und dann stehen wir dumm da.«

Doch das Gerücht stellte sich als wahr heraus. Es kam sogar noch schlimmer. Dumouriez lief mit einer Handvoll Offizieren, unter ihnen der Herzog von Chartres, zum Feind über. Spätestens jetzt hätte Marie die Figur des Generals entfernen müssen. Besucher beschwerten sich schon, dass die Figur noch im Wachssalon zu sehen war. Hätte ihr Onkel doch auf sie gehört! In einer Nacht- und Nebelaktion ließ Marie das Abbild des Generals verschwinden. Für den Korpus würde sich bald eine neue Verwendung finden. Den Kopf verwahrte sie sicher in einer Kiste. Mit dem Einschmelzen würde sie noch warten, wer konnte schon sagen, ob man das Wachsporträt noch einmal brauchen würde.

In den nächsten Tagen überschlugen sich die Ereignisse.

Bei Volk und Volksvertretern griff eine Panik um sich, die Marie beinahe für eine Art Verfolgungswahn hielt. Überall witterte man Verrat. Die Kriegsgerichte erhielten erweiterte Vollmachten und konnten jeden Royalisten oder Aufrührer binnen eines Tages erschießen. Die Bürger konnten bei den Überwachungsausschüssen jeden anzeigen, dessen Loyalität ihnen zweifelhaft erschien. Schließlich kam das Revolutionstribunal zum Tragen, das man im März ins Leben gerufen hatte. »Wir müssen schrecklich sein, um dem Volke zu ersparen, es zu sein«, hatte Danton die Errichtung dieses Tribunals zur Aburteilung von Verdächtigen, denen man gegenrevolutionäre Umtriebe vorwarf, verteidigt. Der öffentliche Ankläger des Tribunals war ermächtigt, einen Beschuldigten aufgrund der bloßen Anzeige durch die republikanischen Institutionen oder einen einzelnen Bürger festzunehmen und zu verurteilen. Gegen das Urteil konnte keine Berufung eingelegt werden, und innerhalb von vierundzwanzig Stunden musste es vollstreckt werden. Anfang April wurde der Wohlfahrtsausschuss gegründet, der ermächtigt war, die gesamte Staatsverwaltung zu überwachen und anzutreiben. Seine Beschlüsse hatten alle Dienststellen unverzüglich durchzuführen. Die neun Mitglieder des Wohlfahrtsausschusses, unter ihnen Danton, sollten monatlich vom Konvent gewählt werden und berieten geheim. Umso bedrohlicher schien seine Macht.

Plötzlich geriet auch Curtius in das Fadenkreuz der Verdächtigungen. General Custine hatte das linke Rheinufer geräumt. Da ihr Onkel Kontakt zu ihm gehabt und ihn öffentlich als guten Patrioten gelobt hatte, wurde auch er des Verrats verdächtigt.

»Wir können nur hoffen, dass man Ihr Lob nicht ernst nimmt. Vielleicht stehen Sie nur wie ein Narr da, weil Sie ihn nach Ihrer Mission so begeistert gepriesen haben«, sagte Marie.

Curtius sah sie müde an. »Und das bin ich ja auch, ein Narr. Aber vielleicht wandere ich auch ins Gefängnis oder auf das Schafott.« Er stand auf und zog sie an den Händen hoch. »Ich muss jemanden finden, der für mich spricht. Vielleicht David«, überlegte er. Marie zögerte. Sie hatte heute noch etwas gehört, wollte es aber eigentlich ihrem Onkel nicht sagen.

»David würde ich im Moment lieber nicht ansprechen«, sagte sie.

»Warum, was ist mit ihm?«

Marie zuckte die Schultern. Ihr Onkel würde es früher oder später ohnehin erfahren. Und sie würde sich ganz sicher nicht schützend vor Louis David stellen. »David hat sich auf die Seite derer gestellt, die gegen Sie gesprochen haben, Onkel. Er meinte, die Kostüme der historischen Figuren im Salon seien nicht korrekt. Er schlug sogar vor, den Wachssalon zu schließen.«

Curtius ballte die Hände. »Und das von David! Das hätte ich nicht erwartet«, entfuhr es ihm.

Ich schon, dachte Marie traurig. David schien sein Fähnchen gern in den Wind zu halten. Er schwimmt wohl am liebsten mit dem Strom, solange er obenauf schwimmen kann. Auch wenn er dabei andere gefährdet. Erst kürzlich hatte er die Todesstrafe für Künstler gefordert, die royalistische Propaganda herstellten.

»Ich werde schon noch jemanden finden, der sich für mich einsetzt«, sagte Curtius entschlossen. »Du stellst inzwischen die Gruppe der Militärführer um!«

Die Obstbäume leuchteten im frischen Grün, die ersten Blumen tupften bunte Punkte in den Garten. Eine Biene summte an Marie vorbei. Sie legte den Kopf in den Nacken und blinzelte in die Sonne. Was für ein wunderbarer Ort, um dem grauen Alltag in Paris zu entgehen. Endlich keine dünnen Rübensuppen mehr. Hier könnte man Hühner und Stallhasen halten, man konnte Obst und Gemüse anbauen und in einem Speicher lagern.

»Überlegen Sie nicht zu lange, es gibt noch andere Interessenten für dieses kleine Schmuckstück«, hörte sie jetzt hinter ihrem Rücken eine Stimme. Sie sah Anna gemeinsam mit einem Mann aus dem kleinen zweistöckigen Haus kommen. »Eine Anzahlung von fünfzehntausend Livres, dann gehören Haus und Land Ihnen. Die restlichen Raten können über die nächsten Jahre verteilt gezahlt werden«, sagte der Vermittler dieses Anwesens jetzt. »Und bedenken Sie auch die gute Lage. Ivry liegt direkt an der Seine und nur eine kleine Weile mit der Kutsche von Paris entfernt.«

Anna sah Marie an. Sie trug ein Lächeln im Gesicht. Marie war sicher, dass Anna sofort einschlagen würde. Sie trat an die beiden heran. »Sie haben sicher Verständnis dafür, Bürger Junot, dass wir die Angelegenheit erst mit unserem Onkel besprechen müssen. Schließlich ist es eine weitreichende Entscheidung, die getroffen werden muss«, sagte sie nun unverbindlich. Annas Lächeln schwand dahin.

Auf dem Rückweg nach Paris meinte ihre Mutter beinahe vorwurfsvoll: »Das Haus ist genau richtig für uns. Nicht zu groß und nicht zu klein. Esszimmer, Küche und drei Zimmer. Mit unserem Rest Erspartem und einem kleinen Kredit könnten wir es uns gerade so leisten. Hier könnte dein Onkel wieder zu Kräften kommen und dem politischen Gezänk in Paris entgehen.« Je weiter die Revolution voranschritt, umso ablehnender stand Anna ihr gegenüber. »Du hättest sofort zusagen sollen.«

»Warum? Sieh dich doch um. Rund um Paris stehen Häuser leer, deren Bewohner vor der Revolution geflohen sind oder in Paris Arbeit gesucht haben«, sagte Marie leise. Überall konnten die Spione des Konvents, des Jakobinerclubs oder der Komitees lauern. Anna schnalzte mit der Zunge.

»Ist das ein Wunder?«, zischte sie. »Dass dein Onkel nach den jüngsten Angriffen noch einmal davongekommen ist, hat er nur Marat zu verdanken.«

Marie musste ihrer Mutter notgedrungen zustimmen, denn obgleich sie ihn noch immer für einen geifernden, gefährlichen Journalisten und Politiker hielt, hatte er ihnen doch einen unschätzbaren Dienst erwiesen. Marat, der gerade Präsident des Jakobinerclubs war, hatte sich für Curtius eingesetzt. Ob es Überzeugung war, Freundschaft oder die Dankbarkeit dafür, dass Curtius ihm vor einigen Jahren Unterschlupf gewährte, als ihn die Polizei suchte – Marie wusste es nicht. Aber die Folge war, dass das alberne Lob, das ihr Onkel über General Custine geäußert hatte, ignoriert wurde. Custine wurde zurückbeordert, um selbst Rechenschaft abzulegen. Als er jedoch wenige Monate später auf das Schafott geschickt wurde, glaubten seine Freunde, dass es auch Curtius' Aussage war, die sein trauriges Schicksal befördert hatte. Von den Jakobinern wurde Curtius jedoch wieder akzeptiert, das zeigte sich auch daran, dass er für die Beerdigung eines Revolutionärs die Büste liefern durfte.

KAPITEL 16

*M*arie schob widerwillig die Figur von François Hanriot nach vorne. Sie konnte den neuen Kommandanten der Nationalgarde nicht leiden. Die Figur seines Vorgängers Antoine-Joseph Santerre, die lediglich eine andere Uniform trug, seit er ein Kommando bei der Vendée-Armee übernommen hatte, rückte sie dafür etwas nach hinten. Sie hatte das Wachsporträt des früheren Zollbeamten Hanriot in seinem Weinladen – er hatte die Witwe eines Weinhändlers geheiratet, der wegen irgendeines Verbrechens geköpft worden war – in der Nähe des Hôtel de Ville abgenommen. Obwohl er gut gebaut war, hatte er eine rohe und vulgäre Ausstrahlung. Aber seit er sich beim Sturm auf das Tuilerienschloss ausgezeichnet hatte, wollten alle Besucher, vor allem die Frauen, den schneidigen Kommandanten sehen. Wie tief sind wir gesunken, schoss es Marie durch den Kopf. Früher haben wir die Königin Marie Antoinette in ihrem prächtigen Kleid von Mademoiselle Bertin und andere gekrönte Häupter und Philosophen ausgestellt, heute präsentieren wir Weinhändler und dieses hier! Sie blickte verächtlich zur Seite. In einer Vitrine waren Kuriositäten ausgestellt, darunter auch Mokkatassen aus Porzellan, auf denen in Gold und zarten Farben der Henker Sanson Ludwigs abgetrennten Kopf in die Höhe hielt. Ganz als ob die Tötung eines Königs etwas Alltägliches sei oder etwas, an das man sich besonders gern erinnerte.

Die jüngsten Ereignisse gaben Marie keinen Anlass zu der Hoffnung, dass die Lage besser werden würde. Die Gefahr einer Konterrevolution war größer geworden, seit man vor allem in den Regionen um Marseille und Lyon und in der Vendée gegen die Politik der Hauptstadt rebellierte.

Umso wichtiger waren die Feierlichkeiten zum Jahrestag des Bastillesturms, die das Volk und ihre Führer einen sollten. In diesem Jahr fanden die Festivitäten zu Ehren der neuen Verfassung statt. Auch Marie und Curtius verbanden Hoffnungen mit dem morgigen 14. Juli, vor allem die Hoffnung auf Besucherscharen, die einen Abstecher auf den Boulevard machten, um das berühmte Wachsfigurenkabinett des Bürgers Curtius zu sehen.

Das Poltern von Schritten auf den Stufen zum Wachssalon ließ sie aufschrecken.

»Eine dringende Nachricht aus dem Nationalkonvent an die Bürgerin Grosholtz. Wo kann ich sie finden?«, fragte ein Bote in der Uniform der Nationalgarde. Marie wurde heiß und kalt. Die alte Angst überfiel sie wieder. Sie nahm den Brief, brach das Siegel und erkannte die Schrift, die sie seit vielen Jahren nicht gesehen hatte. David! Ihr erster Impuls war, das Papier zu zerknüllen und wegzuwerfen, doch sie beherrschte sich und überflog die wenigen Zeilen. Der Inhalt traf sie wie ein Schlag in die Magengrube.

Marat ist tot. Er wurde in der Rue des Cordeliers umgebracht. Begib Dich sofort dorthin, nimm seine Totenmaske ab und zeichne die Szenerie so genau wie möglich auf. L. D.

Marie war sprachlos. Sie nickte dem Gardisten zu, faltete den Brief und steckte ihn ein. Mit wenigen Handgriffen packte sie ihre Sachen und saß bereits einige Minuten später mit dem Uniformierten in einer Kutsche. Nervös hielt Marie mit schweißfeuchten Fingern ihre Tasche umklammert. Sie hatte keinen Blick für die Häuser, die mit blau-weiß-roten Bändern geschmückt waren, sah einfach durch die allgegenwärtigen Freiheitsmützen und Embleme der neuen Republik hindurch. Die Gedanken rasten durch ihren Kopf. Jetzt hat Jean-Paul Marat in dem Wetteifern um die Märtyrerkrone vor Robespierre einen Sieg errungen, schoss es ihr durch den Kopf. Sicher, Feinde hatte er zuhauf, aber wer könnte es wagen, dieses Idol der Revolution anzugreifen? Dass es in seiner Wohnung geschehen war, wunderte sie nicht. Marat hatte sich im Konvent schon ungewöhnlich lange nicht mehr blicken lassen. Seine Gesundheit machte ihm zu schaffen, hieß es. Dabei war Marat auf dem Gipfel seiner Macht. Marie schalt sich selbst. Was ist mit mir los – ein Brief von Jacques-Louis David, und ich laufe los? Andererseits durfte sie sich nicht den Zorn des Konvents zuziehen. Vermutlich will David die Maske und die Zeichnungen als Basis für ein Gemälde verwenden. Und vermutlich erlaubte ihm seine derzeitige Präsidentschaft im Jakobinerclub nicht, selbst zu kommen. Aber warum hatte er sie gerufen und nicht einen seiner Schüler oder einen Kollegen?

Je näher sie der Rue des Cordeliers kamen, umso mehr Menschen bevölkerten die Straßen. Das düstere Haus mit der Nummer 30, in dem Marat die erste Etage bewohnte, war von einer aufgewühlten Menge umringt, die von unzähligen Nationalgardisten nur mühsam zurückgehalten wurde. Auf dem Weg hinein sah sie, wie eine Frau von Nationalgardisten abgeführt wurde. Sie schien sehr jung, war adrett gekleidet. Marie fiel besonders ihr eleganter schwarzer Hut mit den grünen Bändern auf. Hatte sie etwas mit dem Mord zu tun?

Marie wurde in den ersten Stock geführt. Aus einer Ecke war das laute Wehklagen zweier Frauen zu hören. In ihrer Nähe standen, blass und betreten, Nationalgardisten. Dann betrat Marie das Zimmer, in dem der Mord geschehen war. Auf dem Boden leuchtete scharlachrot das Blut, auch das Wasser in der

Badewanne, die mitten im Zimmer stand, war rot gefärbt. Über den Rand der Wanne hingen Tücher und Laken, mit denen man wohl versucht hatte, die Blutung zu stillen. Auf einem Holzklotz neben der Wanne lagen Feder und Papier. Auch sie waren blutrot gesprenkelt. Ein Gardist führte sie in ein Schlafzimmer, wo der Leichnam des Bürgers Marat neben der Tür lag. Maries Blick wurde zu der klaffenden Wunde in seiner Brust gezogen. Marats Haut war beinahe durchscheinend blass, das Tuch, das er sonst um den Kopf geschlungen trug, lag auf dem Boden wie eine abgeworfene Schlangenhaut. Neben dem Leichnam standen zwei Männer.

»He du, was hast du hier zu schaffen?!«, herrschte der eine sie an, offenbar ein Polizeikommissar. Sie ließ sich nicht einschüchtern und erklärte, dass sie im Auftrag des Konvents hier sei, um sich ein Bild von dem Mord zu machen. Marie konnte ihm ansehen, wie er abwog, ob Maries Erklärung der Wahrheit entsprach. Schließlich zuckte er beinahe unmerklich mit den Schultern.

»Sie sehen ja, er ist durch einen Messerstich zu Tode gekommen. Die Mörderin verfügte über eine erstaunliche Kraft. Die Waffe«, er wies auf ein Messer mit Ebenholzgriff, das auf einem Tisch lag, »ging so tief, dass ein Zeigefinger mühelos in ganzer Länge durch die verletzte Lunge gesteckt werden könnte. Vermutlich ist dabei die Halsschlagader geöffnet worden, worauf auch der große Blutverlust hindeutet, der zum Tode führte.« Marie hörte sich diese Beschreibung scheinbar ungerührt an. Sie öffnete ihre Tasche, bat um Wasser und begann, den Gips anzurühren.

»Lag er in der Badewanne, als er angegriffen wurde?«, fragte sie. Als diese Frage bejaht wurde, bat sie, die Leiche wieder in die Badewanne zu legen, damit sie sich ein Bild von der Szenerie machen konnte.

Der Polizeikommissar weigerte sich. Die Zeit sei knapp, der Kadaver würde schnell zu verwesen beginnen, wenn er noch lange in diesem heißen Zimmer bliebe. Man müsse schnellstmöglich mit der Einbalsamierung beginnen. Marie ließ sich nicht beirren und verwies auf die Anordnung des Konvents. Schließlich gab er nach, vermutlich weil er weitere Diskussionen vermeiden wollte. Die Leiche wurde in die Badewanne gelegt, der Kopf auf der Kante, ein Arm hing schlaff hinunter. Ein Schreibbrett mit Papieren wurde auf den Rand der Badewanne gelegt. Schließlich trat ein Gardist heran und wickelte Marat beinahe zärtlich sein Tuch um den Kopf. Für ein späteres Tableau im Wachssalon hätte Marie das Szenario, wie gewohnt, nur in Worten beschrieben. David forderte jedoch von ihr eine Zeichnung. Sie warf einige schnelle Striche auf das Papier und war erleichtert, dass sie diese Fähigkeit in den vielen Jahren nicht eingebüßt hatte. Kaum waren Maske und Zeichnung sicher verstaut, führten die Gardisten sie hinaus.

Maries Augenlider zuckten vor lauter Anspannung. Es musste schon weit nach Mitternacht sein, und noch immer arbeitete sie an der Totenmaske von Jean-Paul Marat. Ein Räuspern schreckte sie aus ihrer Konzentration. Sie sah hoch und erblickte Louis David. Er lehnte so ruhig an einem Türrahmen, als ob er ihr schon eine Weile zugesehen hatte.

»Wie bist du hier reingekommen?«, fragte sie.

»Du selbst hast es mir vor Jahren gezeigt. Und ich sehe, es hat sich nichts verändert. Du siehst wunderschön aus in diesem Licht.« Trotz ihrer Müdigkeit spürte Marie, wie Wut in ihr aufwallte.

»Alles hat sich verändert. Auch deine Komplimente waren schon mal besser. Du kannst sie dir sparen.« Er stieß sich vom Türrahmen ab, trat in den Raum und ließ sich auf einen Stuhl fallen. David sah müde aus, die dunklen Ringe stachen auf den blassen Wangen hervor.

»Verzeih, es war ein langer Tag. Die Arbeit im Konvent, im Sicherheitsausschuss und im Jakobinerclub. Dabei bin ich in Gedanken noch immer bei dem Fest der Einheit und Unteilbarkeit der Republik. Du hast sicher davon gehört.«

Ja, Marie hatte davon gehört. Die nächsten großen Feierlichkeiten wurden vorbereitet. Anlässlich des Jahrestages des Tuileriensturms sollte sich das Volk erneut in einem Jubeltaumel ergehen. David hatte das Programm für die Feier zur offiziellen Annahme der Verfassung vor einigen Tagen dem Konvent vorgelegt. Die Zeitungen hatten seine Pläne natürlich abgedruckt. Marie kam es vor, als sollten die Menschen durch Brot und Spiele besänftigt und von den Alltagssorgen abgelenkt werden. Nur, dass es in Paris immer weniger Brot gab.

»Und jetzt auch noch Marat …« Tränen traten David in die Augen. Marie erinnerte sich daran, wie sehr David Marat bewundert hatte. Schon vor einigen Monaten, als Marat verdächtigt wurde, hatte David bereitwillig angeboten, sich für ihn zu opfern. Seit sich Marat für Curtius eingesetzt hatte, hatte auch David die Angriffe auf ihren Onkel eingestellt. Mitleid erfasste Marie.

»Ich bin bald fertig«, sagte sie und beschrieb ihm, was sie in der Rue des Cordeliers gesehen hatte.

»Lass dir Zeit. Ich habe ein paar Tage, um den würdigen Abschied von Marat in die Wege zu leiten. Wir werden ihn einbalsamieren.« Er sah sie durchdringend an, so als wollte er prüfen, ob sie diese Nachricht schockierte. Doch Marie blieb ungerührt. Sie hatte weitaus Schlimmeres gesehen und gehört. »Ich wollte dich nicht schicken. Aber es gibt Kollegen im Konvent und im Jakobinerclub, die dich für vertrauenswürdig halten«, meinte er beinahe entschuldigend. Wollte er damit anklingen lassen, dass er sie nicht für vertrauenswürdig hielt? Marie schob ihm die Zeichnungen hin, die sie in Marats Wohnung angefertigt hatte. David zog erstaunt die Augenbrauen hoch. Sie war dankbar, dass er sich spöttische Bemerkungen verkniff, weil sie für den Konvent – für ihn! – das Zeichnen wieder angefangen hatte.

»Genau so habe ich ihn gestern vorgefunden, als ich ihn besucht habe, um mich nach seinem Wohlergehen zu erkundigen. Ich wünschte ihm eine baldige Genesung. Aber Marat antwortete nur: ›Zehn Jahre mehr oder weniger rühren mich nicht im Mindesten. Mein einziger Wunsch ist, dass ich mit dem letzten Atemzug sagen kann: Ich bin glücklich, dass das

Vaterland gerettet ist‹«, erinnerte sich David stockend. Mühsam stand er auf. Das Tempo des politischen Lebens schien sogar einem zähen Mann wie ihm zu schaffen zu machen.

»Die Mörderin, ich habe sie gesehen. Sie wurde an mir vorbeigeführt. Was ist mit ihrem Porträt?«, fragte Marie. Im Laufe des Tages hatten sich die Hintergründe des Mordes herumgesprochen. Die junge Charlotte Corday war aus der Normandie nach Paris gereist, um Marat zu töten, weil sie ihn für die derzeitige katastrophale Lage und den aufkeimenden Bürgerkrieg verantwortlich machte. Deshalb hatte sie beschlossen, ihr eigenes Leben zum Wohle des Landes zu opfern.

»Eine gute Idee, auch die Mörderin zu porträtieren«, meinte David. »Sie sitzt in der Abbaye. Aber in ein paar Tagen wird sie in die Conciergerie verlegt. Da wird es sicher leichter für dich sein, zu ihr zu gelangen.« Unter Ludwig XVI. war die Abbaye im Vorort Saint-Germain ein Militärgefängnis gewesen. Heute sperrte man dort die Verräter des Vaterlandes ein, die royalistischen Verschwörer und die eidverweigernden Priester. Während der Septembermassaker hatte man alle dort einsitzenden Schweizer Soldaten umgebracht, dann erst kamen die anderen Gefangenen an die Reihe. Wie passend, dass jetzt die Mörderin Marats, den Marie für den Drahtzieher bei den Septembermorden hielt, dort gefangen gehalten wurde.

Ein Mann sprengte aus einem Krug eine Flüssigkeit auf den Körper. Für kurze Zeit überdeckte der Geruch nach Essig und Duftwässern den Gestank, der von der Leiche ausging. Dennoch herrschte in der Kirche der Cordeliers am Ende der Straße, wo Jean-Paul Marat gelebt hatte, dichtes Gedränge. Männer, Frauen und Kinder schritten an dem Katafalk vorüber, auf dem die Leiche Marats aufgebahrt war. Marats Oberkörper war entblößt, die Wunde sichtbar. Ein Kranz aus Eichenlaub zierte sein Haupt. Lautes Wehklagen hallte von den Wänden der Kirche wider. Marie war unbehaglich zumute. Sie wäre lieber im Wachssalon geblieben, doch ihr Onkel, der des Nachts aus Ivry zurückgekehrt war, hatte darauf bestanden, dass sie ihn begleitete. Sein Gesicht war grau, wirkte wie versteinert. Der Tod Marats, den er als seinen Freund angesehen hatte, macht ihm sehr zu schaffen, dachte Marie. Hoffentlich erleidet er keinen Rückfall. »David hat für die in Rekordzeit organisierte Totenfeier die Findigsten und Schnellsten ihres Faches zusammengerufen. Er versteht sich eben nicht nur auf seine Kunst als Maler, sondern er ist auch ein begnadeter Zeremonienmeister«, meinte Curtius ernst. Marie kam es absurd vor, dass David seine Malerei für derartige Inszenierungen schleifen ließ. Egal, was sie persönlich von ihm hielt, seine künstlerischen Fähigkeiten waren unbestritten. Wer so ein Talent besaß, hatte auch die Verpflichtung, es zu nutzen, fand sie. »Für die Balsamierung war Louis Deschamps zuständig. Fünf Assistenten hatte er dabei, aber seine Arbeit war hart. Er musste Marats Oberkörper überschminken, damit man seine durch die Schuppenflechte entstellte Haut nicht sieht. Die Wunde musste vernäht werden, weil sie inzwischen zu weit auseinanderklaffte. Angeblich hat er sogar das Zungenbändchen durchtrennt, damit Marats Zunge nicht aus dem Mund hängt. Wie unwürdig hätte das auch ausgesehen«, sagte Curtius.

Marie war an diesen grausigen Details nicht sehr interessiert. Sie betrachtete die Inszenierung. Unter dem Katafalk waren die Badewanne ausgestellt, das blutige Hemd sowie der als Schreibpult dienende Holzklotz samt Tintenfass und Papier. In der Nähe der Wände hingen Marats Schriften.

»Genau so sollten wir es auch machen, wenn wir es schon machen müssen«, flüsterte Marie. Wenn die Besucher des Wachssalons Marats hetzerische Schriften lasen, erkannten sie vielleicht, was für ein Mensch er gewesen war. Marie wollte dafür sorgen, dass es nur die extremsten Schriften waren, die das Tableau illustrierten.

Curtius nickte nur. Er zog aus einem Ärmel ein Taschentuch und hielt es sich verstohlen an die Nase. »Der Geruch ist nicht auszuhalten. Würde mich nicht wundern, wenn die Beisetzung auf morgen vorverlegt wird«, meinte er. »Wir sollten uns sputen. Uns bleibt noch ein Tableau zu machen.« Marie verstand die Anspielung auf Davids Auftrag und hielt ihre spitze Antwort zurück.

Sie war froh, die Totenfeier verlassen zu können. Die Kirche wirkte gespenstisch, unwirklich. Vielleicht lag es aber auch an der Hitze und an den Ausdünstungen, dass ihr alles so eng und so erdrückend erschien. Beim Hinausgehen sah Marie einen Mann inbrünstig beten. Als sie im Gedränge langsam an ihm vorbeischritten, hörte Marie die Worte: »O Herz Jesu, o Herz Marats, ihr habt das gleiche Anrecht auf unsere Verehrung, Jesus war nur ein falscher, doch Marat ist ein wahrer Prophet. Lang lebe Marats Herz, wie Jesus hat Marat das Volk glühend geliebt, wie Jesus hat Marat Adel, Priester, die Reichen und Schurken verabscheut. Wie Jesus hat er ein armes und genügsames Leben geführt ...« Marie hatte einen schalen Geschmack im Mund. Die Heiligsprechung des Revolutionärs hatte bereits begonnen, die Verklärung setzte ein. Und sie würden ihren Teil dazu beitragen müssen.

»Die Vatermörderin hat Marat unter dem Vorwand aufgesucht, ihn in einer wichtigen Sache sprechen zu wollen. Er, der um das Wohl des Staates immer sehr besorgt war, bat sie, abends wiederzukommen. Da durchbohrte sie ihn mit einem Dolch, ihn, den Volksfreund und wahren Verteidiger des Volkes! Als die Nationalgarde ankam, hatte er seine Seele schon ausgehaucht«, deklamierte ein Mann, als Marie zügig auf die Conciergerie zuging. Das finstere Gebäude lag am Seine-Ufer auf der Île de la Cité, unmittelbar neben dem Justizpalast. Obwohl die Sonne schien, wirkten die vier Türme unheilverkündend. Vermutlich weil die Conciergerie mit dem darin untergebrachten Gefängnis und dem Revolutionstribunal die letzte Station vor dem Schafott war. Von hier aus führte der Weg nur noch in den Tod.

Marie hatte immer wieder versucht, Charlotte Corday in der Abbaye und in der Conciergerie aufzusuchen, doch der Zutritt war ihr stets verwehrt worden. Heute, am letzten Prozesstag, war ihre letzte Gelegenheit, um an das Porträt der Mörderin heranzukommen. Sie war inzwischen sehr neugierig geworden, was für ein Mensch Charlotte Corday wohl war. Insgeheim bewunderte Marie sie gar für ihren Mut, der überall Verwunderung und Unruhe ausgelöst hatte. Niemand konnte sich vorstellen, dass eine einzelne, der Natur nach schwache Frau zu so einer Tat fähig sei. Eine Verschwörung musste dahinterstecken – und was könnte den Radikalen besser zupasskommen als eine Verschwörung? Marie betrat nun die große Vorhalle des Gerichtssaales. In den neben der Conciergerie gelegenen Sälen »Freiheit« und »Gleichheit« wurden meist die Gerichtsverhandlungen abgehalten. Deshalb versammelte sich in der Halle schon frühmorgens allerlei Gesindel. Marie schlug einen Bogen um einen Mann, der gegen eine Wand urinierte, und ging an Straßendirnen und zwielichtig aussehenden Männern vorbei. Auf den Zuschauertribünen herrschte großes Gedränge.

»Wie sollen wir Ihnen glauben, dass Ihnen niemand zu der Tat geraten hat, da Sie uns doch erzählen, Sie betrachten Marat als Ursache aller Missstände in Frankreich, ausgerechnet ihn, der unermüdlich Verräter und Verschwörer entlarvt hat?«, fragte der Präsident des Revolutionstribunals. Marie war es gelungen, die umfangreichen Sicherheitsvorkehrungen zu passieren und so dem letzten Verhör zu lauschen. Wenn es mit ihrer Porträtsitzung nicht klappen sollte, hatte sie die Angeklagte zumindest einmal leibhaftig sehen können. Marie war beeindruckt von Charlotte Cordays Benehmen. Sie sprach sehr offen, sogar fröhlich und mit einem Ausdruck der reinsten Ernsthaftigkeit. Sie schien gleichgültig dem Schicksal gegenüber, das sie über sich gebracht hatte.

»Nur in Paris betrachten die Leute Marat mit diesen Augen. In den anderen Departements hält man ihn für ein Ungeheuer«, antwortete die Angeklagte jetzt. Ein Zischen ging durch den Raum.

»Wie können Sie Marat, der Sie aus purer Menschlichkeit empfing, weil Sie ihm geschrieben hatten, Sie würden verfolgt, als Ungeheuer ansehen?«

Charlotte Cordays Gesicht strahlte pure Unschuld aus. »Was

hilft's, dass er sich mir gegenüber menschlich zeigte, wenn er sich anderen gegenüber als Ungeheuer gebärdete?«

»Glauben Sie, Sie haben alle Marats dieser Revolution getötet?«

»Da dieser eine nun tot ist, werden es die anderen vielleicht mit der Angst zu tun bekommen.«

Charlotte Corday wurde schuldig gesprochen und zum Tode verurteilt. Marie folgte ihr in die Conciergerie. Vielleicht würde sie jetzt zur Mörderin Marats vorgelassen werden. Und wirklich, der Schließer führte sie durch schmutzige Gänge zur Zelle von Charlotte Corday. »Die Kleine hat sich einen Maler gewünscht, damit er ihr schönes Köpfchen für die Nachwelt festhält«, hatte er mit einem hämischen Lachen gemeint, »warum soll nicht auch ein Wachsporträt gemacht werden, solange der Kopf noch auf dem Hals sitzt?!«

Als Marie eintrat, saß die Verurteilte an einem Tisch und schrieb einen Brief. Sie hatte ihre Haube abgelegt, sodass Marie ihr schönes, aschblondes Haar sehen konnte. Charlotte Corday stand auf und begrüßte Marie freundlich. Marie berichtete von ihrem Anliegen, und die junge Frau stimmte erfreut zu. »So wie man an dem Abbild guter Bürger hängt, interessiert man sich aus Neugier manchmal auch für das von großen Verbrechern, denn es verewigt den Schauder, den ihre Verbrechen einflößen. Das habe ich auch dem Sicherheitsausschuss geschrieben mit der Bitte, mir einen Miniaturmaler zu schicken. Und der Sicherheitsausschuss ist meinem Wunsch nachgekommen«, sagte sie stolz. Marie nickte nur, wie sollte Charlotte Corday auch ahnen, dass Marie und ihr Onkel bestens über den lustvollen Schauder beim Betrachten großer Verbrecher Bescheid wussten.

Beinahe fröhlich unterhielten sie sich eine Weile, während Marie ihre Arbeit aufnahm. Charlotte Corday war stolz auf ihre Tat, kein Zweifel war zu hören. »Mein letzter Seufzer soll meinen Mitbürgern nutzen, mein Kopf soll, wenn er durch Paris getragen wird, alle Freunde des Gesetzes zum Handeln aufrufen.«

Erst am Schluss zog ein Schatten über das schöne Gesicht. Sie bat um ein Messer, schnitt sich eine Locke ab und gab sie Marie. »Bewahren Sie das Andenken an eine todgeweihte Frau«, sagte sie und verabschiedete die Wachsbildnerin.

Später erzählte man sich, dass Charlotte Corday unbeschwert und stolz gewirkt habe, als sie das Schafott bestieg. Auch als schwerer Regen plötzlich die Luft durchschnitt und das scharlachrote Hemd, das sie als Mörderin eines Volksvertreters tragen musste, an ihrem schlanken Leib klebte, blieb sie unbewegt. Man munkelte, dass sich einige junge Revolutionäre in die schöne Mörderin verliebt hätten. Marie spürte diese brennende Zuneigung zu Charlotte Corday, wenn sie in den nächsten Monaten die Besucher beobachtete, die in Scharen kamen, um das neue Schaustück zu sehen.

Das Tableau zeigte Marat im Bad, so wie Marie ihn zuletzt gesehen hatte. Doch im Hintergrund hatte sie die Figur von Charlotte Corday postiert. Ihre Totenmaske dagegen – wieder hatte Marie auf dem Madeleine-Friedhof gewartet – stellte sie nie aus. Die Besucher wollten sich lieber an der schönen, an der lebendig wirkenden Mörderin ergötzen, das ahnte Marie. Sie behielt damit recht. Das Tableau war eine Sensation und zog unzählige Besucher an, die lautstark das Schicksal von Marat beklagten. Unter ihnen war auch Robespierre, der nach seinem Besuch begeistert eine Rede vor dem Wachssalon hielt: »Bürger! Folgt meinem Beispiel und tretet ein«, rief er und beschwor den verstorbenen Freund und die Dämonen der Aristokratie. Die Menschen ließen sich nicht lange bitten. Lange Zeit musste Marie sich keine Sorgen um die Einnahmen machen. Die Angst jedoch blieb, denn die Zeit des Terrors hatte gerade erst begonnen.

Marie stand am Fenster des Wachssalons und sah auf den Boulevard hinaus. Noch lag die Allee grau und trist da, doch bald würde die Dämmerung beginnen. Sie schlang ihr Tuch enger um die Schultern. Die Feuchtigkeit in der Luft war beinahe mit Händen zu greifen. Sogar die Schatten im Atelier schienen näher an sie heranzurücken. Marie hatte es nicht gewagt, Licht zu entzünden. Nervös erwartete sie die Rückkehr ihres Onkels, denn seit dem 12. Oktober lief der Prozess gegen die frühere Königin Marie Antoinette, und für heute wurde das Urteil erwartet. Ihr Onkel hatte den Prozess verfolgt, und was er berichtete, hatte in ihrem Hause für Abscheu und Unfrieden gesorgt. Nicht genug, dass die Königin überhaupt angeklagt wurde und die Beweise, die gegen sie vorgebracht wurden, fadenscheinig waren. Nein, es wurden auch noch Verleumdungen der übelsten Sorte in die Welt gesetzt. Marie stieg die Galle hoch, wenn sie nur daran dachte. Jacques-René Hébert, der gerne an Curtius' Esstisch dem Wein zusprach und dabei die künftigen Schlagzeilen seines Hetzblattes *Père Duchesne* zum Besten gab, hatte als Zeuge gegen Marie Antoinette ausgesagt und dabei behauptet, sie habe mit ihrem Sohn einen inzestuösen Akt vollzogen. »Ich habe meinen Lesern Antoinettes Kopf versprochen«, schrieb er in seiner Zeitung, »und wenn man ihn mir noch länger verweigert, werde ich ihn selbst abschneiden!« Marie und ihre Mutter hatten nach diesen Anwürfen beschlossen, Hébert nicht mehr im Boulevard du Temple Nummer 20 zu dulden. Curtius hatte sie gebeten, sich nichts anmerken zu lassen, er hatte es verlangt, er hatte es befohlen. Anna und Marie hatten geschwiegen. Wenig später hatte Anna, wie so oft, klein beigegeben, aber Marie hatte sich vorgenommen, einfach nicht mehr im Hause zu sein, wenn Hébert sich ankündigte. Curtius hatte, wie immer, Angst um sich, um seine Familie, um seinen Wachssalon. Seit im September das Gesetz über die Verdächtigen erlassen wurde, war er noch nervöser als sonst. Als Verdächtiger galt seitdem, wer sich als Parteigänger der Tyrannen und als Feind der Freiheit zu erkennen gab. Verdächtige konnten sofort verhaftet und bis zum Friedensschluss inhaftiert werden – wenn sie nicht gleich verurteilt und auf die Guillotine geschickt wurden. »Terror ist das Gebot des Tages«, hatte Danton im Konvent verkündet. Die Zahl der Verhaftungen war schon jetzt sprunghaft angestiegen, in den Gefängnissen herrschte qualvolle Enge.

Die Tür öffnete sich, und Curtius trat ein. »Was stehst du denn hier herum?! Wenn dich jemand sieht!«, herrschte er sie an.

»Wer soll mich schon sehen? Es ist niemand auf der Straße, keine Kerze ist hier entzündet«, gab sie zurück. Ihr Onkel ließ sich auf einen Stuhl fallen und öffnete mühsam den klammen Mantel.

»Entschuldige, du hast recht«, sagte er plötzlich matt. Anna trat ins Zimmer, auch sie hatte gewartet.

»Die Geschworenen haben sie einstimmig zum Tode verurteilt. Das Urteil wird noch heute vollstreckt werden«, sagte ihr Onkel nun. »Du kannst dich schon mal bereit machen. Der Brief, der dich zum Friedhof bestellt, wird kommen, ganz sicher.« Anna sank auf die Knie und schlug die Hände vor das Gesicht. Curtius stand auf und zog sie unwirsch hoch. »Was soll das? Man hat sie überführt. Sie hat ein Komplott gegen die Republik geschmiedet. Dafür muss sie nun bezahlen. Es gibt keinen anderen Weg. Wenn sie am Leben bleibt, werden wir nie sicher sein.« Anna riss sich von ihm los und verließ den Raum.

Marie war erschüttert. Viele Patrioten fühlten sich noch immer durch die Königsfamilie bedroht. Im September hatte man alle ihre Kleidungsstücke und Möbel aus dem Temple in einem öffentlichen Feuer verbrannt, um einem Reliquienhandel vorzubeugen. Sie kniff die Lippen zusammen. Wie oft hatte sie in den vergangenen Wochen mit ihrem Onkel über den Kurs der Revolution diskutiert. Die mühsam errungene Freiheit müsse gesichert werden, meinte er, wenn nötig, mit allen Mitteln. Doch ihre Streitgespräche führten zu nichts, sie näherten sich nicht an. Marie verließ das Zimmer. Im Hof fand sie ihre Mutter, die in einer Ecke auf dem Boden hockte. Die Dämmerung warf ihr erstes Licht auf Annas Gesicht. Sie weinte, die gefalteten Hände hielt sie betend an ihr Kinn gepresst.

»Was tust du hier? Du wirst dir noch den Tod holen!«, sagte Marie. Sie half Anna hoch und nahm sie mit in ihr Zimmer.

Dort setzte sich Anna wie ein Kind auf die Bettkante und ließ die Tränen über ihr Gesicht laufen.

»Ich verstehe das alles einfach nicht mehr«, schluchzte sie. Das hatte Marie in der letzten Zeit häufiger von ihrer Mutter gehört. Besonders die Einführung des neuen Kalenders im Oktober hatte sie verwirrt. Nicht nur, dass die zwölf Monate blumige Namen wie Weinlese- oder Raureif-Monat bekommen hatten und dass man den 22. September 1792 – den ersten Tag der Republik – zum Beginn der neuen Zeitrechnung machte, nun also das Jahr II schrieb. Es gab auch nur noch alle zehn Tage einen freien Tag, und die religiösen Festtage fielen gleich ganz weg.

Anna wischte sich mit einer groben Handbewegung die Tränen von den Wangen. »Die Welt ist auf den Kopf gestellt. Die Könige werden von den Armen geknechtet. Die Heiligen werden geschändet, aber ein Mann, der so gar nichts Heiliges hatte, wird auf einmal verehrt.« Marie wusste genau, auf wen Anna anspielte. In Paris war ein wahrer Marat-Kult ausgebrochen. Plätze und Straßen wurden nach Marat benannt. Seine Büste ersetzte die Marienstatue in der Rue aux Ours. Lieder über Marat wurden zu Gassenhauern, im Théâtre de la Cité wurde ein Drama über seinen Tod zum Kassenschlager. Drucke mit seinem Konterfei und Darstellungen seines Todes schmückten jede Wand. Marats Grab war eine Art Heiligtum. Die Kommune, die Jakobiner und die Cordeliers hatten sich um sein Herz gezankt wie Hunde um einen Knochen. Jetzt wurde es im Cordeliers-Club in einem Schrein verehrt. Vor allem der Club der Revolutionären Republikanerinnen setzte sich für die Ehrung des Toten ein. Die Bürgerinnen hatten für die Errichtung eines Obelisken gesammelt.

»Du hast recht, es ist absurd. Aber beschweren können wir uns nicht. Dem Salon geht es durch den Wirbel um den Mord an Marat und unser Tableau so gut wie schon lange nicht mehr«, sagte Marie. »Und auch, wenn sich die Frauen im Fall von Marat unrühmlich verhalten, in anderen Fällen haben sie viel erreicht. Endlich dürfen sich Frauen scheiden lassen. Endlich dürfen

Frauen Eigentum teilen und es an Mädchen und uneheliche Kinder vererben. Eine bessere Schuldbildung für Mädchen ist ebenfalls geplant.«

»Ja, die Revolutionsweiber haben die Pike in der Hand, den Blutdurst im Auge, tragen Hosen, stinken nach Branntwein, und bald wollen sie auch noch zur Armee«, höhnte Anna.

»Stimmt, genau das fordert der Club der Revolutionären Republikanerinnen.« Anna riss die Augen auf.

»Woher weißt du das denn? Sag bloß, du bist von dem gleichen politischen Fieber wie dein Onkel angesteckt und gehst zu ihren Sitzungen?«

»Und wenn es so wäre? Was wäre so schlimm daran?« Marie spürte den alten Trotz, der sie schon durchflutet hatte, als ihre Mutter partout verhindern wollte, dass sie Curtius' Lehrling wurde. Tatsächlich hatte Marie eine der Sitzungen der Revolutionären Republikanerinnen besucht. Ihr gingen jedoch viele Forderungen, die der Frauenclub mit den politischen Extremisten teilte, zu weit. Der Kokardenstreit hatte sie vollends abgeschreckt, denn in den letzten Wochen war es immer wieder zu Handgreiflichkeiten gekommen, weil die Revolutionären Republikanerinnen um das Recht kämpften, die Kokarde zu tragen – die sonst nur Männern vorbehalten war –, die Marktfrauen sich jedoch dagegen wehrten. Für Marie war es eine Frage der Freiwilligkeit. Wer eine Kokarde tragen wollte, sollte eine tragen dürfen, alle anderen sollten es lassen. Aber im Moment schien es immer um alles oder nichts zu gehen, um Leben oder Tod.

In den achtundvierzig Sektionen von Paris begannen die Trommeln zu schlagen. Die Männer wurden zu den Waffen gerufen, das Blutgericht wurde vorbereitet. Anna zuckte die Schultern. Sie ahnte, dass sie zu weit gegangen war.

»Frauen haben mehr Rechte, das stimmt. Nun haben sie auch noch das Recht errungen, aufs Schafott zu steigen. Wie wunderbar.« Sie erhob sich. »Wirst du hingehen, zum Friedhof, meine ich?«

»Sie werden mich rufen«, antwortete Marie.

Marie hatte gelernt, die Briefe zu fürchten, die sie zu den Opfern der Hinrichtungen befehligten. Dieses Mal war es Davids Schrift. David, der inzwischen ein Mitglied des Sicherheitsausschusses war, eines Gremiums, das gemeinsam mit dem Wohlfahrtsausschuss die Geschicke des Staates lenkte. Gegen elf Uhr soll Marie Antoinette vom Henker in der Conciergerie abgeholt werden. Marie aber soll zuvor noch in eine Wohnung in der Rue Saint-Honoré kommen. Sie muss sich beeilen, wenn sie rechtzeitig auf dem Madeleine-Friedhof sein wollte. Als sie das Haus in der Rue Saint-Honoré erreicht, taucht die Sonne die Dachspitzen in mattes Licht. Ihr Schritt ist schwer, sie will nicht hier sein.

»Marie, schön, dass du meiner Einladung gefolgt bist!« Jacques-Louis David begrüßt sie an der Tür. »Eine bessere Gelegenheit wirst du nicht haben, einen Blick auf Marie Antoinette zu werfen. Ich dachte, das inspiriert dich vielleicht zu einem deiner großartigen Tableaus.«

Marie schweigt. Soll sie sich etwa für die Einladung bedanken? Sie versteht nicht, was David im Schilde führt. Bei einer ihrer letzten Begegnungen hatte er ihre Arbeiten geschmäht, nun lobte er sie wieder überschwänglich. Sie sieht sich um. In der Wohnung drängen sich festlich in Seidenhemden und bunten Westen gekleidete Menschen mit gepuderten Haaren. Es werden Häppchen und Getränke gereicht. Die Fenster stehen offen, ab und an sieht jemand hinaus, um auch ja nichts zu verpassen. Marie findet diese Versammlung geschmacklos. Sie weiß nicht, was sie hier soll, was David von ihr will. Wilde Rufe dringen durch die Fenster. »Die vorausrückende Kavallerie und der Karren nähern sich!«, schreit ein Mann. »Du hattest zweitausend Liebhaber, Madame, nun wartet auf dich der letzte, die Guillotine!«, hört Marie eine Frau rufen. Die Menschen um sie herum drängen an die Fenster. Auch Marie wendet sich den Fenstern zu. Sie bleibt jedoch stehen. Sie will das Schauspiel nicht sehen, aber sie will auch nicht zeigen, wie unwohl ihr ist. David steht hinter ihr und sagt: »Recht so. Wir verpassen schon nichts. Es fängt gerade erst an.« Seine Finger streichen über ihren Hals. Maries Kopfhaut prickelt, aber dieses Mal ist es nicht Lust, sondern Schrecken, den sie spürt.

»Du solltest meinen Marat sehen – ein Meisterwerk! Marat wird unser beider Triumph sein! Wir sollten uns zusammentun. Wir ergänzen uns perfekt. Ich würde dich gern wiedersehen«, flüstert er. Das ist zu viel für Marie. Der Boden gibt unter ihren Füßen nach, alles dreht sich um sie.

Als sie erwacht, findet sie sich in Davids Armen wieder. Er hält ihr ein Glas an die Lippen. Auf dem Boden neben sich sieht sie eine Zeichnung. Grandios und grauenhaft zugleich. Die Königin auf dem Henkerskarren, verhärmt, aber majestätisch in ihrer Verachtung. »Die Hündin war dreist und unverschämt bis zum letzten Augenblick«, musste sogar Jacques-René Hébert in seinem *Père Duchesne* zugeben. Marie springt auf. Sie ist verwirrt. Noch nie ist sie ohnmächtig geworden, immer hatte sie sich unter Kontrolle. Die Gaffer haben sich zerstreut, die letzten Anwesenden diskutieren darüber, wo sie nun etwas essen gehen sollten. Es ist Mittagszeit.

»Du musst gehen«, sagt David. »Beeil dich, du hast durch deine Ohnmacht Zeit verloren. Und Marie, ich meine es ernst. Komm in den nächsten Tagen in meinem Atelier vorbei. Ich möchte dir mein Gemälde von Marat zeigen. Ich warte auf dich.«

Sie drängt sich durch die Straßen in Richtung des Madeleine-Friedhofs. Kurz bevor sie den Totenacker betritt, glaubt sie, ein fernes »Es lebe die Republik!« zu hören. Ist der Kopf gefallen? Marie wartet im Schatten der Mauern, mit wenigen Handgriffen bereitet sie alles vor. Einige Zeit später bringt tatsächlich ein kleiner Schubkarren die Leiche auf den Friedhof. Der Kopf liegt zwischen den Beinen, das Kleid ist blutbesudelt. Marie machte sich an die Arbeit. Der Aufseher nickte ihr zu. Das Gesicht der Königin ist blass und eingefallen, die Augen sind rotgerändert, die Haare kurz rasiert. Sie sieht alt aus, dachte Marie. War Marie Antoinette erleichtert, dass das Leiden ein Ende hatte? Hatte sie einen letzten Blick auf das Tuilerienschloss geworfen und sich an die schönen Zeiten ihres Lebens erinnert? Marie jedenfalls würde Marie Antoinette immer so in Ehren halten, wie sie die Königin in Versailles gesehen hatte: in einem prächtigen Kleid von Mademoiselle Bertin, Hoheit und Anmut atmend wie auf einem Gemälde von Élisabeth Vigée-Lebrun.

Marie hätte diesen Besuch am liebsten schon hinter sich. Sie könnte ihn natürlich auch noch weiter verschieben, aber dann würde Louis David weiterhin durch ihren Kopf spuken – und durch ihr Herz. Als ob sie die Tür zu einer Kammer geöffnet hat, die lange verriegelt war, fallen ihr nun ihre ersten Besuche in Davids Atelier ein. Ihre Ängste, ihre Sorgen, ihre Leidenschaft. Ihre Brust fühlt sich an wie zugeschnürt. Dieses tiefe Gefühl in ihrem Herzen hatte sie eigentlich nur einmal in ihrem Leben erlebt. Wie bitter war diese Erinnerung heute, wie fremd. Wohin ist die Liebe verschwunden, die sie einmal gespürt hat? Ist sie, mit bald zweiunddreißig Jahren, schon zu alt, um noch einmal die Liebe zu erleben? Wild begehrt etwas in ihr dagegen auf.

David hatte ihr einen Wein angeboten. Marie hatte abgelehnt, war kühl geblieben. Er will sehen, wie sie auf sein Bild reagiert, beobachtet sie. Selbstzufrieden kommt er ihr vor, wie er dort mit übergeschlagenen Beinen auf seinem Stuhl sitzt, wie eine Spinne im Netz, die gerade ihr Opfer eingesponnen hat. Marie sieht Davids Bild, und widerwillig muss sie sein Genie anerkennen.

Es war, als ob man zusieht, wie Marat stirbt. Die Augenlider verdunkeln schwer die Augen. Der Arm, dessen Finger noch immer die Feder halten, hängt schlaff herunter. Das Blut ist allgegenwärtig. Blut befleckt die Reinheit des Lakens, ist auf dem Papier verschmiert, überzieht das am Boden liegende Messer. Marat scheint geradezu im Blut zu baden. Die entblößte Haut sticht dagegen ab, schockierend in ihrer Blässe. Der kahle Hintergrund, den David an die Stelle der wirklichen Dekoration des Zimmers gesetzt hat, macht die Figur zu einem beinahe religiösen Monument – ein moderner Christus im Moment der Kreuzabnahme.

Immer wieder wandert Maries Blick auf Marats Gesicht zurück. Im Tod scheint dieser getriebene Mann Frieden gefunden zu haben. Die malerischen Mittel sind schlicht und stehen in perfektem Einklang mit den Tugenden, die Marat zugeschrieben werden. Marie erkennt die Szenerie wieder, sie entspricht ihren eigenen Zeichnungen und ihrem Tableau im Salon. Und doch hat David sie in etwas ganz anderes, Höheres verwandelt. Marie steht vor diesem Bild, das etwa so groß ist wie sie selbst, und ist gegen ihren Willen gefesselt. Sie kann sich der meisterhaften Führung seines Pinselstrichs nicht entziehen.

Jetzt steht Louis David auf und reicht ihr ein Glas Wein. Dieses Mal lehnt Marie nicht ab. Ihre Finger berühren sich, als Marie ihm das Glas abnimmt. Der volle Geschmack des Rotweins besänftigt die Gefühle, die in ihr toben, für einen Moment.

»Ich habe es gerade fertig gestellt. Mir ist erlaubt worden, es zunächst in meinem Atelier auszustellen. Danach wird es mit meinem Porträt des Märtyrers Lepeletier im ersten Kunstsalon der Republik gezeigt und später dem Konvent übereignet. Der Salon ist jetzt, wo die abscheulichen Akademien endlich abgeschafft sind, ein würdiger Rahmen. Du hast meinen *Lepeletier* vermutlich noch nicht gesehen, oder?« David führt sie ein Stück weiter und enthüllt ein Gemälde, das die gleichen Maße hat. Auch hier liegt ein Mann im Sterben, auch hier wirkt er im Tode eigentümlich verklärt. Über seinem Kopf schwebt ein Messer, das auf das Attentat hinweist. Das Gemälde zeigt den ermordeten Abgeordneten Lepeletier. Beide Bilder sind offenbar als Gegenstücke gedacht, denn neben dem gleichen Format hatte David die Leichen in entgegengesetzter Richtung abgebildet. »Du solltest wissen, dass es im Konvent Bewunderer deiner Arbeit gibt. Robespierre hat gerade erst in den höchsten Tönen von eurem Wachssalon gesprochen. Auch ich achte dich sehr für das, was du leistest«, sagt David. Er stellt sein Glas ab und nimmt Marie das Glas aus der Hand. Marie fragt sich, was nun kommen wird. David umfasst zart ihre Schultern. »Du weißt, ich hatte damals meine Gründe.«

»O ja, natürlich, und welchen besseren Grund könnte es geben als die Liebe«, antwortet sie verächtlich. Er sieht sie lange und fest an.

»Ich habe dich nie vergessen. Ich habe nie aufgehört, an dich zu denken«, sagt er. »Können wir nicht noch einmal von vorne anfangen?« Marie verschlägt es die Sprache.

»Und deine Ehe?«

David macht eine wegwerfende Handbewegung. Sein Gesicht rückt näher. Marie kommt es vor, als ob sie zwei Bilder sieht: den David von früher und David, wie er heute ist. Sie versucht, die beiden Bilder wie zwei Scherenschnitte aufeinanderzulegen, aber sie passen einfach nicht aufeinander. Und hegt sie noch die gleichen Gefühle wie damals?

»Warum hast du eigentlich nie geheiratet?«, fragt er. »Hast du noch an mich gedacht?« In Gedanken zerreißt Marie die beiden Scherenschnitte. Typisch, denkt sie – um ihn und nur um ihn dreht sich die Welt!

Da Marie beharrlich schweigt, zögert David einen Augenblick, dann lösen sich seine Hände von ihr.

»Ich habe gerade an meiner Rede gearbeitet, die ich halten werde, wenn ich das Gemälde mit Marat dem Konvent übergebe. Willst du sie mal hören?« David wartet die Zustimmung gar nicht erst ab, sondern zieht gleich ein Blatt Papier hervor. »Kommt herbei, alle! Die Mutter, die Witwe, die Waise, der unterdrückte Soldat, ihr alle, die er unter Gefahr seines Lebens verteidigt hat, kommt herbei! Seht, euer Freund, der da für euch wachte, ist nicht mehr; seine Feder, der Verräter Schrecken, ist seinen Händen entglitten. Verzweiflung!« Marie stellt sich vor, wie er, nuschelnd, diese schwülstige Rede vor dem Konvent vorbringt. David bemerkt ihr Unbehagen nicht und spricht weiter. Schließlich faltet er das Papier zusammen. Marie sieht, wie verzweifelt David als Revolutionsheld gelten will. Dem ordnet er alles unter. Er wird ihre Gefühle niemals aufrichtig erwidern können. Sie muss sich zusammenreißen, damit sie ihre Vorwürfe nicht herausschreit. Doch sie kann sich nicht zurückhalten. »Schämst du dich nicht? Du hast für den Tod des Königs gestimmt, du hast die Todesstrafe für Künstler gefordert, die nicht deine Ansichten vertreten. Du profitierst vom Leid der anderen. Das alles kann ich dir niemals verzeihen.« Marie sieht, wie die Muskeln in Davids Kiefer durch die Anspannung hervortreten. Er starrt sie aus zusammengekniffenen Augen an.

»Du solltest deine Zunge lieber im Zaum halten. Du profitierst doch selbst mit dem Wachssalon von den politischen Entwicklungen der letzten Jahre. Außerdem: Weißt du denn nicht, wen du vor dir hast?« Marie ist bewusst, in welche Gefahr sie sich begeben hat. Eine Bemerkung von David im Sicherheitsausschuss würde genügen, um sie und ihre Familie zu vernichten. Sie weiß, dass er dort die meiste Zeit damit verbringt, Haftbefehle zu unterzeichnen. Trotzdem ist sie froh, die Wahrheit ausgesprochen zu haben.

»Ja, ich weiß, wen ich vor mir habe. Jacques-Louis David – einen großen Maler, der erst noch beweisen muss, ob er ein ebenso großer Mensch ist.« Sie dreht sich um und geht hinaus. Sie blickt nicht zurück.

KAPITEL 17

Kaum hatte Nanette den Wachssalon verlassen, setzte sich Anna zu Marie und holte ihr Strickzeug heraus. »Ich fühle mich immer so unwohl, wenn sie im Haus ist«, sagte sie nun, und ihre Worte wurden vom Klappern der Nadeln untermalt. »Ich habe das Gefühl, sie belauert uns. Wartet darauf, dass wir etwas Falsches sagen.«

»Seit wann misstraust du ihr?«

»Ach, eigentlich schon, seit Laure nicht mehr hier arbeitet.

Wenig später fing es an. Als ob sich Mutter und Tochter gegen uns verschworen haben.«

»Warum hast du nicht schon früher etwas gesagt?«

»Ich wollte ganz sicher sein. Ich konnte mir nicht vorstellen, dass Nanette etwas gegen uns hat. Ich kenne sie doch nun schon so viele Jahre.« Anna biss sich nachdenklich auf die Lippe.

»Seit wir vor über fünfundzwanzig Jahren hierherkamen.« Marie schwieg. Sie erinnerte sich noch genau daran, wie sie Laure und ihre Mutter kennengelernt hatte. Und nun waren diese Bindungen zerstört. Zu Laure hatten sie schon monatelang keinen Kontakt mehr. Nanette erwähnte ihren Namen nie, wenn sie in Curtius' Haus kam.

Dafür war eine andere Erinnerung an ihre erste Zeit in Paris wieder präsent. Die frühere Gräfin Dubarry war wiederaufgetaucht, nachdem sie einige Zeit in England verbracht hatte. Zuvor hatte der Konvent sie zum Emigrée erklärt, was bedeutete, dass sie ihre Rechte als französische Bürgerin verlor und ihre Habe an den Staat fiel. Nun hatte man die Dubarry gefangen genommen, vor das Revolutionstribunal gestellt und zum Tode verurteilt. Die Gräfin Dubarry war nach der Königin, der Autorin Olympe de Gouges und der Salonière und Politikerehefrau Manon Roland die nächste bekannte Frau, die innerhalb weniger Wochen das Schafott besteigen musste. Als ob Anna die gleichen Gedanken gehabt hatte, sagte sie: »Dein Onkel will zur Hinrichtung der Dubarry gehen.« Vom Boulevard näherten sich Schritte. Die beiden Frauen verstummten. Hausdurchsuchungen gehörten inzwischen zum Alltag. Doch es blieb still. »Nur eine Patrouille«, murmelte Anna erleichtert.

»Warum will er dorthin? Er wird sich selbst nur in Gefahr bringen!« Anna antwortete nicht.

»Er will sie noch einmal sehen«, sagte sie nach einer Weile, in der nur das Klickern der Stricknadeln die Stille erfüllte. Marie suchte das Gesicht ihrer Mutter nach einer Regung ab. Doch Anna starrte auf ihre Stricksachen. War Anna etwa eifersüchtig auf diese Frau, die ihr Onkel als Schlafende Schöne porträtiert hatte, bevor sie nach Paris kamen? »Du musst ihn begleiten, ich bitte dich«, sagte Anna nun.

»Ich habe es bis jetzt geschafft, zu keiner Hinrichtung zu gehen, und ich werde auch nicht mehr damit anfangen.«

»Dein Onkel ist krank, schwach. Du weißt doch, was für ein Gedränge dort herrscht. Und dann die Aufregung. Ich habe Angst um ihn.« Anna beugte sich vor, ergriff Maries Hand. Es fiel ihr nicht leicht, das zu sagen, das spürte Marie. »Ich bitte dich. Lass ihn nicht alleine gehen. Nicht dorthin.«

Das Blutgerüst war auf halbem Weg zwischen der Mitte des Platzes und dem Eingang zum Garten der Tuilerien aufgestellt. Marie glaubte kaum, dass sie sich durch die Menge näher herandrängen konnten, sie wollte es auch gar nicht, doch ihr Onkel schob sich zielstrebig voran. Es schien, als habe ihm sein purer Wille auf einmal neue Kraft verliehen. Marie heftete sich an seine Fersen. Je näher sie kamen, umso besser erkannte sie die Konstruktion. Ebenso angeekelt wie fasziniert konnte sie den Blick kaum davon lassen. Das rot angestrichene Gerüst aus kompaktem Eichenholz, auf dem die Guillotine errichtet worden war, wirkte wie ein Monument des Todes. Der metallische Umriss des schräg zulaufenden Fallbeils, das von einem Seil gehalten wurde, hob sich nur schwach gegen den eisgrauen Dezemberhimmel ab. Wie Hohn wirkte auf sie dagegen das Standbild der Freiheit, das sich auf dem Sockel erhob, der früher das Denkmal Ludwigs XV. getragen hatte. Die Göttin, ausgestattet mit Schwert und Freiheitsmütze, sah sinnierend in die Ferne. Ahnte sie, was in ihrem Namen tagtäglich geschah? Hinrichtungen waren zur grausigen Gewohnheit geworden, sie wurden inzwischen schon nicht mal mehr auf den Straßen ausgerufen. Überall wurden Listen feilgeboten, auf denen Name, Alter und Stand der Exekutierten aufgeführt waren. Frauen trugen Ohrringe oder Broschen in Form von Miniguillotinen. In den Restaurants schlemmten die Menschen weiter, während nebenan im Auftrag des Staates getötet wurde. Es gab Blutsäufer, die am liebsten an jeder Ecke eine Guillotine aufstellen lassen wollten, wie es Marat einst vorgeschlagen hatte. Es gab Revolutionsfurien, die sich nach der Hinrichtung gegenseitig blutige Schnurrbärte malten. Auch heute schrien die Menschen in vorderster Reihe ihre Schmähungen in die Menge. Einige Frauen saßen da und strickten, um sich die Zeit zu vertreiben, bis das Schauspiel begann.

Curtius und Marie waren nun in unmittelbarer Nähe der so genannten Furien der Guillotine angelangt. Sie mochte sich kaum die Gesichter ansehen aus Angst, jemanden zu erkennen. Sie wünschte sich fort. Curtius sah aus, als käme er auch gut alleine zurecht. Er stand, fest und sicher, neben ihr, den Blick auf die Ecke des Platzes gerichtet, wo nun Schreie und Klatschen das Eintreffen der Karren ankündigten.

Die Soldaten, die um das Schafott herum ihren Dienst taten, strafften sich. Marie hörte das Rumpeln der Karren auf dem Pflaster und die Vorhut – einen Mann, der rittlings auf einem Pferd saß, Faxen machte und Spottreden hielt. Die Frauen am Schafott reagierten mit lautem Johlen auf seine Darbietungen. Marie musste zweimal hinsehen, bevor sie ihn erkannte. Es war Dutruy, der Grimassenschneider vom Boulevard, der Laure geheiratet hatte. Als Dutruy eine Kusshand in die Menge warf, folgte Marie unwillkürlich seinem Blick – unter den Guillotineabschleckerinnen, wie sie verächtlich genannt wurden, entdeckte sie auch ihre frühere Freundin, zahnlos und heruntergekommen, aber mit von der Erregung geröteten Wangen. Marie warf Curtius einen erschrockenen Blick zu. Er sah sie nüchtern an.

»Ja, ich habe es gewusst. Sanson hat's mir erzählt. Was hätte es dir genützt, wenn du gewusst hättest, was aus ihnen geworden ist?«, flüsterte er ihr zu. »Dutruy ist seit der Hinrichtung der Brissotins dabei. Da hat er zum ersten Mal den Gaffern Kunststücke vorgeführt. Sanson hat versucht, ihn loszuwerden, aber Dutruy ist ein Schützling von Fouquier.« Und mit Fouquier-Tinville, dem öffentlichen Ankläger des Revolutionstribunals, verscherzte man es sich besser nicht, das wusste Marie. Bevor sie weiter über Laure, Dutruy und ihren

Onkel, der offenbar noch immer engen Kontakt zum Henker Sanson hatte, nachdenken konnte, traf die Gräfin ein. Sie stand mit Sanson auf einem Karren; er war blass, sie dick und alt. Der geschorene Kopf der früheren Mätresse war von einer Leinenhaube bedeckt. Sie zitterte vor Angst, aber wohl auch vor Erschöpfung und Kälte. Als die Dubarry die Guillotine erblickte, wurde ihr dunkelrotes Gesicht kreidebleich und sie brach zusammen. Die ohnmächtige Gräfin wurde von den Henkershelfern wieder wachgerüttelt. Sie fiel auf die Knie, schrie: »Ich will nicht, ich will nicht!« und »Ihr guten Bürger, befreit mich, ich bin unschuldig! Ich bin eine Frau aus dem Volk wie ihr, gute Bürger, lasst mich nicht sterben!« Niemand reagierte, doch die Beschimpfungen ließen nach, viele Menschen in der Nähe des Schafotts senkten die Köpfe. Dutruy schnitt weiterhin seine Grimassen, aber er wurde nicht mehr beachtet.

Sanson sprach nun mit der Gräfin, viele Beobachter wirkten gerührt. Marie hatte den Eindruck, dass sogar in den Augen des Henkers Tränen schimmerten. Sanson wollte die Dubarry als Erste heraufbringen lassen. Aber sobald sie die Hände der Gehilfen spürte, begann sie sich zu wehren und schrie: »Nicht sofort, bitte noch einen Augenblick, meine Herren Henker, noch einen Augenblick!« Sie klammerte sich an ihr Leben. Schlug trotz der Fesseln um sich. Versuchte zu beißen. Vier Männer brauchten etliche Minuten, bevor sie die Dubarry oben hatten. Das Volk war verstummt. Es war, als ob der verzweifelte Kampf der Gräfin um ihr Leben die Zuschauer nachdenklich gestimmt hatte. Es war kein Schaustück, es war blutiger Ernst. Einige machten sich davon. Auf dem Schafott brüllte die Dubarry so laut, dass es noch weit über die Seine hinaus zu hören sein musste. Ihr Gesicht war von Todesangst verzerrt, sie sah schrecklich aus. Die Henkershelfer banden sie stehend an das Brett, das nach vorne gekippt und unter das Fallbeil geschoben wurde. Ihr Hals war nun in dem kreisförmigen Ausschnitt des zwischen den beiden Balken befestigten, in der Mitte geteilten Holzes fixiert. Der Scharfrichter gab ein Zeichen, der Mechanismus wurde ausgelöst, und die Klinge sauste herab. Es war beinahe eine Erlösung, als das Messer fiel. Das Kreischen verstummte augenblicklich. Die Tötung ging so schnell, dass Marie sie kaum wahrnahm. Sie sah erst wieder etwas, als einer der Helfer den Kopf über der Menge schwenkte und dann in einen Weidenkorb warf. Danach wurden die anderen, die gemeinsam mit der Gräfin Dubarry hingerichtet werden sollten, nacheinander getötet. Das Fallbeil fiel und fiel – Marie wusste nicht mehr, wie oft. Sie erinnerte sich nicht mehr daran, wie sie den Revolutionsplatz verlassen hatten. Ihr Magen krampfte, sie bekam keine Luft mehr. Am schlimmsten aber war, dass sie sich nichts anmerken lassen durfte. Jedes Zeichen von Abscheu oder Trauer hätte sie selbst in tödliche Gefahr, selbst auf das Schafott gebracht. Und das wollte Marie, nachdem sie es einmal mit eigenen Augen gesehen hatte, um jeden Preis verhindern.

Ihre Erinnerung setzte erst wieder ein, als sie mit ihrem Onkel auf dem Madeleine-Friedhof auf dem eisigen Boden saß und er ihr eine Flasche mit einem scharfen Getränk an die Lippen hielt. Marie schluckte den Branntwein krampfhaft hinunter, bis er ihr die Flasche aus den zitternden Händen nahm und selbst einen Schluck trank. Marie blinzelte die Tränen aus den Augen. »Treffen Sie sich noch oft mit Sanson?« Ihr Onkel trank den letzten Tropfen aus der Flasche.

»Ab und zu. Er weiß, dass er mit mir offen reden kann«, antwortete er. Marie hatte schon so viel Leid, so viel Tod gesehen, sich aber noch nie Gedanken über das Sterben gemacht.

»Glauben Sie, der Kopf fühlt noch etwas, wenn er vom Körper getrennt ist? Sehen die Augen das Sägemehl auf dem Schafott, das das Blut aufsaugen soll? Hören die Ohren den Beifall der Menge? Fühlt der Kopf, wie ihn das Leben verlässt?«

Curtius spitzte nachdenklich die Lippen. »Sanson hat mir erzählt, dass der Kopf von Charlotte Corday nach der Hinrichtung von einem Gehilfen geohrfeigt wurde. Sanson hatte daraufhin das Gefühl, dass die halbgeöffneten Augen sich auf ihn richteten und sich ihr Gesicht vor Scham oder Wut rötete.

Das Merkwürdige ist, der Schlag hat nur die eine Wange getroffen, aber gerötet haben sich beide.« Dieser Bericht schien Curtius etwas abzulenken. Das Zittern seiner Hände ließ nach, auch seine Stimme wurde wieder fester. »Mancher behauptet sogar, dass solche Köpfe sprechen könnten, wenn noch genügend Luft in den Sprechorganen vorhanden wäre. Aber wenn du mich fragst – wenn man schon im Schlaf nichts mehr fühlt, wie soll man dann im Tode etwas fühlen? Nein, die Frau, die ich noch als Jeanne Bécu kannte, ist nicht mehr.«

Der Karren traf ein, Curtius suchte zwischen den kopflosen Leichen und abgeschlagenen Häuptern den Kopf der Gräfin Dubarry heraus. Wie damals bei Rousseau reichte Marie ihm die Utensilien für seine Arbeit. Danach gab er den Kopf den Wachen wieder, die ihn achtlos in ein bereits ausgehobenes Grab fallen ließen. Als sie den Friedhof verlassen wollten, trat ein Mann in ihren Weg. Dutruy. Sein breites Grinsen enthüllte schartige gelbe Zähne.

»Na, wollt ihr euch wie die Leichenfledderer an den Toten bereichern?«, fragte er hämisch. Curtius schob ihn schweigend zur Seite, Marie folgte ihm schnell. Dutruy rief ihnen hinterher: »Ob man im Konvent oder beim Revolutionstribunal wohl weiß, was ihr hier gemacht habt? Da könnte man doch mal eine Bemerkung fallen lassen …«

Marie war tief beunruhigt. Die Angst, angeschwärzt zu werden, verfolgte sie tagtäglich – doch auf einmal schien sie real geworden, war an sie herangekrochen wie eine Schlange. Und für die Gräfin Dubarry hatten sie tatsächlich keinen Auftrag des Konvents bekommen. Dutruy war ein Feind, den sie fürchten sollten. In einem aber sollte er sich irren. Wie die Köpfe des Königs und der Königin wurde auch das Haupt der Gräfin Dubarry niemals im Wachssalon ausgestellt.

Am nächsten Tag war Curtius so niedergeschlagen, wie Marie ihn noch nie erlebt hatte. Anna überredete ihn, seine Sachen zu packen und mit ihr nach Ivry zu reisen.

»Weißt du«, sagte sie zu Marie. »Ich habe meinen Glauben.

Das ist wenig genug in dieser Zeit, in der die Kirchen entweiht werden, indem man auf dem Altar das Fest der Liebe begeht, in der man Kirchenglocken einschmilzt, um Metall für den Krieg zu gewinnen, und in der man Eseln Sterbekappen aufsetzt, um die Kirche lächerlich zu machen. Curtius dagegen glaubt an nichts.«

»Er glaubt an die Revolution, an den Fortschritt«, entgegnete Marie.

»Die Revolution! Was ist das schon? Nur noch Blut, Schrecken und Gewalt. Nein, Curtius glaubt an nichts. Er hat nichts mehr. Nur mich, uns. Wir müssen uns um ihn kümmern.« Sie packte Maries Hand. »Du musst hier die Stellung halten. Du weißt, wie wichtig ihm der Wachssalon ist. Und ich werde mit ihm nach Ivry reisen und ihn auf andere Gedanken bringen.«

Marie war in den nächsten Wochen allein. Sie schickte auch Nanette weg, deren Gegenwart sie nicht ertrug.

KAPITEL 18

Einige Wochen später ging Marie zügig auf die Seine zu, sie lief beinahe, weil sie sonst Angst haben müsste festzufrieren. Auch konnte sie den Anblick der kranken Frauen und Kleinkinder nicht mehr ertragen, die im Schnee lagen und Passanten anbettelten. Seit einigen Tagen war es so kalt, dass fromme Frauen auf der Straße flüsterten, dass Gott die Nation damit wohl strafen wollte. Die Ränder des Flusses waren gefroren, auf der anderen Seite der Seine tauchte nun die Silhouette der Kathedrale Notre-Dame auf. Obwohl Marie an der Zeremonie teilgenommen hatte, mit der die Kirche im letzten November zum Tempel der Vernunft geweiht worden war, weigerte sie sich innerlich, diesen Namen zu verwenden. Die Zeremonie war eine Farce gewesen. Unter dem prachtvollen gotischen Gewölbe hatte man etwas aufgebaut, das wohl ein griechisch-römischer Tempel sein sollte. Am anderen Ende des Kirchenschiffes erhob sich ein mit Leinwand überzogener Pappmachéberg, vor dem die Freiheit im weißen Gewand auf und ab schritt. Die Frau trug die Freiheitsmütze auf dem Kopf und eine Pike in der Hand. Die Darstellerin war sehr schön, auch wenn sie, wie Marie fand, nicht gerade viel Sittsamkeit ausstrahlte.

Sonst machte Marie gerne einen Umweg, um die Kathedrale zu bewundern. Auch, wenn sie nicht sehr religiös war, hatte sie doch einen Sinn für die Schönheit des Bauwerkes. Doch diesmal ging sie den direkten Weg zur Conciergerie, denn die Revolution hatte auch auf den uralten Mauern der Kirchen ihre Narben hinterlassen. Nicht nur bei Notre-Dame hatten Kirchenhasser in den letzten Monaten die Heiligenfiguren aus den Mauern geschlagen. Fast der gesamte Skulpturenschmuck der Westfassade war vernichtet worden. Die Statuen der Königsgalerie oberhalb der drei Portale hatte man geköpft, weil man sie für Symbole des verhassten Königtums hielt. Marie hatte gehört, dass einige dieser Köpfe derzeit als öffentliches Pissoir herhalten mussten. Auch andere Kirchen mussten dran glauben. Sogar vor den Königsgräbern in Saint-Denis hatten die Schänder nicht Halt gemacht. Wenn sie Robespierre auch mehr denn je als gefährlich ansah, war sie doch froh darüber gewesen, als er Ende des Jahres dem kirchenschänderischen Treiben Einhalt geboten und sich für die freie Religionsausübung eingesetzt hatte. Doch die Trümmer, auch die Trümmer der steinernen Fürstenbilder, gab es noch, und sie hatte gelesen, dass David dem Konvent vorgeschlagen hatte, daraus an der Stelle des Denkmals von Heinrich IV. auf der Brücke Pont-Neuf die Riesengestalt des französischen Volkes zu bauen. Ein gigantischer Herkules, der die Franzosen symbolisierte, wie passend. Alles musste heutzutage monumental sein, darunter ging es wohl nicht mehr. Marie verzog den Mund zu einem bitteren Lächeln.

Sie hatte von dem Maler seit ihrem letzten Zusammentreffen nichts mehr gehört. Man munkelte jedoch, dass seine Frau sich von ihm scheiden lassen wollte. Wenn sie bedachte, was für einen Weg David gegangen war, wunderte Marie sich nicht darüber. Ein Maler zu sein, der den antiken Tugenden nacheiferte, war eines. Sich aber zum Kunst-Diktator aufzuschwingen, war etwas ganz anderes. Dennoch behielt Marie ihn im Auge und las alle Zeitungsartikel, die über ihn berichteten.

Marie näherte sich nun der Conciergerie. Schon jetzt graute ihr vor dem Gebäude, das aus einem wahren Labyrinth von finsteren Räumen, feuchten Innenhöfen und dunklen Treppen bestand, in das niemals ein Sonnenstrahl zu fallen schien. Das Gefängnis war hoffnungslos überfüllt. Wohl an die sechshundert Gefangene drängten sich in dem dunklen Gemäuer. Trotz der niedrigen Temperaturen stank es nach Krankheit und Unrat. Es wäre keine Überraschung, wenn irgendwann die Pest ausbrechen würde, dachte Marie. Trotzdem ging sie seit einigen Wochen regelmäßig in diese Hölle am Seineufer. Das Geschäft war so schlecht geworden, dass sie sich andere Möglichkeiten einfallen lassen musste, Geld zu verdienen. Marie ernährte sich nur noch von dünnen Zwiebel- oder Milchsuppen, Holz war so teuer geworden, dass man sogar die Balken der Guillotine gestohlen hatte. Am quälenden Mangel hatte auch das allgemeine Maximum, das auf Drängen der radikalen Enragés Höchstpreise für alle wichtigen Verbrauchsgüter, Dienstleistungen und Löhne festlegte, nichts geändert. Als sie vor einiger Zeit von einer alten Frau auf die schönen Perücken ihrer Wachsfiguren angesprochen wurde, kam ihr eine Idee. Sie könnte nebenbei Perücken herstellen und verkaufen. Aber woher könnte man die erforderlichen Haare bekommen? Wohl nur aus der Conciergerie, denn dort wurden den Todgeweihten die Haare abgeschnitten. Als Marie der alten Frau bei ihrem nächsten Besuch angeboten hatte, eine Perücke für sie herzustellen, war diese begeistert darauf eingegangen. Marie hasste diese Arbeit, aber bis der Salon wieder besser lief oder sich eine andere Möglichkeit fand, den Lebensunterhalt zu sichern, blieb ihr wohl gar nichts anderes übrig. Außerdem: wer wusste schon, wie lange sie überhaupt noch den Salon führen durfte? Vor knapp zwei Monaten hatte man alle Frauenclubs verboten und den Frauen das Recht abgesprochen, sich politisch oder militärisch zu engagieren. Die Frau solle sich fortan wieder auf Heim, Herd und Kinder beschränken, hatte es im Konvent geheißen. Frauen verfügen nicht über genügend moralische und physische Stärke für die Politik, die Natur habe sie für Aufgaben innerhalb der Familie geschaffen, hatte Jean Amar, ein Mitglied des Sicherheitsausschusses behauptet. Marie glaubte, dass die Männer insgeheim auch Angst vor dem angeblich schwachen Geschlecht hatten. Die Frauen hatten in den letzten Jahren begonnen, auf das gesellschaftliche Leben Einfluss zu nehmen. Sie hatten aus der Not heraus Berufe der Männer übernommen und sich darin erfolgreich behauptet. Marie wusste, dass auch deshalb so viele Frauen auf dem Schafott landeten.

Als sie die Conciergerie betrat, kam sie an zwei Männern vorbei. Einer von ihnen war Fouquier-Tinville, ein großer, kräftiger Mann mit rabenschwarzem Haar, dem man ein aufbrausendes Temperament nachsagte. Fouquier zählte gerade an den Fingern etwas ab und murmelte dabei »12, 18, 25, 30, na, lass mal drei Karren kommen«. Der andere Mann fragte ihn, wie er die Anzahl der Delinquenten wissen konnte, obwohl noch gar kein Urteil gesprochen sei. »Ich weiß schon, woran ich mich zu halten habe«, gab der öffentliche Ankläger zurück. »Meinst du, ich wüsste nicht, wie der Richterspruch ausfallen soll?!«

Marie begrüßte die Hausmeisterin Richard, die wusste, was sie von ihr wollte und sie dennoch warten ließ. Marie stellte sich in die Nähe einer Wand und versuchte sich unsichtbar zu machen. Sie war hier schon ein paar Mal Dutruy begegnet, der ihr stets, sobald sein Dienstherr Sanson ein paar Schritte entfernt war, anzügliche oder boshafte Bemerkungen ins Ohr flüsterte. Je länger der Besuch in der Conciergerie dauerte, umso mehr näherte sie sich einer Panik, die sie nur mühsam unterdrücken konnte. Sie wollte nicht hier sein, wollte Augen und Ohren vor dem Elend, das sie umgab, verschließen. Das gelang ihr jedoch immer weniger. Sie hatte in der Conciergerie gefangene Frauen gesehen, die im feinsten Kleid zum Gefangenenappell erschienen, sie hatte Aristokraten gesehen, die sich lachend eine Sterbeszene auf dem Schafott vorspielten, sie hatte einen Dichter gesehen, der seine Zeit nutzte, um ein letztes Werk zu beenden. Wie glücklich konnte Marie sich schätzen, dass sie die Conciergerie wieder verlassen durfte. Aber was für eine Hochachtung verdienten die Menschen, die sich so stolz, so unbekümmert ihrem Schicksal ergaben. Marie wusste nicht, ob sie die Kraft dazu haben würde. Madame Richard kam wieder, zog Marie in eine Kammer und hielt die Hand auf. Erst als sie ihren Lohn erhalten hatte, übergab sie Marie einen Beutel voller Haare. »Brauchst du noch irgendwas? Knöpfe, Kleidung, Wäsche? Haben wir alles hier, und täglich gibt's was Neues!« Die Hausmeisterin lachte meckernd. Marie verneinte. Sie wollte nur weg.

Als sie auf den Wachssalon zuging, erschrak Marie. Im Haus brannte Licht. War jemand eingebrochen? Durchsuchte man das Haus nach kompromittierenden Gegenständen? Nach Beweisen für ihre revolutionsfeindliche Gesinnung? Marie überlegte fieberhaft, in welchem Zustand sie den Wachssalon verlassen hatte. Alle Wachsköpfe von Berühmtheiten, die im Laufe der Revolution in Ungnade gefallen waren, hatte sie im Keller versteckt. Alle feinen Kleider waren eingemottet, genauso wie karierte Hosen und Kniehosen, die kürzlich als Zeichen der Revolutionsfeindlichkeit gebrandmarkt worden waren. Alle Figuren im Wachssalon trugen inzwischen eine Kokarde. Marie versteckte sich hinter einem Baum und starrte auf das Fenster, aus dem das Licht kam. Der Schatten bewegte sich hin und her, dann trat er näher und sah hinaus – es war ihr Onkel, es war Curtius.

»Sie haben mir einen schönen Schrecken eingejagt«, sagte sie, als sie ihn zur Begrüßung umarmte. Obwohl das Duzen nun allgemein vorgeschrieben war, konnte sie sich nicht durchringen, ihren Onkel mit seinem Vornamen anzureden. Was sollte sie auch sagen? Lieber Philippe? Sollte sie ihn Wilhelm Matthias nennen? Oder doch lieber die französische Variante Guillaume Mathé?

»Ich musste mal nach dem Rechten sehen«, antwortete er und drückte sie fest. »Bist ganz schön mager geworden. Gut, dass Anna vom Land so viel zu essen mitgebracht hat.« Marie ging in die Küche, wo ihre Mutter bereits am Herd stand. Die beiden sahen beinahe erholt aus, die Zeit in Ivry hatte ihnen gutgetan. »Ich mache mich jetzt auf den Weg, bin aber zum Essen zurück«, sagte Curtius, warf seinen Mantel über und setzte seinen kokardengeschmückten Hut auf.

»Kaum ist er da, geht er wieder«, wunderte sich Marie.

»Wir bleiben nur ein paar Tage. Es ist besser für deinen Onkel, wenn er so schnell wie möglich wieder hier wegkommt. Schon als er die Totenmaske des Herzogs von Orléans sah, verdüsterte sich sein Gesicht. Besser, er bekommt gar nicht mit, was hier geschieht«, meinte Anna. Der frühere Herzog und Hausherr des Palais Royal war durch den Verrat von Dumouriez gestürzt. Da nützte ihm auch der schöne Name Philippe Égalité nichts mehr. Das Volk verspottete ihn, den man früher als »König von Paris« gefeiert hatte, als »Philippe, der Geköpfte, der den Thron besteigt« – nur dass sein Thron nun das Schafott war.

»Was hat er denn vor?«, fragte Marie und schnupperte an dem Topf, aus dem es zum ersten Mal seit Monaten wieder appetitlich duftete. Sie holte sich einen Löffel und wollte gerade einen Bissen probieren, als ihr Anna zärtlich auf die Finger klopfte.

»Warte ab, du wirst es schon früh genug erfahren.«

Curtius wischte sich mit einem Tuch über den fettigen Mund. Marie strich unauffällig mit der Hand über ihren Magen, der zu schmerzen begann. Zu lange nichts Richtiges gegessen und dann gleich eine Bohnensuppe mit Speck, das war wohl zu viel des Guten gewesen. Während des Essens hatten sie über das

Wiederaufflammen der Parteienkämpfe gesprochen, in die vor allem Robespierre, Danton und Desmoulins verwickelt waren. Marie wartete nun ungeduldig darauf, dass ihr Onkel endlich von seinen Plänen berichten würde.

»Ich habe meine Verbindungen spielen lassen, um uns aus dieser Misere zu retten. Dominick Laurency, unser italienischer Schaustellerkollege, fühlt sich in Paris nicht mehr wohl. Die ewigen Verdächtigungen machen ihm zu schaffen. Er macht sich Sorgen über den Fortgang der Revolution und will deren Ausgang nun im Ausland abwarten.« Curtius zog seine Schnupftabaksdose aus der Tasche und ließ sie zwischen den Fingern kreisen. »Er plant eine Tournee nach Indien. Kalkutta und Madras sind seine ersten Anlaufstellen. Für die Herrschaften von der dortigen Ostindischen Kompanie dürfte Curtius' Wachsfigurenkabinett genauso von Interesse sein wie für die Dänen, die dort Läden unterhalten.« Marie war erstaunt. Damit hatte sie nun wirklich nicht gerechnet.

»Wie viele Figuren wollen Sie denn verschicken? Werden Sie den Salon auf dem Boulevard schließen?« Und was wird dann mit mir, hätte sie beinahe hinzugefügt.

»Nein, natürlich nicht. Wir werden zwanzig Figuren verpacken. Ludwig XVI. und seine Familie natürlich, aber auch Voltaire, Rousseau und die wichtigen Abgeordneten. Den Ausländern, die in Indien leben, dürfte der Verlauf der Revolution unbekannt sein. Schließlich braucht ein Schiff von Europa aus sechs Monate, bis es dort ankommt. Für die ist also die Hinrichtung des Königs und der Königin noch eine echte Neuigkeit.« Er nahm eine Prise Schnupftabak und reichte Marie die Dose. Auch sie bediente sich, in der Hoffnung, dass der Tabak ihre Magenschmerzen dämpfen würde.

»Wir verdienen Geld und sind die Figuren los, die uns kompromittieren könnten«, überlegte sie. »Und wenn den Figuren etwas passiert, bleiben uns immer noch die Gussformen.« Marie freundete sich allmählich mit der Idee an. Wenn jemand ihr Haus durchsuchte und im Keller das prächtige Kleid von Mademoiselle Bertin fände, das sie für die Figur der Königin hatten anfertigen lassen, könnte das leicht gegen sie verwendet werden.

»Alles muss natürlich ganz geheim geschehen. Sonst heißt es nachher noch, wir verhandeln mit dem Ausland«, meinte Curtius. Marie nickte. »Ich habe auch an eines der Modelle der Bastille gedacht. Außerdem natürlich an die Totenmaske von Foulon. Viele erinnern sich, dass er 1789 gesagt hat, wenn das Volk hungert, soll es doch Heu fressen.« Der Pöbel hatte Joseph-François Foulon, der Necker als Finanzminister nachfolgen sollte, aufgehängt, den Kopf vom Leib getrennt, ihm Gras in den Mund gesteckt und das derart geschändete Haupt auf einer Pike durch die Stadt getragen. Die Büste von Foulon war eine der blutigsten Wachsbüsten, die je im Salon gestanden hatten. Der abgeschnittene Kopf sah aus, als würde das Blut noch immer fließen. Marie hatte nichts dagegen, sie los zu sein. Blut konnte man täglich auf der Straße mehr als genug sehen. Aber vermutlich würde ihr Onkel darauf bestehen, dass sie gleich einen neuen Abguss der Maske für die eigene Ausstellung anfertigte.

Curtius blieb gerade lange genug, um alles für die Tournee in die Wege zu leiten. Danach reisten er und ihre Mutter zurück nach Ivry. Marie musste die Stellung in Paris halten, allein. Noch nie in ihrem Leben hatte sie sich so einsam gefühlt.

Die Arbeit hielt sie vom Grübeln ab. Der Terror ging weiter. Es gab nur noch einen, der Robespierre etwas entgegensetzen konnte – Danton. Aber auch Danton manövrierte sich ins Abseits. Er und die anderen Gemäßigten protestierten gegen das, was sie die Tyrannei des Wohlfahrtsausschusses nannten. Marie hatte sich schon lange gefragt, wie wohl der asketische, jungfräulich wirkende Robespierre und der Lebemann Danton miteinander auskamen. Die Ereignisse bewiesen, dass die beiden gar nichts gemeinsam hatten. Robespierre nannte seinen früheren Kampfgefährten im Konvent einen Feind des Vaterlandes und besiegelte damit Dantons Schicksal. Er wurde hingerichtet, mit ihm fünfzehn politische Weggefährten, darunter auch Camille

Desmoulins, der noch auf dem Schinderkarren seine Verdienste herausgeschrien haben soll: »Erkennt ihr mich denn nicht? Meine Stimme hat die Mauern der Bastille zum Einsturz gebracht! Ich bin der erste Apostel der Freiheit.« Genützt hatte es ihm nichts. Danton wütete wie ein Berserker. Marie hatte auf dem Friedhof an der Zollschranke von Mousseaux, als sie die Totenmasken abnahm, von den Wächtern gehört, wie sich Danton gebärdet hatte. So hatte er, als er Jacques-Louis David entdeckte, der vor einem Café auf einer Fensterbank saß und die Verurteilten zeichnete, »Da bist du ja, Lakai, sag deinem Herrn, wie die Soldaten der Freiheit sterben!« gegrölt. Angesichts des Schafotts bewies Danton jedoch große Kaltblütigkeit, das mussten selbst seine Feinde anerkennen. »Vergiss nur nicht, meinen Kopf dem Volk zu zeigen, solche Köpfe bekommt es nicht alle Tage zu sehen«, hatte er den Henker angewiesen. Dieser Satz erwies sich auch für den Wachssalon als prophetisch. Endlich standen die Menschen wieder Schlange, um Dantons Haupt zu betrachten. Eine andere Totenmaske fertigte Marie jedoch nie an, obwohl ihr viel mehr daran gelegen war. Am 21. Floréal, dem 10. Mai der alten Zeitrechnung, wurde Madame Élisabeth zum Tode verurteilt.

Marie saß in ihrem Zimmer und starrte auf einen Riss in der Wand, den sie mit mehreren Scheinen des wertlosen Papiergeldes gestopft hatte. Den ganzen Tag schon hatte sie sich nicht im Wachssalon sehen lassen. Wenn es nach ihr ginge, würde sie heute ihr Zimmer nicht mehr verlassen. Zum ersten Mal bedauerte sie es, dass sie keinen Trost in der Religion fand. So musste sie versuchen, Trost in der Erinnerung zu finden. Doch die Gedanken an die sanftmütige Schwester des Königs wühlten sie nur noch mehr auf. Ein leises Klopfen riss sie aus ihrer Schwermut. Ihr Onkel öffnete die Tür. Curtius und Anna waren nach Paris geeilt, sobald sie von dem Prozess gegen Madame Élisabeth gehört hatten. Marie war ihnen dankbar, sie wollte nicht mit irgendwelchen Besuchern über die Prinzessin oder den Prozess plaudern müssen.

»Marie, wir haben einen Besucher, der dich sicher interessieren wird«, sagte er. Marie schüttelte stumm den Kopf. Erst als Curtius auf ihre Anwesenheit bestand, folgte sie ihm.

Am leer gefegten Kamin saß ein großer Mann, dessen Schultern gebeugt nach vorne hingen. Als sie den Scharfrichter Charles-Henri Sanson erkannte, wäre sie beinahe zurückgeschreckt. Dieser Mann hat das Blut der Königsfamilie an den Händen, dachte sie. Dabei wusste sie genau, dass es Unsinn war. Sanson hielt bei den Hinrichtungen Abstand, er gab nur das Zeichen, das das Fallbeil herabsausen ließ. Für sein würdiges und gewissenhaftes Vorgehen war er schon öffentlich gelobt worden, auch dafür, dass er seinen traurigen Beruf ohne Häme und Beleidigung der Opfer ausübte. Abgesehen davon, war er seit 1789 ein Bürger wie jeder andere. Damals hatte die Nationalversammlung beschlossen, die mittelalterliche Sitte, den Scharfrichter den unehrlichen Leuten zuzurechnen, abzuschaffen. Marie begrüßte den Henker und setzte sich zu den beiden Männern, die sich eine Zeitlang über Belanglosigkeiten unterhielten. Dann begann Sanson, leise und stockend, vom Prozess gegen die Prinzessin zu erzählen.

»Mit ihrem verschleierten Blick, der ständig den Himmel zu suchen schien, und mit einem Lächeln, das sogar noch sanft blieb, als Fouquier sie beschuldigte, an allen Komplotten ihrer Familie teilgenommen zu haben, und die schlimmsten Beleidigungen gegen sie ausstieß, wirkte sie wie eine Heilige aus dem Paradies«, begann Sanson. »Sie antwortete sehr ruhig und aufmerksam auf alle Fragen. Obwohl es keine Beweise gegen sie gab, wurde sie für schuldig erklärt.« Während Sanson berichtete, beobachtete sie ihn genau. Er wirkte leidend, krank. Er war blass, seine Gestik unruhig. Wie alt mochte er sein? Marie vermutete, zwischen fünfzig und sechzig, genauer ließ es sich durch sein schlechtes Aussehen nicht schätzen. Was dieser Beruf einem Menschen antat! Aber hatte er eine Wahl gehabt?

»Ich habe Madame Élisabeth wenig später in der Frauenabteilung wiedergesehen. Sie saß schon auf dem Stuhl, die aufgelösten Haare hingen ihr auf den Rücken hinunter. Sie las in ihrem Buch, betete und schlug sich an die Brust, obwohl sie nach einem so heiligen Leben und im Angesicht eines so unverdienten Todes wahrscheinlich keinen Anlass hatte, an Gottes Barmherzigkeit zu zweifeln.« Anna brachte Sanson ein Glas Wein, das er dankend ablehnte. Curtius griff hingegen gerne zu. »Alle Verurteilten verneigten sich, als sie sie erkannten. Der frühere Bischof Loménie erteilte ihr die Absolution. Das muss ein großer Trost für die arme Frau gewesen sein. Um vier Uhr verließen wir die Conciergerie. Noch auf dem Schafott drückte ihr Gesicht nichts als die Liebe zu Gott aus. Leider riss Dutruy ihr dort oben das Halstuch von den Schultern. ›O Monsieur, haben Sie Mitleid!‹, rief sie mich an. Das waren ihre letzten Worte. Ich habe sie wieder bedeckt. Dann fiel schon ihr Kopf.« Er räusperte sich, rieb sich mit den Fingern über die Augen und griff nun doch nach dem Glas, das Anna ihm hingestellt hatte. »Um elf Uhr abends haben wir sie mit den anderen Verurteilten im Park von Mousseaux begraben«, fügte er mit rauer Stimme hinzu. »Man warf viel Kalk auf ihren Leichnam, wie man es auch beim König und der Königin gemacht hatte.«

Schweigend saßen sie noch eine Weile zusammen. Marie war dankbar dafür, dass Sanson seine letzten Erlebnisse mit Madame Élisabeth mit ihnen geteilt hatte. Sie wusste nicht, ob er sich daran erinnerte, dass Marie früher einmal ihre Lehrerin in der Wachskunst gewesen war oder ob Curtius ihn um diesen Besuch gebeten hatte. Als Sanson ging, sagte er einen Satz, der Marie lange zu denken gab. »Ich frage mich manchmal, ob die Guillotine noch lange stünde, wenn alle so schreien und um sich schlagen würden wie Madame Dubarry.«

Die Kinder trieben sich schon seit einiger Zeit vor der Tür des Wachssalons herum, immer wieder liefen sie zur Tür, warfen einen Blick hinein, kicherten. Marie taten sie leid, abgerissen und mager, wie sie waren. Als gerade kein Besucher im Salon war, winkte sie die Kinder heran. Neugierig kamen die Jungen und Mädchen näher. Marie fragte sie, ob sie mal einen

Blick hineinwerfen wollten. Als ein Junge herumdruckste und meinte, sie hätten aber kein Geld für den Eintritt, erklärte Marie, sie würde diesmal eine Ausnahme machen, wenn sie sich zu benehmen wüssten. Folgsam und ruhig liefen die Kinder ihr hinterher. Marie zeigte ihnen Figuren und gab ihnen Erklärungen. Besonders lange blieben sie bei dem Modell der Bastille, der Figur von Rousseau und natürlich bei der von Robespierre stehen. Im Laufe der Zeit war es Marie immer wichtiger geworden, dass die Besucher auch eine historische oder moralische Lektion aus der Ausstellung mitnahmen. Man müsste neben den kurzen Erklärungstafeln ein richtiges Heft anbieten, in dem die Besucher Informationen über die Figuren und ihre Zeit finden würden, dachte Marie. So könnte die Ausstellung noch nachwirken, wenn sie schon zu Hause waren. Im Moment war für eine solche Neuerung kein Geld übrig, aber Marie nahm sich vor, einen Katalog bei einem Drucker in Auftrag zu geben, sobald sie wieder besser bei Kasse waren.

Sie ließ den Kindern Zeit, sich im Wachssalon umzusehen. Erst als sie sich der abgetrennten »Höhle der großen Räuber«, in der Verbrechen und Tod regierten, näherten, rief Marie sie zurück. Auch wenn es auf den Straßen blutig zuging und die Menschen mehr und mehr zu verrohen schienen, wollte sie die Kinder von dem düsteren Ausstellungsraum fernhalten. Aber wer war denn das? Vor den Totenmasken der Hingerichteten stand eine Frau, die keinen Eintritt bezahlt hatte. Marie würde sich gleich um sie kümmern, aber zunächst schickte sie die Kinder hinaus, die sich artig bedankten. Vielleicht hatten sie ja etwas gelernt, zumindest aber würden diese Jungen und Mädchen ihren Eltern von dem kostenlosen Besuch berichten, was nicht schaden konnte.

Marie trat hinter die Kordel in die »Höhle der großen Räuber«. Die Frau sah aus wie eine typische Sansculottin. Wenn sie kein Geld für den Eintritt hatte, hätte man eine Ausnahme machen können. Aber sich einfach hineinzuschleichen! Marie räusperte sich. Die Frau reagierte nicht.

»Guten Tag, Bürgerin, kann ich Ihnen weiterhelfen?«

Die Frau drehte sich um. Ein breites Grinsen überzog ihr Gesicht.

»*Dir* weiterhelfen heißt das heute, *dir* weiterhelfen«, sagte sie. »Das solltest du doch wissen, Marie.« Es war Laure, ihre frühere Freundin. Ihr Besuch konnte nichts Gutes bedeuten. Marie überlegte fieberhaft, wie sie reagieren sollte. Sie rausschmeißen? Zu gefährlich. Sie rausbitten? Kaum erfolgversprechend.

»Ich wollte nur mal sehen, ob diese Ausstellung die Moral eines wahren Patrioten schädigt«, antwortete Laure frech. »Wo hast du denn die Figuren von Louis Capet und seiner Hure Antoinette versteckt? Und wo ist die Büste der heuchlerischen Élisabeth? Du hast doch deiner früheren Dienstherrin bestimmt ein Denkmal gesetzt«, sagte sie bissig. »Oder meinst du, man erinnert sich nicht mehr daran, dass die kleine Marie damals in Versailles am Hof war? War da nicht auch mal was mit Curtius und Custine?« Sie leckte sich die Lippen. »Man könnte es sicher in Erinnerung rufen.«

»Was willst du?«

Laure lavierte eine Weile herum. »Wie wäre es mit einer kleinen Spende für die Witwen und Waisen?«, sagte sie dann. Ach, darum ging es, um Geld.

»Da hast du Pech. Ich habe nichts. Die Geschäfte laufen schlecht. Das siehst du doch. Hier ist nichts los.« Das Lächeln schwand.

»Du lügst. Mit deinen Totenmasken wird schon genug Geld reinkommen.« Laures Augen flackerten.

»Curtius hat alles, was übrig ist, bereits gespendet«, sagte Marie. »Außerdem, dein Mann müsste doch genug verdienen, der arbeitet ja so hart.« Er muss schließlich die vielen unschuldigen Menschen verspotten, die auf dem Schafott ihr Leben lassen, fügte sie in Gedanken hinzu.

»Machst du dich über ihn lustig? Nimm dich lieber in Acht«, zischte Laure. »Wie man hört, gab es ein Attentat auf Robespierre. Ihr seid euren guten Draht zum Konvent los. Wir haben endgültig das Sagen. Und Leuten wie euch stopft man das große Maul.« Laure trat an Marie heran. Sie roch nach Wein. »Wart's nur ab. Nächstes Mal komme ich nicht alleine. Und Wachs brennt doch so schön.«

Als sie gegangen war, musste Marie sich hinsetzen. Was hatte sie Laure bloß getan? Womit auch immer Laure bislang ihr Geld verdient hatte – ob als Bettlerin oder Dirne –, das Tugendregime um Robespierre setzte seit einiger Zeit Leuten wie Laure besonders zu. Die Prostitution war unter Androhung der Verbannung verboten worden, Bettler wurden der Stadt verwiesen. Und was hatte Laure damit gemeint, es habe ein Attentat auf Robespierre gegeben? Marie musste sich umhören, dringend. Eigentlich müsste sie warten, bis sie den Laden schließen konnte. Aber dies war ein Notfall. Sie schloss die Tür und hängte ein Schild auf, dass der Wachssalon nachmittags wieder öffnen würde.

»Was ist hier los? Kann ich dich denn nicht alleine lassen? Kümmerst du dich so nachlässig um mein mühevoll aufgebautes Geschäft?« Curtius war außer sich. Sein Atem ging schnell, seine schlaffen Wangen waren durch die Aufregung rot gefleckt. »Wie kannst du den Laden einfach schließen? Und das am helllichten Tag?« Kaum dass Marie den Wachssalon wieder betreten hatte, war er bereits auf sie eingestürmt. Langsam reichte es ihr. Nach Monaten der Unsicherheit und des Hungers lagen auch ihre Nerven blank.

»Wenn Sie mich ausreden ließen, könnte ich Ihnen sagen, was geschehen ist«, gab Marie zurück.

»Das weiß ich doch längst! Ich gehe gleich bei Robespierre vorbei, nach dem Rechten sehen.« Marie blickte erstaunt zu ihrer Mutter, doch die hob nur die Augenbrauen. Das sollte wohl heißen »Du weißt doch, wie er ist«, vermutete Marie. Trotzdem ärgerte sie sich über das Verhalten ihres Onkels. Er an ihrer Stelle wäre sofort losgelaufen. Manchmal fand sie ihn so undankbar, dass sie am liebsten alles hinschmeißen würde.

»Wenn Sie hier gewesen wären, wie es Ihre Pflicht ist, hätte ich nicht schließen müssen. Es ist doch Ihr Laden!«, entfuhr es ihr jetzt. Ihr Onkel wurde noch blasser, als er es ohnehin schon war.

»Du solltest mir dankbar sein. Wo wärst du denn ohne mich? Ich habe dir alles ermöglicht.« Beide standen sich jetzt gegenüber wie zwei Streithähne. Anna versuchte umsonst, sie zu besänftigen.

»Ich habe dem Salon alles untergeordnet! Und jetzt werde ich noch dafür bedroht«, schimpfte Marie.

»Niemand hat dich dazu gezwungen. Du wolltest es doch so. Aber bitte, wir können auch andere Saiten aufziehen!«, brüllte er und rannte aus dem Salon.

Als Marie am nächsten Morgen die Küche betrat, herrschte eisige Stille. Nur das Knistern des Herdfeuers war zu hören. Anna stellte einen Teller auf den Tisch, an dem Curtius saß, und machte Marie ein Zeichen, dass sie sich zu ihm setzen sollte. Curtius sah nicht auf. Maries Wut war verflogen, ihr tat es leid, dass sie sich mit ihrem Onkel gestritten hatte.

»Robespierre geht es gut. Man konnte das Schlimmste verhindern, oder Philippe?«, sagte Anna nach einer Weile des Schweigens. »David war auch da. Er hat mit deinem Onkel über das bevorstehende Fest gesprochen. Willst du es Marie nicht erzählen?« Schweigen. Marie fühlte sich wieder genauso ungerecht behandelt wie am Tag zuvor.

»Er braucht sich nicht zu bemühen. Der Plan für das Fest stand schon in der Zeitung.«

Curtius sah Anna jetzt an.

»Siehst du. Wenn sie schon alles weiß«, brummelte er eingeschnappt. Er war ein alter Mann, dickköpfig und eigensinnig, fand Marie. Aber er war nun mal der einzige Onkel, den sie hatte.

»Es ist interessanter, wenn Sie es erzählen, als es in der Zeitung nachzulesen, lieber Onkel. Außerdem sind Sie sicher, wie immer, auf dem neuesten Stand. Auch, was das Attentat auf Robespierre angeht«, sagte sie versöhnlich.

»Wenn das so ist, nun ja«, begann er, anscheinend dankbar

für ihren Brückenschlag. »Es war ein Mädchen, Cécile Renault, zwanzig Jahre alt. Sie hatte darauf bestanden, zu Maximilien vorgelassen zu werden. Als man sie durchsuchte, fand man Pistolen und einen Dolch«, erzählte er. »Erst neulich hat er gesagt, er lege auf sein flüchtiges Leben keinen Wert mehr, außer aus Vaterlandsliebe und Durst nach Gerechtigkeit. Dabei ist seine Arbeit noch nicht beendet, die Republik noch nicht gesichert«, fuhr Curtius nachdenklich fort. »Aber Anna sagte, auch der Salon wird bedroht? Was ist geschehen?«

Marie hatte Anna gestern noch von Laures Besuch und ihrer Drohung erzählt. Marie berichtete nun auch ihrem Onkel, was passiert war.

»Da müssen wir uns was überlegen«, murmelte Curtius.

»Wie wird der Konvent auf die Attentate reagieren? Milde ist wohl jetzt nicht mehr zu erwarten, oder?«

»Wir können froh sein, wenn es nicht noch schlimmer wird. Alles deutet darauf hin, dass sich zahlreiche Regimegegner verschworen haben, um die wichtigsten Mitglieder des Konvents zu ermorden. Viele von ihnen verlassen nur noch bewaffnet oder unter Bewachung das Haus«, meinte Curtius nachdenklich. »Aber vor dem Fest des Höchsten Wesens wird sowieso nichts passieren. Die Vorbereitungen laufen auf Hochtouren. David hat sein kleines Heer in Gang gesetzt: Kostümbildner, Tischler, Maler, andere Handwerker und Künstler arbeiten daran, seine Vision umzusetzen. Und wie glorreich diese Vision ist!«

»Wie wollen wir das Fest im Wachssalon aufnehmen? Noch eine Figur von Robespierre, dem Hohepriester dieses neuen Kultes, können wir wohl kaum aufstellen«, gab Marie zu bedenken.

»Wir könnten endlich mal wieder eine Büste seines Zeremonienmeisters, von David anfertigen«, schlug Curtius vor. Als Marie nicht gleich begeistert reagierte, sagte er nur: »Aber wir können auch einfach das Fest abwarten und dann entscheiden.« Diesem Vorschlag stimmte Marie erleichtert zu.

Als ob das Höchste Wesen auch hier seinen Einfluss geltend machte, war das Wetter am Festtag von unvergleichlicher Schönheit. Curtius schloss den Wachssalon und ging mit Marie und Anna zu den Tuilerien, in deren Garten das Fest beginnen sollte. Die Häuser waren mit Trikoloren geschmückt, viele Mädchen trugen Blumen im Haar. Ganz Paris schien auf den Beinen zu sein. Um Diebe brauche man sich keine Sorgen zu machen, hatte David während der Vorbereitungen verlauten lassen, denn die Häuser blieben unter dem Schutz der Gesetze und der republikanischen Tugenden. Na, hoffentlich haben die Diebe das auch gelesen, hatte Marie gespottet. Sie war nicht wild darauf gewesen, an diesem Fest teilzunehmen, aber es war Bürgerpflicht.

»Keiner scheint daran zu denken, dass jeden Tag etliche auf dem Schafott ihr Leben lassen müssen«, flüsterte Marie. Curtius sah sie strafend an. Solche Gedanken waren unerwünscht. Zumal man auf der Straße immer wieder das Wort Amnestie hörte, denn die Guillotine war abgebaut und ins Depot gebracht worden.

In den Tuilerien erschienen die Volksvertreter, umringt von Kindern und Jugendlichen. Als Präsident des Konvents führte Maximilien Robespierre die Prozession an. Marie sah sein Gesicht zum ersten Mal vor Freude strahlen. Als einziger Teilnehmer trug er einen blauen Anzug, eine Schärpe in den Farben der Trikolore und zwei Sträuße von Blumen und Ähren. Die anderen Abgeordneten trugen blaue Mäntel. War dies das neue Nationalkostüm, das David entworfen hatte? Aber wo waren dann die Schärpen mit den aufgestickten Worten »Freiheit, Gleichheit, Brüderlichkeit«?

In einiger Entfernung sahen sie Jacques-Louis David vorübergehen, die Kokarde am Hut, an jeder Hand einen seiner kleinen Söhne. Obgleich Marie glaubte, dass ihre Gefühle zu David spätestens seit dem letzten Herbst endgültig abgestorben waren, fühlte sie einen Stich im Herzen. Würde sie je Kinder haben? Vielleicht ist es meine eigene Einsamkeit, die mir diesen Stich versetzt, dachte sie.

»Ich bewundere diesen Mann! Sein Fest zur offiziellen Annahme der Verfassung im letzten August ist so gut angekommen, dass die Opéra die von ihm entworfenen fünf Stationen
in einem Theaterstück nachspielen lässt. Mit seinem Fest zu
Ehren unserer Kriegshelden war man so zufrieden, dass er den
Vorsitz des Konvents übernehmen durfte. All das hatte ich in
Ivry gar nicht mitbekommen«, sagte Curtius bedauernd. »Na
ja, er scheint auch viel Zeit zu haben, jetzt wo seine Ehe in die
Brüche gegangen und seine Scheidung vollzogen ist«, fügte er
hinzu.

»Ach, deshalb hat er die Muße, Kostüme, Opernvorhänge
und sogar Karikaturen zu entwerfen«, rutschte es ihr heraus.
Curtius sah sie durchdringend an.

»Ich bin hier wohl nicht der Einzige, der gut informiert ist.
Stimmt, er hatte die Zeichnung für die Bühnenarbeit neulich
dabei. *Der Triumph des französischen Volkes* heißt das Werk.
Hübsch. Für Karikaturen hat er leider kein Händchen. Wenn
du mich fragst, er ist ein genialer Künstler, aber ohne einen
Funken Humor. Anders ist es bei den Festen: Kein anderer
kann wie er Gedichte, Bilder und Musik zu einem Gesamt-
werk vereinen.«

Gerade waren die letzten Töne der Musik verklungen, als
Robespierre das Fest des Höchsten Wesens eröffnete: »Repu-
blikanische Franzosen! Endlich ist er da, der auf immer glücklichste Tag, den das französische Volk dem Höchsten Wesen
weiht«, begann er. Er nahm eine Fackel und setzte eine den
Atheismus darstellende Figurengruppe aus Pappe in Brand, die
im Verbrennen das Bildnis der Weisheit enthüllte.

Das Fest schloss mit einer Hymne an die Gottheit und einer
Symphonie. Darauf folgte noch ein Gesang, in den alle einfielen. »Die Menge ist gerührt«, hatte Davids Plan an dieser
Stelle verfügt, erinnerte sich Marie. Überrascht musste sie
zugeben, dass dieser Plan aufgegangen war. Tatsächlich wirkten die Menschen ergriffen. Selbst Anna, die den Wegfall der
christlichen Feste beklagte und den Kult des Höchsten Wesens
ketzerisch nannte, musste zugeben, dass das Fest sehr gelun-

gen war. Auch Marie war von diesem Aufwand, von der Musik und den vielen Eindrücken bewegt. Für einen Tag schienen alle Kämpfe beigelegt, alle Konflikte ruhten. So könnte die ideale Republik aussehen, dachte Marie.

Doch schon am nächsten Tag wurde die Guillotine wieder aufgestellt. Zwei Tage später wurde ein Gesetz erlassen, das den großen Terror einleitete. Jeder, den ein Denunziant beschuldigte, ein Feind des Volkes zu sein, konnte vor das Revolutionstribunal bestellt werden. Es gab keine Zeugen mehr, keine Verteidiger. Nur noch zwei Urteile konnte das Gericht fällen: Freispruch oder Tod. In den nächsten Monaten wurden mehr Männer, Frauen und Kinder hingerichtet als im ganzen Jahr zuvor.

Reisigfeuer brannten trotz des hellen Sommertages. Ab und an warf jemand Thymian, Salbei und Wacholderholz hinein, um den Gestank zu ersticken, der bereits in einiger Entfernung des kleinen Friedhofes von Picpus die Luft verpestete. Marie starrte auf den Totenacker, wo sich eine riesige Grube auftat. Wenn die Spötter recht hatten, die sagten, die Guillotine habe Hunger, war dies ihr gefräßiges Maul. In der Grube lagen Leichen, kopflos, dazwischen die Häupter. Das Blut floss in Strömen. Rot war die Farbe des Tages. Während sich das Glück auf dem Schlachtfeld endgültig auf die Seite der Franzosen geschlagen zu haben schien, ging der Aderlass in Paris weiter. Dreißig Menschen pro Tag ließen ihr Leben auf der Guillotine. Marie musste an eine Karikatur denken, die gerade die Runde machte. Darauf war der Henker abgebildet, wie er sich selbst guillotinierte, umgeben von einer Landschaft aus Körpern und abgetrennten Köpfen. Die Menschen jubelten längst nicht mehr, wenn die Köpfe rollten. Sie hatten das Morden satt. Immer öfter protestierten die Anwohner gegen Hinrichtungen in ihrer Nähe. Deshalb wechselte die Guillotine jetzt öfter ihren Standort.

Marie dachte an die Vorsichtsmaßnahmen, die Curtius und sie getroffen hatten, damit der Wachssalon keine Angriffsfläche bot. Curtius hatte an allen moralisch zwielichtigen Figuren Zettel mit Texten angebracht, die sie als Verräter oder Verschwörer auswiesen. Man konnte ihnen also nicht vorwerfen, dass sie sie verherrlichten oder zu Märtyrern machen wollten. Doch Curtius war erneut zu einer politischen Mission ins Rheinland aufgebrochen, und sie war wieder allein für den Wachssalon verantwortlich. Würde sie auch bei den Totenmasken, die sie heute mit nach Hause bringen würde, Zettel anbringen müssen? Denn dies war der Tag der »großen roten Messe«. Der Prozess gegen die »Mörderin Robespierres«, wie man sie auf der Straße nannte, war zu Ende gegangen. Dass diese Bezeichnung unrichtig war, interessierte niemanden. Erwartungsgemäß hatte das Urteil für die vermeintliche Attentäterin Cécile Renault »Tod« gelautet. Erschreckend war nur die Größe des Gefolges, das man ihr beigegeben hatte. Dabei hatten die Verhöre ergeben, dass Renaults Attentatsversuch die Tat einer Einzelnen war. Doch nach Recht und Unrecht fragte beim Revolutionstribunal niemand mehr.

Wieder einmal hatte Marie den Auftrag erhalten, die Totenmaske der prominenten Geköpften anzufertigen. Aber sie wusste, dass die Besucher zwei weitere Köpfe ebenso interessieren würden; die schlechten Besucherzahlen vor Augen, wollte sie kurzerhand diese beiden Masken auch noch abnehmen. Es ging um Mutter und Tochter Saint-Amaranthe, die im Palais Egalité einen Spielsalon führten. Nun hatte man die Halbweltdamen angeklagt, in eine Verschwörung des Auslands und in Devisenschiebereien verwickelt zu sein. In Wahrheit waren sie jedoch in Ungnade gefallen, weil sie die Avancen von Robespierre und Saint-Just abgewiesen hatten, munkelte man.

Nach und nach ruckelten jetzt die Leichenkarren den Weg zum Friedhof hinauf. Niemals wurde nur ein einzelner Verurteilter hingerichtet. Sie sah, dass alle Leichen die roten Hemden der Verräter und Vatermörder trugen. Einer der »Aasgeier«, ein Gehilfe der Kommune, der die Leichen in die Grube warf, half Marie, die Köpfe zu finden. Während die Toten ausgezogen wurden und die Gehilfen notierten, was sie bei sich trugen, machte sich Marie an die Arbeit. Gerade legte sie die letzte Totenmaske in den Korb, als ihr jemand die Hand auf den Hintern legte. Sie schnellte hoch wie eine Feder. Es war Dutruy. Es war üblich, dass einer der Henkershelfer bei der Übergabe der Leichen dabei war. Doch noch nie hatte sie Dutruy bei dieser Gelegenheit gesehen.

»Ich wusste doch, dass du hier sein würdest. Du bist nicht so schwach wie er, der saubere Sanson«, sagte Dutruy und nahm den abgetrennten Kopf in die Hand. Er wog ihn in der Hand, warf ihn hoch und fing ihn auf. Marie hätte ihm das Haupt am liebsten aus der Hand gerissen, so sehr quälte sie dieses widerliche Verhalten. »Sanson hat nach der Neunten aufgegeben. Ist weich geworden. Hat einfach das Schafott verlassen. Ist runtergestiegen und gegangen. Ohne sich umzudrehen. Dabei wird er für diese Arbeit doch reichlich entlohnt. Für die ›rote Messe‹ soll er sogar einen Bonus kriegen. Dafür kann man doch was aushalten, findest du nicht?« Dutruy drehte den Kopf jetzt so, dass er das Gesicht sehen konnte. Dann warf er ihn Marie zu. Marie fing ihn angeekelt auf, mochte ihn aber auch nicht fallen lassen. Behutsam legte sie ihn auf den Boden. »Da machst du's besser. Du bist nicht so leicht kleinzukriegen. Diese Hübsche wird dir ordentliches Geld einbringen. Darauf kannst du mir schon mal einen Vorschuss geben.« Sie wischte sich den Gips von den Händen und sah ihn fest an.

»Ich habe nichts. Bei dem Schauspiel, das ihr ganz umsonst anbietet, kommt keiner mehr in unseren Wachssalon.«

Seine Hand schloss sich um ihren Hals. Marie rang nach Luft. »Du lügst. Laure hat mir erzählt, dass es euch gut geht, zu gut.« Er zerrte an ihrem Rock. »Oder willst du mich etwa anders bezahlen? Bist zwar schon etwas alt, aber besser als nichts.«

Marie wollte schreien, aber nur ein Röcheln kam aus ihrer zusammengepressten Kehle. Die »Aasgeier« waren damit beschäftigt, die Leichen mit Kalk zu bestreuen. Sie wand sich, doch seine andere Hand presste ihre Hüfte an seine. Verzweifelt tasteten ihre Finger nach ihrem Werkzeug. Da war etwas.

Die Tonschüssel, in der sie Wasser geholt hatte. Doch sie war groß, zu groß. Schon spürte sie seine rauen Hände auf ihrer Haut. Die Angst schien ihr ungeahnte Kräfte zu verleihen. Mit einem Ruck riss sie die Schale hoch und schlug sie ihm an den Kopf. Das Wasser tropfte von seinem Gesicht. Sie bückte sich und schleuderte ihm eine Handvoll Gips in die Augen. Dutruy heulte auf. Endlich wurden die Wachen aufmerksam und kamen angelaufen. Marie raffte ihre Sachen zusammen und rannte los.

KAPITEL 19

*M*arie starrte aus dem Fenster der Kutsche. Ihre Augen waren weit geöffnet, als ob sie ein Gemälde in allen Einzelheiten in sich aufnehmen wollte. Doch Marie nahm nichts wahr. Nicht die Sommersonne hinter den Bäumen. Nicht die Kinder, die im Staub spielten. Nicht die Menschen, die mit abweisenden Mienen über die Straßen liefen. An diesem heißen Tag im Erntemonat Messidor 1794 waren sie und ihre Mutter verhaftet worden. Zwei Nachbarn in Uniformen hatten ihr den Haftbefehl überreicht und sie aus dem Wachssalon getrieben. Jetzt zog ihr Leben an ihrem inneren Auge vorbei. Bild für Bild. Episode für Episode. Jahr für Jahr. Ihr war, als würde sie durch eine Stadt laufen, die sich vor ihr wie ein Labyrinth ausbreitete. Sie hatte sich von ihren Wünschen, ihrem Willen, ihrem Talent leiten lassen. Hatte sie irgendwann einen falschen Abzweig gewählt, eine falsche Richtung eingeschlagen? Führte sie dieser Weg in den Tod?

Marie spürte, wie Anna sie vorwurfsvoll von der Seite ansah. Anna gab ihr die Schuld an der Verhaftung, das wusste sie. Hättest du dich nicht in das Geschäft eingemischt, hättest du deine Nase aus dem politischen Geschehen herausgehalten, dann wären wir jetzt nicht hier, schien dieser Blick zu sagen.

Marie sah an ihrer Mutter vorbei. Sie hatte jetzt nicht die Kraft, sich Anna zu stellen. Ihre Gedanken wanderten immer wieder zu ihrem letzten Zusammentreffen mit Dutruy zurück. Hatte er sie angeschwärzt? Wenn es so war, hatte sie wenig Aussicht auf Rettung, denn er hatte ausgezeichnete Verbindungen zu Fouquier. Oder vielleicht war nur wieder jemandem eingefallen, dass sie früher am Hofe bei Madame Élisabeth in Diensten gewesen war. Vor der Revolution hatte sich schließlich gerade ihr Onkel oft genug mit seiner guten Verbindung zum Adel geschmückt. Oder auf dem Weg nach Indien hatte ein gewissenhafter Zollbeamter die Kisten mit den Wachsfiguren geöffnet und festgestellt, dass auch die Abbilder des früheren Königspaares darunter waren. Am wahrscheinlichsten schien ihr jedoch, dass Dutruy der Denunziant war.

Die Kutsche hielt, und die beiden Frauen wurden herausgerufen. Marie knickte ein, fing sich jedoch gleich wieder. Ihr Mut sank weiter, als sie vor sich die kettengeschützte Fassade des La-Force-Gefängnisses aufragen sah. Schon seit Jahren wurde der ehemalige Palast der Familie Force als Gefängnis für Finanzverbrecher, Frauen und Bettler genutzt. Marie hatte um den Bau im Marais einen großen Bogen gemacht, seit hier bei den Septembermassakern so unbarmherzig gewütet und auch die Prinzessin von Lamballe vor seinen Mauern hingemetzelt worden war.

Marie und ihre Mutter wurden durch das Tor gestoßen und angewiesen, in einem Gang zu warten. Obgleich die dicken Mauern die drückendste Hitze abhielten, war die Luft zum Schneiden. Die Frauen durften sich weder setzen noch umhergehen. Aus einem Zimmer hörte Marie die Wächter mit dem Schließer des Gefängnisses reden. Sie konnte nicht verstehen, was gesagt wurde, es war aber offensichtlich, um was es ging: dieses Gefängnis war, wie alle anderen in Paris, völlig überfüllt. Plötzlich brach ihre Mutter zusammen. Anna öffnete krampfhaft ihren Mund, ihre Lippen waren spröde, der Mund völlig ausgetrocknet. Marie rief um Hilfe, bat um Wasser. Es dauerte eine Weile, dann wurde ihnen ein Becher mit schalem, warmem Wasser gereicht. Marie nickte dem Helfer dankbar zu. Sie wusste, dass sich üblicherweise die Hausmeister in den Gefängnissen jeden Dienst bezahlen ließen. Endlich kamen die Männer aus dem Zimmer und machten ihnen ein Zeichen, dass sie aufstehen sollten. Marie half Anna hoch. Wieder wurden sie in die Kutsche verfrachtet, wieder wussten sie nicht, wohin es ging. Nicht in die Conciergerie, bitte nicht in die Conciergerie, wiederholte Marie in Gedanken. Wenn sie erst einmal in der Conciergerie waren, würden sie entweder erkranken oder direkt auf das Schafott gebracht werden. So oder so, es wäre ihr Ende.

Die Kutsche überquerte die Seine. Auf der Oberfläche spiegelte sich der Himmel, Kinder ließen ihre Angeln ins Wasser hängen. Marie nahm dieses friedliche Bild gar nicht wahr. Ihre Angst steigerte sich mit jedem Schritt der Pferde. Erst als sie an der Conciergerie vorbeigefahren waren, wurde sie ruhiger. Wohin brachte man sie? Die Auswahl war groß, schließlich war im vergangenen Jahr die Anzahl der Gefängnisse auf etwa fünfzig explodiert.

Sie hielten vor dem früheren Karmeliterkloster in der Rue Vaugirard. Als Marie hineingeführt wurde, kniff sie die Augen zusammen, sie konnte in dem finsteren Korridor nichts erkennen. Der Latrinengestank nahm ihr für einen Moment den Atem. Es dauerte eine Weile, bis sich ihre Augen an die Dunkelheit des Gewölbes gewöhnt hatten. Die Fenster waren fast vollständig zugemauert, die schmalen Öffnungen mit Eisenstäben vergittert. Dann sah sie die Quelle des stechenden Geruches – auf den breiten Korridoren standen, von dicken Fliegen umschwirrt, die Latrineneimer. Marie ekelte sich bei dem Gedanken, dass sie hier womöglich ihre Notdurft verrichten musste.

Sie wurden in einen Raum geführt, wo sie ein Mann barsch fragte, ob sie Geld dabeihatten. Als Marie bejahte, bekamen sie einen Wasserkrug und zwei durchlöcherte Schüsseln. Danach sollten sie ihm durch den Korridor folgen. Marie hob ihren Rock an, damit er nicht mit dem Unrat, der aus den Koteimern gelaufen war, in Berührung kam. Trotzdem fühlte sie sich besudelt.

Sie wurden in eine Zelle geführt, in der bereits an die zwanzig Frauen eingepfercht waren. Zwei Männer trugen Gurtbetten herein, stellten sie an eine freie Stelle und warfen Wolldecken darauf. Der Raum schien verhältnismäßig sauber zu sein. Als sie an den Wänden dunkle Flecken sah, zuckte sie zusammen. Waren dies noch die Blutspritzer vom Septembermassaker? Eine Frau hatte Maries Blick verfolgt, nickte ihr stumm zu und bekreuzigte sich. Dann sorgte sie mit leisen Worten dafür, dass die anderen Frauen ihre Betten zusammenschoben, um Platz für die beiden Neuankömmlinge zu machen. Marie legte ihre Habseligkeiten auf das Bett. Das würde also für die nächste Zeit ihr Zuhause sein. Würde es der letzte Ort sein, der ihr gehörte? Wie klein ihre Welt geworden war, ein Bett, eine Decke, einige Kleidungsstücke. Und natürlich das Stück Galgenstrick, das sie vor vielen Jahren von ihrem Großvater bekommen hatte. Marie hatte es noch schnell hervorgekramt und in ihrem Rock verschwinden lassen. Hoffentlich würde es ihnen Glück bringen. Es war schon Abend geworden. Marie war todmüde. Sie setzte sich auf das Bett, sank zur Seite. Wenig später war sie eingeschlafen.

Am nächsten Morgen wachte sie davon auf, dass es am ganzen Körper juckte. »Flöhe«, sagte die Frau neben ihr, die beobachtete, wie Marie sich kratzte. »Wir können den Raum noch so sehr sauber halten, die finden immer eine Ritze.« Marie setzte sich auf. Sie fühlte sich unwohl, schmutzig, verschwitzt. Die Kleidung klebte am Körper. »Die Feuchtigkeit sammelt sich an den dicken Mauern. Jeden Morgen müssen wir die Kleider auswringen«, sagte die Frau. Marie fragte, wo sie sich waschen könne. Die Frau gab gerne Auskunft und wollte wissen, warum sie verhaftet worden seien. Als Marie antwortete, dass man ihnen nicht verraten hatte, weshalb man sie anklagte, lachte die Frau bitter, denn so ging es wohl vielen hier.

Gemeinsam machten Marie und Anna sich auf den Weg.

Marie spürte, dass Anna ihr noch immer grollte. Ihre düsteren Gedanken waren wie eine Gewitterwolke, die sich zwischen ihnen zusammenzog. Marie schlugen die schaurige Umgebung und die Angst ohnehin auf den Magen, da konnte sie nicht noch Annas Wut ertragen.

»Sag mir doch, was los ist«, sagte sie schließlich.

»Du bist schuld. Wenn du ganz einfach geheiratet und Kinder bekommen hättest, wie es sich für eine anständige Frau gehört, wäre das alles nicht passiert. Dann würde ich jetzt mit meinen Enkeln in Ivry sitzen und Mirabellen ernten«, zischte Anna. Marie kam die Galle hoch. Diese Litanei hatte sie in den vergangenen Jahren zu oft gehört! Sie blieb stehen. Am liebsten hätte sie wie ein kleines Mädchen mit dem Fuß aufgestampft.

»Mutter! Ich bin alt genug. Du musst mir nicht mehr sagen, was ich zu tun und zu lassen habe. In den letzten Jahren habe ich den Salon alleine geführt, ich habe unser Einkommen gesichert. Selbst wenn ich irgendwann noch heiraten und Kinder bekommen würde, gäbe ich den Wachssalon nicht auf.« Marie hatte sich noch nie darüber Gedanken gemacht. Aber jetzt, wo sie es aussprach, wusste sie, dass es stimmte.

»Wie willst du das denn schaffen? Das geht doch nicht«, schnaubte Anna. »Du bist ohnehin schon zu alt. In deinem Alter Kinder kriegen, das ist so gefährlich, da kannst du ja gleich deinen Kopf unters Messer legen.«

Marie ärgerte sich über ihre Mutter. Sie war gemein, ungerecht und verletzend. Marie drängte die Tränen zurück. Diese Schlacht würde sie nicht hier und jetzt ausfechten.

»Die Karren sind da!«, schallte es morgens durch das Gefängnis. Die Gefangenen mussten sich aufstellen. Maries Herz schlug schneller. Auf der Steintreppe erschien der Gesandte des Tribunals, die Liste der Todgeweihten in der Hand. Der Appell begann, einige der Genannten wurden blass und umarmten gefasst ihre Freunde. Ein Mann brach in Tränen aus, flehte um sein Leben. Eine Frau fiel in Ohnmacht, eine begann zu schreien. Die Aufgerufenen hatten gerade noch Zeit, sich zu verabschieden, wenig später stiegen sie auf die Karren. Marie wunderte sich, dass die zurückgebliebenen Gefangenen fröhlich wirkten, wie aufgedreht. Ihr selbst hatte der Appell einen Schock versetzt. Das Grauen des Todes war einen Schritt näher gerückt. Marie überlegte fieberhaft, wer ihnen helfen konnte. Sie hatte nicht genügend Geld, um eine Nachricht aus dem Gefängnis zu schmuggeln oder gar um jemanden zu bestechen. Bis Curtius von ihrer Verhaftung hörte, konnten Tage, ja Wochen vergehen. Oder hatte sich Robespierre gegen ihren Onkel gewandt? Saß Curtius vielleicht selbst irgendwo in einer Zelle? War er möglicherweise sogar schon hingerichtet worden?

Wieder in der Zelle, fiel Marie auf das Bett. Ihr schossen Tränen in die Augen. Es war, als wäre alle Energie, die sie in den vergangenen Monaten aufrecht gehalten hatte, aus ihr gewichen. Eine Frau setzte sich zu Marie, sprach beruhigend auf sie ein. Auch sie trug noch die Spuren von Tränen im Gesicht. »Sie dürfen die Hoffnung nicht aufgeben. Es wird schon alles gut werden«, flüsterte sie mit einer angenehmen weichen Stimme. Es war die Frau, die gestern dafür gesorgt hatte, dass Platz für sie gemacht wurde. Sie blieb an Maries Seite, bis sie sich beruhigt hatte. Als sie ging, setzte sich Anna zu Marie. Ob sie ein schlechtes Gewissen hatte, dass ihre Tochter von einer Fremden getröstet werden musste? Anna sah sie von der Seite an.

»Verzeih mir. Ich habe es vorhin nicht so gemeint. Ich habe einfach nur Angst. Um dich. Um mich. Um deinen Onkel«, sagte sie leise. Marie sah sie geradeheraus an.

»Trotzdem hast du unrecht. Ich könnte den Wachssalon führen und zugleich eine Familie haben. Alles geht, wenn man es nur fest genug will. Ich habe ja schließlich auch noch dich.« Annas Blick wurde weich.

»Wir dürfen nur nicht den Glauben daran verlieren, dass wir eines Tages mit meinen Kindern im Garten von Ivry Mirabellen ernten«, sagte Marie und nahm Annas Hand.

In den nächsten Tagen versuchte Marie, sich an das Gefängnisleben zu gewöhnen. Versuchte, sich den Tagesablauf einzuprägen, beobachtete ihre Mitgefangenen. Es waren Menschen jeden Alters, jeder Berufsgruppe, ehemalige Adelige und Sansculotten. Hier, im Vorraum des Todes, war der Traum von der Gleichheit wahr geworden. Ein früherer Graf war nicht mehr wert und hatte nicht mehr Aussicht auf sein Leben als ein einfacher Arbeiter. Auch zwischen den Frauen herrschte in der elenden Situation und ohne die Standesgrenzen plötzliche Nähe. Man lachte, man weinte zusammen. Man half sich aus, wenn eine Frau ihr einziges Kleid waschen und trocknen musste. Man erzählte sich seine Ängste, seine Hoffnungen, sein Leben. Unglaubliches erfuhr Marie in diesen Tagen.

»Das hier ist doch gar nicht so übel«, sagte eine Frau eines Tages auf dem Weg ins Refektorium, wo sie ihre Mahlzeiten einzunehmen hatten, zu Marie. »Immerhin brauchen wir beim Fleischer nicht mehr Schlange stehen, um etwas zu ergattern. Diese Sorge sind wir los.« Marie dagegen würde vieles dafür geben, wenn sie frei wäre und für etwas zu essen anstehen dürfte. Sie sah sich um. Alle trugen die Haare kurz. Man hatte ihnen die Haare abgeschnitten, damit sie bereit für die Guillotine wären. Marie hatte sich schon am zweiten Abend die Haare selbst abgeschnitten. Das wollte sie den Henkershelfern nicht überlassen.

Abends, wenn die Wärter immer öfter laut gähnten und nur noch träge die Hand hoben, um die Fliegen von den zufallenden Augen zu verscheuchen, erfüllte ein Rascheln und Wispern die Zelle. Marie starrte ins Dunkel und lauschte den Stimmen. So schrecklich dieses Gefängnis auch war, es beruhigte sie, in ihrer Not nicht allein zu sein.

»Tröstet dich denn der Gedanke an die Ewigkeit nicht über das Leben hinweg?«

»Ewigkeit? Die Ewigkeit kann warten! Ich will heute leben!«

»Ich habe mir vorgenommen, mein Opfer ohne Murren zu bringen. Wenn meine Gewinnzahl in der Lotterie des Saint-

Guillotine gezogen wird, gibt es kein Jammern. Dieses Gelübde werde ich halten.«

»Wohin soll das noch führen? Was soll aus den Kindern werden, die täglich dieses Morden miterleben? Das ganze Blut wird sie grausam machen. Ich habe gehört, eine Schwangere, die oft bei Hinrichtungen den schaurigen Szenen beigewohnt hatte, hat ein Kind geboren, das am Hals gezeichnet war.«

»Wann wird das Blutvergießen ein Ende haben? Wann werden wir endlich von diesen blutrünstigen Schindern befreit? Ist denn ein Menschenleben nichts mehr wert?«

»Wie gut, dass man noch nicht fürs Denken unter die Guillotine kommt. Dann müssten sich viele von der nationalen Klinge rasieren lassen.«

»Pscht, nicht so laut. Wenn uns jemand hört, könnte er uns verpfeifen. Die Spitzel lauern nur auf eine falsche Bemerkung.«

Langsam wurde es still in der Zelle. Aber auf dem Korridor waren noch immer Geräusche zu hören. Am Anfang hatte sich Marie darüber gewundert, aber bald hatte sie herausgefunden, dass ein Liebestaumel die Gefangenen befiel, sobald die Aufseher die Zugänge zu den Gängen und Zellen auf jedem Stockwerk verschlossen hatten. Ein leises Seufzen und Stöhnen erfüllte jede Nacht die Gänge. Viele Männer und Frauen wollten das Leben noch einmal auskosten. Es gab aber auch noch einen ganz pragmatischen Grund für diese Lebenslust: Schwangere wurden vorübergehend von der Liste gestrichen. Auch Marie hatte eindeutige Avancen bekommen. Sie wies alle lächelnd ab. In ihrem Leben hatte sie die Liebe immer hochgehalten. Eine kurze Affäre hinter Gittern, auch wenn es die letzte sein sollte, konnte sie sich nicht vorstellen.

Besondere Nähe verspürte Marie zu der Frau, die sie getröstet hatte. Marie erfuhr, dass sie Joséphine de Beauharnais hieß. Ihr Haftbefehl war von Jacques-Louis David unterzeichnet worden, das hatte sie nebenbei erwähnt. Das war keine Überraschung für Marie, die wusste, dass David viele Künstler und Schauspieler ins Gefängnis geschickt hatte. War er auch für ihre Verhaftung verantwortlich? Marie konnte sich das beim besten Willen nicht vorstellen. Aber auch Joséphine war unschuldig ins Gefängnis gebracht worden. Ihr einziges Verbrechen war, mit dem falschen Mann verheiratet zu sein. Alexandre de Beauharnais war ebenfalls im Karmeliterkloster inhaftiert. Der frühere Befehlshaber der Rheinarmee hatte eine Affäre mit Delphine de Custine, der Schwiegertochter des Generals. Marie war nun zum ersten Mal froh über ihren Namen. Es würde sicher niemand eine Verbindung herstellen zwischen Marie Grosholtz und Philippe Guillaume Mathé Curtius, der verdächtigt worden war, seinen Teil zur Anklage von General Custine beigetragen zu haben. Madame de Beauharnais schien allerdings nicht unbedingt erschüttert von dem Verhalten ihres Mannes. Vielleicht hatten sie sich schon lange auseinandergelebt, dachte Marie. Es waren ihre zwei Kinder, um die sich Bürgerin Beauharnais, wie sie von den Schließern genannt wurde, sorgte.

An einem Abend kam Marie mit Joséphine ins Gespräch. Sie sprachen darüber, wie schrecklich es war, ohne eine Chance auf einen gerechten Prozess, ja ohne eine schlüssige Anklage in Haft zu sein. Madame de Beauharnais erzählte von sich und fragte Marie, warum sie verhaftet wurde. Marie wusste es nicht, aber auf einmal sprudelte alles aus ihr heraus – der Unterricht bei Madame Élisabeth, der Wachssalon, Dutruy.

»Es erscheint mir wahrscheinlich, dass jemandem wieder eingefallen ist, wie eng Ihre Beziehung zur Schwester des Königs war«, sagte Joséphine nachdenklich. Marie dachte an ihre kurze Zeit in Versailles zurück – und daran, wie Curtius ihren Aufenthalt dort immer aufgebauscht hatte, bis sie beinahe wie eine zweite Vigée-Lebrun dastand.

»Ich wünschte, es wäre so gewesen. Dann hätte mein Tod zumindest einen Sinn«, flüsterte Marie. Joséphine de Beauharnais sah sie an. Mit ihren leicht schräg stehenden Augen und dem melodischen Akzent war sie eine echte Schönheit.

»Sie sind eine wahre Royalistin, egal, wie eng Ihre Verbindung tatsächlich zum Hofe war. Geben Sie diese Gesinnung weiter, dann haben Sie genug getan. Später wird ohnehin niemand außer Ihnen mehr die Wahrheit kennen.«

Einige Tage später betrat ein Wächter ihre Zelle. »Ich suche Bürgerin Beauharnais«, brummte er. Joséphine erhob sich. »Ich bin gekommen, um dein Bett zu holen. Das kriegt 'ne andere Gefangene«, sagte er.

»Bedeutet das, dass Bürgerin Beauharnais ein besseres bekommt?«, fragte eine Frau.

»Das bedeutet, dass sie keines mehr brauchen wird.« Der Mann schien sich köstlich zu amüsieren. »Es bedeutet, dass sie in die Conciergerie kommt. Und dann auf die Guillotine!«

Sein Lachen hörte man noch, als er schon auf dem Gang war. Die Frauen standen da wie versteinert. Dann brach Joséphine de Beauharnais weinend zusammen.

»In meiner Heimat hat mir ein Wahrsager prophezeit, dass mein erster Mann eines gewaltsamen Todes sterben wird und ich selbst größer sein werde als eine Königin. Jetzt will ich aber nur eines – die nächsten Tage überleben.« Marie tröstete sie mit den Worten, dass der Wahrsager bestimmt recht behalten würde. Die anderen stimmten ihr zu.

Am nächsten Tag wurden zwei Frauen aus ihrer Zelle abgeholt. Es waren Marie und Anna.

»Geht! Ihr seid frei«, sagte der Wächter am Tor zu ihnen. Marie glaubte, sich verhört zu haben. »Nun geht schon! Ihr könnt gehen, sage ich. Oder wollt ihr, dass ich es mir noch mal anders überlege?!«

Marie packte Anna bei der Hand und zog sie mit sich fort. Das Herz schlug ihr bis zum Hals. Frei, sie waren frei! Marie konnte es noch gar nicht fassen. Was für ein Wunder war geschehen! Sie sah, dass Anna ein Dankgebet an den Himmel schickte.

»Wir sollten nicht so rennen, sonst fallen wir auf«, sagte Marie. Man wusste nie, wem man verdächtig vorkommen würde. Und auffallen wollte Marie um keinen Preis. »Wir sollten noch nicht in den Wachssalon zurückkehren. Wer weiß, vielleicht ist es dort nicht sicher«, flüsterte sie atemlos.

»Aber wo sollen wir hin?«, fragte Anna ängstlich. Marie überlegte hin und her. Sollten sie nach Ivry? Aber was, wenn derjenige, der sie angezeigt hatte, dort lauerte? Zu Nanette? Auf keinen Fall, dort waren Laure und Dutruy. Denen würde es vermutlich eine Freude sein, sie anzuschwärzen. Schließlich fiel Marie ein Freund ihres Onkels ein: Louis-Gabriel Sallé war ebenso umtriebig wie Curtius. Er könnte herausfinden, ob noch Gefahr drohte. Würde er es riskieren, sie aufzunehmen?

Einige Tage versteckten sie sich in einer Kammer unter dem Dach. Sallé versorgte sie mit Essen und vor allem Wasser, denn nun brannte die Julisonne unbarmherzig über Paris.

»Und ihr habt keine Ahnung, wer für eure Freilassung gesorgt haben könnte?«, fragte er.

»Unsere Freilassung ist genauso mysteriös wie unsere Verhaftung. Wir wissen weder, wer uns angezeigt, noch, wer sich für unsere Befreiung eingesetzt hat. Möglicherweise war es alles nur ein Versehen«, sagte Marie nachdenklich. Sallé lachte.

»Zuzutrauen wäre es dem Revolutionstribunal. Ich habe gehört, dass neulich einer hingerichtet wurde, weil er zufällig den gleichen Namen wie der Angeklagte trug. Dabei war er völlig unschuldig.«

Geschichten wie diese hatte Marie im Gefängnis zuhauf gehört. Immer wieder hatten sie in den vergangenen Stunden darüber gerätselt, wie es zu ihrer Freilassung gekommen war. Letztlich fiel ihr nur einer ein, der ernsthaft für die Rettung in Frage kam: David. Er hatte ihr oft genug gezeigt, wie sehr er ihre Arbeit schätzte – und noch immer etwas für sie empfand. Er war in einer Position, in der er eine Freilassung veranlassen konnte. Vielleicht hatte sein Herz gesprochen, als er ihren Namen auf den Verhaftungslisten fand.

»Es gibt keine Nachricht von eurem Onkel. Niemand weiß, wo er sich aufhält«, sagte Sallé jetzt. »Das könnte ein Vorteil sein. Er ist aus der Schusslinie. Denn es gibt eine Koalition gegen Maximilien Robespierre. Man wirft ihm vor, ein Diktator zu sein.« Marie nickte. Das hatte sie befürchtet. Für ihren Onkel könnte es gefährlich werden. Curtius hatte Robespierre von Anfang an unterstützt. Er hatte sich oft genug für ihn ausgesprochen. Und er war in seinem Auftrag im Ausland unterwegs. »Robespierre hat sich zurückgezogen. Jedermann ist nervös. Ein Mann wie Robespierre, der immer so geheimnisvoll tut, ist gefährlicher, wenn er schweigt, als wenn er Reden schwingt«, sagte er. Marie konnte sich vorstellen, was für eine Unruhe das Verhalten des Unbestechlichen ausgelöst hatte. »Unterdessen zerfleischt sich der Wohlfahrtsausschuss, die Mitglieder sind völlig zerstritten. Viele fühlen sich von Robespierre bedroht. Kürzlich hat er im Konvent gesagt, es kann nur zwei Parteien geben, die Guten und die Bösen, die Patrioten und die heuchlerischen Konterrevolutionäre. Jeder denkt jetzt, er ist der Nächste, der beschuldigt und hingerichtet wird.« Marie überlegte einen Augenblick.

»Und das Volk? Auf welcher Seite steht es?«

»Das Volk? Es ist unberechenbar, wie immer. Die Streiks der Arbeiter und Lohnempfänger gehen weiter. Sie wollen endlich wieder billiges Brot und genügend Lebensmittel. Der Kult des Höchsten Wesens stößt auf Ablehnung. Man ist des Terrors müde. Warum noch eine Notstandsdiktatur, wenn wir doch siegreich sind und sogar die Österreicher bei Fleurus hinweggefegt haben?« Marie stimmte ihm zu. »Aber nun zu euch. Ich habe mich auch auf dem Boulevard umgehört. Man wundert sich, warum der Wachssalon geschlossen ist. Ich habe kein böses Wort über euch gehört. Vielleicht geht ihr einfach zurück und macht weiter, als wäre nichts geschehen.«

Marie sah es genauso. Jetzt, wo sie die Freiheit wiedererlangt hatte, wollte sie sich nicht in einer Kammer verstecken. Sie wollte leben!

KAPITEL 20

Als am 9. Thermidor, am 27. Juli der alten Zeitrechnung, die Sturmglocken läuteten, befürchtete Marie das Schlimmste. Würde es wieder eine Hinrichtungswelle in den Gefängnissen geben? Schließlich war der Terror ein gutes Mittel, um die Massen in Schach zu halten. Sie dachte an die schöne Joséphine de Beauharnais, die sicherlich noch immer im Karmeliterkloster einsaß. Erst vor einigen Tagen war ihr Mann Alexandre de Beauharnais hingerichtet worden. War nun auch die Witwe dran?

Marie konnte an diesem Tag den Blick nicht von der Straße lassen. Sie wagte es jedoch nicht, sich unter die Menschen zu mischen. Als ein Nachbar vorbeigelaufen kam, rief sie ihn heran.

»Robespierre und seine Genossen sind verhaftet worden und sollen in Stücke gehauen werden«, berichtete er atemlos. »Die Nationalversammlung hat gegen Robespierre revoltiert. Das Volk hat ihm die Maske heruntergerissen. Statt Tugend und Unbestechlichkeit ist dort nur noch die Fratze des Diktators zu sehen!« Marie wunderte sich über die Worte des Mannes. War er nicht früher ein glühender Anhänger Robespierres gewesen?

Im Laufe der nächsten Stunden jagte eine Nachricht die nächste. Immer wieder läuteten die Sturmglocken, die Trommeln riefen die Pariser zu den Waffen. Marie blieb die ganze Nacht über wach. Sie versuchte herauszufinden, was vor sich ging, ohne sich in die Nähe des Geschehens zu begeben. Glücklicherweise liefen immer wieder Leute vorbei, die ihr die neueste Entwicklung zuriefen. Robespierre und seine Genossen waren im Konvent verhaftet worden. Die Kommune und die Nationalgarde befreiten sie und brachten sie zum Rathaus. Im Auftrag des Konvents griffen die Pariser Truppen nachts das Rathaus an. Dabei zerschmetterte eine Kugel Robespierres Unterkiefer.

Es ist gut, dass Curtius außer Landes ist, dachte Marie, als sie die Figur von Robespierre aus dem Wachssalon entfernte. So muss er den Sturz seines Idols nicht miterleben. Und ich muss mich nicht um seine Sicherheit sorgen. Noch nicht.

Am nächsten Tag kam die Nachricht, mit der sie schon die ganze Zeit gerechnet hatte. Sie sollte sich nach der Hinrichtung von Robespierre und seinen Anhängern auf dem Errancis-Friedhof einfinden, um ihrer Pflicht nachzukommen. Das Volk habe ein Recht, sich auch im Wachssalon zu vergewissern, dass der Diktator tatsächlich tot war. Um halb fünf sollten die Karren von der Conciergerie abfahren. Ganz Paris schien dort zu sein, denn Marie begegnete auf ihrem Weg nur wenigen Nachzüglern, die zur Place de la Révolution eilten. Die Menschen wirkten fröhlich. Es kam Marie vor, als habe sich auf dem Platz die größte und glücklichste Menge seit dem Fest des Höchsten Wesens vor sechs Wochen versammelt.

Sie musste lange in der sengenden Sonne warten. Sie dachte an die vielen Menschen, die auf diesem elenden Flecken Land ihre letzte Ruhe gefunden hatten. Madame Élisabeth, Danton, Camille Desmoulins und viele andere, unter ihnen auch der Chemiker und frühere Generalpächter Lavoisier – er hatte um einen Aufschub von vierzehn Tagen gebeten, um Forschungen abschließen zu können, die für die Nation von Nutzen seien, aber das Gericht hatte abgelehnt. Hoffentlich hat es nun ein Ende damit, dass die besten Köpfe auf dem Schafott landen, dachte Marie.

Endlich kamen die Karren mit den zweiundzwanzig Hingerichteten. Obwohl Marie schon einiges gewöhnt war, schrak sie zusammen, als ihr der Kopf von Robespierre gebracht wurde. Das lose Kinn hing schlaff herunter. Der Mund war weit geöffnet und blutverschmiert. Sie musste an ihre erste Begegnung mit dem Revolutionsführer denken, 1789, auf der gerade erstürmten Bastille. Er, der immer so viel auf sein Äußeres gegeben hatte, lag nun in Blut und Schmutz vor ihr. Der Henker des Volkes wurde vom Volke gehenkt, schoss es ihr durch den

Kopf. Was für eine Ironie, aber auch was für eine Gerechtigkeit. »Sieht schlimm aus, was? Vielleicht ist es aber auch nur Dantons Blut, das aus seinem Mund rinnt. Vielleicht wäre er sowieso an diesem Mord erstickt. Wer weiß das schon«, meinte einer der Wächter. Marie wunderte sich über diese plötzliche Offenheit. Jetzt, wo Robespierre tot war, schien jedermann mit dem Ende des Terrors zu rechnen.

Einige Tage nach der Hinrichtung stand ihr Onkel plötzlich im Atelier. Er war während seiner Mission um Jahre gealtert, wirkte wie von einer Krankheit ausgezehrt. Marie vermutete, dass er erneut vergiftet worden war, behielt diesen Verdacht aber für sich. Curtius wollte nicht darüber sprechen, was im Rheinland geschehen war. Und sobald jemand vom Sturz seines Idols berichten wollte, bat er ihn zu schweigen. Marie sorgte sich um Curtius. Er musste Paris verlassen und mit ihrer Mutter nach Ivry gehen, bevor man sich daran erinnerte, dass er ein Anhänger Robespierres gewesen war. Auch Jacques-Louis David war inzwischen verhaftet worden. Als Robespierre in den Tod ging, hatte sich der Kunstdiktator und Zeremonienmeister versteckt gehalten. Jetzt sollte es auch ihm an den Kragen gehen. Marie wusste seit ihrer Freilassung aus dem Gefängnis nicht mehr, was sie von ihm halten sollte. Hatte er dafür gesorgt, dass sie freikamen? Sie musste es herausfinden.

Das Zimmer im Hôtel des Fermes, dem ehemaligen Haus des Finanzpachtamts, in dem David gefangen gehalten wurde, war keine der üblichen Zellen, sondern groß und hell. David stand vor einer Staffelei und malte.

»Eine schöne Zelle hast du«, sagte Marie, als der Wärter sie einließ. »Erhalten alle früheren Mitglieder des Sicherheitsrats diese Sonderbehandlung?«

David sah sie erstaunt an. Dann nahm er die Leinwand von der Staffelei und stellte sie weg.

»Wie kommst du hier herein? Ach, ich vergaß, du hast ja in den letzten Jahren ausgezeichnete Beziehungen zu allen

Gefängnisschließern aufgebaut.« Er lächelte maliziös. Marie ärgerte sich über seinen Spott. Immerhin hatte er sich, im Gegensatz zu ihr, wirklich schuldig gemacht.

»Weißt du, wie die Leute dich auf der Straße nennen?«, fragte sie ihn.

»Dickbacke?« Er lachte bitter.

»Ja. Aber sie nennen dich auch ›Freund des letzten Tyrannen Robespierre‹.« David winkte ab.

»Ich bin nicht der Einzige, der sich in ihm getäuscht hat. Viele Bürger haben ihn für tugendhaft gehalten, so wie ich auch.«

»Aber du bist der Einzige, der noch vor ein paar Wochen gesagt hat, dass er Robespierre folgen würde, wenn er den Schierlingsbecher trinkt.«

»Und wennschon. Andere haben Schlimmeres getan.« David verschränkte die Arme vor der Brust und sah sie herausfordernd an.

»Auch meine Mutter und ich waren im Gefängnis …«, begann Marie.

»Und jetzt willst du wissen, ob ich den Haftbefehl unterschrieben habe?«

Marie deutete ein Kopfschütteln an. »Ich weiß, dass du viele ins Gefängnis geschickt hast, und zwar frühere Adelige genauso wie deine ehemaligen Kollegen.«

»Das erzählt man sich also. Dann ist das Urteil über mich ja schon gefällt. Was willst du? Eine Maske für eure Ausstellung? Aber nein, die letzte müsste ja noch gut genug sein. Warmes Wasser, ein bisschen Seife und etwas Farbe – dann wirkt sie wie neu. Ist doch so, oder?«, spottete er. Als sie schwieg, sagte er: »Du willst wissen, ob ich deine Freilassung unterschrieben habe. Es lässt dir keine Ruhe, dass du mir vielleicht etwas schuldig bist. Nach all dem Schändlichen, was ich getan habe. Den König aufs Schafott zu bringen. Den armen Dauphin zu verhören und seine Schwester, deine verehrte Madame Élisabeth. Und wenn es so wäre? Wenn ich für deine Freilassung gesorgt hätte? Wäre ich dann ein besserer Mensch?« David starrte sie an.

Wie viel Verbitterung in seinem Blick lag. Wie wenig sie an den jungen Maler erinnerte, den sie einmal geliebt hatte. Wie wenige Gefühle sie noch für ihn hatte. Eigentlich empfand sie nur Mitleid. Und, wenn sie ehrlich war, Abscheu.

»Um auf den Anfang unseres Gesprächs zurückzukommen. In diesem Zimmer hat der Sohn des Portiers gemalt. Er war mein Schüler. Meine anderen Schüler und die Mutter meiner Kinder haben mich mit dem Nötigsten versorgt, mit Farbe, Pinsel und Leinwänden. Es gibt also noch Menschen, die an mich glauben.« David holte die Leinwand wieder hervor, drehte ihr den Rücken zu und begann zu malen. Marie betrachtete das Gemälde. Es war ein Selbstporträt. Aus künstlerischer Sicht war dieses Bild eine Meisterleistung. Aber der Ausdruck schreckte Marie ab: Der Maler sah den Betrachter an, in seinem Blick lag ehrliches Erstaunen über die vermeintlich ungerechte Behandlung, die ihm zuteilwurde. Von der dicken Backe war mal wieder nichts zu sehen.

Pock, pock, pock. Marie hörte sie kommen. Die eisenbeschlagenen Knüppel pochten wie Spazierstöcke im Takt ihrer Schritte auf die Veranda des Boulevard du Temple Nummer 20. Noch bevor Marie ihnen entgegengehen konnte, hatten sie den Wachssalon bereits betreten. Es war eine Handvoll junger Männer, gut gekleidet und stark nach Parfum riechend. Sie teilten sich auf und liefen durch den Salon. »Wo ist er? Wo ist die Figur des Teufels Marat?«

»Was wollen Sie? Bleiben Sie stehen!«, versuchte Marie sie aufzuhalten.

»Hier ist er! Lasst ihn uns rausschaffen!« Die Männer rissen die Figur von Jean-Paul Marat aus ihrer Badewanne, eine Hand fiel zu Boden und zerbrach.

»Was tun Sie? Dies ist das Eigentum meines Onkels. Lassen Sie das!«, sagte Marie erbost. Sie wollte den Männern die Figur aus den Händen reißen. Ein Mann packte sie am Arm und hielt sie fest. »Auch ich bin keine Anhängerin dieses Mannes. Aber ich werde nicht zulassen, dass Sie die Figur beschädigen«, sagte sie entschlossen. Marie versuchte sich loszumachen und trat ihm schließlich mit der Hacke auf die Zehen, sodass er aufjaulte und sie losließ. Sie lief den Männern hinterher, die mit der Wachsfigur vor dem Salon angehalten hatten. Auch Schaulustige hatten sich inzwischen eingefunden. Niemand jedoch griff ein.

»Es reicht. Sie lassen sofort diese Figur los, oder –«, schrie Marie.

»Oder was?«, höhnte einer der Männer und schwang seinen Knüppel. Ohne darüber nachzudenken, stürzte Marie sich auf den Mann. Sie spürte einen Arm um ihre Hüfte, jemand versuchte sie wegzuziehen.

»Sie lassen sofort diese Frau in Ruhe«, hörte sie plötzlich. Zwei Männer sprangen ihr bei, in dem einen erkannte Marie Louis-Gabriel Sallé, den Freund ihres Onkels. Mit Faustschlägen und Fußtritten sorgten sie dafür, dass Marie losgelassen wurde. Eine handfeste Schlägerei entbrannte. Im Getümmel schnappte sich Marie die Figur von Marat und zerrte sie zum Eingang des Wachssalons. Als sie sich umdrehte, rannten die jungen Männer humpelnd davon. Sallé lag am Boden, der andere Mann beugte sich über ihn. Marie holte Wasser und einen Lappen. Sie gab Sallé zu trinken und wusch ihm das blutende Gesicht.

»Danke. Wenn Ihr nicht gekommen wärt …«, sagte sie.

»Schon gut. Ist ja nichts passiert.« Sallé setzte sich auf und stöhnte leise. »Fast nichts, zumindest.« Er lächelte. Marie war erleichtert, dass ihm nichts Schlimmes geschehen war. Sie warf auch dem anderen Mann einen dankbaren Blick zu. Er war groß und kräftig, die schwarzen Haare hingen ihm über das leicht gebräunte Gesicht, in dem weiße Zähne und schwarze Augen blitzten. Ein Ohrring gab ihm etwas Verwegenes.

»Dabei hätten Sie sie doch schon lange riechen müssen«, sagte er lachend und pustete eine Haarsträhne aus der Stirn. »Bei dieser Parfumwolke …« Marie lachte mit.

»Nächstes Mal halte ich einfach die Nase in den Wind.«

Sie reichte ihm einen Becher Wasser. »Kennen Sie die Männer?«, fragte sie.

»Man nennt sie Jeunesse dorée oder einfach Moschusstinker. Sie treffen sich seit einiger Zeit im Palais Royal, meistens im Café de Chartres, und machen dann Jagd auf Sansculotten«, wusste der junge Mann.

»Ich hatte mit dieser Zerstörungswut gar nicht gerechnet. Sie wirkten so bieder, so gepflegt.«

»Man sagt, es sind die Söhne von Adeligen und wohlhabenden Bürgern, aber auch Dienstboten und arbeitslose Lehrlinge. Sie haben es vor allem auf die Andenken an Marat abgesehen. Keine Büste ist vor ihnen sicher. Sie sollten sich in Acht nehmen«, antwortete er.

»Dann werde ich wohl mal wieder umdekorieren müssen. Ich werde unseren Ausrufer im Stil der Jeunesse dorée einkleiden. Das besänftigt sie vielleicht das nächste Mal. Außerdem werde ich das Tableau mit Marat einfach umwidmen. Heute sind die Rollen umgekehrt: Marat ist verfemt, und seine Mörderin Corday ist die Heldin. Das ist alles nur eine Frage der Auslegung.« Das würde ihr nicht schwerfallen. Sie hatte Marat schon immer für ein Monster gehalten. Sie hatte das Gefühl, dass der Schwarzhaarige sie neugierig ansah. Ein Lächeln zog erneut über Sallés Gesicht.

»Du sprichst schon wie Curtius. Wie geht es ihm denn?« Marie seufzte und erzählte vom schlechten Gesundheitszustand ihres Onkels.

»Ich werde ihn bald besuchen«, sagte Sallé. Er stand auf und umarmte sie. Marie verabschiedete sich auch von dem anderen Mann.

»Vielen Dank auch, Bürger. Ich weiß nicht einmal Ihren Namen …«

»Ich bin François Tussaud. Ich arbeite mit Sallé zusammen.«

Am nächsten Tag tauchte François Tussaud wieder im Wachssalon auf. Marie hatte Marat samt seiner Badewanne in den Keller gebracht und die Figur von Charlotte Corday neu positioniert.

»Ich kam gerade vorbei und wollte nur sehen, ob Sie Hilfe gebrauchen können«, sagte er. Die Haare hatte er zu einem Zopf gebunden, sein weißes Hemd stand über der Brust leicht offen. Er war einige Jahre jünger als sie. »Es hat mir sehr imponiert, wie Sie gestern den Wachssalon verteidigt haben. Ein Mann hätte es nicht besser gekonnt.« Er lachte sie an. War das eine Spitze oder ein Lob? Marie sah keine Arglist in seinen Augen und lächelte zurück. Er sah sich um. »Komisch, ich war schon so oft auf dem Boulevard, aber noch nie in diesem Salon.«

»Soll ich Sie herumführen?«, bot sie an.

»Sie haben sicher Besseres zu tun …«

»Das ist das Mindeste, was ich tun kann. Es wäre mir ein Vergnügen«, antwortete sie. Das war es dann auch. François Tussaud schien ehrlich, ungekünstelt und humorvoll zu sein.

»Die Figuren haben Sie alle selbst gemacht?«, staunte er nach einer Weile.

»Nicht alle, aber die meisten.«

»Großartig, wenn man so etwas kann. Ich bin nur Ingenieur.«

»Wieso nur? Als Ingenieur erschaffen Sie doch auch etwas. Etwas, das vermutlich länger hält als meine Wachsfiguren.« Er strahlte.

»Würden Sie gerne einmal sehen, was ich gebaut habe? Wir könnten einen kleinen Spaziergang machen.«

Es gab nicht viele Gebäude in Paris, an deren Bau François Tussaud bisher beteiligt gewesen war. Aber es gab viele, die ihm gefielen. Gemeinsam zogen sie in diesem Frühherbst durch die Straßen. Marie ließ sich mit ihm durch Paris treiben. Sie hatte das Gefühl, die Stadt wieder einmal neu zu entdecken. Die Revolution hatte manche Stadtviertel vollkommen verändert. Der Vorort Saint-Germain wirkte verlassen, viele der Paläste waren heruntergekommen. Man hatte das Blei von den Dächern gerissen, Parkett und Holzdecken aus dem Mauerwerk gestemmt. An die Fassade hatte man »Nationaleigentum, zu verkaufen« geschmiert. In anderen Stadtpalästen fanden Bälle statt. Denn mit dem Ende der Schreckensherrschaft war in Paris die Tanzwut ausgebrochen. Als ob sich ein Gewürgter in letzter Sekunde die Hände seines Peinigers vom Hals reißt, kam die Stadt krampfhaft zu Atem, wenig später schien die Pein schon vergessen, nur die Würgemale blieben zurück. Hunderte Verdächtigter waren aus den Gefängnissen entlassen worden. Überall sah man wieder lächelnde Gesichter. Die düstere Stimmung der letzten Jahre war verflogen. Wildfremde umarmten sich an den Straßenecken. Man drängte sich um die Zeitungsverkäufer, endlich wieder hoffnungsfroh den Nachrichten lauschend. Die Menschen waren glücklich, das Leben genießen zu können. Was wollte man mehr, als an den Quais in der Sonne spazieren zu gehen, einen freien Blick auf den Himmel zu haben und das Glück, den Kopf noch auf den Schultern zu tragen? Auch Marie verspürte diese große Erleichterung, auch sie genoss es, mit dem Leben davongekommen zu sein.

Sie würde dieses Leben, das ihr noch einmal geschenkt worden war, nutzen, das versprach sie sich. Den Freudentaumel, in den manche zu fallen schienen, konnte Marie allerdings nicht verstehen. Wie konnte man die vielen Opfer vergessen, die so notdürftig verscharrt worden waren, dass manche Leiche wieder aus der Erde drängte? Die Blutbäche auf den Plätzen, wo die Guillotine ihr Werk verrichtet hatte, waren gerade versiegt, der Verwesungsgeruch hing noch immer in der Luft. Eine Karikatur machte die Runde, auf der Robespierre den Henker guillotiniert, nachdem er alle Franzosen hat hinrichten lassen. Marie war von dieser Zeichnung genauso verstört wie von dem Gerücht, dass es Bälle der Überlebenden geben solle, bei denen nur Gäste eingeladen waren, die einen Angehörigen auf der Guillotine verloren hatten. Dabei verrichtete das Revolutionstribunal weiterhin seine Arbeit, es wurden lediglich mehr Freisprüche als Hinrichtungen verkündet. Wenn sie mit François unterwegs war, konnte sie die Gedanken an die düstere Vergangenheit abschütteln. Als sie eines Tages an einem belebten Tanzlokal vorbeikamen, seufzte Marie: »Wie lange es schon her ist, seit ich tanzen war.« Da nahm er ihre Hand und zog sie mit sich. »Dann lass uns gehen. Was hält uns auf?« Marie lachte ihn an. Das Leben hatte sie wieder.

Beinahe jeden Abend gingen sie nun auf einen der Bälle. Anna sprach Marie eines Tages darauf an, als sie im Wachssalon nach dem Rechten sah. »Ich habe gehört, dass du dich mit einem jungen Mann triffst.«

»Wer hat es dir erzählt?«, fragte Marie. Anna zuckte mit den Schultern.

»Du machst ja nicht gerade ein Geheimnis daraus. Findest du es richtig, dass du dich vergnügst, während dein Onkel krank ist?«

»Es ist anscheinend nie die richtige Zeit für Vergnügungen. Ich bin es leid, auf den richtigen Zeitpunkt zu warten. Ich bin bald dreiunddreißig Jahre alt. Ich tue nur das, was alle Pariser im Moment tun – feiern, dass man am Leben ist«, antwortete Marie. »Vor wem muss ich Rechenschaft ablegen? Es ist nicht mehr so wie damals bei Laure. Die Zeiten haben sich geändert.« Anna sah sie streng an.

»Die Zeiten werden sich niemals so ändern, dass eine unverheiratete Frau mit einem jungen Mann herumpoussieren darf.« Dann wurde sie doch neugierig. »Wie ist er denn so?«

»Jung, hübsch, unbefangen. Politik interessiert ihn nicht. Dafür weiß er, wo die beste Musik spielt. Er kann tanzen. Und er hat das schönste Lachen der Welt.« Marie spürte das Strahlen auf ihrem Gesicht. »Er ist ganz anders als ich, und das gefällt mir.«

Marie lief über den Boulevard zu den Mietkutschen. Sie hatte den Salon heute früher geschlossen, sie wollte nach Ivry, zu ihrem Onkel. Anna war wieder bei ihm, Marie selbst wurde von Nanette versorgt, die vor kurzem wieder vor ihrer Tür stand. Das Thema Laure mieden die Frauen, auch sonst gingen sie meist stumm ihrer Arbeit nach. Marie wusste nur, dass Laure und Dutruy verschwunden waren, seit man Fouquier-Tinville verhaftet hatte. Dutruy hatte wohl Angst, dass die Verwandten der Delinquenten, die er verhöhnt hatte, sich nun an ihm rächen würden. Dennoch war Marie froh über Nanettes Hilfe, denn sie musste sich voll und ganz auf den Wachssalon konzentrieren. Zu viele Neue gaben in der Politik den Ton an, zu viele Unbekannte machten von sich reden. Die Jakobinermütze sah man nun nicht mehr. Sie war genauso verboten wie die Marseillaise. Man duzte sich auch nicht mehr. Überall tauchten die Dirnen und Bettler wieder auf, die im Tugendregime Robespierres verfolgt worden waren. Manchmal konnte man die Dirnen kaum von den feinen Damen unterscheiden. Denn die Mode schrieb hautenge Kleider aus Gaze vor, die mehr preisgaben als verbargen. Dazu trug man Federhüte und Lorgnons, den Kopf zierten meist blonde Perücken, die zu kunstvollen Zöpfen geflochten waren. Marie konnte sich nicht vorstellen, ihren Körper ebenso zu entblößen. Nicht weil sie sich zu alt fühlte, im Gegenteil: seit sie regelmäßig mit François ausging, kam sie sich vor wie ein Backfisch.

»Du solltest etwas mehr Farbe auflegen, Mariechen. Du bist doch eine schöne Frau, zeig es auch«, sagte ihr Onkel zur Begrüßung. Diese Worte taten ihr wohl. Er achtete sonst nicht darauf, wie sie aussah.

Curtius lag in seinem Bett im Obergeschoss des Hauses in Ivry. Marie hatte schon mit Grauen den Garten betrachtet, in dem die Bäume und Büsche durch die Hitze verbrannt waren und der Boden vor lauter Trockenheit aufgerissen war. Der Sommer war ungewöhnlich heiß, nachts sank das Thermometer nicht unter dreißig Grad. Noch mehr entsetzte sie aber der Anblick ihres Onkels. Hohlwangig sah er ihr entgegen. Die Nase trat scharf aus seinem Gesicht hervor, die Brauen wirkten zottelig, als habe ein schlechter Theaterkünstler sie aufgeklebt. Tapfer bemühte sie sich, ihren Schrecken zu verbergen. An seiner Seite hatte es sich Anna bequem gemacht. Sie sah ebenfalls erschöpft aus, stand aber auf, um Marie etwas zu trinken zu holen.

»Wieso bist du hier? Hast du den Salon etwa zugemacht?«, fragte Curtius entrüstet. Marie setzte sich zu ihm ans Bett.

»Ich musste nach Ihnen sehen. Zu lange war ich schon ohne Nachricht von Euch.« Sie nahm seine Hand, die sich heiß und trocken anfühlte.

»Wenn mir etwas passierte, würdest du es schon erfahren. Ich weiß doch, dass man dir nichts verheimlichen kann«, lächelte er.

»Doch, Sie verheimlichen mir, was im Rheinland geschehen ist.« Seine Miene verdüsterte sich.

»Ich darf es dir nicht verraten, Mariechen. Glaub mir, es ist besser so.« Immer, wenn er sie so nannte, fühlte sie sich auf einmal wieder wie ein kleines Mädchen. Wie sehr hatte sie damals seine Arbeit bewundert. Wie stolz war sie gewesen, als er sie zu seinem Lehrling gemacht hatte. Curtius war für sie immer wie ein Vater gewesen. Marie kam auf einmal ein Gedanke. Gab es nicht eine Ähnlichkeit zwischen ihnen? Die Stirn, die Nase, das Kinn? Aber warum hatten weder er noch Anna etwas gesagt? Waren sie sich nicht sicher? Sie versuchte, den Gedanken abzuschütteln.

Curtius drückte ihre Hand. »Marie, du bist mir immer wie eine Tochter gewesen. Deshalb möchte ich, dass du weißt, dass ich mein Testament gemacht habe.« Sie wollte etwas sagen, doch er legte einen Finger an die Lippen. »Still, ich weiß, wovon ich rede. Wenn ich sterbe, will ich, dass mein Vermächtnis in die richtigen Hände gerät.« Ihre Augen wurden feucht. Energisch wischte sie mit dem Handrücken über die Lider. Sie konnte es nicht ertragen, ihn so zu sehen, ihn so sprechen zu hören. »Mein Silber und meine Juwelen sollen zugunsten der Armen in unserer Sektion versteigert werden. Viel wird nicht mehr da sein, ich habe ja schon etliches dem Konvent gespendet. Alles andere hinterlasse ich dir. Du bist eine gelehrige Schülerin gewesen. Du hast mich in meiner Kunst überflügelt. Du kennst meine Wünsche am besten.« Er schwieg. Einige Minuten lang war nur sein pfeifender Atem zu hören. »Einen Wunsch aber kennst du nicht. Ich wollte immer, dass du nur für den Salon da bist. Jetzt erst weiß ich, was ich dir angetan habe. Du bist keine junge Frau mehr, Marie. Hast du die Liebe je kennengelernt? Ich hoffe es.« Marie sah Anna an. Hatte ihre Mutter ihm verraten, dass Marie verliebt war? »Und wie soll es mit dem Wachssalon weitergehen, wenn du nicht mehr bist? Wenn du ein Kind hättest, könnte es unser Handwerk erlernen, könnte es mein Vermächtnis am Leben erhalten. Denk daran, wie schön es für dich war, schon als kleines Kind die Wachskunst zu erlernen. Deine kleinen Hände in weiches Wachs zu drücken. Wäre es nicht wunderbar, wenn du dein Wissen auch weitergeben könntest?«

Einen Moment lang ärgerte sich Marie über ihren Onkel. Sogar am Ende deines Lebens kommt der Wachssalon an erster Stelle!, wollte sie ausrufen. Doch sie wusste, dass er recht hatte. Die Begegnung mit dem Tod hatte in ihrem Inneren etwas angestoßen, von dem sie gar nicht mehr gewusst hatte, dass es da war. Als ob ihr Herz durch all das Leid, all den Kummer und all die Ängste gereinigt worden wäre. Sie spürte die Kraft der Liebe in sich. Sie war wieder bereit, sich zu verlieben. Sie wollte Liebe geben, Liebe empfinden.

Anna legte Marie die Hand auf die Schulter. Marie griff nach ihren Fingern. Tränen rannen ihre Wangen hinunter. Sie waren wieder eine Familie.

Einige Wochen später war ihr Onkel tot. Es ging so schnell, dass Marie bei der Arbeit im Wachssalon war, als es geschah. Sie konnte nur noch am Totenbett von ihm Abschied nehmen. So hatte er es sicherlich gewollt. Der Salon sollte in ihrem Leben an erster Stelle kommen, so wie es in seinem Leben auch der Fall gewesen war.

Es war ein klirrend kalter November. Marie stellte einen Korb voller Holzstücke, die sie in dem nahe gelegenen Waldstück gesammelt hatte, vor die Tür des Hauses in Ivry. So trist ihr Leben im Moment auch war, sie würden es, wenn Anna aus der Kirche kam, zumindest warm haben.

»Marie, hier bist du! Endlich habe ich dich gefunden!« François Tussaud kam auf sie zugelaufen. Maries Herz klopfte wie wild. Er umarmte sie stürmisch. Es war gut, seinen Körper zu spüren. Seine Stimme zu hören.

Er sah sie aus seinen schwarzen Augen an. François wirkte blasser als sonst, was ihm jedoch auch sehr gut stand. Seine Finger tasteten ihr Gesicht ab, verweilten dann auf ihren Lippen. Er küsste sie zart. Marie fühlte, wie ihr heiß wurde. Seit der Beerdigung ihres Onkels hatten sie sich nicht mehr gesehen. Marie wollte allein sein, allein mit ihrem Kummer zurechtkommen. François sollte sie nicht so gramgebeugt sehen. Doch nun war sie froh, dass er sie besuchte. Sie öffnete die Tür des Hauses. Kuss um Kuss erwidernd, taumelten sie hinein. Als sie schließlich stolperten und auf das Bett fielen, mussten sie lachen. Er streichelte sie. Marie sah ihn an. Sie küsste seine Fingerspitzen, zog dann sein Gesicht heran. Er wollte etwas sagen, doch sie presste leidenschaftlich ihre Lippen auf die seinen. Sie öffnete seine Kleidung. Ihre Hände wanderten über seine weiche Haut, seinen kräftigen Körper. Was für ein schöner Mann. Wie sie ihn begehrte. Sie wollte einfach nur auf ihren Körper hören. Und er verstand sie, ohne dass sie ein Wort wechseln mussten.

Als die erste Leidenschaft verebbt war und sie sich nackt aneinanderschmiegten, flüsterte er: »Immer wieder bin ich beim Wachssalon gewesen. Doch die Türen sind seit Wochen verschlossen. Ab und zu gehen fremde Männer hinein. Ich habe mir Sorgen gemacht.« Marie setzte sich auf und schlang eine Decke um ihren zarten Körper.

»Das Inventar des Wachssalons wird aufgenommen, damit die Steuer berechnet werden kann. Es ist zwielichtiges Volk, das im Salon ein und aus geht. Ich mache mir Sorgen um unsere Sachen. Aber ich kann nichts dagegen tun. Man schickt mich fort«, sagte sie. »Die Tabaksdose meines Onkels ist schon nicht mehr da. Sie war aus Elfenbein, verziert mit einem vergoldeten Medaillon. Die sagen, sie hätten sie nicht gesehen. Aber ich weiß genau, wo er sie hingelegt hatte. Sie haben sie gestohlen.« Trauer durchflutete sie.

François streichelte ihren Rücken. »Ich kenne jemanden bei der Verwaltung. Vielleicht kann ich etwas tun, damit du die Tabaksdose wiederbekommst. Wenn du so daran hängst ...« Marie stiegen die Tränen in die Augen.

»Mir ist so wenig geblieben. Es waren kaum Wertsachen mehr da. Mein Onkel hat anscheinend seit langer Zeit keine Rechnungen mehr bezahlt. Wir haben Schulden. Die Gläubiger sitzen mir im Nacken. Wir werden den Salon beleihen müssen, vielleicht sogar verkaufen. Möglicherweise habe ich bald nichts mehr.« Sie sank in sich zusammen.

Er setzte sich auf und strich die Tränen aus ihrem Gesicht. »Es wird schon alles gut werden. Du bist eine wunderbare Frau, eine starke Frau. Du kriegst das schon wieder hin. Oder du suchst dir einen Ehemann, der dir aus der Patsche hilft.« François lächelte und zog sie wieder unter die Decke.

»Wie wäre es mit mir?«

Sie sah ihn ungläubig an.

»Möchtest du Madame Tussaud werden?«

Marie fiel in seine Arme. Und wie sie wollte!

KAPITEL 21

*D*er Wind treibt ihr die Tränen in die Augen. Die Wolken hängen so tief, dass Joseph versucht, nach ihnen zu greifen. Marie drückt ihren Sohn an sich. Er ist so jung! Sie war auch noch ein Kind gewesen, aber schon zwei Jahre älter, als sie mit ihrer Mutter von Straßburg nach Paris fuhr. Marie hatte es nicht übers Herz gebracht, ihn zurückzulassen. Ihre Brust schnürt sich zusammen, wenn sie an Josephs jüngeren Bruder François denkt, der in Paris bleiben musste. Ihr Ehemann hatte es nicht zugelassen, dass sie beide Söhne mit auf ihre Tournee nahm. Als vor fünf Jahren ihre Tochter im Alter von nur sechs Monaten gestorben war, hatte sie mit sich gehadert. War sie zu spät Mutter geworden? War es ein Fehler gewesen, den Säugling bei Anna in Ivry zu lassen? Am winzigen Sarg der Tochter hatte sie sich geschworen, ihre Kinder nie wieder allein zu lassen – wenn sie denn noch mit welchen gesegnet werden würde. Sie hatte Glück. Der Himmel hatte ihr noch zwei Söhne geschenkt, Joseph und François. Der Himmel, und ihr Ehemann François natürlich. Sie hatten sich ihr Wort gegeben, dass ihre Liebe für die Ewigkeit sein sollte. Als die erste Verliebtheit jedoch vorbei war, als sein Lächeln und sein Körper nicht mehr für alles entschädigen konnten, hatte Marie sich zum ersten Mal gefragt, ob ihre Wahl klug gewesen war. Ihr Ehemann war, heute konnte sie es so hart sagen, faul und unzuverlässig. Nicht nur, dass er wenig zu ihrem Lebensunterhalt beitrug, er verschleuderte ihr Geld bei Immobilienspekulationen. Wie würde es in Paris weitergehen, wenn sie nicht da war? Auch wenn er schlecht wirtschaftete, würde ihr Mann den Wachssalon auf dem Boulevard du Temple am Leben erhalten können, bis sie in ein paar Monaten zurückkehrte. Marie hatte ihm alles in bester Ordnung hinterlassen. Er musste lediglich die Figuren pflegen und die Steuern und ihre Schulden bezahlen. Er würde auch ihrem Sohn François die nötige Zuwendung geben, und da war ja noch Anna, die heißgeliebte Großmutter. Maries Finger krallten sich in die Reling. François, mein Kleiner! Beinahe vierzig Jahre war sie alt gewesen, als er geboren wurde. Kein ungefährliches Alter für eine Schwangerschaft. Aber es war alles gut gegangen. Marie, die die Ereignisse der letzten Jahre nicht eben gläubiger gemacht hatten, dankte Gott dafür.

Nini, wie sie Joseph zärtlich nannte, ist auf ihrem Schoß eingeschlafen. Marie zittert. Aber nicht aus Sorge um die Zukunft. Seit sie dem Tod so nahe gewesen war, macht ihr nichts mehr Angst. Der Seegang beunruhigt sie. Wie würden die Wachsfiguren die Reise überstehen? Sie lacht leise. Ich bin schon wie Onkel Curtius, immer denke ich zuerst an die Figuren. Dabei lagen die in ihren Kisten im Laderaum wenigstens warm und trocken. Gemeinsam mit ihrem Gepäck, darunter auch ihr Werkzeugkoffer, die Originalmasken und, ganz unten in ihrer Tasche, das Stück Galgenstrick, das sie als Glücksbringer von ihrem Großvater bekommen hatte. Es gefällt ihr, den salzigen Geschmack des Meeres auf ihrer Zunge zu spüren. Den Wind, der ihr in die Wangen beißt. Die Wachsköpfe in den Holzkisten ziehen an ihrem inneren Auge vorbei. Ludwig XVI. und Marie Antoinette, weil die Engländer noch immer nicht fassen können, dass das französische Volk das Herrscherpaar geköpft hatte. Die Totenmasken der berüchtigtsten Revolutionäre, denn Grusel zog immer Besucherscharen an. Natürlich das berühmte Tableau mit Marat und Charlotte Corday. Nicht zu vergessen der französische Herrscher Napoleon Bonaparte und seine Gemahlin Joséphine. Marie lächelt bei dem Gedanken an diese Frau, die sie im Kerker des Karmeliterklosters kennengelernt hatte. Für Joséphine de Beauharnais schien sich die Prophezeiung des Wahrsagers zu erfüllen. Marie hatte wieder von ihr gehört, als man über die Liaison des siegreichen Heerführers Bonaparte mit der schönen Witwe Beauharnais klatschte. Einige Zeit später heirateten sie. Joséphine hatte sich an Marie erinnert und ihr eine Porträtsitzung bei ihrem Mann verschafft. Marie hatte die schöne Kreolin gleich mit abgebildet. In Paris war dieses Paar bei den Besuchern des Wachssalons überaus beliebt. Sie hofft, dass auch die Engländer Schlange stehen würden, um sie zu sehen.

Marie schaut über das Meer. Sie kann es noch immer nicht fassen, dass sie Frankreich verlässt, um nach London zu reisen. Völlig unerwartet war dieses Angebot auf sie zugekommen. Der Schausteller Paul de Philipsthal, der während der Revolution durch Curtius' beherztes Eingreifen vor der Guillotine bewahrt worden war, hatte einen Partner gesucht. Philipsthal berichtete von dem großen Erfolg, den er hatte, als er 1801 in London seine Phantasmagoria, eine Art Laterna magica, zeigte.

Marie hatte sich schnell überzeugen lassen, der richtige Partner für ihn zu sein. Ihre bisherigen Erfahrungen mit Tourneen waren immer sehr gut gewesen – auch wenn sie sie selbst nie begleitet hatte. Sogar die Tournee in Indien hatte Geld und gute Kritiken gebracht. Und doch hatte das Geld in den letzten Jahren nie gereicht. Die Existenz des Wachssalons stand nun auf dem Spiel.

Ich werde erst mit einer gut gefüllten Geldbörse wieder zurückkehren, nimmt sich Marie vor. Entschlossen drängt sie ihr Heimweh und die Sehnsucht nach ihrer Familie zurück. Ich werde den Wachssalon retten, ich werde Curtius' Vermächtnis am Leben erhalten, wie ich es ihm versprochen habe. Ich habe so viel überstanden, ich werde auch das überstehen.

EPILOG

*M*arie Tussaud konnte nicht ahnen, dass sie nie wieder nach Frankreich zurückkehren würde. Erst machte der Krieg zwischen Frankreich und England eine Rückkehr unmöglich, dann lief ihr Geschäft so gut, dass eine Tournee-station die nächste nach sich zog. Sie reiste unter dem Namen ihres Onkels, bis ihr eigener Ruhm den von Curtius bei weitem überstieg. Vor allem ihre Erlebnisse am Hof des Königs und während der Französischen Revolution machten sie als Madame Tussaud zum Mythos. Die Karriere von Jacques-Louis David verfolgte Marie aufmerksam. Es wunderte sie überhaupt nicht, dass er seine Kunst in die Dienste Napoleon Bonapartes stellte. Wer früher von der Förderung des Königs profitiert und dann als radikaler Revolutionär Haftbefehle unterzeichnet hatte, konnte ebenso gut einen Kaiser porträtieren. Er war ein genialer Maler, aber ohne Rückgrat. Es war gut, dass sich ihre Wege getrennt hatten. Und für sie tat sich mit ihrer Abreise aus Frankreich ein völlig neuer Weg auf.

Über dreißig Jahre war Marie mit ihren zwei Kindern – ihr Sohn François folgte ihr nach einigen Jahren – in England, Irland und Schottland unterwegs, bevor sie ihr Wachsfigurenkabinett in London eröffnete.

Am Ende ihres Lebens hatte sie die Anerkennung erlangt, nach der sie so lange gestrebt hatte. Marie Tussaud starb 1850. Die letzte Figur, die sie anfertigte, war ihre eigene. Das berühmte Wachsfigurenkabinett gibt es noch heute.

ANMERKUNG

Die Wachsmalerin behandelt einen Abschnitt im Leben Marie Tussauds, der kaum durch Quellen belegt ist. Fast alle Informationen, die uns vorliegen, stammen von Marie Tussaud selbst, die ihre Erinnerungen von dem Autor Francis Hervé zu Papier bringen und 1838 unter dem Titel *Madame Tussaud's Memoirs and Reminiscences of France, Forming an Abridged History of the French Revolution* veröffentlichen ließ. Es gibt jedoch Autoren, wie zuletzt Kate Berridge mit *Waxing Mythical – The Life and Legend of Madame Tussaud*, die einige ihrer Erinnerungen in Frage stellen.

Es war mir wichtig, in diesem Roman dem Leben der Marie Tussaud und den dargestellten historischen Ereignissen und Persönlichkeiten gerecht zu werden. Zugleich habe ich mir jedoch künstlerische Freiheiten genommen, wenn es mir notwendig erschien.

Ich habe mich vor allem auf die Bücher *The French Revolution as seen by Madame Tussaud, Witness Extraordinary* und *Madame Tussaud's Chamber of Horrors. Two hundred years of crime* von Pauline Chapman, der ersten Archivarin bei Madame Tussauds, sowie auf *Madame Tussaud and the History of the Waxworks* von Pamela Pilbeam gestützt.

Mein Dank gilt den Archivarinnen bei Madame Tussauds, Undine Concannon und Susanna Lamb. Außerdem möchte ich meinem Mann André danken, der mich während der jahrelangen Recherche mit unendlicher Geduld begleitet hat.

Sabine Weiß

Das Kabinett der Wachsmalerin

Ein Madame-Tussaud-Roman

Marie Tussauds Geschichte geht weiter. Sie ist gerade auf
Tournee in England, als der Krieg mit Frankreich aus-
bricht. Alle Häfen werden geschlossen, sie kann nicht zurück nach Paris. Nach vielen abenteuerlichen Jahren als
reisende Schaustellerin gründet sie schließlich in London
ihr berühmtes Wachsfigurenkabinett. Eine außergewöhn-
liche Lebensgeschichte, spannend und mitreißend erzählt.

**Zur Einstimmung auf die Fortsetzung finden Sie hier
eine kurze Leseprobe …**

*D*er Zollbeamte würde den Schock seines Lebens bekommen, und Marie konnte nichts tun, um es zu verhindern. Wiederholt hatte sie ihn angesprochen, aber er hatte nicht reagiert. Dabei hatte sie erwartet, dass ein Zollbeamter, der so viel mit dem Grenzverkehr zwischen Frankreich und England zu tun hatte, auch der französischen Sprache mächtig war. Und die wenigen Brocken Englisch, die Marie bislang sprach, hatten einfach nicht ausgereicht.

Das Stemmeisen fraß sich in die Holzkiste hinein, mit einem Krachen gab der Deckel nach. Rot leuchtete unter der Strohfüllung das Blut am Wachskopf der hingerichteten Marie Antoinette hervor. Dass er unter ihren vielen Kisten ausgerechnet diese öffnen musste! Der Mann schreckte zurück, fasste sich wieder und schrie einen Befehl. Soldaten stürmten in den Raum und umzingelten Marie, der vierjährige Joseph schlang erschrocken die Arme um ihre Hüfte. Marie war zierlich, aber umgeben von den Bewaffneten kam sie sich winzig vor. Soldaten, Waffen, Verhaftung, Kerker, Todesangst – mit einem Mal war die Erinnerung wieder lebendig an das Jahr 1794, in dem sie und ihre Mutter in Paris verhaftet und eingekerkert worden waren und ihnen der Gang auf die Guillotine gedroht hatte. Angst erfasste sie. Sollte ihre Tournee in England im Gefängnis enden, bevor sie richtig begonnen hatte? Entschlossen drängte Marie die Erinnerungen zurück.

»Es ist ein Missverständnis! Der Kopf ist nicht echt, er ist aus Wachs! Ist denn niemand hier, der meine Sprache beherrscht?«, fragte sie immer wieder laut. Die Soldaten sahen sie ratlos an. Endlich fand sich ein Mann, der sie verstand. Er übersetzte ihre Worte, die feindliche Haltung der Soldaten ließ etwas nach. Ein Uniformierter wurde hinausgeschickt und kehrte mit einem weiteren Zollbeamten zurück, der weitere Wachsköpfe aus der Kiste holte. Schließlich hielt er einen Wachskopf hoch – es war der von Napoleon Bonaparte.

»Was für eine Erklärung haben Sie für diese gefährliche Fracht, Madame?«, fragte er in fast akzentfreiem Französisch.

»Ich bin Künstlerin und im Auftrag des gefeierten Wachsfigurenkabinetts von Curtius unterwegs. Dieses Kabinett in Paris ist für die Lebensechtheit seiner Wachsfiguren berühmt. Jetzt, nachdem endlich der Frieden zwischen unseren Ländern wieder eingekehrt ist, möchte ich in London seine Wachsfiguren ausstellen.« Auch wenn Marie seit dem Tod ihres Onkels Curtius der Wachssalon gehörte und sie weitaus die meisten Figuren selbst hergestellt hatte, hielt sie diese Information jetzt zurück. Sie wollte den Beamten nicht noch mehr verwirren.

»Madame, Sie sollten wissen, dass der Friede brüchig ist. Boney«, zum ersten Mal hörte Marie den Spitznamen, den die Engländer Napoleon gegeben hatten, »stellt unsere Geduld auf eine schwere Probe. Dieser Wachskopf könnte für eine Kriegslist genutzt werden«, sagte der Beamte ernst.

Marie hatte nicht geahnt, dass sie so misstrauisch empfangen werden würde, denn nach beinahe zehn Jahren Krieg zwischen Frankreich und England war der Friedensvertrag, der in der französischen Kleinstadt Amiens geschlossen worden war, von beiden Völkern erleichtert gefeiert worden. Seitdem wimmelte Paris von englischen Touristen. Auch französische Adelige, Priester und Royalisten, die in England vor dem Revolutionsregime Zuflucht gefunden hatten, kehrten nun in Scharen in ihre Heimat zurück.

Marie machte sich von ihrem Sohn los, flüsterte ihm ein paar beruhigende Worte ins Ohr und ging auf den Zollbeamten zu. »Darf ich?« Sie nahm ihm den Wachskopf aus der Hand und drehte ihn um. »Sehen Sie, er ist leer. Keine geheimen Botschaften oder Waffen sind hier versteckt. Und wenn es Sie beruhigt, ich habe diesen Kopf mit meinen eigenen Händen geschaffen. Kein Soldat Napoleons hatte damit zu tun. Nur eine einfache Frau.«

Der Mann sah sie verdutzt an. Die Soldaten kamen näher. Jetzt trieb die Neugier sie an, Marie kannte diesen Blick von den Besuchern des Kabinetts. Sie musste ihre Sensationslust befriedigen. Marie übersprang die erste Begegnung mit Napoleon, bei der er den Wachssalon aufgesucht und die Figur Robespierres bewundert hatte, und kam gleich zur Schilderung ihrer eigentlichen Porträtsitzung.

»Ein Zufall hatte mich mit der Ehefrau des französischen Herrschers bekannt gemacht. Auch das wächserne Abbild der schönen Joséphine finden Sie in diesen Kisten. Ihrer Fürsprache habe ich es zu verdanken, dass mir Napoleon eine Porträtsitzung gewährte.« Sie hielt den Wachskopf nun so, dass alle ihn gut sehen konnten. »Morgens um sechs Uhr sollte ich mich im Palast der Tuilerien einfinden. Der Erste Konsul erwartete mich bereits ungeduldig, also fing ich umgehend an. Ich sagte ihm, dass er nicht erschrecken solle, wenn ich sein Gesicht mit einer Gipsschicht bedecken würde, um die Maske anzufertigen, denn er würde durch die Strohhalme in seinen Nasenlöchern atmen können. Er wurde ärgerlich und rief: ›Erschrecken! Ich würde nicht einmal erschrecken, wenn Sie um meinen Kopf herum geladene Pistolen halten würden‹.« Einige Soldaten konnten sich ein Lachen nicht verkneifen. »Letztlich war er so zufrieden mit meinem Wachsporträt, dass er zwei seiner Generäle zu mir schickte, damit ich auch sie porträtieren konnte«, erklärte Marie. »In der Ausstellung gibt es Napoleon, seine Frau und seine Generäle in Lebensgröße und in originalgetreuer Kleidung zu sehen. Ich würde mich sehr freuen, wenn Sie sich in einigen Wochen im Lyceum-Theater selbst davon überzeugten, wie lebensecht und menschlich zugleich die Figuren wirken.« Sie legte den Wachskopf in die Kiste zurück.

Der Beamte war beruhigt. Er bat um Verständnis dafür, dass sie auch die anderen Kisten öffnen müssten, um sich von der Harmlosigkeit des Inhalts zu überzeugen. Dieses Mal waren die Männer vorsichtiger. Anschließend entschuldigte er sich bei Marie. »Normalerweise haben immer Beamte Dienst, die in anderen Sprachen bewandert sind, oder es sind Übersetzer zur Hand. Ich wünsche Ihnen einen angenehmen Aufenthalt in England und viel Erfolg mit Ihrer Ausstellung. Mich zumindest haben Sie neugierig gemacht.«